U0841068

作家姓名别號索引

T

W

X

作家曲牌索引

八　畫

十　畫

十一畫

十二畫

十三畫

十四畫

碧玉簫

壽陽曲

對玉環

對玉環帶清江引

端正好

齊天樂過紅衫兒

漢東山

滿庭芳

寨兒令

十六畫

十七畫

十八畫

十九畫以上

隋樹森 編

全元散曲

下册

中華書局

邦哲

生平不詳。姓名及曲僅見何夢華藏鈔本太平樂府。

小令

〔雙調〕壽陽曲

思舊

初相見。意思濃。兩下愛衾枕和同。銷金帳春色溶溶。雲雨期真疊疊重重。何夢華鈔本太平樂府二

誰知道。天不容。兩三年間拋鸞拆鳳。苦多情朝思夜夢。害相思沉沉病重。何夢華鈔本太平樂府二

爾在東。我在西。陽臺夢隔斷山溪。孤雁唳夜半月淒淒。再相逢此生莫期。何夢華鈔本太平樂府二

李伯瞻

伯瞻號熙怡。據吴澄吴文正公集知即李屺。詳見元曲家考略。

小令

〔雙調〕殿前歡

省悟

去來兮。黄花爛熳滿東籬。田園成趣知閑貴。今是前非。失迷途尚可追。回頭易。好整理閑活計。團欒燈花。稚子山妻。太平樂府一

去來兮。黄雞啄黍正秋肥。尋常老瓦盆邊醉。不記東西。教山童替説知。權休罪。老弟兄行都申意。今朝溷擾。來日回席。太平樂府一

元刊本權休罪作權休醉。兹從元刊八卷本瞿本。瞿本申作道。

去來兮。青山邀我怪來遲。從他傀儡棚中戲。舉目揚眉。欠排場占幾回。癡兒輩。

參不透其中意。止不過張公喫酒。李老如泥。太平樂府一

瞿本末句作李公醉泥。茲從元刊本等。

到閑中。閑中何必問窮通。杜鵑啼破南柯夢。往事成空。對青山酒一鍾。琴三弄。此樂和誰共。清風伴我。我伴清風。太平樂府一

駕扁舟。雲帆百尺洞庭秋。黄柑萬顆霜初透。緑蟻香浮。閑來飲數甌。醉夢醒時候。月色明如晝。白蘋渡口。紅蓼灘頭。太平樂府一

明大字本此首之前有題目閑詠所懷四字。○瞿本洞庭秋作洞賓遊。

好閑居。百年先過四旬餘。浮生待足何時足。早賦歸歟。莫遑遑盼仕途。忙回步。休直待年華暮。功名未了。了後何如。太平樂府一

醉醺醺。無何鄉裏好潛身。閑愁心上消磨盡。爛熳天真。賢愚有幾人。君休問。親曾見漁樵論。風流伯倫。憔悴靈均。太平樂府一

殘曲

〔雙調〕殿前歡

水雲鄉。一鈎香餌釣斜陽。眉尖不掛閑思想。太平樂府一

此首原有闕文。明大字本全删去。

楊舜臣

生平不詳。羅本陽春白雪原作此名。案。北詞廣正譜仙呂混江龍第七格。即此套之曲。而所注撰人爲湯舜卿。廣正譜係刻本。殊少譌字。似可據。

套數

〔仙呂〕點絳唇

慢馬

四只麄蹄。一條烏尾。騌垂地。搭上鞍騎。一二三百棍行三四里。

〔混江龍〕怎做的追風駿驥。再生不敢到潭溪。幾曾見卷毛赤兔。凹面烏騅。美良㶊怎敵胡敬德。虎牢關難戰莽張飛。能食水草。不會奔馳。倦嘶喊。懶騗騍。曾幾見西湖沽酒樓前繫。怎消得綉氊蒙雨。錦帳遮泥。

〔後庭花煞〕嘆梁園芳草萋。怕藍關瑞雪飛。爲愛背山咏。任教杜宇啼。空吃得似水

牛肥。你可甚日行千里。報主人恩。何日把韁垂。羅本陽春白雪後集卷一

（點絳唇）廣正譜混江龍第七格所引此調。首句作四隻麄蹄。案。羅本原作鹿。此套既詠慢馬。不應云鹿蹄。鹿行固速也。（混江龍）羅本會原誤爲祭。兹從廣正譜。廣正譜驥作騎。卷作捲。胡作翦。羅本能食原作能入。據廣正譜改。

王大學士

生平不詳。

套數

〔仙吕〕點絳唇

探卷抽籤。看書學劍。皆是虛謟。指望待折桂攀蟾。誰承望無憑驗。

〔混江龍〕少年風欠。老來羸得病懨懨。自忖身居村野。幾時曾再想閭閻。四面土牆缺處補。二椽茅屋破時添。且把時光漸。落一個身心自在。煞强如名利拘箝。

〔油葫蘆〕村院裏閑游情正忺。將農可檢。見幾個牧童兒雜耍可觀瞻。一個扮老先生傷撇撇衙寒臉。一個做小學士舌剌剌全胡念。一個射天指日月到處裏拿。一個撈藏模模一地裏濳。一個拖着竹掃箒學開店。一個推着木古魯賣油鹽。

〔天下樂〕一個黄桑葉拈將來額上粘。一個那裏磨鐮。一個將榆樹舔。一個樹梢頭啅歌不怕險。一個吊小鬼的灰抹眉。一個扮判官的墨畫了髯。一個扮牛王着土搶臉。

〔後庭花〕一個調灰驢的將脚面閃。一個學相撲的手腕來搧。一個革刃將葫瓜割。一個棘針將酸棗簽。一個把鵲兒拈。一個手拖着蓆片。一個瓦碇碇衮罷合掂。一個泥窩窩捽破合添。

〔柳葉兒〕一個把緑蓑衣披苫。一個將布留兒颭。一味的掀撏。一個撮金錢手揢着衣襟驗。一個尋方鬥任誰嫌。一個挑蜂窠不離房檐。

〔尾〕一個拾磚塊把笤兒尖颭。一個尋瓦片把拖車兒掂。一個倒騎黄牛緊跕。一個碓樗上學將紗鈔檢。一個學賣卦將淚眼偷淹。一個學跛懒痂臁。一個把嫩草葉拾將來把布衫兒染。一個擂泔飄的休謟。一個敲銅盆的手倩。一個向柳陰中學舞一張楸。羅本陽春白雪後集卷一

〔仙呂〕點絳唇

豊稔年華。酒旗斜插。茅檐下。小橋流水人家。一帶山如畫。

〔混江龍〕桔槔閑掛。呼童汲水旋烹茶。柔桑荏苒。古柏槎牙。霧鎖草橋三四横。烟籠茅舍數十家。崗盤曲畎兜答。鶯遷喬木丘篆。一個鷗鷺水面。雁落平沙。喧檐宿雀。啼樹栖鴉。柴扉吠犬。鼓吹鳴蛙。儂家鸚鵡洲。不入麒麟畫。百姓每謳歌鼓腹。

一弄兒笑語喧嘩。

〔油葫蘆〕剛兒一百個兒童刀刀厥厥的耍。更那堪景物佳。一個將堯民歌亂唱的令兒差。一個疋颩撲鼕鼕擂鼓無高下。一個支周知挣羌管吹難收煞。一個水盆裏擊着料瓜。一個拖床上拍着布瓦。一個一張楸舞得了千斤乍。一個學舞鬥蝦蟆。

〔天下樂〕一個道一陣黄風一陣沙。一個天生丑勢煞。一個無店三碌軸上閑坐衙。一個將斤斗番。一個將背抛打。一個響撲兒學咯牙。

〔那吒令〕一個向瓜田裏坐樹亂扯。一個向棗樹上胡颩亂打。一個向古墓上番磚弄瓦。一個扯着衣衫。一個揪住棍把。一個播土揚沙。

〔鵲踏枝〕一個眼麻花。一個手支沙。一個淺水渦裏摸鱉撈蝦。一個見麒麟打煞。一個舞着唱着匾擔禾叉。

〔寄生草〕一個擎着山鷓。一個架着老鴉。一個向柳陰中笑把人頭畫。一個向桑園裏學揭龜兒卦。一個向牆匡裏引的芒郎罵。一個跳灰驢大鬧麥場頭。一個踏竹馬偃卧在葫蘆架。

〔金盞兒〕一個叫丫丫。一個笑呷呷。一個棘斜混倒上樹千般耍。一個山聲野調學唱

攬箏琶。一個鬬巨子搶了嘴問。一個竪直立的磕了門牙。一個無人處尋豆角。一個背地裏咽生瓜。

〔村裏迓鼓〕一個放頑撒潑。一個唱歌廝駡。一個村村捧捧牛撒橛喬畫。一個狗打肝腌臢相欠欠答答。一個彈的搽。一個舞的蝦。一個唱的啞。一個水底渾如納瓜。

〔元和令〕一個舞喬捉蛇呆木答。一個舞屎裏蛆的法刀把。一個跳百索擷背兒仰刺叉。一個一個兒窩的眼又瞎。一個將紙鵶兒放起盼的人眼睛花。一個遞撇牛的没亂殺。

〔上馬嬌〕一個村。一個又沙。一個丑嘴臉特胡沙。一個將花桑樹紐揑搬調話。一個打和的差。一個不刺着簸箕撥琵琶。

〔勝葫蘆〕一個恐驚林外野人家。一個道休廝鬧。一個道嗟牙。一個賽牛王香紙方燒罷。一個將磁甌瓦鉢。一個不門清光滑辣。一個没鼻子喃渾酢。

〔後庭花〕一個搠蝙蝠踏破瓦。一個竪牽牛扯了尾拔。一個摸鵓鴿掀番蓋。一個打班鳩的擊碎磚。一個岸邊打滑擦。一個頭尖眼大。一個莎崗上撲馬扎。一個遊泥蚌蛤蟖。一個柳堤邊釣水扎。一個沙湍上燒黃鱔。一個膊項上瘿疙疸。一個唇缺丑勢煞。一個磨賺的特刺查。一個做生活的不顆恰。一個覓虱子頭上掐。一個編蒲笠特抹答。

一個鞭牛叱咤。

〔青哥兒〕一個牛斤。一個謊詐。一個光答答又無頭髮。一個濛鬆雨裏種芝蔴。一個兜答。一個奸滑。一個交加。一個皺查。這一坐喬民鬧交加。定害的爺娘罵。

〔尾〕一個潛立在晚風前。一個暗約在斜陽下。一個見廝抵拽着捧打。一個戀汀洲蓼岸蘆花。一個映着蒹葭。一個收拾釣罷魚艖。一個笑指疎籬噪晚鴉。一個將緑簑斜掛。一個倒騎牛背入烟霞。羅本陽春白雪後集卷一

楊朝英

朝英號澹齋。青城人。選輯時賢所作小令套數爲陽春白雪及太平樂府兩書。元人散曲多賴其書以傳。楊維楨作周月湖今樂府序。以澹齋與關漢卿。庾吉甫。盧疎齋並論。謂四人之今樂府最爲奇巧。

小令

〔正宮〕叨叨令

嘆世

想他腰金衣紫青雲路。笑俺燒丹煉藥修行處。俺笑他封妻蔭子叨天禄。不如我逍遥散誕茅庵住。倒大來快活也末哥。倒大來快活也末哥。那裏也龍韜虎略擎天柱。太平樂府一

元刊本不如下無我字。兹從元刊八卷本瞿本明大字本何鈔本。

昨日蒼鷹黄犬齊飛放。今日單鞭嬴馬江南喪。他待學欺君罔上曹丞相。不如俺葛巾

漉酒陶元亮。倒大來快活也末哥。倒大來快活也末哥。漁翁把盞樵夫唱。太平樂府一

元刊八卷本齊飛作能飛。今日作今朝。瞿本俱同。

〔中呂〕陽春曲

浮雲薄處朣朧日。白鳥明邊隱約山。粧樓倚遍泪空彈。凝望眼。君去幾時還。太平樂府

四 樂府羣珠一

樂府羣珠題作閨思。

沈腰易瘦衣寬褪。潘鬢新皤鏡怕看。月明千里報平安。音信慳。歸夢繞巫山。太平樂府

四 樂府羣珠一

元刊八卷本瞿本太平樂府報平安作想平安。羣珠同。茲從元刊太平樂府。

〔商調〕梧葉兒

客中聞雨

簷頭溜。窗外聲。直響到天明。滴得人心碎。聒得人夢怎成。夜雨好無情。不道我

愁人怕聽。太平樂府五

戲賈觀音奴

龐兒俊。更喜恰。堪詠又堪誇。得空便處風流話。没人處再敢麽。救苦難俏寃家。有吴道子應難畫他。太平樂府五

〔越調〕小桃紅

題寫韻軒

當年相遇月明中。一見情緣重。誰想仙凡隔春夢。杳無踪。凌風跨虎歸仙洞。今人不見。天孫標致。依舊笑春風。陽春白雪前集五

〔雙調〕得勝令

日日醉紅樓。歸來五更頭。問著諸般諱。揪撏不害羞。敲頭。敢設箇牙疼咒。揪揪。揪得來不待揪。殘元本陽春白雪二　鈔本陽春白雪前集三

庭院正無聊。單枕擁鮫綃。細雨和愁種。孤燈帶夢燒。難熬。促織兒窗前叫。焦焦。焦得來不待焦。殘元本陽春白雪二　鈔本陽春白雪前集三

花影下重簷。沉烟裊綉簾。人去青鸞杳。春嬌酒病厭。眉尖。常鎖傷春怨。忺忺。忺得來不待忺。殘元本陽春白雪二　鈔本陽春白雪前集三　中原音韻序

殘元本陽春白雪裊作衰。茲從鈔本陽春白雪及中原音韻序。音韻首句下作壓。

一笑自生嬌。春風蘭麝飄。夜月紅牙按。青螺雙鳳高。妖嬈。那裏有惹多俏。囂囂。囂得來不待囂。殘元本陽春白雪二　鈔本陽春白雪前集三

惹字及末一囂字。殘元本皆模糊。

〔雙調〕清江引

秋深最好是楓樹葉。染透猩猩血。風釀楚天秋。霜浸吴江月。明日落紅多去也。太平樂府二

〔雙調〕水仙子

依山傍水蓋茅齋。旋買奇花賃地栽。深耕淺種無災害。學劉伶死便埋。促光陰曉角

時牌。新酒在槽頭醉。活魚向湖上買。算天公自有安排。陽春白雪前集二

元刊本殘元本湖上買俱作湖今賣。茲從鈔本。元刊本醉作醡。

雪晴天地一冰壺。竟往西湖探老逋。騎驢踏雪溪橋路。笑王維作畫圖。揀梅花多處提壺。對酒看花笑。無錢當劍沽。醉倒在西湖。陽春白雪前集二

壽陽宮額得魁名。南浦西湖分外清。橫斜疎影窗間印。惹詩人説到今。萬花中先綻瓊英。自古詩人愛。騎驢踏雪尋。忍凍在前村。陽春白雪前集二　中原音韻

中原音韻不注撰人。○鈔本陽春白雪印作映。茲從元刊本及中原音韻。音韻末句無忍字。

閑時高臥醉時歌。守己安貧好快活。杏花村裏隨緣過。勝堯夫安樂窩。任賢愚後代如何。失名利癡呆漢。得清閑誰似我。一任他門外風波。陽春白雪前集二

鈔本首句歌作哦。

六神和會自安然。一日清閑自在仙。浮雲富貴無心戀。蓋茅庵近水邊。有梅蘭竹石蕭然。趁村叟雞豚社。隨鬬牛兒沽酒錢。直喫到月墜西邊。陽春白雪前集二

元刊本喫到作喫内。茲從鈔本。

黄金散盡學風流。學得風流兩鬢秋。笑煞那看錢奴枉了干生受。我覷榮華似水上漚。則不如趁中年散誕優游。斟緑酒低低的勸。殢紅粧慢慢的謳。醉時節錦被裏舒頭。陽

春白雪前集二

元刊本笑煞作笑您。兹從鈔本。

燈花占信又無功。鵲報佳音耳過風。綉衾温暖和誰共。隔雲山千萬重。因此上慘緑愁紅。不付能博得箇團圓夢。覺來時又撲箇空。杜鵑聲又過牆東。陽春白雪前集二

元刊本殘元本不付能俱作不付得。兹從鈔本。鈔本得箇作得分。覺來作夢來。兹從元刊本殘元本。

自足

杏花村裏舊生涯。瘦竹疎梅處士家。深耕淺種收成罷。酒新篘魚旋打。有雞豚竹筍藤花。客到家常飯。僧來穀雨茶。閑時節自煉丹砂。太平樂府二

東湖所見

東風深處有嬌娃。杏臉桃腮鬢似鴉。見人羞行入花陰下。笑吟吟回顧咱。惹詩人縱步隨他。見軟地兒把金蓮印。唐土兒將綉底兒踏。恨不得雙手忙拿。太平樂府二

明大字本回顧咱作回頭看咱。

〔雙調〕殿前歡

和阿里西瑛韻

白雲窩。樵童斟酒牧童歌。醉時林下和衣臥。半世磨陀。富和貧争甚麽。自有閑功課。共野叟閑吟和。呵呵笑我。我笑呵呵。殘元本陽春白雪二　鈔本陽春白雪前集三

争甚麽原作伊甚麽。兹改。

白雲窩。閑賒村酒杖藜拖。樂天知命隨緣過。儘自婆娑。任風濤萬丈波。難著莫。醉裏乾坤大。呵呵笑我。我笑呵呵。殘元本陽春白雪二

杖藜下二字原本模糊。任校以意擬補拖樂二字。兹從之。

白雲窩。浮雲富貴待如何。閑時膝上横琴坐。半世磨陀。待爲□□甚麽。無著莫。把世事都參破。呵呵笑我。我笑呵呵。殘元本陽春白雪二

闕字原本模糊。任校謂疑是官做二字。

白雲窩。天邊烏兔似飛梭。安貧守己窩中坐。儘自磨陀。教頑童做過活。到大來無災禍。園中瓜果。門外田禾。殘元本陽春白雪二

大原作人。兹改正。

白雲窩。守著箇知音知律俏奴哥。醉時鴛帳同衾臥。兩意諧和。儘今生我共他。有句話閑提破。花前對飲。月下高歌。殘元本陽春白雪二

［雙調］雁兒落過得勝令

落花

惜殘紅惜嫩紅。如曉夢如春夢。寂寞了金谷園。冷落了桃源洞。錯怨五更風。蜂蝶去無踪。一徑胭脂重。千機錦綉空。西東。魂返丹山鳳。嬌容。馬嵬坡塵土中。太平樂府三

宋方壺

方壺名子正。華亭人。嘗於華亭鶯湖闢室若干楹。方疎四起。晝夜長明。如洞天狀。名曰方壺。因以爲號。

小令

〔仙吕〕一半兒

別時容易見時難。玉減香消衣帶寬。夜深綉户猶未拴。待他還。一半兒微開一半兒關。太平樂府五

〔中吕〕紅綉鞋

閲世

短命的偏逢薄倖。老成的偏遇真成。無情的休想遇多情。懵懂的憐瞌睡。鶻伶的惜

惺惺。若要輕別人還自輕。太平樂府四　樂府羣珠四

客況

雨瀟瀟一簾風勁。昏慘慘半點燈明。地爐無火撥殘星。薄設設衾剩鐵。孤另另枕如冰。我却是怎支吾今夜冷。太平樂府四　樂府羣珠四

〔中呂〕山坡羊

道情

布袍粗襪。山間林下。功名二字皆勾罷。醉聯麻。醒烹茶。竹風松月渾無價。緑綺紋楸時聚話。官。誰問他。民。誰問他。太平樂府四　樂府羣珠一

明大字本太平樂府皆勾作都勾。

青山相待。白雲相愛。夢不到紫羅袍共黄金帶。一茅齋。野花開。管甚誰家興廢誰成敗。陋巷簞瓢亦樂哉。貧。氣不改。達。志不改。太平樂府四　樂府羣珠一

〔商調〕梧葉兒

懷古

黄州地。赤壁磯。衰草接天涯。周公瑾。曹孟德。果何爲。都打入漁樵話裏。太平樂府五

〔雙調〕清江引

分韻爲崔月英

東山湧起玉兔穴。宇宙光相射。二八風流人。三五團圓夜。廣寒宫第一枝折去也。太平樂府二

托詠

剔禿圞一輪天外月。拜了低低説。是必常團圓。休着些兒缺。願天下有情底都似你

者。太平樂府二

〔雙調〕水仙子

隱者

青山緑水好從容。將富貴榮華撇過夢中。尋着箇安樂窩勝神仙洞。繁華景不同。忒快活別是箇家風。飲數杯酒對千竿竹。烹七椀茶靠半畝松。都强如相府王宫。太平樂府二

青山緑水暮雲邊。堪畫堪描若輞川。閑歌閑酒閑詩卷。山林中且過遣。麄衣淡飯隨緣。誰待望彭祖千年壽。也不戀鄧通數貫錢。身外事賴了蒼天。太平樂府二

居庸關中秋對月

一天蟾影映婆娑。萬古誰將此鏡磨。年年到今宵不缺些兒箇。廣寒宫好快活。碧天遥難問姮娥。我獨對清光坐。閑將白雪歌。月兒你團圓我却如何。太平樂府二

元刊本年年下無到今宵三字。兹從元刊八卷本瞿本。

嘆世

時人箇箇望高官。位至三公不若閑。老妻頑子無憂患。一家兒得自安。破柴門對緑水青山。沽村酒三杯醉。理瑶琴數曲彈。都回避了膽戰心寒。太平樂府二

元刊八卷本瞿本膽戰俱作膽顫。瞿本一家作滿家。茲俱從元刊本。

〔雙調〕雁兒落過得勝令

閑居

功名夢不成。富貴心勾罷。青山緑水間。茅舍疎籬下。廣種邵平瓜。細焙玉川茶。遍插淵明柳。多栽潘令花。清佳。尋方外清幽話。歡恰。與親朋閑戲耍。太平樂府三

瞿本多栽作多種。此從元刊本等。

套數

〔黄鍾〕醉花陰

走蘇卿

雪浪銀濤大江迥。舉目玻璃萬頃。天際水雲平。浩浩澄澄。越感的人孤另。一葉片帆輕。直趕到金山不見影。

〔喜遷鶯〕見樓臺掩映。徹雲霄金壁層層。那能。上方幽徑。我則見寶殿濛濛紫氣生。真勝境。驀聞的幽香縹緲。則不見可喜娉婷。

〔出隊子〕心中傒倖。意癡癡愁轉增。猛然見梵王宫得悟的老禪僧。何處也金斗郡無心蘇小卿。空閃下臨川縣多情雙縣令。

〔刮地風〕我這裏叉手躬身將禮數迎。請禪師細説叮嚀。他道有一箇女娉婷寺裏閑蹋蹬。他生的嬝嬝婷婷。閣不住的雨泪盈盈。愁凄凄有如癡挣。悶懨懨染成疾病。蘸霜毫回廊下壁上題名。猛抬頭恰定睛。正是俺可意多情。走龍蛇字體兒堪人敬。他訴衷腸表志誠。

〔四門子〕他道狠毒娘硬接了馮魁的定。揣與我箇惡罪名。當初實意兒守。真心兒等。

恰便似竹林寺有影不見形。實意兒守。真心兒等。他可便如何折證。

〔古水仙子〕他他他覰絶罷兩泪傾。便有那九江水如何洗得清。當初指雁爲羹。充飢畫餅。道無情却有情。我我我暗暗的仔細評論。俏蘇卿摔碎粉面筝。村馮魁硬對菱花鏡。則俺狠毒娘有甚前程。

〔者刺古〕占天邊月共星。同坐同行。對神前説誓盟。言死言生。香焚在寶鼎。酒斟在玉觥。越越的人孤另。分開燕鶯。

〔神仗兒〕唤梢公忙答應。休要意掙。誰敢道是半霎消停。直趕到豫章城。

〔節節高〕碧天雲凈。緑波風定。銀蟾皎潔。猛然見俺多情薄倖。俺兩箇附耳言。低聲語。攜手行。呀。下水船如何覓影。

〔尾聲〕説與你箇馮魁耐心聽。俺兩箇喜孜孜俏語低聲。你在那藍橋下細尋思謾謾等。

盛世新聲丑集　詞林摘艷九　雍熙樂府一　北宫詞紀六　北詞廣正譜引節節高　九宫大成七四引全套

盛世新聲重增本内府本詞林摘艷俱無題。與雍熙樂府俱不注撰人。雍熙題作趕蘇卿。原刊本徽藩本詞林摘艷題作走蘇卿。注宋方壺作。北宫詞紀題同雍熙。注董君瑞作。北詞廣正譜引節節高注宋方壺作。兹從摘艷及廣正譜。○(醉花陰)雍熙末句直作只。又與詞紀不見上俱有可怎生三字。九宫大成俱同雍熙。(喜遷鶯)雍熙聞作聽。又與詞紀徹作接。層層作重重。寶殿濛濛作

那寶殿玲瓏。可喜作可意的。大成俱同雍熙。（出隊子）雍熙梵王作楚王。無心作無心的。空閃下作那裏也。多情作的多情的。詞紀無心作無心的。多情作多情的。大成同雍熙。惟多情上無的字。（刮地風）盛世摘艷霜毫俱作雙毫。雍熙我這裏叉手作抄手。無閣字。抬頭作回頭。無走龍蛇二句。又與詞紀禪師俱作禪僧。娉婷作裙釵。淒淒作切切。染成疾作即漸成。蘸作拈。題名作標名。下有我可便三字。可意下有的字。大成我這裏叉手作叉手。餘同雍熙。（四門子）雍熙首句無他道及的字。硬作應。二句首襯他道二字。三四句作。真心兒守。實意兒等。六句以下作。真心兒守。實意兒等。我可便和誰折證。詞紀首句無的字。三句作當初真心兒守。以下全同雍熙。大成俱同雍熙。惟他道揣與作他到揣與。（古水仙子）雍熙首句無他他他三字。充飢上有似字。碎作碎了。對作對上。詞紀俱同。雍熙便有那作恰便似。末句作蘇婆婆無前程。詞紀評論作論評。末句作蘇虔婆有甚前程。大成俱同雍熙。（者剌古）雍熙香焚下無在字。又與詞紀越越俱作越感。大成三句説作把。餘同雍熙。（神仗兒）雍熙休作休得。三句作幾曾道半點兒消停。詞紀休作休得。是半霎作半霎兒。大成曲牌作九條龍。意掙作寱掙。餘同雍熙。（節節高）盛世摘艷附耳俱作付耳。雍熙詞紀雲浄俱作雲霽。緑波作翠波。無呀字。覓作見。雍熙見俺作見。低聲作低頭。大成俱同雍熙。廣正譜附耳作俯耳。無呀字。（尾聲）盛世摘艷耐心俱作奈心。雍熙詞紀心下俱有兒字。你在那作我教你。大成俱同雍熙。

〔南呂〕一枝花

蚊蟲

妖嬈體態輕。薄劣腰肢細。窩巢居柳陌。活計傍花溪。相趁相隨。聚朋黨成羣隊。逞輕狂撒蒂嫦。愛黄昏月下星前。怕青宵風吹日炙。〔梁州〕每日穿樓臺蘭堂畫閣。透簾櫳綉幕羅幃。帳嗡嗡喬聲氣。不禁拍撫。怎受禁持。廝鳴廝咂。相抱相偎。損傷人玉體冰肌。殢人嬌並枕同席。瘦伶仃腿似蛛絲。薄支辣翅如葦煤。快稜憎嘴似鋼錐。透人。骨髓。滿口兒認下胭脂記。想着痒懺懺那些滋味。有你後甚是何曾到眼底。到强如蝶使蜂媒。〔尾〕閑時節不離了花香柳影清陰裏睡。悶時節則就日暖風和葉底下依。不想瘦軀老人根前逞精細。且休説香羅袖裏。桃花扇底。則怕露冷天寒恁時節悔。太平樂府八　雍熙樂府一〇

雍熙樂府不注撰人。○（一枝花）雍熙蒂嫦作殢滯。（梁州）元刊八卷本太平樂府帳嗡嗡作帳帳嗡嗡。明大字本太平樂府懺懺作刷刷。無何曾二字。雍熙帳嗡嗡作悵嗡嗡。每日作每夜家。如葦

煤作似莩灰。認下作脋下。下二句作。想着那痒撒撒些滋味。有你時幾曾睡到眼底。（尾）元刊太平樂府怕字筆畫模糊。玆從元刊八卷本瞿本何鈔本及雍熙。明大字本則怕作則待。雍熙怕下有你字。天寒作風寒。

妓女

自生在柳陌中。長立在花街内。打熬成風月膽。斷送了雨雲期。只爲二字衣食。賣笑爲活計。每日都準備。準備下些送舊迎新。安排下過從的見識。

（梁州）有一等强風情迷魂子弟。初出帳筍嫩勤兒。起初兒待要成歡會。教那廝一合兒昏撒。半霎兒著迷。典房賣舍。棄子休妻。逐朝價密約幽期。每日價弄盞傳杯。一更裏酒釃花濃。半夜裏如魚似水。呀。五更頭財散人離。你東。我西。一番價有鈔一番睡。旋打算旋伶利。將取孛蘭數取梨。有甚希奇。

（尾）有錢每日同歡會。無錢的郎君好廝離。緑豆皮兒你請退。打發了這壁。安排下那壁。七八下裏郎君都應付得喜。太平樂府八

（一枝花）明大字本準備下些作準備下。過從作過後。（梁州）何鈔本起初兒作起初見。（尾）何鈔本緑豆作緑頭。

〔越調〕鬬鵪鶉

送別

落日遥岑。淡烟遠浦。蕭寺疎鐘。戍樓暮鼓。一葉扁舟。數聲去櫓。那慘慽。那淒楚。恰待歡娛。頓成間阻。

〔紫花兒〕瘦巖巖香消玉減。冷清清夜永更長。孤另另枕剩衾餘。羞花閉月。落雁沉魚。躊躇。從今後誰寄蕭娘一紙書。無情無緒。水淥藍橋。夢斷華胥。

〔調笑令〕肺腑。恨怎舒。三疊陽關愁萬縷。幽期密約歡愛處。動離愁暮雲無數。今夜月明何處宿。依依古岸黄蘆。

〔禿廝兒〕歡笑地不堪舉目。回首處景物蕭疎。星前月下誰共語。謾嗟吁。何如。

〔尾〕眼睜睜怎忍分飛去。痛殺我也吹簫伴侶。不付能恰住了送行客一帆風。又添起助離愁半江雨。

太平樂府七　盛世新聲未集　詞林摘艷一〇　詞謔　雍熙樂府七　北宫詞紀六　北詞廣正譜引鬬鵪鶉紫花兒　九宫大成二七引調笑令

盛世新聲無題。與詞林摘艷雍熙樂府俱不注撰人。詞謔云不知作者。〇〔鬬鵪鶉〕雍熙遠浦作迷

浦。（紫花兒）盛世瘦巖巖作病懨懨。摘艷詞謔同。（調笑令）盛世摘艷詞謔怎舒俱作難舒。又與詞紀歡愛俱作歡娛。盛世重增本摘艷詞謔暮雲俱作春雲。九宮大成離愁作離情。（禿廝兒）太平雍熙二樂府曲牌作鬼三台。盛世摘艷詞謔作麻郎兒。俱誤。兹從詞紀。盛世摘艷詞謔歡笑俱作歡娱。盛世摘艷謾嗟吁下俱多獨自躊躕一句。内府本摘艷作自躊躕。詞謔謾嗟吁作恁獨自感嘆。盛世摘艷於禿廝兒下俱多聖藥王一支。曲云。思伴侣。何處宿。可又早鬆金減玉瘦了身軀。鬼病添。神思虚。心似刀剜泪如珠。意懶上香車。詞謔詞紀亦俱有此一支。惟兩書首二句俱作。别太速。情最苦。鬆金上無可又早三字。心似作心如。意下有兒裏二字。（尾）盛世摘艷詞謔送行下俱無客字。

踏青

蝶使雙雙。蜂媒對對。燕語關關。鶯聲嚦嚦。仕女把芳尋。丫鬟將翠拾。節序宜。景物奇。麗日遲遲。和風習習。

〔紫花兒序〕嬌滴滴三春佳景。翠巍巍一帶青山。錦重重滿目芳菲。端的是宜晴宜雨。堪詠堪題。暢好是幽微。嫩柳夭桃傍小溪。時遇着春光明媚。人賀豐年。民樂雍熙。

〔小桃紅〕雕闌花簇綉屏圍。四季春爲貴。萬紫千紅引人意。囀黄鸝。鴛鴦如錦池塘睡。翫不盡山水無窮景致。更那堪花下杜鵑啼。

〔調笑令〕賞奇葩異卉。休直待錦離披。多感謝春工造化機。綵繩懸畫板秋千戲。遍郊園幕天席地。動笙歌一派音韻美。列山靈水陸筵席。

〔耍廝兒〕花萼拆香風拂鼻。柳絲垂翠藹攢眉。我則見蜂蝶趁花鶯燕飛。且歡賞。莫催逼。對飲樽罍。

〔聖藥王〕就着這花滿溪。柳滿隄。掩映着數株紅杏出疎籬。風吹的酒力微。景助的詩興起。見滴溜溜牆外舞青旗。直喫的醉扶歸。

〔尾聲〕慶風調雨順昇平日。保一統江山社稷。托賴着千千載仁主聖明朝。齊仰賀萬萬歲吾皇大明國。 盛世新聲未集 詞林摘艷一〇 雍熙樂府一三

盛世新聲重增本内府本詞林摘艷俱無題。與雍熙樂府俱不注撰人。雍熙題作賞春。原刊本徽藩本詞林摘艷題作踏青。注宋方壺作。案此曲尾聲有齊仰賀萬萬歲吾皇大明國之語。如非明人所改。則當爲作者由元入明之後所作。雍熙删去此支。非是。〇〔鬬鵪鶉〕盛世摘艷習習俱作淅淅。雍熙芳尋作芳草尋。翠拾作翠葉捨。捨當爲拾之譌。〔紫花兒序〕盛世及原刊本摘艷等一帶俱作一黛。兹從内府本摘艷及雍熙。兩書堪詠俱作堪賞。〔小桃紅〕盛世及原刊本摘艷等四季俱

作四注。玆從内府本摘艷。雍熙四季作四時景。引人作可人。更那堪作更和那。（調笑令）雍熙山靈作雲山。（聖藥王）雍熙風吹的作風力吹。（尾聲）雍熙無此支。

陳德和

生平不詳。

小令

〔雙調〕落梅風

雪中十事

貧兒翳桑

茶烟細。酒力微。都不索比評風味。翳桑兒悄聲私目提。省可裏臘前呈瑞。樂府羣玉三

謝女比絮

騷人謝。女論吟。雪飄時絮飛還恁。七言句兒誇到今。偏梨花比他争甚。樂府羣玉三

袁安高卧

身貧暴。志趣高。羨袁安那時清操。縱如今閉門僵睡著。道是儘教他忍寒干傲。樂府

羣玉三

陶穀烹茶

龍團細。蟹眼肥。竹爐紅小窗清致。試烹來是覺風韻美。比羊羔較争些滋味。樂府羣玉三

浩然騎驢

窮東野。忒好奇。凍得來戰欽欽地。待吟詩滿前都是題。偏則麽灞橋驢背。樂府羣玉三

李愬擊鵝

翻銀漢。戰玉龍。遍乾坤似粉粧胡洞。擊鵝羣亂軍成了大功。全不道藍關路馬蹄難動。樂府羣玉三

孫康映雪

無燈蠟。雪正積。想孫康向學勤力。映清光展書讀較畢。待天明困來恰睡。樂府羣玉三

游楊侍立

立來倦。睡未足。覷門前雪深迷路。師父覺來遲半步。忍不得也索回去。樂府羣玉三

泛剡王猷

乘雪夜。訪故人。剡溪冰短篷難進。凍歸來怕人胡議論。强支吾道興來還盡。樂府羣

玉三

寒江釣叟

寒江暮。獨釣歸。玉蓑披滿身祥瑞。他道縱如圖畫裏。則不如銷金帳暖烘烘地。樂府羣玉三

丘士元

生平不詳。

小令

〔中吕〕滿庭芳

相思

愁山悶海。沉吟暗想。積漸難睚。冷清清無語人何在。瘦損形骸。愁怕到黄昏在側。最苦是兜上心來。咱無奈。相思痛哉。獨自静書齋。樂府羣玉四

〔中吕〕普天樂

秋夜感懷

月空圓。人何在。寒蛩切切。塞雁哀哀。菊漸衰。荷錢敗。葉落西風雕闌外。斷人

腸如此安排。秋雲萬里。滿天離恨。伴我愁懷。樂府羣玉四　樂府羣珠四

羣珠伴我作侍我。

〔雙調〕折桂令

秋晚

楚天秋萬頃烟霞。孤雁聲悲。悽切傷咱。鐵馬叮噹。寒蛩不住。砧杵聲雜。銀臺上燒殘絳蠟。金爐内烟篆香加。感嘆嗟呀。痛憶嬌姿。恨滿天涯。樂府羣玉四　樂府羣珠三

相思

枉虚度歲月光陰。滿腹離愁。一片憂心。斜月穿窗。寒風透户。夜永更深。空落得忘餐廢寢。怎能够並枕同衾。院落沉沉。無限相思。付與瑶琴。樂府羣玉四　樂府羣珠三

〔雙調〕清江引

秋夜

夜闌夢迴人静悄。不住的寒蛩叫。細雨灑芭蕉。鐵馬簷前鬧。長吁幾聲兒得到曉。樂府羣玉四

〔雙調〕落梅風

江上聞笛

江天晚。起暮雲。恰纔方夜涼人静。風送玉簫三四聲。使離人憑闌愁聽。樂府羣玉四

吴梅校本改方爲的。

秋夜夢回

清秋夜。鴛夢回。鬧寒蛩絮人心碎。長吁幾聲人萬里。病形骸越添憔悴。樂府羣玉四

〔雙調〕慶東原

秋暮感懷

山連地。水映天。盼賓鴻過盡空嗟怨。朱簾半捲。西風檻邊。明月庭軒。堪嘆此時情。獨倚闌干遍。樂府羣玉四

王舉之

生平不詳。有贈胡存善折桂令一首。存善爲胡正臣子。見録鬼簿。舉之當生於元代後期。

小令

〔仙宮〕一半兒

手帕

藕絲纖膩織春愁。粉線輕盈惹暮秋。銀葉拭殘香臉羞。玉温柔。一半兒啼痕一半兒酒。樂府羣玉五

開書

泪痕香沁污鮫綃。墨迹淋漓損兔毫。心事渺茫雲路遥。念奴嬌。一半兒行書一半兒草。樂府羣玉五

樂府羣玉於張小山樂府之後。有水仙子。滿庭芳。紅綉鞋。天净沙。金字經。迎仙客。一半兒共九首。但皆不見張小山北曲聯樂府。其中除上列一半兒二首及下列滿庭芳。天净沙。水仙子各一首外。餘四首又見樂府羣珠。羣珠則明注王舉之作。以是知曲前必係失注撰人。而一半兒等五首既雜列舉之其他四曲之中。當亦爲舉之所作。兹並輯之。

〔南吕〕金字經

春日湖上

山色塗青黛。波光漾畫舸。小小仙鬟金縷歌。他。寶釵輕翠娥。花陰過。暖香吹綺羅。樂府羣玉五　樂府羣珠二

〔中吕〕迎仙客

戲題

雙解元。惡姻緣。豫章城月明秋滿天。販茶船。買命錢。占得春先。到稱了馮魁願。

樂府羣玉五　樂府羣珠四

〔中吕〕滿庭芳

春夜

梨花月明。秋千露冷。楊柳烟澄。海棠病酒風吹醒。不用銀燈。闌干外閑花有影。柳梢頭宿鳥無聲。羅幃静。香銷玉鼎。禁鼓報初更。樂府羣玉五

〔中吕〕紅綉鞋

秋日湖上

紅葉荒林酒興。黄花老圃詩情。柳塘新雁兩三聲。湖光扶不定。山色畫難成。六橋風露冷。樂府羣玉五　樂府羣珠四

棲雲弔貫酸齋

蘆花被西風香夢。玉樓才夜月雲空。棲雲山上小崆峒。蟠桃仙路種。詩句古苔封。

教清名天地中。樂府羣玉五　樂府羣珠四

樂府羣珠清名作清明。

〔越調〕天净沙

過長春宮

壺中霞養丹砂。窗前雲覆桃花。塵外誰分歲華。客來閑話。呼童掃葉烹茶。樂府羣玉五

〔雙調〕折桂令

鶴骨笛

洗閑愁一曲桓伊。瓊管高閑。錦字精奇。松露玲瓏。高魂縹緲。夜氣依微。九皋夢聲中喚起。一天霜月下鶩飛。妙趣誰知。零落秋雲。汙我仙衣。樂府羣珠三

虎頂杯

宴穹廬月暗西村。劍舞青蛇。角奏黄昏。瑪瑙盤呈。瓊瑶液暖。狐兔愁聞。猩血冷猶凝舊痕。玉纖寒似怯英魂。豪士雲屯。一曲琵琶。少箇昭君。樂府羣珠三

羊羔酒

杜康亡肘後遺方。自墮甘泉。紫府仙漿。味勝醍醐。醲欺琥珀。價重西涼。凝碎玉金杯泛香。點浮酥鳳琖鎔光。錦帳高張。党氏風流。低唱新腔。樂府羣珠三

蝦鬚簾

隔花陰輕護朱門。水影藏嬌。海氣籠春。月晃纖波。風摇細浪。跡遠凡塵。翡翠亭低垂燕嗔。水精寒深秘龍珍。雲雨難親。咫尺天涯。别是乾坤。樂府羣珠三

閨怨

嘆窗前乾鵲無靈。殢定花梢。訴盡春情。鳳枕慵擡。鴛衾倦理。鸞鑑空明。喚玉英休開翠屏。滅香肌羞見金鶯。欲睡難成。待寄誰憑。何處卿卿。樂府羣珠三

贈胡存善

問蛤蜊風致何如。秀出乾坤。功在詩書。雲葉輕盈。靈華纖膩。人物清癯。采燕趙天然麗語。拾姚盧肘後明珠。絶妙功夫。家住西湖。名播東都。樂府羣珠三

讀史有感

北邙山多少英雄。青史南柯。白骨西風。八陣圖成。六韜書在。百戰塵空。輔漢室功成臥龍。釣磻溪兆入飛熊。世事秋蓬。惟有漁樵。跳出樊籠。樂府羣珠三

三茅山行

紫芝香石室清幽。不老乾坤。自在春秋。古桂寒香。枯梅瘦影。曲澗清流。飛膏雨龍歸洞口。弄晴雲鶴舞山頭。小小瀛洲。翠户金扃。玉宇瓊樓。樂府羣珠三

七夕

鵲橋横低蘸銀河。鸞帳飛香。鳳輦凌波。兩意綢繆。一宵恩愛。萬古蹉跎。剖犬牙瓜分玉菓。吐蛛絲巧在銀盒。良夜無多。今夜歡娛。明夜如何。樂府羣珠三

二喬觀書圖

玉肌膚紈扇風流。一榻春情。兩國仇讎。機密胸中。姻緣夢裏。往事眉頭。銅雀臺烟愁緑柳。石頭城月冷荒溝。巧計深謀。妙策良籌。睡煞東吴。戀煞南州。樂府羣珠三

送友赴都

簿書中暫駐行車。白也無敵。赤爾何如。萬法依公。片言折獄。千里攜書。賦温潤荊山進玉。吐宮商合浦還珠。天樂府羣珠三

天下原闕十餘字。

懷錢塘

記湖山堂上春行。花港觀魚。柳巷聞鶯。一派湖光。四圍山色。九里松聲。五花馬金鞭弄影。七步才錦字傳情。寫入丹青。雨醉雲醒。柳暗花明。樂府羣珠三

春暮

點紗窗翠簇殘紅。歸路悠悠。情思匆匆。怕啓朱扉。慵拈翠靨。倦理香絨。榆錢小難酬化工。柳絲長不繫東風。減盡芳容。翠草蒙茸。緑樹玲瓏。樂府羣珠三

訪道士不遇

鶴飛來踏破秋陰。經盡南華。月落西岑。煉汞爲銀。炊烟煮石。點鐵成金。蘆花被藤牀竹枕。芰荷衣梅杖桐琴。鳳舞鸞吟。爾不知音。誰是知音。樂府羣珠三

以上折桂令共十四首。俱見樂府羣珠。除鶴骨笛及二喬觀書圖二首外。其餘每首頂端羣珠俱注一玉字。以示並見樂府羣玉。惟今本羣玉頗有訛奪。上列各曲全佚。

〔雙調〕水仙子

春日即事

魚鱗玉尺戲晴波。燕嘴芹泥補舊窩。兔毫香墨閑工課。飲瓊漿捲玉螺。柳絲長忙煞鶯梭。雲娥低和。嬌羞謾歌。不醉如何。樂府羣玉五

張彦文

生平不詳。

套數

〔南吕〕一枝花

春風醉碧桃。流水題紅葉。只因閑信馬。爲此誤隨車。粧泮粧呆。一笑千金捨。癡心不暫歇。經了些歡聚愁别。情債填還未徹。

〔牧羊關〕天邊鳳。花上蝶。才伶俐又還粘惹。都因眼約心期。引鬪得腸懷腹熱。雲雨新情重。風月舊恩絶。翡翠合歡帶。鴛鴦交頸結。

〔菩薩梁州〕鎖窗風細篆烟斜。有誰窺妾。畫樓燈暗彩雲遮。穩占巢穴。共花朝同月夜。指望永同歡悦。劣寃家水性特隨斜。陡恁喡遮。雙漸又程賒。蘇卿又薄劣。馮魁懇切。不隄防暗使鍬掘。玉簪掂做兩三截。琴弦已斷應難接。誰成望弄巧翻成拙。甚全不似那時節。應得傍人做話説。是自家緣業。

〔隨煞〕虧心底自有神天折。薄倖教隨唾津兒滅。休道你花朵兒般身軀没彫謝。你箇聰明的小姐寧心兒記者。喒這説下的盟言應去也。梨園樂府上

〔牧羊關〕情重原作晴重。茲改。

于志能

志能號無心。中原音韻云。吉安龍泉縣水滸米倉。志能欲縣官利塞其口。作水仙子示人。自謂得意。末句云早難道水米無交。觀其全集。自名之曰樂府。悉皆此類。

殘曲

〔雙調〕水仙子

早難道水米無交。中原音韻作詞起例　堯山堂外紀七一

柴野愚

生平不詳。

小令

〔雙調〕枳郎兒

訪仙家。訪仙家遠遠入烟霞。汲水新烹陽羨茶。瑶琴彈罷。看滿園金粉落松花。太和正音譜下　北詞廣正譜　九宫大成六六　元明小令鈔

〔雙調〕河西六娘子

駿馬雙翻碧玉蹄。青絲鞚黄金羈。入秦樓將在垂楊下繫。花壓帽簷低。風透綉羅衣。裊吟鞭月下歸。太和正音譜下　北詞廣正譜　九宫大成五九　元明小令鈔

太和正音譜次句黄作兒。兹從北詞廣正譜九宫大成元明小令鈔。大成雙翻作雙飛。

殘曲

〔般涉調〕

〔尾聲〕麟在郊麟在郊。鳳在藪鳳在藪。雲開黄道臻天壽。永祝皇基萬年久。太和正音譜下

方伯成

生平不詳。姓名僅見詞林摘艷。

套數

〔正宮〕端正好北

憶別

柳飛綿花飄瓣。又一番春事闌珊。蜂迷蝶困鶯聲懶。感起我愁無限。

〔錦纏道南〕這其間即漸里相思病攢。清瘦減潘顏。自別來如隔萬水千山。非是他情疎意懶。多應我分淺緣慳。無奈被人訕。粧成科範。將咱好事攔。謾憶恩和愛。恰一似夢邯鄲。

〔賽鴻秋北〕赤緊的楚陽臺險峻似連雲棧。武陵溪間隔東洋岸。他將那錦回文合歡帶皆揪綻。綉香囊同心結都拆散。揉損並頭花。斫斷連枝榦。恨不的繞池塘捽碎了鴛

鴦彈。

〔普天樂南〕少欠下風流難。捱不徹憂愁限。傷心處鳳隻鸞單。孤眠時枕冷衾寒。自那日私情犯。料想嬌姿遭拘絆。我痛着迷不似今番。愁眉泪眼。恨別離最易。相見應難。

〔伴讀書帶過笑和尚北〕停歇了泥金柬。隔斷了衡陽雁。將一段美愛幽歡常凝盼。爲他時曉夜心無憚。怎承望冰人托夢成虛幻。似羝羊觸藩。無人駕司馬車。憑誰舉梁鴻案。賈充宅頻巡看。張京兆情緒慳。沈東陽膽心寒。兩眉攢。寸心拴。將意馬鎖心猿按。

〔刮地風南〕降下一天愁共煩。到如今怎辭難。良緣有分非爲晚。事從人只在閑。明月再圓。彩雲休散。辦心堅管熬得海枯石爛。天若有意天顧盼。終有箇稱心間。

〔尾聲南〕才郎有日重相盼。破鏡重圓真箇罕。把許下心香夜夜還。盛世新聲子集　詞林摘艷六　雍熙樂府二

盛世新聲重增本內府本詞林摘艷俱無題。與雍熙樂府皆不注撰人。雍熙題作重會。原刊本徽藩本詞林摘艷題作憶別。注元方伯成作。○〔端正好北〕雍熙春事作春思。〔錦纏道南〕盛世摘艷謾憶俱作謾意。盛世原刊摘艷及雍熙訕俱作赸。茲從內府本摘艷。內府本摘艷清瘦作消瘦。雍熙

萬水千山作萬山。非是他作非是俺。分淺緣慳作緣薄分淺。恰一似作一似。（賽鴻秋北）盛世摘艷回文作迴紋。雍熙險峻作峻險。隔作隔着。（普天樂南）雍熙孤眠時作孤眠。我痛作痛。（伴讀書帶過笑和尚北）盛世摘艷泥金柬俱作泥金字。（刮地風南）内府本摘艷只在作自在。雍熙辭難作辭艱。（尾聲）雍熙首句作人情好事未闌。

賈固

固字伯堅。山東沂州人。善樂府。諧音律。任揚州路總管。後拜中書左參政事。青樓集云。固任山東僉憲。屬意歌妓金鶯兒。與之甚昵。後除西臺御史。不能忘情。作醉高歌紅綉鞋曲以寄之。曰。樂心兒云云。由是臺端知之。被劾而去。

小令

〔中吕〕醉高歌過紅綉鞋

寄金鶯兒

樂心兒比目連枝。肯意兒新婚燕爾。畫船開拋閃的人獨自。遥望關西店兒。黄河水流不盡心事。中條山隔不斷相思。當記得夜深沉人静悄自來時。來時節三兩句話。去時節一篇詩。記在人心窩兒裏直到死。青樓集　彩筆情辭一二　樂府羣珠四收紅綉鞋

彩筆情辭題作寄妓金鶯兒。〇明鈔説集本青樓集遥望下有着字。末句無人字。

周德清

德清號挺齋。江右人。宋周美成之後。工樂府。善音律。病世之作樂府有逢雙不對。襯字尤多。文律俱謬。有韻脚用平上去不一而唱者。有句中用入聲拗而不能歌者。有歌其字音非其字者。令人無所守。乃自著中原音韻。以爲正語之本。變雅之端。其法以聲之清濁。定字爲陰陽。如高聲從陽。低聲從陰。使用字者隨聲高下。措字爲詞。各有攸當。以聲之上下。分韻爲平仄。如入聲直促難諧音調。故成韻之入聲。悉派三聲。誌以黑白。使用韻者隨字陰陽。置韻成文。各有所協。則清濁得宜。上下中律。而無淩犯逆物之患矣。虞集序之。以傳於世。又自製爲樂府甚多。回文集句連環簡梅雪花諸體。皆作當世之人所不能作者。長篇短章。悉可爲人作詞之定格。時人皆謂德清之韻。不獨中原。乃天下之正音也。德清之詞。不惟江南。實天下之獨步也。

小令

〔正宮〕塞鴻秋

潯陽即景

長江萬里白如練。淮山數點青如澱。江帆幾片疾如箭。山泉千尺飛如電。晚雲都變露。新月初學扇。塞鴻一字來如線。太平樂府一

灞橋雪擁驢難跨。剡溪冰凍船難駕。秦樓美醖添高價。陶家風味都閑話。羊羔飲興佳。金帳歌聲罷。醉魂不到藍關下。太平樂府一

元刊本瞿本難駕俱作難架。玆從元刊八卷本明大字本。

〔中呂〕朝天子

秋夜客懷

月光。桂香。趁着風飄蕩。砧聲催動一天霜。過雁聲嘹喨。叫起離情。敲殘愁況。夢家山身異鄉。夜涼。枕涼。不許愁人强。太平樂府四　詞林摘艷一　元明小令鈔

元明小令鈔愁況作客況。愁人作離人。

書所見

鬢鴉。臉霞。屈殺將陪嫁。規模全是大人家。不在紅娘下。笑眼偷瞧。文談回話。真如解語花。若咱。得他。倒了葡萄架。太平樂府四　詞林摘艷一　詞品　堯山堂外紀六八　元明小令鈔

詞品堯山堂外紀俱謂此曲關漢卿作。○詞品屈殺下有了字。全是作全似。笑眼偷瞧作巧笑迎人。堯山堂外紀俱同。

〔中呂〕滿庭芳

看岳王傳

披文握武。建中興廟宇。載清史圖書。功成却被權臣妒。正落奸謀。閃殺人望旌節中原士夫。誤殺人棄丘陵南渡鑾輿。錢塘路。愁風怨雨。長是灑西湖。中原音韻　詞林摘艷一

韓世忠

安危屬君。立勤王志節。比翊漢功勳。臨機料敵存威信。際會風雲。似恁地盡忠勇匡君報本。也消得坐都堂秉笏垂紳。閑評論。中興宰臣。萬古揖清芬。中原音韻　詞林摘艷一

誤國賊秦檜

官居極品。欺天誤主。賤土輕民。把一場和議爲公論。妒害功臣。通賊虜懷奸誑君。那些兒立朝堂仗義依仁。英雄恨。使飛雲幸存。那裏有南北二朝分。中原音韻　詞林摘艷一

詞林摘艷題作誤國秦檜。

張俊

謀淵略廣。論兵用武。立國安邦。佐中興一代賢明將。怎生來險幸如狼。蓄禍心奸私放黨。附權臣構陷忠良。朝堂上。把一箇精忠岳王。屈死葬錢塘。中原音韻　詞林摘

以上四首中原音韻不注撰人。

〔中呂〕紅綉鞋

郊行

茅店小斜挑草稕。竹籬疎半掩柴門。一犬汪汪吠行人。題詩桃葉渡。問酒杏花村。醉歸來驢背穩。太平樂府四

穿雲響一乘山簥。見風消數盞村醪。十里松聲畫難描。楓林霜葉舞。蕎麥雪花飄。又一年秋事了。太平樂府四

雪意商量酒價。風光投奔詩家。準備騎驢探梅花。幾聲沙嘴鴈。數點樹頭鴉。説江山憔悴煞。太平樂府四

賞雪偶成

共妾圍爐説話。呼童掃雪烹茶。休説羊羔味偏佳。調情須酒興。壓逆索茶芽。酒和

茶都俊煞。太平樂府四

〔中吕〕陽春曲

秋思

千山落葉巖巖瘦。百結柔腸寸寸愁。有人獨倚晚粧樓。樓外柳。眉葉不禁秋。太平樂府四　樂府羣珠一

元刊八卷本瞿本太平樂府及樂府羣珠百結柔腸俱作百尺危闌。兹從元刊太平樂府。

春晴

雨晴花柳新梳洗。日暖蜂蝶便整齊。曉寒鶯燕旋收拾。催唤起。早赴牡丹期。太平樂府四　太和正音譜下　樂府羣珠一

春晚

轁挑斜月明金韂。花壓春風短帽簷。誰家簾影玉纖纖。粘翠靨。消息露眉尖。太平樂府

四 樂府羣珠一

明大字本太平樂府轓作粘。何鈔本太平樂府作黐。

別情

月兒初上鵝黄柳。燕子先歸翡翠樓。梅魂休暖鳳香篝。人去後。鴛被冷堆愁。太平樂府

四 樂府羣珠一 北詞廣正譜

元刊太平樂府篝作篝。廣正譜同。兹從元刊八卷本瞿本太平樂府及羣珠。

贈歌者韓壽香

素梅又見樽前唱。紅葉何時水上忙。姓名端的不尋常。韓壽香。一字暗包藏。太平樂府

四 樂府羣珠一

半池暖緑鴛鴦睡。滿徑殘紅燕子飛。一林老翠杜鵑啼。春事已。何日是歸期。太平樂府

四 樂府羣珠一

〔越調〕天净沙

周德清

嘲歌者茶茶

根窠生長靈芽。旗槍搠立烟花。不許馮魁串瓦。休擡高價。小舟來販茶茶。太平樂府三

舟阻女兒港

廬山面已難尋。孤山鞋不曾沉。掩面留鞋意深。不知因甚。女兒港到如今。太平樂府三

〔越調〕柳營曲

冬夜懷友

暮雲收。冷風颼。到中宵月來清更幽。倚遍江樓。望斷汀洲。雪月照人愁。舍梅花誰是交游。飲松醪自想期儔。王子猷干罷手。戴安道且蒙頭。休。誰駕剡溪舟。太平樂府三

元刊本誰作推。玆從元刊八卷本瞿本明大字本。

別友

一葉身。二毛人。功名壯懷猶未伸。夜雨論文。明月傷神。秋色淡離樽。離東君桃李侯門。過西風楊柳漁村。酒船同棹月。詩擔自挑雲。君。孤雁不堪聽。太平樂府三

元刊本過作遇。茲從元刊八卷本瞿本何鈔本。

有所思

燕子來。海棠開。西廂尚愁音信乖。問柳章臺。採藥天台。歸去却傷懷。恰嗔人踏破蒼苔。不知他行出瑤階。見剛剛三寸跡。想窄窄一雙鞋。猜。多早晚到書齋。太平樂府三

〔雙調〕沉醉東風

有所感

流水桃花鱖美。秋風蓴菜鱸肥。不共時。皆佳味。幾箇人知。記得荆公舊日題。何

處無魚羹飯喫。太平樂府二

羊續高高掛起。馮驩苦苦傷悲。大海邊。長江内。多少漁磯。記得荆公舊日題。何處無魚羹飯喫。太平樂府二

鯤化鵬飛未必。鯉從龍去安知。漏網難。吞鉤易。莫過前溪。記得荆公舊日題。何處無魚羹飯喫。太平樂府二

藏劍心腸利己。吞舟度量容誰。棹月歸。邀雲醉。縮項鯿肥。記得荆公舊日題。何處無魚羹飯喫。太平樂府二

〔雙調〕蟾宫曲

送客之武昌

折垂楊都是殘枝。詩滿銀箋。酒勸金卮。自在廬山。君遊鄂渚。兩地相思。白鹿洞誰談舊史。黄鶴樓又有新詩。撚斷吟髭。笑把霜毫。滿寫烏絲。太平樂府一　樂府羣珠三

明大字本太平樂府酒勸作酒滿。髭作鬚。茲從元刊本等太平樂府及樂府羣珠。羣珠渚作省。

別友

唾珠璣點破湖光。千變雲霞。一字文章。吴楚東南。江山雄壯。詩酒疎狂。正雞黍樽前月朗。又鱸蒓江上風涼。記取他鄉。落日觀山。夜雨連牀。太平樂府一　樂府羣珠三

宰金頭黑脚天鵝。客有鍾期。座有韓娥。吟既能吟。聽還能聽。歌也能歌。和白雪新來較可。放行雲飛去如何。醉覩銀河。燦燦蟾孤。點點星多。中原音韻後序　樂府羣珠三

堯山堂外紀七一

樂府羣珠題作夜宴。

倚蓬窗無語嗟呀。七件兒全無。做甚麽人家。柴似靈芝。油如甘露。米若丹砂。醬甕兒恰纔夢撒。鹽瓶兒又告消乏。茶也無多。醋也無多。七件事尚且艱難。怎生教我折柳攀花。盛世新聲戌集　詞林摘艷一　留青日札二六　堯山堂外紀七一

盛世新聲詞林摘艷俱不注撰人。留青日札云元人小詞。未言作者。堯山堂外紀謂周德清作。兹從外紀。○留青日札無多俱作無些。

套數

〔南吕〕一枝花

遺張伯元

正伯牙志未諧。遇鍾子心能解。使高山羣虎嘯。要流水老龍哀。灑落襟懷。一笑乾坤大。高談雲霧開。幾行北雁吞聲。一片西山失色。

〔梁州〕無人我驚心句險。有江山空日烟埋。相逢盡是他鄉客。我淹吴楚。君顯江淮。雄遊海宇。挺出人材。箕裘事業合該。簪纓苗裔傳來。大胸襟進履圯橋。壯遊玩乘槎大海。老風波走馬章臺。千載。後代。子孫更風流煞。萬一見此豪邁。玉有潤難明借月色。出落吾儕。

〔隔尾〕向管中窺豹那知外。坐井底觀天又出來。運斧般門志何大。出削箇好歹。但成箇架格。未敢望將如棟梁採。太平樂府八　雍熙樂府一〇　北詞廣正譜引一枝花

雍熙樂府題作儒。不注撰人。○（梁州）雍熙海宇作海嶠。更風流煞作風流多丰態。萬一見作見

了他。（隔尾）元刊八卷本瞿本太平樂府又出俱作久出。兹從元刊太平樂府及雍熙。雍熙棟梁採作梁棟材。

〔越調〕鬭鵪鶉　雙陸

四角盤中。三十騎裏。多少機關。包藏見識。席上風前。花間樹底。起鬭剛。各論智。盤樣新奇。聲清韻美。

〔紫花兒〕月兒對渾如水照。夕兒花有若雲生。點兒踈恰似星稀。馬兒齊擺下。色兒大休擲。會撚色的便宜。更遞馬雙行休倒提。雖憑色難同使力。遞有高低。要識遲疾。

〔天凈沙〕盤中排營寨城池。眼前無弓箭旌旗。心内有刀槍劍戟。局面兒幾般形勢。似英雄征戰相持。

〔小桃紅〕散二似蕭何追韓信待回歸。衆軍士傍觀立。散三似敬德趕秦王不相離。有叔寶後跟隨。百一局似關雲長獨赴單刀會。敗到這其間有幾。贏了的百中無一。輸

了的似楚霸王刎江湄。

〔三臺印〕兩家局安營地。施謀智。似挑軍對壘。等破綻用心機。色兒似飛沙走石。漢高皇對敵楚項籍。諸葛亮要擒司馬懿。那兩箇地割鴻溝。這兩箇兵屯渭水。

〔金蕉葉〕撤底似孫臏伏兵未起。外划似孫武挑兵教習。五梁似呂望兵臨孟水。六梁似呂布遭圍下邳。

〔含笑花〕暗疾。函谷孟嘗歸。不下鴻門樊噲急。失家如誤了吴元濟。點頦如跳溪劉備。無梁如火燒曹孟德。撞門如拒水張飛。

〔小拜門〕把門似臨潼會裏。髭頦如細柳軍圍。看諸葛縱擒蜀孟獲。兩下裏。馬來回。堪題。

〔聖藥王〕等一擲。心暗喜。併合梁恨不的馬都回。恰四六十。又三四七。更么三一二緊相隨。心急馬行遲。

〔么〕販了遲。却變疾。頭頦捲盡可傷悲。色不隨。梁不齊。不甫能打的箇馬兒回。他一馬走如飛。

〔么〕么五梁没氣力。么四梁終較得。么三梁道吃了棧羊肥。[革亘]肚梁破到底。單單梁

無用的。二梁誰道不空回。則不破怎支持。

〔么〕若論遲。有甚奇。破着呵不打枉驅馳。怕兩帖子救一。道兩馬可當十。巴到家不得馬休題。更有截七帶去的。

〔麻郎兒〕到此際人難强嘴。空打的馬不停蹄。色不順那堪性急。焦起來更加錯遞。

〔么〕着的。可知。見疾。當局委實著迷。休懼怯睚他免回。如征戰要加神氣。

〔絡絲娘〕怕的是蓋着門甆着頦又起。村的是把着馬揭着頭蓋底。采到後喝着的都應的。也隨邪順着人意。

〔綿答絮〕明皇當日。力士跟隨。曾拈色數。殢殺楊妃。因呼得四。勑賜穿緋。以色娱人脱布衣。此物揚名出禁闈。疾變遲遲變爲疾。白轉紅紅轉做黑。

〔尾〕翻雲覆雨無碑記。則袖手旁觀笑你。休把色兒嗔。宜將世情比。太平樂府七　雍熙樂府一三　北詞廣正譜引聖藥王么篇（末支）

雍熙樂府不注撰人。○〔鬭鵪鶉〕瞿本太平樂府各論作明論。雍熙起作豈。〔小桃紅〕雍熙敗到作收到。陶刻太平樂府同。〔含笑花〕何鈔本太平樂府點頦作點額。〔小拜門〕雍熙甆作墊。下同。〔聖藥王么〕雍熙販作犯。何鈔本太平樂府作敗。〔么〕雍熙破着呵作破着箇。〔麻郎兒么〕何鈔本太平樂府要加作更加。〔絡絲娘〕雍熙采作來。都應作應着。〔綿答絮〕何鈔本太平樂府色數作

骰數。雍熙九句作疾變爲遲遲變疾。

贈小玉帶

不辨珉玒。紛紛貫耳。自覷瓊瑶。常常掛齒。匡皋相逢。荆山在此。這樂名。是誰賜。樣稱纖腰。光摇嫩指。

〔紫花兒〕却是紅如鶴頂。赤若雞冠。白似羊脂。是望月犀牛獨自。是穿花鸞鳳雄雌。是兔兒靈芝。是螭虎是翎毛是鷺鷥。是海青拏天鵝不是。我則是想像因而。你敢那就裏知之。

〔調笑令〕細思。好稱瘦腰肢。囿上偏宜舞柘枝。性温和雅稱芳名字。料應來一般胸次。色光澤瑩如美艷姿。都無那半點瑕玼。

〔小沙門〕別是箇玲瓏樣子。另生成剔透心兒。爲風流儘教撚斷髭。不負我。贈新詩。新詞。

〔聖藥王〕重覷視。巧意思。羽毛枝幹細如絲。温潤資。雕琢時。那其間應是辨妍媸。必定是明師。

〔尾〕掛金魚自古文章士。未敢望當來衣紫。有福後必還咱。上心來記着你。太平樂府七

雍熙樂府不注撰人。○（紫花兒）元刊本元刊八卷本太平樂府鷺鷥俱作鷺鶿。茲從瞿本明大字本太平樂府及雍熙。雍熙就裏作就理。何鈔本太平樂府拏作駕。（調笑令）瞿本太平樂府性温和作温和。明大字本太平樂府半點作半點兒。雍熙首二句作。細思你。好瘦腰肢。（小沙門）明大字本太平樂府不負我作不負。（聖藥王）元刊八卷本瞿本太平樂府是明師俱作拜明師。

殘曲

〔黄鍾〕（失牌名）

篇篇句句靈芝。字字與人爲樣子。中原音韻序

失宫調牌名

回文

畫家名有數家。嗔人門閉却時來問。中原音韻序

周德清

夏日

蟬自潔其身。螢不照他人。中原音韻序

紅指甲

朱顔如退却。白首恐成空。中原音韻序

失題

合掌玉蓮花未開。笑靨破香腮。中原音韻序

失題

殘梅千片雪。爆竹一聲雷。雪非雪。雷非雷。中原音韻序

周德清中原音韻引朝天子詠廬山早霞晚霞一首。未注撰人。堯山堂外紀卷七十一謂其詞即周德清作。案此曲王驥德曲律但謂元人作。詞林摘艷注無名氏作。任訥輯小山樂府。以中原音韻朝天子後即爲小山之紅綉鞋隱士一首。而二首共一評。因謂朝天子倘爲周氏已作。則豈有評語中

自詡爲知音傑作之理。周氏縱妄。應不至此。或二首皆小山之作歟。任氏辨此曲非周作。其説可從。至疑爲小山作。亦未必是。本書以之屬無名氏。不列周張兩家曲中。

班惟志

惟志字彦功。號恕齋。大梁人。或云松江人。少穎異。工文詞。善篆字。以鄧文原薦。補浮梁州學教授。判晉州。暇則延名士游。賡詠無虚日。歷官集賢待制。致和間。爲紹興推官。後至元間。知常熟州。陞浙江儒學提舉。子庭禪師祖柏不繫舟集有子庭嘲遊虎丘詩云。家家恕齋字。户户雪窗蘭。春來行樂處。只説虎丘山。蓋恕齋所作字。與僧雪窗所畫蘭。頗爲一時争尚也。

套數

〔南吕〕一枝花

秋夜聞箏

透疎簾風揺楊柳陰。瀉長空月轉梧桐影。冷雕盤香銷金獸火。咽銅龍漏滴玉壺冰。何處銀箏。聲嘹嚦雲霄應。逐輕風過短檽。耳纔聞天上仙韶。身疑在人間勝境。

〔梁州〕恰便似濺石窟寒泉亂湧。集瑶臺鸞鳳和鳴。走金盤亂撒驪珠迸。嘶風駿偃。潛沼魚驚。天邊雁落。樹梢雲停。早則是字樣分明。更那堪音律關情。淒涼比漢昭君塞上琵琶。清韻如王子喬風前玉笙。悠揚似張君瑞月下琴聲。再聽。愈驚。叮嚀一曲陽關令。感離愁。動別興。萬事縈懷百樣增。一洗塵清。

〔尾〕他那裏輕籠纖指冰絃應。俺這裏謾寫花箋錦字迎。越感起文園少年病。是誰家玉卿。只恁般可憎。唤的人一枕胡蝶夢兒醒。雍熙樂府八 北宫詞紀六

雍熙樂府不注撰人。○(梁州)北宫詞紀樹梢作樹杪。清韻作清楚。百樣作百恨。

鍾嗣成

嗣成字繼先。號醜齋。大梁人。居杭州。嘗從鄧文原曹鑑學。以明經累試於有司。數與心違。因杜門養浩然之志。其德業輝光。文行浥潤。人莫能及。善音律。能隱語。所編小令套數極多。著録鬼簿。記有元一代曲家事跡。爲研究元曲重要文獻。著雜劇七種。章臺柳。錢神論。蟠桃會。鄭莊公。斬陳餘。詐遊雲夢。馮諼燒券。今俱不存。

小令

〔正宮〕醉太平

繞前街後街。近大院深宅。怕有那慈悲好善小裙釵。請乞兒一頓飽齋。與乞兒繡副合歡帶。與乞兒換副新鋪蓋。將乞兒攜手上陽臺。設貧咱波孄孄。樂府羣玉三

俺是悲田院下司。俺是劉九兒宗枝。鄭元和俺當日拜爲師。傳留下蓮花落稿子。搠竹杖繞遍鶯花市。提灰筆寫遍鴛鴦字。打爻槌唱會鷓鴣詞。窮不了俺風流敬思。樂府羣玉三

吴梅校本改敬思爲才思。

風流貧最好。村沙富難交。拾灰泥補砌了舊磚窰。開一箇教乞兒市學。裹一頂半新不舊烏紗帽。穿一領半長不短黄麻罩。繫一條半聯不斷皂環縧。做一箇窮風月訓導。

樂府羣玉三

〔南吕〕罵玉郎過感皇恩採茶歌

四時佳興

春

梅花漏泄陽和信。才殘臘又新春。東風北岸冰消盡。元夜過。社日臨。中和近。天氣氤氳。花柳精神。駕香輪。馳玉勒。醉遊人。清明過了。飛絮紛紛。隔孤村。聞杜宇。怨東君。嘆芳辰。已三分。二分流水一分塵。寂寂落花傷暮景。萋萋芳草怕黄昏。太平樂府五　樂府羣珠二

夏

清和天氣逢初夏。更何處覓韶華。端陽過了炎威乍。藤枕攲。翠簟鋪。紗幮掛。住

處清佳。絶去諠譁。近深林。烹嫩筍。煮新茶。披襟散髪。沉李浮瓜。引蓮莆。斟竹葉。看荷花。羨歸鴉。趁殘霞。暮雲呈巧月如牙。静夜涼生深院宇。薰風吹透碧窗紗。太平樂府五　樂府羣珠二

元刊八卷本瞿本太平樂府及樂府羣珠月下俱無如字。兹從元刊太平樂府。

秋

梧飄一葉知時候。涼氣應暑潛收。樓頭乞巧傳聞舊。玉露泠。銀漢明。金飈透。大火西流。明月中秋。氣蕭條。光皎潔。景清幽。重陽近也。佳節堪酬。菊初簪。萸旋插。酒新篘。且登樓。試凝眸。眼前景物堪追遊。遠水長天同一色。白蘋紅葉滿汀洲。太平樂府五　樂府羣珠二

冬

鴛鴦瓦冷霜華重。漸凜冽釀寒冬。重簾不捲金鈎控。天氣嚴。風力威。冰澌凍。律應黄鍾。綉線添紅。日迎長。雲紀瑞。歲成功。彤雲遍野。瑞雪漫空。壓寒梅。欺勁竹。秀孤松。謝天公。慶時豐。燒殘爆竹一年終。萬物静觀皆自得。四時佳興與人同。太平樂府五　樂府羣珠二

元刊八卷本瞿本太平樂府及樂府羣珠律應俱作律中。兹從元刊太平樂府。

四景

風

薰風起自青蘋外。應時候自南來。此身如在清涼界。塵慮絶。天地寬。胸襟快。柳榭花臺。杏臉桃腮。手相攜。心廝愛。意同諧。偏宜出格。付與多才。捧銀荷。沉玉李。列金釵。簟舒開。枕相挨。吹將爽氣透吟懷。雪體冰肌消盛暑。也勝宋玉在蘭臺。太平樂府五　樂府羣珠二

花

千紅萬紫都争放。要占斷早春光。一枝分付嬌相向。曉露濃。晝日長。和風蕩。院粉宫黄。國色天香。逞嬌柔。增秀媚。競芬芳。秖愁暮晚。風雨相妨。愛芳姿。付密意。動情腸。向回廊。傍華堂。高燒銀燭照紅粧。遇景逢時隨意賞。也勝潘岳在河陽。太平樂府五　樂府羣珠二

雪

是誰家剪下瓊花瓣。飛六出遍長安。瓊樓玉宇連霄漢。素練飄。縞帶懸。銀杯散。

柳絮彫殘。蝶翅翩翻。灑歌樓。添酒價。助吟壇。壺天瑩徹。身地清閑。泛霞觴。歌水調。擁雲鬟。共開顔。且湯寒。興來未放酒杯乾。明日探梅應未晚。也勝和靖在孤山。太平樂府五　樂府羣珠二

太平樂府元刊本未放作水放。明大字本作休放。茲從元刊八卷本瞿本陶刻本。

月

一輪皓月明如晝。但得意是中秋。倒懸玉鏡無塵垢。皓彩浮。素影澄。清光透。皓齒明眸。粉面油頭。點花牌。行酒令。遞詩籌。詞林藝苑。舞態歌喉。共鴛朋。諧鳳友。效鸞儔。既無憂。又無愁。蟾光長願照金甌。天上姮娥人世有。也勝庾亮在南樓。太平樂府五　樂府羣珠二

四福

富

祖宗積德合興旺。居富室住高堂。錢財廣盛根基壯。快斡旋。會儹積。能生放。解庫槽房。碾磨油坊。錦千箱。珠論斗。米盈倉。逢時遇節。弄斝傳觴。待佳賓。開綺宴。出紅粧。奏笙簧。按宮商。金釵十二列成行。瑞靄迎門車馬鬧。春風滿座綺

羅香。太平樂府五　樂府羣珠二

貴

紫袍象簡黃金帶。算都是命安排。風雲慶會逢亨泰。歷練深。委用多。陞除快。日轉千階。位至三台。判南衙。開北省。任西臺。綉衣持節。寶劍金牌。拯民危。除吏弊。救天災。有奇才。會區畫。一官未盡一官來。治國安民勳業顯。封妻廕子品資該。太平樂府五　樂府羣珠二

福

前生造物安排定。今世裏享安榮。算來有福皆由命。門第高。品道增。簪纓盛。四海清寧。五穀豐登。好門庭。能受用。會施呈。顯榮父祖。感謝神明。遇良辰。逢美景。叙歡情。有才能。有名聲。正宜白髮看昇平。身地不占風水好。心田留與子孫耕。太平樂府五　樂府羣珠二

瞿本太平樂府舊校改品道作品禄。羣珠品道作品級。兹從元刊太平樂府。元刊八卷本作品通。

元刊本等太平樂府及羣珠門第俱作門地。兹從明大字本太平樂府。

壽

曉來雲外長庚現。浮瑞靄溢祥烟。今朝來赴蟠桃宴。掛壽星。點畫燭。焚香篆。廣

列華筵。共捧金船。慶生辰。加禄算。受皇宣。蓬萊未遠。松柏齊堅。弟兄和。夫婦樂。子孫賢。降羣仙。駕雲軒。鶴隨鸞鳳下遥天。但願長生人不老。更祈遐算壽千年。太平樂府五　樂府羣珠二

四情

悲

昨宵雨灑湘筠翠。都做了泪沾衣。只因心上閑縈繫。眉黛攢。夢寐多。肝腸碎。懊恨花飛。斷送春歸。碧天低。殘月墜。斷雲迷。琵琶怨慼。襟袖淋漓。漏聲長。人信杳。雁書稀。病厭羸。痛傷悲。千行垂了萬行垂。羅帕淹殘重想起。不禁枝上杜鵑啼。太平樂府五　樂府羣珠二

歡

春風盡日閑庭院。人美麗正芳年。時常笑顯桃花面。翠袖揎。玉筍呈。金杯勸。月殿嬋娟。洛浦神仙。臉霞鮮。眉月偃。鬢雲偏。同攜素手。並倚香肩。舞風前。歌月底。醉花邊。好姻緣。喜團圓。綺羅叢裏笑聲喧。百歲光陰能有幾。四時歡樂不

論錢。太平樂府五　樂府羣珠二

離

鳥啼花落殘春候。人去也意難留。別杯未舉愁先透。天氣晴。柳色新。山容秀。芳草汀洲。古木林丘。喚催歸。啼杜宇。叫軥輈。空房自守。雨泪難收。痛傷心。愁極目。懶回頭。上危樓。望行舟。夕陽西下水東流。準備香羅淹泪眼。安排錦字寄新愁。太平樂府五　樂府羣珠二

合

昨宵疑怪燈花爆。應好夢在今朝。朱簷靈鵲連聲噪。恨間別。喜會合。添歡笑。月上花梢。人樂春宵。綉房扃。銀燭滅。篆香飄。珠圍翠繞。緑嫩紅嬌。靠鴛帷。攲鳳枕。擁鮫綃。逞妖嬈。共柔薄。溶溶粉汗未全消。緑柳陰中鶯燕友。碧桃花下鳳鸞交。太平樂府五　樂府羣珠二

元刊太平樂府朱簷作朱簾。茲從元刊八卷本瞿本太平樂府及羣珠。何鈔本太平樂府及羣珠噪俱作噪。

四別

叙別

從來別恨曾經慣。都不似這今番。汪洋悶海無邊岸。痛感傷。謾哽咽。空嗟嘆。倦聽陽關。懶上征鞍。口慵開。心似醉。泪難乾。千般懊惱。萬種愁煩。這番別。明日去。甚時還。晚風閑。暮雲殘。鸞箋欲寄雁驚寒。坐處憂愁行處懶。別時容易見時難。太平樂府五　樂府羣珠二

恨別

風流得遇鸞凰配。恰比翼便分飛。綵雲易散琉璃脆。没揣地釵股折。廝琅地寶鏡虧。撲通地銀瓶墜。香冷金猊。燭暗羅幃。子刺地攪斷離腸。撲速地淹殘泪眼。吃答地鎖定愁眉。天高雁杳。月皎烏飛。暫別離。且寧耐。好將息。你心知。我誠實。有情誰怕隔年期。去後須憑燈報喜。來時長聽馬頻嘶。太平樂府五　樂府羣珠二

元刊本元刊八卷本瞿本太平樂府没揣俱作設揣。茲從明大字本太平樂府及羣珠。元刊本誰怕作難怕。茲從元刊八卷本瞿本及羣珠。

寄別

長江有盡愁無盡。空目斷楚天雲。人來得紙真實信。親手開。在意讀。從頭認。織錦回文。帶草連真。意誠實。心想念。話慇懃。佳期未准。愁黛常顰。怨青春。捱

白晝。怕黄昏。叙寒温。問原因。斷腸人寄斷腸人。錦字香沾新泪粉。彩箋紅漬舊啼痕。太平樂府五　中原音韻　樂府羣珠二

中原音韻不注撰人。○音韻愁無盡作思無盡。人寄作人憶。又與羣珠原因俱作緣因。沾俱作粘。

憶别

自從當日相别後。才提起泪先流。有時偷揾春衫袖。向夜深。綉枕邊。都渰透。獨抱衾裯。謾想温柔。兩家心。千種恨。一般愁。情懷渺渺。魂夢悠悠。水山遥。魚雁杳。雨雲收。見無由。恨相逐。黄昏半夜五更頭。在後相逢雖是有。眼前煩惱幾時休。太平樂府五　樂府羣珠二

元刊太平樂府末句休上有作字。兹從元刊八卷本等太平樂府及樂府羣珠。

〔雙調〕沉醉東風

聽不厭鸞笙象板。看不足鳳髻蟬鬟。按不住刺史狂。學不得司空慣。常不教粉吝紅慳。若不把羣花恣意看。飽不了平生餓眼。樂府羣玉三

〔雙調〕折桂令

詠西域吉誠甫

是梨園一點文星。西土儲英。中夏揚名。胸次天誠。口角河傾。席上風生。吞學海波瀾萬頃。戰詞壇甲胄千兵。律按璣衡。聲應和鈴。樂奏英莖。樂府羣玉三　樂府羣珠三

羣玉璣衡作機衡。聲應和鈴作聲和鈴落。茲俱從羣珠。羣珠末句闕莖字。

〔雙調〕清江引

採薇首陽空忍饑。枉了争閑氣。試問屈原醒。争似淵明醉。早尋箇穩便處閑坐地。樂府羣玉三

伯牙去尋鍾子期。講論琴中意。高山流水聲。誰是知音的。早尋箇穩便處閑坐地。樂府羣玉三

五湖去來越范蠡。甘作烟波計。功成心自閑。名遂身先退。早尋箇穩便處閑坐地。樂府羣玉三

楚狂接輿歌鳳兮。見人忙迴避。固知勢利心。豈識高賢意。早尋箇穩便處閑坐地。樂府羣玉三

到頭那知誰是誰。倏忽人間世。百年有限身。三寸元陽氣。早尋箇穩便處閑坐地。樂府羣玉三

秀才飽學一肚皮。要占登科記。假饒七步才。未到三公位。早尋箇穩便處閑坐地。樂府羣玉三

古今盡成閑是非。翻覆興和廢。休誇韓信功。謾説陳平智。早尋箇穩便處閑坐地。樂府羣玉三

鳳凰燕雀一處飛。玉石俱同類。分甚高共低。辨甚真和僞。早尋箇穩便處閑坐地。樂府羣玉三

道人淡然心似灰。酒色俱無意。絶交鸚鵡杯。退佃鴛鴦被。早尋箇穩便處閑坐地。樂府羣玉三

利名假饒争到底。争得成何濟。誰爲刎頸交。那是安窠計。早尋箇穩便處閑坐地。樂府羣玉三

情

夜長四壁人静悄。强把屏山靠。□路楚雲深。有夢無著落。俏魂靈險些兒乾送了。樂府羣玉三

吴梅校本於三句闕字處補一字。

夜長怎生得睡著。萬感縈懷抱。伴人瘦影兒。惟有孤燈照。長吁氣一聲吹滅了。樂府羣玉三

昨先話兒説甚底。今日都翻悔。直恁鐵心腸。不管人憔悴。下場頭送了我都是你。樂府羣玉三

〔雙調〕淩波仙

菊栽栗里晉淵明。瓜種青門漢邵平。愛月香水影林和靖。憶蓴鱸張季鷹。占清高總是虚名。光禄酒扶頭醉。大官羊帶尾撑。他也過平生。樂府羣玉三

燈前撫劍聽雞聲。月下吹簫引鳳鳴。功名兩字原無命。學神仙又不成。嘆吴儂何處歸耕。日月閑中過。風波夢裏驚。造物無情。樂府羣玉三

弔宮大用

豁然胸次掃塵埃。久矣聲名播省臺。先生志在乾坤外。敢嫌他天地窄。辭章壓倒元白。憑心地。據手策。是無比英才。録鬼簿下

弔曲家曲原分列録鬼簿各家小傳後。無題。茲既離傳。故爲補題。○此以天一閣藏明藍格鈔本録鬼簿爲主。下同。孟稱舜刊本録鬼簿省臺作釣臺。四句無他字。辭章上有更字。末句無是字。明季精鈔本録鬼簿心地作公地。無比作無此。王國維校本從之。曹楝亭本無他字。辭章上有更字。末句作數當今無比英才。

弔鄭德輝

乾坤膏馥潤肌膚。錦綉文章滿肺腑。筆端寫出驚人句。解翻騰今是古。詞壇老將輪伏。翰林風月。梨園樂府。端的是曾下功夫。録鬼簿下

孟本今是作今共。五句作占詞曲老將伏輸。功夫上有死字。曹本四五句作。翻騰今共古。占詞場老將伏輸。

弔金志甫

心交原不問親疎。契飲那能較有無。誰知一上金陵路。嘆亡之命矣夫。夢西湖何不歸歟。魂來處。返故居。比梅花想更清癯。録鬼簿下

孟本二句作契論何須論有無。歸歟作歸期。

弔范子英

詩題雁塔寫秋空。酒滿觥船棹晚風。詩籌酒令閒吟詠。占文場第一功。掃千軍筆陣元戎。龍蛇夢。狐兔踪。半生來彈鋏聲中。録鬼簿下

明藍格鈔本秋空作秋香。千軍作千里。兹俱從孟本曹本。孟本場作章。末句無來字。又與曹本彈鋏俱作彈指。

弔曾瑞卿

江湖儒士慕高名。市井兒童誦瑞卿。衣冠濟楚人欽敬。更心無寵辱驚。樂幽閒不解趨承。身如在。死若生。想音容猶見丹青。録鬼簿下

明藍格鈔本五句作樂優閒不能趨承。末四字作獨丹青見。兹俱從曹本。孟本兒童作童兒。幽閒不解作優游不解。猶見作難見。

弔沈和甫

五言常寫和陶詩。一曲旹傳冠柳詞。半生書法欺顔字。占風流獨我師。是梨園南北分司。當時事。仔細思。細思量不是當時。録鬼簿下

明藍格鈔本無細思二字。兹從曹本。旹字不見字書。疑是旹之譌。孟本旹作能。欺作顛。獨作善。是梨園作顯梨園。事作字。末句無細思二字。曹本常作嘗。旹作能。不是作不似。

弔鮑吉甫

平生詞翰在宫商。兩字推敲付錦囊。聳吟肩有似風魔狀。苦勞心嘔斷腸。視榮華總是乾忙。談音律。論教坊。占斷排場。録鬼簿下

明藍格鈔本鮑吉甫作錢吉甫。○又。視上有氣字。兹從孟本曹本。孟本平作半。付作在。苦作要。曹本末句作唯先生占斷排場。

弔陳存父

錢塘人物盡飄零。幸有斯人尚老成。爲朝元恐負虚星命。鳳簫閒鶴夢驚。駕天風直上蓬瀛。芝堂静。蕙帳清。照虚梁落月空明。録鬼簿下

明藍格鈔本照作怨。兹從孟本曹本。孟本幸作賴。星作皇。閒作寒。曹本俱同。孟本人物作文物。末句無落字。曹本人物作風物。

弔范冰壺

向歆傳業振家聲。羲獻臨池播令名。操焦桐只許知音聽。售千金價不輕。有誰知父子才能。冰如玉。玉似冰。比壺天表裏澄清。録鬼簿下

明藍格鈔本澄作流。兹從孟本。孟本不作未。誰知作誰如。比作映。曹本俱同孟本。

弔施君美

道心清净絶無塵。和氣雍容自有春。吴山風月收拾盡。一篇篇字字新。但思君賦盡停雲。三生夢。百歲身。空只有衰草荒墳。録鬼簿下

明藍格鈔本字字新作一字字新。五句作思君賦盡行雲。茲俱從孟本。孟本空只有作到頭來。曹本俱同孟本。

弔黄德潤

一心似水道爲鄰。四體如春德潤身。風流才調真英俊。軼前車繼後塵。漫蒼天委任斯人。岐山鳳。魯甸麟。時有亨屯。録鬼簿下

明藍格鈔本魯作曾。茲從孟本曹本。孟本軼前車作轃前賢。五句作謾蒼天妄任斯文。亨屯作其倫。曹本漫作謾。人作文。

弔沈拱之

掀髯得句細推敲。舉筆爲文善解嘲。天生才藝藏懷抱。嘆玉石相混淆。更多逢世事磽确。蜂爲市。燕有巢。弔夕陽幾度荒郊。録鬼簿下

明藍格鈔本沈拱之作沈珙之。孟本無此首。〇明季精鈔本磽确作嶔巇。王國維校本從之。曹本嘆作奈。磽确作咬嗃。末句作弔斜陽緩走西郊。

弔趙君卿

閑中展手刻新詞。醉後揮毫寫舊詩。兩般總是龍蛇字。不風流難會此。更文才夙世天資。感夜雨梨花夢。嘆秋風兩鬢絲。住人間能有多時。録鬼簿下

明藍格鈔本難會此作淘會比。天資作天姿。茲俱從孟本曹本。藍格本梨花夢作同窗夢。茲從曹本。孟本曹本展手俱作袖手。孟本六句作夜雨同窗志。無嘆字。末句作系住人間能幾時。系字衍。曹本夙作宿。

弔陳彦實

府垣歲月露忠肝。憲幕冰霜豈汗顏。何其薏苡生讒間。自甘心願就閒。轉回頭夢入槐南。後會何時再。英魂甚日還。望東南翹首三山。録鬼簿下

孟本無此首。○明藍格鈔本汗顏作汗却。王國維校本云明季精鈔本作汗顏。茲從之。曹本歲作幾。無何其二字。甘心上無自字。南作安。魂作靈。汗顏作汙顏。

弔廖弘道

人間未得注金甌。天上先教記玉樓。恨穹蒼不與斯文壽。未成名土一丘。嘆平生壯志難酬。朝還暮。春又秋。爲思君泪滿鷫裘。録鬼簿下

明藍格鈔本廖弘道作康弘道。孟本無此首。○明藍格鈔本四句脱名字。兹據曹本補。曹本穹蒼作蒼穹。斯文作斯人。土一作一土。

弔睢景臣

吟髭撚斷爲詩魔。醉眼慵開被酒酡。半生才便作三閭些。嘆翻成薤露歌。等閒間鬢髮成皤。功名事。歲月過。又待如何。録鬼簿下

明藍格鈔本睢景臣作睢舜臣。○明季精鈔本皤上無成字。曹本孟本被俱作爲。鬢髮俱作蒼鬢。

弔吴中立

語言辯利掃千兵。心性聰明誤半生。萊蕪窮又染維摩病。想天公忒世情。使英雄遺恨難平。寒泉浄。碧草馨。爲發幽冥。録鬼簿下

孟本無此首。○明藍格鈔本辯作辨。染維摩作該摩。兹據曹本改。曹本萊作來。情上脱世字。草作藻。爲發作敢薦。

弔周仲彬

丹墀未知玉樓宣。黄土應埋白骨寃。羊腸曲折雲更變。料人生亦惘然。嘆孤墳落日寒烟。竹下泉聲細。梅邊月影圓。因思君歌舞十全。録鬼簿下

孟本知作叩。更作千。曹本俱同。

弔喬夢符

平生湖海少知音。幾曲宮商大用心。百年光景還争甚。空贏得雪鬢侵。跨仙禽路繞雲深。欲掛墳前劍。重聽膝上琴。漫攜琴載酒相尋。録鬼簿下

此據曹本。明藍格鈔本有賈仲明撰之一首。而無此曲。孟本亦無。

套數

〔南呂〕一枝花

自序醜齋

生居天地間。禀受陰陽氣。既爲男子身。須入世俗機。所事堪宜。件件可咱家意。子爲評跋上惹是非。折莫舊友新知。才見了着人笑起。

〔梁州〕子爲外貌兒不中擡舉。因此内才兒不得便宜。半生未得文章力。空自胸藏錦綉。口唾珠璣。争奈灰容土貌。缺齒重頦。更兼着細眼單眉。人中短髭鬢稀稀。那裏取陳平般冠玉精神。何晏般風流面皮。那裏取潘安般俊俏容儀。自知。就裏。清晨倦把青鸞對。恨殺爺娘不争氣。有一日黄榜招收醜陋的。准擬奪魁。

〔隔尾〕有時節軟烏紗抓劄起鑽天髻。乾皂靴出落着簌地衣。向晚乘閒後門立。猛可地笑起。似一箇甚的。恰便似現世鍾馗諕不殺鬼。

〔牧羊關〕冠不正相知罪。貌不揚怨恨誰。那裏也尊瞻視貌重招威。枕上尋思。心頭怒起。空長三十歲。暗想九千迴。恰便似木上節難鎊鑤。胎中疾没藥醫。

〔賀新郎〕世間能走的不能飛。饒你千件千宜。百伶百俐。閑中解盡其中意。暗地裏

自恁解釋。倦閑遊出塞臨池。臨池魚恐墜。出塞雁驚飛。入園林俗鳥應迴避。生前難入畫。死後不留題。

〔隔尾〕寫神的要得丹青意。子怕你巧筆難傳造化機。不打草兩般兒可同類。法刀鞘依着格式。粧鬼的添上嘴鼻。眼巧何須樣子比。

〔哭皇天〕饒你有拿霧藝冲天計。誅龍局段打鳳機。近來論世態。世態有高低。有錢的高貴。無錢的低微。那裏問風流子弟。折末顔如灌口。貌賽神仙。洞賓出世。宋玉重生。設答了鏝的。夢撒了寮丁。他采你也不見得。枉自論黄數黑。談説是非。

〔烏夜啼〕一箇斬蛟龍秀士爲高第。升堂室今古誰及。一箇射金錢武士爲夫壻。韜略無敵。武藝深知。醜和好自有是和非。文和武便是傍州例。有鑒識。無嗔諱。自花白寸心不昧。若説謊上帝應知。

〔收尾〕常記得半窗夜雨燈初昧。一枕秋風夢未回。見一人。請相會。道咱家。必高貴。既通儒。又通吏。既通疎。更精細。一時間。失商議。既成形。悔不及。子教你。請俸給。子孫多。夫婦宜。貨財充。倉廩實。禄福增。壽算齊。我特來。告你知。暫相別。恕情罪。嘆息了幾聲。懊悔了一會。覺來時記得。記得他是誰。原來

是不做美當年的揑胎鬼。

雍熙樂府題作醜齋自述。不注撰人。〇(一枝花)雍熙身作體。世俗作壯俗。七句作爲評跋惹是非。折莫下有煞字。(梁州)明大字本太平樂府唾作吐。頦作頤。玆從元刊本元刊八卷本瞿本太平樂府。何鈔本太平樂府頦作唇。雍熙子爲作子爲這。因此作因此上。空自作空自古。口唾作口吐。争奈上有只字。更兼作又兼。陳平上無取字。(隔尾)明大字本太平樂府劄起作搭起。雍熙首句無節字。(牧羊關)雍熙鎊鑤作鎊鋸。(賀新郎)太平樂府意作黑。雍熙作意。但意字下仍有黑字。玆改太平樂府之黑爲意。明大字本太平樂府走的作走。俗鳥作宿鳥。玆從元刊本等太平樂府。雍熙暗地下無裏字。俗鳥作宿鳥。(隔尾)雍熙樣子作做樣。(哭皇天)元刊本等太平樂府問風流作間風流。玆從明大字本太平樂府及雍熙。雍熙首句霧作雲。天作霄。設答作没答。(烏夜啼)雍熙文和武作文共武。(收尾)各本太平樂府悔俱作侮。玆從瞿本太平樂府舊校及雍熙。雍熙更精細作又精細。財充作充盈。他是誰作是誰。

邵元長

元長字德善。慈谿人。與鍾嗣成同時。曾序嗣成録鬼簿。

小令

〔雙調〕湘妃曲

贈鍾繼先

高山流水少人知。幾擬黄金鑄子期。繼先賢既解其中意。恨相逢何太遲。示佳編古怪新奇。想達士無他事。録名公半是鬼。嘆人生不死何歸。録鬼簿序

此據明藍格鈔本。孟稱舜本佳編作佳篇。曹楝亭本同。曹本無賢字。

周浩

與鍾嗣成同時。

小令

〔雙調〕蟾宫曲

題録鬼簿

想貞元朝士無多。滿目江山。日月如梭。上苑繁華。西湖富貴。總付高歌。麒麟塚衣冠坎坷。鳳凰城人物蹉跎。生待如何。死待如何。紙上清名。萬古難磨。録鬼簿

此據明藍格鈔本。藍格鈔本脱作者姓氏。曹楝亭本不脱。曹本貞作開。滿作觸。城作臺。

邾經

經字仲誼。號玩齋。又號觀夢道士。西清居士。隴右人。至正間進士。洪武初爲浙江省考試官。權衡允當。士林稱之。僑居吴山之下。因而家焉。豐神瀟灑。文質彬彬。爲文章未嘗停思。八分書極高。善琴操。能隱語。日遊覽湖光山色於蘇隄林墓間。吟詠不輟於口。有觀夢等集。名重一時。著雜劇四種。三塔記。鬼推門。鴛鴦塚。玉嬌春。今俱佚。案邾或作朱。疑誤。

小令

〔雙調〕蟾宮曲

題録鬼簿

可人千古風騷。如意珊瑚。蒼水鯨鰲。紙上功名。曲中情思。話裏漁樵。嘆霧閣雲窗夢窈。想風魂月魄誰招。裹驪珠泪冷鮫綃。續冰絃指凍鸞膠。傳芳名玉兔揮毫。

譜遺音彩鳳銜簫。録鬼簿

此據明藍格鈔本。曹楝亭本可作何。蒼作弱。情思作恩怨。窈作杳。冰絃作鵾絃。

汪元亨

元亨號雲林。饒州人。别號臨川佚老。仕浙江省掾。後徙居常熟。至正間在世。録鬼簿續編云雲林有歸田録百篇行世。現存雲林小令適百篇。疑即歸田録之全。錢大昕補元史藝文志列雲林之小隱餘音。雲林清賞各一卷。或亦即歸田録之曲歟。著雜劇斑竹記。仁宗認母。桃源洞。今佚。

小令

〔正宫〕醉太平

警世

辭龍樓鳳闕。納象簡烏靴。棟梁材取次盡摧折。況竹頭木屑。結知心朋友着疼熱。遇忘懷詩酒追歡悦。見傷情光景放癡呆。老先生醉也。雍熙樂府一七

憎蒼蠅競血。惡黑蟻争穴。急流中勇退是豪傑。不因循苟且。嘆烏衣一旦非王謝。

怕青山兩岸分吴越。厭紅塵萬丈混龍蛇。老先生去也。雍熙樂府一七

家私上欠缺。命運裏周折。桑間飯誰肯濟靈輒。安樂窩養拙。但新詞雅曲閑編揑。且粗衣淡飯權掤拽。這虛名薄利不干涉。老先生過也。雍熙樂府一七

度流光電掣。轉浮世風車。不歸來到大是癡呆。添鏡中白雪。天時涼撚指天時熱。花枝開回首花枝謝。日頭高眨眼日頭斜。老先生悟也。雍熙樂府一七

范丹貧瑣屑。石崇富驕奢。論貧窮何以富何耶。十年運巧拙。了浮生脱似辭柯葉。縱繁華迴似殘更月。嘆流光疾似下坡車。老先生見也。雍熙樂府一七

門前山妥帖。窗外竹横斜。看山光掩映樹林遮。小茅廬自結。喜陳摶一榻眠時借。愛盧仝七椀醒時啜。好焦公五斗醉時賒。老先生樂也。雍熙樂府一七

源流來俊傑。骨髓裏驕奢。折垂楊幾度贈離别。少年心未歇。吞綉鞋撑的咽喉裂。擲金錢趄的身軀趄。騙粉牆掂的腿脡折。老先生害也。雍熙樂府一七

嗟雲收雨歇。嘆義斷恩絶。覺遠年情況近來别。全不似那些。赴西廂踏破蒼苔月。等御溝流出丹楓葉。走都城輾碎畫輪車。老先生够也。雍熙樂府一七

恰花殘月缺。又瓶墜簪折。並頭蓮藕上下鍬鐝。姻緣簿碎扯。祆神廟雷火皆轟烈。

楚陽臺磚瓦平崩卸。天台洞狼虎緊攔截。老先生退也。雍熙樂府一七

棄桃腮杏頰。離燕體鶯舌。遠市廛居止近巖穴。論行藏用舍。雁翎刀揮動頭顱卸。雞心鎚抹着皮膚裂。狼牙棒輪起肋肢折。老先生怕也。雍熙樂府一七

錦箏搊莫歇。紫簫品休絶。把紅牙象板按低些。皓齒歌未徹。聽幾聲金縷心歡悦。飲千鍾玉液身頹趄。看兩行紅袖眼乜斜。老先生醉也。雍熙樂府一七

清泉沁齒頰。佳茗潤喉舌。喚山童門户好關者。把琴書打疊。敧菊花香枕無兢業。擁蘆花絮被多窠擪。入梅花紙帳緊圍遮。老先生睡也。雍熙樂府一七

金雞唱未徹。玉漏滴先絶。慢驚回枕上夢胡蝶。起秋聲四野。撼林梢一陣風兒劣。墜天邊一點參兒趄。照牀頭一片月兒斜。老先生覺也。雍熙樂府一七

怪鶯兒亂啼。驚蝶夢初回。正春風草滿謝家池。睡齁齁鼻息。弈棋聲敲上紗窗日。拽車聲輾過香塵地。賣花聲叫轉畫樓西。老先生未起。雍熙樂府一七

莫爭高競低。休説是談非。此身不肯羨輕肥。且埋名隱迹。嘆世人用盡千般計。笑時人倚盡十分勢。看高人着盡一枰棋。老先生見機。雍熙樂府一七

住雕牆峻宇。乘駟馬高車。有棗瓤金子彈丸珠。没多時做主。燕昭臺已見藏狐兔。

吴王臺又見遊麋鹿。子陵臺不見釣鰲魚。老先生弔古。雍熙樂府一七

會談經覽史。慣作賦吟詩。裹翩翩烏帽插花枝。聽佳人鼓瑟。開經天緯地寬胸次。展嘲風詠月長才思。吐敲金擊玉款言詞。老先生俊死。雍熙樂府一七

結詩仙酒豪。伴柳怪花妖。白雲邊蓋座草團瓢。是平生事了。曾閉門不受徵賢詔。自休官懶上長安道。但探梅常過灞陵橋。老先生俊倒。雍熙樂府一七

裹烏紗帽短。罩白苧袍寬。喜無拘無束舊衣冠。步前村後疃。看七貧七富從他換。料一生一死由天斷。且半真半假被人瞞。老先生不管。雍熙樂府一七

耳聞時做聾。眼見處推盲。且達時知務暗包籠。權粧箇懵懂。聽人着冷話來調弄。由人着死句相譏諷。任人着假意廝過送。老先生不懂。雍熙樂府一七

〔中吕〕朝天子

歸隱

新詩吟興濃。香醪量洪。好花插烏紗重。百年世事苦匆匆。莫把眉頭縱。鷗鷺新盟。雲山清興。遠紅塵俗事冗。假石崇運通。使范丹命窮。總一枕南柯夢。雍熙樂府一八

長歌詠楚詞。細賡和杜詩。閑臨寫羲之字。亂雲堆裏結茅茨。無意居朝市。珠履三千。金釵十二。朝承恩暮賜死。採商山紫芝。理桐江釣絲。畢罷了功名事。雍熙樂府

一八

住茅舍竹籬。穿芒鞋布衣。啖藿食藜羹味。兩輪日月走東西。搬今古興和廢。蕙帳低垂。柴門深閉。大齋時猶未起。嘆蘇卿牧羝。笑劉琨聽雞。睡不足三竿日。雍熙樂府

一八

任薰蕕不分。儘玉石共焚。由人海魚龍混。長歌楚些弔湘魂。誰待看匡時論。身重千金。舌緘三寸。坐時安行處穩。醉看山倒樽。醒讀書閉門。無半點塵俗悶。雍熙樂府

一八

榮華夢一場。功名紙半張。是非海波千丈。馬蹄踏碎禁街霜。聽幾度頭雞唱。塵土衣冠。江湖心量。出皇家麟鳳網。慕夷齊首陽。嘆韓彭未央。早納紙風魔狀。雍熙樂府

一八

功名辭鳳闕。浮生寄蟻穴。醉入黃雞社。取之無禁用無竭。江上風山間月。基業隋唐。干戈吳越。付漁樵閑話說。酒杯中影蛇。枕頭上夢蝶。二十載花開謝。雍熙樂府

一八

繁華景已休。功名事莫求。算富貴難消受。匡廬掛在屋西頭。終日看雲出岫。瓜地深鋤。茅庵新構。醉翁意不在酒。厭襟裾馬牛。笑衣冠沐猴。拂破我歸山袖。雍熙樂府

一八

朱顏去不回。白髮來暗催。黄金盡將時背。窮居野處保無危。俯仰心無愧。秋菊宜餐。春蘭堪佩。度流光如逝水。高陽池舉杯。灞陵橋探梅。傲殺王侯貴。雍熙樂府

一八

身不出敝廬。脚不登仕途。名不上功勞簿。窗前流水枕邊書。深參透其中趣。大澤誅蛇。中原逐鹿。任江山誰做主。孟浩然跨驢。嚴子陵釣魚。快快煞閑人物。雍熙樂府

一八

風俗變甚訛。人情較太薄。世事處真微末。收拾琴劍入山阿。眼不見高軒過。性本疎慵。才非王佐。守一丘并一壑。算人生幾何。驚頭顱半皤。怕干惹蕭牆禍。雍熙樂府

一八

雲林遠市朝。烟村絶吏曹。風景隔長安道。淋漓醉墨濕宮袍。詩酒把王侯傲。南畝躬耕。東皋舒嘯。看青山終日飽。攜一琴一鶴。做半漁半樵。人不識予心樂。雍熙樂府

一八

色侵階碧苔。蔭當門緑槐。香滿甕黄虀菜。青山招我賦歸來。放浪形骸外。漢室三

傑。唐家十宰。數英雄如過客。置軒車第宅。積子女玉帛。見多少成和敗。雍熙樂府

一八

逐東風看花。鋤明月種瓜。趁春雨耘苗稼。堪嗟塵事手摶沙。較世味如嚼蠟。杖屨梅邊。琴樽松下。鎖心猿拴意馬。鴟夷泛海槎。陶潛休縣衙。入千古漁樵話。雍熙樂府

一八

意隄防若城。口緘守似瓶。心磨拭如明鏡。滄波照影鬢星星。莫行險圖僥倖。松菊幽懷。蓴鱸高興。樂桑榆淹暮景。手執玉捧盈。足臨深履冰。固君子知天命。雍熙樂府

一八

兩眉舒不攢。一身閑盡拚。百事了無羈絆。霜侵兩鬢漸成斑。嗟暗裏年光換。小可杯盤。尋常烟爨。客來時隨意款。喜情歡量寬。樂心廣體胖。生與死由天斷。雍熙樂府

一八

結構就草庵。葺理下藥籃。整頓挑詩擔。蕭蕭白髮不勝簪。羞對青銅鑑。絶念榮華。甘心恬澹。安樂窩分付俺。飲壺觴半酣。共漁樵笑談。喬公案無心勘。雍熙樂府一八

白茅葺短簷。黄蘆編細簾。紅槿插疎籬塹。詩成一笑寫霜縑。誨不厭學不倦。伴侶猿鶴。生涯琴劍。設柴門常自掩。沽村醪價廉。挑野菜味甜。絶斷了功名念。雍熙樂府

一八

百篇詩細吟。一壺酒自斟。半間屋和雲賃。粗衣淡飯且消任。得温飽思量甚。世態團蜂。人心毒鴆。是和非都在恁。枕牀頭素琴。坐門前緑陰。夢不入非熊讖。雍熙樂府

一八

訪壺公洞天。謁盧仝玉川。住潘岳河陽縣。漢家陵寢草芊芊。嘆世事雲千變。暮鼓晨鐘。秋鴻春燕。隨光陰閑過遣。結茅廬數椽。和梅詩幾篇。遂了俺平生願。雍熙樂府

一八

染風霜鬢斑。際風雲興闌。躭風月心全慢。天公容我老來閒。且喫頓黄虀飯。並處賢愚。同爐冰炭。怪先生歸去晚。拜韓侯上壇。放張良入山。誰身後無憂患。雍熙樂府

一八

〔雙調〕沉醉東風

歸田

快結果錢山鄧通。易消磨金谷石崇。想世間百歲人。似石上三生夢。轉頭來誰是英

雄。翠蓋朱軿掃地空。何處也前遮後擁。雍熙樂府一七

遠城市人稠物穰。近村居水色山光。薰陶成野叟情。剷削去時官樣。演習會牧歌樵唱。老瓦盆邊醉幾場。不撞入天羅地網。雍熙樂府一七

紗帽短粧些樣子。布袍寬儘着材兒。收拾起駕馭心。埋没下經綸志。灼然見昔非今是。閑共漁樵講論時。説富貴秋風過耳。雍熙樂府一七

旋葺理桑榆暮景。且安排詩酒新盟。愛烟雲接四鄰。喜松菊存三徑。對芝山依舊青青。妻子團圓過一程。再不去離鄉背井。雍熙樂府一七

居山林清幽淡雅。遠城市富貴奢華。酒杯傾鯨量寬。詩卷束牛腰大。灞陵橋探問梅花。村路騎驢慢慢踏。穩便似高車駟馬。雍熙樂府一七

糴陳稻新舂細米。採生蔬熟做酸虀。鳳栖殺凰莫飛。龍卧死虎休起。不爲官那場伶俐。槿樹花攢綉短籬。到勝似門排畫戟。雍熙樂府一七

口消鎔龍肝鳳髓。眼開除螓首蛾眉。轉羊腸世路難。撚葱葉時光脆。築板牆物理輪迴。厭斷紅塵拂袖歸。飽翫些青山緑水。雍熙樂府一七

怕纏手焚了素書。懶鑽頭拽倒茅廬。騎虎時捋虎鬚。畫蛇處添蛇足。一任教那般要

譽。揀箇溪山好處居。與幾樹梅花做主。雍熙樂府一七

擗掉起疎狂性格。支撑住老朽形骸。便囊中金不存。願門外山仍在。收拾下竹杖芒鞋。掉背摇頭歸去來。剛跳出愁山悶海。雍熙樂府一七

任平地波翻浪滚。恣中原鹿走蛇吞。够升合白酒醇。迭斤兩黄雞嫩。甘分住水郭山村。千古興亡費討論。總一段漁樵話本。雍熙樂府一七

乞骸骨潛歸故山。棄功名懶上長安。經數場大會垓。斷幾狀喬公案。葬送的皓首蒼顔。傀儡棚中千百番。總瞞過愚眉肉眼。雍熙樂府一七

已絶念風亭月館。且潛身霧嶂雲巒。數一春月到三。算百歲人過半。經幾場離合悲歡。也學逢萌掛一冠。看指日功成行滿。雍熙樂府一七

志不願官高禄顯。心只圖子肖妻賢。胸中藏班馬才。舌上掉蘇張辯。總不如問舍求田。家住青山古渡邊。平隔斷紅塵路遠。雍熙樂府一七

妻從儉荆釵布襖。子甘貧陋巷簞瓢。論功名雲葉飛。看富貴燈花爆。笑時人管中窺豹。塵事紛紛逐蝟毛。眼過去朱圍翠繞。雍熙樂府一七

二十載江湖落魄。三千程途路奔波。虎狼叢辨是非。風波海分人我。到如今做啞粧

妼。着意來尋安樂窩。擺脱了名韁利鎖。雍熙樂府一七

達時務呼爲俊傑。棄功名豈是癡呆。脚不登王粲樓。手莫彈馮驩鋏。賦歸來竹籬茅舍。今古陶潛是一絶。爲五斗腰肢倦折。雍熙樂府一七

處妻子貧寒共守。結朋友義氣相投。晚須開北海樽。曉莫聽東華漏。老先生這回參透。染得新霜兩鬢秋。挽不住烏飛兔走。雍熙樂府一七

知己酒千鍾快飲。會家詩百首常吟。守一座安樂窩。横三尺逍遥枕。臥青青半畝松陰。雪月風花不繫心。打捱過愁潘病沈。雍熙樂府一七

進步去天高地險。退身來浪静風恬。買四蹄車下牛。賣三尺匣中劍。免區區附勢趨炎。盡日看山獨捲簾。飛不到紅塵半點。雍熙樂府一七

將漢史唐書遍覽。把天時人事相參。怕築成傳説牆。愁扳折朱雲檻。急跳出虎窟龍潭。薄利虚名再莫貪。贏得來亡魂喪膽。雍熙樂府一七

〔雙調〕折桂令

歸隱

問先生掉臂何之。在雲外青山。山上茅茨。向隴首尋梅。着杖頭挑酒。就驢背吟詩。嘆功名一張故紙。冒風霜兩鬢新絲。何苦孜孜。莫待偲偲。細看淵明。歸去來辭。樂府羣珠三　雍熙樂府一七

樂府羣珠曲前注臨川佚老。下有小字云。新刻本云元尚書汪元亨。此首題作道情。以下二至六首各標又字。七首題作述懷。八首題作道情。九首題作歸田作。十首十一首各標又字。十二至十八首未標又字。亦無題目。十九首二十首各標又字。雍熙樂府題作歸隱。注汪元亨作。兩書各曲次第不同。異文亦多。兹題從雍熙。曲文從羣珠。〇羣珠吟詩作吹詩。兹從雍熙。雍熙隴上無向字。杖上無着字。驢上無就字。冒作染。

避風波跳出塵寰。抗疏休官。倜儻歸山。省兩脚乾忙。把寸心常静。遣兩鬢遲斑。向花柳追遊過眼。共知音談笑開顏。天運循環。人事艱難。怡老鄉園。罷念長安。樂府羣珠三　雍熙樂府一七

雍熙抗疏作邂逅。把寸心作得寸心。怡老鄉園作回首鄉關。

結茅廬膝可相容。驛路風塵。人海魚龍。袖拂去張良。船撐開范蠡。冠掛退逢萌。

問談笑黃童皓翁。儘受用明月清風。休怪吾儂。性本疎慵。贏得清閑。傲殺英雄。樂府羣珠三　雍熙樂府一七

雍熙二句作避驛路烟塵。拂去作拂。撐開作撐。掛退作掛。七八兩句作。談未了笑未足黃童皓翁。取不禁用不竭明月清風。性本作應是。

望南山歸去來兮。怕世態炎涼。人面高低。跨百尺長鯨。逐雙飛彩鳳。通一點靈犀。駕高車乘駟馬喫跌怎起。啗肥羊飲法酒傷了難醫。茅舍疎籬。稚子山妻。無辱無榮。快樂便宜。樂府羣珠三　雍熙樂府一七

雍熙南山作終南。駕作坐。啗肥羊飲法酒作飲醲酒食肥羊。末二句作。輸却功名。贏得別離。

韜光晦迹閒居。簞食壺漿。甕牖桑樞。隙內白駒。樽中綠蟻。囊裏青蚨。會踢弄徒勞手足。使機關枉費心術。寵辱從渠。去就從予。醉賦高陽。夢到華胥。樂府羣珠三　雍熙樂府一七

雍熙韜光作自韜光。隙內作惜隙內。樽中作買樽中。囊裏作罄囊裏。醉賦高唐作醉赴高陽。

厭紅塵拂袖而歸。爲丘壑情濃。名利心灰。看山對青螺。談玄揮麈。換酒金龜。鄙高位羊質虎皮。見非辜兔死狐悲。杖屨徘徊。猿鶴追隨。俗客休來。徑路無媒。樂府羣珠三　雍熙樂府一七

雍熙而歸作歸來。丘上無爲字。塵上有玉字。金上有解字。下二句作。博以文約以禮笑羊質虎皮。恥其言過其行嘆兔死狐悲。

曾經風月排場。死也風流。老也疎狂。鶯喚韶華。人驚春夢。水流年光。這骨頭千斤萬兩。這肚皮萬卷文章。苗稼山莊。樽俎軒窗。閑領兒孫。瀟灑書堂。樂府羣珠三

雍熙樂府一七

雍熙曾經上有慣字。死也作少也。喚作啼破。驚作驚回。流作流盡。七句以下作。掂掇起窮骨頭有千斤分兩。摩挲着餓肚皮藏萬卷文章。推倒東牆。拆毁西廂。教幾個村童。蓋一所學堂。

夢魂兒不到金鑾。袖拂塵埃。林下盤桓。夜雪袁安。秋風張翰。石室陳摶。冷笑他功名累卵。靜觀那日月跳丸。世態多般。禍福無端。落得身閑。做甚高官。樂府羣珠三　雍熙樂府一七

樂府羣珠石室陳摶旁有小字走赤壁曹瞞五字。當係校語。雍熙兒作飛。袖拂作拂袖上。夜雪上有臥字。秋風上有感字。石室陳摶作走春水曹瞞。冷笑他作朝榮暮辱另巍巍。靜觀那作東生西没急煎煎。多般作千般。下二句作。人事多端。落一個閑身。末句甚作甚麽。

山莊小樣蓬萊。杏塢桃溪。竹杖芒鞋。扁擔挑折。葫蘆摔碎。布袋颩開。釀新酒烘春醉色。染霜毫艷錦詩才。磊落襟懷。放浪形骸。鄉鄰款語。燈火歸來。樂府羣珠三

雍熙樂府一七

雍熙山莊作無何鄉。杏塢上有穿字。扁擔作窮擔子。葫蘆上有悶字。布袋彫作愁布袋丢。七八兩句作。烹黄雞酌白酒拚十色醉色。批清風抹明月補七步詩才。放浪作放蕩。下句作賓客過從。

嘆天之未喪斯文。劍氣丹光。酒魄詩魂。名利秋霜。榮華朝露。富貴浮雲。看青山玩緑水醉田家瓦盆。採黄花摘紅葉戲莊上兒孫。隨分耕耘。過遺晨昏。竹几藤牀。草舍柴門。樂府羣珠三　雍熙樂府一七

雍熙劍氣上有養字。七八兩句作。閑留戀田家瓦盆。戲相拖莊上兒孫。竹几作竹杖。

費十年燈火窗前。將鉛槧書殘。鐵硯磨穿。處動静由人。算窮通由命。料生死由天。安吾分隨方就圓。任他乖越後攙先。舜禹心傳。孔孟遺編。多藝多才。無黨無偏。樂府羣珠三　雍熙樂府一七

羣珠十年上之費字。鉛槧上之將字。動静上之處字。窮通上之算字。生死上之料字。俱似後增者。雍熙首句有費字。二句有將字。以下無處算料三字。

傍烟霞蓋座團標。梅放初花。竹長新梢。擺脱風塵。詠歌風月。不見風濤。嘆世事争頭鼓腦。笑公門屈脊低腰。厭聽喧囂。甘心寂寥。抛却功名。管領漁樵。樂府羣珠三　雍熙樂府一七

雍熙竹長作竹挺。以下作。志不在風雲。身不拘風月。眼不見風濤。訥於言敏於行免争頭鼓腦。降其志辱其身怕屈脊低腰。城市喧囂。山野寂寥。末二句同。

想英雄四海爲家。楚尾吴頭。海角天涯。嘆釜裏遊魚。羨林中歸鳥。厭井底鳴蛙。榮與辱翻騰不暇。廢和興更變多差。塵事如麻。吾豈匏瓜。辭去張良。諫退蚔鼃。樂府羣珠三　雍熙樂府一七

羣珠嘆作笑。五句無羨字。雍熙七八兩句作。昨日秦今日漢翻騰不假。東家田西家地改換無差。

鶯花十二行窩。幾度東風。一枕南柯。支遁青驪。李斯黄犬。逸少白鵝。養丹鼎寒灰宿火。存道心止水澄波。醉裏磨跎。醒後吟哦。不取輕肥。免見干戈。樂府羣珠三　雍熙樂府一七

雍熙鶯花上有撇字。支遁上有厭字。李斯上有嘆字。逸少上有愛字。

大丈夫一世豪傑。別箇薰蕕。辨箇龍蛇。心不驕矜。言無諂佞。性不捩□。居要路封侯建節。在陋巷緘口鉗舌。厭處奸邪。莫食來嗟。詩了重吟。酒盡重賒。樂府羣珠三　雍熙樂府一七

羣珠捩下一字不可識。兹作□。雍熙心不下有尚字。言無作言不出。六句作泪不灑離別。居要路上有用之行三字。在陋巷上有舍之藏三字。莫食作不食。重賒作還賒。

賦歸來淺種深耕。任兔走烏飛。虎鬬龍爭。梅出脱林逋。菊支撑陶令。魚成就嚴陵。崔烈富一生銅臭。伯夷貧千古清聲。山可逃名。水可濯纓。用舍何難。去就皆輕。樂府羣珠三　雍熙樂府一七

羣珠魚作漁。玆從雍熙。雍熙七八兩句作。昏昏醉倒笑劉伶一生不醒。明明餓死羨伯夷千古長清。

淨無塵長掃茅簷。招我青山。喚我青帘。散囊裏黄金。藏匣中寶劍。收架上牙籤。正綱常言詞不忝。守名分禮數無偏。隨分虀鹽。且自消淹。地久天長。浪靜風恬。樂府羣珠三　雍熙樂府一七

雍熙藏作貨。七八兩句作。是則是非則非幸言詞不忝。老吾老幼吾幼於禮數無謙。消淹作潛淹。

平生何限風流。先世簪纓。舊業箕裘。走馬章臺。騎鯨滄海。跨鶴揚州。黄金積子孫難守。駒陰逝頃刻難留。一筆都勾。萬事都休。靜裏乾坤。傲殺王侯。樂府羣珠三　雍熙樂府一七

雍熙首句作嘆平生何事風流。先世上有繼字。走馬下有到字。騎鯨下有過字。跨鶴下有上字。七八兩句作。黄金滿籯慮子孫尋常不守。白駒過隙惜光陰頃刻難留。都休作俱休。靜裏作醉裏。傲殺作夢裏。

自休官遁跡山林。喜氣洋洋。生意津津。事要知機。交須知己。詩遇知音。桑繞宅供山妻織紝。水投竿遣稚子敲針。澤畔行吟。滌盡塵襟。閑看浮雲。出岫無心。樂府羣珠三　雍熙樂府一七

雍熙津津作駸駸。四句作處世知機。交須作交結。詩作琴。桑繞宅作五畝宅樹以桑。水投竿遣作一溪水投其竿教。末二句作。長似無心。出岫白雲。

二十年塵土征衫。鐵馬金戈。火鼠冰蠶。心不狂謀。言無妄發。事已多諳。黑似漆前程黯黯。白如霜衰鬢斑斑。氣化相參。讒詐難甘。笑取琴書。去訪圖南。樂府羣珠三　雍熙樂府一七

羣珠鐵馬上有甲字。茲從雍熙。雍熙斑斑作鬖鬖。相參作難參。讒作譎。末二句作。冷笑淵明。高訪圖南。

〔雙調〕雁兒落過得勝令

歸隱

器非瑚璉同。才豈梧棬用。常嗟斥鷃籬。冷笑醯雞甕。手拽短藤筇。足躡亂山峯。

老體緣詩瘦。衰顔藉酒紅。空空。世事如春夢。匆匆。人生類轉蓬。雍熙樂府二〇

閑來無妄想。静裏多情況。物情螳捕蟬。世態蛇吞象。直志定行藏。屈指數興亡。湖海襟懷闊。山林興味長。壺觴。夜月松花釀。軒窗。秋風桂子香。雍熙樂府二〇

山翁醉似泥。村酒甜如蜜。追思蓴與鱸。撥置名和利。雞鶩亂争食。鷸蚌任相持。風雪雙蓬鬢。乾坤一布衣。驅馳。塵事多興廢。依栖。雲林少是非。雍熙樂府二〇

詞林錦綉堆。歌管鶯花隊。青春逼後生。白髮催先輩。逝景正堪悲。往事已難追。去國籠雙袖。還家縱兩眉。回思。冠冕爲身累。知機。雲山與世違。雍熙樂府二〇

功名休掛齒。山水堪酬志。相離雞鶩羣。收斂鵾鵬翅。風外看遊絲。竹上刻新詞。季子金雖盡。陶潛酒莫辭。追思。禮樂三千字。嗟咨。風波十二時。雍熙樂府二〇

身離皂蓋車。足謝青雲路。鳳凰池上歸。鸚鵡洲邊住。松竹影扶疎。禽鳥語喧呼。風月供斑管。烟霞擁翠裾。頻沽。有限杯中物。熟讀。無窮架上書。雍熙樂府二〇

天時鑒盛衰。物理参成敗。知機張子房。失計韓元帥。猿鳥莫驚猜。亭館小安排。風月酬清興。烟霞愜壯懷。頭白。百歲人何在。梅開。一年春又來。雍熙樂府二〇

相親麋鹿羣。跳出龍蛇陣。禪心鍛煉成。俗慮消磨盡。隨意樂天真。知命守清貧。

茅店家家酒。梅花處處春。黄塵。不使侵雙鬢。白雲。長教伴一身。雍熙樂府二〇

使原作便。茲改。

柴門盡日關。農事經春辦。登場禾稼成。滿甕葡萄泛。名姓老空山。魂夢杳長安。且入白蓮社。休題玉筍班。閑看。劍氣和雲散。頻彈。琴聲帶月寒。雍熙樂府二〇

慚居鼎鼐官。笑領烟霞伴。詩成東閣題。酒盡西鄰換。結草對層巒。接竹引飛湍。嘯傲期元亮。姦雄愧老瞞。團團。海月供清玩。攢攢。山花帶笑看。雍熙樂府二〇

時光幾變遷。世事多諳練。甘爲駑鈍材。羞作麒麟楦。老計向林泉。平地作神仙。茶藥琴棋硯。風花雪月天。休言。富貴非吾願。隨緣。簞瓢樂自然。雍熙樂府二〇

至如富便驕。未若貧而樂。假遭秦嶺行。何似蘇門嘯。滿甕泛香醪。攲枕聽松濤。萬里天涯客。一枝雲外巢。漁樵。坐上供吟笑。猿鶴。山中作故交。雍熙樂府二〇

詩書細琢磨。筆硯閑功課。金刀剖細鱗。緑酒醅香糯。荆棘長銅駝。冠蓋静鳴珂。富貴冰消日。光陰車下坡。猗猗。緑竹延清坐。峨峨。青山發浩歌。雍熙樂府二〇

性情甘澹雅。口體便粗糲。農桑足課程。賦税先輸納。蓑笠度年華。詩酒作生涯。鮮鯉烹赬尾。香粳炊玉芽。人家。團簇青山下。梅花。横斜緑水涯。雍熙樂府二〇

茶烹鐺内雲。酒泛杯中月。恥隨鴛鷺班。笑結雞豚社。舉世怕干涉。掩卷慢傷嗟。

楚霸千鈞力。蘇秦三寸舌。豪傑。人物都消滅。驕奢。光陰已斷絶。雍熙樂府二〇

婆娑蓋草亭。迤逦穿松徑。汪洋闊酒腸。瀟灑清詩興。有分訂鷗盟。無意展鵬程。白髮惟公道。東風不世情。青青。山色當窗映。泠泠。泉聲繞澗鳴。雍熙樂府二〇

忙忙烏兔走。擾擾龍蛇鬬。誰知管樂才。孰得喬松壽。閑似水中鷗。拙若樹頭鳩。白屋終寒士。黄金促貴侯。優游。詩酒村學究。風流。文章老教頭。雍熙樂府二〇

寒士原作塞士。兹改。

新詩窗下吟。濁酒牀頭窨。看山掉臂行。飲水曲肱枕。出户敞衣襟。倚杖聽松琴。且食夷齊粟。休分管鮑金。平林。松竹留清蔭。幽禽。喉舌弄巧音。雍熙樂府二〇

經書子訓嚴。荆布妻從儉。門前獨木橋。屋後三家店。嵐氣接虛簷。山色透疎簾。秋早雞兒嫩。風高栗子甜。觀瞻。物理還須驗。沉潛。時光不可淹。雍熙樂府二〇

趨炎真面慚。附勢實心濟。志同車有輗。身比舟無纜。隨地結茅庵。歸夢謝朝參。事業居天上。聲名播斗南。風潭。百頃青銅鑑。雲巖。千尋碧玉簪。雍熙樂府二〇

套數

〔南吕〕一枝花

閑樂

新栽數畝瓜。舊種千竿竹。不彈三尺劍。靜閱滿牀書。詩骨清臞。冷淡淡心何慮。閑夭夭樂有餘。碧梧高彩鳳深栖。滄溟闊鯨鰍隱居。

〔梁州〕取崖畔枯藤作杖。伐江皋曲木爲廬。主人素得林泉趣。烹茶掃葉。引水通渠。鈎簾待月。俯檻觀魚。恥干求自抱憨愚。厭追陪懶混塵俗。傲慢似去彭澤棄職陶潛。疎散如困蘷府豪吟杜甫。清高似老孤山不仕林逋。豈濁。不魯。處酸寒緊閉乾坤目。躲風雷看烏兔。靜掩柴扉春日晡。便休題黑漆似程途。

〔黄鍾煞〕守茅屋。忘勢利。甘貧何用王侯顧。倒青樽。拚趔趄。爛醉頻教婢妾扶。世上炎凉久憎惡。敬於賢。慢於富。罷朝參。儉家務。叱阿諛。薦忠恕。視肥甘。若鴆蠱。懼功名。似豺虎。詠梅軒。釣菱浦。結樵朋。友漁父。陋繁華。尚雅素。遠雕輪。避朱轂。老妻賢。釀醽醁。老夫狂。唱金縷。課耕男。教織女。推仁愛。給奴僕。頌歌謡。賛明主。儘紅輪。換朝暮。任浮雲。變今古。對猿鶴。做儔侶。

喜烟霞。近窗户。但將那老鳩巢懷抱放寬舒。一任教競蠅血兒曹謾欺侮。

〔尾〕學不的睡不安蒼荒拔劍雞窗下舞。趕不上時未遇抖搜彈冠仕途上趨。秉一段鐵石心腸愈堅固。折莫你趙平原誘英雄計謀。齊孟嘗待賢良肚腹。賺不去狗盜雞鳴類兒數。雍熙樂府一〇　南北詞廣韻選五

雍熙樂府不注撰人。題作閑樂。南北詞廣韻選題作閑居。注汪元亨作。〇〔梁州〕廣韻選酸寒上無處字。春日作若日。黑漆下有也字。〔黄鍾煞〕廣韻選趔趄作典袴。無叱阿諛薦忠恕六字。

孟昉

昉字天暐。本西域人。寓北平。至正十二年爲翰林待制。官至江南行臺監察御史。蘇天爵嘗題天暐擬古文後云。太原孟天暐。學博而識敏。氣清而文奇。蓋欲傑出一世。其志不亦偉乎。張昱寄孟昉郎中詩云。孟子論文自老成。早於國語亦留情。其爲當時所推重如此。入明未詳所終。

小令

〔越調〕天净沙

十二月樂詞 並序

凡文章之有韻者。皆可歌也。第時有升降。言有雅俗。調有古今。聲有清濁。原其所自。無非發人心之和。非六德之外。别有一律吕也。漢魏晉宋之有樂府。人多不能曉。唐始有詞。而宋因之。其知之者亦罕見其人焉。今之歌曲。比於古詞。有名同而言簡者。時亦復有與古相同者。此皆世變之所致。非故求異乖諸古而强合於今也。使今之曲歌於古。猶古之曲也。

古之詞歌於今。猶今之詞也。其所以和人之心養情性者。奚古今之異哉。先哲有言。今之樂猶古之樂。不其然歟。嘗讀李長吉十二月樂詞。其意新而不蹈襲。句麗而不慆淫。長短不一。音節亦異。旁搆冥思。朝涵夕泳。諧五聲以攡其腔。和八音以符其調。尋繹日久。竟無所得。遂輟其學。以待知音者出而余承其教焉。因增損其語。而隱括爲天浄沙。如其首數。不惟於樽席之間。便於宛轉之喉。且以發長吉之藴藉。使不掩其聲者。慎勿曰侮賢者之言云。

上樓迎得春歸。暗黄著柳依依。弄野輕寒似水。錦牀鴛被。夢回初日遲遲。正月

勞勞胡燕酣春。逗烟薇帳生塵。蛾髻佳人瘦損。暖雲如困。不堪起舞緗裙。二月

夾城曲水飄香。掃蛾雲髻新粧。落盡梨花欲賞。不勝惆悵。東風縈損柔腸。三月

依微香雨青氛。金塘閒水生蘋。數點殘芳墮粉。緑莎輕襯。月明空照黄昏。四月

沿華水汲清樽。含風輕縠虚門。舞困腮融汗粉。翠羅香潤。鴛鴦扇織回文。五月

疎疎拂柳生裁。炎炎紅鏡初開。暑困天低寡色。火輪飛蓋。暉暉日上蓬萊。六月

星依雲渚濺濺。露零玉液涓涓。寶砌衰蘭剪剪。碧天如練。光摇北斗闌干。七月

吴姬鬟擁雙鴉。玉人夢裏歸家。風弄虚簷鐵馬。天高露下。月明丹桂生華。八月

雞鳴曉色瓏璁。鴉啼金井梧桐。月墜莖寒露湧。廣寒霜重。方池冷悴芙蓉。九月

玉壺銀箭難傾。釭花凝笑幽明。霜碎虛庭月冷。綉幃人静。夜長鴛夢難成。十月

高城迴冷嚴光。白天碎墮瓊芳。高飲撾鐘日賞。流蘇金帳。瑣窗睡殺鴛鴦。十一月

日光灑灑生紅。瓊葩碎碎迷空。寒夜漫漫漏永。串銷金鳳。獸爐香靄春融。十二月

七十二候環催。葭灰玉琯重飛。莫道光陰似水。羲和還轡。金鞭懶著龍媒。閏月 列朝

詩集甲集前編一一 元詩選癸集辛上 古今圖書集成文學典詞曲部藝文一引序 歷代詩餘一引曲文 詞綜三三引

正月四月二首

（序）元詩選時亦復作時復亦。故求異作固求異。然歟作善歟。（二月）歷代詩餘胡燕作紫燕。

（五月）歷代詩餘沿華作鉛華。輕縠作細縠。（十月）歷代詩餘霜碎作霜翠。（十一月）歷代詩餘

金帳作錦帳。（閏月）歷代詩餘還轡作迂轡。

黑老五

詞林摘艷稱爲梨園黑老五。

套數

〔中吕〕粉蝶兒

集中州韻

從東隴風動松呼。聽叮嚀定睛睁覷。望蒼茫壙廣黄蘆。却樵夫。遇漁父。遮知機攜物。便盤旋千轉前湖。看寒山晚闢灘渡。

〔醉春風〕指是志詩書。友酬酒就舉。盤桓歡翫拚歡娱。吟音飲足。足。己意微舒。答他佳趣。漸纖瞻睩。

〔紅綉鞋〕纔在怪歪崖捱步。磨過多過河渠。野賒斜隔這些疎。沉吟林陰阻。甘探淡談儒。趁村門人問取。

〔石榴花〕望湘江港上長蘆。籠松擁洞橫鋪。視茨此是爾之居。小樵笑老夫。行嶺登途。下凹凸狹壓槎芽樹。邁巉崖側階歪路。野接茄結隔斜鋪。看闢還灘但慢彎沽。

〔鬬鵪鶉〕毒霧覩古渡糊突。吾不如讀書杜甫。小道道老稻樵枯。那韡那韡架櫓。盪槳慌忙向穰蕩宿。暗談貪担擔夫。偎碎萎翡翠宜圖。巖崦漸瀌纖漭出。

〔十二月〕小鳥鵲高巢梢噪呼。騎一騎急喜避崎嶇。烏酥土枯湖古渡。嵐慘淡庵勘堪圖。看看晚殘山慢阻。忙忙莽望穰荒伏。

〔堯民歌〕呀。隴東哄貢冲松動猛風毒。自姿爾思此詩賦。藍闢暫俺暗參吾。那家他把夾芭居。抽首就躊躇。裁劃該載孤。悶昏遶村門去。

〔耍孩兒〕盤桓疃畔巒端路。見一箇繞倒忉騷老夫。穿一領袖頭露肘舊紬服。騎一疋便鞭搧蹇媽驢。輕行停省鶩睜目。迤逞即迷失記途。多因是抹坡錯過多過阻。蟲蛮蜂叢猛動。禽吟林陰蔭疎。

〔四煞〕那廝兒拿瓜那塔要這老兒近身頻問取。那廝兒故徒不顧都胡覷。那老兒欠謙廉儉粘拈絮。那廝兒奸僝還頑懶憚語。纏綿轉見涎天暮。那廝兒始使玆之指視。這老兒既知喜已眉舒。

〔三煞〕你望那草橋拗小道繞。青菱萍正徑出。那裏有雨餘渠處淤墟土。剗艱難澗灣潺寒灘返岸殘山晚。助苦楚霧模糊古墓枯蕪毒虎伏。荒涼蒼莽羊腸曲。黑泥壁頹摧廢驛。雜下凹答撒沙湖。

〔二煞〕感喒嵐淡黯。近人雲稱逐。那裏有廉纖漸塹粘簽足。跌斜歇客轟轟舍。在拐挨槐窄矮屋。兀良望烘風松朦朧從東去。那槎牙夾芭巴他家打火。休憂愁扣柳郵有酒投壺。

〔煞尾〕那廝兒本分蠢鈍淳。這老兒別也扯柘苦。聽稱名姓叮嚀訴。則向那聚旅無虞去處宿。盛世新聲辰集　詞林摘艷三　雍熙樂府六

盛世新聲重增本內府本詞林摘艷俱無題。與雍熙樂府俱不注撰人。雍熙樂府題作中州十九韻。原刊本徽藩本詞林摘艷題作集中州韻。注元梨園黑老五作。○（粉蝶兒）雍熙隴作嚨。覷作目。壙作曠。機作己。千作遷。（醉春風）內府本摘艷及雍熙指是俱作指示。雍熙歡翫作喚翫。音飲作飲窨。佳作嘉。睩作綠。（紅綉鞋）內府本摘艷磨過作磨跎。雍熙怪歪作那怪。磨過作磨跎。（石榴花）內府本摘艷長蘆上有長字。籠作龍。視茨作視玆。槎芽作杈枒。雍熙籠作龍。嶺作峻嶺。芽作牙。末句作看晚關垣爛熳灣孤。（鬬鵪鶉）雍熙道道作道倒。樵作焦。穰作浪。萎作葦。濂纖作纖廉。（十二月）雍熙高巢梢作高巢。一騎急作騏驥。烏作污。庵勘作庵崦。看看晚

作看晚岸。慢作漫。末句作望忙莽糧穰荒蕪。（堯民歌）内府本摘艷芭作笆。雍熙思此下有時是使三字。俺作掩。芭作巴。（耍孩兒）内府本摘艷及雍熙過多過阻俱作挫過多阻。雍熙巒作巒。倒仞作道刀。即迷作癡迷。蟲蛩上襯則見那三字。（四煞）内府本摘艷僝還頑作僝頑還。雍熙絮作念。還頑作頑犇。涎天作延夫。兹作慈。（三煞）盛世及各本摘艷雨餘俱作兩餘。霧俱作務。兹並從内府本摘艷及雍熙。雍熙小道作小道兒。下凹作蝦蛙。（二煞）内府本摘艷無烘字。朦朧作横嶺。槎牙作杈枒。無巴字。壺作沽。雍熙稱作趁。漸塹作尖蕲。𠷃𠷃作嗶唫。六七句作。兀良你望那風松横嶺從東去。岔槎牙夾芭他家打火。休作無。壺作沽。（煞尾）内府本摘艷柘作者。雍熙淳作惇。柘苦作者虚。訴作付。

劉伯亨

瞽者。

套數

〔雙調〕朝元樂

柳底風微。花間香細。作陣蜂兒驚起。偷香釀出殘花蜜。成羣燕子交飛。掠波閑補巢泥。日昇林光瑩。雨洗山明媚。雕輪綉鞍作對兒家來。也那没亂殺我傷春意。

〔錦上花〕懶展星眸。倦梳雲髻。悵望雕鞍。粉郎何日歸。寂寞蘭堂。玉人長夜悲。千里相思。一春辜負矣。斷釵孤鳳憂。破鏡隻鸞棲。恨鎖難開。緊封愁眉。夜永難捱。教我減削玉肌。恨結難鬆。牢拴病體。

〔清江引〕自他那枕邊説別離。巧舌頭甜如蜜。三春有歸期。四月無消息。謊人情一星星不記得。

〔碧玉簫〕那話兒休題。憔悴減香肌。這病兒禁持。鬆釧褪羅衣。只自知。心情事訴

與誰。命運乖。是這姻緣匹配。不由人長吁氣。

〔沙子兒攤破清江引〕可意的金釵。何曾簪雲髻。可意的花鈿。何曾貼翠眉。可意的紗衣。何曾傍香體。科場去幾時。薄情間千里。他閃的我淒涼。我爲他憔悴。强步上涼亭。晚風清似水。好景宜多歡會。藕花蕩紅香。荷葉摇青翠。故人他未來秋到矣。

〔海天晴〕流光轉順波。歲月更浮世。人生有限杯。昏曉又相催。曉來昨朝。老似今日。呀。白髮故人稀。

〔一機錦〕人生好百年。幾能三萬日。常言七十稀。將往事思惟。二十三十。妙齡之際。四十將已及。早減了容儀。

〔好精神〕七月七。牛郎織女期。好相别。還相會。一年一度不差别。則這天象有姻緣。世人無恩義。在他鄉結新婚。與别人爲嬌壻。

〔農樂歌攤破雁兒落〕皆是爲功名。總是愁縈繫。鶯燕得交歡。鸞鳳不相配。往來魚雁多。展轉音信稀。天涯人未來。江頭馬不嘶。含恨對秋光。灑泪流寒溪。涼淒淒瀟瀟風雨催。冷陰陰穰穰蘆花底。看平原則見丹楓木葉飛。望長隄又見金井梧桐墜。

看平原又見丹楓木葉飛。望長隄又見金井梧桐墜。鬧啾啾蟬鳴紫桂階。絮叨叨蛩唧黃花砌。呀。看芙蓉没況向南池。飲茱萸無分賞東籬。見如今老菊匆匆瘦。赤緊的新梅漸漸肥。刀尺臨逼。正這頭裁那頭差了活計。針線拘繫。縫半邊忘半邊。錯了見識。

〔動相思〕懨懨白晝長。楚楚黃昏細。懶行入綉閨。羞揭開羅幃。怕閃開這秋波。這秋波翠兩彎。愁解放這春風。這春風玉一圍。無倒斷的淒涼淒涼無寐。甜膩膩的恩情。苦懨懨傷悲。多情翻做了相思憶。正是愁縈繫。瑞雪繽紛墜。

〔沽美酒帶太平令〕舞瓊花亂點衣。飄玉雪絮沾泥。這雪他初下霏微則是後漸疾。赤緊的風颳的雪急。白茫茫漫野平隄。似玉琢就瑶天大地。粉粧成峻嶺深溪。銀磊就高臺短砌。這場雪下的來奇異。呀。一任教烏啼。馬嘶。牧牛人遠歸在只徑裏。天也。不見影只聞的些聲勢。

〔三犯白苧歌〕這天氣好難爲。寒朔暮怎生教人捱過的。毡簾蕩蕩穿風力。紗窗閃閃透寒威。獸炭火從爐上燒。羊羔酒泛杯中美。自尋思。閑究理。自尋思。閑究理。在地上者天。在天下者地。浄眼看其中。萬物原來皆二氣。在一生居一體。得一時

過一日。咨嗟人去不歸兮。無聊長嘆息。看別人好夫妻。看別人好夫妻。相呼相唤相諧覓。儘將心事向人言。衷腸難盡矣。咨嗟人去不歸兮。無聊長嘆息。衣有衣。食有食。穿者任意穿。喫者任意喫。愛他人年少雙雙美。咨嗟人去不歸兮。無聊長嘆息。

〔掛搭序〕飄飄四季過。迢迢一年矣。恨他和氣暖如春。盼我冰霜涼似水。羞對雙鳳枕。怕見孤鸞幃。熱殘病體。誰問將息。睡損孤身誰温被。漫漫黑海向東流。總是相思泪。

〔餘音〕則爲這寄書人不至傷心碎。把離愁撇入在湘江内。無緣咱孤枕獨眠。染病躭疾。唱道信杳音稀。生拆散鴛鴦。全廢寢忘食。便做死到黄泉我可也忘不了你。盛世新聲午集 詞林摘艷五 雍熙樂府一二 北詞廣正譜引朝元樂錦上花沙子兒攤破清江引至動相思三犯白苧歌 九宫大成六七引全套

盛世新聲重增本内府本詞林摘艷與雍熙樂府俱無題。不注撰人。原刊本徽藩本詞林摘艷題作閨情。注瞽者劉百亭撰。北詞廣正譜徵引朝元樂河西錦上花等九支。注瞽者劉伯亭撰。載羣珠。九宫大成亦作劉伯亭。二名未知孰是。北詞廣正譜徵引之曲。凡不注明人者皆爲元人作。而於劉伯亨未注明人。九宫大成亦云元人劉伯亨所撰。故輯之。○(朝元樂)盛世摘艷曲牌俱作西雙

合歌調。林俱作臨。内府本摘艷閑下有般字。雍熙閑下有半字。瑩作永。鞚作轂。作對作捉對。末句我作我也。廣正譜驚作競。閑下據雍熙增半字。末二句同雍熙。大成俱同廣正譜。(錦上花)雍熙悵作暢。長夜作常夜。負矣作負伊。棲作悽。夜永作夜間。末三句作漸消瘦玉體五字。廣正譜憂作友。緊作教我緊。減作漸。大成俱同廣正譜。(清江引)雍熙大成首句俱作自從他枕邊廂説別離。(碧玉簫)盛世摘艷憔悴俱作憔瘦。雍熙心情下無事字。姻上無這字。長吁作不長吁。大成俱同雍熙。(沙子兒攤破清江引)盛世及原刊本等摘艷五句無的字。惟内府本摘艷有之。雍熙香體作香肌。科場作多才。間作見。爲他作因他。宜多作無。末句無他字。廣正譜六句七句及末句並同雍熙。宜多作也無。大成俱同廣正譜。十句爲他作因他。(海天晴)内府本摘艷昨朝作今朝。今日作昨日。雍熙相催作相隨。故人稀作又不禁催。廣正譜大成轉順俱作轉瞬。曉來俱作小來。廣正譜故人稀作不禁催。大成四句末句同雍熙。(一機錦)盛世摘艷思惟俱作思微。雍熙幾能作能幾。廣正譜大成好俱作號。廣正譜思惟作思味。(好精神)盛世及原刊本等摘艷天象俱作天相。兹從内府本摘艷及雍熙廣正譜。内府本摘艷廣正譜大成差別俱作差移。雍熙新婚作婚姻。廣正譜天象上無則這二字。(農樂歌攤破雁兒落)盛世重增本摘艷平原俱作平園。原刊本徽藩本前一平原作平園。新梅上無赤緊的三字。内府本摘艷不相配作不相會。雍熙首句作皆爲病懨漸。風雨催作風雨吹。看平原望長隄兩句不疊。蛩唧作蛩聒。臨作又臨。拘作又拘。廣正譜首句作皆爲病淹煎。相配作相會。雁多作雁疎。未來作不來。風雨催作風雨吹。蘆花底

以下闕。大成首句同廣正譜。雁多作雁踈。啾啾作攘攘。新梅作江梅。餘同雍熙。（動相思）盛世重增本内府本摘艷以下全闕。原刊本徽藩本僅有永寧曲沽美酒帶太平令各一支。雍熙曲全。以下全從雍熙。摘艷曲牌作永寧曲。細作睡。閨作幃。各句俱無這字。春風俱作春光。九十句作。無倒斷淒涼無覓。甜殢殢的恩義。懨懨下有的字。做了作作。廣正譜細作睡。綉閨作香閨。六句八句無這字。淒涼不疊。膩膩作殢殢。恩情作恩義。傷悲上有的字。了相思作常相。大成細作睡。秀閨作香閨。恩情作恩義。（沽美酒帶太平令）摘艷玉雪作玉屑似。三句無他則是三字。趄的作旋。玉琢下無就字。深溪作長隄。磊作造。下的作大的。天也作天呵。無些字。（三犯白苧歌）廣正譜寒朔暮作朔風寒。絶句。寒威以下有圍爐砌罽冰。就地生寒氣二句。自尋思閑究理不疊。萬物作萬化。一時作一日。咨嗟作堪嗟。下同。看别人句不疊。覓作美。儘作若。（掛搭序）大成盼作虧。將息作將。與上句合爲一句。睡作凍。總是上有滔滔二字。（餘音）大成七句無全字。

一分兒

一分兒姓王氏。京師角妓也。歌舞絶倫。聰慧無比。一日。丁指揮會才人劉士昌程繼善等於江鄉園小飲。王氏佐樽。時有小姬歌菊花會南吕曲云。紅葉落火龍褪甲。青松枯怪蟒張牙。丁曰。此沉醉東風首句也。王氏可足成之。王應聲而成。一座歎賞。見青樓集。

小令

〔雙調〕沉醉東風

紅葉落火龍褪甲。青松枯怪蟒張牙。可詠題。堪描畫。喜觥籌席上交雜。答剌蘇頻斟入禮廝麻。不醉呵休扶上馬。青樓集　詞品拾遺

張玉蓮

玉蓮元末倡優。人多呼爲張四媽。舊曲其音不傳者。皆能尋腔依調唱之。絲竹咸精。蒱博盡解。南北今詞。即席成賦。審音知律。時無比焉。見青樓集。

殘曲

〔雙調〕折桂令

朝夕思君。泪點成斑。青樓集　堯山堂外紀七一

失宫調牌名

側耳聽門前過馬。和泪看簾外飛花。青樓集　堯山堂外紀七一

全普庵撒里

普庵撒里字子仁。高昌人。初爲中書省檢校。時太師汪家奴擅權用事。臺諫無敢言者。普庵撒里拜監察御史。首劾汪家奴十罪。乃被黜。然氣節益自振。後除贛州路達魯花赤。以功拜江西行省參政。分省於贛。陳友諒遣兵圍贛。力戰四月。兵少食盡。自剄死。

小令

〔雙調〕清江引

青青子兒枝上結。青樓集

此係聯句。參閱青樓集或本書劉婆惜小傳。

劉婆惜

劉婆惜樂人李四之妻。江右人。頗通文墨。滑稽歌舞。迥出其流。先與撫州常推官之子三舍者交好。苦其夫間阻。偕宵遁。事覺。決杖。劉負愧。將之廣海居焉。道經贛州。時全普庵撒里字子仁。由禮部尚書除贛州監郡。平日守官清廉。惟躭於花酒。公餘每與士大夫酣歌賦詩。帽上常喜簪花。否則或果或葉。亦簪一枝。劉過贛。謁全子仁。時賓朋滿座。全帽上簪青梅一枝。行酒。全口占清江引曲云。青青子兒枝上結。令賓朋續之。衆未有對者。劉斂衽進前曰。能容妾一辭乎。全曰。可。劉應聲續引惹人攀折云云。全大稱賞。

小令

〔雙調〕清江引

青青子兒枝上結。引惹人攀折。其中全子仁。就裏滋味別。只爲你酸留意兒難棄舍。

青樓集

此據古今説海本。説集本枝上作枝頭。引惹作未許。末句作酸溜溜好教人難棄捨。（説集本本

事亦異）

録鬼簿續編蘭楚芳條謂劉婆惜曾續成楚芳落梅風金刀利錦鯉肥一曲。惟此曲陽春白雪屬李壽卿。

本書從白雪。

蕭德潤

生平不詳。

套數

〔雙調〕夜行船

秋懷

一夜秋聲入井梧。碧紗幮枕剩珊瑚。秦鳳東歸。楚雲西去。舊歡娛等閑辜負。

〔風入松〕翠屏燈影照人孤。花外響啼鴣。丁寧似把閑愁訴。淒涼待怎支吾。泪珠伴簷花簌簌。夢魂驚城角嗚嗚。

〔慶宣和〕猶憶樽前得見初。淺淡粧梳。附耳佳期在朝暮。間阻。間阻。

〔喬牌兒〕相思病忒狠毒。風流債久擔誤。波濤隔斷藍橋路。枉子把鵲聲占龜卦卜。

〔甜水令〕到如今鏡破青銅。釵分金鳳。簫閑碧玉。無語自躊躇。果若命分合該。于

飛終儌。姻緣當遇。甘心兒爲你嗟吁。

〔鴛鴦煞〕錦回文織就別離譜。碧雲箋寫遍傷心句。舊物空存。薄情何處。暢道往事千端。柔腸九曲。軟玉温香。作念着何曾住。人問我秋到也較何如。怕的是戰碎芭蕉畫闌雨。

雍熙樂府一二　北宫詞紀六　九宫大成六六引鴛鴦煞

雍熙樂府不注撰人。〇（甜水令）雍熙樂府釵分金鳳作盆分金鈿。兹從北宫詞紀。（鴛鴦煞）九宫大成暢道作暢道是。

楊維楨

維楨諸暨人。字廉夫。父宏。築樓鐵崖山中。繞樓植梅百株。聚書數萬卷。去梯。俾維楨讀書樓上者五年。因自號鐵崖。善吹鐵笛。自稱鐵笛道人。又曰抱遺老人。泰定進士。署天台尹。改錢清鹽場司令。狷直忤物。十年不調。會修遼金宋三史。維楨作正統辨千言。總裁官歐陽玄功讀之。嘆曰。百年後公論定於此矣。值兵亂。浪跡浙西山水間。張士誠招之不赴。徙居松江。明興。詔徵遺逸之士。修纂禮樂。維楨被召。明太祖賜安車詣闕。留百餘日。所纂叙例略定。即乞歸。抵家卒。年七十三。維楨詩名擅一時。號鐵崖體。古樂府尤號名家。有春秋合題著説。史義拾遺。東維子集。鐵崖古樂府。復古詩集。麗則遺音。

套數

〔雙調〕夜行船

弔古

霸業艱危。嘆吴王端爲。苧羅西子。傾城處。粧出捧心嬌媚。奢侈。玉液金莖。寶

鳳雕龍。銀魚絲鱠。遊戲。沉溺在翠紅鄉。忘却臥薪滋味。

〔前腔〕乘機。勾踐雄徒。聚干戈要雪。會稽羞恥。懷奸計。越賂私通伯嚭。誰知。忠諫不聽。劍賜屬鏤。靈胥空死。狼狽。不想道請行成。北面稱臣不許。

〔鬬蛤蟆〕堪悲。身國俱亡。把烟花山水。等閒無主。嘆高臺百尺。頓遭烈炬。休覷。珠翠總劫灰。繁華只廢基。惱人意。叵耐范蠡扁舟。一片太湖烟水。

〔前腔〕聽啓。槜李亭荒。更夫椒樹老。浣花池廢。問銅溝明月。美人何處。春去。楊柳水殿攲。芙蓉池館摧。動情的。只見緑樹黃鸝。寂寂怨誰無語。

〔錦衣香〕館娃宫。荆榛蔽。響屧廊。莓苔翳。可惜剩水殘山。斷崖高寺。百花深處一僧歸。空遺舊迹。走狗鬬雞。想當年僭祭。望郊臺淒涼雲樹。香水鴛鴦去。酒城傾墜。茫茫練瀆。無邊秋水。

〔漿水令〕採蓮涇紅芳盡死。越來溪吴歌慘悽。宫中鹿走草萋萋。黍離故墟。過客傷悲。離宫廢。誰避暑。瓊姬墓冷蒼烟蔽。空原滴。空原滴。梧桐秋雨。臺城上。臺城上。夜烏啼。

〔尾聲〕越王百計吞吴地。歸去層臺高起。只今亦是鷓鴣飛處。新編南九宫詞　吴歈萃雅元集

新編南九宫詞題作弔古。注楊鐵崖詞。王伯良曲律亦以爲鐵崖作。兹從之。吴歈萃雅詞林逸響題俱作吴宫弔古。注楊升庵作。但不見陶情樂府。似不足據。○（夜行船）萃雅牌名作曉行序。玉液金莖作玉燕金鶯。逸響俱同。萃雅忘却作那管。（前腔）南九宫詞不標前腔。兹從萃雅逸響補。下同。屬鏤南九宫詞作髑髏。萃雅逸響作鐲鏤。兹據史記改。萃雅雄徒作雄圖。狼狽作兵起。逸響俱同。逸響不聽作不從。（鬬蝦蟆）萃雅曲牌作黑麻序。惱人意作動情的。叵耐作不見。扁舟作乘舟。逸響俱同。（前腔）萃雅動情的作惱人意。逸響同。（錦衣香）逸響郊臺作郊原。（漿水令）萃雅空原俱作空園。秋雨作夜雨。逸響俱同。逸響吴歌作吴宫。蒼烟作蒼苔。（尾聲）萃雅百計作得計。飛處作啼處。逸響俱同。

小令

〔中吕〕普天樂

十月六日。雲窩主者設燕于清香亭。侑巵者東平玉無瑕張氏也。酒半。張氏乞手樂章。爲賦雙飛燕調。俾度腔行酒以佐主賓。

楊維楨

玉無瑕。春無價。清歌一曲。俐齒伶牙。斜簪鬌髻花。緊嵌凌波襪。玉手琵琶彈初罷。怎教他流落天涯。抱來帳下。梨園弟子。學士人家。東維子文集三〇

調名原作雙飛燕。吾友徐沁君首自東維子文集中檢出。並云此調即中吕普天樂。兹從之。

倪瓚

瓚字元鎮。自號風月主人。又號雲林子。滄浪漫士。淨名庵主等。初名珽。無錫人。自幼讀書。過目不忘。家最饒。而脱略綺紈。一事於翰墨。所居有清閟閣。多藏法書名畫秘籍。愛作詩。不事琱琢。妙絶一時。善琴操。精音律。所作樂府送行水仙子二首。膾炙人口。虞集張雨。深相契焉。至正初。忽散貲給親故。棄家泛舟五湖三泖間。自稱懶瓚。亦稱倪迂。興至則捉筆寫烟林小景或竹枝。偶流於市。好事者争貿之。雖千金不靳。明太祖平吴。瓚已老。黄冠野服。混跡編氓以終。卒年七十四。有清閟閣集。

小令

〔黄鍾〕人月圓

傷心莫問前朝事。重上越王臺。鷓鴣啼處。東風草緑。殘照花開。悵然孤嘯。青山故國。喬木蒼苔。當時明月。依依素影。何處飛來。倪雲林先生詩集附録　詞綜三〇　歷代詩餘一八

驚迴一枕當年夢。漁唱起南津。畫屏雲嶂。池塘春草。無限銷魂。舊家應在。梧桐覆井。楊柳藏門。閒身空老。孤篷聽雨。燈火江村。倪雲林先生詩集附録　詞苑　詞綜三〇　歷代詩餘一八

詞苑當年作江南。

〔越調〕小桃紅

陸莊風景又蕭條。堪嘆還堪笑。世事茫茫更誰料。訪漁樵。後庭玉樹當時調。可憐商女。不知亡國。吹向紫鸞簫。倪雲林先生詩集附録

一江秋水澹寒烟。水影明如練。眼底離愁數行雁。雪晴天。綠蘋紅蓼參差見。吴歌蕩槳。一聲哀怨。驚起白鷗眠。倪雲林先生詩集附録　詞綜三〇　歷代詩餘八

五湖烟水未歸身。天地雙蓬鬢。白酒新篘會鄰近。主酬賓。百年世事興亡運。青山數家。漁舟一葉。聊且避風塵。倪雲林先生詩集附録

〔越調〕凭闌人

贈吴國良

客有吴郎吹洞簫。明月沉江春霧曉。湘靈不可招。水雲中環珮揺。倪雲林先生詩集附録

詞綜三七　歷代詩餘一

〔雙調〕折桂令

擬張鳴善

草茫茫秦漢陵闕。世代興亡。却便似月影圓缺。山人家堆案圖書。當窗松桂。滿地薇蕨。侯門深何須刺謁。白雲自可怡悦。到如今世事難説。天地間不見一個英雄。不見一箇豪傑。倪雲林先生詩集附録

八句疑脱一字。

辛亥過陸莊

片帆輕水遠山長。鴻雁將來。菊蕊初黄。碧海鯨鯢。蘭苕翡翠。風露鴛鴦。問音信

何人諦當。想情懷舊日風光。楊柳池塘。隨處彫零。無限思量。倪雲林先生詩集附録　歷代詩餘二五

倪雲林先生詩集諦作蒂。

〔雙調〕水仙子

東風花外小紅樓。南浦山横眉黛愁。春寒不管花枝瘦。無情水自流。簷間燕語嬌柔。驚回幽夢。難尋舊游。落日簾鈎。倪雲林先生詩集附録　珊瑚網一一　歷代詩餘八　九宮大成四二

珊瑚網花枝作梅花。簷間作畫簷間。六句起襯千里外。七句起襯片時間。八句起襯正擡頭。九宮大成眉黛作翠黛。簷間作簷前。

吹簫聲斷更登樓。獨自憑欄獨自愁。斜陽緑慘紅消瘦。長江日際流。百般嬌千種温柔。金縷曲新聲低按。碧油車名園共游。絳綃裙羅襪如鈎。倪雲林先生詩集附録　珊瑚網一一

珊瑚網絳綃作絳紗。

因觀花間集作

香腮玉膩鬢蟬輕。翡翠釵梁碧燕横。新粧懶步紅芳徑。小重山空畫屏。綉簾風暖春

醒。烟草粘飛絮。蛛絲罥落英。無限傷情。倪雲林先生詩集附録

〔雙調〕殿前歡

揾啼紅。杏花消息雨聲中。十年一覺揚州夢。春水如空。雁波寒寫去踪。離愁重。南浦行雲送。冰絃玉柱。彈怨東風。倪雲林先生詩集附録　歷代詩餘八

夏庭芝

庭芝字伯和。一作百和。號雪簑。别署雪簑釣隱。雪簑漁隱。松江人。喬木故家。文章妍麗。樂府隱語極多。有青樓集行世。與當時曲家張鳴善。朱凱。邾經。鍾嗣成等善。楊維楨其西賓也。

小令

〔中吕〕朝天子

贈王玉英

玉英。玉英。樵樹西風浄。藍田日暖巧粧成。如琢如磨性。異鍾奇范。精神光瑩。價高如十座城。試聽。幾聲。白雪陽春令。明鈔青樓集

末句原作白雲揚春令。兹改。

〔雙調〕水仙子

贈李奴婢

麗春園先使棘針屯。烟月牌荒將烈焰焚。實心兒辭却鶯花陣。誰想香車不甚穩。柳花亭進退無門。夫人是夫人分。奴婢是奴婢身。怎做夫人。明鈔青樓集

劉庭信

庭信先名廷玉。行五。身長而黑。人稱黑劉五。風流蘊藉。超出倫輩。風晨月夕。唯以填詞爲事。信口成句。能道人所不能道者。有枕痕一線印香腮雙調。和者甚衆。

小令

〔正宫〕塞鴻秋

悔悟

蘇卿寫下金山恨。雙生得箇風流信。亞仙不是夫人分。元和到受十年困。馮魁到底村。雙漸從來嫩。思量惟有王魁俊。盛世新聲戊集　詞林摘艷一

盛世新聲無題。不注撰人。兹從摘艷。兩書此首以下尚有蘸鋼鍬難用銜鋼鋼等三首。作者不易確定。未收。

〔正宫〕醉太平

憶舊

泥金小簡。白玉連環。牽情惹恨兩三番。好光陰等閑。景闌珊綉簾風軟楊花散。泪闌干緑窗雨灑梨花綻。錦斕斑香閨春老杏花殘。奈薄情未還。盛世新聲戊集　詞林摘艷一

走蘇卿

聰明的志高。懵懂的愚濁。一船茶單换了箇女妖嬈。豫章城趓了。老卜兒接了鴉青鈔。俊蘇卿受了金花誥。俏雙生披了緑羅袍。村馮魁老曹。盛世新聲戊集　詞林摘艷一

盛世新聲無題。不注撰人。兹從摘艷。兩書此首以下尚有好睡的丢與他箇枕頭等九首。作者不易確定。未收。

〔中吕〕朝天子

赴約

夜深深静悄。明朗朗月高。小書院無人到。書生今夜且休睡着。有句話低低道。半扇兒窗櫺。不須輕敲。我來時將花樹兒摇。你可便記着。便休要忘了。影兒動咱來到。盛世新聲戌集　詞林摘艷一

盛世新聲無題。不注撰人。兹從摘艷。

〔越調〕寨兒令

戒嫖蕩

撅丁威凜凜。鴇兒惡哏哏。摇撼的箇寨兒吸淋淋。着你遍體參參。冷汗浸浸。手兒脚兒立欽欽。怕不出落着鳳枕鴛衾。包藏着摘膽剜心。學調雛黄口鶵。初出帳小哥嘍。怎當他風月擔兒沉。盛世新聲戌集　詞林摘艷一

没算當。不斟量。舒着樂心鑽套項。今日東牆。明日西廂。着你當不過連珠箭急三槍。鼻凹裏抹上些砂糖。舌尖上送與些丁香。假若你便銅脊梁。者莫你是鐵肩膀。

也擦磨成風月擔兒瘡。盛世新聲戌集　詞林摘艷一

雙蟳蝎。兩頭蛇。比虔婆狠毒猶較些。若論蛇蝎。尚有濳蟄。不似你娘風火性不曾絶。一覓的亂棒胡茄。只辦的架搞攔截。着你打羅的脚趔趄。推磨的不寧貼。生壓的風月擔兒折。盛世新聲戌集　詞林摘艷一

沉點點。冷丁丁。鐵套杆磨兒不甚輕。意裏曾評。端的實曾。錢買不的半分兒情。麗春園慣戰的蘇卿。識破了豫章城豹子雙生。有新油來的紅悶棍。恰撇下的陷人坑。怎敢將風月擔兒争。太平樂府三　盛世新聲戌集　詞林摘艷一

此首爲太平樂府無名氏風月擔七首之第六首。〇太平點點作默默。鐵套杆作緑豆石。意裏作自己。端的二句作。秤兒上曾稱。端的一分鈔一分情。蘇卿作雙生。八句作豫章城豹子蘇卿。下句無有字。怎敢將作誰將這。

搭扶定推磨杆。尋思了兩三番。把郎君幾曾是人也似看。只争不背上馱鞍。口内銜環。脖項上把套頭拴。咫尺的月缺花殘。滴溜着枕剩衾寒。早回頭尋箇破綻。没忽的得些空閑。荒撇下風月擔兒赸。盛世新聲戌集　詞林摘艷一

原刊本摘艷郎君作郎均。徽藩本摘艷作郎君。

身子纖。話兒甜。曲躬躬半彎羅襪尖。統鏝俫忺。愛錢娘嚴。着你便積裏漸裏病懨

懨。肉鰾膠把蟲隻難粘。鑞鈎子將野味難撏。火燒殘桑木劍。水滰濕紙糊杴。砍的這風月擔兒兩頭尖。 太平樂府三　盛世新聲戌集　詞林摘艷一

此首爲太平樂府無名氏風月擔七首之第一首。○太平首二句作。倚仗他性兒謙。鮑兒甜。躬躬作弓弓。襪尖作襪纖。倈作情。着你便作小不得。七八句作。後來肉膘膠大蟲翼難粘。蠍鈎子野味兒難簽。滰濕作濕破。末句作自砍得風月擔兒尖。盛世蟲隻作蟲雙。玆從摘艷。

初見喒。話兒攙。怎當他蜜鉢也似口兒甜甘甘。短命那堪。粧點得緘。巖眉淡掃月初三。彈烏雲斜墜金簪。露酥胸半袒春衫。咱心中猶未敢。他赤緊的眼先饞。不由人將風月擔兒擔。 盛世新聲戌集　詞林摘艷一

拖漢精。陷人坑。紙湯瓶撞破箇空藏瓶。可憐蘇卿。不識雙生。將一座太行山錯認做豫章城。柳隆卿引着火窮兵。俊撅丁劫着座空營。達達搜没半星。罟罟翅赤零丁。捨性命把風月擔兒争。 太平樂府三　盛世新聲戌集　詞林摘艷一

此首爲太平樂府無名氏風月擔七首之第二首。○太平拖作駝。撞破箇作撞着。將一座作把。柳隆卿作謊郎君。八句作呆賤人劫着空營。没半星作無四兩。末句把作將。

呆小姐。悔難迭。正撞着有錢的壁虱倈。屎蚢蜋推車。餓老鴟拿蛇。甚的是羊背皮馬腰截。屁則聲樂器刁決。頽廝殢財禮全別。精屁眼打響鐵。披蘆藤把狗兒牽者。

大拜門將風月擔兒賒。盛世新聲戊集　詞林摘艷一

情意牽。使嫌錢。論風流幾曾識竅變。一縷頑涎。幾句狂言。又無三四隻販茶船。俏寃家暗約虛傳。狠虔婆實插昏拳。羊尾子相古弄。假意兒厮纏綿。急切裏到不的風月擔兒邊。盛世新聲戊集　詞林摘艷一

盛世新聲論風流作論流。茲從詞林摘艷。

掂折了玉簪。摔碎了瑶琴。若提着娶呵我到磣。一去無音。那裏荒淫。抛閃我到如今。他咱行無意留心。咱他行白甚情深。則不如把花箋糊了線貼。裁羅帕補了鴛衾。剪下的青絲髮換了鋼針。盛世新聲戊集　詞林摘艷一

知你下手遲。顯的我負心癡。警巡院倒了牆賊見賊。各辦心機。各使虛脾。一箇勝一箇虧。愛錢娘不問高低。有情人豈辨虛實。將棠梨作醋梨。認王魁作馮魁。得便宜翻做落便宜。盛世新聲戊集　詞林摘艷一

悶懊惱。自量度。千不合萬不合我做的錯。百媚千嬈。末尾三稍。眼挫裏喫單交。羊觸藩如漆如膠。雞肋情難捨難抛。食之無肉。棄之有味。磚兒何厚。瓦兒何薄。怎下的尋酸棗颺了甜桃。盛世新聲戊集　詞林摘艷一

夜未央。步回廊。春宵畫堂更漏長。花壓東牆。燈晃紗窗。和月下西廂。在碧桃花

下成雙。勝芙蓉帳底乘涼。裙拖環珮響。風送麝蘭香。荒拿住玉玎璫。盛世新聲戌集　詞林摘艷一

良夜深。漏初沉。可人憎把咱别樣禁。揉損衣襟。不藉寒衾。鴛枕上鳳鸞吟。釧玲瓏搖響黄金。髻髩鬆斜墜瓊簪。喘吁吁嬌滴滴。香馥馥汗浸浸。參露滴牡丹心。盛世新聲戌集　詞林摘艷一

以上十五首。盛世新聲無題。不注撰人。詞林摘艷於第一首之前有題目作戒嫖蕩。注劉庭信。惟今本萬花集以前十首爲劉庭信戒嫖蕩。以後五首列於戒嫖蕩十首之前。不注撰人。似此則後五首或爲另一人作。兹姑全收之。

〔雙調〕折桂令

憶别

想離别怎捱今宵。捱過今宵。怎過明朝。忔登的人在心頭。没揣的愁來枕上。契抽的恨接眉梢。瘦怯怯相思病八場家害倒。鬧烘烘斷腸聲一弄兒尋着。響璫璫鐵馬兒争敲。韻悠悠玉漏難熬。疎剌剌風撼梧桐。淅零零雨灑芭蕉。盛世新聲戌集　詞林摘艷一

樂府羣珠三

想人生最苦離別。三箇字細細分開。淒淒涼涼無了無歇。別字兒半晌癡呆。離字兒一時拆散。苦字兒兩下裏堆疊。他那裏鞍兒馬兒身子兒劣怯。我這裏眉兒眼兒臉腦兒乜斜。側着頭叫一聲行者。閣着泪說一句聽者。得官時先報期程。丟丟抹抹遠遠的迎接。盛世新聲戊集　詞林摘艷一　樂府羣珠三

想人生最苦離別。唱到陽關。休唱三疊。急煎煎抹泪柔眵。意遲遲揉腮撧耳。呆答孩閉口藏舌。情兒分兒你心裏記者。病兒痛兒我身上添些。家兒活兒既是抛撇。書兒信兒是必休絶。花兒草兒打聽的風聲。車兒馬兒我親自來也。盛世新聲戊集　詞林摘艷一　樂府羣珠三

想人生最苦離別。雁杳魚沉。信斷音絶。嬌模樣甚實曾丟抹。好時光誰曾受用。窮家活逐日綳拽。纔過了一百五日上墳的日月。早來到二十四夜祭灶的時節。篤篤寞寞終歲巴結。孤孤另另徹夜咨嗟。歡歡喜喜盼的他回來。淒淒涼涼老了人也。盛世新聲戊集　詞林摘艷一　樂府羣珠三

想人生最苦離別。恰纔燕侶鶯儔。早水遠山疊。孤雁兒無情。喜蛛兒不准。靈鵲兒干蒦。存的你身子兒在。問甚麽貧也富也。這些兒信音稀。有也無也。獨言獨語。

不斷不絶。自跌自堆。無休無歇。叫一聲負德寃家。送了人當甚麽豪傑。盛世新聲戌集

詞林摘艷一　樂府羣珠三

詞林摘艷有也無也作有無也。盛世新聲樂府羣珠俱於有下有也字。兹從之。

想人生最苦離别。想那廝胡做胡行。粧啉粧呆。殢風月似緣木求魚。戀風花守株待兔。下風雹打草驚蛇。連理枝和根硬撅。並頭蓮帶藕生撧。罷則罷一半兒拖拽。休則休一發寧貼。正是好不好惡不惡的姻緣。正撞着死不死活不活的時節。盛世新聲戌集

詞林摘艷一　樂府羣珠三

想人生最苦離别。恰纔酒艷花濃。又早瓶墜簪折。説下山盟。生則同衾。死則同穴。情極處俊句兒將人抹貼。興闌也巧舌頭生出些枝節。半路情絶。一旦心邪。嗚珂巷説謊的哥哥。告與俺海神廟取命爺爺。盛世新聲戌集　詞林摘艷一　樂府羣珠三

想人生最苦離别。脚到處胡行。眼落處癡呆。嘴臉迷稀。身子兒扎挣。眼腦兒乜斜。昨日在黄臘梅家撾揉的你見血。前日在白牡丹家摑打的你熱癤。我根前不着疼熱。這一番義斷恩絶。見一箇母貓兒早引了魂靈。見一箇玉天仙敢軟下腰截。盛世新聲戌集

詞林摘艷一　樂府羣珠三

想人生最苦别離。不付能喜喜歡歡。翻做了哭哭啼啼。事到今朝。休言去後。且問

歸期。看時節勤勤的飲食。沿路上好好的將息。嬌滴滴一捻兒年紀。磣磕磕兩下裏分飛。急煎煎盼不見離鞍。呆答孩軟弱身己。盛世新聲戌集　詞林摘艷一　樂府羣珠三

想人生最苦別離。別字兒旬日間期程。離字兒年載間分飛。或醉或醒。或貧或富。或病或疾。醒與醉則除是我知。病和疾知他是誰醫。貧也休題。富也休題。稱青春匹馬歸來。永白頭一世夫妻。盛世新聲戌集　詞林摘艷一　樂府羣珠三

想人生最苦別離。經過別離。纔識別離。早晨間少婢無奴。晌午後尋朋覓友。到黄昏憶子思妻。鼕鼕鼕鼓聲動心忙意急。支支支角聲哀魄散魂飛。鐘聲兒緊緊的相隨。漏聲兒點點的臨逼。想平生受過的淒涼。呆答孩軟了身己。盛世新聲戌集　詞林摘艷一　樂府羣珠三

以上十一首盛世新聲無題。不注撰人。詞林摘艷樂府羣珠題作憶別。皆於第一首下注劉庭信。自詞意觀之。似爲一人作。萬花集亦全屬劉庭信。故全輯之。盛世摘艷此首以下皆尚有倚蓬窗無語嗟呀。這離愁半霎兒難瞞。護吾廬綠樹扶疎。想人生最苦離別四首。其第三四首元明小令鈔注劉庭信作。茲輯之於下。其第一首據堯山堂外紀爲周德清作。故入周曲。第二首本書未收。羣珠僅有第二三四首。未收第一首。

想人生最苦離別。愁一會愁得來昏迷。哭一會哭得來癡呆。喜蛛兒休掛簾櫳。燈花

兒不必再結。靈鵲兒空自干蒦。茶一時飯一時喉嚨裏千般哽噎。風半窗月半窗夢魂兒千里跋涉。交之厚念之頻舊恨重疊。感之重染之深鬼病些些。海之角天之涯盼得他來。膏之上肓之下害殺人也。盛世新聲戌集　詞林摘艷一　樂府羣珠三　元明小令鈔

隱居

護吾廬緑樹扶疎。竹塢獨居。舉目須臾。鷺宿芙蕖。烏居古木。梟浴枯蒲。夫與婦壺沽緑醑。主呼奴釜煮鱸魚。俗物俱無。蔬圃鋤蔬。書屋讀書。盛世新聲戌集　詞林摘艷一　樂府羣珠三　元明小令鈔

以上二首元明小令鈔明注撰人。此首題目從羣珠。

題情

心兒疼勝似刀剜。朝也般般。暮也般般。愁在眉端。左也攢攢。右也攢攢。夢兒成良宵短短。影兒孤長夜漫漫。人兒遠地闊天寬。信兒稀雨澀雲慳。病兒沉月苦風酸。盛世新聲戌集　詞林摘艷一　樂府羣珠三

盛世新聲詞林摘艷俱無題。不注撰人。次首同。兹從樂府羣珠。摘艷又似謂蘭楚芳作。〇羣珠

七句成作回。

問風流籍上編誰。好把風流。名姓編籍。嫩者屬村。村方學俊。俊也成賊。殢亞仙元和麨脾。趕蘇卿雙漸杓頹。那箇爲魁。恨殺王魁。笑殺馮魁。盛世新聲戊集 詞林摘豔一 樂府羣珠三

羣珠籍皆作集。好把作誰把。嫩者作嫩似。脾作皮。杓作初。末三句作。本是花魁。他變馮魁。你便王魁。

〔雙調〕水仙子

相思

秋風颯颯撼蒼梧。秋雨瀟瀟響翠竹。秋雲黯黯迷烟樹。三般兒一樣苦。苦的人魂魄全無。雲結就心間愁悶。雨少似眼中泪珠。風做了口內長吁。盛世新聲戊集 詞林摘豔一 堯山堂外紀七一

盛世新聲不注撰人。無題。詞林摘豔及堯山堂外紀謂劉庭信作。摘豔題作相思。

蝦鬚簾控紫銅鈎。鳳髓茶閑碧玉甌。龍涎香冷泥金獸。繞雕欄倚畫樓。怕春歸緑慘

紅愁。霧濛濛丁香枝上。雲淡淡桃花洞口。雨絲絲梅子牆頭。盛世新聲戌集　詞林摘艷一　堯山堂外紀七一　元明小令鈔

盛世新聲不注撰人。詞林摘艷似注劉庭信作。堯山堂外紀元明小令鈔謂劉作。

恨重疊重疊恨恨綿綿恨滿晚粧樓。愁積聚積聚愁愁切切愁斟碧玉甌。懶梳粧梳粧懶懶設設懶爇黃金獸。泪珠彈彈珠泪泪汪汪汪汪不住流。病身軀身軀病病懨懨病在我心頭。花見我我見花花應憔瘦。月對咱咱對月月更害羞。與天說說與天天也還愁。盛世新聲戌集　詞林摘艷一　元明小令鈔

盛世新聲不注撰人。詞林摘艷似注劉庭信作。元明小令鈔謂劉作。

〔雙調〕雁兒落過得勝令

懶栽潘岳花。學種樊遲稼。心閑夢寢安。志滿憂愁大。無福享榮華。有分受貧乏。燕度春秋社。蜂喧早晚衙。茶瓜。林下漁樵話。桑麻。山中宰相家。盛世新聲戌集　詞林摘艷一　元明小令鈔

下一局不死棋。論一着長生計。服一丸延壽丹。養一口元陽氣。看一片嶺雲飛。聽一會野猿啼。化一鉢千家飯。穿一領百衲衣。枕一塊頑石。落一覺安然睡。對一派

清溪。悟一生玄妙理。盛世新聲戊集　詞林摘艷一　元明小令鈔

以上二首僅元明小令鈔明注劉庭信作。姑從之。

套數

〔正宮〕端正好

金錢問卜

香塵暗翠幃屏。花露冷鮫綃帳。悶懨懨畫閣蘭堂。愁雲怨雨風流況。都蹙在眉尖上。

〔滚綉毬〕俏風流窈窕娘。俊龐兒淺淡粧。掃蛾眉遠山新樣。穿一套藕絲衣雲錦仙裳。帶一付珠珞索玉項牌。翠氍毹寶串香。打扮的一椿椿停當。步瑶階環珮玎璫。溶溶月色浸朱户。寂寂花陰付粉牆。春色芬芳。

〔倘秀才〕展玉腕把春纖合掌。恰便似白蓮蕊初生在這藕上。高捲珠簾拜月光。碧梧摇碎影。紅藥吐狂香。正紅稠緑穰。

〔滚綉毬〕啓緑窗。離了綉房。博山爐把香來拈上。辦着片志誠心禱告穹蒼。低低的

念了一會。深深的拜了四方。轉秋波又則怕外人偷望。則爲咱正青春未配鸞凰。甚時得遇乘鸞客。何日相逢傅粉郎。審問箇行藏。

〔倘秀才〕磨着定烏龍墨向端溪硯傍。援着管玉兔筆寫在羅紋紙上。恰便似破八卦桃花女計量。五行推造化。六甲定興亡。沉吟了半晌。

〔呆骨朵〕廝琅琅的把金錢擲下觀爻象。却怎生單單單拆拆拆陰陽。恰數着坤偶乾奇。擺列着天三地兩。用神有天喜臨。主令的財官旺。便做道是李淳風不順情。那一箇袁天罡肯調謊。

〔貨郎兒〕一見了神魂飄蕩。不由我心勞意攘。我將這金錢仔細細推詳。恰離了湖山側。早來到會賓堂。

〔脱布衫〕明滴溜月轉西廂。錦模糊花暗東牆。何處也花燭洞房。那裏也錦衾羅帳。

〔小梁州〕昨日箇孔雀屏開絳蠟光。花吐銀釭。早間靈鵲噪回廊。蛛絲兒放。滴溜在寶釵傍。

〔么篇〕卦爻兒端的無虚誑。莫不是會雙星日吉時良。這的是好事成從天降。佳期准望。何必再斟量。

〔醉太平〕打疊起麻衣百章。周易歸藏。下工夫想綉箇錦香囊。則在這香盒兒裏供養。準備着梨花月底雙歌唱。杏花樓上同翫賞。再不去菱花鏡裏巧梳粧。眠思夢想。

〔煞尾〕眠思夢想。悲楚淒涼。再不去花月亭前燒夜香。盛世新聲子集　詞林摘艷六　詞謔　雍熙樂府二　北詞廣正譜引貨郎兒

盛世新聲無題。不注撰人。曲文校勘從略。原刊本徽藩本詞林摘艷題作金錢問卜。注劉庭信作。重增本内府本摘艷無題。不注撰人。詞謔無題。云作者名姓未詳。曲文校勘從略。雍熙樂府題同原刊摘艷。不注撰人。北詞廣正譜引貨郎兒一支。注明王舜耕撰。未知何據。○〔端正好〕雍熙怨雨作恨雨。〔滾綉毬〕雍熙一付作一串。步瑶階作步摇遲。浸作侵。付粉牆作過粉牆。〔倘秀才〕雍熙把春作將春。這藕作藕。碎影作翠影。狂香作清香。正紅稠緑穰作怎當那夜長。〔滾綉毬〕雍熙來拈上作拈上。一會作一回。爲咱作爲我。〔倘秀才〕原刊本等摘艷二句無寫字。兹從内府本摘艷及雍熙。雍熙援着作蘸着。兔筆作兔毫。〔呆骨朵〕雍熙廝作⿰王斯。數着作數了。便做道作便道。天罡作天綱。〔貨郎兒〕廣正譜由我作由人。仔細細推詳作一一細端詳。恰離作我恰離。〔小梁州〕摘艷無此支及么篇。兹據雍熙補。〔醉太平〕摘艷脱末句眠思夢想四字。兹從雍熙。内府本摘艷歸藏作行藏。雍熙周易上有收拾了三字。綉箇作綉一箇。盒兒作盒。〔煞尾〕摘艷牌名誤作貨郎兒。雍熙二句作淒楚悲傷。末句亭作庭。

〔南吕〕一枝花

秋景怨别

金風送晚凉。玉露消殘暑。素蟾光皎潔。丹桂影扶疎。鬼病揶揄。空把光陰負。暮秋深天氣肅。寒浸羅襦。一陣陣相思透骨。

〔梁州〕淒凉境一遭兒擺布。相思陣十面埋伏。那些兒感起我這傷情處。亂紛紛殘花病菊。滴溜溜敗葉彫梧。疎剌剌風摇翠竹。淅零零雨灑荒蕪。意癡癡感嘆嗟吁。冷清清一弄兒蕭疎。怕的是枯荷缺處添黄。衰柳彫時減緑。丹楓老也塗朱。對對。付付。支吾過白日離愁去。淹的早碧天暮。驀的黄昏一聲鼓。好教我魂魄全無。

〔罵玉郎〕愁來愁到無窮處。割不斷愁腸肚。撇下這病身軀。割捨了魂靈向夢裏尋他去。夢和魂休間阻。魂和夢却對付。天也與人一箇囫圇的做。

〔感皇恩〕呀。原來是夢境雖虚。暫時完聚。半成不就夢兒單。半明不滅燈兒暗。半死不活影兒孤。畫簷間玎玎璫璫追魂的玉馬。戍樓上點點滴滴索命銅壺。鐘聲罷。砧聲切。雁聲無。

〔採茶歌〕雁兒。往常時趁程途。盼江湖。且是的悲悲切切語喧呼。今夜毛團爲甚不言語。知他你那答兒裏錯下了斷腸書。

〔尾聲〕驚回殘夢添悽楚。無奈秋聲最狠毒。風聲憂。雨聲怒。角聲哀。鼓聲助。一聲聽。一聲數。一聲愁。一聲苦。投至的風聲寧。雨聲住。角聲絶。鼓聲足。又被這一聲鐘撞我一口長吁。則我這泪點兒更多如窗外雨。盛世新聲戊集　詞林摘艷八　雍熙樂府八。九　南北詞廣韻選五引採茶歌　太和正音譜下引尾　詞謔引尾

盛世新聲無題。與雍熙樂府俱不注撰人。題及作者從詞林摘艷。此套並見雍熙卷八及卷九。卷八題作秋。卷九題作秋夢。○（一枝花）摘艷寒浸作濕浸浸寒透。雍八扶疎作摇疎。暮作怯。八句作一會家寒浸羅幃。雍九七句作暮秋天氣速。寒浸上有冷清清三字。（梁州）摘艷擺布作布擺。病菊作敗菊。敗葉作落葉。又與盛世朱並作硃。雍八境作景。陣作病。三句作那答兒感動我傷情處。翠竹作瘦竹。荒蕪作荒蒲。下二句作。冷清清一弄兒蕭疎。不由人感嘆嗟吁。無怕的是三字。對對作兑兑。支吾過作不甫能支吾的。鼕的句作鼕鼕的樓頭數聲鼓。好教我作嚇的人。雍九境作景。十面上有恰便似三字。感起我這作引起。病菊作敗蕊。敗葉彫梧作落葉飄梧。意癡癡兩句作。一弄兒景物嗟吁。三般兒巧筆難圖。無怕的是三字。對對四句作。景物。太毒。支吾過白日裏由閑苦。淹的早碧雲暮。無好教我三字。（罵玉郎）雍八撇下這作抛撇下。四句作

魂夢裏子待尋他去。休間阻作巧對付。却對付作相間阻。末句無的字。雍九割不斷作撇下這。撇下這作拋閃下。四句作魂靈夢裏尋他去。下同雍八。末句作夢也與我箇囫圇的做。（感皇恩）摘艷樓上作樓中。雍八起作。呀。雖然道夢境浮虛。也得他暫時完聚。單作回。簷間作簷前。的玉作鐵。點點滴滴作滴滴點點。末三句作。砧韻清。蛩音切。雁聲孤。雍九起作。呀。這夢景雖虛。單作驚。半死不活作半痞不痳。的玉作鐵。點點滴滴作滴滴點點。末三句作。怎禁那蛩吟絮。砧韻切。雁聲孤。（採茶歌）盛世往常作枉常。原刊摘艷往常作你常。内府本摘艷語作鬧。爲甚作爲甚的。他你作他在。下了作下。雍八往常時趁作往時盼。盼作奔。且是的作且是娘。語作鬧。爲甚作爲甚麽。末句作莫不是那答兒錯下了斷腸書。雍九起作。雁兒。往常時過江湖。今日箇趕程途。語作鬧。毛團下有你字。末句作你莫不那堝兒裏錯下了這紙斷腸書。廣韻選俱同雍八。惟爲甚麽作爲甚。（尾聲）太和正音譜殘夢作好夢。最作忒。風聲憂雨聲怒作。一聲風。一聲雨。一聲鐘。一聲鼓。風聲催。雨聲促。聲絶作聲停。又被下無這字。末句無則我這三字。更作到。窗外作秋夜。詞謔驚回作幾回。無又被這三字。末句作泪點兒多如窗外雨。餘俱同正音譜。摘艷殘夢作好夢。内府本摘艷我一口作成一口。雍八殘夢作曉夢。憂作狂。又被下無這字。末句無我字。更作到。雍九最作忒。憂作悲。無一聲愁一聲苦六字。一口作一聲。末句更作到。窗外作秋夜。

詠別

鳳臺寶鑑分。錦瑟冰絃斷。丹青歌扇歇。金縷舞衣寬。嬌鳳雛鸞。愁與悶難思算。悶和愁幾樣般。百千張錦紙花箋。一萬枝霜毫象管。

〔梁州〕寫不盡海來深閑愁荏苒。天來高離恨瀰漫。眼前光景愁無亂。海棠紅瘦。楊柳眉攢。丁香未結。梅子先酸。下香階獨立盤桓。怕黄昏鴉噪林巒。上上燈對影成雙。下下簾和誰作伴。開開窗對月團圞。美滿。舊歡。胸中錦綉三千段。心剔透。性和暖。比擲果知音不姓潘。表正容端。

〔罵玉郎〕蘭堂失却風流伴。倦刺綉懶描鸞。金釵不整烏雲亂。情深似刀刃剜。愁來似亂箭攢。人去似風筝斷。

〔感皇恩〕口則説應舉求官。多因是買笑追歡。從今後鴛夢兒再休完。魚書兒都休寄。龜卦兒也休鑽。離愁萬般。心緒多端。芳草迷烟樹。落花催雨點。香絮滚風團。

〔採茶歌〕陽臺上路盤桓。藍橋下水瀰漫。倚樓一倚一心酸。空憶當時花爛熳。可憐今夜月團圞。

〔尾聲〕蠅頭風月如堆卵。雞肋恩情似滾丸。枕上餘香被窩中春暖。有人知無人管。往常時信音通直恁情歡。到如今鸞信少雁書稀鴛夢短。盛世新聲戌集　詞林摘艷八　雍熙樂府九

盛世新聲無題。雍熙樂府題作離恨。俱不注撰人。○(一枝花)摘艷錦紙作錦色。雍熙首句作鸞臺寶鏡分。幾樣作一樣。百千作便有那千百。(梁州)摘艷獨立作獨步。雍熙首句作寫不盡天來高愁腸病染。次句天來高作海來深。三句作春風桃李鶯花亂。瘦作褪。未作怨。先作心。下香階二句作。怕黃昏鴉噪林巒。繞芳階獨步盤桓。對影作和影。美滿舊歡作舊歡美滿。胸中作胸藏。和緩作慈善。比作我比着那。知音作人兒。末句作生的來表正形端。(罵玉郎)此支及感皇恩採茶歌二支。盛世及雍熙並闕。茲據摘艷補。(感皇恩)重增本內府本摘艷落花作花落。茲從原刊本徽藩本。(採茶歌)內府本摘艷一心作寸心。(尾聲)盛世摘艷往常俱作枉常。茲改正。雍熙自三句起作。共才郎兩意歡。舊圍屏倩誰捲。薄衾單有誰暖。枕頭上餘音。寶爐中烟斷。三般兒不放鬆寬。燈盡夜闌鴛夢短。

春日送別

絲絲楊柳風。點點梨花雨。雨隨花瓣落。風趁柳條疎。春事成虛。無奈春歸去。春

歸何太速。試問東君。誰肯與鶯花做主。

〔梁州〕錦機搖殘紅撲簌。翠屏開嫩緑模糊。茸茸芳草長亭路。亂紛紛花飛園圃。冷清清春老郊墟。恨綿綿傷春感嘆。泪漣漣對景躊躕。不由人不感嘆嗟吁。三般兒巧筆堪圖。你看那蜂與蝶趁趁逐逐。花共柳攢攢簇簇。燕和鶯喚喚呼呼。鷓鴣。杜宇。替離人細把柔腸訴。愁和泪一時住。不由我相思泪如雨。怎教寧耐須臾。

〔罵玉郎〕叫一聲才郎身去心休去。不由我愁似鐵。泪如珠。樽前無計留君住。魂飛在離恨途。身落在寂寞所。情遞在相思鋪。

〔感皇恩〕呀。則愁你途路崎嶇。鞍馬上勞碌。柳呵都做了斷腸枝。酒呵難道是忘憂物。人呵怎減的護身符。早知你拋擲咱應舉。我不合慣縱的你讀書。傷情處。我命薄。你心毒。

〔採茶歌〕覷不的獻勤的僕。勢情的奴。聲聲催道誤了程途。一箇大廝把的忙牽金勒馬。這一箇悄聲兒回轉畫輪車。

〔隔尾〕江湖中須要尋一箇新船兒渡。宿臥處多將些厚褥子兒鋪。起時節遲些兒起。住時節早些兒住。茶飯上無人將你顧覷。睡臥處無人將你蓋覆。你是必早尋一箇着

實店房裏宿。盛世新聲戌集　詞林摘艷八　詞謔　雍熙樂府八　北宮詞紀六　南北詞廣韻選五引罵玉郎尾聲

盛世新聲詞謔俱無題。各本詞林摘艷題作春日送別。雍熙樂府題作春。北宮詞紀題作春日怨別。盛世詞謔雍熙俱不注撰人。南北詞廣韻選謂元人作。○（一枝花）内府本摘艷試問上有我這裏三字。雍熙趁作逐。無誰字。（梁州）摘艷堪圖作難圖。内府本摘艷不感歎作感歎。雍熙冷清清作静巉巉。躊蹰作踟蹰。下有恨離別間阻歡娱一句。不感作短。嗟作長。無三般兒巧筆堪圖。你看那十字。細把柔作忙把衷。不由我句作折得柔條懶贈予。怎教作怎肯教。詞謔傷春感嘆作傷春感觸。不由人句作我再竚立須臾。堪圖作難圖。無你看那三字。燕鶯易位。末三句作。行不得歸不去。鳥語由來豈是虛。感嘆嗟吁。詞紀開作閑。柔腸作愁腸。餘俱同詞謔。（罵玉郎）雍熙叫一聲作剛叫道。不由我作好教。鐵作海。途作天。遞在作遞入。廣韻選俱同。惟好教作好教我。詞謔無不由我三字。鐵作織。留君作相留。詞紀俱同詞謔。（感皇恩）内府本摘艷怎減作怎做。雍熙起作。呀。不敢道路途崎嶇。次句無上字。柳下酒下人下俱無呵字。難道是作怎敢道。怎減作怎做。攧咱作撇奴。慣縱下無的字。傷情作傷懷。詞謔詞紀上劳碌俱作馳驅。（採茶歌）詞謔廝把下無的字。雍熙的僕作奴。勢情的奴作護身僕。聲聲上有他字。廝把的作四八。末句無這字。詞紀勢作世。廝把下無的字。（隔尾）盛世顧覷下有伏字。摘艷房裏作房兒。内府本摘艷須要作須。褥子作褥。睡臥作宿臥。雍熙江湖中作你去呵江河中。無子兒二字。自茶飯句起作。茶飯上誰親哺。宿臥處誰蓋袱。宿時節揀一答兒着實店房兒宿。廣韻選俱同雍熙。惟

鋪作來鋪。兒着實作老實。詞譜次句無兒字。顧作看。房裏作房兒。詞紀俱同詞譜。

〔中呂〕粉蝶兒

美色

笑臉含春。粉脂融淡霞紅暈。立東風無限精神。寶釵横。金鳳小。緑鋪雲鬢。眉月斜痕。眼横波不禁春困。

〔醉春風〕步錦襪蹵金蓮。拭羅衫舒玉筍。常言道名花解語亦傾城。這話兒敢准。准。恰便似落雁沉魚。羞花閉月。香嬌玉嫩。

〔紅綉鞋〕歌扇掩胭脂紅褪。舞衣飄蘭麝香温。冰絲細織帕羅新。翠裙鸚鵡緑。綉帶鳳凰紋。玉鋪胡蝶粉。

〔普天樂〕一見了引人魂。再見了消人悶。急追陪金杯錯落。莫辜負翠袖慇懃。覷一覷萬種嬌。笑一笑千金俊。手撒紅牙流歌韻。墜梁塵遏住行雲。腸斷也蘇州刺史。心堅也蒲東倦客。情迷也洛浦行人。

〔上小樓〕説甚麽芳卿性純。秋娘丰韻。多應他懶住蟾宫。潛下仙階。謫降凡塵。翡

翠屏。錦綉裀。包藏春信。培養出嬌滴滴⿰女帶人身分。

〔么篇〕也不索鶯兒探春。賓鴻傳信。憑着這綵筆題情。粉臉留香。索强如織錦迴紋。酒半醺。粉半勻。把情郎低問。他比那海棠花更多淹潤。

〔耍孩兒〕玳筵開一派笙歌引。簇擁着一箇娉婷玉人。舞纖腰憔瘦不勝春。美孜孜笑臉温存。也宜教畫欄干遮護着瓊花蕊。錦帳幕週圍着玉樹春。酒捧着金波醞。受用殺銀箏象板。風流殺翠袖紅裙。

〔尾聲〕輕聲度艷歌。淡粧凝素粉。東風滿地殘紅褪。一刻千金意不肯。　盛世新聲辰集

盛世新聲重增本內府本詞林摘艷俱無題。與雍熙樂府皆不注撰人。雍熙彩筆情辭題俱作贈美妓。原刊本徽藩本摘艷題俱作美色。與情辭皆注劉庭信作。○〔粉蝶兒〕情辭釵横作釵攲。〔醉春風〕雍熙末三句作。因此上雁落魚沉。花羞月慘。玉嬌香嫩。情辭同。〔紅綉鞋〕雍熙鳳凰作鳳鸞。玉鋪作玉鈿。〔普天樂〕雍熙情辭流歌俱作歌清。雍熙墜梁塵作上青山。〔上小樓〕盛世及重增本摘艷培養俱作全養。雍熙潛作私。培養作涵養。〔么篇〕雍熙情辭粉臉俱作羅帕。他比俱作比着。雍熙把情郎作把這情郎。情辭作向情郎。〔耍孩兒〕內府本摘艷週圍下無着字。雍熙情辭纖腰憔瘦俱作腰纖細。笑臉温存俱作淺笑輕顰。雍熙玳作錦。帳幕週作步帳遮。情辭二句無一箇

二字。遮護着作款護。帳幕週圍着作步幃平遮。（尾聲）雍熙淡作淺。

〔雙調〕新水令

春恨

枕痕一線印香腮。蹙春山兩彎眉黛。整金釵舒玉筍。出綉户下瑶階。穿着對窄窄弓鞋。剛行出綉簾外。〔駐馬聽〕寂寂瑶階。春日闌珊景物乖。困人天色。不堪梳洗傍粧臺。梨花寂寞玉容衰。海棠零落胭脂敗。自裁劃。今春更比前春煞。〔喬牌兒〕指尖兒彈破腮。泪珠兒鎮長在。自從他去了懨懨害。這病便重如山深似海。〔雁兒落〕懶插這鴛鴦交頸釵。羞繫這鸂鶒合歡帶。慵把這鸞凰錦褥鋪。愁將這翡翠鮫綃蓋。〔得勝令〕靈鵲兒噪庭槐。車馬過長街。準備着月下星前拜。安排着春衫和泪揩。打疊起愁懷。怕不待寧心耐。悶日月難捱。我則怕青春不再來。〔滴滴金〕空着我便耳熱眼跳。心神恍忽。失驚打怪。莫不是薄倖可憎才。我一會家

腹熱腸荒。心忙意急。行出門外。空着我便立遍蒼苔。

〔折桂令〕將一塊望夫石霧鎖雲霾。到如今燕侶鶯儔。枉惹的蝶笑蜂猜。幾時能够單鳳成雙。錦鴛作對。魚水和諧。盼佳期今春左側。海棠開不見他回來。想俺那多才。柳陌花街。莫不是謝館秦樓。多應在走馬章臺。

〔尾聲〕來時節喫我一會閑頓摔。我可便不比其他性格。那其間信人搬弄的耳朵兒來揪。把俺那薄倖的嬌才面皮上摑。 盛世新聲戌集　詞林摘艷五　北宮詞紀六

盛世新聲無題。不注撰人。○（喬牌兒）詞林摘艷去了作去。內府本摘艷病便作病敢。（雁兒落）重增本摘艷慵把作慵將。（得勝令）盛世鵲作雀。摘艷靈鵲上有疑怪這三字。車馬上有不聞的三字。則怕上有又字。（滴滴金）摘艷便立作踏。內府本摘艷首句空着我作一會家。末句着作教。（折桂令）摘艷霾作埋。柳陌上有他在二字。應在作應是。重增本摘艷到如今作誰承望。內府本作只令的。（尾聲）摘艷那其間作將他那。來揪作揪。末句作薄倖喬才面皮兒上摑。重增本摘艷二句無可便二字。末句無上字。

〔雙調〕夜行船

青樓詠妓

新夢青樓一操琴。是知音果愛知音。箋錦香寒。帕羅粉滲。遥受了些粧孤處眼餘眉甚。

〔么篇〕腰瘦剛争不姓沈。被閑愁惱至如今。只爲那鏡約釵期。翻做了花毒酒酖。揣上一箇罪名兒雨囚雲禁。

〔喬木查〕狠姨夫計深。刀斧般恩情甚。蠟打槍頭軟廝禁。好姻緣苦用心。他待獨樹成林。

〔慶宣和〕花有清香月有陰。一刻千金。辜負良宵可憐甚。問審。問審。

〔落梅風〕至如道燒銀蠟。便做道度綉衾。托賴着這些福蔭。三衙家則推道娘未寢。不隄防幾場兒撒唔。

〔風入松〕耳邊消息謾沉沉。情泪濕衣襟。强將別酒拚一任。奈新來酒也慵斟。怕不待和愁强飲。却原來愁越難禁。

〔撥不斷〕細思尋。廝淋侵。熱温存漫想偎香枕。玷玎的生掂折玉簪。呆答孩空憶酬

紅錦。要獨强性兒急淋。

〔離亭宴尾〕口兒中不許別圖箇甚。意兒中既有何須恁。非瞞兒黑心。怎當那冷撒唔柳青昣。錯下書三婆啉。硬散楚的閑家譖。箏上絃怕支楞。井內瓶愁撲井。這姻緣山高海深。倘若卦變了燕鶯爻。玟擲下鴛鴦兆。籤抽的鸞鳳讖。牙縫兒唧與些甜。耳朵兒吹與些任。我則怕這鍋水熱不熱今番在恁。你則待調弄得話頭兒長。承當的咒兒磣。盛世新聲戊集　詞林摘艷五　彩筆情辭六

盛世新聲無題。不注撰人。詞林摘艷題作青樓詠妓。彩筆情辭題作緣阻。〇（夜行船）重增本摘艷果愛作果是。情辭眉甚作眉頓。（么）情辭雨囚雲禁作雨愁雲凜。（喬木查）盛世廝禁作廝金。情辭甚作稔。（落梅風）情辭撒唔作粧跍。（撥不斷）重增本摘艷淋侵作淋浸。（離亭宴尾）各本摘艷瞞作男。啉作恁。重增本摘艷當那作當他。昣作眕。燕鶯作鶯燕。情辭箇甚作甚。瞞作男。唔作沁的。昣作眕。下書作下書的。啉作嬋。撲井作撲鄧。鸞鳳作鸞凰。些任作些恁。我則怕句作怕好歹今番在您。則待作倒待。

詞謔引南呂尾雁兒寫西風一支。列於劉庭信南呂尾幾回好夢添淒楚一支之後。似屬庭信。南北詞廣韻選卷三即謂劉庭信作。案此曲爲一枝花銀杏葉彫零鴨脚黃套數之尾聲。全曲見盛世新聲詞林摘艷及雍熙樂府。錄鬼簿續編云詹時雨作。詞林摘艷注貫酸齋作。茲列爲詹氏曲。又。北

詞廣正譜中呂引鬬鵪鶉表正容端一支。越調引聖藥王花影移一支。並注劉庭信作。案此二套俱見盛世新聲詞林摘艷及彩筆情辭。前者即粉蝶兒驕馬金鞭套。爲蘭楚芳作。後者即金蕉葉講燕趙風流莫比套。爲張鳴善作。兹列爲蘭張二家曲。此不重出。

趙君祥

生平不詳。

套數

〔雙調〕新水令

閨情

枕痕一線玉生春。未惺惚眼波嬌困。别離纔幾日。消瘦够十分。杜宇愁聞。無端事繫方寸。

〔駐馬聽〕寡宿孤辰。歲晚佳期猶未准。舊愁新恨。鏡中眉黛鎮常顰。一庭芳草翠鋪茵。半簾花雨紅成陣。雨聲潺風力勁。韶華即漸消磨盡。

〔喬牌兒〕綉針兒怕待親。腮斗兒粉香褪。鶯慵燕懶清明近。把閑情相逗引。

〔雁兒落〕被兒冷龍涎不索薰。人兒遠龜卦何須問。路兒阻魚箋斷往來。心兒邪鵲語

難憑信。

〔得勝令〕静巉巉團扇掩歌塵。磣可可羅帕漬啼痕。急煎煎永夜難成夢。孤另另斜陽半掩門。打疊起慇懃。不索向心中印。折挫了精神。風流病不離身。

〔甜水令〕這些時情思昏沉。姻緣間阻。相思陡峻。樓上把闌憑。見了些水繞愁城。樹列愁幃。山排愁陣。幾般兒對付離人。

〔折桂令〕楚陽臺剩雨殘雲。忘不了私語叮嚀。往事紛紜。寂寞蘭堂。蕭條錦瑟。孤負芳樽。金花誥七香車前程未穩。紫香囊五言詩舊物空存。醒也銷魂。醉也銷魂。怯殘春又是殘春。怕黄昏又到黄昏。

〔離亭宴歇指煞〕多情較遠天涯近。東皇易老芳菲盡。無言自忖。難改悔志誠心。怎消磨生死誓。强打捱淒涼運。留連宋玉才。迷戀潘安俊。行思坐盹。免不得侍兒嘲。遵不得嚴母訓。顧不得傍人論。榮華自有時。恩愛終無分。枉了把形骸病損。他謊話兒賺韓香。我癡心兒憶何粉。雍熙樂府一一　南北詞廣韻選八　北宫詞紀六

題從雍熙樂府及南北詞廣韻選。北宫詞紀題作春思。雍熙不注撰人。廣韻選注元。詞紀注趙君祥。○〔駐馬聽〕詞紀風力勁作風力緊。

李邦祐

生平不詳。

小令

〔雙調〕轉調淘金令

思情

花衢柳陌。恨他去胡沾惹。秦樓謝館。怪他去閑遊冶。獨立在簾兒下。眼巴巴則見風透紗窗。月上葡萄架。朝朝等待他。夜夜盼望他。盼不見如何價。詞林摘艷一

當初共他。俏一似雙飛燕。如今誤我。好一似失了羣的雁。教我愁無限。要見他難上難。我這裏冷落孤幃獨自空長嘆。行行不奈煩。頻頻的掩泪眼。事事都心懶。詞林摘艷一

初相見時。止望和他同諧老。心腸變也。更無些兒好。他藏着笑裏刀。誤了我漆共

膠。他如今漾了甜桃却去尋酸棗。我這裏自敲爻。怎生消。怎生消磨得我許多煩惱。

詞林摘艷一　彩筆情辭六

彩筆情辭收此首及次首。題作題恨。○情辭止望作指望。

魂勞夢穰。爲伊空惆悵。行思坐想。爲伊成悒怏。想伊是鐵心腸。全不憶共燃香。咱因他棄了家私受了驅馳更離了故鄉。伊家好歹心腸。不思量。不思量香羅帶綰同心在你行。詞林摘艷一　彩筆情辭六

詞林摘艷伊家作伊常。兹從情辭。情辭更離了作離。末句無香字。

邵亨貞

亨貞字復孺。號清溪。雲間人。由元入明。通博敏瞻。雖陰陽醫卜佛老之書。靡弗精覈。元時訓導松江府學。以子詿誤戍潁上。久乃赦還。卒年九十三。著有野處集。蟻術詩選。蟻術詞選等。

小令

〔仙吕〕後庭花

擬古

銅壺更漏殘。紅粧春夢闌。江上花無語。天涯人未還。倚樓閒。月明千里。隔江何處山。蟻術詞選一　歷代詩餘二　詞綜三〇

刺船鸚鵡洲。題詩黃鶴樓。金谷銅駝夢。湘雲楚水愁。少年遊。好懷依舊。故人還在不。蟻術詞選一　歷代詩餘二　詞綜三〇

〔越調〕凭闌人

題曹雲西翁贈妓小畫

誰寫江南一段秋。粧點錢塘蘇小樓。樓中多少愁。楚山無斷頭。蟻術詞選二　古今詞話　詞綜三〇　歷代詩餘一　詞律補遺

末句從蟻術詞選。他書斷俱作盡。

邵亨貞

梁寅

寅字孟敬。新喻人。元末累舉不第。辟集慶路儒學訓導。隱居教授。明初徵至京。修禮書。書成。辭疾歸。結廬石門山。四方士多從學。稱爲梁五經。有石門詞。

小令

〔黄鍾〕人月圓

春夜

三春月勝三秋月。花下惜清陰。錦圍綉陣。香生革履。光動蘭襟。棠梨枝顫。乍驚栖鵲。夜久寒侵。明朝風雨。休孤此夕。一刻千金。石門詞

〔雙調〕折桂令

留京城作

龍樓鳳閣重重。海上蓬萊。天上瑶宫。錦綉才人。風雲奇士。衮衮相逢。幾人侍黄金殿上。幾人在紫陌塵中。運有窮通。寬着心胸。一任君王。一任天公。石門詞

舒頔

頔字道原。績谿人。博學洽聞。爲詩文不屬草。善隸書。至元間江東憲使燕只不花辟爲池陽貴池教諭。秩滿調丹徒校官。館於平章秦元之之門。至正間。轉台州學正。時艱不仕。奉親攜書。歸遁山中。入明屢召不出。洪武十年考終於家。年七十四。道原辭聘後誅茅結廬。爲讀書所。扁曰貞素齋。有貞素齋集。北莊遺稿。

小令

〔中吕〕朝天子

學騃。粧癡。誰解其中意。子規叫道不如歸。勸不醒當朝貴。閒是非。子心無愧。儘教他争甚底。不如他瞌睡。不如咱沉醉。都不管天和地。貞素齋詩餘

閒是非句疑脱一字。

〔雙調〕折桂令

壽張德中時三月三日

問仙娥何處稱觴。帕遞香羅。壽祝張郎。整整杯盤。低低歌舞。澹澹韶光。想無媿乾坤俯仰。且隨緣詩酒徜徉。樂意何長。人醉西池。月上東牆。貞素齋詩餘

過今朝三月初三。昨夜長庚。書幌光含。狂客追歡。歌姬索笑。餘子醺酣。且莫説鶯兒睆睆。試聽他燕子喃喃。此樂何堪。多君暢飲。容我高談。貞素齋詩餘

李子安

生平不詳。

套數

〔中吕〕粉蝶兒

題情

這些時意懶心慵。悶懨懨似癡如夢。想當初倚翠偎紅。我風流。他俊雅。恩深情重。他生的剔透玲瓏。語融和言談出衆。

〔醉春風〕他生的粉臉似秋蓮。春纖如玉葱。鞋弓襪小步輕盈。能歌善詠。詠。雁柱輕移。冰絃款撥。便是那鐵石人也情動。

〔紅綉鞋〕指望待要巫山畔乘鸞跨鳳。誰承望陽臺上雲雨無踪。則我這口中言都當做耳邊風。冷落了蜂媒蝶使。稀疎了燕侣鶯朋。多應是攬閑人將話兒哄。

〔剔銀燈〕俏冤家風流萬種。他也待學七擒七縱。把我似勤兒般推磨相調弄。我這裏假粧癡件件依從。又則怕傷了和氣。皺了美容。假和真你心裏自懂。

〔蔓菁菜〕你常好是不知輕重。動不動皺了眉峯。冰霜般面容。若是箇村紂的和你兩箇乍相逢。他把你那半世裏清名送。

〔柳青娘〕這些時稀疎了詩賓和這酒朋。悶來時與誰同。一任教花紅和這柳濃。有何心戀芳叢。則這詩書禮樂不待攻。端溪硯塵埋墨朦。紫霜毫乾燥了尖峯。赤緊的缺了鸞箋無了香翰。無香翰怎題紅。

〔道合〕離恨匆匆。離恨匆匆。天涯咫尺不相逢。覓鱗鴻。杳無踪。濛濛的霧鎖桃源洞。漫漫的水渰藍橋湧。雪浪泊濤洪。祆廟火飛紅。翠琴堂聽琴人鬧冗。玉清庵錯把鴛衾送。藕絲微銀瓶重。比目魚和冰凍。小卿倒把雙郎送。鶯鶯遠却離張珙。柳毅錯把家書奉。張生煮海金錢夢。愁蹙眉峯。愁積心中。愁恨無窮。何時得玉環合。金釵輳。金釵輳對對對上青銅。盛世新聲辰集　詞林摘艷三　雍熙樂府六　彩筆情辭六　九宮正始引道合　北詞廣正譜引同　九宮大成一三引紅綉鞋蔓菁菜柳青娘道合

盛世新聲重增本内府本詞林摘艷俱無題。與雍熙樂府俱不注撰人。雍熙題作離思。原刊本徽藩本詞林摘艷題作題情。注楊景華作。彩筆情辭題作恨阻。注楊景華作。九宮正始及北詞廣

正譜俱以此套屬季子安。或有所據。茲從之。○（粉蝶兒）盛世重增本摘艷如夢作似夢。內府本摘艷恩深上有俺兩箇三字。雍熙語融和作語容和。情辭語融和作貌融和。上句無生的二字。（醉春風）盛世摘艷末句俱無也字。雍熙玉葱作嫩筍。又與情辭能歌上俱有更字。情動俱作心動。情辭便是下無那字。（紅綉鞋）盛世摘艷燕俱作雁。內府本摘艷話兒作謊話兒。雍熙情辭巫山俱作湖山。情辭首句無望字。蜂媒作蜂。燕侶作燕。九宮大成巫山作湖山。（剔銀燈）盛世摘艷自懂俱作自董。茲從情辭。雍熙也待作也。把我似作把我作。皺了美容作觸着芙蓉。自懂作自忖。情辭皺了作觸着。（蔓菁菜）雍熙情辭面容俱作面肩。末句裏俱作兒。情辭常好是作暢好是。無兩箇二字。他把你作把你。大成面容作面孔。末句同雍熙。（柳青娘）雍熙時與作後共。何心作何意。墨朦作土蒙。情辭稀疎作生疎。時與作時共。詩書禮樂作禮樂詩書。餘同雍熙。大成俱同雍熙。（道合）盛世摘艷玉環合俱作玉環盒。又與雍熙玉清俱作玉青。倒把俱作道把。內府本摘艷祆廟作祆神廟。雍熙濛濛漫漫下俱無的字。水渰作水泛。雪浪祆廟各疊二字。十句作翠衾空人悶冗。鴛衾作衣衾。銀瓶作銀屏。和冰作活冰。錯把作錯將。愁蹙作恨蹙。愁恨作怨恨。末句作對對對對上青銅。情辭濛濛漫漫下俱無的字。水渰作水溢。錯把作誤將。愁蹙作恨蹙。九宮正始起作愁恨匆匆。此句不疊。水渰作水泛。泊作拍。濤洪作洪濤湧。祆廟作祆神廟。飛紅作飛空。翠琴作翠梧。鴛衾作鴛鴦。和冰作逢冰。雙郎送作雙郎哄。遠却作遠途。奉作送。愁蹙眉峯作恨蹙眉峯。在愁恨無窮句下。愁恨作怨

恨。何時作幾時。末句作金釵輳對輳對上青銅。廣正譜俱同正始。又正始鬧冗作鬧叢。大成末句同正始。餘俱同雍熙。

楊景華

生平不詳。

詞林摘艷彩筆情辭並收粉蝶兒這些時意懶心慵套數。俱注楊景華作。惟九宫正始及北詞廣正譜引道合一支。皆注季子安作。兹以之屬季氏。

高明

明字則誠。號菜根道人。永嘉平陽人。至正五年進士。授處州録事。辟丞相掾。後旅寓鄞之櫟社沈氏樓居。因作琵琶記。卒於元末。有以琵琶記進明太祖者。太祖覽畢曰。五經四書在民間如五穀不可缺。此記如珍羞百味。富貴家其可無耶。所著有柔克齋集。詞章斐然。東海趙汸稱其學博而深。才高而贍。是知則誠固不專以詞曲擅美也。

小令

〔商調〕金絡索掛梧桐

詠別

羞看鏡裏花。憔悴難禁架。耽閣眉兒淡了教誰畫。最苦魂夢飛繞天涯。須信流年鬢有華。紅顔自古多薄命。莫怨東風當自嗟。無人處。盈盈珠泪偷彈灑琵琶。恨那時錯認寃家。説盡了癡心話。吴歈萃雅亨集　詞林逸響花卷

詞林逸響錯認寃家四字疊。

一杯别酒闌。三唱陽關罷。萬里雲山兩下相牽罣。念奴半點情與伊家。分付些兒莫記差。不如收拾閒風月。再休惹朱雀橋邊野草花。無人把。萋萋芳草隨君到天涯。準備着夜雨梧桐。和泪點常飄灑。吴歈萃雅亨集　詞林逸響花卷

詞林逸響夜雨梧桐四字疊。○吴歈萃雅注高東嘉作之曲。在其他選本中幾皆另有主名。詳後附校記。右金絡索掛梧桐南曲小令二首。僅見萃雅逸響。尚不能證其另有主名。故輯之。

套數

〔商調〕二郎神

秋懷

從别後。正七夕穿鍼在畫樓。暮雨過紗窗涼已透。夕陽影裏。見一簇寒蟬衰柳。水緑蘋香人自愁。況輕拆鸞交鳳友。(合)得成就。真箇勝似腰纏跨鶴揚州。

〔前腔〕風流。恩情怎比。牆花路柳。記待月西厢和你攜素手。争奈話别匆匆。雨散

雲收。一種相思分做兩處愁。雁來時音書未有。(合前)

〔集賢賓〕西風桂子香韻幽。奈虛度中秋。明月無情穿户牖。聽寒蛩聲滿牀頭。空房自守。暗數盡譙樓上更漏。(合)如病酒。這滋味那人知否。

〔前腔〕功名未遂姻緣未偶。共一箇眉頭。惱亂春心卒未休。怕朱顏去也難留。把明珠暗投。不如意十常八九。(合前)

〔黄鶯兒〕霜降水痕收。迅池塘猶暮秋。滿城風雨還重九。白衣人送酒。烏紗帽戀頭。思那人應似黄花瘦。(合)怕登樓。雲山萬疊。遮不得許多愁。

〔前腔〕惟酒可忘憂。這愁懷不殢酒。幾番和泪見紅豆。相思未休。凄涼怎受。老天知道和天瘦。(合前)

〔猫兒墜〕緑荷蕭索無可蓋眠鷗。碧粼粼露遠洲。羈人無力冷颼颼。(合)愁。早知道宋玉當時頓覺傷秋。

〔前腔〕一簇紅蓼相映白蘋洲。傍水芙蓉兩岸秋。想他嬌艷倦凝眸。(合前)

〔前腔〕無情紅葉偏向御溝流。詩句上分明永配偶。對景觸目恨悠悠。(合前)

〔餘音〕一年好景還依舊。正橘緑橙黄時候。强把金樽開懷斷送秋。詞林摘艷二 新編南九

宮詞　南宮詞紀三　詞林白雪一　吴歈萃雅元集　詞林逸響風卷　吴騷合編三　樂府珊珊集　曲譜引曲從略

詞林摘艷題作秋懷。南宮詞紀吴歈萃雅詞林逸響樂府珊珊集同。新編南九宮詞題作情。詞林白雪屬閨情類。吴騷合編題作秋閨。摘艷注無名氏散套。九宮正始注元散套。餘書俱屬高則成。〇(二郎神)各選本首句俱作人别後。兹從摘艷及九宮正始。各本摘艷簇上俱脱一字。腰纏作腰跧。內府本末脱一字。作腰纏。詞林白雪萃雅逸響珊珊集俱無見字。拆俱作拆散。(前腔)原刊本徽藩本重增本摘艷雁來時俱作雁來也。重增本音書作書。南九宮詞詞紀詞林白雪萃雅逸響吴騷珊珊集俱無和你二字。詞林白雪吴騷俱無分做二字。吴騷話别匆匆作匆匆話别。雨散作雲時雨散。(集賢賓)摘艷韻幽作韻悠。南九宮詞詞紀詞林白雪萃雅逸響吴騷珊珊集樓上俱作樓。(前腔)內府本摘艷一箇作蹙一。南九宮詞一箇作簇一箇。詞紀吴騷俱作簇箇。詞林白雪作蹙一箇。萃雅逸響珊珊集俱作蹙箇。詞林白雪春心作柔腸。吴騷暗投作銜售。除摘艷外。各選本明珠上俱無把字。(黄鶯兒)內府本摘艷池塘作塘池。思作思憶。南九宮詞二句猶作又。那人應作憶那人形。除摘艷南九宮詞外。各選本猶俱作已。那人應俱作憶那人一。怕登俱作强登。萬疊俱作滿目。詞紀詞林白雪不得俱作不盡。吴騷作不斷。(前腔)內府本摘艷和泪見作血泪抛。南九宮詞二句這作奈。詞紀怎受作怎守。餘同南九宮詞。萃雅珊珊集這愁懷作奈柔腸。詞林白雪逸響俱作奈愁腸。詞林白雪萃雅等和泪見俱作血泪抛。下二句詞林白雪作。相思怎休。凄凉怎守。萃雅逸響珊珊集作。凄凉怎守。相思怎休。吴騷俱同詞紀。(猫兒墜)原刊本徽藩本重增本

摘艷屬俱作飢。除摘艷外。各選本碧俱作淺碧。合以下俱作。添愁。悄一似宋玉賦高唐。對景傷秋。內府本摘艷俱同各選本。萃雅珊珊集無力作無寐。逸響露作漾。（前腔）詞林白雪萃雅逸響珊珊集俱無一簇紅蓼一支。（前腔）重增本摘艷永作詠。內府本摘艷二句無上字。永作求。三句作此情亦與我心投。南九宮詞永作求。詞林白雪後二句作。詩句分明尋配偶。此情還記我心頭。萃雅逸響珊珊集無上字。永作求。三句作此情還在我心頭。詞紀吳騷俱無此支。（餘音）內府本摘艷强把作且把。南九宮詞正作正是。開懷斷送作斷送了。詞紀依舊作重九。無開懷二字。詞林白雪依舊作重九。强把作且把。萃雅依舊作重九。正作正是。逸響依舊作重九。吳騷正作正是。餘同詞紀。

南曲選本收高東嘉詞以吳歈萃雅爲最富。惟除商調二郎神人別後一套外。其餘所收十餘曲。在各家選本中主名紛歧。似皆非東嘉作。兹逐一志之。一。萃雅所收正宮白練序窺青眼一套。新編南九宮詞注古詞。南宮詞紀屬無名氏。詞林逸響屬顧木齋。二。仙吕入雙調步步嬌暗想當年一套。詞林摘艷雍熙樂府皆不注撰人。南宮詞紀詞林逸響並屬鄭虛舟。吳騷集屬王百穀。吳騷合編等注元詞（本書輯入無名氏）。三。黃鍾畫眉序約友到西郊一套。新編南九宮詞注舊詞。四。正宮普天樂四時歡一套。新編南九宮詞注舊詞。南宮詞紀屬無名氏。吳騷集吳騷合編並屬李東陽。五。商調字字錦羣芳綻錦鮮一套。詞林逸響樂府珊珊集並從萃雅。屬東嘉。詞林摘艷屬無名氏。雍熙樂府新編南九宮詞皆不注撰人。吳騷集屬沈青門。吳騷合編

屬楊彦華。九宫正始屬元人。又屬明人。六。南吕綉帶兒幽窗下一套。樂府珊珊集屬高明。同萃雅。詞林摘艷雍熙樂府皆不注撰人。吴騷集屬無名氏。詞林逸響屬祝枝山。彩筆情辭吴騷合編注元詞。目録注舊詞。七。南吕六犯清音鎖窗人静四首。詞林逸響樂府珊珊集怡春錦並從萃雅。新編南九宫詞南宫詞紀吴騷合編並屬李日華。詞林白雪屬茅平仲(僅收第一首)。吴騷集屬文衡山。八。中吕泣顔回東野翠烟消一套。詞林逸響吴騷合編並從萃雅。詞林摘艷雍熙樂府新編南九宫詞俱不注撰人。南宫詞紀屬無名氏。九宫正始以此套爲南戲子母寃家曲文。九。商調金絡索東風轉歲華小令四首。詞林逸響樂府珊珊集並從萃雅。新編南九宫詞堯山堂外紀並屬祝枝山。南宫詞紀屬無名氏。詞林白雪屬李日華。吴騷集屬梁少白。吴騷合編屬常樓居。目録下又注舊詞。十。南吕七犯玲瓏新紅上海棠小令四首。詞林逸響從萃雅。雍熙樂府不注撰人。新編南九宫詞南宫詞紀吴騷合編堯山堂外紀王驥德曲律並以爲祝枝山作。十一。仙吕二犯月兒高烟鎖垂楊院小令四首。詞林逸響從萃雅。雍熙樂府不注撰人。新編南九宫詞注古詞。南宫詞紀屬無名氏。吴騷合編屬唐六如。又見唐伯虎全集。十二。商調山坡裏羊新酒殘花争鬭小令四首。並見唐伯虎全集。太霞新奏發凡云。前輩不欲以詞曲知名。往往有其詞盛傳而不知出於誰手者。吴歈萃雅悉取文人姓字。妄配諸曲。欲昡世目。貽笑明眼。萃雅之妄。時人已爲揭發矣。北詞廣正譜商調梧葉兒附注云高則誠有倚園屏套。案此套今存。惟詞林摘艷注高栻作。高栻與高則誠非一人。兹入高栻曲。

陳克明

生平不詳。或爲臨川人。

套數

〔中呂〕粉蝶兒

怨別

畫閣蕭疎。那裏也玉堂人物。間別來音信全無。拆鸞凰。分鶯燕。生離開比目。悶懨懨瘦損肌膚。粉慵施朱唇懶注。

〔醉春風〕這些時縷帶儘了三分。羅裙掩過半幅。臨行時曾說幾時回。我與你數。數。去時節正遇着春分。回來時必然夏至。到如今又過了秋暮。

〔醉高歌〕更闌香冷金爐。夜靜燈殘畫燭。今宵有夢歸何處。那裏也吹簫伴侶。

〔紅綉鞋〕愁寂寞縈牽腸肚。病懨懨瘦損了身軀。則我這鬢雲鬆意懶甚時梳。茶飯上

無些滋味。針指上減了些工夫。塵蒙了七絃琴冷了雁足。

〔普天樂〕意徘徊。心憂慮。知他在科場應舉。翰院遷除。峥嶸在畫閣中。顯耀在蘭堂處。閃的人冷冷清清捱朝暮。想薄情負我何辜。撲簌簌兩行泪珠。悶懨懨九分病苦。氣絲絲一口長吁。

〔上小樓〕也是我今生分福。多管是前生合注。那裏也畫眉張敞。擲果潘安。傅粉平叔。不弱如待月張生。偷香韓壽。謁漿崔護。則我這孤辰運命該天數。

〔么篇〕愁和悶眼倦開。悶和愁眉怎舒。愁的是情思昏昏。神魂飄蕩。鬼病揶揄。悶連着華嶽三峯。巫山十二。黄河九曲。則我這骨捱捱命歸泉路。

〔十二月〕四時景光陰迅速。更和這秋景蕭疎。疎刺刺風摇翠竹。淅零零雨灑蒼梧。畫簷間玎玎璫璫鐵馬。戍樓中滴滴點點銅壺。

〔堯民歌〕呀。我恰纔望夫山上問箇實虚。他可在竹林寺裏寄情書。多管在秦樓謝館笑歡娱。柳陌花街戀嬌姝。躊躕。薄情忒狠毒。因此上扯碎了姻緣簿。

〔耍孩兒〕趕蘇卿何處雙通叔。到做了三不歸離魂倩女。想當日碧桃花下鳳鸞雛。山和水阻隔着萬里程途。山隱隱繞天涯怎覓青鸞信。水茫茫滲海角難尋錦鯉書。兩般

兒無歸路。桃源洞墨雲荏苒。武陵溪烟水模糊。〔一煞〕身似水上萍。命如風内燭。月初圓又被陰雲布。藍橋下水波濤萬丈浸了海嶠。祆廟火烈焰千層接着太虚。兩椿兒本是無情物。玉簪折何時再接。冰絃斷甚日重續。〔尾聲〕漢相如有朝歸故鄉。卓文君多曾親見覩。一星星自把衷腸訴。將我這受過的淒涼慢慢的數。盛世新聲辰集　詞林摘艷三　雍熙樂府六　北詞廣正譜引醉高歌

盛世新聲重增本内府本詞林摘艷俱無題。與雍熙樂府皆不注撰人。雍熙題作憶情。原刊本徽藩本詞林摘艷題作怨别。注明陳克明作。北詞廣正譜引醉高歌一支。注陳克明作。不云明人。中原音韻有臨川陳克明。太和正音譜明初有陳克明。或即一人。○（粉蝶兒）雍熙悶作病。施作搽。（醉春風）雍熙儘作趲。行時作行。你數作你便數。遇着作遇。時必然作也必然是。（醉高歌）雍熙今宵作今朝。（紅綉鞋）雍熙損了作損。無則我這三字。些工夫作工夫。（普天樂）雍熙憂慮作猶豫。院遷作苑陞。處作住。閃的人作閃的我便。（上小樓）雍熙弱如作弱似。末句作我如今孤辰運正該天數。（么篇）雍熙情思昏昏作離思懨懨。連着作便似。則我這作看看的。捱捱作啀啀。（十二月）雍熙二句作更那堪秋景相逐。（堯民歌）雍熙多管在作多管是。歡娛作喧呼。下句作他敢在柳陌花街恣歡娛。因此上作恨不的。（耍孩兒）雍熙到做上有我字。想當日作俺正是。雛作孤。滄作遍。兩般二句作。兩般兒總是無尋路。桃源洞磚填土塞。（一煞）盛世摘艷椿

原作裝。茲改正。雍熙身似作身如。二三句作。命似風中燭。月華明忽被陰雲布。浸了海嶠作通海島。千層作千團。兩椿兒本是作兩般兒。（尾聲）雍熙朝歸作日還。曾親見靚作情親見汝。自把作盡把。將我作我把。

中原音韻引一半兒自將楊柳品題人一首云。一樣八首。臨川陳克明所作。案太平樂府有查德卿一半兒八首。中原音韻所引者即在其中。堯山堂外紀以此八曲屬克明。又云。或以爲查德卿作。本書列於查德卿曲。茲不重出。

湯式

式字舜民。號菊莊。元末象山人。補本縣吏。非其志也。後落魄江湖間。明成祖在燕邸時。遇之甚厚。永樂間賞賚常及。好滑稽。所作樂府套數小令極多。名筆花集。語多工巧。江湖盛傳之。著雜劇二種。瑞仙亭。嬌紅記。今俱不存。

套數

〔雙調〕新水令

春日閨思

一簾飛絮滚風團。啓朱扉眼花撩亂。腕消金釧鬆。腰瘦翠裙寬。獨步盤桓。幽窗下畫欄畔。

〔駐馬聽〕粧點幽歡。鳳髓茶温白玉碗。安排佳玩。龍涎香裊紫金盤。瓊花露點滴水晶丸。荔枝漿蕩漾玻璃罐。日光酣。天氣暖。牡丹風吹不到芙蓉幔。

〔喬牌兒〕嬌鶯時睍睆。杜宇自呼喚。故人一去音塵斷。這芳菲誰顧管。

〔鴻門凱歌〕冷淡了聯珠翡翠冠。離披了合彩鴛鴦段。零落了回文龜背錦。空閑了通寶鴉青幔。巫山廟雲壑翠巑岏。桃源洞烟水黑瀰漫。望夫臺景物年年在。相思海風波日日滿。眉攢。屈纖指把歸期算。心酸。染霜毫將離恨纂。

〔甜水令〕空撇下綉幕房櫳。銀燭幃屏。珠簾樓觀。幾度月團圞。鬭草無心。待月無情。吹簫無伴。眼睁睁寡鳳孤鸞。

〔天香引〕將一箇瘦形骸青鏡羞覷。愁也多端。病也多端。柳影花陰。看别人珮玉鳴鸞。聽一篇長恨歌肝腸刃剜。念幾句送春詞骨肉錐鑽。盟誓難瞞。疼熱難拚。生也同衾。死也同棺。

〔隨煞〕多應是在誰家風月閑亭館。陡恁的情慳義短。我恓惶事攢下萬千般。他風流罪攢來數十款。

湯舜民散曲集筆花集今存鈔本。本書於舜民曲即據筆花集及其次序。新輯套數二十四套。小令三首。則斟酌插於適當地位。並於曲末注明出處。以示不見現存鈔本。鈔本有闕頁。新輯之曲亦未必皆不在原本内。○鈔本筆花集此曲殘。兹據盛世新聲午集詞林摘艷卷五雍熙樂府卷十一補。原刊本徽藩本詞林摘艷題作閨情。注李文蔚作。疑誤。盛世新聲重增本内府本摘艷俱無題。

與雍熙皆不注撰人。雍熙題作離悶。〇（新水令）筆花集腰下三字殘。盛世摘艷俱作褪翠裙。茲從雍熙作瘦翠裙。盛世摘艷幽窗俱作緑窗。雍熙鬆作闊。幽窗作我在這緑窗。（駐馬聽）筆花集金盤瓊三字及丹風吹不四字俱殘。碗作腕。茲從盛世摘艷等。盛世摘艷雍熙茶温俱作茶烹。點滴俱作點。雍熙香裊作香爇。玻璃作琉璃。酣作寒。（喬牌兒）筆花集誰顧二字殘。茲從盛世等。盛世時作廝。摘艷雍熙同。盛世摘艷音塵俱作音沉。雍熙作音書。（鴻門凱歌）盛世摘艷雍熙俱分作雁兒落與得勝令二曲。筆花集了回文。烟水黑。指把歸九字殘。茲從雍熙。盛世摘艷同雍熙。但歸作佳。盛世冷淡作冷落。聯作連。披作配。零落作冷落。幔作鏝。雲壑作雲雨。瀰作迷。臺作石。眉攢上有好着我三字。無纖字。心酸上有一會家三字。摘艷俱同。雍熙冷淡了作冷落了這。披作配。合綵作合線。雲壑作雲雨。臺作石。（甜水令）筆花集鬬草二字殘。茲從盛世等。盛世房櫳作簾籠。幾度上有空教我三字。鬬草上有好教我三字。無情作無聊。睁睁作睁睁的。摘艷俱同。内府本摘艷房櫳作簾櫳。團作圓。鬬草上有好着我三字。雍熙房櫳作簾籠。樓觀作羅幔。幾度上有空着我三字。團作圓。無情作無聊。（天香引）筆花集影。春二字殘。刃作兩。錐作難。茲從雍熙。盛世將一箇作將我這。柳影上有辜負了三字。聽一篇作吟一首。幾句送春詞作幾首斷腸詩。末二句作。指望待生則同衾。死則同棺。摘艷俱同。雍熙聽作吟。鑽作鐫。盟誓與疼熱易位。末二句同盛世。（隨煞）筆花集恓惶事三字殘。茲從雍熙。在誰家作誰落家。疑誰落二字誤倒。茲從盛世摘艷雍熙。盛世摘艷此支作。在誰家風月閑庭館。陡

恁般情慳意緩。淒涼事趲下有萬千般。風流罪攢成數十款。雍熙無多應是三字。恁的作恁般。義作意。來作成。

送王姬往錢塘

十年無夢到京師。臥書窗坦然如是。幾償沽酒債。填不滿買花資。近柳題詩。又感起少年事。

〔駐馬聽〕槁木般容姿。對花月羞斟鸚鵡巵。浮雲般神思。扭宮商强作鷓鴣詞。我吟到碧梧棲老鳳凰枝。他道是雕籠鎖定鴛鴦翅。急煎煎撚斷吟髭。則被你紫雲娘傒落殺白衣士。

〔沉醉東風〕講禮數虚心兒拜辭。説艱難滿口兒嗟咨。蛾眉淺黛顰。花靨啼紅漬。向樽前留下些相思。我本是當年杜牧之。休認做蘇州刺史。

〔慶東原〕雨歇陽關至。草生南浦時。好山一路相隨侍。沉點點鶯花擔兒。穩拍拍的花藤轎兒。嗑剌剌鹿頂車兒。趄過若耶溪。趕上錢塘市。

〔離亭宴歇指煞〕我不向風流選内求咨示。誰承望別離卷上題名字。關心爲此。慢教蜂做問花媒。不勞鶯喚尋芳友。何須蝶做追香使。春殘小洞房。門掩閑构肆。不是

我愁紅怨紫。青樓贏的姓名留。彩雲漸逐簫聲去。錦鱗擬待音書至。明牽雙漸情。暗隱江淹志。多嬌鑒兹。搜錦綉九回腸。掃雲烟半張紙。盛世新聲午集　詞林摘艷五　雍熙樂府一二　北宫詞紀六　彩筆情辭七

此曲不見筆花集。北宫詞紀彩筆情辭俱注湯菊莊作。題皆作送王姬往錢塘。兹據以輯之。盛世新聲内府本重增本詞林摘艷雍熙樂府俱無題。不注撰人。原刊本徽藩本詞林摘艷題作悔悟。注王伯成作。〇(新水令)雍熙填不滿作填滿。詞紀情辭填不滿俱作不惜。近柳俱作今日箇折柳。(駐馬聽)盛世摘艷月上皆有一空格。詞紀情辭俱作花月。兹據補。雍熙首句無般字。對花月作對月。詞紀吟到作道是。(沉醉東風)詞紀情辭淺黛俱作淺淡。留下些俱作留下箇。(慶東原)盛世摘艷草生上俱有暮字。若耶俱作嶺山。内府本摘艷及雍熙隨侍俱作隨峙。雍熙拍拍的作拍拍。若耶作這峻嶺山。詞紀隨侍作隨視。的花藤作鳩藤。嗑作矻。情辭俱同詞紀。(離亭宴歇指煞)盛世摘艷姓名留俱作姓名。又與雍熙漸逐簫聲去俱作逐簫聲正。内府本摘艷正作止。雍熙姓名留作姓名兒。暗隱作晴隱。盛世摘艷雍熙俱無末三句。

秋夜夢回有感

鳳臺無伴品鸞簫。間別來未知音耗。魚沉尺素稀。雁斷錦箋遥。魄散魂消。心間事

對誰道。

〔駐馬聽〕林外蕭條。一夜霜侵紅葉老。庭前寂寥。幾番風撼的碧梧彫。病兒多偏覺被兒薄。影兒孤最怕燈兒照。睡不着。淅零零暮雨窗前哨。

〔喬牌兒〕業眼兒纔待交。丫鬟早來報。攬衣推枕掀簾幕。共多情廝撞着。

〔沉醉東風〕則見他烏雲髻斜簪玉翹。芙蓉額檀口似櫻桃。端的是萬種嬌。千般俏。更那堪蘭麝香飄。今日箇得見多情女艷嬌。將我這受過的淒涼忘了。

〔風入松〕相思一擔我都挑。壓損沈郎腰。筍條般瘦損潘安貌。這些時茶和飯懶待湯着。幾番待要覓尤雲尋取快樂。争奈被水渰藍橋。

〔甜水令〕則見他款解羅衫。輕分羅帳。低垂羅幕。團弄粉香嬌。半擁鴛衾。斜攲珊枕。共諧歡樂。枕凝酥手腕兒相交。

〔雁兒落〕被翻紅浪高。髻亸烏雲落。强如海上方。勝似靈丹藥。

〔得勝令〕呀。則見他粉汗透鮫綃。恰便似帶雨海棠嬌。雨歇陽臺静。雲還楚岫遥。欲再整鸞交。間阻邯鄲道。懊恨你一箇妖嬈。可怎生夢兒裏無下梢。

〔川撥棹〕我這裏下庭皋。雨初晴月影高。銀漢迢迢。落葉蕭蕭。萬籟静閑庭悄悄。

原來這幾般兒將鴛夢攪。

〔七弟兄〕畫簷外鐵敲。紗窗外竹搖。呀。敢聒的人越難熬。寒蛩唧唧臨階鬧。疎螢點點趁風飄。賓鴻嚦嚦穿雲叫。

〔梅花酒〕呀。我這裏自窨約。三鼓又頻敲。四更又初交。呀。噜兩意又徒勞。心兒裏相念着。呀。敢夢兒裏故尋着。不由人越懊惱。書房中受寂寥。我心内自量度。

〔喜江南〕幾番待接絲絃何處覓鸞膠。取銀瓶無計井中撈。轉南柯蟻陣早迷巢。可着我怎了。孤眠獨枕過今宵。

〔離亭宴煞〕西風煞是能聒噪。秋聲不管離人惱。鬼病兒今番越着。不能够共枕席。謾使傳書簡。空服靈丹藥。近燈檠將香篆焚。叩香几把靈神告。將一箇羊兒賽了。你怎生再使我可憐他。着俺這夫婦團圓睡到曉。　盛世新聲午集　詞林摘艷五　雍熙樂府一一　北宮詞紀六　北詞廣正譜引喜江南　九宮大成引梅花酒

此曲不見筆花集。北宮詞紀注湯菊莊作。題作秋夜夢回有感。兹據以輯之。盛世新聲重增本内府本詞林摘艷無題。與雍熙樂府俱不注撰人。雍熙題作幽夢。原刊本徽藩本摘艷題作紀夢。注王子一作。北詞廣正譜引喜江南亦注王子一。○（新水令）雍熙三句稀作杳。詞紀鳳臺作鳳臺空。二句作俊瓊姬不知消耗。魄散作無語。（駐馬聽）詞紀寂寥作寂寞。幾番風撼的作幾朝風

撼。偏覺作偏怯。暮雨窗前作細雨窗兒。（喬牌兒）詞紀眼兒纔作眼恰。（沉醉東風）雍熙斜簪下有着字。檀口下無似字。端的是作端的有。詞紀玉翹作翠翹。以下作。芙蓉額狹勒鮫綃。有萬種標。千般俏。麝蘭風仙袂飄飄。今日得你箇多情女艷嬌。把受過淒涼忘了。（風入松）雍熙損下有了字。箇作刀。刀疑笄之譌。懶待作懶去。要覓作殢雨。詞紀相思上有爲你呵三字。壓作任壓。箇作刀。損作盡。下作。茶和飯誰待嘗着。幾遍待覓雲英尋下梢。奈洪水渰藍橋。（甜水令）盛世摘艷凝酥俱作凝伴。內府本摘艷與雍熙俱作衾畔。玆從詞紀。內府本摘艷見他作見那。雍熙斜敧作同敧。詞紀則見他作我這裏。羅帳作羅袂。團弄作摶弄一會。斜敧作同敧。末句無兒字。（雁兒落）詞紀彈作妥。（得勝令）盛世摘艷帶雨俱作殢雨。內府本摘艷及雍熙一箇俱作箇。詞紀無呀則見他四字。二句作似帶露海棠嬌。雨歇上有一霎兒。間阻作奈行斷。你一箇作女。怎生作怎麽。無作没。（川撥棹）雍熙幾般作幾椿。詞紀初晴作初收。靜閑庭悄悄作息閑庭靜悄。原來這作原來是。無鴛字。（七弟兄）內府本摘艷無敢字。雍熙首句外作前。詞紀首句外作間。無呀敢二字。唧唧作寂寂。趁作帶。賓作征。（梅花酒）內府本摘艷徒勞上無又字。雍熙四更作四鼓。此句下無呀字。詞紀此文作。自窨約。三鼓頻敲。四更將交。兩意徒勞。料應他心兒裏想着。我夢兒裏故尋着。意轉焦。尋歸路上庭臯。書帷裏受寂寞。我心下自評跋。九宮大成同詞紀。惟末二字仍作量度。（喜江南）詞紀幾番作幾遍。何處作無處。取銀瓶無計作弔銀瓶無計向。蟻陣早迷作螻蟻早移。可着作却教。孤眠獨枕作眼睜睜那得。廣正譜可着我怎了

作好着我。（離亭宴煞）盛世摘艷叩香几俱作扣香風。雍熙鬼病下無兒字。靈神作神靈。這夫婦作夫妻。詞紀西風作西風兒。秋聲作助秋聲。鬼病兒作鬼病。能够作能。服靈丹作自服湯。焚作燒。叩香几作靠窗欞。末三句作。若依得我呵將羊兒便燒。怎麽再使我那可憎魂。則教團圓睡到曉。

秋懷

碧天風露怯青衫。客窗寒月斜燈暗。濁醪和泪飲。黄菊帶愁簪。地北天南。佳期被利名賺。

〔駐馬聽〕沈約羞慚。都道年來腰瘦減。潘安驚慘。自憐老去鬢髮髟參。鴛鴦被錯配了玉清庵。鳳鸞交乾閃下藍橋站。不知音休笑俺。吟肩慣壓相思擔。

〔喬牌兒〕汝陽齋曾笑談。風月所試評鑑。賈充宅不許儒生探。冷清清誰顧覽。

〔雁兒落〕誤人書方知性理擔。評花稿纔覺文章淡。碧雲箋慵將鳥篆臨。紫霜毫倦把龍香蘸。

〔得勝令〕風流謎謹包含。姻緣簿煞尷尬。緑綺琴冰絃斷。紅葉詩御水渰。何堪。青樓集喬科範。難甘。白頭吟冷句劖。

〔滴滴金〕自從他暗與香囊。痛剪青絲。平分寶鑑。直恁的絶雁帖。斷魚緘。都做了落葉隨風。斷梗逐波。輕舟脱纜。急回頭秋已過三。

〔折桂令〕將一片志誠心迤逗的人憨。悲切切似泣露寒蛩。氣絲絲如做繭春蠶。抹泪揉眵。看別人花底停驂。可不道多病身愁懷易感。猶兀自讀書人餓眼偏饞。憔悴難躭。寂寞多諳。空望想楚廟娉婷。枉祈求普救伽藍。

〔尾聲〕我則見跳龍門撞碎了偷香膽。權寧耐紅消緑減。成就了我紫羅襴犀角帶虎頭牌。受用你翡翠衾象牙牀鳳毛毯。雍熙樂府一一　北宮詞紀六　彩筆情辭九

此曲不見筆花集。北宮詞紀彩筆情辭俱題作秋懷。注湯菊莊作。玆據以輯之。雍熙樂府題作秋思。不注撰人。〇(駐馬聽)雍熙玉清作玉青。(雁兒落)詞紀情辭首句俱作悟真篇曾將性理躭。(滴滴金)雍熙青絲作青衫。(折桂令)詞紀情辭人憨俱作癡憨。看別人下俱有風前載酒四字。兀自俱作自說。望想俱作妄想。(尾聲)詞紀則見作則怕。又與情辭緑減俱作緑黯。情辭成就了作成就。

〔雙調〕夜行船

送景賢回武林

花柳鄉中自在仙。惹春風兩袖翩翩。酒社詩壇。舞臺歌榭。百年裏幾番相見。

〔新水令〕君家家近六橋邊。占西湖洞天一片。柳陰藍翠藹。花氣麝蘭烟。錦纜銀鞭。一步步畫屏面。

〔胡十八〕醉舞筵。殢歌扇。偎柳坐。枕花眠。生來長費杖頭錢。酒中遇仙。詩中悟禪。有情燕子樓。無意翰林院。

〔離亭宴帶歇指煞〕珊瑚文采天機絢。珍珠咳唾冰花濺。霜毫錦箋。品藻杜司空。褒彈張殿元。出落雙知縣。一襟東魯書。兩肋西廂傳。相看黯然。朝雨渭城愁。夕陽南浦恨。芳草陽關怨。休言雞黍期。謾結鶯花願。咱兩箇明年後年。湖上弔蘇林。花間覓劉阮。

筆花集有闕頁。此套胡十八僅存大半行。禪字以上約闕八字。再上即爲闕頁。原刊本徽藩本詞林摘艷卷五題作西湖。屬陳大聲。惟不見秋碧樂府。疑誤。盛世新聲午集重增本内府本摘艷無題。與雍熙樂府卷十二俱不注撰人。雍熙題作送景賢回武林。北宫詞紀卷四題作送楊景言回杭州。注湯菊莊作。北詞廣正譜亦屬菊莊。筆花集殘文與雍熙相同者多。兹據雍熙補之。〇〔夜

行船)盛世摘艷翩翩俱作翻翻。舞臺歌榭俱作舞裙歌扇。(新水令)盛世摘艷首句俱作見家家相近六橋邊。詞紀銀鞭作吟鞭。(胡十八)雍熙牌名誤作慶東園。有情作有心。詞紀杖頭作買花。(離亭宴歇指煞)筆花集藻杜司。相看。期謾結諸字俱殘。盛世摘艷殿元俱作殿試。一襟俱作一棋。兩肋俱作兩策。雞黍期俱作鷄鵤。内府本摘艷鸂鶒下有盟字。雍熙品藻。褒彈。出落下俱有着字。殿元作殿試。鶯花願作鶯花怨。詞紀殿元作殿試。兩肋作兩脇。

贈玉蓮王氏

玉立亭亭太華仙。問別來不記何年。雲隔瑶池。塵飛滄海。誰承望又還相見。

〔沉醉東風〕彷彿在耶溪岸邊。分明在太液池前。瓊簪墮地輕。羅襪凌波淺。勝華清賜浴温泉。微露浸浸濕翠鈿。越顯得香嬌玉軟。

〔離亭宴帶歇指煞〕韓昌黎甜句兒多稱羨。周濂溪美意兒常留戀。都則爲風流自然。馨香勝噴水龍涎。花瓣巧攢珠蚌殼。藕絲細吐冰蠶繭。欺風弄縞衣。妒月摶紈扇。三般兒可憐。葉老翠房空。波寒粧鏡慘。粉淡芳容變。休將玉漏催。且盡碧筩宴。多嬌自勉。恁若許惜花的攀。我先將並頭選。

雍熙樂府卷十二題作送司素蓮。不注撰人。北宫詞紀卷五題作贈妓王玉蓮。彩筆情辭卷二題作

贈王姬玉蓮。○（夜行船）筆花集來字蟲蝕。（沉醉東風）筆花集曲牌名殘。泉字蟲蝕。墮作隨。兹從詞紀。雍熙墮作墜。浸浸作漫漫。詞紀情辭分明在俱作分明似。（離亭宴帶歇指煞）筆花集稱羨作稱美。常留作長留。摶作學。扇上之紈字蟲蝕。鏡上之粧字殘。若原作惹。惜上殘一字。兹據雍熙詞紀情辭等改補。雍熙詞紀情辭勝俱作賸。芳容俱作芙蓉。休將俱作休聽。宴俱作勸。雍熙甜句作甜話。惜花的攀作帶根兒移。並頭下有連蒂二字。詞紀情辭惜花的攀俱作同心帶根兒移。並頭下俱有連蒂兒三字。詞紀鏡慘作鏡淺。

贈鳳臺春王姬

嬴女吹簫引鳳凰。築高臺配會蕭郎。前度相別。今番相見。還喜玉人無恙。〔風入松〕開奩顧影試新粧。光艷射朝陽。羽衣似得霓裳譜。東風軟舞態悠揚。不似碧梧深院。全勝篆竹高崗。〔沉醉東風〕也消得李白吟成樂章。怎容他呂安題做門牆。九苞祥瑞姿。五彩風流樣。壓東園舊日風光。春日遲遲春夜長。可知道一刻千金玩賞。〔離亭宴帶歇指煞〕想春容隨處相尋訪。檢春工所事堪褒獎。最關情是幾樁。春色染鶯花。春聲諧鳳管。春夢迷鴛帳。春透筵前緑蟻杯。春生被底紅桃浪。多管是東君

主張。不容狂蝶亂追隨。不許遊蜂乾絮聒。不愁杜宇閑悲愴。憑凌燕子樓。彈壓雞兒巷。囑付您知音的莫忘。消春悶儘盤桓。散春心任來往。

筆花集此曲沉醉東風九苞二字以下爲闕頁。兹據北宮詞紀卷五補。題目原作賦鳳臺春。兹從詞紀作贈鳳臺春王姬。彩筆情辭卷二題作贈王姬鳳臺春。○（夜行船）筆花集曲牌名及相見二字俱殘。情辭還喜作還喜得。（風入松）筆花集曲牌名及風軟舞態悠五字俱殘。詞紀情辭顧影俱作清曉。似得俱作低按。（沉醉東風）筆花集曲牌名及也消得三字俱殘。詞紀情辭李白俱作李太白。呂安俱作呂公安。

〔雙調〕風入松

題馬氏吴山景卷

十年踪跡走塵霾。踏破幾青鞋。自憐未了看山債。先贏得兩鬢斑白。登山屐時時旋整。買山錢日日牢揣。

〔么篇〕吴山佳麗壓江淮。形勝小蓬萊。堆藍聳翠天然態。纔落眼便上心懷。但得儀容淡冶。何妨骨格巖厓。

〔沉醉東風〕朝雲過蛾眉展開。暮雲閑螺髻偏歪。玲瓏碧玉簪。縹緲青羅帶。抵多少翠袖金釵。饞眼的夫差若見來。將館娃移居左側。

〔離亭宴煞尾〕李營丘曾寫風流格。蘇東坡也捏疎狂怪。韶光蕩來。探春人車傍柳邊行。販茶客船從湖上艤。偷香漢馬向花前驀。笙歌步步隨。羅綺叢叢隘。三般兒異哉。胭脂嶺高若捨身臺。瑪瑙坡寬如人鮓甕。珍珠池險似迷魂海。休言金谷園。漫説銅駝陌。知音的自裁。待消身外十分愁。來看山頭四時色。北宫詞紀四

此曲不見筆花集。

〔正宫〕端正好

詠荆南佳麗

曉珊珊琪樹蕩靈風。晚濛濛輦道迷香霧。花撲撲錦乾坤望眼模糊。曲盤盤五城十二樓前步。遠騰騰似入蓬萊路。

〔滚綉毬〕紅冉冉緑依依花籠陰映玉除。清淺淺響濺濺水流香出翠渠。明朗朗墨浸浸八龍篆太霞深處。寬綽綽静巉巉繞雕欄依翠檻展轉盤紆。滑擦擦細粼粼布金沙雲階

毿毬玞。輕颭颭廝琅琅隔琳窗霞綃響珮琚。薄設設浄匀匀蒙畫欄護銀屏水涵雲母。齊臻臻滴溜溜掛珠箔捲綉簾鈎搭珊瑚。香靄靄暖溶溶玉樹縹渺迷青瑣。氣森森光閃閃金屋稜層絢碧虛。真乃是人間天上全殊。〔倘秀才〕蕭爽似瀛海東扶桑奥區。廓落似閬苑西蟠桃聖圃。一片天光浸玉壺。閣門珠麗歘。複道錦氍毹。上青華洞府。〔脱布衫〕丹青繪絳闕清都。奎星燦寶檢靈書。龍虎衛飛天象符。風霆護太玄瓊籙。〔醉太平〕以琴書自娱。與道德爲徒。孔情周思乃菑畬。擺列着牙籤玉軸。上青冥借嫦娥八竅月中兔。採神芝倩麻姑七寶山前鹿。訪丹丘賃張公千歲杖頭驢。樂逍遥分福。〔尾聲〕近北軒竹摇烟毵毵鳳展冲霄羽。對南樓松掛月矯矯龍銜照乘珠。綽約仙君蒞廣居。玄默無爲道味腴。一寸心存太古初。萬里神遊廣漠墟。萼緑飛瓊時寄語。赤鯉青鸞頻報覆。報覆道滄海碧雲拱望舒。恁時節鶴馭雲軿降王母。盛世新聲子集　詞林摘艷六　詞謔　雍熙樂府二　北宮詞紀四

此曲不見筆花集。盛世新聲重增本内府本詞林摘艷及雍熙樂府俱無題。不注撰人。原刊本徽藩本詞林摘艷題作宫詞。注鄭德輝作。詞謔題作題道觀贈道士。云不知名氏作。北宮詞紀題作題

道觀贈羽士。注睢玄明作。據一笑散舊校。知此套原在湯舜民筆花集中。題作詠荆南佳麗。兹據以輯之。○（端正好）詞紀琪作奇。（滚綉毬）詞詭太霞作碧霞。真乃是作真乃。雍熙廝琅琅作㻶瑯瑯。净匀匀作静匀匀。詞紀太霞作碧霞。雕欄作碧欄。捲作拍。（脱布衫）内府本摘艷象符作篆符。詞紀寶檢作寶卷。（醉太平）詞紀道德作道御。（尾聲）盛世摘艷古初作古物。雍熙古初作古拘。漠作漢。報覆二字不疊。詞紀矯矯作蹻蹻。

元日朝賀

一聲鶯報上林春。五更雞唱扶桑曉。賀三陽萬國來朝。踐天街車馬知多少。端的便塞滿東華道。

〔滚綉毬〕赤羽旗疎剌剌風尚高。丹墀陛濕浸浸雪未消。金鑾殿淡氤氲瑞烟繚繞。玉獅爐香馥馥蘭麝風飄。銀酥蠟明燦燦金蓮護絳綃。綵鸞扇微影影青鸞纛翠翹。氍毹錦軟茸茸平鋪着寶街複道。珊瑚鈎滴溜溜高簇起綉幕珠箔。九龍車霞光閃閃明芝蓋。五鳳樓日色曈曈映赭袍。隱隱鳴鞘。

〔倘秀才〕鵷鷺班文僚武僚。熊虎隊龍韜豹韜。八府三司共六曹。象牙牌犀角帶。龜背鎧雁翎刀。有丹青怎描。

〔脱布衫〕椒花頌萬代歌謡。柏葉杯九醖葡萄。茵陳簇雕盤翠縷。金花插玳筵宮帽。

〔小梁州〕一派仙音奏九韶。端的是錦瑟鸞簫。紅牙象板紫檀槽。中和調。天上樂逍遥。

〔么篇〕瑶池青鳥傳音耗。説神仙飛下丹霄。一箇箇跨紫鸞。一箇箇騎黄鶴。齊歌齊笑。共王母宴蟠桃。

〔尾聲〕麒麟鸑鷟來三島。蠻貊貔貅静四郊。刁斗無驚夜不敲。露布無文送青鳥。弼輔移承盡所學。虹氣虁龍不憚勞。端拱無爲記舜堯。祝壽年年拜天表。盛世新聲子集　詞林摘艷六　雍熙樂府二　北宮詞紀一

此曲不見筆花集。北宮詞紀題作元日朝賀。注湯菊莊作。兹據以輯之。原刊本徽藩本詞林摘艷題作早朝。注谷子敬作。疑誤。盛世新聲重增本内府本摘艷無題。與雍熙樂府俱不注撰人。雍熙題同詞紀。〇（端正好）内府本摘艷端的便作端的是。雍熙無此三字。又與詞紀踐俱作遍。（滚綉毬）盛世摘艷綵鸞俱作綵鑾。兹從内府本摘艷及雍熙詞紀。盛世原刊本摘艷鈎俱作鈞。兹從徽藩本摘艷及雍熙詞紀。盛世摘艷高簇俱作高簌。兹從雍熙詞紀。雍熙丹墀陛作丹陛階。瑞烟作瑞雲。風飄作飄飆。鸞纛作蛾露。寶街作寶階。詞紀俱同雍熙。雍熙丹陛上衍常字。金蓮作珠簾。明芝作彤芝。日色曈曈作月色騰騰。詞紀氤氲作氲氲。日色作月色。（倘秀才）雍熙隊

作對。府作輔。（脱布衫）雍熙茵陳作俎陳。（小梁州）雍熙無端的是三字。中和作清平。詞紀俱同。（么篇）内府本摘艷有么篇牌名。盛世及他本摘艷俱脱。雍熙音耗作音到。神仙作羣仙。騎作乘。又與詞紀王母俱作金母。（尾聲）盛世摘艷俱無此支。兹據雍熙詞紀補。詞紀移承作凝承。

題梧月堂

向朝陽春長鳳枝新。拂青霄根托龍門盛。覆高堂蒼玉亭亭。素華朱户相輝映。占人間一片清虚境。

〔滚綉毬〕青藹藹參差繞翠楹。光朗朗玲瓏透碧櫺。密匝匝護濃陰玉池金井。輕拂拂蕩微風幽韻繁聲。高聳聳蔚藍天畫不成。寬綽綽廣寒宫夜不扃。滴溜溜掛雕簷一輪寶鏡。明閃閃映珠箔萬葉光晶。舞翩翩九苞鸑鷟迷青瑣。嬌滴滴半夜嫦娥下紫清。萬種幽情。

〔倘秀才〕銀牀浄繽紛落英。碧天朗扶疎弄晴。夜色秋光一樣明。繞枝烏不定。搗藥兔長生。塵居的自省。

〔脱布衫〕肅金莖白露泠泠。爇金爐香霧冥冥。近雕甍珠星淺淡。揭朱簾玉河澄映。

〔小梁州〕虛敞似瑶臺十二層。滿目空清。金精光射玉壺冰。軒窗静。何用九枝燈。

〔么篇〕一襟瀟灑多情興。久已後蜕骨超形。漏漸殘。人初静。雕欄獨憑。揮手唤長庚。

〔隨煞尾〕休言五柳詩幽勝。未羡三槐播令名。自是高人樂意縈。衿帶仙家白玉京。無竹無絲亂視聽。逸典奇書自幽詠。料得無因駐清景。栖息盤桓不暫停。不由人踏破瓊瑶半階影。雍熙樂府二　北宫詞紀四

此曲不見筆花集。兹據北宫詞紀輯之。雍熙樂府不注撰人。題作詠丹桂。〇（端正好）雍熙鳳枝作鳳條。末句無人間二字。（滾綉毬）詞紀蔚藍作鬱藍。兹從雍熙。雍熙藹藹作靄靄。幽韻作香韻。雕簷作雕籠。萬葉作花葉。（倘秀才）雍熙銀牀浄作銀牀静。夜色作月色。（脱布衫）雍熙雕甍作畫甍。末句作揭珠簾玉珂澄瑩。（么篇）雍熙一襟作衣襟。久已後作似凌虛。漏漸作漏箭。（隨煞尾）雍熙幽勝作奇勝。意縈作意營。衿帶仙家作襟帶仙裳。六句作逸興清奇恣吟詠。清景作清境。栖息作相逐。踏破作踏碎。

〔黄鍾〕醉花陰

離思

銀甲挑燈玉荷小。黄篆冷香沉綉閣。清耿耿夜迢迢。寒透朱箔。攲枕和衣倒。紗窗外雨瀟瀟。我則見葉落閑庭風自掃。

〔喜遷鶯〕聽風聲雨哨。小簾櫳分外寂寥。難熬。更深夜迢。則聽的簷馬玎璫不住敲。幾般兒廝鬭炒。一會家腸荒腹熱。一會家心痒難揉。

〔出隊子〕想才郎容貌。另一樣丰韻標。他生的恬恬凈凈不輕喬。更那堪老老成成不做作。灑灑瀟瀟。比别人不溷濁。

〔么篇〕論聰明俊俏。作詩賦用盡巧。編揑成裁冰剪雪字低高。言談處噀玉噴珠舌上挑。嗽作處换氣偷聲使褙巧。

〔刮地風犯〕則爲你骨凈容恬。引的人魂離殼。兩情濃似漆如膠。行坐處似美玉連環套。幾時曾離了分毫。每日家夢斷魂勞。他與我緑窗歡笑。他與我鏡臺同照。我掠鬢。他畫眉。並肩緊靠。似青筠間碧桃。一對兒鳳友鸞交。

〔四門子〕步花陰幾度臨池沼。他和俺似鴛鴦比並嬌。撒地㱿百般人行要。半撒嗔半

撒嚚。他生的動静兒別。才貌兒標。論宮商井井皆有條。他生的動静兒別。才貌兒標。善將那琵琶按六么。

〔古水仙子〕我我我自忖度。是是是曾記得歡娛那一宵。俺娘鐵石心腸更狠如虎豹。將將將好姻緣成架閣。他他他一密裏鏇快鋼鍬。焰騰騰烈火燒祆廟。翻滾滾水淹桃源道。呀呀呀生拆散鳳鸞交。雍熙樂府一　北詞廣正譜引刮地風犯四門子　九宮大成七三同

此曲不見筆花集。北詞廣正譜引刮地風犯四門子兩支。注湯舜民作。雍熙樂府有全套而未注撰人。兹據廣正譜輯之。○（刮地風犯）雍熙曲牌作刮地風。九宮大成作金索刮地風。兹從廣正譜。雍熙以四門子之首二句爲此支之末二句。兹據廣正譜及大成正之。廣正譜首句作則爲他撇正龐甜。情濃作情。離作暫離。每日家至他畫眉作。攜素手緑窗閑笑。憑香肩鏡臺同照。他畫眉。我掠鬢。並肩作玉肩。大成三句同雍熙。餘同廣正譜。（四門子）廣正譜二句起作。他共我似鴛鴦比並交。撒蔕殢百事人行告。半撇沉半者嚚。想着他花似臉。柳似腰。玉纖纖指尖如筍條。閑和他理一會箏。吹一會簫。則將這琵琶按六么。大成俱同。

〔商調〕集賢賓

友人愛姬爲權豪所奪復有跨海征進之行故作此以書其懷

鶯花寨近來誰戰討。這兒郎懸寶劍佩金貂。燕子樓屯合着鎧甲。雞兒巷簇擁着槍刀。麗春園萬馬蕭蕭。鳴珂巷衆口嗷嗷。將一座翫江樓等閑占了。他道是特欽丹詔。穿花擒鳳鳥。跨海斬鯨鰲。

〔逍遥樂〕六韜三略。也則待制勝量敵。却做了幽期密約。陣馬咆哮。比販茶船煞是粗豪。將俺這軟弱蘇卿禁害倒。統領着鴉青神道。衝散蜂媒蝶使。烘散燕子鶯兒。拆散鳳友鸞交。

〔梧葉兒〕雖不是糟糠婦。休猜做花月妖。又不曾諳海島慣風濤。把舵春纖嫩。扶篙筋力小。恁待去征遼。没話説軍期誤却。

〔金菊香〕他將絳綃裙籠罩着錦征袍。銀鎧甲纓聯着珠絡索。鐵兜鍪壓損了金鳳翹。改盡了風標。全不似海棠嬌。

〔醋葫蘆〕槍攢呵玉臂擎。箭來呵羅襪挑。丁香舌吐似劍吹毛。連珠炮被窩兒裏聒破腦。知音的都道。我不信建頭功先奏你箇女妖嬈。

〔二〕鉸青絲纏做弩絃。裁香羅衲做戰襖。補旗旛絞斷翠裙腰。金瘡藥細將脂粉調。都是些風流功效。他則想五花誥飛下紫宸朝。

〔三〕叫喳喳錦纜移。鬧垓垓畫槳搖。那裏取明眸皓齒姆軍稍。更做道孫武子教得來武藝高。止不過提鈴喝號。抵多少碧桃花下坐吹簫。

〔四〕他戀着篷窗下風致佳。舵樓中景物饒。棹歌聲裏樂陶陶。辱没殺鋪紅苫緑翡翠巢。怕不道相偎相抱。那裏也芙蓉帳暖度春宵。

〔五〕晚風涼觱篥鳴。曉星沉鼙鼓敲。熱樂似銀筝象板紫檀槽。則學的君起早時臣起早。白鷗冷笑。倒惹的黑漫漫殺氣蜃樓高。

〔隨煞〕妳妳得了些賣陣錢。哥哥占了些勞軍鈔。他向這海神廟多買好香燒。但只願一年一度征海島。休忘了將軍的旗纛。他是箇玉門關舊日的莽班超。

筆花集有闕頁。此套前半梧葉兒風濤二字以上全闕。兹據北宮詞紀卷六補。原刊本徽藩本詞林摘艷卷七題作悔悟。注王子一作。疑誤。盛世新聲申集雍熙樂府卷十四無題。不注撰人。

○（集賢賓）盛世寶劍作寶帶。合着作合了。園作院。鳳鳥作鳳凰。斬作釣。摘艷俱同。内府本摘艷特欽作特領。雍熙鳳鳥作凰鳳。餘作合了。作院。作釣。俱同盛世摘艷。（逍遥樂）盛世也則待作也則是。衝散作衝開。摘艷雍熙俱同。（梧葉兒）内府本摘艷恁待作您待要。雍熙不是作

不曾。詞紀恁待作您待。（金菊香）筆花集索上脱絡字。損上脱壓字。盛世絳綃裙籠罩作這絳綃衣罩。鎧甲作鎖甲。摘艷雍熙詞紀俱同。惟詞紀罩上有籠字。内府本摘艷首句作他將這絳綃衣罩錦袍。二句無着字。風標下有儀貌二字。（醋葫蘆）盛世摘艷槍攢俱作槍攙。末句俱無你字。雍熙連珠作連環。餘同盛世摘艷。詞紀連珠作連環。末句無你字。（二）盛世及重增本摘艷自此以下四曲牌名均作醋葫蘆。原刊摘艷均作又。雍熙詞紀均作么。筆花集二句裁字蟲蝕。三句鉸斷作釵斷。茲從詞紀。盛世鉸青絲作剪青絲。鉸斷作鈹題。都是下無些字。誥下無飛字。摘艷俱同。雍熙弩絃作弓絃。衲做戰襖作納做征袍。則想作子待。餘作剪青絲。作鈹題。無些字。無飛字。俱同盛世摘艷。詞紀襖作袍。無些字。則想作子待。（三）筆花集眸齒姆軍稍更。抵多少碧桃諸字蟲蝕。皓作皎。（四）原刊本摘艷不道作不待。雍熙芙蓉上有笑字。（五）筆花集熱作執。倒惹下無的字。盛世摘艷星沉俱作星落。學的君俱作學那明皇。雍熙上起早二字作早起。餘同盛世摘艷。（隨煞）筆花集占了作苦了。只願作能願。海島作海道。盛世勞軍作惜軍。向這作向那。多買作多買下些。旗纛作旗號。的莽作勇。摘艷俱同。雍熙妳妳哥哥上俱有恁字。他是下無箇字。餘同盛世摘艷。詞紀妳妳哥哥上俱有您字。占了作落了。以下同盛世摘艷。惟勇仍作的莽。

客窗值雪

倚龍泉數聲長嘆息。遊子去何期。添一歲長一分白髮。治一經飽一世黄虀。風凜凜

歲晚江空。雪漫漫天闊雲低。對梅花嘆人猶未歸。觀不足嚴凝景致。玉壺春灧灧。銀海夜淒淒。

〔逍遥樂〕客窗深閉。止不過香炷龍涎。茶烹鳳髓。紙帳低垂。早難道翠倚紅偎。冷暖年來只自知。捱不徹淒涼滋味。鴛鴦無夢。鴻雁無音。靈鵲無依。

〔金菊香〕看別人吹簫跨鳳上瑶池。乘興扁舟訪剡溪。真乃是平地白雲三萬里。堪畫堪題。水晶宮翻做素玻璃。

〔尾聲〕調琴演楚騷。研硃點周易。風流似党進。終日醉如泥。磨龍香拂花箋呵凍筆。揮寫就乾坤清氣。着人道老袁安猶自説兵機。 盛世新聲申集　詞林摘艷七　雍熙樂府一四　北宮詞紀四

此曲不見筆花集。北宮詞紀題作客窗值雪。注湯菊莊作。玆據以輯之。原刊本徽藩本詞林摘艷題作高隱。注無名氏作。盛世新聲重增本内府本摘艷無題。與雍熙樂府俱不注撰人。雍熙題作雪。○〔集賢賓〕盛世摘艷黄虀俱作黄薤。對梅花俱作按花。内府本摘艷對梅花作對菱花。詞紀數聲作一聲。去何期作在天涯。對梅花嘆作梅花笑。觀不足作不盡。〔逍遥樂〕盛世重增本摘艷止不過俱作止不。詞紀香炷作香爇。靈鵲作烏鵲。〔金菊香〕雍熙翻做下有了字。詞紀二句作更有誰乘興揚舲訪剡溪。翻做素玻璃作翻坻做素琉璃。〔尾聲〕盛世摘艷花箋俱作鸞箋。凍筆俱作

兔筆。雍熙党進作党家。餘同盛世。詞紀党進作党家。龍香作龍墨。花箋作鸞箋。寫就作寫出。着人作教人。

〔般涉調〕哨遍

新建构欄教坊求贊

聖遍飛龍當日。火精焰焰光天德。三尺劍一戎衣。笑談間平吞了萬里華夷。二氣裏。八荒躋壽。四海涵春。酉酉出雍熙治。都會金陵佳麗。魯麟呈瑞。周鳳來儀。天香蕩颾酒旗風。甘露調和落花泥。拽塌了旌旗。打滅了烽塵。銷鎔了劍戟。〔耍孩兒〕赤緊的教坊司獨占了陽和地。越顯得鶯花艷美。真乃是紫微宫殿樂星集。另巍巍創立箇根基。方位裏都按着郭景純經天緯地陰陽訣。規矩上不離了魯公輸邁古超今造化機。昏晝裏無休息。響玎玎斧斤電掣。鬧垓垓鋸鏟星飛。〔七煞〕瓦礫披剗蕩的平。風火牆壘砌得疾。百年便作千年計。選良材砍盡了南山鐵幹霜皮木。搬巨磉擄遍了東海金星雪浪石。非容易。半空中觚稜□聳。平地上輪奂光輝。

〔六煞〕上設着透風月玲瓏八向窗。下布着摘星辰嵯峨百尺梯。俯雕欄目窮天塹三千里。障風簷細粼粼簷牙高展文鴛翅。飛雲棟磣可可簷角高舒惡獸尾。多形勢。碧窗畔蕩悠悠暮雲朝雨。朱簾外滴溜溜北斗南箕。

〔五煞〕門對着李太白寫新詩鳳凰千尺臺。地繞着張麗華洗殘粧胭脂一派水。敞南軒看不盡白雲掩映鍾山翠。三尺臺包藏着屯鶯聚燕閑人窟。十字街控帶着踞虎盤龍舊帝基。柳影濃花陰密。過道兒緊欄着朱雀。招牌兒斜拂着烏衣。

〔四煞〕這壁廂酒肆裏笙歌聒耳來。那壁廂渲房中麝蘭撲鼻吹。隔離五雲宮闕無多地。鼓兒敲普鼕鼕響隨仙仗迎□□。板兒撒砣剌剌聲逐天風入鳳墀。八音備。土匏革木。絲竹金石。

〔三煞〕豁達似綵霞觀金碧粧。氣概似紫雲樓珠翠圍。光明似辟寒臺水晶宮裏秋無迹。虛敞似廣寒上界清虛府。廊[illegible]□兜率西方極樂國。多華麗。瀟灑似蓬萊島琳宮紺宇。風流似崐崙山紫府瑶池。

〔二煞〕捷劇每善滑稽能戲設。引戲每叶宮商解禮儀。粧孤的貌堂堂雄糾糾口吐虹霓氣。付末色説前朝論後代演長篇歌短句江河口頬隨機變。付淨色腆囂龐張怪臉發喬

科哾冷諢立木形骸與世違。要掭每未東風先報花消息。粧旦色舞態裊三眠楊柳。末泥色歌噗撒一串珍珠。

〔一煞〕王孫每意懸懸懷揣着賞金。郎君每眼巴巴安排着慶賞□。跳龍門題雁塔懸羊頭踏抱尾一箇箇皆隨喜。扎磹的亞着肩疊着脊傾着囊倒着産大拚白雪銀雙鎰。粧孤的争着頭鼓着腦舒着眉睁着眼細看春風玉一圍。權當箇門山日。名揚北冀。聲播南陲。

〔尾〕托賴着九重雨露恩。兩輪日月輝。這构欄領鶯花獨鎮着乾坤内。便一萬座梁園也到不得。

（哨遍）筆花集酉酉右旁全蝕。酒旗之旗字原蝕作扩。（要孩兒）創立原作荆立。疑荆乃剏之訛。兹改。（七煞）半空中原作半空半。（四煞）迎字原蝕作辽。（三煞）兜率上蟲蝕之字應作似。國原作園。兹據韻改。（二煞）虹霓原作虹電。粧旦原作粒旦。（一煞）二句末字蟲蝕。似禮字。抱尾疑應作豹尾。圍原作團。

〔仙吕〕賞花時

送友人入全真道院

世路崎嶇鳥道分。人海蒼茫鯨浪奔。喧馬足鬧車塵。麻姑笑哂。落日又黄昏。〔么〕金谷繁華夢裏身。銅柱陳芳紙上文。能黼黻會經綸。先生議論。少不得高塚卧麒麟。〔賺煞〕既悟死生機。便得清平分。真乃是羲皇上人。散誕似攜家傍鹿門。老生涯經卷爐薰。指乾坤。作幔爲裀。卧吸扶桑五花暾。等待着黄粱飯滚。碧桃春近。笑吹簫管上崑崙。

雍熙樂府卷二十題作全真道院。不注撰人。北宫詞紀卷四題作送人入全真道。○〔賞花時〕筆花集笑作唤。雍熙世作去。蒼作滄。〔么〕筆花集會經二字蟲蝕。雍熙詞紀繁華俱作看花。雍熙陳芳作流芳。詞紀作留芳。〔賺煞〕筆花集扶桑二字蟲蝕。雍熙脱曲牌名。於指乾坤句上標么字。雍熙詞紀清平俱作清閑。五花俱作五色。笑吹俱作大吹。雍熙卧吸作吸。

送人應聘

五彩雲開丹鳳樓。萬雉城連白鷺洲。天塹望東流。天長地久。今古帝王州。

〔么〕虎豹關深肅劍矛。鵷鷺班趨拜冕旒。廊廟總伊周。青雲趁逐。猶自卧林丘。

〔賺煞〕既奉紫泥宣。合拂斑衣袖。正桂子西風暮秋。整頓着千尺絲綸一寸鈎。笑談間釣出鰲頭。莫遲留。壯志應酬。不負平生經濟手。穩情取金花玉酒。銀章紫綬。教人道鳳凰臺上鳳凰遊。

雍熙樂府卷二十題作應詔聘賢。不注撰人。北宫詞紀卷四題作送友人應聘。○（賞花時）雍熙詞紀望東流俱作壯東流。（么）筆花集廊廟作廟廊。（賺煞）筆花集脱既奉二字。雍熙脱曲牌名。於莫遲留句上標么字。雍熙詞紀應酬俱作須酬。雍熙玉酒作御酒。

送友人觀光　其人姓劉

弄柳拈花手倦擡。説雨談雲口倦開。鬢髮已斑白。風流頓改。懶過汝陽齋。

〔么〕我待要買斷了嚴陵一釣臺。請佃了陶潛五柳宅。日日訪吾儕。水邊山側。詩酒共開懷。

〔賺煞〕争奈世情别。幸遇知音在。同是天涯倦客。爲愛皇都春正好。夢魂兒長繞秦淮。何況近年來。十二天街。舞榭歌臺一字擺。嬌滴滴濃香艷色。花撲撲月宫仙界。真乃是勝劉郎前度到天台。

北宮詞紀卷四題下無其人姓劉四字。○（賞花時）詞紀鬢髮作髭鬢。（么）詞紀首句無了字。（賺煞）筆花集曲牌作煞。魂兒作兒魂。長繞作常繞。年來作來年。天街作街頭。劉郎上無勝字。茲俱從詞紀。詞紀争奈作多奈。歌臺作歌樓。

戲賀友人新娶

昔日東華聽曉籌。今日西湖艤釣舟。書劍暫淹留。呼朋喚友。不減少年遊。

〔么〕翠袖分香行處有。綵筆生花夢境熟。詩酒自優遊。評花問柳。待選鳳鸞儔。

〔賺煞〕紅絲幔護嬋娟。玉鏡臺通姻媾。證果了乘龍配偶。霧帳雲屏籠畫燭。洞房深良夜悠悠。恁時節見嬌羞。弄一會温柔。半幅香羅春在手。是必將艱難的事由。推辭的機彀。搵香腮直問到五更頭。

北宮詞紀卷五題作賀人新娶。○（賞花時）詞紀釣舟作畫舟。（么）筆花集優遊二字蟲蝕。詞紀自作恣。（賺煞）詞紀姻媾作媒媾。證果作正果。霧帳作霧障。

送人回鎮淮安

鐵甕金墉壯九關。銅柱樓船控百蠻。江漢静波瀾。邊庭事簡。烽燧報平安。

〔么篇〕細柳藏鶯春色闌。秋水涵龍劍氣寒。含笑上雕鞍。峨峨將壇。只在五雲間。

〔賺煞尾〕金珮虎鞶香。寶帶驪珠燦。西望陽關意懶。堪愛江花如送征鞍。趁東風亂撲旗旛。寸心丹。緑鬢朱顔。他日麒麟作畫看。向瓜洲上灘。近石城西岸。賦詩橫槊度龍灣。北宫詞紀四

此曲不見筆花集。

〔南吕〕一枝花

春思

嫩寒生花底風。清影弄簾間月。亂紅撲窗外雨。香絮滚樹頭雪。景物奇絶。誰不道富貴千金夜。我翻做淒涼三月節。懷故人萬里離别。負東君一番艷冶。

〔梁州〕相思鬼皮膚裏打劫。睡魔神眼睫上盤趄。可正是多情自作風流孽。錦鴛翎活扯。丹鳳頸生撧。並頭花揉碎。合歡樹攀折。昇仙橋閃却車軏。武陵溪下了樁橛。聲沉珮玉玎璫。塵滿釵金蹀躞。香殘褥錦重疊。想者。覷者。冷清清空落下讀書舍。越間闊。越情熱。你便是一寸肝腸一寸鐵。也害得癡呆。

〔餘音〕本待向楚王宫𢬵半緘剩雨殘雲赦。怎下的海神廟告一道追魂索命牒。不是我怪胆兒年來太薄劣。將枕邊廂話兒説。把被窩兒裏賺啜。都寫做慇懃問安帖。

雍熙樂府卷八不注撰人。南北詞廣韻選卷十四注元無名氏。○(一枝花)筆花集絮滾樹頭雪五字及絶字俱蟲蝕。離别作别離。廣韻選我翻做作翻做了。(梁州)筆花集錦下脱鴛字。鳳頸作鳳頭。兹從詞紀卷六。雍熙可正作恰正。鳳頸作鳳翅。並頭花作並頭蓮。肝腸作柔腸。廣韻選俱同雍熙。廣韻選活扯作强扯。空落作落。也害作索也害。詞紀搋作截。聲沈作聲沈了。塵滿作香消了。香殘作塵蒙了。末句作也害的乜斜。餘作恰正。作並頭蓮。作柔腸。俱同雍熙。(餘音)筆花集怎下的作怎得下。枕邊廂作枕廂。被窩上無把字。雍熙𢬵作覓。是我作是俺。枕邊廂作枕邊。寫做作寫在。廣韻選俱同雍熙。廣韻選半緘作半紙。詞紀𢬵半緘作覓半緘兒。是我作是俺。話兒説作誓説。都寫做作我都寫在那一箇。

夏閨怨

燕泥沾白象牀。麝塵暗冰蠶褥。螢燈照青瑣窗。蛛網絡碧紗幮。一弄兒蕭疎。鏡裏人何處。樽前誰是主。淒涼煞錦水鴛鴦。寂寞了雕籠鸚鵡。

〔梁州〕下幾點梅子雨間一行情泪。蕩幾陣藕花風助一口長吁。幾般兒堪寫入傷心録。

金步摇花殘蹀躞。玉搔頭綫脱珍珠。薔薇露羞和膩粉。蘭蕊膏倦攬瓊酥。上粧樓一步一箇趦趄。指長亭一望一箇糊突。紫香囊徒效殷勤。白紈扇空題詩句。錦迴文枉費工夫。喒兩個曠夫怨女。料應來錯配了姻緣簿。多間别。少完聚。抵多少夫在蕭關妾在吴。鳳隻鸞孤。

〔罵玉郎〕也是我孜孜的攛斷他學干禄。嗟往事。悔當初。多情却被無情誤。唤不應離恨天。填不滿憂怨海。趕不上相思路。

〔感皇恩〕這些時鬼病揶揄。更那堪睡魔追逐。軟兀剌弱身軀。顛不剌喬證候。乾支剌瘦肌膚。無半點歡娱分福。銜一味鰥寡孤獨。叮嚀話總虚詞。斷腸詩成故紙。平安信似休書。

〔採茶歌〕他指望八仙圖。我貪愛七香車。猶恐怕黄金窖變了漢相如。蓍草占來爻反覆。卦錢兒磨得字模糊。

〔尾聲〕雖忘了並頭蓮空房獨守心常苦。也合想連理枝嫩緑成陰葉未枯。手抵着牙兒自猶豫。幾時得恓惶業足。多管是凄凉限促。不由人蘸緑亭前放聲兒哭。

雍熙樂府卷十題作相思。不注撰人。北宫詞紀卷六題作和劉庭信夏景題情。詞林白雪卷二屬閨情類。〇(一枝花)筆花集一弄二字誤倒。雍熙窗作槅。絡作掛。詞紀詞林白雪燈照俱作燈穿。

（梁州）雍熙間一行作兩行。幾陣作一陣。助一口作數口。堪寫入傷心録作看入傷心處。蹀躞作落索。攬瓊酥作抹犀梳。趦趄作嗟吁。詩句作望譜。喒兩個作這的是。曠夫怨女作怨女曠夫。間別作間阻。抵多少夫在作更狠似夫戍。詞紀一行作幾行。幾陣作一陣。寫入傷心作入相思。蕊作麝。紈作團。別作阻。抵多少夫在作更狠似夫戍。詞林白雪同詞紀。（罵玉郎）筆花集不上作不止。雍熙的攧斷他作攧斷。不應作不出。下句作捱不出憂愁府。詞紀的攧斷作攧掇。填不滿作捱不出。詞林白雪同詞紀。（感皇恩）雍熙起句上有呀字。無這些時及更那堪六字。弱作病。無半點作没半米。斷腸詩作長短篇。詞紀無這些時及更那堪六字。無半點作没半點兒。味作味兒。斷腸詩作長短篇。詞林白雪同詞紀。（採茶歌）筆花集漢相如作濫相如。雍熙八仙作八椒。猶恐怕作誰承望。夛作多。詞紀八仙作八蕉。猶恐怕作又則怕。卦錢兒作卦錢。詞林白雪同詞紀。（尾聲）筆花集嫩緑作嫩添。限促作恨促。雍熙無雖忘了三字。獨守心常作護子心腸。無也合想三字。幾時二句作。幾時得凄涼恨足。相思業足。由人作由我。詞紀雖忘作休忘。獨守作護子。枝作樹。由人作由我。聲兒作聲。詞林白雪同詞紀。

客中奇遇寄情　代友人作

風月長存一寸心。雨雲又作三春夢。青鳥不傳千里信。落花空恨五更風。想當日旅館相逢。取次間諧鸞鳳。實心兒擔怕恐。瞞不過紗窗下半篝殘夜孤燈。喜的是羅帕

上數點芳春嫩紅。

〔梁州〕磣可可言誓海深如渤澥。熱刺刺設盟山高似崆峒。經幾番柳驚花顫嬌團弄。金珮解麝蘭馥馥。寶釵横雅髻鬖鬖。粉汗濕耨聲悄悄。羅襪翹底樣弓弓。實承望效鴛鴦百歲和同。不隄防賦驪駒兩字西東。又不比卓王孫聽琴聲慕相如發忠。張延賞招贅時嘆韋皋命窮。賈公閭偷香處知韓壽情濃。自非。懵懂。没來由信流鶯唤出桃源洞。越懊惱越疼痛。回首關河幾萬重。無計相從。

〔尾聲〕全不想上陽關登雲路紫騮蹀躞催絲鞚。長則待諧姻眷開玳宴翠袖殷勤捧玉鍾。寄與那閑打牙的相知莫譏諷。少不的淒涼卷終。風流命通。恁時節花燭蘭房慢慢的寵。

雍熙樂府卷八無題。不注撰人。北宫詞紀卷六題作客中奇偶。詞林白雪卷二屬閨情類。○〔一枝花〕筆花集紗窗作紗幮。雍熙一寸作一片。三春作三千。青鳥作青雲。半籌作籌兒。喜的是作喜的。數點作數點兒。詞紀三春作三年。半籌作半籌兒。數點作幾點兒。詞林白雪青鳥作青鸞。餘同詞紀。〔梁州〕筆花集嘆作笑。雍熙誓海作海誓。刺刺作騰騰。盟山作山盟。經幾番作幾番家。羅襪作襪羅。慕相如發忠作忌司馬才高。招贅作因失。詞紀翹作蹺。餘同雍熙。惟招贅不作因失。詞林白雪同詞紀。〔尾聲〕筆花集打牙下無的字。雍熙詞紀上陽關俱作幹功名。雍

熙末句無的字。詞紀寄與作寄語。詞林白雪同詞紀。

贈教坊殊麗

眼舒隨意花。鬐插忘憂草。手拈紅麈尾。口理紫檀槽。一撮兒妖嬈。常記得陽臺夢曾奚落。武陵溪猶撞着。人都道綺羅鄉再長箇卿卿。我猜做風流地重生箇小小。

〔梁州〕説窈窕端然窈窕。待苗條不甚苗條。向樽前徹胆兒包藏着俏。肌雪瑩勻勻粉膩。臉霞酣淡淡紅潮。荳蔻小半含玉蕊。丁香嫩一點春嬌。舞衣輕燕體飄飄。歌喉細鶯語嘐嘐。縷金環嵌八顆蠙珠。交股釵梟雙頭鳳翹。凌波襪蕩六幅鮫綃。老陶。見了。少不得剖肝腸再寫段風光好。年紀兒正芳妙。縱捨千金度一宵。没福也難銷。

〔尾聲〕燭熒煌香靉靆鋪張箇夜月芙蓉幄。錦纏聯金絡索搭苫箇春風翡翠巢。我是鑒樂的酸丁最公道。遮莫將丹青畫描。詞章品藻。兀的般解語花生香玉世間少。

筆花集題目蟲蝕。僅餘末字人。雍熙樂府卷八不注撰人。無題。北宮詞紀卷五題作贈教坊殊麗。兹從之。詞林白雪卷四屬美麗類。注睢玄明作。疑誤。○〔一枝花〕筆花集溪猶撞作花尤撞。兹分別據雍熙詞林白雪改正。我猜下脱做字。各選本手作未。口作先。常作長。綺羅作温柔。卿卿作端端。雍熙猶撞作尤撞。詞紀情辭作又撞。〔梁州〕筆花集襪作裙。光作流。雍熙雪瑩作瑩

雪。舞衣作舞態。六幅作露。無縱字。風光下有波字。詞紀詞林白雪端然作其實。縷金作鏤金。情辭八顆作八寶。〔尾聲〕各選本搭苫俱作搭蓋。雍熙鑒樂的作箇鑒樂。遮莫作遮。詞紀幄作幕。無我是二字。兀的般作似這般。詞林白雪情辭俱同詞紀。

贈素雲

輕柔縞淡粧。縹渺瑶華動。分開山霧紫。衝破海霞紅。颺颺溶溶。聚散如春夢。飄零似轉蓬。離恨天幾弄兒昏迷。風流地一遭兒亂擁。〔梁州〕可怎麽黄鶴樓頭不遇。常則是青山畫裏相逢。淡丰姿消得箇人知重。籠夜月梨花庭院。弄春陰楊柳簾櫳。謳清歌依依金屋。舞霓裳隊隊瑶空。又不肯化甘霖相趁游龍。常則待帶斜陽常背征鴻。没亂煞老梁公歸興淒淒。吸嚠煞懶謝安芳心穴穴。徯落煞閼襄王佳會匆匆。好風。怪風。繞天涯幾度相迎送。不落錦胡洞。多在巫山十二峯。無影無踪。〔尾聲〕一任他漫天巧結銀河凍。半霎兒滿地平鋪素剪絨。則落得高卧先生恣摶弄。向瀛洲海東。入蓬萊洞中。煞强似太岳祠中受恩寵。

雍熙樂府卷八題作素雲。不注撰人。詞林白雪卷四屬美麗類。注蘭楚芳作。疑誤。北宫詞紀卷

五彩筆情辭卷一俱題作贈妓素雲。○（一枝花）筆花集霞作棠。雍熙瑤作搖。（梁州）筆花集悶作舊。雍熙遇作過。謳清歌作歌清商。隊隊作蕩蕩。則待作則是。吸嚼作吸嗒。好風作如風。詞紀詞林白雪謳作駐。隊隊作蕩蕩。則待作則是。情辭消得箇作消得。謳作駐。隊隊作蕩蕩。常則待作但則是。不落錦胡洞作應不落岷峨洞。（尾聲）雍熙摶作團。祠作封。詞紀詞林白雪情辭高臥下俱有的字。岳祠中俱作華峯前。詞紀摶作團。

嘲素梅

休言白玉堂。怎知黄金鼎。難栽瑪瑙坡。宜插水晶瓶。索笑爲生。冷淡偎村徑。朝昏傍驛亭。常則是採薪夫覓覓尋尋。那裏取惜花客潛潛等等。

〔梁州〕琴譜內又不將宮商剔撥。角聲中常則是趁鐘鼓悲鳴。我將他根脚兒從頭省。大庾嶺多年的魑魅。羅浮山舊日的妖精。東閣外移來的異種。西湖上流出的殘英。虛擔着玉潔冰清。空落得雪虐霜陵。孟浩然見了呵颺了吟鞭。趙光普覷了呵罷了諫諍。楊補之畫了呵諕了魂靈。試聽。他本情。未成實先有酸心病。可知道楚大夫廝奚倖。萬古離騷不入名。枉自飄零。

〔尾聲〕打不動裁冰剪雪林和靖。衝不過擊玉敲金宋廣平。縱泄漏春光也不乾净。趁

風清月明。恐天寒地冷。則不如收拾横斜水邊影。

雍熙樂府卷十題作梅。不注撰人。○(一枝花)雍熙常作長。知作和。坡作甃。淡作暖。(梁州)筆花集陵原作凌。兹改。吟鞭作金鞭。兹從雍熙。兩書常俱作長。兹改。雍熙則是作則。根脚作脚跟。舊日。移來及流出下俱無的字。陵作侵。(尾聲)筆花集風清作清風。雍熙不過作不動。漏作盡了。收拾作放捨了。

贈明時秀

星曆曆花鈿簇翠圓。黑鬒鬒雲髻盤鴉小。金閃閃襪鈎舒鳳嘴。玉摇摇釵燕裊雞翹。一撮兒妖嬈。恰蓓蕾丁香萼。又葳蕤荳蔻梢。錦綉額贈新題走蚓驚蛇。丹青幀摸巧樣迴鸞舞鶴。

〔梁州〕惹嬌雲招嫩雨十二樓前競賞。唤春風呼夜月三千隊裏争高。向人前所事包藏着俏。迷下蔡惑陽城的嫵媚。赴高唐謫廣寒的風標。冠薛濤壓秋娘的聲價。傲馮魁憐雙漸的心苗。五陵兒没福也難消。三般兒巧筆也難描。袒春衫似梅花雪捏就酥胸。悩寶帶似藕花風吹來麝腦。沁香汗似梨花露濕透鮫綃。想着。他自度。更有那家傳口授的閑談笑。記不真詠不到。則除是再入桃源走一遭。恁時節不落分毫。

〔尾聲〕錦窩巢雲屏霧帳重圍繞。花胡洞翠檻朱欄巧結縛。況值着媚景明時暢歡樂。我將他風流窨約。行藏品藻。集入青樓賣弄到老。

雍熙樂府卷八無題。不注撰人。北宫詞紀卷五題作贈妓明時秀。詞林白雪卷四屬美麗類。彩筆情辭卷二題同詞紀。注楊用修作。疑誤。○（一枝花）雍熙黑作墨。摇摇作瑶瑶。（梁州）筆花集則除是作除則是。走一遭作這一遭。雍熙樓前作樓頭。也難描作難描。沁作浥。他自度作念着。更有上有自小兒三字。詞紀詞林白雪情辭俱同雍熙。雍熙憐雙漸作冷雙漸。寶帶作玉帶。走一遭作這一遭。詞紀寶帶作摟帶。更有作便有。詞林白雪情辭俱同詞紀。詞紀口授之口空格。詞林白雪口授作授。（尾聲）筆花集明時作明物。雍熙首句起襯俺這裏三字。我將作俺將。集入作堪集入。詞紀詞林白雪情辭俱同。雍熙霧作露。

贈美人號展香綿楊鐵笛爲著此號

芳姿膩膩嬌。素質娟娟浄。綢繆無限絮。斷續有餘情。天付娉婷。銜一味温柔性。縱丹青畫不成。軟耨耨堪宜梅雪同心。白靄靄不與梨花共影。

〔梁州〕價重如齊紈魯縞。名高似蜀錦吴綾。惜花人故把楊花並。纏聯月户。繚繞雲屏。昏迷客路。散漫郵亭。最關情眼底飄零。不由人掌上奇擎。飛曉日又不曾牽惹

遊絲。隨暮雨又不曾沾粘落英。趁東風又不曾化作浮萍。幾回。自省。過青春誰與憐薄命。空落得舊名姓。人都道十二瑶臺夜不扃。逃下的飛瓊。〔尾聲〕若能够半絲兒繫足爲媒聘。煞强似幾縷同心結志誠。常記得雪虐風陵夜初静。孤眠的慣經。知音的試聽。有他呵便凍死了梅花愁甚麽被窩兒冷。

雍熙樂府卷八無題。不注撰人。北宫詞紀卷五題作展姬甚美楊鐵崖命號香綿因贈。彩筆情辭卷五題同詞紀。詞林白雪卷四屬美麗類。注高文秀作。疑誤。○(一枝花)筆花集娟娟作涓涓。各選本絮俱作緒。雍熙衠一味作一團。同心作同明。詞紀温柔作風流。同心作同盟。詞林白雪情辭俱同詞紀。情辭靄靄作皚皚。(梁州)各選本飛曉日俱作籠曉日。沾粘俱作粘拈。過青春誰與俱作正青春誰肯。空落俱作只落。雍熙故把作把。趁東風作起東風。逃下作逃不。情辭奇擎作欹擎。(尾聲)筆花集初静作和靖。雍熙梅花作梅。被窩作被。又與詞紀情辭幾縷下俱有兒字。風陵俱作風顛。

贈美人

緣底事謫離方丈臺。是誰人賺出桃源洞。何日裏拜辭王母殿。甚風兒吹下廣寒宫。驀地相逢。眼眩亂魂飛動。方信道仙凡路可通。内家粧都猜是金屋嬋娟。前生業却

做了青樓愛寵。

〔梁州〕蝤蠐頸净匀粉膩。荳蔻梢軟耨春穠。更説甚海棠浥露胭脂重。綃袖薄腕籠温玉。酒顔酡腮暈輕紅。腰束素裙拖暖翠。眼涵秋水點星瞳。口脂薰蘭氣冲冲。胸酥漬香汗溶溶。登臥榻一團兒雪壓氍毹。對粧臺一朵兒花生鏡容。浴温泉一泓兒水浸芙蓉。自疑。自懂。只恐是沾雲殢雨陽臺夢。梨園内萬人衆。烟月排場錦綉叢。别樣春風。

〔尾聲〕賦佳人的宋玉堪題詠。圖仕女的崔徽枉費工。常記席上樽前那些陪奉。喜孜孜捧着玉鍾。嬌滴滴擎着笑容。端的是壓盡人間麗情種。

北宫詞紀卷五題作贈妓張潤卿。彩筆情辭卷一題作贈張姬潤卿。○〔一枝花〕筆花集寵作龍。詞紀王母殿作王屋山。吹下作吹入。眼眩亂作眼眩。路可作有路。猜是作猜做。却做作倒做。情辭俱同詞紀。〔梁州〕筆花集秋水作秋添。詞紀匀字耨字俱疊一字。綃袖至星瞳作。眼涵秋水。臉笑春風。額塗蝶粉。唇點猩紅。一團兒作似一團。一朵兒作似一朵。鏡容作鏡銅。一泓兒作似一泓。只恐作猶恐。殢作帶。園内作園裏。人衆作人頌。情辭俱同。〔尾聲〕詞紀費工作用工。常記作常記得。擎着作逞着。情辭俱同。

自省

黑漫漫離恨天。白漭漭迷魂海。鬧垓垓風月場。昏慘慘雨雲臺。天與安排。都變做鶯花界。單捱着聰明的撞入來。枕畔言糊突了胸襟。花下酒消磨了氣色。

〔梁州〕我待將翫江樓風流再整。誰敢把麗春園時價高擡。這幾般兒症候年年害。並頭蓮忙折。連理樹勤栽。相思夢不覺。囫圇謎難猜。眼睛兒盼行雲不離書齋。魂靈兒趁東風先到花街。知自知虛脾枉自温存。笑自笑訕臉偏禁打摑。怪自怪癡心不服燒埋。待開。怎開。我則索皂紗巾護了天靈蓋。赤緊的做鴇兒不寬大。但有箇權勢的姨夫大塊子扨。便笑靨兒攢腮。

〔尾聲〕粧孤的已受王魁戒。贍表的休誇雙漸才。這兩件達時務的玄機恰參解。朱顏半衰。黑頭漸白。猶兀自無倒斷的着迷甚時改。

雍熙樂府卷八不注撰人。○（一枝花）筆花集聰明下脱的字。雍熙漭漭作茫茫。都變作却變。單捱作單注。花下酒作花下誓。詞紀卷六單捱作單註。彩筆情辭卷五垓垓作咍咍。都變作却變。單捱作單注。（梁州）雍熙敢把作敢斉。幾般兒作幾般。囫圇下脱謎字。不離作未離。不服作不受。護了作瞞了箇。做鴇作老鴇。笑靨作笑臉。詞紀不離作未離。打摑作打蒯。不服作不愛。

權勢的作權勢。扠作揣。情辭幾般兒作幾般。不離作未離。不服作不受。權勢的作權勢。扠作揌。〔尾聲〕筆花集玄機作知機。倒斷作斷倒。雍熙已受作合受。兀自作自古。詞紀已受作合受。末句無的字。情辭同詞紀。詞紀參解作參拜。情辭恰作却。

贈人

麒麟閣上臣。虎豹關中將。名高金殿客。貴壓紫薇郎。玉立昂昂。捧日月光天象。保山河壯帝鄉。紫金梁穩架滄溟。白玉柱高擎廟堂。

〔梁州〕醉仙桃九重春色。拂御爐兩袖天香。風雲豪氣三千丈。咳唾落珠璣顆顆。珮環搖金璧鏘鏘。奇略飽陰陽經訣。壯懷吞星斗文章。擁貔貅銀鎖光芒。動龍蛇赤羽飛揚。叱咤間淨中原狐兔之塵。指顧裏蕩西戎犬羊之黨。笑談中定邊陲蠻貊之邦。遠方。近方。黃童白叟知名望。一人下萬人上。鐵券丹書姓字香。萬代輝光。

〔尾聲〕玉醍醐金叵羅肉臺盤氣氤氳香靄蓮花帳。錦罘罳珠珞索翠氍毹光燦爛春生柿蒂堂。會受用風流黑頭相。對槐陰晝長。趁荷香晚涼。一派笙歌洞天裏響。

盛世新聲已集重增本內府本詞林摘艷卷八北曲拾遺俱無題。不注撰人。原刊本徽藩本詞林摘艷題作武功大臣。注無名氏作。雍熙樂府卷九題作贈英國。不注撰人。北宮詞紀卷二題作上勳臣。

注湯菊莊作。○(一枝花)盛世名高作名標。貴作位。玉立作志氣。天作乾。架作駕。摘艷俱同。雍熙名高作名標。玉立作志氣。光作覲。帝鄉作帝疆。詞紀帝鄉作帝疆。北曲拾遺金殿作金榜。玉立作志氣。(梁州)筆花集近方作近來。玆從摘艷雍熙等。浄作静。玆從詞紀。盛世御作玉。珮環作環珮。呑作添。銀作金。浄作静。中定邊作間定南。字香作字芳。摘艷俱同。内府本摘艷仍作字香。雍熙銀作金。飛作揮。中定邊作間定南。香作芳。詞紀同雍熙。雍熙飽作抱。浄作定。塵作羣。蕩作殄。詞紀御作玉。北曲拾遺御作玉。金璧作金鈚。飽作包。中原狐兔之塵作比狐兔之臣。蕩作掃。中定邊作間定南。(尾聲)筆花集珞索作琭簌。盛世氣上有淡字。堂作窗。黑頭作頭庭。末句作聽一派仙音洞天響。摘艷俱同。内府本摘艷氣上無淡字。雍熙靄蓮花作鑁鏈連環。無光燦爛三字。堂作窗。會受用句作暢好似會受用的風流俊卿相。荷香作荷風。末句作只聽得一派簫韶動天響。詞紀堂作窗。受用作受用的。荷香作荷風。一派笙歌作只聽得一派簫韶。北曲拾遺錦翠二字易位。珠珞索在光燦爛三字上。蒂堂作帶窗。帶疑是蒂之訛。荷香作和風。末句同詞紀。

同前意

巍巍九鼎臣。落落三台位。飄飄七步才。密密五兵機。門第相輝。俯仰諧天意。經綸合聖規。書架插三萬舊日牙籤。武庫列十二清霜畫戟。

〔梁州〕翰墨奪人間錦綉。咳唾落天上珠璣。統雄藩肅鎮西南裔。紫泥詔符分銅虎。碧油幢纛散紅麾。金麒麟綉蒙鎖甲。玉螭龍帶束宫衣。八卦營細柳深迷。五方旗鐵馬驕嘶。喜的是沙漠空狐兔塵清。江海静鯨鯢浪息。宫殿高燕雀風微。授之以德。用之以禮。因此上太平天子無爲治。咫尺間九重内。唤得春來草木知。萬物熙熙。〔尾聲〕金甌應已藏名諱。麟閣終當繪像儀。寄語公明董狐筆。比及待論功賜邑。銘彝勒石。先築沙隄四十里。

雍熙樂府卷八題作荆南作。不注撰人。北宫詞紀卷二題作上藩臣。〇(一枝花)雍熙巍巍作嵬嵬。密密作默默。門第作花萼。詞紀四五兩句作。燦燦五雲機。棣萼聯輝。畫戟作劍戟。(梁州)筆花集咫作只。兹改正。符分作分符。散紅麾作撒江鼙。浪息作息浪。兹從雍熙詞紀。雍熙錦綉作錦綺。帶束作籠帶。静上脱江海二字。授之作據之。咫尺作片紙。詞紀裔作地。宫衣作腰圍。塵清作塵消。江海作江漢。授之二句作。據于德。用以禮。咫尺作片紙。春來作春風。(尾聲)雍熙比及下無待字。

子弟每心寄青樓愛人

芳卿細細聽。賤子明明道。雨雲雖念想。風月不堅牢。月夜花朝。兩地成躭閣。虚

飄飄何日了。吐蛛絲鎖不住蝶使蜂媒。銜燕泥壘不就鸞窩鳳巢。

〔梁州〕怕不道甜膩膩恩情怎捨。瞞不過響璫璫禮法難饒。赤緊的一身萬事縈懷抱。椿萱衰邁。松菊蕭條。雲山縹緲。烟水迢遥。則落得鶯燕呼招。怎能够琴瑟和調。恰便似劉晨誤入天台。洛浦神遊漢臯。裴航夢斷藍橋。幾遭。寧約。既知休怕甚鶯花笑。便做道娶之後怎發落。少不得留與青樓做散樂。倒不毷毷。

〔尾聲〕從今後休將錦字傳青鳥。謾把綸竿釣巨鰲。不是我巧語花言廝推調。恁如今模樣正嬌。年紀兒又小。則不如覓箇知心俊孤老。

雍熙樂府卷八題作梅香勸妓從良。不注撰人。○（一枝花）筆花集三句第三字蟲蝕。僅餘右半隹字。兹補爲雖。躭作擔。巢作窠。雍熙賤子作賤丫。雖作須。燕泥作泥燕。（梁州）筆花集不過作不道。怎能够作怎能。雍熙洛浦作交甫。便做作做便。末句作到大酕醄。（尾聲）雍熙恁作你。模樣作模樣兒。覓作早嫁。

勸妓女從良

麗春園有世情。鳴珂巷無公論。愛村沙欺軟弱。嫌文墨笑温純。別是箇家門。飽暖隨時運。詼諧教子孫。伴風姨陪月姊甚日辭柵。覓花錢償酒債何年證本。

〔梁州〕粧鏡裏暗暗的添了白髮。酒席上飄飄的過了青春。急回頭已是三十盡。粉褪了杏腮桃臉。涎乾了瓠齒櫻唇。塵暗了錦箏銀甲。香消了綵扇羅裙。恁待要片時間拔類超羣。則除是三般兒結果收因。招一箇莽莊家便是良人。嫁一箇窮書生便是孺人。苦一箇俊孤答便是夫人。小生。暗忖。如今的這女娘每一箇箇口順心不順。多詭詐少誠信。直待紅鸞活現身。可不道好景因循。

〔牧羊關〕試點檢鶯花簿。細摩挲烟月文。真乃是有奇花便有東君。玉簫女結韋皋兩世絲蘿。蘇小卿配雙漸百年眷姻。謝天香遂却耆卿志。李亞仙疼煞鄭生貧。薛瓊英大享着奢華福。韓素梅深蒙雨露恩。

〔尾聲〕你畢罷了柳衢花市笙歌陣。我準備着鳳枕鴛幃錦綉裀。縱然道板障的娘娘有些生忿。明放着玉鏡臺主婚。金花誥保親。不願從良的也算得箇蠢。

雍熙樂府卷八無題。不注撰人。彩筆情辭卷六題作囑嫁。注元人辭。〇（一枝花）筆花集月姊作月妹。情辭辭栅作辭柯。（梁州）筆花集涎乾下塵暗下俱無了字。則除是作除則是。三般下無兒字。雍熙恁待作恁時。孺人作儒人。如今的作如今。又與情辭可不道俱作可知道。（牧羊關）雍熙脱曲牌名。又與情辭試點檢俱作你試檢點。瓊英俱作瑶英。情辭享着作享。（尾聲）雍熙畢罷上有則早二字。準備作備。不願作不。情辭娘娘作娘。餘同雍熙。

同前意

紅舒臉上桃。翠展眉間柳。粉溶肌雪膩。緑鬟雲稠。一撮兒風流。帶綰金雙扣。鞋彎玉一鈎。紫綃裳紅錦腰圍。銀股釧珍珠臂韝。

〔梁州〕據標格是有那畫閣蘭堂的分福。論嬌羞怎教他舞臺歌榭裏淹留。則落得閑茶浪酒相迤逗。昨日逢故友柳邊開宴。今日送行人花下停舟。這壁急攘攘鶯招燕請。那廂鬧烘烘蝶趁蜂逐。恰則待熱心腸相和相酬。也合想業身軀無了無休。我勸你滑擦擦捨身崖想箇逃生。昏慘慘迷魂洞尋箇罷手。磣可可陷人坑覓箇回頭。二句。左右。他則想春花秋月常依舊。試與恁細窮究。我則索先蓋座春風燕子樓。省也麽葉落歸秋。

〔尾聲〕誰不知蘇卿已嫁雙通叔。王氏偏憐秦少游。咱兩箇没添貨的姻緣廝成就。天長地久。鸞交鳳友。再不教你嗚珂巷路兒上走。

雍熙樂府卷八無題。不注撰人。北宫詞紀卷五題作贈妓。彩筆情辭卷六題作勸妓。○（一枝花）筆花集溶作容。彎作彎。臂作皆。雍熙一撮兒作一撮。鞋彎作鞋弓。一鈎作半鈎。詞紀情辭溶俱作融。緑作絲。餘作一撮。作半鈎。同雍熙。各選本綃俱作銷。（梁州）筆花集攘攘作穰穰。

雍熙蘭堂的作蘭堂。這壁作這壁廂。那廂作那壁廂。恰則待作怕不待。身軀作生涯。想箇作快想箇。尋箇作早尋箇。覓箇作急覓箇。二句作三句。與恁作與你。省也麽作省你也。詞紀情辭俱同雍熙。雍熙是有那作是有。鶯招作鶯提。詞紀情辭歌榭裏俱作歌榭。滑擦擦作高聳聳。昏慘慘作黑漫漫。罷手作脱手。(尾聲)筆花集末句無你字。雍熙偏憐作原憐。嗚珂巷作嗚珂。詞紀没添貨作達時務。嗚珂巷作向嗚珂。情辭俱同詞紀。

贈玉芝春

休言雨露恩。不假陽和力。自天能長養。無地可栽培。素質香肌。正遇承平世。比春花别樣奇。光膩膩出落着風流。清淡淡包含着旖旎。

〔梁州〕人都道秦弄玉生成標格。我猜是許飛瓊托化的容儀。誰承望天風吹落鶯花地。函德墀無緣拜識。甘泉宫有句褒題。謝安石多曾稱譽。夏黄公聊得充飢。向花神試問箇真實。檢春工自有箇高低。風韻似軟刺答石上猗蘭。雅淡似矮婆娑月中老桂。温柔似瘦伶仃雪裏寒梅。有誰。認得。九莖三秀真祥瑞。相遇是何日。但能够分得微香到酒杯。不枉了翫賞忘歸。

〔尾聲〕既不能貯雕盤蒙錦帕擎將手掌輕憐惜。也消得依畫閣近蘭堂着箇欄干謹護持。

春日春風莫虚費。你道是浮花浪蕊。他須是靈根異卉。恰不道一夜瓊花落無迹。

雍熙樂府卷八題作玉芝春。不注撰人。北宫詞紀卷五題作贈妓玉芝春。〇(一枝花)筆花集春下脱花字。雍熙素作貴。又與詞紀正俱作長。詞紀彩筆情辭卷一含俱作藏。情辭正遇作粧點。(梁州)筆花集雍熙函德俱作亟德。兹從詞紀。筆花集到酒杯作引酒杯。雍熙拜識作相識。稱譽作譽。神試作下神是。但能够分得作得能够分。詞紀猜是作猜做。稱譽作見譽。情辭托化作脱化。有箇作有。相遇上有知字。餘同詞紀。(尾聲)各選本異卉俱作異質。

贈玉馬杓

堪嗟和氏寃。莫訝相如儹。既酬雍伯志。何慮范增嫌。想像觀瞻。雀尾樣其實欠。鸕鷀名空自慊。有十分資質温柔。無半點塵埃涴染。

(梁州)温石銚徒勞磨渲。鑌鐵鈎枉費鎚鉗。似剜出一團酥更壓着瓊花艷。潑新醅分開緑蟻。搠清波蕩碎銀蟾。美聲譽高如金斗。秀名兒近似珠簾。富石崇猶兀自等等潛潛。窮雙漸也則索讓讓謙謙。舀得些拔禾倈家計空空。兜得些偷花漢勞心冉冉。敲得些販茶商睡思懨懨。莫言。咱媚諂。麗春園誰敢待争奢儉。漾不下抱不厭。縱然道夏鼎商彝休將做寶貝呫。也不似他情忺。

〔尾聲〕好向他萬花叢裏爲頭兒占。休教人百味廚中信手兒拈。恁時節添不上風流洗不了瑕玷。傾城的貌甜。連城的價添。穩情取翫瓢戲的西施望風兒閃。

筆花集題目末字杓誤作初。雍熙樂府卷八題作玉馬杓。不注撰人。○（一枝花）筆花集儹作僭。名空自慊作真自慊。真上疑脱名字。雍熙相如作花如。雀作鵲。（梁州）筆花集渲作愃。拔禾作拔木。勞心作芳心。雍熙搁作汲。雙漸作通叔。舀得些作舀得箇。誰敢待作誰敢。漾作樣。末句作終不似情忺。（尾聲）筆花集不上作不止。雍熙休教人作休教。無恁時節三字。連城作生來。瓢作飄。

蓮卿王氏者樓居瀟灑余顏之曰楚館凝眸其所寄意無乃對景興懷歡情離思而已因其請題遂書此以贈焉

碧玲瓏透月窗。錦燦爛藏春帳。黑揩摸烏木几。金嵌鏤紫檀牀。一片風光。勝壓鶯花巷。名高烟月鄉。綉裀舒並宿鴛鴦。雕奩鎖雙飛鳳凰。

〔梁州〕龍腦香生瑞靄。蝦鬚簾捲斜陽。動芳情多爲憑欄望。翠柳黄鸝箇箇。青天白鷺行行。錦纜牙檣簇簇。金沙流水茫茫。但凝眸漸覺徬徨。忽縈懷又索包藏。銷魂橋芳草地幾度離別。折柳亭拂塵會幾場宴賞。落花天殘燈夜幾樣思量。話長。意長。

止不過弱紅嬌黛相偎傍。醞釀出雨雲況。可知道宋玉當年爲發揚。賦作高唐。

〔尾聲〕䩞金鸞橫玉燕都誇楚館風流樣。蟠龍髻掃翠蛾全勝巫山窈窕娘。常言道鑒柳評花不虛誑。似恁的蘭心蘊芳。蓮姿噴香。不由人濃蘸着霜毫細褒獎。

雍熙樂府卷八無題。不注撰人。北宮詞紀卷五題作題蓮卿王氏樓居。彩筆情辭卷五題同詞紀。惟氏作姬。○（一枝花）筆花集摸作磨。木几二字蟲蝕。勝作剩。雕奩作雕籠。詞紀情辭燦爛俱作爛熳。（梁州）筆花集離別作別離。花天作花風。醞釀下無出字。雍熙多爲作以爲。黃鸝作黃鶯。話長作語長。詞紀龍腦上有淡氤氳三字。蝦鬚上有明滴溜三字。多爲作止爲。情辭相偎傍作胡偎傍。餘同詞紀。（尾聲）雍熙娘作粧。蘊作醞。詞紀情辭俱同。雍熙評花作評花的。

詠素蟾

噪晴蛙枉叫嚎。脱殼蟬徒悲泣。縮項鯿空跳躍。攢毛蝟甚稀奇。將山海經窮推。出乎類拔乎萃。不在山不在水。美名兒滿天上人間。要性兒傍星前月底。

〔梁州〕剔禿圞駕綵雲恰離瀛海。明滴溜趁清風又下峨嵋。搗玄霜仙藥的玉兔偏知契。楊柳樓心弄影。娑欏樹底揚輝。竹葉樽中蕩漾。梅花窗外徘徊。煞强似負靈蓍九尾神龜。更壓着叫扶桑三足天雞。活不刺大羅仙手掌上奇擎。矮婆娑翰林客硯池邊侍

立。滑出律廣寒嬌寢帳裏追陪。我知。就裏。多管是玉之精魄金之氣。那雅淡那清致。可知道天寶三郎愛羽衣。險送了華夷。

〔尾聲〕嬋娟不假鉛華力。瑩潔應奪造化機。相思病的郎君若醫治。也不索評診脈息。更不須調和藥石。但能够半點兒瓊酥救了你。

雍熙樂府卷八題作蟾。不注撰人。北宫詞紀卷五題作贈素蟾。詞林白雪卷四屬美麗類。注秦復庵作。疑誤。彩筆情辭卷一題作贈妓素蟾。○（一枝花）筆花集噪作滲。蟬作蟾。山海下脱經字。雍熙鯿作鱉。情辭噪作澡。（梁州）筆花集清下脱風字。翰林作翰花。硯下無池字。嬌作娥。清致作精致。詞紀天雞作金雞。情辭更壓作便壓。奇擎作皷擎。各選本圞俱作圝。無仙藥的三字。（尾聲）筆花集雍熙評診俱作評論。兹從詞紀等。

嘲妓名佛奴

不參懵懂禪。先受荒淫戒。纔離水月窟。又上雨雲臺。東去西來。還不了衆生債。竟説甚空是空色是色。苦倈呵四十八願叮嚀咒誓。巴鏝呵五十三參容顏變改。

〔梁州〕恰殢着老達磨泛蘆葉浪遊海國。又沾上阿羅漢覓桃花遠訪天台。那裏問當年摩頂人何在。超度了千家子弟。坐化了萬種嬰孩。則落得拈香剪髮。早難道滅罪消

災。雖然道村馮魁布施些錢財。須不曾俏雙生供養在書齋。臥房兒伽藍殿般收拾。客院兒旃檀林般布擺。門面兒龍華會般鋪排。左猜。右猜。這渥洼水不曾曹溪派。那庵門甚寬大。但有龐居士般人兒莽注子扨。便慧眼睜開。

〔尾聲〕張無盡氣冲冲待打折了鶯花寨。韓退之嗔忿忿敢掀翻烟月牌。贏得虛名滿沙界。風月所狀責。教坊司斷革。迭配與金山寺江中販茶客。

雍熙樂府卷十題作題蘇卿。不注撰人。北宮詞紀卷六題作嘲佛奴。彩筆情辭卷十一作嘲妓佛奴。

〇(一枝花)筆花集水作冰。雲作花。倈作來。叮嚀兒誓作咒叮嚀。參作度。雍熙竟作更。苫作搧。詞紀竟説甚作説什麼。情辭竟作更。(梁州)筆花集覓下脱桃花二字。坐化作生化。伽藍殿般作藍伽殿盤。慧作惡。雍熙詞紀情辭泛蘆葉俱作折蘆枝。子弟作徒弟。拈香作撚香。早難道作怎能够。臥房上有你將那三字。雍熙恰殢作又拈。二句無又沾上三字。道村馮魁作鄭元和。須不曾俏雙生作又好將雙通疏。臥房以下三句俱無般字。渥洼水不曾作湫洼怎比。有龐居士般作將個龐居士。扨作挨。便作把。詞紀情辭雖然道俱作雖然是。渥洼水不曾作湫洼水怎比。龐居士般作箇龐居士。詞紀庵門作庵門兒。便作早把。情辭扨作捰。便作把。(尾聲)筆花集無盡作無畫。狀責作責狀。雍熙冲冲作狠狠。無折了二字。翻作翻了。贏得作落得。風月所作我將臨川縣。斷革作斷隔。迭作牒。無寺江中三字。詞紀情辭打折俱作打散。翻作翻了。風月所上

有我將二字。詞紀贏得作贏得箇。江中作江邊。情辭末句同雍熙。

言志

自憐王粲狂。莫怪陳登傲。不彈貢禹冠。誰贈吕虔刀。十載青袍。況值烟塵鬧。事無成人半老。黄金臺將喪斯文。白玉堂空懷故交。

〔梁州〕看鞍馬上諸公袞袞。聽刀戈下衆口嗷嗷。因此上五雲迷却長安道。曳裾休嘆。投筆空焦。題橋謾逞。擊楫徒勞。直鈎兒怎釣鯨鰲。閼弓兒難射鵰鶚。喜的是硯池内通流着千丈滄溟。詩卷裏包藏着九重宣詔。書樓上接連着萬里雲霄。雖道是淺識寡學。這幾篇齊魯論也不下於黄公略。撚吟髭自含笑。矯首中天日正高。豪氣飄飄。

〔尾聲〕閒拈斑管學張草。静對黄花誦楚騷。等待新雁兒來時問箇音耗。若説道董仲舒入朝。公孫弘見招。看平地風雷奮頭角。

〔梁州〕筆花集二句脱下字。雖道作然道。北宫詞紀卷三硯池内作硯池中。詩卷裏作詩卷内。淺識作淺學。幾篇齊魯論也作幾卷魯齊論。矯作翹。〔尾聲〕詞紀學作書。等待作等待着。音耗作消耗。

贈人

雍容黄閣姿。卓犖青雲態。彷徨憂國志。慷慨濟時才。奉詔西來。銜瘴霧臨邊界。駕天風下鳳臺。正正旗堂堂陣蛇鳥争輝。轔轔車蕭蕭馬風雲動色。

〔梁州〕展其韜施其略孫吴是法。依於仁行於義周孔爲懷。經綸迥出諸藩外。八陣旗春營柳暗。七重圍夜帳蓮開。六鈞弓曉星迸激。雙龍劍秋水磨揩。轉儲胥周饋餉掌上裁劃。撫疲羸知勞逸閫外驅差。玉兔毫揮翰墨學足三冬。紫鸞誥叙勳舊恩封三代。丹墀陛列班資步近三台。偉哉。盛哉。況賴着巍巍聖德乾坤大。露布馳玉關外。倒挽銀河下九垓。浄洗氛埃。

〔尾聲〕録豐功褒盛績班班擬見銘鐘鼐。著芳聲垂後代歷歷終期絢竹帛。若報道東閣門前不妨礙。借尺地寸階。進一言半策。那時節吐氣揚眉拜丰采。

雍熙樂府卷八題作武昌作。不注撰人。○〔一枝花〕筆花集瘴霧作瘴。雍熙彷徨作彷彿。濟時作濟川。〔梁州〕筆花集春營作春宫。蓮開作連開。儲胥作儲蓄。雍熙知勞逸閫作均勞逸意。賴着作托着。關外作關塞。倒挽銀作力挽天。〔尾聲〕雍熙絢作炫。那時作恁時。

同前

心懷雨露恩。氣稟乾坤秀。讀書尊孔孟。許國重伊周。得志之秋。文共武皆窮究。正青春正黑頭。孫吴略切切於心。齊魯論孜孜在口。

〔梁州〕瞻日月擡頭是鳳闕。會風雲閑步是龍樓。真乃是祖生鞭不落劉琨後。千金買劍。五彩攢裘。七重圍帳。半萬戈矛。跨錦韉絲轡驊騮。擁鐵關金鎖貔貅。論文時芸窗下摘句尋章。論武時柳營内調絲弄竹。消閑時花陰外打馬藏鬮。五行。本有。功名二字俱成就。能燮護會消受。一寸丹心答冕旒。愁甚麽建節封侯。

〔尾聲〕烟消青海城邊堠。兵洗黄河天上流。慶祝皇圖萬年壽。蠻夷殄收。戎狄遁走。恁時節描入麒麟畫工手。

原刊本徽藩本詞林摘艷卷八題作將相。注誠齋散套。案今存誠齋樂府無此套。盛世新聲已集重增本内府本摘艷無題。與雍熙樂府卷八俱不注撰人。雍熙題作武臣。北宫詞紀卷二題作上藩臣。〇（一枝花）各選本尊俱作遵。（梁州）盛世摘艷雍熙詞紀首二句俱無是字。閑步俱作舉步。不落作不若。論武作行樂。内府本摘艷首句是作見。二句是作上。盛世摘艷雍熙絲轡俱作玉轡。二字作兩字。燮護作燮理。盛世摘艷擁鐵關句俱作整戎粧金嵌兜鍪。詞紀劉琨作劉賁。買劍作買

笑。裘作毬。弄竹作品竹。俱成作都成。（尾聲）盛世摘艷雍熙青海俱作清海。兵洗俱作冰瀉。雍熙萬年作億萬。詞紀堠作垢。兵洗作雨洗。

同前意

汪汪江海心。落落雲霄志。昂昂經濟才。矯矯廊廟姿。閫外行司。暫把牛刀試。播芳聲雷貫耳。匣中劍冰涵秋水芙蓉。腰間帶銀鈒盤花荔枝。

〔梁州〕烽烟息朝廷有道。簿書閑公館無私。笑談間喚得春風至。昆季雍雍穆穆。友朋切切偲偲。禮法兢兢業業。規模念念孜孜。了公家無甚縈思。追歡樂有甚推辭。獵西山金僕姑錦袋琱弓。宴東閣銀鑿落瓊箏寶瑟。遊南陌紫叱撥玉轡青絲。丈夫。似此。多管是胸中寸地平如砥。嘉瑞已天賜。庭下蘭孫與桂子。雨露滋滋。

〔尾聲〕於親已足平生志。許國應當少壯時。顯孝揚忠但如是。抱金曳紫。承恩奉旨。穩情取勳業班班照青史。

雍熙樂府卷八題作武臣。不注撰人。〇（一枝花）雍熙廊廟作廟堂。秋水作映水。（梁州）雍熙烽烟作烽燧。公館作門館。笑談作談笑。規模作書謨。鑿落作錯落。（尾聲）雍熙足平生志作是平生事。抱金作橫金。

雲山圖爲儲公子賦

長歌陟岵詩。飽玩閑居賦。倦聽花底鶯。羞見樹頭烏。日月居諸。又覺春光暮。對雲山强自娱。白雲邊盼不見白雁來賓。青山外等不至青鸞寄語。

〔梁州〕雲去也山容妥帖。雲來也山色模糊。真乃是一聲杜宇不知處。青隱隱渾疑太華。白漫漫錯認蓬壺。黑黯黯難分吴越。緑迢迢不辨衡廬。雲連山遠近相逐。山連雲上下相續。可知道陸士衡醞釀做文章。王摩詰收拾在肺腑。狄仁傑迤逗出嗟吁。老夫。道歟。既思親便索尋親去。愁險峻憚勞苦。却把雲山寫作圖。於理何如。

〔尾聲〕心頭菽水何時足。眼底雲山甚處無。寸草春暉自今古。但能够青山共居。白雲共鋤。纔與雲山做得主。

雍熙樂府卷八題作雲山圖。不注撰人。北宮詞紀卷四題同筆花集。惟賦作題。○（一枝花）雍熙詞紀等不至俱作算不至。（梁州）筆花集吴越作吴粤。雍熙南北詞廣韻選卷五漫漫俱作茫茫。雍熙收拾作拾收。廣韻選仁傑作梁公。（尾聲）雍熙詞紀雲山上俱有這一抹三字。

黄鶴樓

峥嶸倚上流。突兀當雄鎮。高明臨大道。迢遞接通津。從去了鶴山仙人。千載無音信。丹青再創新。架飛楹聯走拱不下班倕。敞天窗攢藻井堪攀翼軫。〔梁州〕龜背織朱簾閃閃。鴛翎甃碧瓦鱗鱗。雕闌一目天之盡。洞庭半掬。雲夢平吞。荆襄俯瞰。漢沔中分。長空遠水沄沄。光風霽月紛紛。吕巖笛夜夜聞音。陶令柳年年報春。崔顥詩句句絶倫。後人。議論。都道是物華勝壓東南郡。況與洞天近。絳節琅璈度綵雲。萬象騰文。〔尾聲〕汀花岸草春成陣。沙鳥風帆暮作羣。我待要閑躡金梯散孤悶。仰之北辰。俯之大坤。氣勢高寒立不穩。

雍熙樂府卷八題作隱居。不注撰人。北宫詞紀卷四題作題黄鶴樓。○〔一枝花〕雍熙上流作上游。接作帶。鶴山作河上。再創作似創。詞紀鶴山作鶴上。再創作似創。〔梁州〕筆花集平吞作半吞。雍熙詞紀俯瞰俱作低瞰。雍熙沄沄作茫茫。陶令作陶潛。〔尾聲〕筆花集末三字蟲蝕。詞紀金梯作丹梯。

夢遊江山爲友人賦

蜀道難長懷李太白。廬山高每羨歐陽叔。江曲折多詢郭景純。海週遭曾問木玄虛。大剛來混一皇輿。萬里神遊去。何須覓坦途。脚到時選勝尋幽。眼落處興今慨古。

〔梁州〕圖得些風月情長沾肺腑。贏得些是非塵不到襟裾。分明記得經行處。躡蒼梧衝飛綵鳳。扣扶桑撼動金烏。登雁宕驚潛木客。涉龍門嘯起天吴。又不比悠悠泛一葉黄蘆。飄飄跨兩足青凫。散誕似李元貞松陰内干禄求名。逍遥似趙師雄梅花下開樽按舞。廓落似淳于棼槐柯上架室安居。遮莫五湖。四瀆。釣竿直拂珊瑚樹。天地闊渺無路。撞入仙翁白玉壺。知他是紫府也那清都。

〔尾聲〕濕淋浸滿身香露侵毛骨。吉玎璫過耳清飇響珮琚。驀然地睁破雙眸颯然悟。尚兀自爐烟馥郁。燈花恍惚。月在梧桐畫闌曲。

雍熙樂府卷八題作方外娱。不注撰人。南北詞廣韻選卷五題作方外觀。注元人。〇（一枝花）筆花集興字蟲蝕大半。雍熙廣韻選詞紀卷三尋幽俱作探幽。廣韻選多詢作還詢。詞紀到時作到處。興今作嗟今。（梁州）筆花集天吴作吞吴。雍熙是非塵作是非名。嘯起作叱起。青凫作白凫。廣韻選詞紀俱同。雍熙仙翁上有這字。清都上無那字。詞紀俱同。廣韻選圖得些作圖得箇。驚潛

作潛驚。詞紀陰內作陰底。（尾聲）筆花集驀然作驀忽。雍熙吉作擊。廣韻選作咭。雍熙颹作颷。颯然作了然。月在上有不覺的三字。廣韻選詞紀俱同。

題心遠軒

不從方外遊。且向寰中住。但能通大道。何必厭亨衢。吾愛吾廬。選得陶詩句。楣間籀字書。黃庭靜玩之無窮。靈源溢探之不足。

〔梁州〕七竅達八荒廣漠。一簾隔萬里空虛。誰不知方寸地無多物。玄參黃老。易論程朱。詩敲險怪。棋較贏輸。不聞滿耳喧呼。只宜竟日跏趺。恰枕肱悠悠夢繞華胥。不動脚默默神遊洛浦。纔合眼飄飄身在蓬壺。本無。間阻。山林城市俱同路。解到此中趣。便覺平生百慮疎。遐邇何如。

〔尾聲〕光風轉蕙春生户。幽草生香月到除。不離蒲團三二步。休道星躔月窟。遮莫天關地軸。垂拱之間在環堵。

雍熙樂府卷八題作心遠軒。不注撰人。南北詞廣韻選卷五同。○（一枝花）筆花集方外作芳外。楣間作榻開。廣韻選寰中作塵中。（梁州）筆花集方寸作方才。同路及到此中五字蟲蝕。雍熙險怪作怪險。廣韻選解到作解得到。（尾聲）筆花集春作眷。躔作纏。雍熙三句作不離團蒲二三

步。廣韻選三句作不離團標兩三步。

贈儒醫任先生歸隱 先生善寫竹

江湖老姓名。風月閑人物。文章新制作。禮樂舊規模。暮景桑榆。杏林好春無數。橘泉甘樂有餘。一絲風曾釣鯨鰲。九轉丹恰成龍虎。

〔梁州〕覷老聃千言道德。問安期萬劫榮枯。常則怕白雲引入青山去。包含丹篆。簸弄明珠。逍遥巾幘。懶散襟裾。雖不曾指南陽賣却茅廬。少不得傍東湖苦箇庵麻。菊花枕滿頭香霧氤氳。梅花帳滿鼻香風馥郁。蘆花被滿身香雪模糊。淡然。自足。可知道黄金不賣長門賦。將千畝渭川竹。寫作江南烟雨圖。暢不塵俗。

〔尾聲〕清溪道士爲賓主。東里先生問起居。謝却紅塵是非路。清茶自煮。濁醪旋沽。日日高歌紫芝曲。

雍熙樂府卷八題作自娱。不注撰人。北宫詞紀卷三題作贈任醫歸隱。詞林白雪卷六屬棲逸類。失注撰人。○〔梁州〕筆花集千言作千年。懶散之散字蟲蝕。雍熙南北詞廣韻選卷五詞紀詞林白雪滿鼻俱作滿面。〔尾聲〕雍熙謝却作別却。

卓文君花月瑞仙亭

青裊裊垂楊近畫樓。響濺濺暗水流花徑。輕颭颭香風翻翠幌。光輝輝銀蠟射雕楹。悄悄冥冥。出綉户瑶階静。步蒼苔羅襪冷。翠袖薄玉臂生寒。金翹彈烏雲墮影。〔梁州〕横斗柄珠星燦燦。界勾陳銀漢澄澄。恰行到梧桐金井潛身兒聽。晃緑窗十分月色。隔幽花一片琴聲。明出落求鸞覓鳳。暗包藏弄燕調鶯。一字字冰雪之清。一句句雲雨之情。賣弄他窮書生酸溜溜調美才高。迤逗的俊女流急穰穰宵奔夜行。辱末煞老丈人羞答答户閉門扃。那生。可稱。一峥嶸便到文園令。富貴乃天命。長門賦黄金價不輕。可知道顯姓揚名。〔尾聲〕恰待要班趨北闕身初定。誰承望夢入南柯唤不醒。且休將史記裏源流細參訂。傳奇無準繩。關目是揑成。請監樂的先生自思省。

雍熙樂府卷八無題。不注撰人。北宫詞紀卷五題作題卓文君花月瑞仙亭傳奇。詞林白雪卷四屬美麗類。〇(一枝花)筆花集墮作隨。詞紀詞林白雪近畫樓俱作映畫橋。蠟作燭。詞紀墮作墜。(梁州)筆花集丈人作夫人。雍熙界勾作略鈎。月色作明色。求鸞作求凰。迤逗的作迤逗那。詞紀書生作秀才。便到作便至。富貴乃作論富貴是。黄金作千金。詞林白雪同詞紀。(尾聲)筆花

集班字蟲蝕。揑作捻。監作鑿。雍熙班趨作班超。傳奇作傳記。末句無的字。詞紀恰待作却待。且休將史記裏作試將這史記。詞林白雪同詞紀。

素蘭

春含九畹芳。香得三湘瑞。名高萼緑華。夢入鄭燕姞。雖然道滿目芳菲。不與羣芳比。羣芳自不及。有十分雅態幽姿。無半絲浮花浪蕊。〔梁州〕包啞謎栽排了陶穀。寄情詩奚落煞張碩。誰承望天風吹落鶯花地。紫芽茬苒。丹穎葳蕤。檀心馥郁。翠帶離披。也不弱月桂寒梅。便休題杜若江蘺。日烘烘有緑艷醺酣。風颼颼似翠裙摇曳。露浸浸如香汗淋漓。若非。異卉。楚大夫怎肯紉爲佩。更一般甚清致。緯天經地魯仲尼。也將他演入金徽。〔尾聲〕既不着珠簾翠幕深遮閉。也消得綉檻雕欄謹護持。試與知音細論議。恁待要筆尖上品題。眼皮上愛惜。則除是描入明窗畫圖裏。

雍熙樂府卷八不注撰人。北宫詞紀卷五彩筆情辭卷二俱以此曲後二支與一枝花散清風烟月中接。參閲該曲校記。○（一枝花）筆花集萼緑華作華萼緑。羣芳比作羣花比。雍熙畹芳作畹花。香得作秀得。燕姞作燕妃。無雖然道三字。半絲作半點。（梁州）雍熙紫芽作紫茅。離披作紛披。浸

浸作零零。演入作引入。詞紀檀心作瑶臺。翠帶作玉砌。此二句在紫芽二句上。弱作讓。日烘烘句起全異。作。胭脂瓣洗渲凈天香。金花粉調合成玉蕊。素檀心抽揀出柔荑。端的是仙葩異卉。春來秀得三湘瑞。堪與人紉爲佩。若論同心臭味宜。獨占芳菲。（尾聲）筆花集則除是作除則是。雍熙恁待作恁時。詞紀論作評。恁作你。

贈草聖

括造化攢成赤兔毫。挽滄溟磨徹烏龍墨。燦日月光摇玉版箋。吐烟雲香徹紫英石。四寶清奇。瀟灑芸窗内。風流蓮帳底。念孜孜八法八訣。意懸懸六書六體。

〔梁州〕指其掌畫其腹雲崩露垂。得之心應乎手電走風飛。天然一筆無窮意。秋蛇春蚓。野鶩家雞。跳龍臥虎。渴驥猙猊。有陰陽偃仰精微。無偏枯向背支離。樂毅論太史箴敷揚出忠烈之風。逍遥篇孤雁賦醞釀出神仙之氣。曹娥碑告誓文摸臨出孝弟之規。遮莫醒兮。醉兮。一揮一灑非遊戲。干喜怒係明晦。可知道筆塚纍纍墨作池。名重京畿。

〔尾聲〕誰不道十年草聖通三昧。我則知一日偷閑測萬機。常聞得青瑣高賢自評議。比着那顔真卿健筆。王右軍妙跡。真乃是一色長天共秋水。

雍熙樂府卷八不注撰人。○雍熙墨作尾。香徹作香散。（梁州）雍熙雹走作雷走。狰猊作獰猊。精微作的精神。向背作背向的。告誓作吉誓。可知道作可知。名重作名播。（尾聲）雍熙草聖作非得。常聞作常子。評議作論議。比着作看。

題友田老窩

檜當軒作翠屏。月到簾爲銀燭。柳綿鋪白罽氈。苔線展紫絨毯。四壁蕭疎。若得琅玕護。何須藤蔓補。聽了些雨打窗下芭蕉。看了些日照盤中苜蓿。

〔梁州〕破陸續歇兩肘疲童灑掃。烟剌答漏雙肩老嫗供廚。主人自得其中趣。隔牆貰酒。鑿壁觀書。拾薪煮茗。賃圃栽蔬。雀堪羅忙煞蜘蛛。鼠無蹤閑煞狸奴。寂寞似萊蕪縣范史雲琴堂。虛敞似臨邛市馬相如酒壚。瀟灑似浣花溪杜子美茅廬。坦然。自足。剗地裏撥灰吟出驚人句。想石崇在金谷。止不過錦障春深醉緑珠。今日何如。

〔尾聲〕送將窮鬼出門户。描取錢神入畫圖。但能够半點陽和到喬木。管城子進取。孔方兄做主。翻蓋做十二瑶臺列歌舞。

雍熙樂府卷八題作田老齋。南北詞廣韻選卷五北宫詞紀卷三同。天一閣明鈔本小山樂府卷末録此套。題作貧樂齋。雍熙不注撰人。廣韻選注元無名氏。○（一枝花）雍熙檜作樹。線展紫作緑

展翠。藤蔓補作蘿蔓鋪。廣韻選詞紀俱同。惟廣韻選線作茵。雍熙廣韻選鋪俱作舒。詞紀逷作褥。下作外。（梁州）雍熙烟作奄。踪作糧。廣韻選詞紀俱同。雍熙廣韻選浣花溪俱作錦官城。雍熙奴作狐。廣韻選續歇作簌漏。漏雙肩老嫗作赤雙脚老婢。無杜字。深作藏。（尾聲）筆花集二句脱神字。雍熙門户作門去。半點作半點兒。廣韻選詞紀俱同。

贈教坊張韶舞善吹簫

露瀼瀼萬籟沉。風淡淡三更靜。天空空千里水。月朗朗一壺冰。驀聞得何處簫聲。一曲中和令。其音協九成。嗚嗚然赤水龍吟。嚦嚦兮丹山鳳鳴。

〔梁州〕動蜿蜒幽壑潛蛟舞躍。感嬋娟孤舟嫠婦魂驚。多管是秦臺蕭史曾參訂。低韻吐遊絲颺颺。柔腔度細縷縈縈。顛狂非落梅之趣。悠揚有折柳之情。七數明指法輕清。六律諧音呂和平。從今後柯亭館桓叔夏再莫橫笛。昭陽殿薛壽寧何勞按箏。緱山嶺王子晉不索吹笙。兀的般老成。藝能。不枉了天風吹散人間聽。消鬱悶發清興。占斷梨園第一名。非譽非矜。

〔尾聲〕仰龍樓瞻鳳闕孜孜念念欽皇命。趁鵷班隨鷺序落落踈踈見樂星。更那堪一點丹誠抱忠敬。常言道有麝自馨。無藍不青。穩情取大寵着恩光耀鄉井。

詞紀卷四題目無教坊二字。詞林白雪卷四屬詠物類。〇（一枝花）筆花集音協作音惋。詞紀詞林白雪瀼瀼俱作溥溥。（梁州）筆花集孤字。颺柔二字。輕字。俱蟲蝕。兀的作何的。藝下脱能字。不枉作不往。詞紀舞躍作起舞。嬋娟作淒涼。顛狂作頓挫。音呂作音韻。吹散作散與。詞林白雪俱同詞紀。（尾聲）筆花集自馨作有馨。詞紀疎疎作紛紛。無更那堪三字。丹誠作丹心。藍不青作蘭不清。詞林白雪俱同。詞紀鶯作鷺。

送車文卿歸隱

輕帆灔澦堆。瘦馬峨嵋棧。顛風洋子浪。落日太行山。地窄天慳。長恨歸田晚。徒悲行路難。平地間寵辱關心。故紙上興亡在眼。

〔梁州〕愁甚麽負郭田無二頃。喜的是依山屋有三間。一回頭萬事都踈懶。緑蟻樽澆平磊塊。紫鸞簫吹散愁煩。黄虀菜養成脾胃。青精飯駐定容顔。岸天風烏帽翻翻。拂埃塵布袖斑斑。比鶴上人不馭飆輪。比山中相不登仕版。比壺内翁不煉金丹。得閑。且閑。多管是鹿門龐老爲師範。擺脱了是非患。恰便似高枕着崑崙頂上看。人海波瀾。

〔尾聲〕落紅階砌胭脂爛。新緑門牆翡翠寒。安樂窩隨緣度昏旦。伴幾箇知交撒頑。

尋一會漁樵調侃。終日家龍鳳團香兔毫甆。雍熙樂府八　北宮詞紀三

此曲不見筆花集。雍熙樂府題作歸隱。不注撰人。兹據北宮詞紀輯之。○（一枝花）雍熙天慳作天寬。（梁州）雍熙負郭作負廓。磊塊作磊魄。駐定作貯就。（尾聲）雍熙兔毫甆作浮兔毫盞。

贈會稽呂周臣

三千丈蕭蕭白髮生。七十歲楚楚青衫舊。抱經綸無官朝北闕。買犂鋤有子事西疇。氣稟清修。玉聳雙肩瘦。胸涵一鏡秋。躡天根探地脈秘訣深微。步詩壇入酒社精神抖擻。

〔梁州〕瞻勝跡蓬萊山不離眼底。避危途太行路長在心頭。將古今吏隱都窮究。慕謝安高邁。羨陶令歸休。愛戴逵灑落。學賀老風流。文房藝苑偏遊。藥欄花徑清幽。披覽著禹陵書半窗星斗光芒。張玩着輞川圖四壁烟雲馳驟。撥刺着嶧陽琴一簾風雨颼飀。淡然。自守。全勝他歸山拂破麻袍袖。能燮護會消受。高臥元龍百尺樓。萬事悠悠。

〔尾聲〕恰能够天涯萍水同攜手。誰承望江上蓴鱸又買舟。少不的再叙離懷那時候。連牀秉燭。隔籬喚酒。夜雨呼童剪春韭。雍熙樂府八　北宮詞紀三

此曲不見筆花集。雍熙樂府題作自述。不注撰人。兹據北宫詞紀輯之。○（梁州）雍熙清幽作新幽。颼颼作颼颼。悠悠作攸攸。詞紀勝跡作聖跡。（尾聲）雍熙江上作上表。

贈錢塘鑷者

三萬六千日有限期。一百二十行無休息。但識破毫釐千里謬。纔知道四十九年非。這歸去來兮。明是箇安身計。人都道陶潛有見識。誰戀他花撲撲雲路功名。他偏愛清淡淡仙家道理。

〔梁州〕打蕩着臨鬧市數椽屋小。滴溜着皺微波八尺簾低。自古道善其事者先其器。雪錠刀揩磨得銛利。花鑌鑷搏弄得輕疾。烏犀篦雕鏤得纖密。白象梳出落得新奇。雖然道事清修一藝相隨。却也曾播芳名四遠相知。剃得些小沙彌三花頂翠翠青青。摘得些俊女流兩葉眉嬌嬌媚媚。鑷得些恍郎君一字額整整齊齊。近日。有誰。閑遥遥寄傲在紅塵内。雖小道莫輕易。也藏着桑柘連村雨一犂。到大便宜。

〔尾聲〕從今後畢罷了半窗夜月樗蒲戲。洗渲了兩袖春風蹴踘泥。兀的般自在生涯煞是伶俐。你覷那蠅頭利微。也須是雞肋味美。不承望陳七子門徒剛剛的快活了你。北

此曲不見筆花集。

旅中自遣

錦囊寬閑鳳琴。寶匣冷藏龍劍。篆香消閑翠鼎。書卷廣亂牙籤。鬱悶懨懨。青瑣論無心念。紫霜毫不待拈。伛羸似老文園病渴的相如。寂寞如居海島傷懷的子瞻。

〔梁州〕看白雲閑出岫頻移浄几。愛青山正當窗不捲疎簾。客房兒冷落似邯鄲店。心滴碎銅壺青漏。耳愁聞鐵馬虚簷。腸欲斷階前夜雨。夢初回屋角秋蟾。一片心遠功名無甚沾粘。兩隻脚信行藏有甚拘鈐。經了些摧舟楫走蛟鼉鯨窟波翻。行了些壞車輪被虎豹羊腸路險。過了些連雲梯絶猿猴鳥道峯尖。静中。自檢。事無成志不遂人情欠。休施逞且粧儉。但得箇小小生涯足養廉。甘分鱗潛。

〔尾聲〕能文章會談論才高反被時人猒。守清貧樂清閑運拙頻遭俗子嫌。有一日際會風雲得憑驗。那時節威儀可瞻。經綸得兼。正笏垂紳遠佞諂。雍熙樂府一〇　北宫詞紀四

此曲不見筆花集。雍熙樂府題作自述。不注撰人。兹據北宫詞紀輯之。○(一枝花)詞紀三四兩句作。篆烟消空翠鼎。書卷亂落牙籤。鬱作愁。六句作青瑣闥無心戀。末二句俱無的字。(梁州)詞紀首句作我這裏看白雲輕出岫閑憑静几。銅壺青漏作銅龍清漏。遠功名無甚作爲功名着

緊。有甚拘鈐作無甚拘鉗。經了作行了。竄波翻作穴波濤。行了作過了。被虎作驅虎。過了作踏了。雲梯絶猿猴作梯蹬接猿猱。施逞作馳騁。粧儉作粧厭。養廉作養恬。末句作林樾深潛。〔尾聲〕詞紀時人作庸人。清貧作貧窮。有一日作時來呵。得憑作有憑。那時作恁時。末句作試看我正笏垂紳去了讒諂。

題白梅深處

羅浮山接渺茫。大庾嶺橫冥窅。凌風臺迷汗漫。却月觀阻迢遥。意會神交。想得到行得到。一逢春一遇着。蕊疎疎花密密蓓蕾葳蕤。幹盤盤枝挺挺槎枒夭矯。

〔梁州〕品藻着世上色無瑕疵的雅淡。評論着天下花無褒貶的孤高。長記得看花時有幾樣兒堪稱道。露點滴珠融膩粉。烟朦朧翠護輕綃。風摇曳香飄麝腦。雪模糊玉壓瓊瑶。厭桃杏灼灼夭夭。伴松篁灑灑瀟瀟。何水曹一生心愛得綢繆。林和靖兩句詩聯得妙巧。宋廣平八韻賦撰得風騷。想度。暗約。我猜似梨雲一片連溟漠。指顧間自吟嘯。但則覺花氣氤氳襲毳袍。白茫茫萬樹千條。

〔尾聲〕全不似夢遊東海尋三島。真乃是身在西湖過六橋。囑付那羌管嗚嗚莫吹落。等待着籟聲悄悄。月華皎皎。看一會疎影横斜到清曉。雍熙樂府八　北宫詞紀四

此曲不見筆花集。雍熙樂府題作梅花深處。不注撰人。茲從北宮詞紀。○（一枝花）雍熙冥窅作空窈。槎枒作槎芽。（梁州）詞紀桃杏作桃香。雍熙首句脱無字。珠融作珠容。

題崇明顧彦昇洲上居

潮生玉馬來。沙湧金鰲動。水天涵上下。浦溆控西東。四望無窮。一片玻璃瑩。梯航萬里通。蕩炎蒸青蘋風六月凄凄。翻渤澥紅桃浪三春洶洶。

〔梁州〕近覩着扶桑野陽烏閃爍。遥認着蓬萊山烟靄冥濛。天然幽勝堪題詠。柔桑藹藹。秀麥芃芃。丹椒簇簇。碧葦叢叢。鬧人烟生意從容。舊家風禮節謙恭。讌斯堂何時不饌雞豚。居是洲何代不生麟鳳。覩於海何年不化魚龍。歲豐。廩充。喜的是年年布穀催春種。知用舍。厭迎送。睡徹東窗日已紅。樂在其中。

〔尾聲〕幽尋不索桃源洞。高臥何須太華峯。但得箇留心誦周孔。研硃墨訓蒙。買犂鋤務農。則消得贍老良田二三頃。雍熙樂府八　北宮詞紀四

此曲不見筆花集。雍熙樂府題作隱居。不注撰人。茲從北宮詞紀。○（一枝花）雍熙四望作四野。玻璃瑩作玻瓈凍。（梁州）雍熙謙恭作謙崇。是洲作是州。已紅作影紅。（尾聲）雍熙三句無箇字。則消作只。

檜軒爲越中沙子正賦

得指教三遷好住居。便栽培十丈深根蒂。能借取四時春造化。似生成一片翠屏帷。大剛是即景成規。直幹攢楹密。横柯壓棟齊。但將翰墨褒題。不假丹青繪飾。

〔梁州〕青鬱鬱柏葉松姿備體。濃馥馥芝香朮氣沾衣。更幾般天然景趣諧人意。風過處絲篁嘹喨。月來時金碧光輝。簷露灑珠璣點滴。篆烟生紫黛霏微。雖無華麗芳菲。端實蕭爽清奇。奢可効七松家綺幕圍風。清未讓五柳莊黄花繞籬。貴不慕三槐堂晝戟當扉。料伊。所爲。單指着歲寒眼底爲交契。況値太平世。一樣肝腸似鐵石。愁甚麽雪虐霜欺。

〔尾聲〕映疎簾籠曲檻盤旋着夭矯蛟龍勢。傍危欄依短砌踞聳著猙獰虎豹威。我試將過眼的風光自評議。十萬户會稽。八百里鑑水。縱有此亭臺則是栽桃李。雍熙樂府八

北宮詞紀四

此曲不見筆花集。雍熙樂府題作題檜。不注撰人。兹從北宮詞紀。○〔一枝花〕雍熙十丈作千丈。春造化作工造化。似生作以生。〔梁州〕雍熙二句作香馥馥芝馨朮味沾衣。嘹喨作咿啞。清奇作新奇。可効作不効。未讓作不讓。指着作指望。〔尾聲〕雍熙夭矯作夭喬。危欄作圍欄。

題雲巢

攬將天上雲。占却山頭樹。樹頭雲靉靆。雲底樹扶疎。從此歸歟。混沌安心素。微茫隔世途。既然以天地爲家。甘分與林泉做主。

〔梁州〕門徑窄何須榤楔。棟梁低不用欂櫨。道人自有安排處。慢慢搆結。巧巧支吾。寬如舴艋。小若廜廯。但知變化須臾。還看聚散何如。雲生也四壁模糊。雲定也一團蓊鬱。雲收也萬象空虛。羡乎。笑乎。方信道白雲本是無心物。誰把此中趣。淡淡濃濃寫作圖。暢不塵俗。

〔尾聲〕聽琴鶴至分牀宿。送果猿來借榻居。絶勝當年老巢父。怡然自娱。恬然自足。再不從龍化甘雨。雍熙樂府八　南北詞廣韻選五　北宫詞紀四

此曲不見筆花集。雍熙樂府南北詞廣韻選題俱作雲巢。雍熙不注撰人。廣韻選注元無名氏。兹從北宫詞紀。○（一枝花）雍熙微茫作茫微。（梁州）詞紀慢慢作漫漫。兹從雍熙。雍熙支吾作枝梧。模糊作糊模。廣韻選俱同。雍熙但知作但如。廣韻選四句作疎疎結構。（尾聲）廣韻選再不作再不想。

贈王觀音奴

出西方自在天。受南海無邊願。宮粧宜水月。香步繞金蓮。體態嬋娟。緑楊柳腰肢軟。白鸚哥聲調圓。結百千萬種良因。示五十三參化顯。

〔梁州〕苦海闊色空未脱。愛河深情慾相牽。今生不了前生願。慈悲厚德。救苦真言。枝頭甘露。瓶裏香泉。旃檀林夜月娟娟。雨花臺苦恨綿綿。宰官身進寶歸依。善男子齎金募緣。老門徒統鏝參禪。上天。下天。龍華會裏曾相見。叩庵門覓方便。指點其中意已穿。心緒懸懸。

〔尾聲〕擬將纓絡千金串。結就珍珠七寶鈿。世世生生作姻眷。脱空心告免。指山盟是諞。則不如剪髮然香意兒遠。　北宮詞紀五　詞林白雪四　彩筆情辭一

此曲不見筆花集。北宮詞紀等三書俱注湯舜民作。題從詞紀。詞林白雪屬美麗類。彩筆情辭題目王下有姬字。○（一枝花）情辭嬋娟作嬋媛。（梁州）情辭募緣作化緣。

贈王善才

手曾將千眼佛緑柳瓶。身曾侍七寶巖紅蓮座。目曾瞻普陀山金孔雀。心曾記南海岸

玉鸚哥。爲一念差譌。離水月觀音閣。墮風塵錦綉窩。金剛刃怎割愁腸。甘露水難消業火。

〔梁州〕記五十三參坎坷。愛四十八願奔波。捨身崖一片聲名大。風魔了智廣。病愁煞維摩。癡迷了六祖。調笑煞彌陀。則爲你送行雲兩點秋波。舞香風六幅春羅。至誠人但焚香有願須酬。慈悲友既剪髮隨緣較可。薄情郎縱齎金没福難合。俺呵。敢麽。多持七寶香瓔珞。既相承怎空過。指點其中自忖度。于意云何。

〔尾聲〕衣垂舞鳳珍珠顆。髻挽蟠龍翡翠螺。粉臉生香襯蓮萼。龍華會見他。香音國有他。誓結今生善因果。北宫詞紀五　詞林白雪四　彩筆情辭一

此曲不見筆花集。北宫詞紀等三書俱注湯舜民作。題從詞紀。彩筆情辭題作贈妓王善才。詞林白雪屬美麗類。○(一枝花)北宫詞紀詞林白雪普陀俱作浦陀。(梁州)情辭齎金作賫金。

贈妓宋湘雲

送飛瓊下九天。駕弄玉遊三島。伴巫娥臨楚臺。偕裴子赴藍橋。景物飄飄。翻覆手誰能料。去來心怎忖度。舞香風暮暮朝朝。酣殢雨花花草草。

〔梁州〕飛南浦新愁冉冉。度東牆舊恨迢迢。鎖朱樓不放春光曉。記崔生密約。感蘇

子寂寥。任酸齋笑謔。怪杜牧麄豪。果無心不趁輕薄。若隨風一任低高。雲呵您休得蔽蟾宫妒嫦娥夜色娟娟。雲呵您休得横秦嶺使退之憂心悄悄。雲呵您自合下巫山感襄王魂夢飄飄。想着。念着。梨花枕上閑情繞。既徘徊莫蕭索。一曲清歌駐碧霄。巧筆難描。

〔尾聲〕雲呵您片時聚散情雖少。幾處飛來恨怎消。日暮江東信音到。休低迷畫橋。休深籠翠閣。則不如爲雨爲霖潤枯槁。北宫詞紀五　詞林白雪四　彩筆情辭一

此曲不見筆花集。北宫詞紀彩筆情辭俱注湯舜民作。題從詞紀。彩筆情辭題作贈宋姬湘雲。詞林白雪屬美麗類。注顧均澤作。疑誤。○（一枝花）情辭楚臺作楚峽。（梁州）詞紀詞林白雪憂心悄悄俱作憂憂悄悄。

贈妓素蘭

散清風烟月中。逞素質風塵内。染一枝春色淡。攢兩葉翠痕低。束具含犀。另一種風流意。比羣芳分外奇。俏如蓀名重秦樓。嬌似芷聲揚楚國。

〔梁州〕天謫下仙葩聖卉。世修來雪骨冰肌。等閑誰許問容易。玉盤兒生長。錦窨兒栽培。影雙雙連理。葉小小菩提。幽齋結珮相宜。賞蘭亭修禊閑題。胭脂瓣洗渲净

天香。金花粉調和成玉蕊。素檀心抽揀出柔荑。巧移。俏植。舞蹲一捻腰肢細。解人意。笑殺春風不敢吹。種種相宜。

〔尾聲〕並頭蓮合歡草多清致。如意朵珊瑚枝有價值。瘦影清香足風味。海棠嬌莫比。芙蓉色怎及。雪窗下玲瓏鏡兒裏。雍熙樂府八　北宮詞紀五　彩筆情辭二

北宮詞紀有一枝花贈妓素蘭散清芬烟月中套數一套。注湯菊莊作。惟套中梁州尾聲兩支與筆花集一枝花春含九畹芳套之梁州尾聲相同。詞紀似譌誤。雍熙樂府有散清風烟月中套。不注撰人。套中一枝花同詞紀。後二支與詞紀異。茲據詞紀定此套爲菊莊作。而曲文從雍熙。彩筆情辭亦有此套。同詞紀。○（一枝花）詞紀情辭清風俱作清芬。

冬景題情

一輪寒日沉。四野彤雲布。九天飛碎玉。萬里迸明珠。無語嗟吁。却早年華莫。那堪歲又徂。縱然有機杼千張。織不就離愁萬縷。

〔梁州第七〕愁一陣一陣陣癡呆了心目。恨一番一番番瘦損了肌膚。大會垓煩惱在眉尖上聚。錦幃羅設。綉榻慵鋪。翠衾閑剩。鴛枕空虛。怪不得活計蕭疎。可知道音信全無。這雪藍橋路一霎兒迷漫。這風武陵溪一時兒凍住。這雲楚陽臺一會兒埋沒。

全不想曠夫。怨女。閑吟柳絮因風句。你便有一千樹梅花香透骨。也夢不到羅浮。
〔罵玉郎〕孤眠展轉傷情緒。捱玉漏。滴銅壺。花開不管流年度。共誰人擁紅爐。斟綠醑。歌白苧。
〔感皇恩〕冷落了金屋嬌姝。寂寞了玉堂人物。這其間老了潘安。瘦了沈約。病了相如。怕不待勉强須臾。將惜身軀。磕不破玉馬杓。解不開愁布袋。摔不碎悶葫蘆。
〔採茶歌〕幾時得笑喧呼。醉模糊。只喫的滿身花影倩人扶。風月淹留成間阻。碧梧栖老鳳凰雛。
〔尾聲〕長吁短歎三千度。舊恨新愁幾萬斛。不證果相思對誰訴。他有那錦心綉腹。我有那冰肌玉骨。但能够殢雨尤雲那些兒福。北宫詞紀六　詞林白雪二

此曲不見筆花集。北宫詞紀詞林白雪俱注湯菊莊作。題從詞紀。詞林白雪屬閨情類。

〔正宫〕賽鴻秋　北

一會家想多情越教我傷懷抱。記當時向名園遊賞同歡樂。端的他語言和容貌美心聰俏。天生的來知音解吕明宫調。課賦與吟詩。善經史通三教。你看他彈絃品竹般般妙。

〔普天樂南〕記當時同歡笑。攜手向花間道。賞心時同飲香醪。踏青處共尋芳草。見遊蜂粉蝶都來繞。兩點春山蛾眉掃。舞裙低楊柳纖腰。鬌雲堆金鳳斜挑。把琵琶細撥。檀板輕敲。

〔脱布衫帶過小梁州北〕琵琶撥檀板輕敲。錦箏搊指法偏高。撫冰絃分輕清重濁。和新詞美音奇巧。你看他體態輕盈舞細腰。端的是丰韻妖嬈。遏雲聲美透青霄。端的是多奇妙。真箇是芙蓉面海棠嬌。

〔么〕你看他金蓮款步蒼苔道。鬌雲堆金鳳斜挑。常言道風流的遇着俊英。浪子的逢着俏倬。便有那馮魁黄肇。便有那千金買也難消。

〔雁過聲南〕多嬌。丹青怎描。更天然花容小巧。風流的不似他容貌。有萬般嬌。有萬般標。更萬般丰韻。千種妖嬈。歌聲縹緲。畫堂試聽畫梁塵繞。只教那行雲飛過畫欄橋。

〔醉太平北〕一會家被春光相惱。越着我展轉的添憔。你看他往來雙燕共泥巢。沙暖處鴛鴦並在池沼。你看那蜂媒蝶使穿花鬧。不覺的微微細雨將紗窗哨。更那堪和風淅淅將竹枝敲。這淒涼何時節是了。

〔傾杯序南〕連宵雨暗飄。水漸高。一向無消耗。舊約難期。舊情難捨。舊愁重集。雲水迢迢。房櫳静悄。水沉烟冷。寶鴨香消。只教人逢花遇酒興無聊。

〔貨郎兒北〕這些時相思病有誰人將我醫療。即漸里把身軀瘦了。將我這朱顏緑鬢看看的盡枯憔。廢了經史。棄了霜毫。每日家悶懨懨如癡似醉魂暗消。額似錐剜。心如刀攪。無語寂寥。遇不着醫鬼病靈丹藥。

〔么篇〕焰騰騰烈火焚燒了祆廟。白茫茫浪淘天水渰了藍橋。霧濛濛桃源洞阻隔的來路迢遥。賈充宅添人巡捕。崔相府閉的堅牢。最苦是將他那楚館和這陽臺崩壞倒。

〔小桃紅南〕等閑間韶華老。辜負了春多少。則聽的鐵馬簷間響玎瑲將人惱。音書欲寄無青鳥。心腸朝夕傷懷抱。幾時能够再整鸞膠。

〔伴讀書北〕這愁煩我命所招。辦誠心把蒼天告。則願的馬上牆頭共一處同歡樂。有一日夫妻美滿身榮耀。常言道青霄有路終須到。纔稱了心苗。

〔笑和尚北〕再將楚陽臺砌壘的牢。重蓋一座祆神廟。磚甃了桃源道。賈充宅人静悄。藍橋下水歸漕。選良宵鳳鸞交。飲香醪樂醄醄。將崔相府洞房春把花燭照。

〔尾聲南〕天還許福分招。帶綰箇同心到老。辦炷明香每夜燒。盛世新聲子集　詞林摘艷六

此曲不見筆花集。原刊本徽藩本詞林摘艷題作題情。彩筆情辭題作憶美。俱注湯舜民作。盛世新聲重增本内府本摘艷新編南九宫詞俱無題。與雍熙樂府皆不注撰人。雍熙題作憶情間阻。○（塞鴻秋北）雍熙教我作着我。語言作那語言。彈絃作彈絲。南九宫詞脱傷字。餘同雍熙。情辭越教我作教我。天生的作天生。無你看他三字。（普天樂南）盛世把琵琶作俊琵琶。摘艷同。内府本摘艷作俊看琵琶。雍熙當時作當時和你。見遊蜂作遊蜂。舞裙上有則見這三字。南九宫詞同飲作同勸。見遊蜂作遊蜂。蛾眉作蛾淡。（脱布衫帶過小梁州北）盛世摘艷便有那馮魁俱作更有那馮魁。雍熙美音奇巧作更知宫調。體態輕盈舞細腰作芍藥姿容楊柳腰。真箇是芙蓉面作恰便似春雨。款步作緩步。末句作無福怎生消。南九宫詞同雍熙。惟知宫下脱調字。髻雲下脱堆字。情辭奇巧作繚繞。美透作調透。下句無端的是三字。真箇是芙蓉面作恰便似春雨。髻雲堆句作石榴裙蕩漾紅綃。末句作無福也難消。（雁過聲南）雍熙五六句作。萬種嬌。萬般標。試聽畫作中聲遏。南九宫詞同雍熙。惟標作俏。情辭般嬌作種夭。下句無有字。畫堂作畫堂中。畫梁作梁。（醉太平北）内府本摘艷着我作教我。雍熙添憔作添焦。三句作你看那往來飛燕競泥巢。並在作並宿在。雨將作雨在。淅淅作習習。枝敲作枝摇。南九宫詞同雍熙。惟蜂媒蝶使作蝶媒蝶。情辭並在作並宿在。雨將作雨在。將竹作把竹。（傾杯序南）雍熙消耗作音耗。舊情二句作。新愁不斷。宿恨難消。水沉烟作冰絃指。末句作只教行人回首畫欄橋。南九宫詞同雍熙。

惟房櫳上有更字。只教作却枉教。情辭除末句外。俱同雍熙。（貨郎兒北）內府本摘艷即漸里作即漸的。雍熙我醫作我來醫。即漸里作即漸的。盡枯作枯。魂作魄。南九宮詞似醉作如醉。餘同雍熙。情辭誰人下無將我二字。將我這作只我這。日家作日間。（么篇）雍熙南九宮詞情辭隔的來俱作隔的。將他那俱作將那。（小桃紅南）內府本摘艷簷間作簷前。雍熙音書上有這些時三字。再整鸞膠作重整鸞交。南九宮詞俱同。雍熙心腸上有常言道三字。南九宮詞與情辭三句俱作只聽得簷前鐵馬將人惱。心腸俱作相思。情辭幾時作幾。鸞膠作鸞交。（伴讀書北）雍熙南九宮詞情辭我命所俱作是我命。雍熙南九宮詞心苗上俱有我字。情辭共一處作一處。青霄作青雲。（笑和尚北）雍熙再將作再將這。一座作起座。又與情辭把花燭俱作重把花燭。南九宮詞一座作起。相府作府。餘同雍熙。（尾聲南）雍熙南九宮詞還許俱作還與。情辭明香作名香。

小令

〔雙調〕湘妃引

秋夕閨思

木犀風淅淅噴雕櫺。蘭麝香氤氤繞畫屏。梧桐月淡淡懸青鏡。漏初殘人乍醒。恨多

才何處飄零。填不滿淒涼幽窨。捱不出悽惶夢境。打不開磊磈愁城。

雍熙樂府卷十八題作秋日思。不注撰人。○雍熙淅淅噴作細哨。氳氳作温。淡淡作冷。青鏡作金鏡。捱作掘。

解嘲

懷揣着訕臉入青樓。口帶頑涎飲玉甌。手搦着冷汗偎紅袖。人都道我中年也不害羞。對相知細説箇緣由。蠢咻的腦間病。村沙的骨肉醜。風流的老也風流。

雍熙樂府題作老風流。不注撰人。○筆花集二句末字作瓶。七句末字作魂。三句後六字虫蝕逾半。雍熙首句三句俱無着字。搦作揾。四句作人道我不害羞。相知作知音。説箇作説。六七句作。惷咻的胎間癡病。村傻的骨中野醜。老也作老自。

聞贈

四時裀褥錦重疊。八面幃屏花艷冶。一牀衾枕春羅列。鋪排得門面兒別。據風流更有三絶。肉沾着書生麻木。手湯着郎君趔趄。眼梢着子弟乜斜。

雍熙樂府題作梨園女。不注撰人。○筆花集一牀衾三字及書生二字俱虫蝕。更有作更看。雍熙

四句無兒字。肉沾作肉貼。梢作瞧。

贈美色

海棠魂幻出個俊形骸。蘭蕊香結成箇軟性格。塵烟煤點畫着蛾眉黛。媚孜孜春滿腮。既相逢合問箇明白。何年間離了月殿。甚風兒吹下楚臺。是誰人賺出天台。

雍熙樂府題作閨秋憶。不注撰人。彩筆情辭卷九題作遇美。注張雲莊作。疑誤。○雍熙首句作海棠魂托化就俏形骸。蘭蕊作蘭麝。結成箇作結團成。塵烟作麝烟。着蛾作道修。滿腮作弄腮。合問作問。誰人作何人。情辭幻出個俊作脱化俏。結成箇作結成。點畫着蛾作畫就修。滿腮作弄色。餘同雍熙。

又

舞裙低窣翠絨紗。雲髻鬆盤青紺髮。玉纖頼護冰綃帕。芳年恰二八。向樽前數種兒撑達。醉眼兒偷付些春信。甜口兒翻騰些嗑呀。熱心兒出落着歡恰。

贈別

碧茸茸芳草展青毡。白點點殘梅撒玉鈿。黄紺紺弱柳拖金線。雨聲乾風力軟。去匆

匆無計留連。唱陽關一聲聲哀怨。醉歧亭一杯杯繾綣。上河梁一步步俄延。

雍熙樂府題作餞別。不注撰人。○雍熙首三句無碧白黄三字。弱柳作細柳。聲乾作紛紛。一聲聲哀作聲悲。下句作叙别情杯繾綣。末句無一字。

有所贈

鶯煎燕聒惹相思。雁去魚來傳恨詞。蜂喧蝶鬧關心事。俺風流的偏慣此。三般兒寄語嬌姿。昏迷着無明無夜。淒涼得半生半死。團圓是何日何時。

雍熙樂府題作憶舊美。不注撰人。○筆花集惹作揔。兹從雍熙。雍熙的偏慣此作偏慣使。寄語作寄與。團圓是作得團圓。

聞嘲

陷人坑土窖似暗開掘。迷魂洞囚牢似巧砌疊。驗屍場屠鋪似明排列。死温存活打劫。招牌上大字兒書者。買笑金哥哥休儉。纏頭錦婆婆自接。賣花錢姐姐無賒。

雍熙樂府題作嘲子弟。不注撰人。北宫詞紀外集卷五題作嘲風月。注張雲莊作。○筆花集迷魂下有陣字。巧砌疊作攻破堞。兹從雍熙。雍熙前三句似俱作般。驗作檢。死温存上有衠一味三

字。上大字兒作兒上大字。儉作搶。無賒作不賒。北宫詞紀外集囚牢作囹圄。驗屍場屠鋪作索命王地獄。餘俱同雍熙。

代人送

乾相思心緒亂如絲。虚疼熱恩情薄似紙。死僝僽語話兒尖如刺。姆王魁信有之。不由人提起當時。一間别一番害。一歡娱一箇死。你自尋思。

筆花集題目疑有脱字。雍熙樂府題作寄知書。不注撰人。○筆花集如絲作於絲。雍熙末句作一翻身一命懸絲。

送友人南閩府倅

西湖詩酒舊風流。上國山川愜壯遊。中天雨露新除授。正青春正黑頭。判黄堂黼黻皇猷。豪氣雙龍劍。文章五鳳樓。名動南州。

筆花集題目疑有譌脱。雍熙樂府題作友赴閩。不注撰人。○雍熙末句作名譽震動南州。

送友還鄉

淡烟蒙草翠萋蕤。細雨沾花紅點滴。軟風着柳金摇曳。春光圖畫裏。想人生聚散誰知。昨日開畫船西湖歡笑。今日供祖帳東門嘆息。來日唱陽關南浦别離。

雍熙樂府題作送友人。不注撰人。○雍熙萋蕤作萋迷。點滴作瀝滴。軟風作輕風。春光作好春光。昨日開作昨日箇買。今日供作今日箇設。來日作明日箇。

和陸進之韻

得崢嶸我怎不崢嶸。佯懵懂咱非真懵懂。要知重人越不知重。嘻嘻冷笑中。嘆紛紛眼底兒童。莫聽傷時話。休談蓋世功。愁對東風。

守書窗何日離書窗。瞻玉堂何時步玉堂。避風浪何處無風浪。浮生空自忙。賦登樓醉墨淋浪。怨花柳春三月。誤功名紙半張。愁對斜陽。

使聰明休使小聰明。學志誠休學假志誠。秉情性休喬真情性。江湖已半生。傷心一事無成。物换人非舊。時乖道不行。愁對書燈。

守清貧隨分樂清貧。求薦人何方可薦人。説聰俊誰肯憐聰俊。儒冠多誤身。謾誇談

子曰詩云。黑鬢三分雪。貂裘一寸塵。愁對芳樽。

送友人應聘

紫雲宫殿擁蓬萊。黄道星辰拱泰階。清時雨露沾蠻貊。乾坤春似海。拜龍顔一笑天開。官廚酒分銀甕。御筵花裊翠牌。帶天香兩袖歸來。

雍熙樂府題作送聘士。不注撰人。〇筆花集裊作㒟。兹從雍熙。雍熙乾坤上有播字。官廚作官寺。

題情

生香玉碾就美容儀。回文錦攢成巧見識。解語花簇出春嬌媚。佳人難再得。翠裘寒鴛侶分飛。花解語誰憐憔悴。錦迴文難傳信息。玉生香怎受狼籍。

送友歸家鄉

緋榴噴火照離筵。紫楝吹花撲畫船。緑莎帶雨迷荒甸。望鄉關歸路遠。惱人懷休怨啼鵑。南陌笙歌地。西湖錦綉天。都不如松菊田園。

高燒銀蠟看錕鋙。細煮金芽攪轆轤。滿斟玉斝傾醽醁。離懷開肺腑。赤緊的世途難況味全殊。麟脯行犀筯。駝峯出翠釜。都不如蓴菜鱸魚。

京口道中

露浸浸芳杏洗朱顏。雲冉冉晴巒閃翠鬟。烟蒙蒙弱柳迷青盼。天然圖畫間。惱離人情緒艱難。乞留屈律歸鴻行斷。必彫不答蹇驢步懶。咿嚦嗚刺杜宇聲乾。

雍熙樂府題作京口道。不注撰人。○筆花集三句脱烟字。五句脱情字。蹇作寒。兹俱從雍熙。雍熙洗作濕。四句作有王維也畫難。屈作曲。咿嚦嗚作一六兀。

爲東湖友賦

銀盆水浸牡丹芽。青瑣窗涵翡翠紗。絳臺燈燦胭脂蠟。東湖處士家。閑遥遥更有生涯。占斷滄波垂釣。鋤破白雲種瓜。拂開紅雨尋花。

雍熙樂府題作東湖友。不注撰人。○筆花集臺字鋤字蟲蝕。閑作闔。兹從雍熙。閑遥遥作閑遥。雍熙作閑夭夭。兹據補一遥字。雍熙盆水作盤冰。東湖上有宴字。

道中值雪

拂寒生跟蹌步空□。踏凍雪趦趄度淺灣。撥荒榛屈曲盤深澗。抵多少廬山高蜀道難。對梅花細説愁煩。誰家無錦衾毡帳。那答無銀箏象板。何處無玉轡雕鞍。

筆花集空下原脱一字。澗原作間。兹改。

旅舍秋懷

半窗風雨夜瀟颼。四壁啼螿秋鬧炒。一篝殘蠟人寂寥。海天長歸夢杳。最關情行李蕭蕭。豐城劍消磨了龍氣。中山筆乾枯了兔毫。嶧陽琴解脱了鸞膠。

雍熙樂府題作旅舍秋。不注撰人。○筆花集寥作寞。兹從雍熙。雍熙風雨作涼雨。螿作蛩。琴作桐。末三句俱無了字。

山中樂四闋贈友人

山盤龍脊露巖崖。屋絡蜂房繞第宅。溪分燕尾通津瀨。可知道其中有俊才。乍相逢便見襟懷。對潮門時時開放。北海宴朝朝布擺。南州榻夜夜鋪排。

雍熙樂府題作贈上虞友人。不注撰人。○筆花集北海宴作北海門。兹從雍熙。雍熙絡作結。第宅作半宅。通津瀨作多津派。無可知二字。對潮作東閣。

千章喬木播奇芳。九畹猗蘭靄素香。一庭幽草含佳況。勝陶家五柳莊。閑遥遥斷送流光。引赤脚山童劉藥。看白髮農夫擊壤。聽蒼髯漁父鳴榔。

筆花集一庭作一簾。佳作桂。髮上脱白字。兹俱從雍熙。雍熙播作抱。素作異。家作潛。遥遥作夭夭。流作風。六句作同赤脚牧童鋤藥。

龍洲低蘸亂雲隈。石筍高撐空翠裏。釣臺横刺滄浪内。築樓居深遁迹。展幽懷别有新奇。寶篆香燃寶獸。玉乳茶浮玉杯。金盤露滴金罍。

筆花集末句脱滴字。兹從雍熙。雍熙撐作擎。浪作波。寶篆上有列字。玉乳上有斟字。金盤上有捧字。

耕雲耨水治生涯。説雨談雲□笑耍。撩雲撥□□閑暇。勝山中宰相家。任樹頭啅鵲啼鴉。實不望修身儒業。□準備應差縣衙。不思量獻策京華。

筆花集空格處原蟲蝕。下同。談雲下壞字似戲字。雍熙樂府第四首與此全異。曲云。一村桑柘一村烟。萬里江波萬里田。漁翁樵子初相見。飲香醪不用錢。一任教烏兔循環。樵子登不的山嶺。漁翁上不的釣船。都醉倒老瓦盆邊。

自述

龍涎香噴紫銅爐。鳳髓茶温白玉壺。羊羔酒泛金杯緑。暖溶溶錦綉窟。也不問探花風雪何如。一步一箇走輪飛鞚。一日一箇繁絃脆竹。一夜一箇膩玉嬌酥。

雍熙樂府題作願常歡。不注撰人。彩筆情辭卷五題作常歡。注張雲莊作。疑誤。○筆花集脆作翠。兹從雍熙。雍熙噴作裊。杯緑作盤露。也不問探花作全不問。六句作步步踏飛輪走鞚。一日一箇作日日對。一夜一箇作夜夜偎。情辭俱同雍熙。

〔雙調〕天香引

西湖感舊

問西湖昔日如何。朝也笙歌。暮也笙歌。問西湖今日如何。朝也干戈。暮也干戈。昔日也二十里沽酒樓香風綺羅。今日箇兩三箇打魚船落日滄波。光景蹉跎。人物消磨。昔日西湖。今日南柯。

雍熙樂府卷十七題作遊西湖。不注撰人。○筆花集如何俱作何如。香風作香酒。八句脱兩三箇

三字。落日作落日西。兹俱從雍熙。雍熙也二十作三十。沽酒下無樓字。今日下無箇字。南柯作如何。

題金山寺

砥中流玉立如拳。鏡裏樓臺。畫裏林泉。虹連斷浦成橋。風送輕舟作浪。水吞平地成天。七寶塔斜倚着扶桑樹邊。三神山剛對着枯木堂前。兩般兒塵世難言。照殘經借得蛟蚌。爇清香分得龍涎。

留别友人

乍相逢同是雲萍。未盡平生。先訴飄零。淮甸迷渺渺離愁。淮水流滔滔離恨。淮山遠點點離情。玉蕤杯拚今朝酩酊。錦囊詞將後會叮嚀。魚也難憑。雁也難憑。多在錢塘。少在金陵。

雍熙樂府題作淮安話别。不注撰人。○筆花集雲萍作雲屏。後會上無將字。兹俱從雍熙。雍熙離愁作煩愁。今朝作今宵。錦囊作錦香。

憶維揚

羡江都自古神州。天上人間。楚尾吴頭。十萬家畫棟朱簾。百數曲紅橋緑沼。三千里錦纜龍舟。柳招摇花掩映春風紫騮。玉玎璫珠絡索夜月香兜。歌舞都休。光景難留。富貴隨落日西沉。繁華逐逝水東流。

雍熙樂府題作江都偶詠。不注撰人。〇筆花集招摇作招邀。掩映二字蟲蝕。兹俱從雍熙。雍熙百數曲作數百座。玎璫作玎瑓。

戲贈趙心心

記相逢楊柳樓心。仗托琴心。挑動芳心。咒誓銘心。疼熱關心。害死甘心。他愛我被窩裏愛打罵耐禁持約的小心。我念他臥房中捨孤貧救苦難的慈心。但似鐵球兒樣在波心。休學漏船兒撐到江心。恁若是轉關兒負我身心。我定是尖刀兒剜你虧心。

雍熙樂府題作題情。不注撰人。〇筆花集害死作客死。兹從雍熙。七句約字疑衍。雍熙銘心作盟心。自七句起作。他愛我受禁持小心。我念他救苦難慈心。才貌合心。情意投心。生死團圓。彼此留心。

題舜江寺

亂雲堆出禪關。金碧交輝。松桂生寒。銀河倒掛觚稜。紅日低懸殿角。翠濤怒拍闌干。登上方接下土萬里花生醉眼。開東閣敞西樓四圍山擁青鬟。風蕩幢旛。烟散旃檀。地僻塵稀。天上人間。

中秋戲題

去年旅邸中秋。樽俎荒涼。罷却秦謳。今年旅邸中秋。囊篋蕭疎。典却吴鈎。嘆浮生動不動静不静似袁宏泛舟。算哀絃上不上下不下如庾亮登樓。飲興都休。樂事難酬。向君平問我行藏。任嫦娥笑我淹留。

雍熙樂府題作自述。不注撰人。○雍熙首句作去年時旅邸經秋。四句作今歲經秋。七八兩句作動不動虛飄飄袁宏泛舟。静不静恨漫漫王粲登樓。

送任先生歸隱

先生樂道閑居。半似歸山。半似歸湖。搗玄霜造化爲工。煮白石陰陽爲炭。煉黄金

天地爲爐。紫竹竿臨流釣魚。青藜杖燃火觀書。人世何如。冷暖何如。也效張良。也效陶朱。

雍熙樂府不注撰人。○筆花集人世作人間。無冷煖何如一句。茲俱從雍熙。雍熙紫作繫。青藜杖作對青藜。

贈友二篇

旅途中邂逅相知。謙讓雍容。慷慨魁奇。金環壓轡玲瓏。寶帶攢花蹀躞。華裾織翠葳蕤。門静肅霜明劍戟。柳陰森風颭旌旗。聖德巍巍。黄道熙熙。一寸丹心。萬代光輝。

筆花集熙熙原作熙。茲據上句補一字。

正青春已遂功名。雨露鴻恩。霄漢鵬程。纛撒紅厘。旗翻赤羽。劍吐蒼精。翠柳營金花帳重裀列鼎。玉鼻駒青絲轡走馬飛鷹。北塞塵清。南海浪平。紫宸殿聖德宣揚。丹書誥勳業分明。

贈友人崇彦名

葭灰動大地春風。千里而來。一笑相逢。陶然醽醁樽中。樂矣檀槽絃上。優哉梟雉盆中。韜其光遁其跡學半世懵懂。得於心應於手有千般剔透玲瓏。會也匆匆。別也匆匆。今宵燈火連牀。明朝烟水孤篷。

友人客寄南閩情緣婘戀代書此適意云

望三山遠似蓬萊。一點真情。幾樣離懷。錦鯉沉書。青鸞泣鏡。玉燕分釵。長嘆吁短嘆吁舒心兒自解。有緣分無緣分啞謎兒難猜。花艷冶忽地風篩。月團圓淹地雲埋。漏船兒撑不過藍橋。碎磚兒壘不就陽臺。

其二

望三山遠似瀛洲。有限情緣。無限憂愁。眼迷着日殘西沉。夢繞着行雲南去。情隨着逝水東流。往常時熱廝沾甜殢殢心如好酒。今日箇乾相思苦懨懨悶似悲秋。盟誓

難休。歡樂難酬。桃源洞烟水模糊。芙蓉城風雨颼颼。

其三

望三山遠似蓬壺。捱到如今。提起當初。檳榔蜜涎吐胭脂。茉莉粉香浮醽醁。荔枝膏茶攪瓊酥。花掩映東牆外通些肺腑。月朦朧西廂下用盡功夫。好事成虛。親變成疎。生待何如。死待何如。

筆花集當初原作當時。失韻。兹改。末句原脱如字。

其四

望三山遠似蓬瀛。病眼生花。骨瘦伶仃。填不滿愁坑。撇不下愁擔。打不破愁城。温太真玉鏡臺都成畫餅。郭元振紅絲幔落得虛名。静對書燈。悶靠幃屏。相思鬼纏得昏昏。睡魔神翻作惶惶。

其五

望三山霧鎖雲屯。錦帳消香。寶劍生塵。好光景須臾。美姻緣倏忽。熱恩愛逡巡。

辜負我椰子漿春風緑樽。冷落他梨花院暮雨朱門。往事休論。舊物猶存。帕兒裹粉汗斕斑。鞋兒上針線殷勤。

其六

望三山霧繞雲迷。兩字參商。千里別離。疼熱因他。悽惶爲我。消息憑誰。才問肯不住的燈花兒報喜。未成婚怎禁他靈鵲兒喳讁。越聰明越恁昏迷。越思量越恁猜疑。心蕩蕩似一縷遊絲。事朦朧如數着殘棋。

筆花集聰明上原有聽字。兹删去。讁字似誤。

其七

望三山霧鎖雲連。餓眼頻睜。饞口空涎。有離間的歡娱。不明白的姻眷。無破綻的嬋娟。裴少俊才上馬滴溜的颺了玉鞭。張君瑞恰調琴支楞的斷了冰絃。難訴難言。堪恨堪憐。傷心泪濕透青衫。斷腸詞題滿雲箋。

筆花集滴溜的原作滴溜指。堪恨堪憐原作勘恨勘憐。

其八

望三山霧鎖雲埋。箏箕無憑。琴瑟難諧。轉頭人是人非。迅指花開花落。驚心春去春來。學不得秦蕭史跨彩鳳重登鳳臺。趕不上晉劉晨採雲芝再入天台。畫眉手慵擡。評花口羞開。但能够鸞鳳和鳴。儘教他鶯燕疑猜。

〔雙調〕蟾宮曲

冷清清人在西廂。叫一聲張郎。駡一聲張郎。亂紛紛花落東牆。問一會紅娘。絮一會紅娘。枕兒餘。衾兒剩。温一半綉牀。閒一半綉牀。月兒斜。風兒細。開一扇紗窗。掩一扇紗窗。蕩悠悠夢繞高唐。縈一寸柔腸。斷一寸柔腸。新刊奇妙全相註釋西廂記

元本題評音釋西廂記　北詞廣正譜　九宫大成六五　元明小令鈔

此曲不見筆花集。兹據北詞廣正譜及元明小令鈔輯入。明刻本新刊奇妙全相註釋西廂記。元本題評音釋西廂記等書附有閨怨蟾宫四首。不注撰人。此其第三首。餘三首就句式觀之。似應出一人之手。以無佐證。姑録於校記。其一云。錦重重春滿樓臺。經一度花開。又一度花開。彩雲深夢斷陽臺。盼一紙書來。没一紙書來。染霜毫。題恨詞。濃一行墨色。淡一行墨色。攢錦

字。砌迴文。思一段離懷。織一段離懷。倩東風寄語多才。留一股金釵。寄一股金釵。其二云。碧桃香人在天台。高一簇花開。低一簇花開。翠陰陰竹護庭階。疾一陣風篩。慢一陣風篩。和夢也。憑畫闌。兜一隻綉鞋。靸一隻綉鞋。散心也。蕩芳塵。立一會蒼苔。步一會蒼苔。怕多情鶯燕疑猜。遮一半香腮。露一半香腮。其四云。嘆青春何處飄零。有一段離情。訴一段離情。掩香閨無限淒涼。有一樣心疼。害一樣心疼。静巉巉。花影下。見一番月明。立一番月明。孤另另。枕兒上。聽一點殘更。捱一點殘更。喜今宵花報銀燈。數一日歸程。盼一日歸程。

〔雙調〕湘妃遊月宫

春閨情

海棠過雨錦狼藉。楊柳團烟青旖旎。梨花滴露珠零碎。春深也人未歸。對東風滿目傷悲。近緑窗蜂喧蝶鬧。臨寶鏡鸞愁鳳泣。隔珠簾燕語鶯啼。隔珠簾燕語鶯啼。鶯嚦嚦如訴淒涼。燕喃喃似説别離。香魂趁飛絮悠揚。薄命逐遊絲飄蕩。芳心隨落日昏迷。三分病積漸裏消磨了玉肌。一春愁積儹下壓損了蛾眉。愁和病最苦禁持。靠銀牀倦眼乜斜。濕金衣清泪淋漓。

雍熙樂府卷二十連下三首總題四景。不注撰人。〇箏花集未歸作來歸。折桂令首句脱隔字。愁和作愁如。銀牀之牀作食。原缺半邊。兹俱從雍熙。雍熙過雨作雨過。二句作楊柳烟消翠整齊。珠零作珍珠。如訴作如説。似説作如訴。積漸裏作即漸的。積儹作堆趲。最苦作多苦。金衣作羅衣。

夏閨情

冰盤貯果水晶涼。石髓和茶玉液香。碧筒注飲葡萄釀。傷心也誰共賞。對良宵無限淒涼。藕花風輕翻紗帳。楊柳月微籠綉窗。梧桐露響滴銀牀。梧桐露響滴銀牀。脚步兒未離南軒。魂靈兒已到東牆。屏閑也翡翠蒙塵。簟冷也琉璃失色。枕空也琥珀無光。誰承望生折了連枝樹上鳳凰。不隄防活剌了並頭花底鴛鴦。儘今生難捨難忘。甜膩膩兩字恩情。苦懨懨幾樣思量。

箏花集折桂令首句脱響字。兹據上句補。蒙塵作濛塵。兹改。雍熙玉液作玉乳。淒涼作悽惶。綉窗作緑窗。響滴俱作暗滴。蒙塵作塵蒙。折了連枝樹上作搊了連理樹枝頭。花底作蓮花底。膩膩作殢殢。

秋閨情

綉幃冷落綵絨毬。珠箔空閑碧玉鈎。羅衣寬褪泥金扣。懨懨不下樓。對西風總是離愁。孤鶩點白雲天際。新雁過黄蘆渡口。昏鴉啼紅樹牆頭。昏鴉啼紅樹牆頭。透疎簾涼月纖纖。走空階落葉颼颼。難支吾今夜寂寥。索準備經年憔悴。漫咨嗟往日風流。落下箇玉鏡臺不成配偶。諒這箇紫香囊怎做遺留。細評跋着甚來由。遥受的鳳友鸞交。虚名兒燕侶鶯儔。

筆花集懨字蟲蝕左半。並脱去一字。新雁二字蟲蝕。涼月二字蟲蝕大半。纖纖作紛紛。末句脱兒字。兹俱從雍熙。雍熙冷落作零落。泥金扣作了泥金袖。不下樓作也歹症候。天際作天外。昏鴉啼俱作鴉歸。難支吾句作縱支琴今夜寂寞。箇玉鏡作金鏡。不成作不求。箇紫作錦。

冬閨情

鬢從別後甚蓬鬆。心自愁添越懵懂。腸於斷處偏疼痛。更難捱寒夜永。對梅花歡笑誰同。黄串冷駝絨氈帳。緑酒乾羊脂玉鍾。青燈暗龜甲屏風。青燈暗龜甲屏風。癡着心拜月瞻星。擎着泪織錦題紅。共何人踏雪騎驢。知那答看花駐馬。落誰家攀桂

乘龍。平安信阻藍橋風波洶洶。團圓夢隔巫山雲雨重重。問歸期兩下朦朧。卦錢兒許待新春。燈花兒報道殘冬。

筆花集水仙子末句脱暗字。折桂令癡着下脱心字。織錦作織金。看花作着花。下衍一駐字。兹俱從雍熙。雍熙愁添作愁來。駝絨作駝毛。酒乾作酒甘。題紅作迴文。知那答作去那答。風波上有三千丈三字。雲雨上有十二重三字。重重作濛濛。報道作報到。

春閨即事

病乜斜恰似醉乜斜。身瘦怯那堪影瘦怯。人薄劣何況情薄劣。好姻緣成棄捨。對鸞臺展轉傷嗟。鶻袖兒金鬆扣。鳳頭兒珠褪結。想人生最苦是離别。想人生最苦是離别。惡業緣難訴情詞。悶根苗怎下鍬撅。滰藍橋白馬波翻。燒祆廟金蛇火烈。暗巫山蒼狗雲遮。長吁氣短吁氣心胸哽噎。新啼痕舊啼痕衫袖重疊。兩般兒更是愁絶。敲窗雨驚覺鴛鴦。落花風吹散胡蝶。

筆花集根苗作恨苗。脱短吁氣三字。衫袖作彩袖。末句脱風字。兹俱從雍熙。雍熙何況作何似。最苦是俱作最苦。惡業句作業冤讎難動干戈。撅作钁。心胸作咽喉裏。衫袖作衫袖上。敲窗作更被這傾盆。

〔中呂〕滿庭芳

京口感懷

殘花剩柳。摧垣廢屋。新塚荒坵。海門天塹還依舊。滚滚東流。鐵甕城横刺着虎口。金山寺高鎮着鰲頭。斜陽候。吟登舵樓。燈火望揚州。

筆花集題目感懷作道懷。茲從雍熙樂府卷十九。雍熙不注撰人。○筆花集金山作金峨。陽候二字蟲蝕。吟字蝕去口字。茲俱從雍熙。雍熙刺着作刺。高鎮着作高顯。斜陽作夕陽。燈火作和泪。

除夕

荒蕪舊隱。蕩田破屋。流水柴門。儒生甘捱黄虀運。何病何貧。褚先生管城子誰行證本。鄭當時孔文舉那裏尋人。年將盡。梅花笑哂。添一歲老三分。

雍熙樂府題作嘲薦非才。不注撰人。○雍熙蕩田作瘦田。柴門作閑門。儒生甘捱作吾生甘守。無褚先生三字。證本作記本。下句作孟嘗君舉甚賢人。

又

休懷故人。難尋東道。誰念斯文。南枝昨夜傳芳信。大地回春。雪兒飄風兒刮深深閉門。酒兒篘魚兒膾旋旋開樽。投至得黄昏近。黑嘍嘍便盹。則敢是睡魔神。

雍熙樂府題作嘲人義蹇。不注撰人。北宮詞紀外集卷六題作自述。注元人作。○箏花集開字蟲蝕。雍熙無風兒刮。酒兒篘。投至得九字。詞紀外集俱同。雍熙嘍字不叠。詞紀外集嘍嘍作甜。則敢是作且伴。

武林感舊二首

錢唐故址。東吴霸業。南渡京師。其間四百八十寺。不似當時。山空濛湖瀲灔隨處寫坡仙舊詩。水清淺月黄昏何人吊逋老荒祠。傷情思。西湖若此。何似比西施。

雍熙樂府此首題作武林感舊。次首題作西湖感興。俱不注撰人。○雍熙錢唐作錢家。其間作縱横。無山空濛湖瀲灔。水清淺月黄昏十二字。坡仙作坡翁。何似作何處。

笙歌醉鄉。綺羅絢綵。粉黛吹香。業風人海波千丈。送盡春光。湖内外静悄悄六橋畫舫。浙東西冷清清一道長□。休悲愴。自今日往。何物不興亡。

筆花集長下蟲蝕一字。雍熙樂府業風人海作湖風鼓起。送盡作潋灩。自六句起作。亂紛紛遊人蕩槳。鬧攘攘潮子撐航。情懷放。花簪酒賞。時值暖天長。

代人寄書

端肅奉柬。拜違咫尺。似隔關山。少成歡會多離間。直恁艱難。又不是平地裏情疎意懶。止不過暫時間書廢琴閑。休凝盼。歸期早晚。先此報平安。

雍熙樂府題作寄何齋長。不注撰人。○筆花集脱書廢琴閑四字。兹從雍熙。雍熙拜作相。無又不是。止不過六字。休凝作時頻。此報作報此。

〔正宫〕小梁州

別情代人作　其人姓劉

晚粧樓上醉離觴。月色蒼蒼。來時何暮去何忙。空惆悵。無計鎖鴛鴦。〔幺〕殘雲剩雨陽臺上。空贏得兩袖餘香。則恐怕春夜長。東風壯。桃花飄蕩。何處覓劉郎。

雍熙樂府卷二十列此曲於貫酸齋小梁州四首之末。疑誤。○筆花集贏上脱空字。兹從雍熙。雍

熙樓上作窗下。何暮去何作誰暮去時。無則恐怕三字。壯作旺。

九日渡江二首

秋風江上棹孤舟。烟水悠悠。傷心無句賦登樓。山容瘦。老樹替人愁。〔么〕樽前醉把茱萸嗅。問相知幾箇白頭。樂可酬。人非舊。黄花時候。難比舊風流。

雍熙樂府此首及以下二首皆列於張小山小梁州中。鈔本陽春白雪後集卷一亦以次首爲張小山作。○筆花集相知作相如。兹從雍熙。雍熙無句作有事。老樹作楓樹。醉把作細把。難比舊作枉負舊。

秋風江上棹孤航。烟水茫茫。白雲西去雁南翔。推篷望。清思滿滄浪。〔么〕東籬載酒陶元亮。等閑間過了重陽。自感傷。何情況。黄花惆悵。空作去年香。

筆花集孤航作孤帆。失韻。推字蟲蝕。兹俱從鈔本陽春白雪及雍熙。兩書清思作情思。載酒作誤約。無等閑間三字。

揚子江阻風

篷窗風急雨絲絲。悶撚吟髭。維揚西望渺何之。無一箇鱗鴻至。把酒問篙師。〔么〕

他迎頭兒便説干戈事。待風流再莫追思。塌了酒樓。焚了茶肆。柳營花市。更説甚呼燕子喚鶯兒。

筆花集首句脱一絲字。何之二字誤倒。兹俱從雍熙。待字蟲蝕左半後二筆。雍熙悶撚作笑撚。維揚作淮陽。渺作路。無無一箇三字。么篇首句作迎頭便説兵戈事。風流上無待字。末句作更呼甚燕子鶯兒。

代人寄情

花下清歌月下彈。意惹情關。顛鸞倒鳳數十番。從分散。情意便闌珊。〔么〕我家私雖不比王十萬。論聲名索另眼兒相看。更做道姐姐奸。恁須是婆婆慣。少甚麼南來魚雁。直不得兩字問平安。

上巳日登姚江龍泉寺分韻得暗字

天風吹我上巉巖。正值春三。殘紅飛絮點松杉。輕摇撼。無數落青衫。〔么〕登臨未了斜陽暗。借白雲半榻禪龕。發笑談。論經讖。老龍驚憚。拖雨過江南。

詠雪效蘇禁體作

天低風静日昏昏。一片同雲。穿簾透幕舞紛紛。寒成陣。則索閉柴門。〔么〕陶學士滿口誇清俊。郵亭中凍得來傷神。顛倒説老党村。諸般□。羊羔美醖。金帳裏醉醺醺。黄昏微雨浄塵沙。飛盡歸鴉。斜飄亂撒撲窗紗。迷鴛瓦。一色浄無瑕。〔么〕稜稜衾鐵蕭蕭榻。問羊羔那裏尋他。不由人狂興發。把扁舟駕。向山陰直下。認不得戴逵家。

太真

開元天子好奢華。太真妃選作渾家。東風吹動禍根芽。娘牽掛。没亂煞胖娃娃。〔么〕不隄防變却承平卦。鬧漁陽一片胡笳。辭鳳榻。遷鑾駕。馬嵬坡下。踏碎海棠花。

麗華

臨風閣内俏人兒。天生得玉骨冰姿。承歡奉喜度芳時。多才思。舉筆便題詩。〔么〕誰承望擒虎將軍至。擁貔貅百萬雄師。驚散了玉樹歌。推上雲陽市。黄天何事。流泪洒胭脂。

〔正宫〕脱布衫帶小梁州

四景爲儲公子賦　鳳陽人

春

問春來何處忘機。小奚奴相趁相隨。傍柳行烏紗翠濕。踏花去馬蹄香細。翠幄銀屏錦綉圍。莫放春歸。人生七十古來稀。便做道一百歲。能幾度醉如泥。〔么〕韶華迅速難拘繫。杜鵑聲只在樓西。北海樽。東山妓。春風天地。何日不寒衣。

夏

問夏來何處徜徉。閑遥遥傲煞羲皇。啜□碗清冰蔗漿。臥藤簟翠裀綃帳。細柳垂絲

過粉牆。滿地清涼。金河流水玉蓮香。微風蕩。香滿看書窗。〔么〕離騷讀罷空惆悵。嘆獨醒誰吊羅江。角黍盤。菖蒲釀。榴花亭上。來日慶端陽。

筆花集啜字蟲蝕僅剩㕡。離騷原作離賞。

秋

問秋來何處盤遊。醉鄉中羅列珍羞。巨口鱸紅姜素藕。團臍蟹錦橙黄柚。丹桂開花滿樹頭。金粟嬌柔。玎璫簾幕不垂鈎。天香透。無地不風流。〔么〕亭臺凈掃無纖垢。勝當年庾亮南樓。傳畫燭。焚金獸。碧天如畫。今夜賞中秋。

筆花集纖下一字蟲蝕迨盡。疑應作垢。姑補之。

冬

問冬來何處從容。千金裘五綵蒙茸。魚遊錦重衾密擁。駝絨毡軟簾低控。攪碎銀河戰玉龍。鱗甲琮琮。樓臺上下水晶宫。堪題詠。人在畫圖中。〔么〕昏昏一枕梅花夢。覺來囑咐山童。柏葉杯。椒花頌。管絃齊動。明日送殘冬。

〔雙調〕沉醉東風

維揚懷古

錦帆落天涯那答。玉簫屬江上誰家。空樓月慘悽。古殿風蕭颯。夢兒中一度繁華。滿耳濤聲起暮笳。再不見看花駐馬。

雍熙樂府卷十七不注撰人。○雍熙颯作洒。濤聲作邊聲。

姑蘇懷古

長洲苑花明劍戟。館娃宫柳暗旌旗。顰眉不甚嬌。嘗膽何爲計。等閑間麋鹿奔馳。留得荒臺臥斷碑。再不見黄金范蠡。

雍熙樂府不注撰人。○雍熙甚嬌作甚奇。

錢唐懷古

錦燦爛六橋畫舟。玉娉婷十里紅樓。香浮瑪瑙塵。泉迸珍珠溜。記當年幾度追遊。一自蘇林葬土丘。再不見尋花問柳。

雍熙樂府不注撰人。○筆花集香浮二字蟲蝕。雍熙燦爛作爛燦。畫舟作彩舟。珍珠作珠璣。記

作説。蘇林作蘇坡。尋花作尋梅。

燕山懷古

阿監泣清冰玉碗。老臣思丹荔金盤。穹廬蝶夢殘。輦路鑾音斷。望中天五雲零亂。白草茫茫紫塞寬。再不見秦樓謝館。

雍熙樂府不注撰人。○筆花集監作尷。茲從雍熙。雍熙鑾音作佳音。

書懷二首

金鵲鏡三分鬢改。玉兔毫十載塵埋。但將志節□。不怕舌頭壞。等黄金再築高臺。博帶峨冠道士來。錯認我誰家劍客。

筆花集志節下原脱一字。道士原作道上。

鳳凰去蒼梧葉枯。蟪蛄啼紫荳花疎。風高渤澥秋。日落崦嵫暮。望長安不知何處。詩自吟哦酒自酤。則我是新豐逆旅。

和陸進之韻

畫閣深不聽啼鳥。綠窗幽只許春知。象牙牀蜀錦裀。鮫綃帳吴綾被。串烟微簾幕低垂。受用煞春風玉一圍。紅日上三竿未起。

筆花集春風下原蟲蝕兩字。兹補玉一。

江村即事二首

抱甕汲清泉灌圃。扶犂傍淺渚開渠。□□起辣風。綠橘流酸霧。好風光最宜秋暮。有客攜樽到隱居。活釣得鱸魚旋煮。

筆花集起辣風上原脱兩字。

拳來大黄皮嫩雞。蜜般甜白水新醅。螯烹玉髓肥。鱠切銀絲細。是江鄉幾般滋味。醉了也疎狂竟不知。睡倒在葫蘆架底。

適意

破陸續青衫旋補。亂鬔鬆白髮慵梳。心隨張翰歸。夢赴陶潛去。悄不知故園風物。

湯式

如此情懷懶看書。高枕着瑶琴聽雨。

遊龍泉寺

海眼靈泉滴瀝。山腰空翠萋迷。王荆公七字詩。虞秘書千年記。至於今草木光輝。昨夜神龍帶雨歸。清氣滿江南萬里。

悼伶女四首

訃音至傷心萬端。挽歌成離恨千般。蝶愁花事空。鳳泣簫聲斷。麗春園長夜漫漫。懊恨閻羅量不寬。偏怎教可意嬌娥命短。

雍熙樂府題作挽妓。不注撰人。北宫詞紀外集卷六題作悼妓。彩筆情辭卷十二注元人辭。○雍熙挽歌作挽詞。鳳泣作風起。懊恨作懊惱。量不作不量。教可意作把。情辭俱同。詞紀外集挽歌作挽詞。量不作不量。末句作便怎教可意的嬌娥命短。

鉛華樹春風甚早。蒺藜花暮雨難熬。樓空燕子飛。巷静雞兒叫。問香魂何處飄飄。恨殺閻羅不忖度。偏怎教可意人兒命夭。

筆花集樹作謝。静作井。夭作短。兹俱從雍熙。雍熙甚早作太早。飄飄作歸着。教可意人兒作

把嬙娥。情辭同雍熙。惟嬙娥作佳人。

檀板歇聲沉鶗鴂。翠盤空香冷氍毹。嬌鶯喚不醒。杜宇催將去。錦排場等閒分付。多管是無常緊趁逐。都不由東君做主。

雍熙樂府翠盤作舞盤。三句作鶯兒喚不回。六句無是字。都不作竟不。情辭不由作不與。餘同雍熙。

寶鏡缺青鸞影孤。錦箏閑銀雁行疎。拜辭了白面郎。抛閃下黑心母。一靈兒帶將春去。從此陽臺夢也無。更想甚朝雲暮雨。

筆花集寶鏡作寶劍。玆從雍熙。雍熙三句無了字。四句無下字。更想作更愁。情辭俱同。北宮詞紀外集寶鏡作寶鑑。

與友叙舊

三十年間故人。一千里外閑身。悠悠江海心。點點星霜鬢。對青燈片言難盡。君若攀龍上紫宸。容老夫丹山舊隱。

雍熙樂府題作夜酌話舊。不注撰人。〇筆花集閑身作閑心。玆從雍熙。雍熙君若上有但願二字。

夢後書

七尺低低板牀。三椽窄窄書房。葦子簾。梅花帳。抵多少畫閣蘭堂。怪底西風一夜涼。醞釀出眠思夢想。

雍熙樂府題作夢後戲題。不注撰人。○雍熙三椽作數椽。三句起襯疎疎。四句起襯淡淡。怪底作怪的是。眠思上有這字。

題元章折枝桃花

素質全勝艷姿。好春不在繁枝。疎花箇箇真。巧筆星星是。似瑤池折來無二。王冕人稱老畫師。千載後風流在此。

人稱原作仁稱。

折枝梨花

淺淡粉匀施靚粧。玲瓏□巧綴奇芳。雲迷□□□。月慘東欄上。冷清清過了韶光。爲愛吹來白雪香。漠一□□窗翫賞。

筆花集玲瓏下原脱一字。餘蟲蝕。

客懷

霜信促寒蛩近牀。雁聲隨斜月穿窗。砧從耳畔敲。鐘向心頭撞。不還鄉有甚商量。我爲甚收拾琴書端的荒。我則怕蔫雷今冬又響。

〔中吕〕普天樂

維揚懷古

問揚州縈懷抱。城開錦綉。花弄瓊瑶。紅樓百寶粧。翠館千金笑。一自年來烟塵鬧。月明中聲斷鸞簫。絶了信音。疎了故舊。老了英豪。

樂府羣珠卷四連下三首總題懷古。〇筆花集一自年來作百年來。兹從羣珠。羣珠縈作索。鸞簫作笙簫。

金陵懷古

問鍾陵紛紛事。衣冠似古。風物隨時。臺空江自流。鳳去人不至。晉闕吴宫梁王寺。費古今多少詩詞。山圍故國。歌殘玉樹。香冷胭脂。

樂府羣珠鍾陵作金陵。

姑蘇懷古

問姑蘇繁華地。曾聞鹿走。謾説烏棲。黄金銷范蠡身。花露滴西施泪。一代英雄如昨日。臥麒麟高塚纍纍。長洲野草。孤城流水。古殿殘碑。

筆花集金銷作今消。野草作楚草。脱古殿殘碑句。兹俱從羣珠。羣珠烏棲作龍飛。

錢唐懷古

問錢唐西湖路。幾番有夢。十載無書。柳邊蘇小家。花下逋仙墓。總是當年題詩處。料應來滿目荒蕪。亭臺拽塌。笙歌静悄。風物蕭疎。

筆花集滿目作論落。論疑淪之譌。亭臺作高臺。脱笙歌二字。兹俱從羣珠。

別友人往陝西

有志在詩書。無計堪犂耙。十年作客。四海爲家。休言許劭評。不買君平卦。望長安咫尺青雲下。路漫漫何處生涯。知他是東陵種瓜。知他是新豐殢酒。知他是韋曲尋花。

樂府羣珠題目友人下有陳孟顒三字。雍熙樂府卷十八題作別友赴陝。不注撰人。〇筆花集爲家及何處四字蟲蝕。羣珠詩書作琴書。爲家作無家。尋花作看花。雍熙首句在作且。不買作不用。生涯作天涯。餘同羣珠。

友人爲人所誣赴杭

袖拂庾公塵。人上楊朱路。襟懷磊塊。囊橐蕭疎。應門無三尺童。倚閭有七旬母。錦箋題到關情處。真乃是一般愁一樣嗟吁。去則去滄波中白鷗念侶。想則想瑶臺畔青鸞寄語。盼則盼碧天邊紫鳳銜書。

樂府羣珠題目友人上有送字。雍熙樂府不注撰人。題作送韓伯莊被赴杭。被下當脱誣字。〇筆花集五句脱三字。羣珠倚閭作倚廬。滄波作滄浪。雍熙磊塊作魄落。無真乃是三字。滄波作滄

浪。念侶作伴侶。

送友回陝

書劍不求官。萍水常爲客。嫌的是騎驢灞橋。喜的是走馬章臺。生來解佩心。捏盡看花怪。短帽輕衫春風外。等閑問袖得香來。青門綺陌。花營錦寨。誰不知宋玉多才。

樂府羣珠題作送宋桓回陝。雍熙樂府題作友人回陝。不注撰人。○筆花集來解作奉帷。看花作有花。等閑問作等閑常。羣珠常爲作曾爲。捏作捏。雍熙常爲作曾爲。生來作生成。捏盡作捏就。香來作春來。青門花營上俱有誰不知三字。

送人遷居金陵

昨日武林春。明日陽關晚。鯤鵬路遠。鷗鷺盟寒。羞將魯醖斟。笑把吴鈎看。一札徵書休辭憚。赤緊的五雲深咫尺天顔。頭顱未斑。功名莫懶。富貴何難。

雍熙樂府題作徐仲傑徙居。不注撰人。○筆花集四句脱鷺字。八句脱五雲深三字。兹從羣珠雍熙。羣珠明日作今日。雍熙昨日作昨夜。明日作今日。雲深作雲東。

眼落處是田園。脚到處爲鄉黨。須開笑口。休斷情腸。春風朱雀橋。夜月烏衣巷。恰便是離却人間居天上。更三般兒絶勝錢唐。瞻九重乾坤蕩蕩。看六市人烟穰穰。聽五更珂珮鏘鏘。

雍熙樂府題作述圖。不注撰人。○筆花集爲鄉黨作有鄉黨。兹從樂府羣珠。羣珠居天作歸天。雍熙田園作西園。鄉黨作朋黨。休斷情作撇下愁。橋作樓。無恰便是三字。更三般作三般。

芳草短長亭。流水東西渡。滿懷悵怏。舉步趦趄。非酬擊楫歌。不獻凌雲賦。地闊天高金陵路。有綸竿何處無魚。説甚麼光陰迅速。愁甚麼雲山間阻。問甚麼松菊荒蕪。

雍熙樂府題作送友歸隱。不注撰人。○筆花集地闊作地遠。脱末句。兹俱從羣珠雍熙。

送丁起東回陜 斯人學煆煉

玉立照青春。金匱消白日。調和内景。運化玄機。雖無膠漆情。還有醇醪味。執手河梁君須記。再相逢何處追隨。知他在華陽武夷。知他在丹山赤水。知他在玄圃瑶池。樂府羣珠四

此曲不見筆花集。樂府羣珠所收湯舜民小令。頂端俱注筆字。此曲亦然。當係見别本。羣珠此

曲列於書劍不求官。昨日武林春兩首之間。

〔雙調〕對玉環帶清江引

四景題詩

郎上孤舟。片帆無計留。妾倚危樓。寸心無限愁。紅雨打船頭。蒼烟迷渡口。眼底陽關。今宵何處宿。夢裏陽臺。此情何日休。這番相思直恁陡。名利相逌逗。未够兩宵別。又早三分瘦。五花誥幾時得到手。

雍熙樂府卷二十連下七首總題閨思。不注撰人。〇筆花集陽關作陽臺。這番相思作相思這番。玆俱從雍熙。雍熙夢裏下脱陽臺二字。名利相作對景廝。又早作早有。幾時作甚日。

江雨淋淋。梅垂無數金。庭樹陰陰。蟬鳴不調琴。鷓鴣罷雙斟。鴛鴦閑半枕。粉汗浸浸。碧筒羞自飲。神思沉沉。白頭愁自吟。青鸞曉來傳信音。昨夜燈花讖。且教寧耐些。別不叮嚀甚。剛寫道小生除翰林。

筆花集雙斟作雙歌。失韻。玆從雍熙。雍熙愁自作只自。末句作道小生恩承除翰林。

懶聽笙歌。酒空金叵羅。倦對粧盒。塵蒙珠絡索。眉黛掃青蛾。髻雲鬆翠螺。人在

嗚珂。功名都蹬脱。路阻關河。音書越間闊。西風小亭黄葉多。鎮日垂簾幕。鸞釵顛倒簪。鴛枕蹲跧臥。孤飛雁兒應似我。

筆花集蒙作濛。雁兒作燕兒。兹從雍熙。雍熙掃青作鎖春。髻雲作鬟雲。人在作人立。小亭作滿庭。蹲作彎。

去歲觀梅。折花親贈君。今歲觀梅。對花不見人。别處戀新婚。抛離美眷姻。使得囊空。心兒不自忖。寄得書來。話兒不甚准。秀才每則理會虚調文。就裏没公論。不趁雨雲期。只待風雷信。急回來土牛兒鞭罷春。

筆花集眷姻作姻眷。只待作直待。兹俱從雍熙。雍熙五句作圖望小功勳。書來作書音。秀才下無每則二字。不趁作不赴。末句無兒字。

閨怨

羅袖偷掩。泪珠凝粉腮。寶鏡羞看。鬟雲鬆玉釵。飛絮點香階。落紅鋪翠苔。去了青春。青春不再來。巴到黄昏。黄昏怎地捱。推開緑窗邀月色。問月人何在。歡娱往日多。煩惱今番煞。將一片惜花心愁窨裏埋。

筆花集月色作明月。兹從雍熙。雍熙偷掩作頻淹。落紅作落花。末句無裏字。

香透簾櫳。藕花風漸生。影上闌干。梧桐月正明。何處理銀箏。誰家調玉笙。空有佳音。佳音不待聽。料想歸期。歸期未有程。他賣詞章在柳營花陣裏逞。不管人孤另。扯破紫香囊。摔碎青銅鏡。西廂下再不和月等。

雍熙理作撫。調作吹。九十句作。料想歸程。歸程日未準。他賣詞章在作賣詩編。扯作撕。再不作再休。

滿泛霞杯。羞歌白苧詞。濃蘸霜毫。倦題紅葉詩。心緒亂如絲。人情薄似紙。待害相思。相思乾害死。投至別離。別離何似此。恨天涯寡情遊蕩子。墮却青雲志。烟花惹夢魂。風月關心事。便那裏步蟾宫折桂枝。

筆花集如絲作於絲。茲從雍熙。雍熙待害作學害。似此作至此。下句作天涯寡情薄浪子。墮却作誤却。夢魂作夢思。末句作那裏也跳龍門折桂枝。

孔雀屏開。半遮銀蠟光。翡翠衾寒。多薰寶篆香。枕剩綉鴛鴦。釵閑金鳳凰。恨殺飄蓬。飄蓬薄倖郎。瘦損風流。風流窈窕娘。梅花影兒纔上窗。越恁添愁況。砧聲耳畔來。月色簾前晃。問離人斷腸也不斷腸。

雍熙飄蓬俱作飄零。瘦損作薄劣。砧聲作鐘聲。

〔越調〕小桃紅

瓊花燈

誰將香雪製芳叢。表裏清輝瑩。照破揚州舊時夢。玉玲瓏。粉溶酥暖丹心重。堂深夜永。影摇枝動。吹滅一簾風。

春情

嫦娥一捻粉團香。搭伏定牙牀上。雨魄雲魂恣飄蕩。唤才郎。攻書獨坐何情況。看看的月臨綉窗。寒生羅帳。睡早些又何妨。

雍熙樂府卷十九題作詠美。共四首。此爲末首。不注撰人。○雍熙一捻作一把。二句無上字。唤作問。獨坐何情作坐到何時。六句作看看月上。末句作早睡些何妨。北宫詞紀外集卷六末句又作有。

姚江夜泊

江風吹雨響颼颼。寒滲青衫透。花燭銀臺玉蟲瘦。數更籌。客窗正是愁時候。十年浪遊。幾家觀□。□□□心頭。

筆花集銀臺下原有月字。茲删去。心頭上蟲蝕字似到字。

姑蘇感懷二首

孤城一帶鎖寒烟。芳草青青遍。閒煞誰家舊庭院。最悽然。飛飛總是南來燕。猶兀自垂楊路邊。斷橋前面。都纜着送窮船。

雍熙樂府題作悲世。共四首。此曲及次曲爲後二首。不注撰人。〇筆花集末句着原作看。茲改正。雍熙孤作故。青青作萋青。閒煞作悶煞。南來作當時。無猶兀自三字。纜着作繫。

姑蘇臺上望姑蘇。一片青無數。小雨殘紅日將暮。接吾廬。白雲不斷愁來路。花間杜宇。天邊孤鶩。脱板的望鄉圖。

筆花集無數作蕪數。鄉圖作卿國。茲俱從雍熙。雍熙一片作一抹。小雨殘紅作淡雨殘雲。接作指。不斷作遮斷。脱板的作脱摸。

吴興晚眺

夕陽樓閣蘸平湖。影浸粼粼緑。人在雕闌最高處。指城隅。淺山一簇浮寒玉。黄梅釀雨。白雲籠樹。一幅范寬圖。

筆花集二句原作影浸粼緑。兹補一粼字。

〔越調〕柳營曲

途中春暮

岐路北。斷橋西。滴溜溜酒帘茅舍低。柳暗疎籬。水浸平隄。彷彿舊山溪。車兒馬兒奔馳。鶯兒燕兒悲啼。帽沾飛絮雪。衣染落花泥。知。何處度寒食。

雍熙樂府卷十八題作句容道中。不注撰人。〇筆花集五句作將浸水隄。兹從雍熙。雍熙斷橋作斷路。酒帘作酒旗。疎籬作沿籬。絮雪作柳絮。無知字。末句作何處是寒食。

旅次

歸路杳。去程遥。誰不戀故鄉生處好。糲飯薄醪。野蔌山餚。隨分度昏朝。隔籬度犬嗷嗷。投林倦鳥嘈嘈。烟霞雲黯淡。風雨夜蕭騷。紗窗外有芭蕉。

雍熙樂府題作丹陽道中。不注撰人。〇筆花集昏朝作花朝。紗窗作焦窗。茲俱從雍熙。雍熙糲作饋。度犬作犬吠。倦鳥作鳥叫。九十兩句作。烟雲黯淡淡。風雨夜瀟瀟。末句有作響。

春思

鴉鬢鬆。鳳釵横。碧窗夢回春晝永。離緒蒙茸。倦眼朦朧。清泪滴香容。恨東君多雨多風。盼王孫無影無踪。柳添新樣緑。花減舊時紅。盡在不言中。

雍熙樂府題作春女思圖。不注撰人。〇雍熙鬢作鬢。六句作情泪滴香絨。東君作東風。無踪作無形。柳作草。

薛瓊瓊彈箏圖

玉雪顔。翠雲鬟。昭陽殿裏醉了幾番。金袖翩翩。銀甲珊珊。記天寶年間。閧的兵

散潼關。忽的塵暗長安。風雲都變改。日月自循環。閒寫作畫圖看。

雍熙樂府題作薛姬彈箏。不注撰人。○筆花集三句殿作夜。兹從雍熙。雍熙醉了作醉。年作昔年。塵暗作塵蔽。變改作赫赫。自循環作正盤盤。末句作寫在圖畫看。

聽箏

酒乍醒。月初明。誰家小樓調玉箏。指撥輕清。音律和平。一字字訴衷情。恰流鶯花底叮嚀。又孤鴻雲外悲鳴。滴碎金砌雨。敲碎玉壺冰。聽。盡是斷腸聲。

雍熙題作隔壁聞箏。不注撰人。○筆花集砌字虫蝕左半。右半作相字。兹從雍熙作砌。雍熙六句作字字訴真情。碎金作殘瓊。盡是作都是。

〔中吕〕謁金門

聞嘲

你嗚珂巷艷娃。我梁園内社家。兩下裏名相亞。你知音律我撑達。不在雙漸蘇卿下。你歌舞吹彈。我琴棋書畫。你放會頑我煞撒會耍。你恁般俊煞。我那般俏煞。也索

向妳妳行陪些話。

客中戲示友人

羈愁擾擾。客窗悄悄。何事燈花爆。毳裘雲落絮衾薄。不許愁人傲。巽二猖狂。滕六懒懆。透嚴威直到曉。剡溪無戴老。山陰無賀老。干惹得梅花笑。

落花二令

落花。落花。紅雨似紛紛下。東風吹傍小窗紗。撒滿秋千架。忙喚梅香。休教踐踏。步蒼苔選瓣兒拿。愛他。愛他。擎托在鮫綃帕。

雍熙樂府卷十八題作詠景。共四首。此首及次首爲後二首。俱不注撰人。〇雍熙三句無似字。傍小作透緑。撒作散。踐作踏。選瓣兒拿作拾瓣花。

落紅。落紅。點點胭脂重。不因啼鳥不因風。自是春搬弄。亂撒樓臺。低撲簾櫳。一片西一片東。雨雨。風風。怎發付孤栖鳳。

筆花集點點作默默。玆從雍熙。雍熙搬作般。雨雨風風作雨中雨中。

長亭道中

起初。看書。只想學干禄。誤隨流水到天隅。迷却長亭路。古竈蒼烟。荒村紅樹。問田文何處居。老夫。滿腹。都是登樓賦。

雍熙樂府題作謫官圖。不注撰人。○筆花集天隅二字蟲蝕。脱老夫二字。兹俱從雍熙。雍熙首三句作。罄田園買書。無晝夜誦書。早科甲干仕禄。誤隨作謫隨。長亭作長安。古竈作古塞。田文作蘇翁。

納涼寓意

翠林。緑陰。喜把紅塵禁。炎蒸從此去煩襟。毛骨如冰沁。七尺藤牀。一枚石枕。聽新蟬葉底吟。飢時節便飡。渴時節便飲。更待思量甚。

雍熙樂府題作村樂。不注撰人。○雍熙喜作都。炎蒸從此去作老夫從此豁。時節俱作時。飡作吟。

〔正宫〕醉太平

重九無酒

釀寒風似刮。催詩雨如麻。東籬寂寞舊栽花。上心來悶殺。孟參軍整烏紗低首頻嗟呀。陶縣令掩柴扉緘口慵攀話。蘇司業檢奚囊彈指告消乏。白衣人在那答。

雍熙樂府卷十七題目重九作重陽。不注撰人。北宫詞紀外集卷五題作重陽無酒自嘲。注元人作。○筆花集嗟呀作嗟吁。末句無人在二字。兹俱從雍熙及詞紀外集。

約遊春友不至效張鳴善句裏用韻

芳塵滚滚。香霧氲氲。東風何地不精神。流鶯也唤人。柳屯雲護城闉兩岸黄金嫩。杏酣春映山村萬樹胭脂噴。草鋪茵繞湖濱一片緑絨新。不閑遊是蠢。

雍熙樂府題作遊春友不至。不注撰人。北宫詞紀外集題作嘲友人遊春不至。注元人作。○雍熙詞紀外集滚滚俱作衮衮。雍熙護下衍錦字。茵作裀褥。詞紀外集茵作裀。絨作茸。

又

輪蹄冗雜。羅綺交加。東風何地不繁華。莊農也戲耍。倚谽谺惡枒槎老樹臨溪汊。鬧唧喳隔幽花好鳥鳴山凹。蕩光滑亂明霞流水繞天涯。不閑遊是傻。

筆花集倚下一字蟲蝕。似作谽。傻作假。兹俱從雍熙樂府。雍熙何地作無地。幽花作山花。凹作窊。水繞作水接。

書所見

二八年艷娃。五百載寃家。海棠庭院鬭韶華。無褒彈的俊雅。臉慵搽倚窗紗翠袖冰綃帕。步輕踏涴塵沙錦靿凌波韈。笑生花喚烹茶檀口玉粳牙。美人圖是假。

雍熙樂府不注撰人。○筆花集沙錦靿三字蟲蝕。粳上無玉字。假字蟲蝕。僅餘亻旁。兹俱從雍熙。雍熙載作歲。庭院作亭畔。四句無的字。凌波作青綾。

閨情

惜花人那廂。吹簫伴誰行。好春光翻做了惡風光。三般愁怎當。入蘭房恰昏黃畫角

偏嘹喨。掩紗窗未思量杜宇先悲愴。上牙牀正恓惶鐵馬兒越叮噹。不傷心是謊。

雍熙不注撰人。○筆花集昏黄作黄昏。兹從雍熙。雍熙伴作侶。做了作做。先作聲。馬兒作馬。是作也是。

嘲秀才上花臺

生居在孔門。供養甚花神。今年撞入翠紅裙。被虔婆每議論。星裏來月裏去又笑書生嫩。多則與少則許又駡酸丁吝。寢不言食不語又道秀才村。我可甚文章立身。

風流士子

丟開了硯臺。撇下了書册。向花街柳陌把身挨。兀的不俊哉。將皂環絲拴一個合歡帶。白羅袍綉一道開山額。素瑤琴雕一面教坊牌。這的是頑頑秀才。北宫詞紀外集五

〔雙調〕風入松

寓意

杜鵑啼過落花多。天氣近清和。道人不管公家事。一樽酒撫掌而歌。吞海壯懷寂寞。看山老眼摩挲。六龍飛去迅如梭。誰挽魯陽戈。百年半逐雲飛盡。青山舊白髮婆娑。但得石田茅屋。休言金谷銅駝。

尋春不遇

洞房香冷辟寒犀。花壓翠簾低。弱紅嬌黛春無力。素鸞彈玉燕斜飛。鴛枕雨雲幽夢。鮫綃風月須題。一聲啼鴂畫樓西。屈指又春歸。等閑老却鉛華粉。緑陰滿青子纍纍。莫問劉晨去遠。可憐杜牧來遲。

筆花集緑陰上原有樹字。疑衍。兹删去。

錢塘即景

亂雲如葉雨如絲。梅子乍青時。小□□□□餘事。北窗下美酒盈巵。翠椀蔗溶蜜汁。鑾□藕□□□。□□當户碧參差。掩映萬年枝。江南舶棹隨風至。烏紗潤白苧滋滋。

未擬蘭舟避暑。且將紈扇題詩。

筆花集青時餘北藕映六字。蟲蝕僅剩數筆。

題貨郎擔兒

杏花天氣日融融。香霧藹簾櫳。數聲何處蛇皮鼓。琅琅過金水橋東。閨閣喚回幽夢。街衢忙殺兒童。矍然一叟半龍鍾。知是甚家風。擔頭無限□□物。希奇樣簇簇叢叢。不見木公久矣。可憐多少形容。

筆花集蛇字蟲蝕僅餘右半。

〔商調〕望遠行

四景題情

春

杏花風習習暖透窗紗。眼巴巴顒望他。不覺的月兒明鐘兒敲鼓兒撾。梅香。你與我點上銀臺蠟。將枕被鋪排下。他若是來時節。那一會坐衙。玉纖手忙將這俏寃家耳

朵兒掐。嗏。實實的那裏行踏。喬才。你須索吐一句兒真誠話。

題目春字原無。兹補。筆花集他若是作他若。兹從北詞廣正譜及元明小令鈔。九宮大成卷五十九習習作颯颯。顒作盼。月兒上有南樓上三字。無梅香二字。五句作你便將枕被兒鋪排下。他若是作若是他。坐衙二字疊。將這作把那。耳朵兒掐作的面皮搊。無嗏字。誠作實。

夏

藕花風拂拂爽透書齋。静攙攙門半開。不覺的傷人心動人情感人懷。梅香。我多管少欠他相思債。我則索咬定着牙兒耐。他若是來時節。那一會罪責。玉纖手忙將這俏寃家面皮兒摑。嗏。實實的要個明白。喬才。你莫不也受了王魁戒。

秋

桂花風蕭蕭響透簾箔。滴溜溜明月高。不覺的雞聲罷蛩聲悲雁聲高。梅香。□□着了□□□□。□□□□□。他若是來時節。那一會取招。玉纖手忙將這俏寃家□□□□□。嗏。實實的犯法違條。喬才。你則索捨了命忙陪告。

冬

雪花風飄飄冷透屏幃。悶懨懨只自知。不覺的銅壺殘銀釭滅串烟微。梅香。他多管在柳陌花街内。每日家醺醺醉。他若是來時節。那一場省會。玉纖手忙將這俏寃家

耳腮上鎚。嗏。實實的那裏着迷。喬才。你正是飽病難醫治。

筆花集五句原只一醺字。一場上無那字。茲補。

〔中吕〕醉高歌帶紅綉鞋

客中題壁

落花天紅雨紛紛。芳草墜蒼烟衮衮。杜鵑啼血清明近。單注着離人斷魂。深巷静淒涼成陣。小樓空寂寞爲鄰。吟對青燈幾黄昏。無家常在客。有酒不論文。更想甚江東日暮雲。

琴意軒

碧梧窗户生涼。瓊珮簾櫳振響。卜居似得靈墟上。穩棲老朝陽鳳凰。醞釀出淵明情況。敷揚就叔度文章。蘭雪紛紛散幽香。水雲秋淡蕩。風雨夜淋浪。問知音誰共賞。

送大本之任

蕩悠悠萬里雲衢。明晃晃三秋月窟。攀蟾慣識攀蟾路。一鶚何勞薦舉。老母親膺滄天禄。新夫人穩坐香車。打疊了南陽舊草廬。宫袍金孔雀。書案玉蟾蜍。休忘了彈冠老貢禹。

〔中吕〕山坡羊

書懷示友人

田園荒廢。箕裘陵替。桃源有路難尋覓。典鶉衣。舉螺杯。酕醄醉了囫圇睡。啼鳥一聲驚覺起。悲。也未知。喜。也未知。

雍熙樂府卷二十無題。不注撰人。下四首同。○筆花集前五句蟲蝕。僅餘田園荒。箕裘。桃源。杯八字。兹從樂府羣珠卷一補。雍熙有路作路渺。鶉作春。

二

驅馳何甚。乖離忒恁。風波猶自連頭浸。自沉吟。莫追尋。田文近日多門禁。炎涼本來一寸心。親。也自恁。疎。也自恁。

雍熙樂府自恁俱作在恁。

三

長江東注。夕陽西没。流光容易抛人去。莫嗟吁。任揶揄。老天還有安排處。踽踽客窗無伴侶。酒。花外沽。琴。燈下撫。

樂府羣珠踽踽作蕭蕭。雍熙樂府同。雍熙末二句作。酒。也再沽。琴。也再撫。

四

羈懷縈掛。人情澆詐。相逢休説傷時話。路波蹅。事交雜。秋光何處堪消暇。昨夜夢魂歸到家。田。不種瓜。園。不灌花。

雍熙樂府澆作矯。傷時作妨時。蹅作查。昨夜作昨日。末二句作。田。也無瓜。園。也無花。

中秋對月無酒

冰輪高駕。銀河斜掛。廣寒宮闕堪圖畫。對光華。恣歡洽。故人一夜團圞話。多情素娥吟笑咱。詩。也懵撒。酒。也懵撒。

筆花集駕作架。兹從雍熙。雍熙一夜作來説。七句作無情素娥吟詠咱。懵俱作孟。

〔雙調〕慶東原

京口夜泊

故園一千里。孤帆數日程。倚篷窗自嘆漂泊命。城頭鼓聲。江心浪聲。山頂鐘聲。一夜夢難成。三處愁相併。

田家樂四首

黍稷秋收厚。桑麻春事好。婦隨夫唱兒孫孝。綫雞長膘。綿羊下羔。絲繭成繰。人説仕途榮。我愛田家樂。

寒暑□□□。□□□□□。□□□□□□□。□□□□。□□醬㸑。蘿葍□燒。人說仕途榮。我愛田家樂。

東疃沽新釀。西村邀故交。麥場上醉倒呵呵笑。釁都捽腰。王留上標。伴哥踏撬。人說仕途榮。我愛田家樂。

筆花集此首末二句僅存人說榮三字。茲據前後三首句式補。

柳下三椽廈。門前獨木橋。客來款曲誰家樂。浮瓜浸桃。蒸梨釀棗。烙餅槌糕。人說仕途榮。我愛田家樂。

〔黃鍾〕出隊子

酒色財氣四首

麴生堪愛。暈桃花上臉腮。百篇一斗恣開懷。誰承望捉月騎鯨再不來。酒。則被你斷送了文章李太白。

憐香惜玉。醉臨春歡未足。開皇戈甲出江都。驚散金釵玉樹曲。色。則被你斷送了聰明陳後主。

錢神湧論。儹家私多誤身。東風吹墮畫樓人。一夜香消金谷春。財。則被你斷送了奢華石季倫。

圖王爭帝。半乾坤心未已。鴻門會上失兵機。直殺得血濺陰陵後悔遲。氣。則爲你斷送了英雄楚項籍。

筆花集後悔原作悔後。玆改。

〔雙調〕壽陽曲

題墨梅

王冕風流在。林逋音問遠。嘆西湖幾翻更變。料得春光不似前。憔悴了粉容嬌面。

雍熙樂府卷二十題作墨梅。不注撰人。○雍熙音問作音信。幾翻作幾場。

蹴踘

軟履香泥潤。輕衫香霧濕。幾追陪五陵豪貴。脚到處春風步步隨。占人間一團和氣。

雍熙樂府題作邵處中蹴踘圖。不注撰人。○筆花集脱末句。玆據雍熙補。雍熙香霧作花露。幾

作老。

梅女吹簫圖

髻彈青螺小。釵横玉燕低。背東風爲誰凝睇。閑拈鳳簫不待吹。恐梅花等閑飄墜。

筆花集題目僅餘吹字口邊及簫字。吹上似僅有一字。全爲蟲蝕。茲從雍熙樂府作梅女吹簫圖。○筆花集爲誰凝睇作有誰凝盼。茲從雍熙。雍熙螺小作螺重。四句作拈鳳簫怯怯不待吹。

〔越調〕天浄沙

小景

翠岧嶢天近山椒。緑蒙茸雨漲溪毛。白䨴䨳雲埋樹腰。山翁一笑。勝桃源堪避征徭。

雍熙樂府卷二十題作桃源。不注撰人。○雍熙無翠緑白三字。末句作桃源堪避差徭。

閑居雜興

近山近水人家。帶烟帶雨桑麻。當役當差縣衙。一犂兩耙。自耕自種生涯。

雍熙樂府題作閑居。不注撰人。

題畫上小景

綠楊枝底尋春。碧桃花下開樽。流水溪頭問津。閑評閑論。吾不是阮肇劉晨。

雍熙樂府題作野興。不注撰人。○雍熙枝底作樹底。吾不是作勝如。

〔商調〕知秋令

秋夜

月晃銀河淡。庭空珠露濕。天闊玉繩低。觱篥城頭奏。螻蛄階下泣。絡緯井邊啼。一弄兒秋聲鬧起。

隱居

户列青絲檜。庭栽玉枝蘭。爐養紫金丹。書玩東西漢。詩吟大小山。名占古今間。高邁如袁安謝安。

〔雙調〕鴻門凱歌

□□

□□□□□□□□□□□□□□□□□□□□□□□□□著。離糸亂蕩□絲糸虫□糸夜孤鸞吊景□嗟宮好夢兒成亻□事。相思。癡心直到死。

殘曲

〔仙呂〕點絳唇

四隻龐蹄。……

〔混江龍〕怎做的追風駿騎。再不敢到檀溪。幾曾見捲毛赤兔。凹面烏騅。美良澗怎敵鬍敬德。虎牢關難戰莽張飛。能食水草。不會奔馳。倦嘶喊。懶[馬占]驟。曾幾見西湖沽酒樓前繫。怎消得綉氈蒙雨。錦帳遮泥。北詞廣正譜

北詞廣正譜此曲撰人原作湯舜卿。卿疑爲民之譌。茲輯之。首曲原未書曲牌。應是點絳唇。

楊訥

訥字景賢。或作景言。號汝齋。初名暹。蒙古人。居錢塘。因從姐夫楊鎮撫。人以楊姓稱之。善琵琶。好戲謔。樂府出人頭地。永樂初。與湯式並遇寵。後卒於金陵。著雜劇風月海棠亭。生死夫妻。劉行首。西遊記。前二種今佚。後二種今存。

小令

〔中吕〕紅綉鞋

詠虼蚤

小則小偏能走跳。咬一口一似針挑。領兒上走到褲兒腰。眼睁睁拿不住。身材兒怎生撈。翻箇觔斗不見了。樂府羣珠四

樂府羣珠於曲文作者姓名下大半注明所收曲數。原書於此首之後尚有松江道中。題五伴昭氏凝翠樓。慨古。嘆世四首。然因首曲楊景賢名下未明注曲數。不能斷定後四曲亦爲楊作。故未收。

〔中呂〕普天樂

嘲湯舜民戲妓

寧可效陶潛。休要學雙漸。覷了你腰駝背曲。説甚麽擻正龐甜。你拳如斬馬刀。舌似吹毛劍。你將節風月須知權休念。三般兒惹得人嫌。間花頭髮。燒葱醮鼻。和粉髭髯。樂府羣珠四

套數

〔商調〕二郎神

怨別

景蕭索。迆逞秋光漸老。隱隱殘霞如黛掃。暮天闊烟水迢迢。數簇黄花開爛熳。敗葉兒淅零零亂飄。無聊。緑依依翠柳。滿目荒蕪衰草。

〔梧葉兒〕淒淒涼涼懨漸病。悠悠蕩蕩魂魄消。失溜疎剌金風送竹頻搖。漸漸的黄花瘦。看看的紅葉老。題起來好心焦。恨則恨離多會少。

〔二郎神么篇〕記伊家幸短。枉着人煩煩惱惱。怏怏歸來入綉幕。想薄情鎮日魂消。乍離别難棄捨。索惹的懨懨瘦却。

〔金菊香〕多應他意重我情薄。既不是可怎生雁帖魚緘音信杳。相别時話兒不甚好。恨鎖眉梢。越思量越思想越添焦。

〔浪來裏煞〕情懷默默越焦躁。冷冷清清更漏迢。盈盈業眼不暫交。畫燭熒熒。他也學人那泪珠兒般落。暢道有幾箇鐵馬兒鐸。琅琅的空聒噪。響珊珊梆梆的寒砧搗。呀呀的塞雁南飛。更和着那促織兒絮叨叨更無了。盛世新聲申集　詞林摘艷七　雍熙樂府一六

北詞廣正譜引二郎神二郎神么篇浪來裏煞　九宫大成五九引二郎神梧葉兒二郎神么篇浪來裏煞

盛世新聲重增本内府本詞林摘艷俱無題。與雍熙樂府皆不注撰人。雍熙題作秋恨。原刊本徽藩本摘艷題作怨别。與北詞廣正譜俱注楊景言作。○（二郎神）雍熙暮天闊作暮雲凋。廣正譜殘霞作殘山。荒蕪作荒蒲。雍熙九宫大成緑依依上俱有那字。（梧葉兒）雍熙大成懨漸俱作淹煎。雍熙悠悠作攸攸。（二郎神么篇）盛世摘艷怏怏俱作漾漾。雍熙着人作教人。索作縈。却作怯。廣正譜索惹作枉惹。大成幸短作行短。（金菊香）盛世摘艷别時俱作别是。添焦俱作添憔。兹從内

府本摘艷及雍熙。雍熙多應作多因。不是作不索。雁帖魚緘作雁貼魚沉。恨鎖上有好着我三字。思量作淒涼。(浪來裏煞)雍熙牌名作高平調尾。廣正譜作上京馬。以暢道以下爲么篇。大成訂正爲金菊香。以暢道以下爲另一首。茲仍從盛世及摘艷。雍熙默默作驀驀。業眼作夜眼。泪珠兒下無般字。琅琅作丁璫。更和作更合。絮叨叨更作叨叨的絮。廣正譜暫交作曾交。五句作也學他那泪珠兒抛。琅琅的作琅琅。末句作更和那促織兒叨叨的絮無了。大成俱同廣正譜。惟琅琅下仍有的字。

李唐賓

唐賓號玉壺道人。廣陵人。生當元末明初。仕淮南省宣使。衣冠濟楚。人物風流。文章樂府俊麗。著雜劇二種。梨花夢。梧桐葉。後者今存。

小令

〔商調〕望遠行

悶拂銀箏。暫也那消停。響瑤階風韻清。忽驚起瀟湘外寒雁兒叫破沙汀。支楞的泪濕絃初定。絃初定。銀河淡月明。相思調再整。驀感起花陰外那箇人聽。高力士訴與實情。金鑼兒謊的人孤另。太和正音譜下　北詞廣正譜　九宮大成五九

九宮大成悶拂作漫撫。

套數

〔雙調〕風入松

落花輕惹暖絲香。飛燕過東牆。重重簾幕閑清晝。金篆小烟縷初長。羅衣乍經春瘦。蛾眉慵掃殘粧。

〔幺〕幾回寂寞怨東皇。獨自暗情傷。振衣忽憶當時話。空低首踏遍紅芳。看到荼蘼卸也。玉驄何處垂楊。

〔夜行船〕暮雨朝雲勞夢想。算却是幾般情況。海闊相思。山高恩愛。都撮在這心上。

〔喬牌兒〕韓香空妄想。何粉怎承望。怪靈鵲不離花枝上。又來没事謊。

〔攪箏琶〕恰撇下心兒忘。纔説着意兒謊。俺捱過惡詫風聲。搜索遍風流伎倆。驀忖量。猛參詳。空將順人情筆尖和泪染。怎訴衷腸。

〔月上海棠〕塵蒙金鎖閑朱幌。泪濕香絨冷綉牀。無語傍粧臺。全不似舊時格樣。慵遊賞。忍見鶯雙燕兩。

〔幺〕無端雲雨權收掌。誰説道陽臺路悽愴。着意會鸞凰。穩把佳期盼。指望成來往。一任閑人講。

〔賺煞〕挑燈織錦空勞攘。須跳出愁羅怨網。花壓東牆。潛等待櫳門兒月明下響。雍熙樂府一二　太和正音譜下引月上海棠　九宮大成六五同

雍熙樂府不注撰人。太和正音譜引月上海棠一支。注李唐賓。茲據以輯之。〇（月上海棠）正音譜鴬雙作鴬三。（么）正音譜權作拳。四五句作。穩把佳期指望。成來往。末句講作鬭講。九宮大成盼指望作盼望。句斷。講作漫講。

殘曲

〔仙呂〕賞花時

百尺鰲山簇翠烟。萬丈虹光散錦川。簫鼓慶華年。紅綃巧剪。燈火内家傳。

〔么〕車馬迎來玉府仙。歌管吹開陸地蓮。兒女六街喧。樓臺近遠。燈月共嬋娟。太和正音譜下　九宮大成五

（么）九宮大成歌管吹作歌吹聲。

王元和

生平不詳。

套數

〔越調〕小桃紅

題情

暗思金屋配合春嬌。是那一點花星照也。向這歡娛中深埋了禍根苗。我一從見了那箇妖嬈。他便和咱燕鶯期。鳳鸞交。鴛鴦侶。只引的蜂蝶兒鬧也。恨不的折損柔條。誰承望五陵人。可早先能够了小蠻腰。

〔下山虎〕向這芙蓉錦帳配合春嬌。說不盡忔憎處有萬般小巧。割捨了葉損枝殘。蕊開瓣彫。早一樹烟華春事了。是咱思算少。又被傍人一覓裏攪。猛可裏祅神廟頓然火燒。險把藍橋水渰倒。

〔山麻稭〕計痛喋低低道。你休得爲我愁煩。因我煎熬。多嬌。猶兀自恐咱憔悴潘安容貌。越着我氣冲牛斗。恨填滄海。怒鎖霞霄。

〔恨薄情〕爲恩情。傷懷抱。追遊宴賞情分少。朱顏鏡裏添老。書齋靜悄。不敢展文公家教。但只是磨香翰。挽兔毫。纔下筆了便寫出風情。翰林舊稿。

〔四般宜〕織錦字。寄英豪。焚金鼎。謝青霄。端詳了雲翰墨。越着我恨難熬。全不寫雲期雨約。但只訴玉減香消。他道我風流性如竹摇。仡登的在咱心上。默地拴牢。

〔怨東君〕他那裏紅粧殘頓忘了楚嬌。咱這裏青衫濕漸成沈腰。他那裏兩泪揾鮫綃。咱這裏行裏坐裏五魂縹緲。躭煩受惱。是咱離多會少。莫不是普天下相思病。我共他占了。

〔江頭送别〕腌臢悶腌臢悶甚時斷絶。懨煎病懨煎病甚日醫療。又不敢對着人明明道。只落的夢斷魂勞。

〔餘音〕眠思夢想如花貌。這愁煩誰人知道。守着這一盞殘燈昏沉沉坐到曉。詞林摘艷二 新編南九宫詞 詞林白雪三 吴歈萃雅元集 詞林逸響風卷 彩筆情辭八 吴騷合編三 南九宫譜南詞新譜九宫正始俱引小桃紅山麻稭恨薄情怨東君江神子九宫正始又引江頭送别 九宫大成引下山虎山麻稭四般宜餘音

詞林摘艷題作題情。注無名氏散套。新編南九宫詞題作情。注舊詞。詞林白雪屬閨情類。吴歈

萃雅詞林逸響題俱作思憶春嬌。與詞林白雪並注陳大聲作。惟不見秋碧樂府。彩筆情辭題作懷美。吳騷合編題同摘艷。二書並注王元和作。茲從之。九宫正始引此曲注明散套。〇(小桃紅)重增本摘艷暗思作暗想。南九宫詞那箇作那。詞林白雪首句作暗思昔日配春嬌。是那作不知是那。向這作向。深埋了禍作沉埋一段舊。下句作自從別了那多嬌。他便和咱作和咱有。只引作直勾引。蝶下無兒字。末句五陵人作五靈神。無可早及了字。萃雅逸響同詞林白雪。惟仍作五陵人。情辭是那作不知是那。深埋作沉埋。我一從作從。那箇作那。他便和咱作便知咱有。只引作直引。以下同萃雅。吳騷同萃雅。惟自從別了作自從見了。南九宫譜南詞新譜同萃雅。惟自從別了俱作從見了。五陵俱作武陵。九宫正始蜂蝶下無兒字。餘同南九宫詞。(下山虎)摘艷忔憎處作忔憎迅。猛可裏至水渰倒屬下曲二犯鬭寶蟾。重增本摘艷早一樹作只一樹。南九宫詞烟華作鉛華。詞林白雪首句作向芙蓉錦帳度春宵。忔憎處作趷踭踭他。割捨了作怎割捨得。早一樹句作早一樹艷花逢春易老。一覓裏攪作一謎了。猛可裏作猛可的。末句作取次藍橋又被水渰倒。萃雅忔憎處作趷踭踭處他。早一樹句作早一樹鉛華春易老。一覓裏作一謎。餘同詞林白雪。逸響同萃雅。情辭首句作向芙蓉錦帳喜度春宵。憎作琤。小巧作俏巧。捨了作捨得。烟華作鉛華。一覓作一謎。以下同萃雅。吳騷首句無向這二字。配合春嬌作喜度春宵。以下同萃雅。惟易老作事了。九宫大成同萃雅。惟踭踭作錚錚。易老作事了。(山麻稭)摘艷南九宫詞牌名作二犯鬭寶蟾。南九宫詞痛喋作痛別。恐咱作恐。詞林白雪起作記痛別。你休得作休得要。猶兀

自恐咱憔悴作又兀自怕瘦損了。末三句作。越教人悶填滄海。恨侵雲漢。愁鎖霞霄。萃雅逸響同詞林白雪。情辭起作記痛別。恐咱作恐。末三句同詞林白雪。惟越作好。吳騷俱同詞林白雪。南九宮譜南詞新譜同詞林白雪。惟六句作猶兀自瘦損了潘安容貌。九宮正始着我作教我。餘同南九宮詞。九宮大成俱同詞林白雪。(恨薄情)詞林白雪三四句作。追遊玩賞同歡笑。早朱顔不覺鏡中老。磨香翰作排香案。下筆了便作落紙。風情作離情。萃雅逸響同詞林白雪。惟三句歡笑俱作歡樂。萃雅挽兔毫作浣兔毫。逸響作援兔毫。情辭情分作緣分。四句同詞林白雪。下筆了作落紙。吳騷宴賞作玩賞。磨香翰作排香案。挽作浣。便寫作寫。餘同情辭。南九宮譜南詞新譜磨香翰俱作排香案。餘同情辭。九宮正始便寫出作但寫出。(四般宜)摘艷忔登的作忔登迅。詞林白雪謝作禱。端詳了作端詳。着我恨作教人悶。不寫作不記。但只訴作只説是。他道我二句作。他道是風流汗濕主腰。趷蹬蹬在他心上拴牢。萃雅他道我作他説道。逸響他道我作他説道我。兩書餘俱同詞林白雪。情辭端詳了作端詳。不寫作不記。忔登作趷蹬。默地作驀地。吳騷同詞林白雪。惟他道是作他説道。趷蹬蹬作趷登的。九宮大成同詞林白雪。惟他道是作他道。(怨東君)原刊摘艷兩泪作五泪。内府本摘艷兩泪作血泪。南九宮詞兩泪作血泪。詞林白雪忘了楚嬌作無楚腰。青衫作春衫袖。兩泪揾作血泪滴。行裏坐裏作坐想行思。躭煩作他那裏擔煩。是咱作咱這裏。相思下無病字。我共他作咱和伊都。萃雅同詞林白雪。惟仍作行裏坐裏。逸響同詞林白雪。惟仍作青衫。滴下有濕字。仍作行裏坐裏。情辭忘了楚嬌作羞楚嬌。兩泪揾

作血泪滴揾。餘同逸響。吴騷同逸響。惟無楚腰作憐楚腰。青衫作春衫。滴濕作滴揾。南九宫譜南詞新譜忘了楚嬌作添楚腰。兩泪作血泪。無是咱二字。末二句俱同詞林白雪。九宫正始兩泪作血泪。（江頭送别）内府本摘艷斷絶作斷勦。南九宫詞又不敢對着作不敢對。詞林白雪此支作。懨煎病懨煎病甚藥醫療。相思害相思害甚時頓消。不敢與人分明道。只落夢斷魂勞。萃雅逸響俱同詞林白雪。惟頓消作斷勦。只落作只落得。情辭甚日作甚藥。吴騷同萃雅。九宫正始又不敢對着作不敢對。〔江神子〕摘艷無此支。南九宫詞及情辭牌名作憶多嬌。南九宫詞曲文作。咱無緣福分少。老天斷送鳳友鸞交。長夜迢迢。形孤影吊。天若知時敢也和天瘦了。詞林白雪曲文作。莫不是咱無緣福分少。莫不是命蹇相招。莫不是老天斷續鸞交。天還知道恁寂寥。敢則是和天瘦了。萃雅逸響俱同詞林白雪。惟無緣福分少作無福分消。相招作難招。萃雅命蹇上有我字。情辭同南九宫詞。惟無緣作緣薄。長夜作良夜。吴騷同萃雅。南九宫譜南詞新譜俱同逸響。惟鸞交作鸞膠。九宫正始同南九宫詞。（餘音）詞林白雪末二句作。這情況有誰知道。只有一盞孤燈昏沉沉伴到曉。萃雅同詞林白雪。惟昏沉沉作昏昏的。逸響同萃雅。惟一盞上有這字。情辭末句同萃雅。吴騷俱同萃雅。九宫大成俱同逸響。

蘭楚芳

楚芳西域人。江西元帥。丰神英秀。才思敏捷。與劉廷信在武昌賡和樂章。人多以元白擬之。蘭一作藍。兹從録鬼簿續編等書。

小令

〔南吕〕四塊玉

風情

斤兩兒飄。家緣兒薄。積壘下些娘大小窩巢。蒿蔴稭蓋下一座袄神廟。你燒時容易燒。我着時容易着。燎時容易燎。盛世新聲戌集　詞林摘艷一　樂府羣珠二

盛世新聲無題。○樂府羣珠燎時作他燎時。

我事事村。他般般醜。醜則醜村則村意相投。則爲他醜心兒真博得我村情兒厚。似這般醜眷屬。村配偶。只除天上有。盛世新聲戌集　詞林摘艷一　樂府羣珠二

盛世新聲詞林摘艷首句我作村。樂府羣珠首句我作你。兹據第四句改。

意思兒真。心腸兒順。只争箇口角頭不囫圇。怕人知羞人説嗔人問。不見後又嗔。得見後又忖。多敢死後肯。盛世新聲戌集　詞林摘艷一　樂府羣珠二

雙漸貧。馮魁富。這兩箇争風做姨夫。呆黄肇不把佳期誤。一箇有萬引茶。一箇是一塊酥。攬的來無是處。盛世新聲戌集　詞林摘艷一　樂府羣珠二

以上四首盛世新聲不注撰人。詞林摘艷於第一首下注蘭楚芳。樂府羣珠以四首皆爲蘭作。

〔南吕〕駡玉郎過感皇恩採茶歌

閨情

蘭堂失却風流伴。倦刺綉懶描鸞。金釵不整烏雲亂。情深似刀刃剜。愁來似亂箭攢。人去似風筝斷。口則説應舉求官。多因是買笑追歡。從今後鴛夢兒再休完。魚書兒都休寄。龜卦兒也休鑽。離愁萬般。心緒多端。芳草迷烟樹。落花催雨點。香絮滚風團。陽臺上路盤桓。藍橋下水瀰漫。傍樓一傍一心酸。空憶當時花爛熳。可憐今夜月團圞。盛世新聲戌集　詞林摘艷一　樂府羣珠二　元明小令鈔

盛世新聲樂府羣珠俱不注撰人。詞林摘艷於撰人所示不明確。元明小令鈔以爲蘭楚芳作。羣珠有題目。茲從之。〇羣珠花爛熳作風爛熳。團圞作團圓。

〔雙調〕沉醉東風

金機響空聞玉梭。粉牆高似隔銀河。閑綉牀。紗窗下過。佯咳嗽噴絨香唾。頻喚梅香爲甚麽。則要他認的那聲音兒是我。盛世新聲戊集　詞林摘艷一　元明小令鈔

盛世新聲不注撰人。詞林摘艷於撰人所示不明確。茲姑據元明小令鈔輯之。

〔雙調〕折桂令

相思

可憐人病裏殘春。花又紛紛。雨又紛紛。羅帕啼痕。淚又新新。恨又新新。寶髻鬆風殘楚雲。玉肌消香褪湘裙。人又昏昏。天又昏昏。燈又昏昏。月又昏昏。盛世新聲戊集　詞林摘艷一　樂府羣珠三

此曲僅詞林摘艷明注蘭楚芳作　〇羣珠羅帕作袖揾。無天又昏昏四字。

被東風老盡天台。雨過園林。霧鎖樓臺。兩葉愁眉。兩行愁泪。兩地愁懷。劉郎去也來也那不來。桃花謝也開時節還開。早是難睚。恨殺無情。杜宇聲哀。盛世新聲戌集　詞林摘艷一　樂府羣珠三　元明小令鈔

此曲僅元明小令鈔明注蘭楚芳作。○盛世摘艷等去也下有那字。謝也作謝時節。兹從羣珠。

〔雙調〕雁兒落過得勝令

相思

丹楓葉上詩。白雁雲中字。黄昏多病身。黑海心間事。月影轉花枝。香篆梟金獅。翡翠衾寒處。鴛鴦夢覺時。嗟咨。悄悄人獨自。相思。沉沉一擔兒。盛世新聲戌集　詞林摘艷一

盛世新聲無題。不注撰人。兹從詞林摘艷。兩書牌名俱誤作雁兒落。兹改正。○以上蘭楚芳小令皆見摘艷。惟摘艷共選蘭氏小令若干首。所示殊不明確。兹僅就各書明注蘭作者輯之。

套數

〔黄鍾〕願成雙

春思

春初透。花正結。正愁紅慘緑時節。待鴛鴦塚上長連枝。做一段風流話説。

〔么篇〕融融日暖噴蘭麝。倩東風吹與胡蝶。安排心事設山盟。準備着鮫綃揾血。

〔出隊子〕青春一捻。奈何羞嬌更怯。流不乾泪海幾時竭。打不破愁城何日缺。訴不盡相思今夜捨。

〔么篇〕看看的捱不過如年長夜。好姻緣惡間諜。七條絃斷數十載。九曲腸拴千萬結。六幅裙攙三四摺。

〔尾聲〕三四摺裙攙且休藉。九迴腸解放些些。量這數截斷絃須要接。盛世新聲戊集　詞林摘艷九　北宫詞紀六

盛世新聲無題。不注撰人。○〔願成雙么篇〕内府本摘艷設山盟作説山盟。〔出隊子〕詞紀羞嬌作嬌羞。〔么篇〕摘艷詞紀首句俱無看看的三字。

〔中吕〕粉蝶兒

思情

他生的如月如花。蕩湘裙一鈎羅襪。寶釵横雲鬢堆鴉。翠眉彎。櫻唇小。堪描堪畫。閑近窗紗。倚幃屏綉簾直下。

〔醉春風〕香細裊紫金爐。酒頻斟白玉斝。銀釭影裏殢人嬌。他生的可喜殺。殺。他生的宜喜宜嗔。便有那閑愁閑悶。見了他且休且罷。

〔迎仙客〕傍芝蘭吸露花。遊宇宙步雲霞。我則見窄弓弓藕芽兒剛半扎。踐香塵。踏落花。淺印在輕沙。印一對相思卦。

〔紅綉鞋〕有他時一刻千金高價。有他時一世兒興旺人家。有他時村的不村殺。臨風三勸酒。對月一烹茶。説蓬萊都是假。

〔普天樂〕信步到海棠軒。閑行至荼蘼架。引的些蜂喧蝶穰。來往交加。粉臉襯桃杏腮。雲髻把花枝抹。嬝嬝婷婷花陰下。他若是不言語那裏尋他。他比那名花解語。他比那黄金足色。他生的美玉無瑕。

〔耍孩兒〕透春情説幾句知心話。則被你迤逗殺我心猿意馬。寒窗寂寞廢琴書。苦思量曉夜因他。傲風霜分不開連枝樹。宜雨露栽培出並蔕花。見一日買幾遍龜兒卦。似這般短促促攜雲握雨。幾時得穩拍拍立計成家。

〔二煞〕捧金杯勸醁醑。按銀箏那玉馬。似展開幅吴道子觀音畫。他那裏倚欄翠袖凝秋水。映日紅裙襯曉霞。但行處人驚訝。端的是沉魚落雁。閉月羞花。

〔一煞〕笑一笑不覺的春自生。行一步看的人眼又花。十分愛常帶着三分怕。愛的是風流旖旎嬌千種。怕的是間阻飄零那半霎。天生下一虎口凌波襪。堪與那俏子弟寒時暖手。村郎君飽後挑牙。

〔尾聲〕若要咱稱了心。則除是娶到家。學知些柴米油鹽價。恁時節悶減愁消受用殺。

盛世新聲辰集　詞林摘艷三　雍熙樂府六　彩筆情辭一　吴騷合編四

盛世新聲重增本内府本詞林摘艷俱無題。與雍熙樂府皆不注撰人。雍熙題作題美人脚小。原刊本徽藩本摘艷題作思情。彩筆情辭題作贈美妓。吴騷合編題作贈妓。〇(粉蝶兒)内府本摘艷幃屏作圍屏。雍熙情辭吴騷直下俱作低下。吴騷閑近作剛隔着碧。(醉春風)雍熙銀釭作銀燈。情辭吴騷同。雍熙便有那作便有他。吴騷他生的作更性兒。(迎仙客)雍熙半扎作半折。印在作印下。情辭吴騷雲霞俱作烟霞。(紅綉鞋)内府本摘艷一烹作一甌。雍熙高價作無價。三句作有他

時村沙的化的不村沙。一烹作一甌。又與情辭吴騷一世兒俱作一生。（普天樂）内府本摘艷花陰上有立在二字。雍熙那裏作無處。他比下俱無那字。名花作白花。情辭那裏作何處。末三句作二句云。他比黄金足色。他比美玉無暇。吴騷孃孃上有看字。那裏作何處。末三句作。他比黄金足色。明珠没價。美玉無瑕。（耍孩兒）雍熙四句作不由人曉夜思他。拍拍作便便。（二煞）雍熙倚欄作倚鸞。驚訝作驚謊。末句作他生的閉月羞花。又與情辭吴騷行處俱作見處。（一煞）内府本摘艷眼又花作眼倦花。雍熙看的人作迮逗人。帶着作勢着。風流作三分。又與情辭吴騷一笑俱作一面。眼又花俱作眼倦花。（尾聲）雍熙若要咱作要教咱。

〔中吕〕粉蝶兒

驕馬金鞭。自悠悠未嘗心倦。正閑尋陌上花鈿。過章臺。臨洛浦。與可憎相見。他恰正芳年。誤沉埋舞裙歌扇。

〔醉春風〕螺髻紺雲偏。蛾眉新月偃。樽前席上意相投。無半星兒顯。顯。姿色兒嬌羞。語音兒輕俊。小名兒伶便。

〔迎仙客〕詩酒壇。綺羅筵。他舉瑶觴笑將紅袖捲。不由咱不留情。剛推的箇酒量淺。似這般嬌鳳雛鸞。争奈教不鎖黄金殿。

〔石榴花〕知他是怎生來天對付好姻緣。晝同坐夜同眠。搵桃腮攜素手並香肩。撒地殢腼腆。我索痛惜輕憐。常則是比翼鳥連理枝雙飛燕。蜜和酥分外相偏。一扎脚住定無移轉。他兜的拴意馬我索鎖心猿。

〔鬬鵪鶉〕他愛我那表正容端。我愛他那香嬌玉軟。你看他那雲髻金釵。英花翠鈿。羅襪凌波底樣兒淺。正少年。俺是那前世姻緣。非是今生偶然。

〔上小樓〕他銜一味温柔軟善。無半點輕狂寒賤。常則是眼兒盼盼。脚兒尖尖。越着他那意兒懸懸。若是天可憐。得兩全。成合姻眷。盡今生稱了心願。

〔么〕寫情懷詩押便。閑嬉酬譚答禪。常記得那錦字機頭。金縷聲中。玉鏡臺前。日暖風和。柳媚花濃。深沉庭院。看時節小紅樓當家兒歡宴。

〔滿庭芳〕初來時争着與他錦纏。則爲他那歌謳宛轉。舞態翩躚。憐香心等閑間難竄變。着我怎不垂涎。你看他那穩穩重重那些兒體面。你看他那安安詳詳罪愆。似一箇謫降下的玉天仙。

〔耍孩兒〕浮花浪蕊我也多曾見。不似這風流的業冤。似別人冷定熱牙疼。從今後燒好香禱告青天。則願的有實誠口吐芝蘭氣。無虧缺心同碧月圓。我覷他似那張麗華

潘妃面。雖不得朝朝玉樹。也能够步步金蓮。

〔一煞〕得成合好味況。乍離別怎過遣。有一日那扁舟水順帆如箭。我則索盼長途日窮剩水殘雲外。你則索宿旅店腸斷孤雲落照邊。我這般廝敬重偏心願。只除是無添和知音的子弟。能主張敬思的官員。

〔二煞〕有一日泪汪汪把我扶上馬。哭啼啼懶下船。我不學儒業你也休習針線。我便有那孫思邈千金方也醫不可相思病。你便有那女媧氏五彩石也補不完離恨天。徹上下思量遍。你似一箇有實誠的離魂倩女。我似那數歸期泣血的啼鵑。

〔三煞〕到別州城不問二三。那謊勤兒敢有萬千。那廝每餓肚皮乾牛糞無分曉胡來纏。你也則索一杯悶酒樽前過。兩葉愁眉時下展。稱不的平生願。你縱然有那千般巧計。也則索權結姻緣。

〔尾聲〕你若是不忘了舊日情。常思着往日的言。你不忘舊情魚雁因風便。你是必休辭憚江鄉路兒遠。盛世新聲戌集　詞林摘艷三　彩筆情辭四　北詞廣正譜引鬬鵪鶉

盛世新聲無題。不注撰人。詞林摘艷及彩筆情辭題俱作贈妓。皆注蘭楚芳作。北詞廣正譜引鬬鵪鶉注劉庭信撰。○(粉蝶兒)情辭年作妍。(醉春風)情辭顯顯作險險。伶作靈。(迎仙客)情辭推的作推。(石榴花)摘艷撒地作他撒殢。情辭首句作怎生來天付好姻緣。撒地殢作他撒嬌癡。

常則是作常只似。一扎脚句作一相逢永矢無更變。他兜的作他。我索作我。（鬬鵪鶉）盛世以首二句作石榴花末二句。玆從摘艷及情辭。摘艷首三句俱無那字。英花二字疊。内府本摘艷末句非是上有也字。情辭首二句無那字。你看他那作看。英作鶯。樣兒作様。正少年上有堪描畫三字。俺是那作也是。非是作豈。廣正譜首三句同摘艷。髫作鬌。英作鶯。非是上有也字。（上小樓）摘艷天可憐作得天可憐。内府本摘艷越着作越看。情辭軟善作軟款。越着他那作那更。（么）情辭情懷作幽懷。閑嬉作喜間。三句無那字。看時作有時。（滿庭芳）摘艷罪愆作謙遜詞言。下多笑一笑鶯聲轉。不由人不愛憐兩句。似作恰似。内府本摘艷着我作可着我。情辭争着與他作争與。二句無那字。等閑間作等閑。穩穩重重作穩重。末二句作四句云。那安詳謙遜辭言。笑一笑鶯聲囀。這千般婉孌。似謫下的玉天仙。（耍孩兒）摘艷圓作懸。情辭首句無我也二字。這風流的作您風流。圓作懸。我覷他似那作覷他似。（一煞）盛世水順作山順。主張作生張。情辭離別作别離。（二煞）情辭泪汪汪把我作把我泪汪汪。學儒業作業儒。休習作莫拈。便有那俱作便有一箇。有實誠作箇誠實。泣血的作泣血。（三煞）内府本摘艷下展作不展。盛世敢有作感有。情辭無乾牛糞三字。你也作你。縱然有那作縱有。（尾聲）情辭往日的作往日。你不忘舊情作肯尋。你是必休辭作是必休。

録鬼簿續編蘭楚芳條。謂楚芳與劉婆惜聯句。作落梅風金刀細。錦鯉肥一曲。案此曲見陽春白雪。注李壽卿作。續編説似不足據。玆不收。

詞林白雪卷一有傾杯玉芙蓉隔牆新月上梅花套數一套。卷四有一枝花輕柔縞淡粧套數一套。俱注蘭楚芳作。案前曲吴騷集。吴歈萃雅。樂府珊珊集。怡春錦俱屬楊升庵。吴騷合編屬史考叔。後曲見湯舜民筆花集。北宫詞紀。彩筆情辭亦以之屬舜民。兹俱不收。

李子昌

生平不詳。

套數

〔正宫〕梁州令南

芳草長亭露帶沙。盼遊子來家。翠消紅減亂如麻。隔粧臺慵梳掠掩菱花。

〔賽鴻秋北〕我這裏望賓鴻目斷夕陽下。盼情人獨立在簾兒下。夜香燒禱告在花陰下。喜蛛兒空掛在紗窗下。風兒漸漸吹。雨兒看看下。我這裏受淒涼獨坐在孤燈下。

〔汲沙尾南〕雲雨阻巫峽。傷情斷腸人在天涯。錦字無憑虛度荏苒韶華。嗟呀。春晝永朱扉半椏。東風静湘簾低掛。黛眉懶畫。彈宫鴉鬢邊斜插小桃花。

〔脱布衫北〕我這裏冷清清無語嗟呀。急煎煎情緒交雜。瘦伶仃寬褪了絳裙。病懨懨泪濕羅帕。

〔漁家傲南〕燕將雛逢初夏。夢斷華胥。風弄簷馬。空閑了刺綉窗紗。香消寶鴨。那人

在何處貪歡耍。空辜負沉李浮瓜。寂寞。厭池塘鬧蛙。庭院裏晝長偏憐我。夜涼枕簟不見他。多嬌姹。風流俊雅。倚欄干猛思容貌勝荷花。

〔小梁州北〕這些時雲鬢鬅鬆減了俊雅。玉肌削脂粉慵搽。上危樓盼望的我眼睛花。空一帶山如畫。不由人情思在天涯。

〔普天樂南〕景淒涼人瀟灑。何日把雙鸞跨。奈薄情不寄鸞箋。相思句盡訴與琵琶。彈粉泪濕香羅帕。暗數歸期將這春纖掐。動離情征雁呀呀。無奈無奈心事轉加。對西風病容消瘦似黃花。

〔伴讀書北〕短命喬才辜負了咱。恨不的夢裏尋他。他那裏偎紅倚翠笑歡洽。我這裏情牽掛。不由人離恨泪如麻。

〔剔銀燈南〕漸迤逦寒侵綉幃。早頃刻雪迷了鴛瓦。自恨今生分緣寡。紅爐畔共誰人閑話。呫題罷。托香腮悶加。膽瓶中懶添溫水浸梅花。

〔笑和尚北〕我我我起初時且是敬他。他他他間深也和咱罷。我我我離恨有天來大。他他他不足誇。我我我自詳察。泪如麻。自嗟呀。他無半點兒真實話。

〔尾聲南〕重相見兩意佳。慶喜傳杯弄斝。氣命兒看承勝似花。盛世新聲子集　詞林摘艷六

雍熙樂府二　新編南九宮詞　南北詞廣韻選一三　北宮詞紀六　詞林白雪二　吴歈萃雅元集　詞林逸響風卷　吴騷合編一　怡春錦　曲譜引從略

盛世新聲重增本内府本詞林摘艷俱無題。原刊本徽藩本詞林摘艷題作四季。雍熙樂府題作四時思憶。新編南九宮詞無題。南北詞廣韻選題作閨憶。北宮詞紀題作四時怨别。詞林白雪屬閨怨類。吴歈萃雅詞林逸響題作四時花怨。吴騷合編題作四時閨怨。原刊本徽藩本摘艷注元李子昌作。詞紀注明李子昌作。詞林白雪注李子昌而不書其時代。萃雅逸響怡春錦吴騷注劉東生作。餘書俱不注撰人。兹據摘艷屬元人。廣韻選萃雅吴騷只南曲。餘俱南北合套。〇（梁州令南）盛世摘艷等牌名誤作一翦梅。逸響作夜遊湖。兹據詞紀詞林白雪。詞紀詞林白雪亂如俱作泪如。廣韻選無此支。（賽鴻秋北）雍熙盼情人獨立作我這裏盼情人强立。三四兩句易位。末句受作偏受。在孤燈作在燈兒。南九宮詞逸響怡春錦俱同雍熙。惟南九宮詞燈兒上無在字。詞紀詞林白雪獨立作强立。三四兩句易位。孤燈作燈兒。（汲沙尾南）盛世摘艷宫鴉俱作宫容。内府本摘艷半椏作半壓。雍熙半椏作低閫。低掛作低下。彈宫鴉作覩宫額。南九宮詞傷情作傳情。半椏作低椏。低掛作低下。廣韻選錦上有奈字。半椏作低亞。低掛作閑掛。詞紀詞林白雪逸響怡春錦吴騷南曲譜南詞新譜九宮譜定俱同廣韻選。惟逸響怡春錦亞作啞。（脱布衫北）雍熙三句作瘦裙腰寬褪了絳紗。濕作濕了。南九宮詞詞紀詞林白雪逸響怡春錦俱同。（漁家傲南）内府本摘艷嬌姹作嬌娃。雍熙何處上無在字。無空辜負三句。晝長作日長。下句作枕席上夜涼不見了他。南

九宮詞牌名作錦纏道。空閑作閑扃。何處上無在字。庭院二句作。庭院日長誰憐我。枕簟上夜涼不見他。姹作叹。風流上有愛字。廣韻選牌名作山漁燈犯。夢斷作夢轉。空閑作閑扃。庭院二句同南九宮詞。惟不見作不見了。風流上有愛字。詞紀牌名作虞美人犯。空閑作閑扃。晝長作日午。下句同雍熙。惟席作簟。風流上有愛字。詞林白雪逸響怡春錦俱同詞紀。惟逸響怡春錦庭院下無裏字。吳騷牌名作山漁燈犯。注云。或作虞美人犯誤。空閑作閑扃。庭院二句同南九宮詞。惟誰作偏。風流上有愛字。南曲譜南詞新譜九宮譜定夢斷俱作夢轉。餘同詞紀。惟裏日午偏作日長誰。（小梁州北）盛世原刊摘艷一帶俱作一岱。内府本作一帶。雍熙二句肌削作香消。三句作上危樓和泪步輕踏。末句作則我這離恨在天涯。南九宮詞逸響怡春錦俱同雍熙。詞紀詞林白雪二句末句俱同雍熙。（普天樂南）盛世句作向。重增本摘艷脱牌名及箋字以上十八字。句作向。内府本摘艷將這作將。雍熙奈薄情作爲薄情。句盡訴與作病盡訴。粉泪作情泪。六句作數歸期暗將春纖掐。無奈不疊。心事作心思。消瘦作清減。南九宮詞訴與作續。餘同雍熙。廣韻選雙鸞作青鸞。奈薄情不寄作怨薄情空寄。訴與作續。將這春纖掐作在夕陽下。無奈不疊。詞紀奈薄情作怨薄情。訴與作訴。將這作將。無奈不疊。詞林白雪俱同詞紀。逸響奈薄情以下全同廣韻選。無奈不疊。吳騷鸞箋作魚箋。消瘦作憔悴。餘同逸響。怡春錦南曲譜南詞新譜九宮譜定俱同逸響。（伴讀書北）盛世摘艷牌名俱作小梁州。内府本摘艷夢裏作夢兒裏。雍熙南九宮詞詞紀詞林白雪逸響怡春錦尋俱作去尋。我俱作俺。末句俱作知他何處戀嬌娃。南九

宫詞短命作知命。(剔銀燈南)内府本摘艷幃作榻。雍熙幃作榻。畔共作伴。㗖題作顛題。末句作翠瓶中旋添雪水浸梅花。南九宫詞俱同。廣韻選幃作榻。誰人作誰。㗖題作詁啼。温水作雪水。詞紀俱同廣韻選。詞紀迷了作迷。詞林白雪吴騷俱同詞紀。惟吴騷仍作迷了。逸響幃作幄。誰人作誰。㗖題作顛涕。怡春錦俱同逸響。南曲譜南詞新譜九宫譜定俱同吴騷。(笑和尚北)重增本摘艷他無作也無。雍熙首二句作。他他他且是敬咱。您您您日久也和咱罷。不足作不用。自嗟作暗嗟。半點兒作半點。南九宫詞逸響怡春錦俱同雍熙。詞紀末句作無半點真實話。餘同雍熙。詞林白雪俱同詞紀。(尾聲南)雍熙兩意佳作喜氣加。慶喜作幸喜遇。末句作氣命般看承敬重他。南九宫詞俱同。詞紀慶喜作一任。末句作斷送了年華四季花。詞林白雪俱同詞紀。逸響佳作加。慶喜作憶昔。末句同詞紀。惟無了字。怡春錦俱同逸響。吴騷慶喜作憶昔。末句同詞紀。惟華作時。

胡用和

生平不詳。據詞林摘艷用和爲天門山人。自其所作中吕粉蝶兒題金陵景套數觀之。則當爲由元入明之人。

套數

〔南吕〕一枝花

隱居

左右依兩壁山。橫竪蓋三間屋。高低田五六畝。周圍柳數十株。活計蕭疎。偏容俺閑人物。兩般兒親自取。不用買江上風生。誰要請天邊月出。

〔梁州第七〕興到也吟詩數首。懶來時静坐觀書。消閑幾個知心侶。負薪樵子。執釣漁夫。烹茶石鼎。沽酒葫蘆。崎嶇山幾里平途。蕭疎景無半點塵俗。染秋光紅葉黄花。鋪月色清風翠竹。起風聲老樹蒼梧。有如。畫圖。閑中自有閑中趣。看烏兔自

來去。百歲光陰迅指無。甲子須臾。

〔尾聲〕矮窗低屋隨緣度。土炕蒲團樂有餘。散誕逍遥少榮辱。嗟吁嘆吁。心足意足。伴着這松竹梅花做賓主。詞林摘艷八

（一枝花）原刊本徽藩本數十株俱作數十行。失韻。兹從重增本内府本。（尾聲）重增本矮窗作短窗。

〔中吕〕粉蝶兒

題金陵景

萬里翺翔。太平年四方歸向。定乾坤萬國來降。穀豐登。民安樂。鼓腹謳唱。讀書人幸遇堯唐。五雲樓九重天上。

〔醉春風〕宫殿紫雲浮。江上清氣爽。把京都佳致略而間講。講。景物稀奇。鳳城圍繞。士民高尚。

〔朱履曲〕論富貴京都爲上。數繁華海内無雙。風流人物貌堂堂。雲山迷遠樹。雪浪湧長江。暮追歡朝玩賞。

〔魔合羅〕東南佳麗山河壯。助千古京都氣象。人稠物穰景非常。真乃是魚龍變化之鄉。山形盤踞藏龍虎。臺榭崔巍落鳳凰。堪崇尚。載編簡累朝盛士。撼乾坤萬代傳揚。

〔十一煞〕景陽臺名尚存。周處臺姓且香。拜郊臺古跡鍾山上。烏龍潭雨至風雷起。白鷺洲潮回烟水茫。雨花臺曾有天花降。躍馬澗烟籠曙色。釣魚臺月漾波光。

〔十煞〕南北乾道橋。東西錦綉鄉。四時歌管長春巷。峥嶸高閣侵雲表。奇觀層樓接上蒼。清溪閣烟波蕩。忠勤樓風雲福地。尊經閣詩禮文場。

〔九煞〕朝天宫道友多。天界寺僧衆廣。天禧寺古塔霞光放。三山香火年年盛。十廟英靈世世昌。寶寧寺一境多幽況。雞鳴山烟籠佛寺。神樂觀雲擁仙鄉。

〔八煞〕香消脂井痕。歌殘玉樹腔。長干橋畔烏衣巷。高堂燕至思王謝。古甃蛩吟嘆孔張。無一節添悲愴。若無酒興。惱亂詩腸。

〔七煞〕山圍龍虎國。城連錦綉鄉。四時美景宜歡賞。春風桃李參差吐。夏日榴花取次芳。秋天菊綻冬梅放。歌歲稔風調雨順。慶豐年國泰民康。

〔六煞〕到春來觀音寺賞牡丹。擁翠園玩海棠。逍遥西圃名園廣。怕花殘朝朝攜妓歌

金縷。恐春去日日邀朋飲玉漿。有百千處堪遊賞。泛輕舟桃葉渡觀山玩水。跨蹇驢杏花莊拾翠尋芳。

〔五煞〕到夏來清涼寺暑氣無。賞心亭夏日長。石頭城烟雨風生浪。秦淮河急水龍舟渡。馬公洞薰風菡萏香。翠微亭緑陰深處炎威爽。儀鳳樓滿窗江月。建龍關四壁山光。

〔四煞〕到秋來玄武湖碧水澄。青龍山翠色蒼。攜壺策杖登高賞。崇因寺内芙蓉綻。普照庵中桂子香。家家庭院秋砧響。水波濤江横白露。雁初飛菊吐新黄。

〔三煞〕到冬來助江天雪正飛。撼樓臺風力狂。喜的是紅爐畫閣羊羔釀。霎時間銀砌就錢婆嶺。頃刻處玉粧成石子崗。動絃管聲嘹喨。慶太平有象。賀豐稔時光。

〔二煞〕遺圖古跡多。今朝事業昌。太平風景真佳況。詩人有意題難足。勝境無窮詠未詳。曾到處閑中想。鶯花世界。詩酒排場。

〔一煞〕陳鈞佐才俊高。臧彦弘筆力强。繆唐臣慢調偏宜唱。章浩德能吟翰苑清詩句。谷子敬慣捏梨園新樂章。陳清簡善畫真容像。盧仲敬品玉簫寰中第一。冷起敬操瑤琴世上無雙。

〔尾聲〕歌樓對酒樓。山光映水光。倩良工寫在幃屏上。留與詩人慢慢賞。詞林摘艷三

（粉蝶兒）原刊本安樂作安業。兹從重增本。（醉春風）重增本清氣作青氣。内府本講講上有我與你三字。（魔合羅）重增本山形作山影。（八煞）各本古甃俱作古甃。兹從内府本。（一煞）内府本陳鈞佐作陳王佐。

谷子敬

子敬金陵人。樞密院掾史。生於元末明初。明周易。通醫道。口才捷利。樂府隱語。盛行於世。著雜劇五種。三度城南柳。盧生枕中記。雪恨鬧陰司。借屍還魂。一門忠孝。三度城南柳今存。餘佚。

套數

〔黄鍾〕醉花陰

豪俠

殢酒簪花異鄉客。花酒内淹留數載。花悦眼酒忘懷。酒釃花穠。舉酒在花溪側。忽頓覺數年來。將我這悒怏的心腸忽地改。

〔喜遷鶯〕想當初狂態。醉鄉中放浪形骸。吾儕。盡都是五陵豪邁。都是些闊論高談梁棟材。一箇箇安邦定策。一箇箇劍揮星斗。一箇箇胸捲江淮。

〔出隊子〕到春來東城南陌。信青驄踏緑苔。柳陰中打繞逞狂乖。芳徑内粧么衠意脈。粉牆上題詩思膩色。

〔刮地風〕到夏來繞定雕欄垂楊擺。緑陰庭槐。戧金船倚棹蘭舟外。信意忘懷。聽韻悠悠樂聲一派。摇紈扇玉體相捱。有翡翠軒碧紗幮避暑樓臺。捧瑶觴莫減側。擺列着十二金釵。直喫的晚凉生日暮遥天外。共採蓮人歸去來。

〔四門子〕到秋來寫長空寒雁兒堪人愛。霽一天秋月色。緑葉兒殷。黄菊兒開。効龍山落帽老秀才。直喫的臉暈紅身子兒歪。嬌滴滴玉人兒扶策。

〔古水仙子〕我我我自鑒戒。似似似錦陣裹踈狂李太白。將將將寶劍共瑶琴。還還還花錢共酒債。我我我嫌天寬恨地窄。呀呀呀却原來冬景幽哉。看看看瀉長空瑞雪風亂篩。見見見傲冰魂玉梅南軒外。馨馨馨時送將暗香來。

〔尾聲〕倚翠偎紅理當戒。樂琴書不出茅齋。似這般好光景我曾多見來。盛世新聲丑集

盛世新聲重增本内府本詞林摘艷俱無題。與雍熙樂府皆不注撰人。雍熙題作花酒還魂。原刊本詞林摘艷題作豪俠。注谷子敬作。○〔醉花陰〕雍熙悒怏下無的字。〔喜遷鶯〕雍熙放浪作放蕩。〔出隊子〕盛世摘艷打繞俱作打遠。雍熙粧么作粧妖。〔刮地風〕内府本摘艷信意作儘意。雍熙二

句作趁着這緑嫩蒼苔。倚棹作一棹。信意作儘意。紗幗作水池。減側作掩側。共採作咱共採。（四門子）雍熙兒堪人作真堪。三句作紅葉兒彫。菊兒作菊又。劾龍山作笑龍山。臉暈作酒暈。身子兒作身子。玉人兒作玉人。（古水仙子）原刊摘艷瀉長空作漫長空。雍熙共酒債作和酒債。五句我我我作俺俺俺。恨地作和地。原來作原來是。送將作送。（尾聲）内府本摘艷我曾作我也曾。

〔商調〕集賢賓

閨情

猛聽的透簾櫳賣花聲喚起。將好夢却驚回。更和那遷喬木鶯聲偏碎。上紗窗日影重移。暗沉吟失魄消魂。悶懨懨似醉如癡。把重門緊緊深閉起。怕鶯花笑人憔悴。離愁何日滿。此恨有誰知。

〔逍遥樂〕則爲那無媒匹配。勾引起無倒斷相思。染下這不明白的病疾。眼睁睁的將我來抛離。潑喬才更狠似王魁。我這裏駡一聲却又悔。空没亂怎地支持。則落的長吁短嘆。倒枕垂牀。廢寢忘食。

〔金菊香〕這些時龍涎香爇冷了金猊。雁足慵安生了緑綺。羊羔懶斟閑了玉杯。覷了這一弄兒狼藉。不由人輾轉越傷悲。

〔醋葫蘆〕詩吟出錦綉文。字裝成古樣體。衣冠濟楚俊容儀。酒席間唱和音韻美。一團兒和氣。論聰明俊俏有誰及。

〔梧葉兒〕刀攪也似柔腸斷。爬推也似泪點垂。似醉有如癡。筆硯上疎了工課。茶飯上減了飲食。針指上罷了心機。怎對人言説這就裏。

〔後庭花〕想着他身常愛紅翠偎。心偏將香玉惜。面勝似何郎粉。手能描京兆眉。閑時節笑相偎。恰便似鶼鶼比翼。翠裙腰掩過半尺。摟胸帶攢了一圍。骨捱捱削了玉肌。瘦懨懨寬了綉衣。亂鬅鬆雲鬢堆。困騰騰秋水迷。命懸懸有幾日。軟怯怯無些氣力。

〔柳葉兒〕我可甚千嬌百媚。全不似舊日容儀。閣不住兩眼悽惶泪。不能够同歡會。則有分各東西。想人生最苦是別離。

〔尾聲〕常記得枕席間説的言。星月底設來的誓。誰想這辜恩薄倖負心賊。自相別數年無信息。比及你登科及第。我則索上青山化做望夫石。盛世新聲申集　詞林摘艷七　雍熙樂

盛世新聲重增本內府本詞林摘艷俱無題。與雍熙樂府皆不注撰人。雍熙題作春思。原刊本徽藩本詞林摘艷題作閨情。注谷子敬作。○（集賢賓）盛世摘艷偏碎俱作偏翠。雍熙好夢作我這好夢。喬木上無遷字。日影作月影。失魄消魂作失魂忘魄。閉起作閉的。此恨作更和這別恨。（逍遥樂）內府本摘艷則爲那作則爲他。又悔作又先悔。雍熙則爲那作則爲這。勾引作引。這不明白的作這場不明白。睜睜下無的字。罵一聲作罵他一聲。（金菊香）雍熙香爇作倦裊。懶斟作怕飲。輾轉作轉轉。（醋葫蘆）盛世及原刊摘艷等牌名作浪來裏。茲從內府本摘艷及雍熙。雍熙俊容儀作樣稀奇。和氣作風流旖旎。（梧葉兒）盛世摘艷爬推俱作扒推。盛世及重增本摘艷末句俱作怎對人呵怎對人言說他這就裏。茲從原刊摘艷。雍熙泪點垂作兩泪垂。有如癡作也夢魂飛。說這作說來。（後庭花）原刊摘艷末句氣力上無些字。內府本摘艷末句疊。雍熙首句作想着他心腸愛紅翠幃。鶼鶼作天邊。翠裙上有我這裏三字。雲鬟作雲髻。騰騰作朦朧。（柳葉兒）內府本摘艷起句上有呀字。雍熙末句作單住着夫婦別離。（尾聲）原刊摘艷設來的作設來。雍熙底設來作前說來。誰想這作誰想。數年無作二載無了。我則索作少不的我。化做作化做了。

詞林摘艷卷六有端正好一聲鶯報上林春套數。原刊本徽藩本俱注谷子敬作。案北宮詞紀亦收此套。注湯菊莊作。摘艷所收菊莊曲。作者姓氏幾皆誤注。詞紀收菊莊曲頗多。見鈔本筆花集者姓氏俱不誤。茲從詞紀屬湯氏。

詹時雨

時雨隨父宦遊福建。因而家焉。爲人沉静寡言。才思敏捷。樂府極多。雜劇有補西廂弈棋。或疑今題晚進王生撰之圍棋闖局即時雨作。

套數

〔南吕〕一枝花

麗情

銀杏葉彫零鴨脚黄。玉樹花冷淡雞冠紫。紅荳蔻啄殘鸚鵡粒。碧梧桐棲老鳳凰枝。對景嗟咨。楚江風霜剪鴛鴦翅。渭城柳烟籠翡翠絲。綴黄金菊露瀼瀼。碎緑錦荷花瑟瑟。

〔梁州〕嘆落落情懷不已。恨匆匆歲月何之。擁併也似一片閑愁攛掇出傷心故事。往常時花箋寫恨。紅葉題詩。都做了風中飛絮。水上浮萍。痛殺殺玉連環掂的瑕疵。

磣可可錦迴紋揉的參差。瘦廉纖對粧奩金粉慵施。愁荏苒綉房中拈針慵使。病淹漸錦筝搊金柱慵支。念兹。對此。匆匆歲月三之二。恰初三早初四。嚦嚦風前孤雁兒。感起我一弄嗟咨。

〔尾聲〕雁兒你寫西風曲似蒼頡字。對南浦愁如宋玉詞。恰春歸。早秋至。多寒温。少傳示。惱人腸。聒人耳。碎人心。墮人志。雁兒則被你攛掇出無限相思。偏怎生不寄俺有情分故人書半紙。盛世新聲巳集　詞林摘艷八　雍熙樂府九　詞謔及南北詞廣韻選三俱引尾聲

盛世新聲重增本内府本詞林摘艷俱無題。與雍熙樂府皆不注撰人。雍熙題作秋思。原刊本徽藩本詞林摘艷題作麗情。注貫酸齋作。詞謔南北詞廣韻選引詞尾俱屬劉庭信。兹據録鬼簿續編屬詹時雨。○（一枝花）雍熙棲老作秋老。嗟咨作傷時。烟籠作烟彫。末句碎作鋪。花作盤。（梁州）盛世重增本摘艷揉的俱作探的。搊俱作篘。摘艷淹漸作㦗漸。金柱作雁柱。一弄作一弄兒。雍熙嘆落落作笑樂樂。三句作擁併也似一天愁攛斷出傷心事。花箋作花前。紅葉作葉上。可可作磕磕。揉的作到得。瘦廉纖上有這些時三字。房中拈針作帖内金線。淹漸作㦗漸。搊作上。對此作在兹。孤雁作聽雁。（尾聲）盛世重增本内府本摘艷書半紙俱作書千紙。詞謔你寫作寫。恰作正。早作又。志下無雁兒二字。廣韻選曲似作亂似。餘同詞謔。雍熙你寫作你那裏寫。曲似作拙似。對作叫。温作濕。則被你作也則被這幾般兒。末句無怎生分故四字。

張碧山

名見録鬼簿續編。詞林摘艷以爲元人。生平不詳。

套數

〔雙調〕錦上花

春遊

燕語鶯啼。和風遲日。郊外踏青。禁烟寒食。拜掃人家。這壁共那壁。悲喜交雜。哭的共笑的。墳前列子孫。塚上臥狐狸。幾處荒墳。半全共半毁。幾陌銀錢。半灰共半泥。幾箇相知。半人共半鬼。

〔清江引〕見了也泪淹衫袖濕。這的是傍州例。黄金少甚藏。白酒須當醉。澆奠殺九泉無半米。

〔碧玉簫〕寒暑相催。日月疾風疾。名利驅馳。車輒湧潮退。省可裏着氣力。休則管

裏躭是非。飽暖肚皮。留取元陽真氣。將一夥兒鼓笛。選一答兒清閑地。

〔尾聲〕擺一箇齊整歡筵會。做一段笑樂新雜劇。雜劇要旦末雙全。筵席要水陸俱備。唱道趁着這美景良辰。請幾箇達時務英雄輩。勸你這知己的相識。知知不知在於你。

盛世新聲午集　詞林摘艷五

題目及撰人皆從原刊本徽藩本詞林摘艷。盛世新聲重增本內府本摘艷俱無題。不注撰人。北詞廣正譜雙調套數分題謂王元鼎有燕語鶯啼套。所列牌名與此套全同。疑即指此曲。○〔尾聲〕盛世及原刊本等摘艷要旦末上俱無雜劇二字。茲從內府本摘艷。末句知知不知內府本作知不知。疑應作知和不知。

張氏

元妓。

套數

〔南吕〕青衲襖南

偷期

蹙金蓮雙鳳頭。纏輕紗一虎口。我見他笑撚鮫綃過鴛甃。敢眉下轉將他心事留。占鶯花第一儔。正芳年恰二九。恰二九。生的來體態輕盈。皓齒朱唇。不能够並香肩同攜手。

〔罵玉郎北〕嬌娃俊雅天生就。腰似柳。襪如鈎。湘裙微露金蓮瘦。你看他寶髻堆。玉筍長。露出春衫袖。

〔大迓鼓南〕相逢鶯燕友。四眸相顧。兩意相投。此情難消受。風流自古。偏惜風流。

展轉留情雙鳳眸。

〔感皇恩北〕呀。指望待飽翫嬌羞。誰承望各自分頭。好教我恨天高。嫌地窄。怨人稠。指望待相隨皓首。誰承望鬼病因由。不由人魂緲緲。體飄飄。魄悠悠。

〔東甌令南〕添疾病。減風流。廢寢忘餐相應候。前生作下今生受。今不遂來生又。魂勞夢穰感離愁。都則爲女嬌羞。

〔採茶歌北〕都則爲女嬌羞。端的是忒風流。閃的人不茶不飯幾時休。何日相逢同配偶。甚時密約共綢繆。

〔賺南〕計上心頭。暗令家童私問候。休洩漏。何期兩意同成就。爲他憔瘦。

〔烏夜啼北〕閃的我看看疾重。實實病久。爲多情鎮日空僝僽。呀。一會家近書齋想念無休。到黄昏愁雲怨雨相拖逗。更闌也無限憂愁。夜深沉雨泪交流。想嬌容直到五更頭。我與你從頭一一他行受。果然他心意堅。恩情厚。俺待要鸞交鳳友。燕侶鶯儔。

〔節節高南〕喜孜孜暗討求。語相投。今宵暗約同成就。靈犀透。共焚香。齊言呪。日墜月上初沉漏。星移斗轉三更候。潛踪躡足近庭闈。輕移那步臨門候。

〔鵪鶉兒北〕猛見了俊俏多情。我和他挨肩攜手。悄悄的行入蘭房。暗暗的同眠共宿。嬌滴滴語顫聲低。情未休。情未休。錦被蒙頭。燕侶鶯儔。旖旎温柔。受過了無限淒涼。誰承望今宵配偶。

〔尾聲南〕多情此意難消受。書生切切在心頭。受過淒涼一筆勾。盛世新聲巳集　詞林摘艷　八　彩筆情辭四

盛世新聲重增本內府本詞林摘艷俱無題。不注撰人。原刊本徽藩本詞林摘艷題作偷期。注明張氏作。彩筆情辭題作贈妓。注元張氏作。茲從情辭。○（青納襖南）內府本摘艷攜手作攜素手。情辭將他作將也。恰二九三字不疊。（罵玉郎北）情辭金蓮作鞋尖。（感皇恩北）盛世摘艷指望俱作止望。（東甌令南）情辭夢穰作夢擾。（採茶歌）內府本摘艷同配作成配。（賺南）情辭同成就作難成就。（烏夜啼北）內府本摘艷他心意作是心意。俺待要作早成就。情辭四句無呀字。（節節高南）盛世摘艷庭闈俱作庭幃。內府本摘艷語相作兩意相。情辭成就作歡媾。日墜作日沉。初沉作初聲。三更候作三更後。輕移那作輕輕移。（鵪鶉兒北）盛世重增本摘艷顫俱作善。內府本摘艷受過作受用。情辭燕侶鶯儔作羅襪輕兜。（尾聲南）情辭受過上有把字。

雲龕子

姓名待考。應爲羽士。

小令

〔中吕〕迎仙客

混元珠。無價寶。赤水溪邊收拾了。色渾渾。光皎皎。手中握定。占斷人間俏。鳴鶴餘音七　樂府羣珠四

鳴鶴餘音不注撰人。樂府羣珠注雲龕子。題作道情。○羣珠渾渾作輝輝。握定作怕定。俏作妙。

没機關。没做作。日月任催催不老。逆行船。翻撥棹。誰知這箇。清浄家風好。鳴鶴餘音七　樂府羣珠四

羣珠翻作播。清浄作清閑。

水深清。山色好。天下是非全不到。竹窗幽。茅屋小。箇中真樂。莫向人間道。鳴鶴餘音七　樂府羣珠四

羣珠水深作水聲。可從。茅屋作茅舍。

竹風輕。花影重。酩酊一甌琴三弄。露玄機。藏妙用。槐壇將相。看破浮生夢。鳴鶴餘音七　樂府羣珠四

羣珠影重作影動。看破作勘破。

柳陰邊。松影下。竪起脊梁諸緣罷。鎖心猿。擒意馬。明月清風。共誰説長生話。鳴鶴餘音七　樂府羣珠四

羣珠明月清風作清風明月。共誰説作獨説。

漢鍾離。官極品。南柯夢斷抛金印。草鞋輕。藜杖穩。笑攜日月。獨步長生境。鳴鶴餘音七　樂府羣珠四

羣珠極品作一品。笑攜作笑提。

呂洞賓。超物外。神光照破三千界。棄功名。同草芥。龜毛拄杖。一擊乾坤壞。鳴鶴餘音七　樂府羣珠四

鳴鶴餘音末句壞作碎。失韻。兹從羣珠。

混元初。張果老。白驢踏着虛空倒。紫雲生。紅霧繞。夜來一口。吞却蓬萊島。鳴鶴餘音七　樂府羣珠四

藍采和。離世俗。手中拍板敲寒玉。擺天關。摇地軸。清風明月。獨唱長生曲。鳴鶴

餘音七　樂府羣珠四

劉海蟾。燕宰相。夢回看破空花放。別人間。離海上。紅爐片雪。打就黃金像。鳴鶴

餘音七　樂府羣珠四

羣珠二句作夢回勘破虛花妄。離作歸。

廣成子。千二百。崆峒高臥寒雲白。帝王師。天地宅。縱橫自在。物外無名客。鳴鶴

餘音七　樂府羣珠四

羣珠寒雲作閑雲。宅作窄。

范蠡翁。曾佐越。五湖獨泛扁舟月。是非忘。名利絶。一聲短笛。受用蘆花雪。鳴鶴

餘音七　樂府羣珠四

羣珠翁作公。

張子房。扶大漢。功名掉去青山伴。咽龍肝。呑鳳卵。金丹養就。没底籃兒滿。鳴鶴

餘音七　樂府羣珠四

羣珠掉去作歸去。龍肝作龍胎。

圃田公。列禦寇。乘風一撞乾坤透。呼南辰。喚北斗。夢中得鹿。覺後還非有。鳴鶴

餘音七　樂府羣珠四

羣珠夢中作夜來。

朗然子。居洛下。金蟾飛去皮囊化。鬼神驚。天地怕。本來面目。不許丹青畫。鳴鶴餘音七　樂府羣珠四

住華山。樂清閑。碧洞茅庵胡亂彎。日高時。造一餐。飽來藜杖。繞頂遥觀看。鳴鶴餘音七　樂府羣珠四

鳴鶴餘音彎作灣。羣珠繞頂作繞定。

誰羨他。做高官。一任穿緋掛緑襴。心無憂。身自安。世間少有。這箇奸俏漢。鳴鶴餘音七　樂府羣珠四

羣珠緑襴作紫襴。自安作得安。這箇作這般。

世事休。甚清幽。無管無拘林下叟。翠巖前。風月友。狂歌醉舞。爛飲長生酒。鳴鶴餘音七　樂府羣珠四

鳴鶴餘音醉舞作恠舞。羣珠無管無拘作無拘無管。爛飲作懶飲。

醉時眠。醒扶頭。倒在東西不識羞。亦無春。亦無秋。騰騰兀兀。且樂延年壽。鳴鶴餘音七　樂府羣珠四

羣珠眠作臥。亦無俱作也無。

採藥歸。白雲飛。霧鎖青山仙徑迷。黑猿叫。青鳥啼。仙鶴前舞。引俺歸洞裏。鳴鶴餘音七　樂府羣珠四

到洞中。掩柴扉。唤得仙童對着棋。悶來時。飲數杯。草鞋絆倒。不脱和衣睡。鳴鶴餘音七　樂府羣珠四

鳴鶴餘音數杯作緑杯。羣珠唤得作請箇。

峭壁峯。甚希奇。檜栢青松四下圍。悄無人。過客稀。寂寥瀟灑。冷淡閑活計。鳴鶴餘音七　樂府羣珠四

羣珠峭壁作峭碧。四下作四面。悄無人作獨木橋。

麵又酸。倉陳米。木椀缺唇破笊籬。又無鹽。只有虀。甘心守分。勝如珍羞味。鳴鶴餘音七　樂府羣珠四

羣珠酸作粗。

穿草履。繫麻絛。披片蓑衣掛箇瓢。半如漁。半如樵。蓬頭垢面。一任傍人笑。鳴鶴餘音七　樂府羣珠四

笑我僑。俺知道。明月清風爲故交。卧白雲。吹玉簫。這般滋味。世上人難曉。鳴鶴餘音七　樂府羣珠四

羣珠首句作笑則笑。這般作恁般。

右皆輯自元仙遊山道士彭致中所編之鳴鶴餘音。金元兩代。道教勢盛。其徒往往藉詞曲宣傳長生久視。變化飛昇。服食燒煉。保全真元等虚誕之説。以欺騙麻醉人民。鳴鶴餘音即采集此類

歌辭而成者。本書既網羅元代所有散曲。其見於鳴鶴餘音者。亦姑輯之。供研究宗教學者引用批判。此外元人散曲宣揚道教思想者尚多。涵虚子定樂府體一十五家。其中即有所謂黄冠體。此類作品多爲元曲中之糟粕。自不待言。

一頓饑。一頓飽。毡毯羊皮破衲襖。半頭磚。一把草。横眠側卧。惹得旁人笑。樂府羣珠四

笑則笑。俺知道。萬貫家緣都棄了。細尋思。無煩惱。逍遥路上。舞箇蓬萊島。樂府羣珠四

徐　畛

字仲由。淳安（現在浙江省淳安縣）人。明洪武初徵秀才。至藩省辭歸。元代最有名的南戲有荆劉拜殺四種。即荆釵記白兔記拜月亭殺狗記。徐畛爲殺狗記之作者。他嘗謂「吾詩文未足品藻。唯傳奇詞曲。不多讓古人」。有巢松集。

小令

〔中吕〕滿庭芳

烏紗裹頭。清霜籬落。黄葉林邱。淵明彭澤辭官後。不事王侯。愛的是青山舊友。喜的是緑酒新篘。相追逗。金樽在手。爛醉菊花秋。静志居詩話卷四

謝應芳

應芳字子蘭。武進人。至正初。隱居白鶴溪。築小室曰龜巢。因以爲號。授徒講學。先質後文。元末天下兵起。避地吳中。吳人争延致爲弟子師。入明。徙居芳茂山。卒年九十七。有毘陵續志龜巢集等。

小令

〔中吕〕滿庭芳

神仙有無。安居華屋。即是蓬壺。榴花也學紅裙舞。燕雀喧呼。水晶盤饌供麟脯。珊瑚鈎簾捲蝦鬚。吹龍笛。擊鼉鼓。年年初度。長日儘歡娱。善本書室鈔本龜巢集

橫山翠屏。藏龍古井。走馬長汀。四時花竹多風景。勝似丹青。好兒郎天生寧馨。好時節日見昇平。氛埃静。年年壽星。光照望雲亭。善本書室鈔本龜巢集

王玠

玠字道淵。號混然子。南昌修江人。有還真集。

小令

〔南呂〕金字經

一更無事坐靈臺。塞兑垂簾八面開。開。清風入户來。調真息。沖和氣自回。還真集

二更天静翫真空。八極無塵月正中。中。西來一意通。金爐内。霞光透鼎紅。還真集

三更鷄叫一陽生。月落寒潭斗柄横。横。泥牛海底驚。三車轉。黄河水倒行。還真集

四更北斗西南看。火運周天透玉關。關。龍吟虎嘯間。神丹結。通身徹骨寒。還真集

五更五氣總朝元。種出黄金七朵蓮。蓮。花開帶露鮮。天門破。神光照大千。還真集

以上金字經首句皆七字。不作五字五字兩句。一字句皆疊第二句末字。疑此爲較早之一體。

〔商調〕掛金索

一更端坐。下手調元氣。混沌無言。絶念存真意。呼吸綿綿。配合居中位。撥轉些兒。黍米藏天地。崔公入藥鏡注解

二更清净。心要常虛守。默默回光。照見無中有。趕退羣魔。振地金獅吼。頃刻功成。便與天齊壽。崔公入藥鏡注解

三更鷄叫。冬至陽初動。取坎填離。直向泥丸送。火運周天。爐內鉛投汞。九轉丹成。白雪飛仙洞。崔公入藥鏡注解

四更安樂。萬事都無想。水滿華池。澆灌靈根長。静裏乾坤。仙樂頻頻響。道大沖虛。名掛黄金榜。崔公入藥鏡注解

五更月落。漸覺東方曉。谷裏真人。已見分明了。玉户鸞驂。金頂龍蟠繞。打破虛空。萬道金光皎。崔公入藥鏡注解

趙秉文

秉文（一一五九——一二三二）金朝滏陽（在現在河南省寶豐縣南）人。字周臣。號閒閒老人。大定進士。興定初。累拜禮部尚書。哀宗即位。改翰林學士。性好學。工書畫詩文。有滏水文集等。

小令

〔小石調〕青杏兒

風雨替花愁。風雨過花也應休。勸君莫惜花前醉。今朝花謝。明朝花謝。白了人頭。〔么〕乘興兩三甌。揀溪山好處追遊。但教有酒身無事。有花也好。無花也好。選甚春秋。太和正音譜　北詞廣正譜　詞綜　堅瓠集五集

太和正音譜注無名氏。北詞廣正譜據正音譜。

金元是散曲産生和鼎盛的時期。唯金人散曲流傳至今者不多。而北曲譜於青杏兒一調。又多以此曲爲範作。故輯此曲於此。於詞。青杏兒即捉拍醜奴兒也。

無名氏

套數

自然集 道詞

〔仙吕〕點絳唇

道妙玄微。先須要悟明心地。非容易。見放着古聖文書。内隱着真消息。

〔混江龍〕若説着胎元根蒂。只除是含光默默守虚極。去動中求静。静定是幽微。默坐忘言方是道。羣居緘口是道根基。有一等明師。自高自大。狂言詐語。道聽塗説。自把他元神昧。全不怕上天照察。也不怕六道輪迴。

〔油葫蘆〕道本無言行妙理。奪天地髓。就中只許自家知。無中生有人還會。玉爐内常把陰陽來配。要進火功。莫得遲。雙關透入泥丸内。自然顯光輝。

〔天下樂〕金液還丹下玉梯。烹煎。白雪飛。黄芽漸長生天地。質體内真。路不迷。

化瓊漿滿玉池。

〔後庭花〕饑中飽飽後饑。飲醍醐滋腎水。將地户牢關閉。化真精吞玉蕊。吐虹蜺。黄庭内相會。見金公紅了面皮。將嬰兒和戊己。共元神相護持。

〔柳葉兒〕直趕到天宮裏相會。有姹女雨泪悲垂。丁郎見了長吁氣。配佳期。霎時間聚散分離。

〔金盞兒〕山頭雪巽風吹。甘露降飲刀圭。調停火候功夫細。久全陰静養神龜。丹成金滿屋。烏兔任東西。若是將坎離顛倒鍊。魂魄養胎基。

〔賞花時〕暫選一片白雪滿地堆。運二氣相交飲玉杯。三田内温習。四相和合體。五明宮守真實。

〔么〕鍊六尺身軀修自己。變七朵金蓮到處隨。配八卦跨鸞歸。至九霄雲外。十分的顯雄威。

〔煞尾〕十載苦修行。九陌爲活計。八百行修成玉體。七星劍從來除下鬼。六合内參透希夷。唱道習五祖無爲。四闥内功夫誰得知。養三田聚美。有二天神相濟。現一輪明月照玄機。

〔南吕〕一枝花

自從俺學出家。偶然把明師遇。受辛勤十數載。無明夜辦功夫。傳的是道妙虚無。教我緊把丹田固。爲殘生作道術。行火候煆鍊增加。入静定方爲沐浴。

〔梁州〕寂然不動分毫志。鍊金丹除了厄苦。離塵俗换了凡軀。忘言减語。片時間收斂鉛汞聚。有根蒂伏朴歸真。有志氣騰雲躡霧。有緣分飛上天衢。初學篤志真言語。見世俗人貪財好慾。不顧殘生一箇箇要攢金珠。大限到百事都無。費精神使得乾枯。從今。至古。神仙本是凡人做。定浮沉認賓主。收汞收鉛莫遲阻。自問他有有無無。

〔哭皇天〕化清香吹入中霄路。一時間造化須臾。舞翩翩海底尋鷗鷺。喜的是冷淡蕭疎。弟子師徒。笑吟吟同步赴仙都。蓬萊三島歸家去。晝夜功夫無思慮。冥冥杳杳。恍恍惚惚。天門開放道清虚。地户牢關抽添無數。澄澄湛湛功程做。獨坐忘言默語。駕河車上下寬舒。功成純粹守。似有却如無。明明地不昧元來路。包含萬象。體不掛絲銖。

〔烏夜啼〕運坤火乾天霧。要慇懃守玉爐。鍊真汞成至寶。烹白雪似金珠。煆黄芽做

地母。飲刀圭習真土。將龍虎來擒伏。呼風喚雨。

〔煞尾〕化金仙脱體乘風去。一道寒光滿太虚。有嬰兒有姹女。有黄婆配親女。霎時間會雲雨。衆仙歡箇箇舞。出了世塵離愛欲。早則不回頭。一心覓鍾吕。直至蓬萊伴師祖。同共羣仙一處宿。昇降三宫到紫府。調息綿綿鍊真土。收斂黄芽治龍虎。騎坐白鶴跨鸞輅。離却凡間登仙路。再共清風做伴侣。又共明月做道主。飛入天宫翫仙府。

（哭皇天）自然集曲牌原作告皇天。兹改。

〔雙調〕新水令

我在這門中整窮究了數十年。纔參透了聖人機變。定浮沉歸妙理。進坤火鍊丹田。先鎖住意馬心猿。更不把世俗纏。

〔駐馬聽〕行的是調息綿綿。呼吸風雲有後先。比及得三宫昇變。九還七返妙中玄。駕河車搬運走如烟。化清風直至金公院。若要道心堅。黄河浪滚泥丸轉。

〔步步嬌〕大道從來人難羨。有影無形現。壺中别有天。鍊就金丹養胎仙。雙關路上氣連連。醞甘露頻吞咽。

〔沉醉東風〕大限到來不選。也不論福富貴高官。直推到幾時休幾時休。每日價頻發願頻發願。今年推到來年。擔閣修行行路兒遠。生死輪迴怎免。

〔雁兒落過得勝令〕俺也曾遇明師將真道傳。指與無爲傳。教我少貪心少愛慾。教俺多辦工夫多修善。教俺休把利名牽。教俺多看些古書篇。盡都是通玄處。教俺共真師子細研。若是俺功全。得造化無人見。正是心也堅。心堅得自然。

〔沽美酒〕將鉛汞鼎内煎。鍊至寶用乾乾。妙在前弦與後弦。分明有路顯。引元神赴宫殿。妙用三關機變。一氣來透徹三田。九轉爐中烟焰。龍虎龜蛇蟠旋。出於自然。有一箇無爲真人出現。

〔川撥棹〕好教我笑喧喧。共諸仙一處眠。也不索訪道參禪。常要默坐忘言。調真息若不氣喘。有先天有後天。

〔殿前歡〕勸英賢。請君常看指玄篇。無爲大道人都戀。要行滿功圓。跨鶴兒飛上天。方纔入無爲傳。早則趁了修行願。修一箇不來不去。誰肯戀在世長年。

〔鴛鴦煞〕這回再誰把世俗纏。超凡入聖隨機變。道法雙忘。緊固抽添。唱道真至蓬萊閬苑。做下部自然集。早則是虛無篇。願心滿。

〔沽美酒〕自然集曲牌原作沽美酒。似應作沽美酒過太平令。曲文字句亦有譌誤。〔鴛鴦煞〕曲牌原作歇指調。應作鴛鴦煞。兹改正。唱道以下。似有脱誤。

〔正宫〕端正好

誰知道我静中行。功勞大。這回早不染塵埃。幼年間曾把明師拜。教俺跳出迷魂寨。

〔滚綉毬〕辨功夫定慧開。鍊三皇結聖胎。嬰兒猛然驚怪。須臾間飛過靈臺。到黄庭内院歡。動陽關將龍虎排。霎時間打成一塊。定浮沉煆鍊三災。三華聚頂泥丸路。五氣朝元繞玉街。下十二樓臺。

〔倘秀才〕調和就鉛汞冶。驀見坎女離男打乖。自有金公一處埋。成造化。笑咍咍。快哉。

〔迎仙客〕長將他玉爐關。須要這八門開。用坎離顛倒栽。駕河車。牛旋買。搬載入宫來。收斂在三田外。

〔紅綉鞋〕坐卧處陽昇陰降。一竅開百竅齊開。九還七返定三災。呼吸開歸妙道。調真息透盈腮。治精華歸氣海。

〔鮑老兒〕鍊元神觀自在。養胎仙笑顔開。三田氣滚透胸懷。煆至寶功勞大。萬語千

言句句該。都出在道德陰符界。發動天關潤九垓。採藥物在乾坤外。白雲堆裏飛昇快。變化累劫修來。

〔耍孩兒〕初學篤志真心愛。廣看些經書註解。忽然間心地悟豁然開。自想往日沉埋。果然實有登仙路。任意縱横到處該。還了這寃家債。這回萬緣齊斷。不染千災。

〔一煞〕静中功默默的行。點刀圭分皂白。靈臺無物當寧耐。脱離生死修真路。倒把枯松日夜栽。權且將時光來待。咫尺的是功圓行滿。獨步上天台。

〔二煞〕也不索看三教書。也不索學七步才。只要昏昏默默將功程捱。鍊成玉體乘風去。一道寒光入聖階。做一箇蓬萊客。全憑三千功行滿。便要離俗骨得仙胎。

〔三煞〕任時節跨青鸞飛上天。駕白鶴復地來。飛昇變化登仙界。黄芽漸長人難識。玉兔窩中好避乖。權且將時光待。咫尺的功圓行滿。獨步上天台。

〔煞尾〕有静功有定功。無罣礙無罣礙。這回還了人倫債。跳出迷魂是非海。

（端正好）自然集此支誤列倘秀才之後。兹移爲首曲。（鮑老兒）曲牌似誤。

〔正宫〕端正好

撇了是和非。掉了争和鬭。把俺這心猿意馬牢收。我則待舞西風兩葉寬袍袖。看日

月搬昏晝。

〔滚綉毬〕千家飯足可求。百衲衣不害羞。問是麽破設設遮着皮肉。傲人間伯子公侯。我則待閑遥遥唱箇道情。醉醺醺的打箇稽首。抄化聖湯仙酒。藜杖瓢鉢便是俺的行頭。我則待今朝有酒今朝醉。明日無錢明日求。到大來散誕無憂。

〔倘秀才〕有一等積書與子孫未必盡收。有一等積金與子孫未必盡守。我勸你莫與兒孫作馬牛。今日箇雲生山勢巧。來日箇霜降水痕收。怎敖得他烏飛兔走。

〔滚綉毬〕恰纔見元宵燈挑在手。又見清明門前插楊柳。正修禊傳觴曲水。不覺的擊鼉鼓競渡龍舟。恰纔是七月七。又早是九月九。咱能够幾番兒歡喜廝守。都在煩惱中過了春秋。你見這紛紛的世事恁待要隨緣過。都不顧急急光陰似水流。白了人頭。

〔倘秀才〕有一等人造花園磨磚砌甃。有一等人蓋亭館雕梁畫斗。費盡功夫得成就。今日做了張家地。明朝做了李家樓。剛一似翻手覆手。

〔滚綉毬〕剗荆棘做沼池。去蓬蒿廣栽花柳。四時間如開錦綉。主人家能幾遍價來往追遊。俺這裏亭臺即漸衰。花木取次休。荆棘又還依舊。使行人嘆源流。往常時奇花異卉千般綉。今日都做了野草閑花滿地愁。這不是葉落歸秋。

〔呆骨朵〕休言道堯舜和桀紂。則不如郝王孫譚馬丘劉。他每是文中子門徒。亢倉子志友。休言爲吏道張平叔。烟月的劉行首。則不如闡全真王祖師。道不如打回頭馬半州。

〔醉太平〕漢鍾離本是箇帥首。藍采和是箇俳優。懸壺子本不曾去沽酒。鐵拐李火焚了尸首。賀蘭仙引定箇曹國舅。韓湘子會造逡巡酒。吕洞賓三醉岳陽樓。度了一株緑柳。

〔尾〕休言功行何時就。得到玄關便可投。人我場中枉馳驟。苦海波中早回首。四大神遊。三島十洲。神仙隱跡埋名。他則待目前走。

此套太平樂府卷六屬鄧學可。校語從略。參閲鄧曲。自然集首支端正好與次支滚綉毬銜接。俱脱牌名。尾與醉太平銜接。兹俱改正。○（滚綉毬）價原作而。兹從太平樂府。（呆骨朵）烟原作偃。兹從太平樂府。

〔正宫〕端正好

我做的利己脱身術。恁做的害衆成家活。恁道我風魔你更風魔。俺這裏無名無利都參破。你利害有他這天來大。

〔滾綉毬〕俺這裏。笑一合。利名場朗然識破。没來由爲兒女劫劫波波。便儹下不義財。積下些無用貨。死臨頭怎生逃躲。少不的打輪迴作馬騾。明放着天堂有路人行少。地獄無門去的多。落落魄魄。以上自然集道詞俱見道藏同字號

自然集兩支銜接。俱脱牌名。僅於首行前有又正宫三字。兹爲補出牌名。滾綉毬以下。應有脱文。

小令

〔黄鍾〕紅錦袍

那老子彭澤縣懶坐衙。倦將文卷押。數十日不上馬。柴門掩上咱。籬下看黄花。愛的是緑水青山。見一箇白衣人來報。來報五柳莊幽静煞。太和正音譜上　北詞廣正譜　九宫大成三九　元明小令鈔

九宫大成坐衙作上衙。

〔黄鍾〕賀聖朝

無名氏

春夏間。遍郊原桃杏繁。用盡丹青圖畫難。道童將驢鞴上鞍。忍不住只恁般頑。將

一箇酒葫蘆楊柳上拴。太和正音譜上　北詞廣正譜　九宮大成七九　元明小令鈔

太和正音譜北詞廣正譜元明小令鈔郊原俱作郊園。

〔正宮〕叨叨令

黃塵萬古長安路。折碑三尺邙山墓。西風一葉烏江渡。夕陽十里邯鄲樹。老了人也麼哥。老了人也麼哥。英雄盡是傷心處。梨園樂府中

不思量尤在心頭記。越思量越恁地添憔悴。香羅帕搵不住腮邊淚。幾時節笑吟吟成了鴛鴦配。兀的不盼殺人也麼哥。兀的不盼殺人也麼哥。咱兩箇武陵溪畔曾相識。梨園樂府中　雍熙樂府一九

雍熙樂府越恁地作陡恁。四句作幾時得笑吟吟重赴鴛鴦會。末句無咱兩箇三字。〇本書所輯無名氏曲見於雍熙樂府及樂府羣珠者皆未注作者時代。以下校語從略。

緑楊隄畔長亭路。一樽酒罷青山暮。馬兒離了車兒去。低頭哭罷擡頭覷。一步步遠了也麼哥。一步步遠了也麼哥。夢回酒醒人何處。梨園樂府中　雍熙樂府一九

雍熙離了作丟下。

溪邊小徑舟橫渡。門前流水清如玉。青山隔斷紅塵路。白雲滿地無尋處。說與你尋

不得也麽哥。尋不得也麽哥。却原來儂家鸚鵡洲邊住。梨園樂府中　雍熙樂府一九

則見淡烟籠罩西湖路。酒旗招颭垂楊樹。畫船兒剌在花深處。煞强如儂家鸚鵡洲邊住。兀底不快活也麽哥。快活也麽哥。抵多少相逢不飲空歸去。梨園樂府中　雍熙樂府一九

雍熙六句尋作覓。

雍熙淡烟上無則見二字。兒剌在作斜剌。快活下俱有殺字。歸去作回去。

則見青帘高掛垂楊樹。朱簾暮捲西山雨。誰待向禁城狼虎叢中去。我則待儂家鸚鵡洲邊住。倒大來快活也麽哥。快活也麽哥。抵多少夢回明月生南浦。梨園樂府中　雍熙樂府一九

雍熙青帘上無則見二字。誰待向作不向。我則待作只在。倒大來快活作兀的不快活殺。

雍熙樂府於前三首後復有一首。似爲一人作。曲云。錦幃不如新栽樹。畫閣何堪舊苦廬。閑攜猿鶴尋知故。誰似咱儂家鸚鵡洲邊住。兀的不快活殺也麽哥。快活殺也麽哥。再不向金門玉砌成名去。

〔正宫〕塞鴻秋

愛他時似愛初生月。喜他時似喜看梅梢月。想他時道幾首西江月。盼他時似盼辰鈎

無名氏

月。當初意兒別。今日相抛撇。要相逢似水底撈明月。梨園樂府中

一對紫燕兒雕梁上肩相並。一對粉蝶兒花叢上偏相趁。一對鴛鴦兒水面上相交頸。一對兒虎猫兒綉櫈上相偎定。覷了動人情。不由人心兒硬。冷清清偏俺合孤另。梨園樂府中

分分付付約定偷期話。冥冥悄悄款把門兒呀。潛潛等等立在花陰下。戰戰兢兢把不住心兒怕。轉過海棠軒。映着荼䕷架。果然道色膽天來大。梨園樂府中

二句原脱一悄字。兹補之。

腕肌消鬆了黄金釧。粉脂殘淡了芙蓉面。紫霜毫點遍端溪硯。斷腸詩懶寫春羅扇。柳絮香衮綿。花落閑庭院。恨鴛鴦不鎖黄金殿。梨園樂府中　中原音韻

中原音韻題作春怨。〇音韻首句肌作冰。了作却。三句點遍作蘸濕。四至六句作。斷腸詞寫在桃花扇。風輕柳絮天。月冷梨花院。

影兒孤房兒静燈兒照。枕兒攲牀兒臥幃屏兒上靠。心兒裏思意兒裏想人兒俏。不能够牀兒上被兒裏懷兒抱。怎生睚今宵。夢兒裏添煩惱。幾時睚得更兒盡月兒落雞兒叫。梨園樂府中

山行警

東邊路西邊路南邊路。五里鋪七里鋪十里鋪。行一步盼一步懶一步。霎時間天也暮日也暮雲也暮。斜陽滿地鋪。回首生烟霧。兀的不山無數水無數情無數。雍熙樂府二〇 北宫詞紀外集五

北宫詞紀外集此首及以下三首注元人作。

宴畢警

燈也照星也照月也照。東邊笑西邊笑南邊笑。忽聽的鈞天樂簫韶樂雲和樂。合着這大石調小石調黄鍾調。銀花遍地飄。火樹連天照。喜的是君有道臣有道國有道。雍熙樂府二〇 北宫詞紀外集五

北宫詞紀外集天照作天耀。

村夫飲

無名氏

賓也醉主也醉僕也醉。唱一會舞一會笑一會。管甚麽三十歲五十歲八十歲。你也跪

他也跪恁也跪。無甚繁絃急管催。喫到紅輪日西墜。打的那盤也碎碟也碎碗也碎。雍熙樂府二〇　北宮詞紀外集五

詞紀外集題作村中飲。○詞紀外集四句作父也跪子也跪客也跪。紅輪日西作碧漢紅輪。

丹客行

朝燒煉暮燒煉朝暮學燒煉。這裏串那裏串到處都串遍。東家騙西家騙南北都誆遍。惹的妻埋怨子埋怨父母都埋怨。我問你金丹何日成。鉛汞何日見。只落的披一片掛一片拖一片。雍熙樂府二〇　北宮詞紀外集五

詞紀外集題作丹客警。○詞紀外集串遍作遍串。誆遍作誆騙。何日見作何時見。

〔正宮〕醉太平

堂堂大元。姦佞專權。開河變鈔禍根源。惹紅巾萬千。官法濫刑法重黎民怨。人喫人鈔買鈔何曾見。賊做官官做賊混愚賢。哀哉可憐。輟耕録二三　堯山堂外紀七四

譏貪小利者

奪泥燕口。削鐵鍼頭。刮金佛面細搜求。無中覓有。鵪鶉膆裏尋豌豆。鷺鷥腿上劈精肉。蚊子腹内刳脂油。虧老先生下手。詞謔　北宫詞紀外集五

北宫詞紀外集注元人作。○詞紀外集老先生作哥哥。

嘆子弟

尋葫蘆鋸瓢。拾磚瓦攢窑。暖堂院翻做乞兒學。做一箇蓮花落訓道。戴一頂十花九裂遮塵帽。穿一領千補百衲藏形襖。繫一條七斷八續勒身縧。這的是子弟每下梢。盛世新聲戌集　詞林摘艷一　北宫詞紀外集六

盛世新聲詞林摘艷無題。不注撰人。次首同。北宫詞紀外集此二首題作嘆子弟。注元人作。詞謔有嘲子弟醉太平一首。僅首二句及末句與此曲同。中間各句俱異。

蓮花落易學。桃李子難教。張打油囉囉連和得着。學不成打爻。牽着箇狗兒當街叫。提着箇爽兒沿街調。拿着箇魚兒繞街敲。這的是子弟每下梢。盛世新聲戌集　詞林摘艷一　北宫詞紀外集六

〔正宫〕脱布衫過小梁州

美妓

冰肌瑩寶釧玲瓏。藕絲輕環珮玎瑓。櫻桃小胭脂露濃。海棠嬌麝蘭香送。玉頸圓搓粉膩紅。恰便似映水芙蓉。犀梳斜墜鬒雲鬆。黄金鳳。高插翠盤龍。〔幺〕凌波仙子生塵夢。向瑶臺月下相逢。酒暈濃。凡心動。夜涼人静。飛下水晶宫。雍熙樂府二〇　彩筆情辭二

題從雍熙樂府。彩筆情辭題作贈美妓。注元人辭。

〔正宫〕叨叨令過折桂令

駝背妓　名陳觀音奴

蝦兒腰龜兒背玉連環繫不起香羅帶。脊兒高絞兒細緑茸毛生就的王八蓋。眼兒胐鼻兒凸軀處走了猢猻怪。嘴兒尖舌兒快洛伽山怎受的菩薩戒。兀的不醜殺人也麽哥。

兀的不醜殺人也麼哥。鈎兒形條兒樣爛茄瓜辱没殺鶯花寨。鶯花寨命裏合該。一背兒殘疾。一世兒裁劃。便道是倒鳳顛鸞。鶯儔燕侶。彎不刺怎麼安排。風月債休將人定害。俺則怕雨雲濃厭殺喬才。你這形骸。其實歪揣。調稍弓着不的扯拽。竅頭船趁早兒撑開。雍熙樂府二〇　彩筆情辭一一

題從雍熙樂府。彩筆情辭題作嘲舵背妓陳觀音奴。注元人辭。〇雍熙前一兀的下脱不字。情辭驅處走了作驅勞處走出了。竅頭作舤頭。

〔仙吕〕遊四門

野塘花落杜鵑啼。啼血送春歸。花開不拚花前醉。醉裏又傷悲。伊。快活了是便宜。

陽春白雪後集一　雍熙樂府二〇

雍熙樂府連下五首合題作自娱。

柳綿飛盡緑絲垂。則管送别離。年年折盡依然翠。行客幾時回。伊。快活了是便宜。

陽春白雪後集一　雍熙樂府二〇

落紅滿地濕胭脂。遊賞正宜時。呆才料不顧薔薇刺。貪折海棠枝。支。抓破綉裙兒。

陽春白雪後集一　雍熙樂府二〇　北宫詞紀外集六

元刊陽春白雪支作上。徐本作蚩。茲從鈔本作支。雍熙支作嗤。宜時作直時。北宮詞紀外集支作嗤。

海棠花下月明時。有約暗通私。不付能等得紅娘至。欲審舊題詩。支。闗上角門兒。

陽春白雪後集一　雍熙樂府二〇　北宮詞紀外集六　北詞廣正譜　元明小令鈔

雍熙詞紀外集紅娘俱作紅兒。北詞廣正譜元明小令鈔角俱作閣。

前程萬里古相傳。今日果如然。烟波名利雖榮顯。何日是歸年。天。杜宇枉熬煎。陽春白雪後集一　雍熙樂府二〇

琴書筆硯作生涯。誰肯戀榮華。有時相伴漁樵話。興盡飲流霞。嗏。不醉不歸家。陽春白雪後集一　雍熙樂府二〇

雍熙嗏作咱。歸作回。

〔仙呂〕寄生草

閑評

問甚麽虚名利。管甚麽閑是非。想着他擊珊瑚列錦帳石崇勢。則不如卸羅襴納象簡張良退。學取他枕清風鋪明月陳摶睡。看了那吴山青似越山青。不如今朝醉了明朝

醉。太平樂府五

元刊本瞿本次句甚麼俱作甚莫。兹從何鈔本。

争閑氣。使見識。赤壁山正中周郎計。烏江岸枉使重瞳力。馬嵬坡空灑明皇泪。前人勳業後人看。不如今朝醉了明朝醉。太平樂府五

人百歲。七十稀。想着他羅裙窣地宫腰細。花鈿漬粉秋波媚。金釵敲枕烏雲墜。暮年翻憶少年遊。不如今朝醉了明朝醉。太平樂府五

春

清明節。三月初。綵繩高掛垂楊樹。羅裙低拂柳梢露。引王孫走馬章臺路。東君回首武陵溪。桃花亂落如紅雨。梨園樂府下

夏

閑庭院。靠緑波。榴花爛熳如吐火。緑楊影裏蟬聲和。碧紗幮裏佳人臥。薰風樓閣夕陽斜。採蓮誰駕蘭舟過。梨園樂府下

秋

枯荷底。宿鷺絲。玉簪香惹胡蝶翅。長空雁寫斜行字。御溝紅葉題傳示。東籬陶令酒初醒。西風了却黄花事。梨園樂府下

冬

彤雲布。瑞雪飛。亂飄僧舍茶烟濕。寒欺酒價增添貴。袁安緊把柴門閉。暗香浮動月黄昏。梅花漏泄春消息。梨園樂府下

花影兒來來往往紗窗外。光皎潔明明朗朗月正斜。金爐中氤氤氳氳香燼烟消滅。銀臺上昏昏慘慘忽地燈花謝。冷清清孤孤另另怎生捱今夜。小梅香俄俄延延待把角門關。不刺。謊敲才更深夜静須有箇來時節。梨園樂府下　雍熙樂府一九

梨園樂府氳字原不疊。兹依前後句句式改正。雍熙樂府此曲作。花影兒紗窗外。明朗朗月兒斜。金爐氤氳香消滅。銀臺昏慘燈花謝。冷清清怎生捱今夜。小梅香休把角門關。癡喬才須有來時節。

他生的顔如玉。他生的臉襯霞。他生的腰肢一捻堪描畫。朱唇一點些娘大。金蓮半

折凌波襪。他生的龐兒丰韻可人憎。不剌。你眉兒淡了教誰畫。梨園樂府下　雍熙樂府一九

雍熙樂府有寄生草一首。似即改此曲而成者。曲云。他生的顔如玉。顔如玉臉襯霞。臉襯霞嬌媚堪描畫。堪描畫檀口些娘大。些娘大緊襯凌波襪。凌波襪輕踏淡春山。淡春山兩道眉誰畫。

動不動人前罵。動不動臉上抓。一千般做小伏低下。但言便索和咱罷。提着罷字兒奚落的人來怕。你這忘恩失義俏寃家。不剌。你眉兒淡了教誰畫。梨園樂府下　雍熙樂府一九

雍熙樂府有寄生草相思四首。此其第三首。〇雍熙人前作將人。二句動不動作走將來。便索作語便道。下句作罷字兒說的人心怕。無你這及不剌你五字。

有幾句知心話。本待要訴與他。對神前剪下青絲髮。背爺娘暗約在湖山下。冷清清濕透凌波襪。恰相逢和我意兒差。不剌。你不來時還我香羅帕。梨園樂府下　雍熙樂府一九

此爲雍熙樂府寄生草相思四首之第四首。惟異文較多。雍熙曲作。將我這知心話。付花箋寄與他。當初結下青絲髮。夜深潛立荼蘼下。露苔冰透凌波襪。今朝果是負前盟。不來還我香羅帕。

寬了他羅裙帶。淡了他桃杏腮。翠巍巍兩葉眉兒窄。困騰騰每日逐朝害。悶厭厭使我愁無奈。前生想是負虧他。今生還了你相思債。梨園樂府下　雍熙樂府一九

此爲雍熙樂府寄生草相思四首之第一首。〇雍熙寬了他作寬褪了。淡了他作清減了。翠作淡。

每日逐朝作一向相思。末二句作。前生負了錦鴛鴦。今朝空欠相思債。

害的是相思病。靈丹藥怎地醫。害的是珊瑚枕上丁香寐。害的是鸞凰被裏鴛鴦會。害的是鮫綃帳裏成憔悴。害的是敲才相見又別離。害的是神前共設山盟誓。梨園樂府下

情叙

恰纔箇讀書罷。窗兒外誰喚咱。原來是嬌娃獨立花陰下。露蒼苔濕透淩波襪。靠前來叙說昨宵話。我與你金杯打就鳳凰釵。你與我銀絲撚做香羅帕。雍熙樂府一九　彩筆情辭四

彩筆情辭注元人辭。

遇美

猛見他朱簾下過。引的人没亂煞。少一枝楊柳瓶中插。少一串數珠胸前掛。少一箇化生兒立在傍壁下。人道是章臺路柳出牆花。我猜做靈山會上活菩薩。雍熙樂府一九　彩筆情辭九

彩筆情辭注元人辭。

〔仙呂〕醉扶歸

一點芳心碎。兩葉翠眉低。薄倖檀郎尚未歸。應是平康醉。不來也奴更候些。直等燭滅香消睡。梨園樂府下

錦瑟香塵昧。朱户綉簾垂。寶鑒從他落燕泥。陡恁慵梳洗。欲覓箇團圓好夢。攲枕也難成寐。梨園樂府下

玉筍彈珠泪。銀葉冷金猊。良夜迢迢玉漏遲。閎把幃屏倚。我又索先暖下純綿被兒。來後教他睡。梨園樂府下

花影侵階砌。月轉小樓西。獨倚屏山謾嘆息。再把燈兒剔。自覰了孤棲影兒。呪罷也和衣睡。梨園樂府下

再把原作在把。○以上四曲。梨園樂府牌名誤作醉中天。兹改正。

〔仙呂〕醉中天

詠鞋

料想人如畫。三寸玉無瑕。底樣兒分明印在沙。半折些娘大。着眼柳條兒比下。實實不耍。陰乾時刻兩個桃牙。鈔本陽春白雪前集四

哀告花箋紙。囑咐筆尖兒。筆落花箋寫就詞。都爲風流事。寄與多情艷姿。既一心無二。偷功夫應付些兒。鈔本陽春白雪前集四

欲回信難尋紙。就舊簡寫新詞。兩件兒都是牽情事。寄與風流秀士。咱一心無二。斷腸人好處相思。鈔本陽春白雪前集四

已冷金鸞帳。空暖玉蓮湯。不憶宫中睡海棠。零落在嵬坡上。泪濕東君赭黃。環兒何在。馬嵬千載塵鄉。鈔本陽春白雪前集四

粉面如花朵。雲鬢綰香螺。眉拂春山翠碧波。唇墜櫻桃顆。一捻腰肢裊娜。宜行宜坐。强如月裏姮娥。梨園樂府下

酒飲葡萄釀。橙泛荔枝漿。爛醉佳人錦瑟傍。翠袖殷勤唱。十二金釵兩行。風流情況。畫堂別是風光。梨園樂府下

書寫鴛鴦字。專寄斷腸詞。付與多情美艷姿。表我心間事。夢想眠思爲你。風流蘇氏。爲伊家瘦損龐兒。梨園樂府下

老樹懸藤掛。落日映殘霞。隱隱平林噪晚鴉。一帶山如畫。懶設設鞭催瘦馬。夕陽西下。竹籬茅舍人家。梨園樂府下

泪濺端溪硯。情寫錦花箋。日暮簾櫳生暖烟。睡煞梁間燕。人比青山更遠。梨花庭院。月明閒却秋千。北詞廣正譜

身出昭陽瘦。嬌入塞門羞。一望龍沙萬里秋。風冷琵琶袖。怨煞毛延壽丹青畫手。依舊。至今青塚雲愁。北詞廣正譜

〔仙呂〕一半兒

佳人才子共雙雙。紈扇輕摇玉體涼。荷錢貼水滿池塘。拭羅裳。一半兒斜披一半兒敞。梨園樂府中

南樓昨夜雁聲悲。良夜迢迢玉漏遲。蒼梧樹底葉成堆。被風吹。一半兒沾泥一半兒飛。梨園樂府中

見佳人縞素一身穿。閣着泪汪汪在墳墓前。哭着痛人天。一隻手匙撩一半兒蹇。梨園樂府中

此曲後半似有譌奪。

〔仙吕〕四季花

一年三百六十日。花酒不曾離。醉醺醺酒淹衫袖濕。花壓帽簷低。帽簷低。喫了穿了是便宜。太和正音譜下　北詞廣正譜　九宫大成五　元明小令鈔

〔仙吕〕錦橙梅

廝收拾廝定當。越拘束着越荒唐。入門來不帶酒廝禁持。覷不得娘香胡相。恁娘又不是女娘。綉房中不是茶坊。甘不過這不良。唤梅香。快扶入那銷金帳。鈔本陽春白雪前集四

〔仙吕〕三番玉樓人

風擺簷間馬。雨打響碧窗紗。枕剩衾寒没亂煞。不着我題名兒駡。暗想他。忒情雜。

等來家。好生的歹鬭咱。我將那廝臉兒上不抓。耳輪兒揪罷。我問你昨夜宿誰家。太和正音譜下　詞林摘艷一　北詞廣正譜　九宮大成五　元明小令鈔

詞林摘艷題作閨情。○摘艷擺作擺動。不着作怎不着。題作題着。好生的作好生。那廝作他。九宮大成不着作怎不教。歹鬭咱作處分他。問你作問他。餘同摘艷。元明小令鈔不着作怎不着。

〔仙吕〕那吒令過鵲踏枝寄生草

青芽芽柳條。接緑茸茸芳草。緑茸茸芳草。間碧森森竹梢。碧森森竹梢。接紅馥馥小桃。嬌滴滴景物新。笑吟吟閑行樂。一步步扇面兒堪描。聲瀝瀝巧鶯調。舞翩翩粉蝶飄。忙劫劫蜂翅穿花。鬧炒炒燕子尋巢。喜孜孜尋芳鬭草。笑吟吟南陌西郊。曲彎彎穿出芳徑。慢騰騰行過畫橋。急颭颭酒旗兒斜刺在茅簷外挑。虛飄飄綵繩兒閑控在垂楊裊。韻悠悠管絃聲齊和在花陰下鬧。骨刺刺坐車兒碾破緑莎茵。吉蹬蹬馬蹄兒踏遍紅塵道。梨園樂府下

梨園樂府此三曲原各分標牌名。不作小令帶過形式。茲改正。○南陌上吟字原不疊。茲依前後句句式補一字。

〔南呂〕金字經

學仙須學做天仙。修煉金丹性命全。全。羲皇畫卦先。先天炁。明師的訣傳。鳴鶴餘音七

金丹大藥不難求。家家有種可自修。修。休離丹竈頭。無中有。坎離顛倒收。鳴鶴餘音七

金丹妙道大神功。降收白虎攝赤龍。龍。烹煎玉鼎中。須臾用。陰陽造化工。鳴鶴餘音七

黍珠餌罷罷雍雍。精調火候十月功。功。胎仙靈變通。嬰兒踴。萬真朝絳宮。鳴鶴餘音七

慧光明徹本來宗。無邊法界一性通。通。禪心空不空。如來共。老君儒化同。鳴鶴餘音七

修真祖性復全真。自在逍遥物外人。人。無貪無恚嗔。長生事。杏花枝上春。鳴鶴餘音七

善功八百行三千。四海遨遊度有緣。緣。九重丹詔宣。乘鸞鶴。班行列御前。鳴鶴餘音七

音七

見聞知覺總休題。悟得真空及第歸。歸。勘破造化機。非難易。永劫天地齊。鳴鶴餘音七

天機泄漏勉諸公。不是尋常乾慧通。通。掃除皈正宗。勤修奉。化行仙聖風。鳴鶴餘音七

〔南呂〕西番經

四海英雄漢。六合天地間。舊識荆州不信韓。乾。破冠朝暮彈。空長嘆。牧童牛背山。梨園樂府下　樂府羣珠二

羣珠並下二首題作述懷。

醉鞭平康巷。少年長樂坊。樂府金釵十二行。狂。老來空斷腸。花溪上。夢中黄四娘。梨園樂府下　樂府羣珠二

座上三臺印。帳前十萬軍。半紙功名百戰身。君。便合拂袖塵。學韓信。不如林下人。梨園樂府下　樂府羣珠二

〔南呂〕玉嬌枝過四塊玉

休爭閑氣。都只是南柯夢裏。想功名到底成何濟。總虛華幾人知。百般乖不如一就癡。十分醒爭似三分醉。則這的是人生落得。不受用圖箇甚的。赤緊的烏緊飛。兔緊追。看看的老來催。人無百歲人。枉作千年計。將眉間悶鎖開。休把心上愁繩繫。則這的是延年益壽的理。太和正音譜下　樂府羣珠二　九宫大成五二　北詞廣正譜元明小令鈔俱收玉嬌枝

太和正音譜牌名僅書玉嬌枝。北詞廣正譜收首曲玉嬌枝。注云。正音譜誤以失名混接。截之。九宫大成首曲玉嬌枝與次曲四塊玉分列。謂舊譜二曲誤連。今案樂府羣珠亦收此二曲。牌名同正音譜。而於此首以下。復收數曲。皆爲玉嬌枝過四塊玉。足證確有其體。茲仍正音譜之舊而正其牌名。○九宫大成倒二句作把心上愁繩解。

〔南呂〕罵玉郎過感皇恩採茶歌

閑愁閑悶都在咱心上。我其實難割捨俊嬌娘。想着咱同眠同宿銷金帳。今日箇逢間阻。受坎坷。遭魔障。則爲這板障娘娘。兩箇怎生成雙。生克支拆散鸞凰。猛可裏

分散鶯燕。忽剌地打散鴛鴦。想起長吁萬聲。不由人雨泪千行。悶厭厭倚着綉枕。情脈脈靠着畫屏。冷清清對着銀釭。我欲待不思量。不思量那嬌娘。不思量除是鐵心腸。想着每日歡娛嫌夜短。今宵寂寞恨更長。梨園樂府下　樂府羣珠二

樂府羣珠題作題情。○梨園樂府俊作後。羣珠首句閑愁之旁。有這兩日三小字。同宿之下添一在字。兩箇之上添一咱字。

昨宵共俺相逢處。心廝愛飲芳醑。輕憐痛惜花深處。本待效連理枝。成就了夫婦心。匹配了姻緣事。起初裏似水如魚。下場頭感嘆嗟吁。想俺這意中人。心上有。争奈眼前無。不争你花殘月缺。顯的我離恨心毒。擔寂寞。受慘切。捱蕭疎。等到二更初。負心的那寒儒。閃的我碧桃花下鳳鸞孤。離恨人擔離恨苦。斷腸人送斷腸書。梨園樂府下　樂府羣珠二

羣珠題作閨怨。

仙家道可道非常道。山澗下蓋一座草團標。一任您龍争虎鬭干戈鬧。這箇是白面猿。朱頂鶴。相隨着。俺則待丫髻環絛。草履麻袍。閑時節摘藤花。掘竹筍。採茶苗。或時爐中煉丹。閑訪漁樵。共知交。飲濁醪。樂陶陶。繫一抹吕公絛。掛一箇許由瓢。不强如烏靴象簡紫羅袍。白髮催人容易老。貴人頭上不曾饒。梨園樂府下　樂府羣

珠二

羣珠題作道情。○羣珠這箇是作作伴的是。閑訪上有悶時二字。

牛羊猶恐他驚散。我子索手不住緊遮攔。恰才見槍刀軍馬無邊岸。諕的我無人處走。走到淺草裏聽。聽罷也向高阜處偷睛看。吸力力振動地户天關。唬的我撲撲的膽戰心寒。那槍忽地早刺中彪軀。那刀亨地掘倒戰馬。那漢撲地搶下征鞍。俺牛羊散失。您可甚人馬平安。把一座介丘縣。生紐做枉死城。却翻做鬼門關。敗殘軍受魔障。德勝將馬頑犇。子見他歪刺刺趕過飲牛灣。蕩的那卒律律紅塵遮望眼。振的這滴溜溜紅葉落空山。梨園樂府下　樂府羣珠二

羣珠題作鏖兵。○梨園樂府遮攔作邀攔。

東風常鎖眉峯翠。烟淡淡緑依依。鶯花不管人憔悴。羅帶分。翠袖濕。金釵墜。央及煞蝶使蜂媒。嫩紅嬌翠。爲春愁。因春瘦。怕春知。遺恨滿天。芳草萋萋。粉牆低。紅杏鬧。費詩題。雁來稀。音信遲。休教淡了遠山眉。春色滿簾入羅幃。不禁窗外曉鶯啼。梨園樂府下　樂府羣珠二

羣珠題作閨怨。○羣珠遺恨作離恨。音信作信音。春色句作春色三分二分已。

粧臺目斷鱗鴻信。山隱隱水粼粼。方知人遠天涯近。柳帶愁。花笑人。鶯啼恨。斷

送殘春。冷落芳樽。怨東風。飛暮雨。鎖春雲。低垂綉簾。深掩朱門。緑窗寒。銀燭暗。翠衾温。篆烟分。爇香熏。重教金鴨暖梅魂。準備新愁調玉軫。安排腸斷待黄昏。梨園樂府下　樂府羣珠二

羣珠題作離思。○羣珠粧臺作粧樓。

風光不管人憔悴。風淅瀝雨霏微。傷時觸景閑縈繫。心似燒。意似癡。情如醉。綉幕低垂。畫闌空立。盼清明。巴上巳。過寒食。庭院静悄。臺榭狼藉。千紅謝。萬紫彫。緑陰肥。恨春遲。早春歸。春愁春恨鎖雙眉。鷓鴣飛來春事已。子規聲斷日平西。梨園樂府下　樂府羣珠二

羣珠題作春閨怨。○梨園樂府觸景作難景。

四時唯有春無價。尊日月富年華。垂楊影裏人如畫。錦一攢。綉一堆。在秋千下。語笑忻恰。炒閙喧嘩。軟紅鄉。簇定箇。小宫娃。彩繩款拈。畫板輕踏。微着力。身慢舉。拽裙紗。衆矜誇。是交加。彩雲飛上日邊霞。體態輕盈那閑雅。精神羞落樹頭花。梨園樂府下　樂府羣珠二

羣珠題作春行即事。○梨園樂府繩字筆畫譌誤。

錢塘自古繁華勝。和靖詠子瞻評。西湖堪與西施並。濃淡粧。晝夜觀。俱相趁。宜

雨宜晴。堪賞堪稱。曲岸邊草茸茸。高峯畔雲淡淡。斷橋下水泠泠。臨荷浦視魚。傍柳岸聞鶯。遊竹院。翫葛嶺。壓蘭亭。雲出岫罩南屏。日銜山遇西林。現出那雷峯晚照似蓬瀛。九井三潭五雲生。六橋烟柳勝丹青。梨園樂府下　樂府羣珠二

羣珠題作西湖。○梨園樂府竹院作竹浣。

金山寺裏詩爲證。言心事訴離情。分明喚省臨川令。空懊惱。謾哽咽。心無定。天地澄清。月華懸鏡。喚梢公。疾解纜。莫消停。泠泠的露冷。淅淅的風生。齊搖棹。伊啞嗚。暢凄清。聽江聲。浪初平。一帆風送蓼花汀。没興的雙郎爲蘇卿。畫船兒直趕到豫章城。梨園樂府下　樂府羣珠二

羣珠題作詠蘇卿。

〔中吕〕迎仙客

十二月

頭懶擡。眼慵開。花酒偶然都到來。酒浮香。花放彩。小玉前來。試演迎仙客。梨園樂府下　樂府羣珠四

羣珠題作一年歡。○羣珠懶作倦。四五兩句作。酒頻釃。花謾採。試演作謾唱。

正月

春氣早。斗回杓。燈焰月明三五宵。綺羅人。蘭麝飄。柳嫩梅嬌。鬬合鵝兒鬧。梨園樂府下　樂府羣珠四

羣珠春氣作節令。人作紛。梅作花。鵝作蛾。

二月

春日暄。賣餳天。誰家緑楊不禁烟。鬧花邊。簇隊仙。送起秋千。笑語如鶯燕。梨園樂府下　樂府羣珠四

羣珠賣餳作艷陽。送起作逞蹴。

三月

修禊潭。水如藍。車馬勝遊三月三。晚歸來。酒半酣。笑指西南。月影蛾眉淡。梨園樂府下　樂府羣珠四

梨園樂府影蛾作印鵝。

四月

紅漸稀。緑成圍。串烟碧紗窗外飛。灑薔薇。香透衣。煮酒青梅。正好連宵醉。梨園

無名氏

樂府下　樂府羣珠四

羣珠串烟作沉烟。

五月

結艾人。賞蕤賓。菖蒲酒香開玉樽。彩絲纏。角粽新。楚些招魂。細寫懷沙恨。梨園樂府下　樂府羣珠四

羣珠賞作慶。粽作黍。

六月

庭院雅。鬧蜂衙。開盡海榴無數花。剖甘瓜。點嫩茶。筍指韶華。又過了今年夏。梨園樂府下　樂府羣珠四

羣珠盡海榴作遍海棠。點作烹。筍指作斬眼。斬應爲轉之譌。末句無又字。

七月

乞巧樓。月如鈎。聚散幾回銀漢秋。遣人愁。何日休。織女牽牛。萬古情依舊。梨園樂府下　樂府羣珠四

梨園樂府鈎作舟。

八月

風露清。月華明。明月萬家歡笑聲。洗金觥。拂玉箏。月也多情。喚起南樓興。梨園

樂府下　樂府羣珠四

羣珠三句脱明月二字。拂作搊。多情作關情。

九月

湘水長。楚山蒼。染透滿林紅葉霜。採秋香。糝玉觴。好箇重陽。落帽龍山上。梨園

樂府下　樂府羣珠四

十月

萬木枯。早梅疎。天氣小春十月初。酒頻沽。橙羨剞。暖閣紅爐。勝有風流處。梨園

樂府下　樂府羣珠四

羣珠羡剞作旋剖。暖作晝。勝有作最好。

十一月

暖律通。應黄鍾。刺綉暗添一線功。小簾櫳。斗帳中。玉軟香濃。醉枕梅花夢。梨園

樂府下　樂府羣珠四

羣珠暖律作律管。玉作酒。枕作裹。

十二月

春未回。雪成堆。新釀甕頭潑緑醅。恰傳杯。人早催。賞罷紅梅。準備藏鬮會。梨園

無名氏

樂府下　樂府羣珠四

羣珠紅梅作江梅。準備作又早。

喚玉娥。捧金波。聽遍四時行樂歌。得蹉跎。且快活。萬事從他。醉倒和衣臥。梨園樂府下　樂府羣珠四

羣珠喚玉作呼翠。捧作勸。蹉跎作磨佗。萬作世。末句作醉裏乾坤大。

〔中吕〕朝天子

儘教。便了。□爾縱横鬧。紗籠影裏馬頭高。早雪擁藍關道。休喜休歡。休煩休惱。只争箇遲共早。比甘羅不小。比太公未老。須有日應心道。鈔本陽春白雪前集四

早霞。晚霞。粧點廬山畫。仙翁何處煉丹砂。一縷白雲下。客去齋餘。人來茶罷。歎浮生指落花。楚家。漢家。做了漁樵話。中原音韻　詞林摘艷一　堯山堂外紀七一　曲律四　元明小令鈔

中原音韻題作廬山。不注撰人。詞林摘艷等注無名氏。兹從之。堯山堂外紀謂周德清作。參閲周曲校記。

一慳。二奸。困煞英雄漢。陳摶占却一半山。不復夢周公旦。雨笠烟蓑。星馳雲棧。

利和名自古難。這番。上杆。休□了梯兒看。梨園樂府下

儘教。便了。彼各休相笑。正沙隄穩穩馬頭高。又貶上潮陽道。休喜休歡。休煩休惱。只爭箇遲共早。比太公未老。比甘羅又不小。此一夢何時覺。梨園樂府下

此曲與前列鈔本陽春白雪之一首文字略有不同。當爲一人作。

杜康。醉鄉。竹葉樽瓊花釀。人生三萬六千場。既有限誰無恙。眨眼秋霜。飛來頭上。趁春光倒玉觴。喚將。四娘。燕子舞鶯兒唱。梨園樂府下　雍熙樂府一八

雍熙二句作竹葉杯桃花釀。人生作百年。既有限作有恨。眨眼作不覺。趁春光作正春風。四娘作樂章。燕子作燕。

畫堂。綺窗。玉錯落金波釀。春風枉羨杜韋娘。試聽宣娥唱。月窟新聲。雲鬟宮樣。怎禁他粉黛香。這場。醉鄉。勒留住山中相。梨園樂府下

枉原作往。

楚闌。小鑾。錦瑟調銀箏按。西園公子興未闌。盞到休辭憚。明月簾櫳。踈星河漢。倚紅樓十二闌。夜寒。燭殘。酒盡後人方散。梨園樂府下

首句闌疑應作蘭。六句月上原脱一字。兹補明字。

紫袍。戰袍。送了些活神道。不比農夫有下梢。不識長安道。耕種鋤鉋。無煩無惱。

臥東窗日影高。芭棚下飯飽。麥場上醉倒。快活煞村田樂。梨園樂府下

嘲妓家匾食

白生生面皮。軟溶溶肚皮。抄手兒得人意。當初只説假虛皮。就裏多葱膾。水面上鴛鴦。行行來對對。空團圓不到底。生時節手兒上捏你。熟時節口兒裏嚼你。美甘甘肚兒内知滋味。雍熙樂府一八　北宫詞紀外集五

北宫詞紀外集注元人作。題目無嘲字。兹從雍熙。○詞紀外集假虛皮作爛如泥。

嘲人穿破靴

兩腮。綻開。底破幫兒壞。幾番修補費錢財。還不徹王皮債。不敢大步闊行。只得徐行短邁。怕的是狼牙石龜背階。上臺基左歪右歪。又不敢着楦排。只好倒吊起朝陽曬。雍熙樂府一八　北宫詞紀外集五

北宫詞紀外集注元人作。

志感

不讀書有權。不識字有錢。不曉事倒有人誇薦。老天只恁忒心偏。賢和愚無分辨。折挫英雄。消磨良善。越聰明越運蹇。志高如魯連。德過如閔騫。依本分只落的人輕賤。雍熙樂府一七　北宮詞紀外集六

雍熙樂府此二首題作自述。北宮詞紀外集注元人作。

不讀書最高。不識字最好。不曉事倒有人誇俏。老天不肯辨清濁。好和歹没條道。善的人欺。貧的人笑。讀書人都累倒。立身則小學。修身則大學。智和能都不及鴨青鈔。雍熙樂府一七　北宮詞紀外集六

〔中吕〕滿庭芳

霜天月滿。漁歌江浦。鶴唳林巒。小舟盡日隨烟爨。世味休干。蘆花被山中冷暖。芰荷裳身上衣冠。無人唤。雞聲不管。高枕聽嗚湍。陽春白雪前集五

疎林暮鴉。聚魚遠浦。落雁寒沙。青山隱隱夕陽下。遠水蒹葭。鴨頭緑一江浪花。魚尾紅幾縷殘霞。雲帆掛。星河客槎。萬里寄天涯。陽春白雪前集五　梨園樂府中

陽春白雪聚魚原作聚看。梨園樂府此句作聚魚秋浦。兹據以改看爲魚。

紅消杏臉。歡娛漸少。愁悶重添。聊雲霎雨恩情儉。斷當着拘鈐。成不成虛教人指點。是不是先巴鏝傷廉。一做一箇十分釅。他愛的便沾。我愛的俺娘嫌。梨園樂府中

無情妳妳。同心剪碎。連理截開。虛恩情分等兒秤盤着賣。喬商量的那頓搶白。做嘴臉是追魂的變態。冷鼻凹是板障的招牌。不揀誰難教賽。若是孔方兄到來。便禁住俺娘乖。梨園樂府中

牙恰母親。吹回楚雨。喝退湘雲。把麗春園扭做了迷魂陣。教別人進退無門。心惡叉偏毒最狠。性搊搜少喜多嗔。百般的都難親近。除是鄧通錢幾文。便醫治了俺娘哏。梨園樂府中

殘紅萬點。春歸愁在。錢苦情甜。契丹家擗綽了窮雙漸。兩下裏心緒懨懨。氣結就秋雲冉冉。泪渾成暮雨纖纖。多半折裙腰掩。淹淹漸漸病染。都只爲俺娘嚴。梨園樂府中

紅兒侍寢。雲窗共枕。月館同衾。俺家裏糶風賣雨無門禁。處了親臨。攢下百十籠輕羅異錦。藏下五七箱美玉良金。不幹家呵圖箇甚。寒邪氣不侵。才稱了俺娘心。梨園樂府中

教人笑倒。身不閑擾擾。口不住嘲嘲。把粉紅情罵做了鴉青鈔。生拆散鳳友鸞交。五代史般聒聒炒炒。八陽經般絮絮叨叨。動不動尋人鬧。羅織人左錯。誰不怕俺娘焦。梨園樂府中

腰如弱柳。稍添些憔悴。微減動風流。芙蓉嬌艷經霜瘦。怕到深秋。我嫁了箇攀蟾的配偶。他別無箇接按的把頭。除我外又無親舊。若得箇不恰好證候。我也替俺娘憂。梨園樂府中

花殘暮春。芳心恨冗。眉黛愁新。幸然有箇人存問。婆婆處分特狠。許下物謄本的要穩。苦了錢然後成親。轉首便絕了情分。點茶湯也犯本。旦陪笑俺娘嗔。梨園樂府中

特狠原作特限。

芙蓉欲蕊。楓林未染。梧葉初飛。扶疎芳樹知秋意。恨染沉疾。粉骷髏安了個嘴鼻。木胎兒畫上片人皮。但見的道我哏憔悴。不嫁人等甚的。誰敢對俺娘題。梨園樂府中

勝如繼母。只貪財物。豈辨賢愚。白沾熱嚒强韜虜。偏嫌那者也之乎。將回文錦生摶做抹布。把義娼行白改做休書。普天下傷人的物。最哏的是饞狼餓虎。也不似俺娘毒。梨園樂府中

婆婆最奸。鍮石鐲釧。錫鑞釵環。他道是錦衣裳到不如家常扮。粧點就孤寒。破鶴

袖補衲的百般。舊裙腰檯色到十番。襖兒碎裙兒爛。一身上破綻。出落着俺娘慳。梨園樂府中

娘毒似蝎。無錢撒撇。有鈔和協。突柱門不律頭天生劣。不肯輸半點兒虧折。才有鈔不須用税説。但無錢枉廢了唇舌。不見錢便無親熱。把冷鼻凹傰者。誰敢問俺娘賒。梨園樂府中

枉乖柳青。貪食餓鬼。劼鏝妖精。爲幾文口含錢做死的和人競。動不動捨命亡生。向鳴珂巷裏幽囚殺小卿。麗春園裏迭配了雙生。鶯花寨埋伏的硬。但開旗決贏。誰敢共俺娘爭。梨園樂府中

塵蒙綉榻。香銷羅帕。串冷金鴨。小牢誠近日鋪謀大。今夜誰家。雲去雲來月華。窗明窗暗梅花。西廂下。眼睜睜望他。和泪倚琵琶。梨園樂府中

花箋謾寫。屏閑翡翠。夢冷胡蝶。青山兩岸分吴越。盼殺人也。不廝見都無話説。既相逢怎忍離别。春寒夜。傷心那些。燈暗月兒斜。梨園樂府中

功名路險。先尋箇走智。休等人嫌。吕公絛已换了朱雲劍。一笑掀髯。泛赤壁狂遊子瞻。賦黄花歸去陶潛。何處村醪釅。牧童指點。柳外出青帘。梨園樂府中

乾坤草廬。些兒名利。如許頭顱。爲其中自有千鍾禄。誤嫌得讀書。龍泉劍結末了

子胥。犢鼻裩蹭蹬殺相如。瓜田暮。不如老圃。醉後賦閑居。梨園樂府中

風塵艷娃。堪題堪詠。堪羨堪誇。朱脣檀口些娘大。臉襯桃花。理冰絃纖纖銀甲。

步香塵窄窄刀麻。天生下。温柔典雅。端的玉無瑕。雍熙樂府一九　彩筆情辭五

彩筆情辭注元人辭。與雍熙樂府題俱作風月。

〔中吕〕紅綉鞋

老夫人寬洪海量。去筵席留下梅香。不付能今朝恰停當。欸欸的分開羅帳。慢慢的

脱了衣裳。却原來紙條兒封了袴襠。殘元本陽春白雪二　鈔本陽春白雪前集四　樂府羣珠四

樂府羣珠題作偷歡。○鈔本陽春白雪紙條兒作紙條來。羣珠不付能作不能得。

掐掐拈拈寒賤。偷偷抹抹姻緣。幕天席地枕頭兒磚。或是廚竈底。馬欄邊。忍些兒

却怕敢氣喘。殘元本陽春白雪二　鈔本陽春白雪前集四　樂府羣珠四

鈔本陽春白雪三句無兒字。

背地裏些兒歡笑。手梢兒何曾湯著。只聽得擦擦鞋鳴早來到。又那裏挨窗兒聽。倚

門兒瞧。把我一箇敢心都諕了。殘元本陽春白雪二　鈔本陽春白雪前集四　樂府羣珠四

鈔本陽春白雪手梢作手指。只聽作那聽。

不甫能尋得箇題目。點銀燈推看文書。被肉鐵索夫人緊纏住。又使得他煎茶去。又使得他做衣服。倒熬得我先睡去。殘元本陽春白雪二　鈔本陽春白雪前集四　樂府羣珠四

恰睡到三更前後。欸欸的擦下牀頭。不隄防殢酒夫人被窩兒裏搜。這場事無乾淨。這場事怎干休。諕得我摸盆兒推淨手。殘元本陽春白雪二　樂府羣珠四

殘元本陽春白雪前後作歸後。殢酒作帶酒。

手約開紅羅帳。欸擡身擦下牙牀。低歡會共你著銀釭。輕輕的鞋底兒放。脚不敢把地皮兒湯。又早被這告舌頭門扇兒響。殘元本陽春白雪二　鈔本陽春白雪前集四　樂府羣珠四

陽春白雪低作底。兩本同。

欸欸的分開羅帳。輕輕的擦下牙牀。栗子皮踏著不隄防。驚得膽喪。諕得魂揚。便是震天雷不恁響。殘元本陽春白雪二　鈔本陽春白雪前集四　樂府羣珠四

雖是間阻了咱十朝五夜。你根前没半米兒心別。不甫能帶酒的夫人睡著些。休死勢。莫佯斜。直睡到他覺來時回去也。殘元本陽春白雪二　鈔本陽春白雪前集四　樂府羣珠四

殘元本陽春白雪回作悔。鈔本陽春白雪睡到作睡得。

結斜裏焦天撇地。横枝兒苦眼鋪眉。吉料子三千般兒碎收拾。被窩兒裏閑唧噥。枕頭兒上冷禁持。又是那没前程的調泛你。殘元本陽春白雪二　鈔本陽春白雪前集四　樂府羣珠四

兩本陽春白雪冷禁持俱作令填持。鈔本白雪吉料子作吉斜子。

背地裏些兒歡愛。對人前怎敢明白。情性的夫人又早撞將來。攔著粉頸。落香腮。

喫取他幾下紅綉鞋。殘元本陽春白雪二　鈔本陽春白雪前集四　樂府羣珠四

鈔本陽春白雪頸作頭。羣珠落香腮作托着香腮。

小妮子頑涎不退。老敲才飽病難醫。做死的人前諱味食。也不索便問事。也不索下鉗鎚。對我喫半碗帶冰凌的涼酪水。殘元本陽春白雪二　鈔本陽春白雪前集四　樂府羣珠四

兩本陽春白雪難醫俱作莫醫。殘元本白雪便問事作使問事。鈔本白雪事作妻。索下作索索。

麗日和風柳陌。花開相間紅白。見遊人車馬鬧該該。王孫争蹴踘。仕女賭金釵。直喫得醉顏桃杏色。梨園樂府下　樂府羣珠四

樂府羣珠題作春遊。

霜落荷枯柳敗。風清天淡雲白。翫西山拂袖步蒼苔。黄花簪兩鬢。白酒暈雙腮。直喫得醉顏紅葉色。梨園樂府下　樂府羣珠四

樂府羣珠題作秋賞。

楚霸王休誇勇烈。漢高皇莫説豪傑。一箇舉鼎拔山一箇斬白蛇。漢陵殘月照。楚廟暮雲遮。二英雄何處也。梨園樂府下　樂府羣珠四

此首及次首樂府羣珠題作慨古。

搬興廢東生玉兔。識榮枯西墜金烏。富貴榮華待何如。斬白蛇高祖勝。舉鼎霸王輸。都做了北邙山下土。梨園樂府下　樂府羣珠四

梨園樂府搬作般。兹從羣珠。羣珠白蛇作蛇。

韓信機謀枉用。項羽爭戰無功。一般瀟灑月明中。霸王刎烏江岸。韓侯斬未央宮。都做了北邙山下塚。樂府羣珠四　雍熙樂府一八

樂府羣珠次句作楚王爭競無功。下塚作一片塚。

一箇千鍾美祿。一箇石粟之儲。天理如何有榮枯。三十二居陋巷。二十四位中書。都做了北邙山下骨。樂府羣珠四　雍熙樂府一八

羣珠千鍾上有日請二字。石粟作家無儋石。榮枯作偏枯。四五句作。一箇三十二上居陋巷。一箇二十四考做中書。骨作土。

開放眼春風錦樹。轉迴頭暮景桑榆。富貴貧窮待何如。石崇曾居金谷。阮籍曾哭窮途。都做了北邙山下土。梨園樂府下　樂府羣珠四　雍熙樂府一八

雍熙樂府開放作開。轉迴作轉。又與羣珠哭俱作泣。

岳王興邦死獄。秦相廢國居樞。兩箇興廢事何如。忠義祠神像。奸宄杖身軀。都做

了北邙山下骨。雍熙樂府一八

前列四曲雍熙樂府題作嘆世。不注撰人。其一至三首樂府羣珠亦不注撰人。茲以其第三首見梨園樂府。而自末句觀之。四曲應爲一人作。故全輯之。

窗外雨聲聲不住。枕邊泪點點長吁。雨聲泪點急相逐。雨聲兒添悽慘。泪點兒助長吁。枕邊泪倒多如窗外雨。梨園樂府下　樂府羣珠四

羣珠題作離愁。

看黄卷消磨永夜。就銀釭挑綉些些。倒在我懷兒裏撒乜斜。見他將文册放。我索將女工疊。不良才又是也。梨園樂府下　樂府羣珠四

羣珠題作工餘樂事。

伸玉臂把才郎摟定。束纖腰不整烏雲。美甜甜舌尖兒冷丁丁。低聲叫。悄聲應。咱兩個親的來不待親。梨園樂府下

這場怪其實難做。又不敢明白的扯拽揪捽。止不過背地裏没人處説些言語。有人處偷睛兒看。看着他落聲長吁。空教人眼歡娛心受苦。梨園樂府下　樂府羣珠四

此首及次首羣珠題作恩情未偶。

我爲你喫娘打駡。你爲我棄業抛家。我爲你胭脂不曾搽。你爲我休了媳婦。我爲你

剪了頭髮。喒兩箇一般的憔悴煞。梨園樂府下　樂府羣珠四　雍熙樂府一八

羣珠胭脂作脂粉。雍熙喫作受。棄業拋作折挫渾。胭脂作胭粉。四五句作。姊妹行擔了些利害。姑嫂前受了些波查。一般作雙雙。羣珠又有紅綉鞋恩愛三首。其第三首與此曲極相類似。茲録於此。曲曰。你爲我喫娘打罵。我爲你棄了渾家。你爲我脂粉不曾搽。我爲你擔些兒利害。受了些波查。下場頭雙雙地憔悴殺。

强打疊精神怎過。思量的做不得生活。越思量越間阻越情多。思量的身憔悴。思量的似風魔。思量煞也怎奈何。梨園樂府下

孤雁叫教人怎睡。一聲聲叫的孤悽。向月明中和影一雙飛。你雲中聲嘹喨。我枕上泪雙垂。雁兒我你争箇甚的。梨園樂府下

生來的千般嬌態。柳眉杏臉桃腮。不長不短俏身才。高挽着烏雲髻。斜插着鳳頭釵。窄弓弓紅綉鞋。梨園樂府下

一兩句別人閑話。三四日不把門踏。五六日不來呵在誰家。七八遍買龜兒卦。久已後見他麽。十分的憔悴煞。梨園樂府下　樂府羣珠四

羣珠題作憶情。

又不是天魔鬼祟。又不是觸犯神祇。又不曾坐筵席傷酒共傷食。師婆每醫的鬼祟。

大夫每治的沉疾。可教我羞答答説甚的。梨園樂府下

嘲妓劉黑麻

莫不是捧硯時太白墨灑。莫不是畫眉時張敞描差。莫不是蜻蜓飛上海棠花。莫不是玄香染。莫不是翠鈿壓。莫不是明皇妃墜下馬。雍熙樂府一八　北宮詞紀外集五　彩筆情辭一一

北宮詞紀外集彩筆情辭俱注元人作。

手腕兒白似鵝翅。指頭兒嫩似葱枝。玉擡盤捧定水晶巵。話兒甜來儘讓。意兒勤不推辭。把一箇賈長沙險醉死。雍熙樂府一八　彩筆情辭四

彩筆情辭注元人辭。題作贈妓。雍熙樂府題作題情。○情辭擡作臺。

〔中呂〕普天樂

夜深沉。秋瀟灑。風篩檻竹。霧鎖窗紗。綉幕垂。朱扉⿸戶亞。霜落梧桐雕闌謝。月明天啼殺宮鴉。香銷寶鴨。簾敲玉馬。燈謝瑶花。殘元本陽春白雪二　樂府羣珠四

樂府羣珠題作秋夜閨思。○殘元本陽春白雪及羣珠⿸戶亞俱作亞。兹從任校。白雪雕闌謝作雕闌三。

海棠嬌。梨花嫩。春粧成媚色。玉掿就精神。柳眉顰翡翠彎。杏臉膩胭脂暈。款步

香塵雙鴛印。立東風一片巫雲。淹的轉身。嘻的暗啞。參的銷魂。殘元本陽春白雪二　樂府羣珠四

羣珠題作春閨思。○羣珠改淹爲厭。改參爲剗。片作朵。

木犀風。梧桐月。珠簾鸚鵡。綉枕胡蝶。玉人嬌一晌歡。碧醞釀十分悅。斷角疎鐘淮南夜。撼西風喚起離別。知他是團圓也夢也。歡娱也醉也。煩惱也醒也。殘元本陽春白雪二　樂府羣珠四

羣珠題作秋夜閨思。

大德天壽賀詞

鳳凰朝。麒麟見。明君天下。大德元年。萬乘尊。諸王宴。四海安然朝金殿。五雲樓瑞靄祥烟。羣臣頓首。山呼萬歲。洪福齊天。中原音韻瑣非序

嘲風情

楚臺雲。秦樓月。雲生時月缺。月滿處雲遮。磨杆兒湯着折。砲架兒實難拽。柳寵花嬌恩情熱。識破也便是英傑。姐姐每將蝦釣鱉。哥哥每撩蜂剔蝎。婆婆每打草驚

蛇。盛世新聲戌集　詞林摘艷一　樂府羣珠四　北宮詞紀外集五

樂府羣珠題作詠妓家。北宮詞紀外集題作嘲風情。連次曲共二首。外集注元人作。他書不注撰人。

讓與您。逞僂儸。輪到咱粧癡俬。酌別了濃粧艷裹。拜辭了妙舞清歌。暖烘烘熱被窩。沉點點精銀顆。又道孩兒是陪錢貨。恨不的把黃金砌就鳴珂。姐姐每鑽冰取火。婆婆每指山賣磨。哥哥每擔雪填河。盛世新聲戌集　詞林摘艷一　樂府羣珠四　北宮詞紀外集五

盛世新聲詞林摘艷樂府羣珠輪到下俱無咱字。詞紀外集咱作俺。俬作儺。

〔中呂〕喜春來

瀟瀟夜雨滋黃菊。颯颯金風翦翠梧。青燈相伴影兒孤。聞禁鼓。長夜睡應無。殘元本陽春白雪二　樂府羣珠一

樂府羣珠題作秋夜。

筆頭風月時時過。眼底兒曹漸漸多。有人問我事如何。人海闊。無日不風波。殘元本陽春白雪二　樂府羣珠一

金釵翦燭金蓮冷。玉鼎添香玉筍輕。軟紅深處聽鶯聲。良夜永。樽有酒且消停。殘元

本陽春白雪二　樂府羣珠一

傷心白髮三千丈。過眼金釵十二行。老來休説少年狂。都是謊。樽有酒且徜徉。殘元本陽春白雪二　樂府羣珠一

黄金轉世人何在。白日飛升誰見來。劉晨再要訪天台。休分外。樽有酒且開懷。殘元本陽春白雪二　樂府羣珠一

江山不老天如醉。桃李無言春又歸。人生七十古來稀。圖甚的。樽有酒且舒眉。殘元本陽春白雪二　樂府羣珠一

推回塵世光陰磨。織老愁機日月梭。得婆娑處且婆娑。休笑我。樽有酒且高歌。殘元本陽春白雪二　樂府羣珠一

座間明月清風我。門外紅塵紫陌他。閑評鼎鼐怎調和。皆未可。樽有酒且高歌。殘元本陽春白雪二　樂府羣珠一

春方好處花將過。人到榮時髮已皤。求田問舍待如何。皆未可。樽有酒且高歌。殘元本陽春白雪二　樂府羣珠一

芝蘭滿種功難就。荆棘都除力未周。百年心事兩眉頭。除是酒。消盡古今愁。殘元本陽春白雪二　樂府羣珠一

樂府羣珠題作遣懷。

黃花籬下雖云樂。赤壁磯頭氣更豪。磯頭籬下兩相高。詩興豪。沉醉樂陶陶。殘元本陽春白雪二　樂府羣珠一

樂府羣珠題作慨古。〇殘元本陽春白雪脱磯頭籬下四字。兹從樂府羣珠。

四節

海棠過雨紅初淡。楊柳無風睡正酣。杏燒紅桃剪錦草揉藍。三月三。和氣盛東南。太平樂府四　梨園樂府中　樂府羣珠一

元刊本瞿本太平樂府揉俱作操。梨園樂府明大字本何鈔本太平樂府俱作揉。梨園紅作林。剪作鑠。

垂門艾掛猙猙虎。競水舟飛兩兩鳧。浴蘭湯斟緑醑泛香蒲。五月五。誰吊楚三閭。太平樂府四　樂府羣珠一

天孫一夜停機暇。人世千家乞巧忙。想雙星心事密話頭長。七月七。回首笑三郎。太平樂府四　樂府羣珠一

元刊本瞿本太平樂府想作相。兹從明大字本何鈔本太平樂府及羣珠。何鈔本暇作杼。

香橙肥蟹家家酒。紅葉黃花處處秋。極追尋高眺望絶風流。九月九。莫負少年遊。太

平樂府四　樂府羣珠一

海棠顔色嬌宜雨。楊柳腰肢瘦怯風。櫻唇一點吐微紅。可喜種。怎落在此門中。梨園

樂府中　樂府羣珠一

樂府羣珠題作贈妓。○羣珠末句無怎字。

中　樂府羣珠一

有如楊柳風前瘦。恰似桃花鏡裏羞。嫩紅嬌緑已温柔。從别後。雖瘦也風流。梨園樂府

樂府羣珠題作閨情。○羣珠三句作嬌紅嫩緑寄温柔。别後作去後。

樂府中　樂府羣珠一

筆端寫出蘇黄字。才調吟成李杜詩。潘安容貌沈腰肢。可喜死。是一箇俊人兒。梨園

樂府羣珠題作贈情人。

眼横秋水雙波溜。眉聳春山八字愁。别來誰伴上粧樓。如轉首。庭樹忽驚秋。梨園樂府

中　樂府羣珠一　雍熙樂府一九

樂府羣珠題作離恨。雍熙樂府題作盼望。○羣珠庭樹作葉樹。雍熙同。

玉鞭楊柳春風陌。綉轂梨花夜月階。楚雲湘雨夢陽臺。休分外。花柳暗塵埃。梨園樂府

中　樂府羣珠一　雍熙樂府一九

此曲爲荆幹臣醉春風紅袖霞飄彩套數之一支。各選本既以無名氏小令形式出之。兹亦輯之。校

記參閲荆幹臣曲。

錦堂簾幕香風細。蘭柱秋千夜月低。此情惟有落花知。人未歸。愁聽杜鵑啼。梨園樂府中　樂府羣珠一

樂府羣珠題作憶情。下列愁懷似織情如醉同題。○梨園樂府惟有作誰有。

淡烟微雨驪山晚。紅葉黄花渭水寒。霓裳一曲破潼關。錦樹殘。閑煞玉闌干。梨園樂府中　樂府羣珠一

樂府羣珠題作挽楊妃。

爲聞金縷歌謳徹。不覺銀瓶酒盡絶。管絃樓外月兒斜。沉醉也。不記玉人别。殘元本陽春白雪二　梨園樂府中　樂府羣珠一

樂府羣珠題作夜宴。○殘元本陽春白雪爲聞作才聞。歌謳作歌聲。羣珠俱同。

水光山色堪圖畫。野鴨河豚味正佳。竹籬茅舍兩三家。新酒壓。客至捕魚蝦。梨園樂府中　樂府羣珠一

樂府羣珠題作田家。○羣珠圖畫作描畫。

湘裙半露金蓮剪。翠袖輕舒玉筍纖。花鈿宜點黛眉尖。可喜臉。争忍立謙謙。梨園樂府中　樂府羣珠一　雍熙樂府一九

樂府羣珠題作佳遇。下列夢回酒醒初更過同題。雍熙樂府題作憶美。下列不能够歡會空能够看

同題。〇梨園樂府臉作斂。玆從羣珠。羣珠剪作塹。二句作錦袖微揎玉指纖。點黛作貼翠。雍熙剪作瓣。翠作錦。後三句作。粉面宜貼翠花鈿。可喜娘。争笑色妍妍。

窄裁衫褙安排瘦。淡掃蛾眉準備愁。思君一度一登樓。凝望久。雁過楚天秋。梨園樂府中　樂府羣珠一　雍熙樂府一九

樂府羣珠題作閨情。雍熙樂府題作盼望。〇羣珠褙作袖。末二句作音信杳。望斷楚天秋。雍熙末二句同羣珠。惟杳作久。

不能够歡會空能够看。没亂煞心腸受用煞眼。一番相見一番難。幾步間。如隔萬重山。梨園樂府中　樂府羣珠一　雍熙樂府一九

樂府羣珠題作離恨。雍熙樂府題作憶美。〇羣珠煞眼作了眼。一番相見作一回相見。幾步作數步。雍熙首二句作。不能歡會空偷看。費煞心腸受用眼。下二句同羣珠。

夢回酒醒初更過。月轉南樓二鼓過。玉人低喚粉郎呵。休睡波。良夜苦無多。梨園樂府中　樂府羣珠一

樂府羣珠題作佳遇。〇羣珠南樓作廊西。三句作佳人佯笑問郎呵。波作麽。

愁懷似織情如醉。終日無心掃黛眉。良宵獨自守孤幃。人未歸。愁聽子規啼。梨園樂府中　樂府羣珠一

冰肌自是生來瘦。那更分飛兩下愁。别離情苦思悠悠。何日休。似水向東流。梨園樂府

中　樂府羣珠一

樂府羣珠題作間阻。

家家艾虎懸朱户。處處菖蒲泛緑醑。浴蘭湯纏綵索佩靈符。五月五。誰吊楚三閭。梨園樂府中　樂府羣珠一

梨園樂府此曲之前尚有詠上巳之海棠遇雨紅初淡一首。曲文與太平樂府所收四節第一首相同。已輯於前。兩書端陽七夕重九三首頗有異文。茲視爲另曲分別輯之。不作校記。羣珠此曲之前無詠上巳一首。此首題作端陽。

銀河耿耿無雲翳。烏鵲嘵嘵不夜棲。合雙星言密約會佳期。七月七。回首泪沾衣。梨園樂府中　樂府羣珠一

樂府羣珠題作七夕。

紫萸薦酒人懷舊。紅葉經霜蟹正秋。樂登高閑眺望醉風流。九月九。莫負少年游。梨園樂府中　樂府羣珠一

樂府羣珠題作重陽。

芙蓉燭底花開錦。楊柳樓頭日弄陰。象牙牀鴛鴦枕鳳凰衾。休去寢。一片虎狼心。梨園樂府中　樂府羣珠一

樂府羣珠題作風情。次首銜接。標一又字。

無名氏

冠兒褙子多風韻。包髻團衫也不村。畫堂歌管兩般春。伊自忖。爲烟月做夫人。梨園樂府中　樂府羣珠一

兩行帶草連真字。四句尤雲殢雨詩。東風吹與那人兒。他見時。知我害相思。樂府羣珠一　雍熙樂府一九　彩筆情辭一一

雍熙樂府題作離思。彩筆情辭題作病思。注元人辭。

〔中吕〕四換頭

清明時候。才子佳人醉玉樓。紛紛花柳。飄飄襟袖。行歌載酒。花老人依舊。梨園樂府下　樂府羣珠一　雍熙樂府二〇

此首與下三首銜接。梨園樂府無題。樂府羣珠題作一年景。雍熙樂府題作四時。

西湖烟岸。蓮蕩風生六月寒。鄰船歌板。詩囊文翰。醉餘興闌。悲有限歡無限。梨園樂府下　樂府羣珠一　雍熙樂府二〇

雍熙歌板作歌妓。

江湖豪邁。爲惜黄花歸去來。名無言責。身無俗債。任家私匾窄。但醉裏乾坤大。梨園樂府下　樂府羣珠一　雍熙樂府二〇

雍熙身無作利無。無任字。

衝寒乘騎。信步孤山爲訪梅。溪橋流水。雲林斜日。三花五蕊。漏泄了春消息。梨園樂府下　樂府羣珠一　雍熙樂府二〇

羣珠雍熙漏泄俱作泄漏。

兩葉眉頭。怎鎖相思萬種愁。從他別後。無心挑綉。這般證候。天知道和天瘦。梨園樂府下　樂府羣珠一　雍熙樂府二〇

梨園樂府與下二首銜接。無題。羣珠雍熙並題作相思。〇雍熙這般作這般樣。知道作知也。

從他別後。滿眼風光總是愁。實心兒有。須索禁受。爲他些證候。迨逗的人來瘦。梨園樂府下　樂府羣珠一　雍熙樂府二〇

牽腸割肚。一自別來信也無。多情何處。教人思慮。憑闌竚目。空望斷遥天暮。梨園樂府下　樂府羣珠一　雍熙樂府二〇

梨園樂府割作閣。雍熙闌竚作闌干觸。

東牆花月。好景良宵恁記者。低低的說。來時節。明日早些。不志誠隨燈滅。梨園樂府下　樂府羣珠一

羣珠題作約情。

聲說不的。滿腹離愁訴與誰。負心天識。酩子裏輸了身起。呆才好看。自做得不出

氣。梨園樂府下

言盟説誓。豈信閑人講是非。忘餐失寐。形骸憔悴。猛然間想起。落得聲長吁氣。梨園樂府下　樂府羣珠一　雍熙樂府二〇

羣珠此首及次首題作相思。○雍熙得聲作幾聲。

佳人薄命。懊惱東君忒世情。風流心性。愁成病。知他是怎生。不住口提名姓。梨園樂府下　樂府羣珠一　雍熙樂府二〇

羣珠佳人上有則是二字。雍熙首句作非咱薄倖。心性作情性。

題情

堪描堪畫。鬢綰烏鴉臉襯霞。燈兒直下。揪住了麽。可喜的我兒。説一句真實話。雍熙樂府二〇　彩筆情辭四

題從雍熙樂府。連次首。彩筆情辭題作麗情。注元人辭。○雍熙了麽作子麽。

因咱閒暇。有箇人兒來到家。簾兒直下。偷睛抹。牽情的我兒。先打換香羅帕。雍熙樂府二〇　彩筆情辭四

〔中吕〕喬捉蛇

毒似兩頭蛇。狠如雙尾蝎。閃的我無情無緒無歸着。幾時幾時捱得徹。愁一會悶一會。柔腸千萬結。將耳朵兒揪了把金蓮蹶。太和正音譜下　樂府羣珠一　北詞廣正譜　九宫大成一

三　元明小令鈔

樂府羣珠題作别恨。○太和正音譜雙尾作雙燼。

〔中吕〕快活三過朝天子

芝蘭種不生。荊棘亂縱横。偶因命快得個虚名。只管望前掙。緊行。慢行。趕不上休擊競。干戈鑾觸枉了戰争。世事皆前定。春水孤舟。秋風三徑。也强如暮登臺朝入省。三槐堂政聲。五柳莊暮景。有識見彭澤令。梨園樂府下　樂府羣珠一

樂府羣珠題作知機。○羣珠擊競作争競。

雖貧樂有餘。不義富何如。鐘鳴漏盡强支吾。㓮地巴活路。逆取。順取。一分也將不去。千間大廈駟馬車。總不是安身處。蜀道銅山。石崇金谷。禍臨身財未足。西州路痛哭。北邙山洞土。栽不迭白楊樹。梨園樂府下　樂府羣珠一

樂府羣珠題作嘆世。○梨園樂府一分也三字模糊不可識。茲據羣珠補。羣珠活路作活計。

身子兒似裊娜。美臉兒賽過姮娥。恰才相見便情合。離了他半霎兒應難過。想他。念他。鎮日躭寂寞。懨煎成病怎生奈何。早晚着牀臥。親檢名方。真誠修合。自炮爁自擣羅。若得我病可。除非是見他。藥引子舌尖上唾。梨園樂府下　樂府羣珠一

樂府羣珠題作題情。○梨園樂府我病可作成病可。羣珠怎生作怎。

拋離了花月朝。倚閣起鳳鸞交。將纏頭紅錦換些柴燒。把買笑黄金塑。儘教。儘教。從他烈火燒了祅廟。藍橋一任水迢迢。鍬撅斷陽臺道。謝館秦樓。翻成書閣。修文詞攻武略。把錦套頭放着。將磨杆兒撇却。教有力的姨夫鬧。梨園樂府下　樂府羣珠一

樂府羣珠題作妓家。○梨園樂府些柴。鍬撅。謝。杆兒撇諸字俱模糊不可識。茲據羣珠補。末句的作程。鬧作闌。茲並從羣珠。羣珠塑作料。燒了作燒。

〔中吕〕十二月過堯民歌

静慘慘烟霞嶺外。響潺潺澗水橋西。光燦燦銀河倒瀉。高聳聳碧玉盤堆。滿山滿樹幽微景致。錦模糊一帶屏圍。更有紫藤花青竹筍蕨芽肥。兀良只見黄蘆岸白蘋渡緑楊隄。香拂拂幾株梅樹傍疎籬。紅灼灼數枝桃杏出柴扉。哎。雲笛。雲笛。閑拈月

下吹。不羨他浮名利。梨園樂府下　太和正音譜下　樂府羣珠一　雍熙樂府二〇　九宮大成一三　元明小令鈔

樂府羣珠及雍熙樂府俱連下一首題作道情。梨園樂府及羣珠以前四句爲十二月。雍熙樂府合兩曲標堯民歌。俱誤。兹從太和正音譜九宮大成。○梨園燦燦作燦爛。太和正音譜慘慘作巉巉。外作北。銀河作銀江。滿樹作樹。拂拂作馥馥。無哎字。末句無他字。雍熙首句同正音譜。哎。雲笛。雲笛。作吹雲笛。吹雲笛。九宮大成元明小令鈔俱同正音譜。惟仍作銀河。小令鈔無兀良只見香馥馥紅灼灼等字。

一箇青鴉鴉門栽五柳。一箇虛飄飄海内雲遊。一箇翠巍巍深山隱跡。一箇響潺潺渭水垂鉤。都棄了金章紫綬。倒大來散誕逍遥。一箇未央宮鈍劍鋸了咽喉。一箇晉家宮分明五車休。一箇烏江岸飲氣自揮了頭。一箇大梁王彭越醢了屍首。公侯。功名甚日休。枉了干生受。梨園樂府下　樂府羣珠一　雍熙樂府二〇

梨園羣珠垂鉤俱作垂釣。兹從雍熙。雍熙逍遥作優游。自揮了頭作刀揮首。枉作枉費。

看看的相思病成。怕見的是八扇幃屏。一扇兒雙漸小卿。一扇兒君瑞鶯鶯。一扇兒越娘背燈。一扇兒煮海張生。一扇兒桃源仙子遇劉晨。一扇兒崔懷寶逢着薛瓊瓊。一扇兒謝天香改嫁柳耆卿。一扇兒劉盼盼昧殺八官人。哎。天公。天公。教他對對

成。偏俺合孤另。梨園樂府下　樂府羣珠一　雍熙樂府二〇

羣珠雍熙題俱作相思。○羣珠昧作眛。雍熙昧作財。哎天公天公作教天公教天公。末句作怎偏俺何孤另。

〔中吕〕齊天樂過紅衫兒

嘆世

茅庵草舍活計。直喫的醺醺醉如泥。喫的盡醉方歸。咀清歌道童聲齊。相隨。樂樂跎跎。又不管是非。快活了一日。一朝便宜。閑時節看古書。悶把青山對。歸去來兮。一帶山如翠。牢把柴門閉。危來催。危來催。不戀榮華貴。不如飲金杯。飲金杯。一世兒清閑落得。梨園樂府下　樂府羣珠一

梨園樂府飲金杯作歌金杯。

幽居

常笑屈原獨醒。理論甚斜和正。渾清。争。一事無成。汨羅江傾送了殘生。無能。

我料這裏直。難買人世情。順時和光。倒得安寧。静處潛。深山裏隱。且養疎慵。願學陶淵明。卸印歸三徑。不争名。不争名。曾共高人論。且粧惛。且粧惛。識破南柯夢境。梨園樂府下　樂府羣珠一

梨園樂府願原作㕽。樂府羣珠誤此字爲一旦二字。

玩世

秦宫漢闕豪奢。到如今實難曰。傷嗟。些。土盡灰竭。嘆消磨多少賢哲。豪傑。百代功名。千年志節。半霎南柯。一夢胡蝶。塵外人。林中客。甘分閑也。弗使心饕餮。只要身常潔。且粧呆。且粧呆。静把柴門閭。晉朝耶。魏朝耶。指落花無言自説。梨園樂府下　樂府羣珠一

村居

農家畏日炎天。避暑在黄蘆堰。林泉。邊。跣足而眠。有忘憂白鷺紅鴛。堪憐。鬬舉香醪。齊歌採蓮。悲意忘形。樂矣欣然。瓦缶斟。磁甌裏勸。鄰叟相傳。除此于飛願。只此予終願。更無言。更無言。盞盞乾乾嚥。不留涓。不留涓。一飲一箇前

合後偃。梨園樂府下　樂府羣珠一

梨園樂府紅鴛作紅央。央即鴦之簡體。兹據羣珠。

題情

孤眠怎睚今宵。更那堪孤燈兒照。心焦。焦。寶鼎内香燒。畫簷間鐵馬兒輕敲。風梢。一弄兒凄涼。都來的吵鬧。促織兒紗窗。絮絮叨叨。想起來。添煩惱。不覺的斜月上花梢。天外賓鴻叫。有夢還驚覺。好心焦。好心焦。盛添十年老。暢難熬。暢難熬。斷人腸金雞報曉。梨園樂府下　樂府羣珠一

樂府羣珠紗窗下有外字。

閨怨

孤眠冷冷清清。恰才則人初静。又被和風。風。吹滅殘燈。不由的見景生情。傷心。暗想才郎。全無些志誠。月下星前。海誓山盟。想起來。添愁悶。不覺的倒枕翻衾。窗外寒風動。吹覺南柯夢。好傷情。好傷情。獨自珊瑚枕。泪如傾。泪如傾。眼見的我今春瘦損。梨園樂府下

清字原不疊。星下原脱前字。玆補正。

〔中吕〕快活三過朝天子四换頭

嘆四美

良辰媚景换今古。賞心樂事暗乘除。人生四事豈能無。不可教輕辜負。唤取。伴侣。正好向西湖路。花前沉醉倒玉壺。香潝霧紅飛雨。九十韶華。人間客寓。把三分分數數。一分是流水。二分是塵土。不覺的春將暮。西園杖屨。望眼無窮恨有餘。飄殘香絮。歌殘白紵。海棠花底鷓鴣。楊柳梢頭杜宇。都唤取春歸去。太平樂府四　樂府羣珠一　太和正音譜下引四换頭　北詞廣正譜引同　九宫大成一三引同

憶别

人去後歛翠颦。春歸也掩朱門。日長庭静怕黄昏。又是愁時分。新痕。舊痕。淚滴盡愁難盡。今宵鴛帳睡怎穩。口兒念心兒印。獨上粧樓。無人存問。見花梢月半輪。望頻。斷魂。正人遠天涯近。長空成陣。雁字行行點暮雲。早是多離多恨。多愁多

悶。叮嚀的囑君。若見俺那人。早寄取箇平安信。太平樂府四　樂府羣珠一

道情

閑來時看古書。悶來時繞村沽。杖頭不索掛葫蘆。葫蘆提大家提將去。醉足。睡足。觀滿眼山無數。堆藍疊翠列畫圖。隔斷紅塵路。萬里長江。烟波深處。但行人問所居。老夫。彼處。向鸚鵡洲邊住。無榮無辱。堪笑朝中都宰輔。韓信埋伏。蕭何法律。張良見世途。子不如聞早歸山去。梨園樂府下收朝天子　樂府羣珠一

梨園樂府此曲僅收朝天子一支。樂府羣珠有快活三過朝天子一首。題作樂間。爲前二支。又有快活三過朝天子四換頭一首。題作道情。即全曲。○梨園樂府睡下脱足字。無觀字。列作列着。里長作頃寒。烟波深處作孤舟橫渡。但作有。彼處作隱處。向作在。羣珠樂閑一首不索掛作斜挑一。無大家提三字。觀作見。疊翠作擁翠。列作列着。隔斷作阻隔了。烟波深處作孤舟橫渡。但作見。彼處作去處。向作只在。

〔大石調〕初生月兒

初生月兒懸太虛。恰似嫦娥鬟上梳。冰輪未滿羨嘆處。漫長吁。離恨苦。冷清清鳳

隻鸞孤。鈔本陽春白雪後集一　雍熙樂府二〇

初生月兒一半彎。那一半團圓直恁難。雕鞍去後何日還。捱更闌。淹泪眼。虛簷外憑損闌干。鈔本陽春白雪後集一　雍熙樂府二〇

雍熙次句作一半團圓只恁難。虛簷作畫簷。

初生月兒明處少。又被浮雲遮蔽了。香消燭滅人静悄。夜迢迢。難睡着。窗兒外雨打芭蕉。鈔本陽春白雪後集一　雍熙樂府二〇

初生月兒一似弓。夢裏相逢恩愛同。覺來時錦被一半空。去無踪。難再逢。窗兒外燭影揺紅。太和正音譜上　雍熙樂府二〇　北詞廣正譜　九宫大成四五　元明小令鈔

〔大石調〕陽關三疊

渭城朝雨浥輕塵。更灑遍客舍青青。弄柔凝千縷。更灑遍客舍青青。弄柔凝翠色。更灑遍客舍青青。弄柔凝柳色新。休煩惱。勸君更盡一杯酒。人生會少。富貴功名有定分。休煩惱。勸君更盡一杯酒。舊遊如夢。只恐怕西出陽關。眼前無故人。休煩惱。勸君更盡一杯酒。只恐怕西出陽關。眼前無故人。太和正音譜上　北詞廣正譜　九宫大成四五　元明小令鈔

無名氏

〔小石調〕歸來樂

罷罷要要。茫茫世界儘寬大。五斗米折不得彭澤腰。一椀飯受不得淮陰跨。種幾畝邵平瓜。卜幾文君平卦。哈哈。快活煞。心窩裏無牽掛。耳跟廂没嘈雜。哈哈。世上人勞勞堪訝。

清褚稼軒堅瓠集載此曲。謂元人作。共分爲兩闋。均自罷罷要要句起。曲牌作叨叨令帶風入松。惟字句與譜不合。九宫大成曲牌作歸來樂。共分五段。注云。歸來樂係宋蘇軾自度曲。傳之已久。未註宫調。舊譜皆未載。今審其聲調。旖旎嫵媚。當歸小石角。納書楹曲譜從之。兹據九宫大成輯録。○堅瓠集卜作賣。心窩裏作心坎上。耳跟作耳邊。納書楹曲譜卜作賣。

你看那秦代長城替别人打。漢朝陵寢被偷兒挖。魏時銅雀臺。到如今無片瓦。哈哈。名利場最兜搭。班定遠玉門關。枉白了青絲髮。馬新息銅柱標。抵不得明珠價。哈哈。却更有幾般堪訝。

堅瓠集末句作。卻更有一般堪詫。

動不動説甚麽玉堂金馬。虚費了文園筆札。只恐怕渴死了漢相如。空落下文君再寡。哈哈。到頭來都是假。總饒你事業伊周。文章董賈。少不得北邙山下。哈哈。俺歸

去也呀。

堅瓠集五句哈哈作罷罷耍耍。總饒你作憑你。哈哈俺歸去也呀作俺歸去也。自罷罷耍耍另成一闋。納書楹曲譜末句無俺字。

身不關陶唐禹夏。夢不想謀王定霸。容膝的是竹椽茅簷。點景的是琴棋書畫。忘機的是鷗魚鳬鴨。更有那橘柚園遮周匝。蘭地平坡凸凹。俺可也不癡又不呆。不聾又不啞。誰肯把韶光來虚那。哈哈。俺歸去也呀。

堅瓠集謀王作争王。是竹椽茅簷作竹籬茅舍。點景的是作忙手的。忘機的下無是字。鳬鴨以下作。適口的淡飯粗茶。檻外薔薇高架。庭前蘭蕙初卸。俺也不聾不啞。誰肯把韶光虚謝。納書楹曲譜蘭地平坡作蘭蕙坡平。

從負郭問桑麻。遇鄰翁數花甲。鐵笛兒在牛角上掛。酒瓢兒在漁竿上插。詩囊兒在驢背上跨。眼底事拋却了萬萬千千。杯中物直飲到七七八八。歡百歲誰似咱。哈哈。耍罷便罷。分付與風月烟霞。準備着歸家來耍耍。以上五曲見堅瓠集　九宫大成三九　納書楹曲譜正集三

堅瓠集從負郭上有閑時節三字。花甲下有哈哈二字。末五句作。醉中日月真無價。哈哈。耍罷就罷。濃睡在十里松陰下。一任黄鸝罵。

無名氏

〔商調〕梧葉兒

廬山寺

瀑布倒銀漢。諸山捧墨池。九江郡一盤棋。金額元章字。白蓮陶令□。珠玉謫仙題。信天下廬山第一。梨園樂府中

陶令下原字模糊。疑應作詩。

蔣山寺

寶地華嚴藏。金陵古道場。傳棟宇自齊梁。楊柳千巖露。蓮花一界香。蘆葦萬林霜。無日不達摩過江。梨園樂府中

金山寺

江底龍宮近。山高寶殿高。僧老跨金鰲。問今古團圓月。朝夕喜怒濤。興廢往來潮。何處也揚州玉簫。梨園樂府中

焦山寺

海窟常聞磬。風波不得僧。江月夜傳燈。禪性水朝朝浄。佛頭山日日青。人立在吸江亭。看不足夕陽畫屏。梨園樂府中

甘露寺

風雨西津渡。江山北固樓。先得海門秋。手掌裏金山寺。脚跟下鐵甕州。翻滚滚水東流。一線繫三江夏口。梨園樂府中

惠山寺

梅竹歧通縣。伽藍屋傍崖。泉水篆閑階。印月曹溪派。松風雪浪齋。童子掃莓苔。怕七椀盧仝到來。梨園樂府中

鶴林寺

石泉細。竹院深。千古記九臯禽。酌壺酒攜藜杖。焚爐香拂操琴。人白髮樂山林。誰更有長安那心。梨園樂府中

靈巖寺

丹青寺。水墨圖。看麋鹿走姑蘇。南通越。北望吴。洞庭湖。龍也問山僧借雨。梨園樂府中

天平寺

金色三千界。瑶臺十二重。樓閣半天中。西子送吴王去。殘花逐落日紅。若當日在玄宗。遊甚麽姮娥月宫。梨園樂府中

虎丘寺

塔影佛留像。山形虎踞威。雲錦樹高低。幽鳥鳴僧舍。寒藤瑣劍池。遊客看山回。

花上雨菩提浄水。梨園樂府中

靈隱寺

九里青松路。千家碧玉泉。佛國綺羅邊。洞口山如甸。湖中水似天。空纜打魚船。一箇箇呆倬看猿。梨園樂府中

茅山觀

烟霞地。錦綉川。人不見月常圓。爐煉靈丹藥。山圍小洞天。是大羅仙。別覓甚蓬萊閬苑。梨園樂府中

六句疑脱一字。

天台洞

玄圃山前道。紅雲島外村。一壺景四時春。夕有猿敲户。朝無客扣門。見幾箇捕魚人。猶自向山中避秦。梨園樂府中

長亭畔。小酌間。和泪唱陽關。人又去。酒又闌。跨雕鞍。好教人千難萬難。梨園樂

府中

人南去。雁北來。無一人不傷懷。香肌瘦。潘鬢改。好難睚。旅館内愁山悶海。梨園樂府中

秋來到。漸漸涼。寒雁兒往南翔。梧桐樹。葉又黄。好凄涼。綉被兒空閑了半張。梨園樂府中　雍熙樂府一七

雍熙樂府漸漸作即漸。三句作寒雁返南鄉。葉又作葉兒。末句作錦被空閑半牀。

腰肢瘦。眉黛愁。銷減了舊風流。嫌人問。對鏡羞。睡來休。敢是些相思證候。梨園樂府中

秋天浄。江月開。悄悄訴情懷。休等待。雙秀才。快摇開。怕酒醒馮魁覺來。梨園樂府中

悄悄原作消消。

青銅鏡。不敢磨。磨着後照人多。一尺水。一丈波。信人唆。那一箇心腸似我。梨園樂府中

燈相照。謾懊惱。掩泪眼揾鮫綃。初更罷。二鼓交。好心焦。幾聲兒長吁到曉。梨園樂府中

十二月

正月

年時節。元夜時。雲鬢插小桃枝。今年早。不見你。泪珠兒。滴滿了春衫袖兒。梨園樂府下

二月

踏青去。二月時。則不肯上車兒。强那步。困又止。脱鞋兒。要人兜凌波襪兒。梨園樂府下

三月

春三月。花滿枝。秋千惹緑楊絲。才蹴罷。舒玉指。摸腰兒。誰拾得鮫綃帕兒。梨園樂府下

四月

清和節。近洛時。尋思了又尋思。新荷葉。渾廝似。面花兒。貼在我芙蓉額兒。梨園樂府下

五月

曾齊唱。端午詞。香艾插交枝。瓊酥腕。繫綵絲。酒濃時。壓匾了黄金釧兒。梨園樂府下

六月

炎天熱。無限時。香汗濕凝脂。誰如我。看定你。睡着時。才敢住了白紈扇兒。梨園樂府下

七月

金風動。玉露滋。牛女會合時。人别後。無意思。折花枝。閑倚定桐梧樹兒。梨園樂府下

八月

中秋夜。飲玉巵。滿酌不須辭。沉醉後。仰望時。月明兒。便似箇青銅鏡兒。梨園樂府下

九月

重陽節。秋暮時。爲折傲霜枝。歸蘭舍。憶舊時。夢魂兒。飛入銷金帳兒。梨園樂府下

十月

長思慮。長嘆咨。烟外碧參差。或時詩句。或時詞。寫相思。無一箇胭脂葉兒。梨園樂府下

十一月

香閨靜。憔悴死。玉壺内結冰澌。沉烟細。裊碧絲。斷腸時。紗窗印梅花月兒。梨園樂府下

十二月

十二月。十二時。無一刻不嗟咨。他來後。方則是。一團兒。香滿了青綾被兒。梨園樂府下

嘲女人身長

身材大。膊項長。難匹配怎成雙。只道是巨無霸的女。原來是顯道神的娘。我這裏細端詳。還只怕你明年又長。雍熙樂府一七　北宫詞紀外集五

北宫詞紀外集注元人作。題作嘲長婦。○詞紀外集末句無還字。

嘲人桌上睡

難掛芙蓉帳。休題錦綉幃。誤了他擺筵席。蟠蟠睡。款款偎。高臥得便宜。上臺盤的先生是你。雍熙樂府一七　北宮詞紀外集五

北宮詞紀外集注元人作。

嘲謊人

東村裏雞生鳳。南莊上馬變牛。六月裏裹皮裘。瓦壟上宜栽樹。陽溝裏好駕舟。甕來大肉饅頭。俺家的茄子大如斗。雍熙樂府一七　北宮詞紀外集五

北宮詞紀外集題作嘲人説謊。注元人作。

貪

一夜千條計。百年萬世心。火院有海來深。頭枕着連城玉。脚踏着遍地金。有一日死來臨。問貪公那一件兒替得您。雍熙樂府一七　北宮詞紀外集六

北宮詞紀外集此首及以下五首注元人作。以貪嗔癡爲一題。戒定慧爲一題。

嗔

怒紛紛心腸惡。氣昂昂膽量粗。動不動撒無徒。忒嫉妒更狠毒。有一日命遭誅。那其間誰來救苦。雍熙樂府一七　北宮詞紀外集六

癡

不知無常路。不識有限身。恰便似睡餛飩。東走投西去。南行却北奔。枉做世間人。比貪嗔顛倒又蠢。雍熙樂府一七　北宮詞紀外集六

戒

莫作虧心事。休尋捨命因。難再得人身。問甚麽腥和肉。管甚麽素與葷。只要你認天真。一步步前程息穩。雍熙樂府一七　北宮詞紀外集六

雍熙樂府題作嫉。案戒定慧見楞嚴經。

定

靜裏休作觀。光中不見明。杳杳復冥冥。聞香不知異。對樂不聽聲。放下兩無情。纔是箇真常小境。雍熙樂府一七　北宫詞紀外集六

慧

看破無生事。參透悄然機。從些兔狐棲。大則瞞天地。小則入細微。除是自家知。使喚的泥牛下水。雍熙樂府一七　北宫詞紀外集六

嘆世

嘆貧富十年運。看興亡一着棋。昨朝是今日非。緑草隨春變。青山不改移。白髮故人稀。恰便似黄葉落東流逝水。雍熙樂府一七　北宫詞紀外集六

雍熙樂府無題。北宫詞紀外集此首連下二首題作嘆世。注元人。○詞紀外集四五句作歲歲青山舊。年年緑草齊。

日月雙飛箭。光陰一擲梭。塵事暗消磨。輕似花梢露。浮如水上波。貧富待如何。

且放開眉間雙鎖。雍熙樂府一七　北宫詞紀外集六

雍熙浮如作癡如。

過一日無一日。度一年少一年。又何必苦熬煎。論甚麼貧和富。管甚麼愚共賢。頭直上有青天。不覺的夕陽又轉。雍熙樂府一七　北宫詞紀外集六

嘲貪漢

一粒米針穿着吃。一文錢剪截充。但開口昧神靈。看兒女如銜泥燕。愛錢財似競血蠅。無明夜攢金銀。都做充飢畫餅。雍熙樂府一七　北宫詞紀外集六

北宫詞紀外集題作欲貪夫。注元人。〇詞紀外集首句無着字。錢財作貲財。攢金銀作總營營。

題情

解不開同心扣。摘不脱倒鬚鈎。糖和蜜攪酥油。活擺布千條計。死安排一處休。恁兩箇忒風流。死共活休要放手。雍熙樂府一七　北宫詞紀外集五　彩筆情辭五

題從雍熙樂府。連下共四首。彩筆情辭於第一二四首題作風情。於第三首題作失歡。並注元人辭。北宫詞紀外集收第一二首。題作風情。注元人。〇詞紀外集摘作掙。

惹離恨香羅袖。送愁悶白玉甌。花和月兩風流。鬧攘攘鶯花市。亂紛紛燕子樓。似這般幾時休。憔悴了方纔罷手。　雍熙樂府一七　北宮詞紀外集五　彩筆情辭五

詞紀外集愁悶作愁思。情辭作愁情。

模樣兒還依舊。心腸兒轉換別。全不似舊時節。海誓都不應。山盟空自說。想起來暗傷嗟。好恩情不覺的罷也。　雍熙樂府一七　彩筆情辭六

泪滴濕香羅袖。泪湮透白苧衫。嬌士女俊兒男。一箇心腸熱。一箇眼腦饞。便死也心甘。俺爲他他爲俺。　雍熙樂府一七　彩筆情辭五

雍熙兒男作兒郎。情辭滴濕作點滴。湮透作痕湮。爲俺上有還字。

情如訴。心似許。縈繫殺病相如。人如玉。花解語。更通疎。知道俺風流受苦。　雍熙樂府一七　彩筆情辭一一

雍熙樂府彩筆情辭題俱作題情。連次首。彩筆情辭注元人辭。〇雍熙縈繫作縈絲。

桃腮嫩。杏臉舒。紅紫間錦模糊。春將暮。風亂鼓。落紅疎。誰肯與殘花做主。　雍熙樂府一七　彩筆情辭一一

覷白鷺。看烏鴉。水底摸魚蝦。鶯穿柳。蝶戀花。景幽雅。若非雲門莫誇。　鳴鶴餘音六

想林濟。大慈悲。究竟作根基。打一捧。去片皮。好呆癡。痛癢猶然不知。　鳴鶴餘音六

龜毛拂。兔角錐。蝦蟆撲天飛。泥牛吼。木馬嘶。少人知。俯仰泄漏天機。鳴鶴餘音六

麥有麵。粟有米。布袴裏更有腿。山有石。海有水。語真實。洞霞無極立基。鳴鶴餘音六

擒意馬。鎖心猿。神氣養交全。非扭捏。合自然。體幽玄。法眼超過大千。鳴鶴餘音六

玄妙塞。化城關。一脚□蹬翻。花紅處。柳緑間。没遮欄。處處仙佛面顔。鳴鶴餘音六

三句應脱一字。

天邊月。月正圓。掘地去尋天。有無有。顛倒顛。妙玄玄。正道須當要口傳。鳴鶴餘音六

天邊月。月上絃。卯酉不虚傳。八兩汞。八兩鉛。一觔全。照破了三千及大千。鳴鶴餘音六

天邊月。月應弓。真道妙無窮。龍擒虎。虎擒龍。兩相逢。結一朵金花弄風。鳴鶴餘音六

天邊月。月正南。前後各三三。離是女。坎是男。妙玄談。不説破教人家怎參。鳴鶴餘音六

天邊月。月應爐。鉛汞鼎中居。金憑火。鍊就珠。一葫蘆。三百八十四銖。鳴鶴餘音六

無名氏

〔商調〕望遠行

紫燕金鶯弄也喉舌。我這裏粧點得。西園内紅英兒翠重疊。梅香你與我掩上門兒着。瘦龎兒不耐春風烈。霎時間花初謝。這凄涼怎生受也。怕的是燈兒昏月兒暗雨兒斜。愁則愁到晚時節。没劃地又早是黄昏夜。北詞廣正譜　元明小令鈔

〔商調〕玉抱肚

休來這裏閑嗑。俺奶奶知道駡我。逞甚麽嘍羅。當初有箇鄭元和。早收心休戀我。太和正音譜下　北詞廣正譜　九宫大成五九　元明小令鈔

〔商調〕掛金索

我愛閑居。心鏡常皎潔。境滅情忘。自然無分别。雲散長空。露出清霄月。此箇家風。有口難分説。鳴鶴餘音六

一更裏澄心。下手端然坐。趕退羣魔。隊隊白羊過。剔起心燈。照見元初我。方寸玲瓏。寶珠懸一顆。鳴鶴餘音六

二更裏人静。萬事都無染。一對金蟾。上下來盤旋。嚇退三尸。奔走如雷電。白雪漫漫。降下璚花片。鳴鶴餘音六

三更裏陽生。子母朝金闕。海底靈龜。吸盡金烏血。一氣綿綿。三關都透徹。萬道霞光。捧出西江月。鳴鶴餘音六

四更裏無事。四邊都寧静。内放心花。賞翫長春景。戊己門開。有箇真人進。一粒金丹。運上崑崙頂。鳴鶴餘音六

五更裏天明。還了修行願。龍虎相交。倒把黄河捲。半空裏雷聲。鬼神難測辯。認得元初。本來真頭面。鳴鶴餘音六

齋罷閑行。獨唱無人和。山裏樵夫。也唱哩喻囉。上了一箇坡。下了一箇坡。便做高官。也只不如我。鳴鶴餘音六

過了一年。又是添一歲。每日隨緣。争甚閑和氣。可憐韶華。奔走如撚指。莫待臨頭。臘月三十日。鳴鶴餘音六

奉勸人人。一一聽分訴。不曉陰陽。怎知修行路。始初下手。鍊就鉛汞體。自有龜蛇。引入曹溪路。鳴鶴餘音六

聰明君子。一一聽分訴。甲子六年。看看降真數。跳出凡籠。一箇長生路。免教閻王。鬼使來勾取。鳴鶴餘音六

〔越調〕小桃紅

情

斷腸人寄斷腸詞。詞寫心間事。事到頭來不由自。自尋思。思量往日真誠志。志誠是有。有情誰似。似俺那人兒。中原音韻　雍熙樂府一九　元明小令鈔

雍熙樂府題作別憶。○雍熙詞寫作詞訴。是有作人有。誰似作難似。末句作似恁俊男兒。

詠美

壓盡楊妃上馬嬌。傾國傾城貌。願得今生不相拋。自評跋。姻緣有分誰知道。平生願足。相隨相趁。成就鳳鸞交。雍熙樂府一九　彩筆情辭三

題從雍熙樂府。彩筆情辭題作麗情。注元人辭。○情辭評跋作評度。

一自相逢便情舒。無些褒談處。兩意濃如水接魚。得歡娛。痛惜輕憐心無足。相偎

相抱。尤雲殢雨。諧老做妻夫。雍熙樂府一九　彩筆情辭三

〔越調〕天净沙

長途野草寒沙。夕陽遠水殘霞。衰柳黄花瘦馬。休題别話。今宵宿在誰家。梨園樂府中

瘦皆因鳳隻鸞單。病非干暑濕風寒。空服了千丸萬散。㦎㦎情緒。立斜陽目斷巫山。梨園樂府中

上官有似花開。下官渾似花衰。花謝花開小哉。常存根在。明年依舊春來。梨園樂府中

江南幾度梅花。愁添兩鬢霜華。夢兒裏分明見他。客窗直下。覺來依舊天涯。梨園樂府中

今生或少或多。功名一枕南柯。富貴榮華快活。今朝已過。不知明日如何。梨園樂府中

生紅鬧簇枯枝。只愁吹破胭脂。説與鶯兒燕子。東君知道。杏花不耐開時。梨園樂府中

西風渭水長安。淡烟疎雨驪山。不見昭陽玉環。夕陽樓上。無言獨倚闌干。梨園樂府中

東鄰多病蕭娘。西鄰清瘦劉郎。被一堵無端粉牆。將人隔斷。抵多少水遠山長。梨園樂府中

枯藤老樹昏鴉。小橋流水人家。古道西風瘦馬。夕陽西下。斷腸人在天涯。梨園樂府等

堯山堂外紀以此首爲馬致遠作。他書俱屬無名氏。茲重出於此。校記及出處詳馬曲。

平沙細草斑斑。曲溪流水潺潺。塞上清秋早寒。一聲新雁。黄雲紅葉青山。庶齋老學叢談　詞綜三〇　歷代詩餘一

西風塞上胡笳。月明馬上琵琶。那抵昭君恨多。李陵臺下。淡烟衰草黄沙。庶齋老學叢談　詞綜三〇　歷代詩餘一

庶齋老學叢談於以上三曲之前序云。北方士友傳沙漠小詞三闋。頗能狀其景。〇歷代詩餘胡作蘆。

〔越調〕柳營曲

范蠡

一葉舟。五湖遊。鬧垓垓不如歸去休。紅蓼灘頭。白鷺沙鷗。正值着明月洞庭秋。進西施一捻風流。起吴越兩處寃讎。趁西風閑袖手。重整理釣魚鈎。看。一江春水向東流。太平樂府三

子陵

達聖顔。布衣間。中興暗宣三四番。列在朝班。故友相看。他道是名利不如閑。脱烏靴棄却羅襴。披羊裘執定綸竿。釣蒼烟七里灘。耕白雲富春山。强如宰相五更寒。太平樂府三

李白

捧硯底嬌。脱靴的焦。調羹的帝王空懊惱。玉帶金貂。宮錦仙袍。常則是春色宴蟠桃。赫蠻書醉墨雲飄。秦樓月詩酒風騷。鮑參軍般俊逸。庾開府似清高。沉醉也把明月水中撈。太平樂府三

風月擔

倚仗他性兒謙。鮑兒甜。曲弓弓半彎羅襪纖。統鏝情忺。愛錢娘嚴。少不得即裹漸裹病厭厭。後來肉膘膠大蟲翼難粘。蠍鈎子野味兒難簽。火燒殘桑木劍。水濕破紙

糊杴。自砍得風月擔兒尖。太平樂府三　盛世新聲戌集　詞林摘艷一

詞林摘艷以此首及以下駝漢精沉默默二首俱爲劉庭信作。兹據太平樂府重出於此。校記從略。參閱劉曲。

駝漢精。陷人坑。紙湯瓶撞着空藏瓶。可憐蘇卿。不識雙生。把泰行山錯認做豫章城。謊郎君引着火窮兵。呆賤人劫着空營。達達搜無四兩。罟罟翅赤零丁。拾性命將風月擔兒争。太平樂府三　盛世新聲戌集　詞林摘艷一

李亞仙。鄭元和。風流的古今誰似他。相會情多。一見脾和。却撞着箇能狡猾的母閻羅。倒施計搬盡他家火。後來卑田院乞化爲活。釁車前唱挽歌。凍的來打孩歌。再誰將風月擔兒拖。太平樂府三

卑田院原作陂田院。兹改。明大字本倒施作倒拖。

花月粧。綺羅香。思量到頭都是謊。多病襄王。窈窕情娘。如今烟水兩茫茫。分飛了錦帳鸞凰。拆散了金殿鴛鴦。不是咱情分寡。説着他話兒長。我磨擦的條風月擔兒光。太平樂府三　北宫詞紀外集五

元刊太平樂府鸞凰作鸞鳳。兹從瞿本太平樂府及北宫詞紀外集。

花共酒。幾時休。惜花人近新來權袖手。舞態歌喉。燕侶鶯儔。我無語懶凝眸。勸

兒每正鼓腦争頭。鬭喧呼謝館秦樓。保兒心雄糾糾。撅丁臉冷搊颼。且將我這風月擔兒收。太平樂府三

沉默默。冷丁丁。緑豆石磨兒不甚輕。自己曾評。秤兒上曾稱。端的一分鈔一分情。麗春園慣戰的雙生。豫章城豹子蘇卿。新油來的紅悶棍。恰掘下的陷人坑。誰將這風月擔兒争。太平樂府三　盛世新聲戌集　詞林摘艷一　北宫詞紀外集五

桃臉艷。柳腰纖。窄弓弓半彎羅襪尖。眼角眉尖。意順情忺。且是可意娘鮑兒甜。虚飄飄胡廝揪撏。實丕丕響鈔精蟾。罷字兒心上有。嫁字兒口頭呫。再誰將風月擔兒拈。太平樂府三

題章宗出獵

白海青。皂籠鷹。鴉鶻兔鶻相間行。細犬金鈴。白馬紅纓。前後御林兵。喊嘶嘶飛戰馬蹄輕。雄糾糾御駕親征。廝琅琅環轡響。吉丁鐺鐙敲鳴。呀剌剌齊和凱歌行。梨園樂府下

紅錦衣。皂鵰旗。銀盤也似臉兒打着練搥。鷹犬相隨。鞍馬如飛。排列的雁行齊。圍子首鳳翅金盔。御林軍箭插金鈚。剔溜禿魯説體例。亦溜兀剌笑微微。呀剌剌齊

和凱歌回。梨園樂府下

此首末句刺字原不疊。玆據前後兩首句式補

晉王出塞

打着一面雲月旗。厭的轉山坡。立唐朝功勞全是我。他鐵馬金戈。打着駱駝。一火鬧和朵。衆兒郎五百餘多。簇捧着箇磲酒沙陀。衆番官齊打手。衆侍女捧金波。呀刺刺齊和太平歌。梨園樂府下

他爲我。我因他。不圖志誠圖甚麽。陪酒陪歌。受諢承科。引的人似風魔。好姻緣不肯成合。業身已合受躭閣。别人家取快活。望夫石我如何。好也囉。真箇負心呵。梨園樂府下

鴛帳裏。夢初回。見獰神幾尊惡像儀。手執金槌。鬼使跟隨。打着面獨脚皂纛旗。犯由牌寫得精細。疋先裏拿下王魁。省會了陳殿直。李勉那厮也聽者。奉帝敕來斬你火負心賊。梨園樂府下

便做道負桂英。直恁麽海神靈。想當初嫁馮魁也曾不志誠。天地行言誠。海誓山盟。可怎先走到豫章城。做的來失盡人情。畫船兒乾撇下雙生。果然是有報應。端的有

靈神。疋頭裏先剮了哏蘇卿。梨園樂府下

小敲才恰做人。没拘束便胡行。東堂老勸着全不聽。信人般弄。家私兒掀騰。便似火上弄冬凌。都不到半載期程。擔荆筐賣菜爲生。逐朝忍凍餓。每日在破窰中。再不見胡子傳柳隆卿。梨園樂府下

有錢時唤小哥。無錢也失人情。好家私伴着些歹後生。賣弄他聰明。一鬨的胡行。踢氣毬養鵪鶉。解庫中不想管生。包服内響鈔精鈔。但行處十數箇。花街裏做郎君。則由他胡子傳柳隆卿。梨園樂府下

管生疑應作營生。

暮雨收。楚天秋。看夕陽古塚隄畔頭。伴哥又搊搜。待打王留。扯碎布留颩。漚麻坑鬬摸泥鰍。見棠梨棒打鞭颩。偷甜瓜香噴噴。折酸棗醋留留。牧童兒歸去倒騎牛。

梨園樂府下

〔越調〕凭闌人

風燭功名魚上竿。石火光陰船下灘。萬鍾奪命舟。得全忠孝難。梨園樂府中

休笑孫龐惡戰憨。且論蘇張能劇談。片言封相銜。謾勞從仕衫。梨園樂府中

簇簇攢攢圈柳葩。草稕斜簽門外插。五七枝桃杏花。柳陰中三四家。梨園樂府中

開徹南枝枝上春。香滿清江江上村。那些兒堪可人。水邊新月痕。梨園樂府中

千里關河音問疎。斜月闌干人影孤。隔簾呼玉奴。雁來曾寄書。梨園樂府中

明月窺人穿綉簾。酒醒香消愁越添。玉簪誰再拈。錦箋無意拈。梨園樂府中

章臺行

花陣贏輸隨鏝生。桃扇炎涼逐世情。雙郎空藏瓶。小卿一塊冰。中原音韻

〔雙調〕沉醉東風

羅綺散香風玉街。管絃喧夜月樓臺。春鵝鬢上飛。春燕釵頭帶。約黄昏月圓人在。何處闘燈不看來。多則爲盟山誓海。梨園樂府中

羊羔酒香浮玉杯。鳳團香冷徹金猊。錦兒掌上珍。紅袖樓前立。畫堂深醉生春意。一任門前雪片飛。飄不到銷金帳裏。梨園樂府中

妙舞裙拖絳紗。輕敲板撒紅牙。玉有香。春無價。待相逢放他不下。遥認青旗那一

家。常向垂楊下繫馬。梨園樂府中

畫樓上誰橫玉管。碧天邊獨跨蒼鸞。輕輕檀板敲。灩灩金橙滿。對西風放懷吟翫。銀漢無聲轉玉盤。恨煞今宵夜短。梨園樂府中

紅燭下斜倚綉枕。緑窗前向怯羅衾。攢成翡翠紗。織就鴛鴦錦。度春宵少年圖甚。花有清香月有陰。少一箇人人共寢。梨園樂府中

飲竹葉金杯興闌。詠桃花彩扇詩慳。聲閑碧玉簫。歌歇紅牙板。宴西園五陵人散。海馬春愁壓綉鞍。自恨尋芳較晚。梨園樂府中

安排下歌喉舞腰。準備着月夕花朝。恨春過。傷春早。且休教燕鶯知道。春色三分二分了。莫惜花前醉倒。梨園樂府中

閑錦瑟慵舒玉纖。傍鸞臺懶對粧奩。一春綉被閑。盡日香閨掩。盼才郎鎮長作念。眉淡春山不喜添。泪揾濕殘紅萬點。梨園樂府中

睡起來情懷懊惱。綉針兒不待湯着。困人時。春天道。落花飛紅雨瀟瀟。蝶粉蜂黄已過了。便瘦損他來看好。梨園樂府中

俺三竿日身披衲甲。恁五更寒帽裏烏紗。俺耕耘闊角牛。恁嘶月高頭馬。俺打勤勞

不羨榮華。恁苦戰垓心血染沙。俺老瓦盆邊醉煞。梨園樂府中

聞曉露藤摘紫花。聽春雷茶採萌芽。挑蕨羨煮羹。釣鯉新爲鮓。早食罷但得些閑暇。

自鋤了青門半畝瓜。老瓦盆邊醉煞。梨園樂府中

僧犯姦得馬表背救

對人前敲禪板談經説法。背地裏跳牆頭戀酒貪花。你雖是千般智量高。他又早十面埋伏下。唬的他赤條條東躲西扒。這耳朵今番輪到他。虧了箇救命王菩薩姓馬。雍熙樂府一七　北宮詞紀外集五

北宮詞紀外集注元人作。題目表背作裱褙。

詠相棋

兩下裏排開陣角。小軍卒守定溝壕。他那裏戰馬攻。俺架起襄陽炮。有士相來往虛囂。定策安機緊守着。生把箇將軍困倒。雍熙樂府一七　北宮詞紀外集五

北宮詞紀外集注元人作。○詞紀外集三句作他驅着井徑車。有士相作象與馬。六句作謀士雖然防護牢。

〔雙調〕蟾宮曲

酒

酒能消悶海愁山。酒到心頭。春滿人間。這酒痛飲忘形。微飲忘憂。好飲忘餐。一箇煩惱人乞惆似阿難。纔吃了兩三杯可戲如潘安。止渴消煩。透節通關。注血和顏。解暑温寒。這酒則是漢鍾離的葫蘆。葫蘆兒裏救命的靈丹。太平樂府一

讚西域吉誠甫

酌西涼萬斛葡萄。喜有知音。助我詩豪。壯士奪旗。忠臣鎖樹。逐客吹簫。檢舊曲梨園架閣。舉新聲樂府勾銷。膾落兒曹。水倒詞源。雷吼江潮。樂府羣珠三

樂府羣珠此曲之前有詠西域吉誠甫蟾宮曲各一首。爲鍾繼先及任則明作。此曲注無名氏。據題目應出元人。故輯之。

歸隱

問天公許我閑身。結草爲標。編竹爲門。鹿豕成羣。魚蝦作伴。鵝鴨比鄰。不遠遊堂上有親。莫居官朝裏無人。黜陟休云。進退休論。買斷青山。隔斷紅塵。雍熙樂府一七　曲藻　堯山堂外紀六八

曲藻及堯山堂外紀以此曲爲元人作。

〔雙調〕折桂令

浪花中一葉扁舟。揀溪山好處追遊。遣興忘懷。醉鄉中問甚春秋。學洗耳溪邊許由。笑胡蝶夢裏莊周。茅舍清幽。衲被蒙頭。紅日三竿。高枕無憂。鳴鶴餘音八

到大來散誕逍遥。園林成趣。獨木爲橋。你便禄重官高。是非海萬頃風濤。不如俺絶利名麻鞋布襖。少憂愁鬔鬙鐶絛。興飲濁醪。醉赴蟠桃。閑步雲山。悶訪漁樵。鳴鶴餘音八

人生如落葉辭柯。百歲光陰。暗裏消磨。信蹉跎世人。看便似風魔。嘆富貴如披麻救火。功名似暴虎馮河。白甚張羅。日月如梭。十載生涯。一枕南柯。鳴鶴餘音八

子是虛飄飄水上浮漚。不如谷口烟霞。獨樂深耕。爲國求兵。笑包胥哭倒秦亭。試看青門外鋤瓜邵平。東籬下栽菊淵明。午醉初醒。獨坐茅亭。打一會箇子漁鼓。誦一篇道德黃庭。鳴鶴餘音八

〔雙調〕清江引

黃閣百年如夢裏。棄却三公位。妻子不屬官。得覺囫圇睡。虛簷外日高猶未起。梨園樂府下

樓頭柳絲風力軟。寂寞閑庭院。獨自倚闌干。落盡桃花片。青山不知郎近遠。梨園樂府下

雙雙月下重相會。鸞鳳成佳配。笙歌出入隨。珠翠添嬌媚。勸君莫惜花前醉。梨園樂府下

婆娑一庭雖是小。未若貧而樂。放將雲歸去。喚得鶴來到。和一座好山都占了。梨園樂府下

來原作未。

小梅香走將來吹滅燈。攬了讀書興。腌臢小賤人。傳着姐姐夫人命。教哥哥睡去來

無名氏

他獨自冷。梨園樂府下

殘粧兒匀鬅鬙兒歪。越顯的多嬌態。十指露春纖。款解香羅帶。凌波襪兒剛半折。梨園樂府下

敲才陡恁的欺負咱。幾夜不來家。剛道不思量。争奈情牽掛。何處緑楊閑繫馬。梨園樂府下

九日

蕭蕭五株門外柳。屈指重陽又。霜清紫蟹肥。露冷黄花瘦。白衣不來琴當酒。中原音韻

譏士人

皂羅辮兒緊扎梢。頭戴方簷帽。穿領闊袖衫。坐箇四人轎。又是張吴王米蟲兒來到了。歸田詩話下　堯山堂外紀七四

歸田詩話堯山堂外紀皆未書牌調。應是清江引。題目據本事新擬。

贈鶯兒 妓名

遷喬便尋同志友。處處啼春晝。攛花錦杼鳴。擲柳金梭鬬。彈丸兒那一箇先下手。雍熙樂府一九 北宫詞紀外集五 彩筆情辭二

題從雍熙樂府。北宫詞紀外集題目贈作詠。彩筆情辭題作贈妓鶯兒。後二書皆以爲元人作。

劉春景 妓名

落紅滿地誰是主。送得春歸去。有意惜花殘。無計留春住。楚陽臺夢兒中雲共雨。雍熙樂府一九 彩筆情辭二

題從雍熙樂府。彩筆情辭題作贈妓劉春景。注元人辭。

詠所見

後園中姐兒十六七。見一雙胡蝶戲。香肩靠粉牆。玉指彈珠泪。喚丫鬟趕開他別處飛。北宫詞紀外集五

酸齋降筆作清江引一闋贈鐵笛道人

鐵笛一聲江月曉。催上長安道。金帶紫羅袍。象簡烏紗帽。誰不說玉堂春事好。珊瑚木難四

此曲當爲元末無名氏作。

〔雙調〕步步嬌

不帶酒番番佯推醉。擎着箇笑臉兒將人殢。我知就裏。不放了牢成可憎賊。休恁廝禁持。直等我綉了鞋兒呵睡。梨園樂府下　雍熙樂府二〇

梨園樂府此曲前後所列兩曲。據陽春白雪等皆商挺作。雍熙樂府有步步嬌期會四首。不注撰人。其第一首與梨園樂府此首之前一首同。即商挺作。此其第二首。疑亦商挺作。〇雍熙首句作幾番家佯推醉。二句無擎着箇三字。我知作我知道你。無可憎二字。無呵字。

二八嬌娥天生秀。鴉鬢堆雲厚。金蓮藏玉鉤。楊柳腰肢忒温柔。那的是最風流。嬌滴滴地兩點秋波溜。梨園樂府下　雍熙樂府二〇

雍熙首句作天生的嬌娃秀。腰肢下有瘦字。句斷。與譜不合。地兩點作兩眼。

楊柳枝頭黃昏月。一半兒梨花謝。長嘆嗟。恰似情人兩離別。密雲遮。須有箇團圓夜。梨園樂府下　雍熙樂府二〇

雍熙枝作梢。一半兒作太半。長作無言自。恰作却。密雲上有明月二字。末句無須字。

不得溫存心兒强。冷落了銷金帳。直恁的針線忙。獨宿鴛幃甚情況。疾睡來麼娘。百忙裏鉸甚麼鞋兒樣。梨園樂府下　雍熙樂府二〇　彩筆情辭四

彩筆情辭題作麗情。〇雍熙不得作不。冷落下無了字。末二句作。疾忙睡也麼兒。且繳甚鞋兒樣。情辭幃作衾。末二句作。疾須睡也麼娘。休繳鞋兒樣。餘同雍熙。

得得他來三更至。有甚忙公事。醺醺來到時。且向燈前看詩詞。疾快睡來麼兒。百忙裏檢甚閑文字。梨園樂府下　雍熙樂府二〇

雍熙得得他作等閑。醺醺上有醉字。疾快作疾忙。末句作檢甚的閑文字。

〔雙調〕壽陽曲

胡來得賽。熱莽得極。明明的抱着虎睡。惱翻小姐搗了面皮。見丈人來怎生回避。陽春白雪前集三

全無思娘意。却有愛女心。不似您魯秋胡忒恁。見箇採桑婦人與了一錠金。你見那

姓白的牡丹使甚。陽春白雪前集三

酒醒後離書舍。沉醉也上釣舟。捧金鍾把月娥等候。廣寒宮玉蟾撈不在手。水晶宮却和龍鬪。陽春白雪前集三

逢着的嗍。撞着的撐。不似您秀才每水性。問娉婷謁漿到十數升。乾相思變做了渴證。陽春白雪前集三

祆廟内。盼艷冶。不覺的怪風火烈。把才郎沈腰燒了半截。誰似你做得來特熱。陽春白雪前集三

一箇諸般韻。一箇百事通。小書生玉人情重。鼓三更燭滅黑洞洞。你道是不曾時説夢。陽春白雪前集三

一箇單身漢。一箇寡婦人。夜深沉洞房隨順。放入來你却守定門。這言語好難准信。陽春白雪前集三

元刊本洞房作沉房。兹從鈔本。

誑楚霸。成漢業。鸞轝禄盡衣絶。一把火焚燒得烟焰烈。楚重瞳待你不熱。陽春白雪前集三

三句應脱一字。元刊本你作爾。兹從殘元本及鈔本。

金釵墜。雲髻斜。歌舞罷綵雲消滅。今宵酒醒何處也。楊柳岸曉風殘月。陽春白雪前集三　雍熙樂府二〇

雍熙樂府前三句作。陽關別。千里疊。再相逢甚年時節。案千里應爲千萬之譌。何處也雍熙作何處歇。

別離恨。心受苦。知他是幾時完聚。泪點兒多如秋夜雨。煩惱似孝今起序。陽春白雪前集三

知他原作他知。茲從任校。秋夜雨元刊本作秋雨夜。茲從鈔本。鈔本孝今作孝經。此句待校。

羞花貌。閉月容。恰相逢使人心動。嬌的的可人風韻種。也消得俺惜花人團弄。陽春白雪前集三

裝呵欠把長吁來應。推眼疼把珠泪掩。佯咳嗽口兒裏作念。將他諱名兒再三不住的喏。思量煞小卿也雙漸。陽春白雪前集三

杯擎玉。泪閣珠。心間事盡情兒傾訴。似梨花一枝春帶雨。怕東君儼然辜負。陽春白雪前集三

幃屏靠。珊枕攲。泪和愁釀成春睡。綉簾不教高掛起。怕鶯花笑人憔悴。陽春白雪前集三

陶元亮。楚大夫。醉和醒怎生做一處。恰似杜鵑和鷓鴣。行不得却道不如歸去。梨園樂府中　雍熙樂府二〇

雍熙樂府怎生作怎。恰作恰便。末句作聲聲道不如歸去。

江天暮雪

彤雲布。瑞雪飄。愛垂釣老翁堪笑。子猷凍將回去了。寒江怎生獨釣。梨園樂府中

瀟湘夜雨

瀟湘夜。雨未歇。響蕭蕭滿川紅葉。細聽來那些兒情最切。小如螢一燈茅舍。梨園樂府中

梨園樂府有落梅風八景小令八首。以之與陽春白雪所收馬致遠同牌調之八景曲相校。有六首皆有相同之文句。可視爲馬致遠作。異文已詳馬曲校記。餘二首曲文全異。玆輯於此。

妓劉春景

留春住。春怎留。燕鶯啼落風時候。聽道去也真箇愁。想着那暖温温要人消受。雍熙

樂府二〇　彩筆情辭二

題從雍熙樂府。彩筆情辭題作贈妓劉春景。注元人辭。

妓張五兒

本兒五。利五張。不比那販茶船紙糊的屏障。得他來買紙風月鄉。愛的是臉兒紅那些模樣。雍熙樂府二〇　彩筆情辭二

題從雍熙樂府。彩筆情辭題作贈妓張五兒。注元人辭。

比妓

桃千樹。梅一株。是東君特留心處。無商量滿天風共雨。怎教惜花人遮護。雍熙樂府二

〇　彩筆情辭六

題從雍熙樂府。連次首。彩筆情辭題作詠花囑妓。注元人辭。〇情辭惜花人作人惜花。

閒花草。臨路開。嬌滴滴可人憐愛。幾番要移來庭院栽。恐出牆性兒不改。雍熙樂府二

〇　彩筆情辭六

〔雙調〕慶宣和

太華峯高天地窄。翠滿雲臺。好打睡先生枕頭歸。去來。去來。梨園樂府中

七里灘邊古釣臺。老樹蒼苔。要聽漁樵話成敗。去來。去來。梨園樂府中

烟水茫茫東大海。望見蓬萊。八箇神仙肯拖戴。去來。去來。梨園樂府中

錦片桃花繞洞開。流水天台。不見劉郎玉真怪。去來。去來。梨園樂府中

五柳莊頭陶令宅。大似彭澤。無限黄花有誰戴。去來。去來。梨園樂府中　中原音韻

中原音韻題作五柳莊。○音韻莊頭作莊前。

花過清明也是客。客更傷懷。杜宇聲三更裏破窗外。去來。去來。梨園樂府中

捫月清江李太白。可惜高才。一步青山謝公宅。去來。去來。梨園樂府中

千畝青林七箇客。無點塵埃。賣酒人家甕初開。去來。去來。梨園樂府中

投至侯門深似海。日轉千階。和尚在知他是鉢盂在。去來。去來。梨園樂府中

充腹黄糧暖炕柴。送老山齋。枸杞茶甜如蕨薇菜。去來。去來。梨園樂府中

寄語寒窗老秀才。一經頭白。更等甚三年選場開。去來。去來。梨園樂府中

倚遍闌干十二曲。短嘆長吁。望斷行皋碧雲暮。幾聲。杜宇。梨園樂府中

暗想人生能幾何。枉了張羅。七十歲光陰五旬過。着甚不。快活。梨園樂府中

〔雙調〕水仙子

雜詠

麗春園蘇氏棄了雙生。海神廟王魁負了桂英。薄倖的自古逢着薄倖。志誠的逢着志誠。把志誠薄倖來評。志誠的合天意。薄倖的逢着鬼兵。志誠的到底有箇前程。太平樂府二

元刊本六句的作底。兹從瞿本。

遺懷

百年三萬六千場。風雨憂愁一半妨。眼兒裹覷心兒上想。教我鬢邊絲怎地當。把流年子細推詳。一日一箇淺斟低唱。一夜一箇花燭洞房。能有得多少時光。太平樂府二

春

香車寶馬出城西。淡淡和風日正遲。管絃聲裏遊人醉。盡生前有限杯。秋千下翠繞珠圍。綠柳中黄鸝囀。朱欄外紫燕飛。盡醉方歸。梨園樂府中

夏

畫船深入小橋西。紅翠鄉中列玳席。南薰動處清香遞。採蓮歌腔韻宜。效紅鴛白鷺忘機。細切銀絲鱠。淺斟白玉杯。盡醉方歸。梨園樂府中

秋

蕭蕭紅葉帶霜飛。黄菊東籬雨後肥。想人生莫負登高會。且攜壺上翠微。寫秋容雁字行稀。烹紫蟹香橙醋。薦金英綠蟻醅。盡醉方歸。梨園樂府中

冬

彤雲密布雪花飛。暖閣氈簾簌地垂。憶當時掃雪烹茶味。争如飲羊羔瀲灩杯。膽瓶中温水江梅。試宛轉歌金縷。按蹁躚舞玉圍。盡醉方歸。梨園樂府中

隨時達變變峥嶸。混俗和光有甚争。只不如胡盧蹄每日相逐趁。到能够喫肥羊飲巨觥。得便宜是好好先生。若要似賈誼般般正。如屈原件件醒。到了難行。梨園樂府中

你强我弱我便宜。人善人欺天不欺。牆板般世事無碑記。料想來争甚的。則争箇來早來遲。由你待誇强説會。我則待隨高就低。厭厭的日早平西。梨園樂府中

命非由己不由他。進捨行藏須在我。用時節與他行些箇。捨之則藏亦可。待剛行半步難那。孔子遭陽貨。臧倉毁孟軻。量我待如何。梨園樂府中

知分限識進退決嫌疑。傲富貴甘清貧絶是非。看詩書温語孟鳴周易。見天心察地理。住宅兒水繞山圍。臥東窗三竿日。灌西園二畝畦。最相親稚子山妻。梨園樂府中

退毛鸞鳳不如雞。虎離巖前被兔欺。龍居淺水蝦蟆戲。一時間遭困危。有一日起一陣風雷。虎一撲十碩力。鳳凰展翅飛。那其間别辨高低。梨園樂府中

別辨原作別卞。

愛我時沉香亭畔擊梧桐。愛我時細看華清出浴容。到如今病着牀害的十分重。剗地更盼羊車信不通。度春宵帳冷芙蓉。恁占着長生殿。撇我在興慶宮。唱好是下的也玄宗。梨園樂府中

愛我時長生殿對月説山盟。愛我時華萼樓停驂緩轡行。愛我時沉香亭比並着名花詠。愛我時進荔枝漿解宿酲。愛我時浴温泉走斝飛觥。愛我時賞秋夜華清宴。愛我時擊梧桐腔調成。愛我時爲顔色傾城。梨園樂府中

明妃萬里出長安。和泪琵琶馬上彈。意遲遲盼煞南來雁。雁還時人未還。塞途賒沙草斑斑。過了些乞留曲吕澗。重重疊疊山。撲簌簌泪滴雕鞍。梨園樂府中

打着面皂鵰旗招颭忽地轉過山坡。見一火番官唱凱歌。呀來呀來呀來齊聲和。虎皮包馬上駞。當先裏亞子哥哥。番鼓兒劈颩撲桶擂。火不思必留不剌撲。簇捧着個帶酒沙陀。梨園樂府中

青山隱隱水茫茫。時節登高却異鄉。孤城孤客孤舟上。鐵石人也斷腸。泪漣漣斷送了秋光。黄花夢。一夜香。過了重陽。梨園樂府中

滿城風雨送重陽。與客登臨醉一場。東籬雖少箇陶元亮。有黄花三徑芳。酌濁醪滿

泛橙香。準備着樽前唱。安排着席上狂。不到底辜負了秋光。梨園樂府中

夕陽西下水東流。一事無成兩鬢秋。傷心人比黃花瘦。怯重陽九月九。强登臨情思悠悠。望故國三千里。倚秋風十二樓。没來由惹起閑愁。梨園樂府中

烟籠寒水月籠沙。江上行人陌上花。蘭舟夜泊青山下。秋深也不到家。對青燈一曲琵琶。我這裏彈初罷。他那裏作念煞。知他是甚日還家。梨園樂府中

常記的離筵飲泣餞行時。折盡青青楊柳枝。欲拈斑管書心事。無那可乾坤天樣般紙。意懸懸訴不盡相思。謾寫下鴛鴦字。空吟就花月詞。憑何人付與嬌姿。梨園樂府中

雕鞍一自兩別離。不待梳粧懶畫眉。歹渾家就裏無別意。親心兒囑付你。囑付你休戀酒貪杯。到那裏識些廉恥。休惹人閑是非。好覷當身己。梨園樂府中

臨行愁見整行李。幾日無心掃黛眉。不如飲的奴先醉。他行時我不記的。不强似眼睁睁兩下分離。但去着三年五歲。更隔着千山萬水。知他甚日來的。梨園樂府中

一春魚雁杳無聞。千里關山勞夢魂。數歸期屈指春纖困。結燈花猶未准。嘆芳年已過三旬。退蓮臉消了紅暈。壓春山長出皺紋。虚度了青春。梨園樂府中

鳳凰臺上月兒明。恰似團圓雲霧生。正遮了北斗杓兒柄。這淒涼有四星。睡魂兒水

底飄零。他那裏人初静。我這裏酒半醒。空點着半盞兒殘燈。梨園樂府中

絲絲梅雨透窗寒。苒苒離愁魂夢間。隔雲山萬里空長嘆。要相逢難上難。望天涯倚遍闌干。咱本是英雄漢。尚兀自把泪彈。他那裏怎生般消瘦了容顏。梨園樂府中

畫橋斜映釣魚舟。撒網攀罾不暫收。西湖南浦天然秀。古范蠡何處有。今人不飲時乾休。船刺在荷花蕩。馬拴在金線柳。直喫的盡醉方歸。梨園樂府中

火燒祆廟枉留情。水渰藍橋空至誠。一箇魚沉一箇雁杳無音信。困書生憔悴損。想起來苦痛傷心。支楞的瑶琴上絃斷。吉丁的掂折玉簪。撲通的井墜銀瓶。梨園樂府中

恰才相見玉簪折。才得歡娱絃斷也。我無緣共寢秦樓月。不相逢時容易捨。既相逢争忍離别。昨日箇舞榭歌臺。今日箇花殘月缺。明日箇烟水重疊。梨園樂府中

我正山長水遠憶佳期。傳與箇瓶墜簪折歹信息。我自索酩子裏自揾了相思泪。夢回時想念誰。干休了廢寢忘食。再休想團圓日。從今後不見伊。道别離真箇别離。梨園樂府中

暗香浮動月黄昏。骨格精神畫不真。倩東風吹上何郎鬢。比江頭别是春。好教人怨殺東君。香馥馥花心嫩。嬌滴滴玉蕊新。可惜了寂寞在前村。梨園樂府中

東君原作東風。失韻。兹改。

羅圍寬褪瘦了腰肢。美飯剛推三四匙。困騰騰睡摺裙兒[illegible]。悶厭厭憔悴死。泪珠兒界破胭脂。想着他温温存存事。歡歡喜喜時。因此上染做了相思。梨園樂府中

轉尋思轉恨負心賊。虚意虚名歹見識。只被他沙糖口啜賺了鴛鴦會。到人前講是非。呪的你不滿三十。再休想我過從的意。我今日悔懊遲。先輸了花朵般身己。梨園樂府中

常想着緑窗前雲雨那時節情。都做了風裏楊花水面上萍。自從當日分開鸞鏡。好教我乍孤眠夢不成。想起來忽地心疼。雖不是我先薄倖。又不是我不志誠。空説下海誓山盟。梨園樂府中

娘心裏煩惱恁兒知。伏不定牀前忙跪膝。是昨宵飲得十分醉。一時錯悔是遲。由妳妳法外淩遲。打時節留些游氣。罵時節存些面皮。可憐見俺是兒女夫妻。梨園樂府中

二句定原作是。兹改。

不思量大管是癡呆。俏俊寃家怎地捨。痛關情且是着疼熱。俺娘却教我遠離者。幾時是那自在時節。但守的三朝五夜。才撇下十朝半月。娘呵。只被你間阻煞人也。梨園樂府中

後花園裏等才郎。相抱相偎入綉房。笑吟吟先倒在牙牀上。羞答答怎對當。不由人脱了衣裳。錦被裏翻了紅浪。玉腕上金釧響。恰便似戲水鴛鴦。梨園樂府中

夕陽西下意徘徊。今夜新郎又是誰。口兒裏不住長吁氣。好教我憚梳粧畫眉。擔閣了少年身己。他又不和我温温存存睡。又不是才錢娶到妻。從黄昏到曉早分離。梨園樂府中

喻鏡

同心結義數年過。陡恁如今昏暗多。不明白抛閃人寂寞。想前生注定我。恰團圓又早離合。打照面關情意。急回頭不見他。好姻緣暗裏消磨。梨園樂府中

陡恁原作徒您。

喻敵

軍多將廣有埋伏。得勝姨夫且占取。捲旗旛到褪咽喉路。不篩鑼不擂鼓。權做箇詐敗佯輸。等得你不來不去。心足意足。那其間再做箇姨夫。梨園府樂中

喻雙陸

風流局面實堪誇。有色教人心愛煞。間深裏誰肯輕抛下。等閑時須下馬。試將門兒

開咱。分付孩兒話。遲疾早到家。休想我半步那差。梨園樂府中

喻紙鳶

絲綸長線寄天涯。縱放由咱手内把。紙糊披就裹没牽掛。被狂風一任刮。線斷在海角天涯。收又收不下。見又不見他。知他流落在誰家。梨園樂府中

鍾離

超凡入聖漢鍾離。沉醉誰扶下玉梯。扇圈一部胡鬚力。絳雲般紅肉皮。做伴的是茶藥琴棋。頭綰著雙鬙髻。身穿著百衲衣。曾赴閬苑瑶池。鳴鶴餘音八

吕洞賓

醉魂别後廣寒宫。飛下瑶臺十二峯。只因一枕黄粱夢。得神仙造化功。左右列玉女金童。採仙藥千年壽。煉丹砂九轉功。每日價伏虎降龍。鳴鶴餘音八

藍采和

西風寬舞緑羅袍。每日階前沉醉倒。頭邊歪裹烏紗帽。金錢手内抛。鬭爭奪忙殺兒曹。狂歌唱檀板敲。子是待要樂樂淘淘。鳴鶴餘音八

徐神翁

不爲賊盜戀妻奴。獨向烟霞冷淡居。金銀財寶無心顧。渾身上破落索。縕縕縷縷衣服。冷清清爲活路。閑逍遥走世途。脊梁上背定葫蘆。鳴鶴餘音八

張果老

駝腰曲脊六旬高。皓首蒼髯年紀老。雲遊走遍紅塵道。駕白雲驢馱高。向趙州城壓倒石橋。柱一條斑竹杖。穿一領粗布袍。也曾醉赴蟠桃。鳴鶴餘音八

曹國舅

玉堂金馬一朝臣。翻作崑崙頂上人。腰間不掛黄金印。閑隨着吕洞賓。林泉下養性修真。金牌腰中帶。笊籬手内存。更不做國戚皇親。鳴鶴餘音八

李岳

筆尖吏業不侵奪。跳入長生安樂窩。紬衫身上都穿破。鐵拐向手内拖。亂哄哄髮似鬆科。豈想重裀臥。不戀皓齒歌。每日價散誕蹉跎。鳴鶴餘音八

韓湘子

藥爐經卷作生涯。不戀王侯宰相家。亂紛紛瑞雪藍關下。凍傷韓相馬。半空中亂糝長沙。黑騰騰彤雲布。冷颼颼風又刮。山頂上開花。鳴鶴餘音八

〔雙調〕慶東原

花陰話。柳影歌。世不曾口綻些兒箇。行院每炒熯。姨夫每惱聒。妳妳行收撮。落得箇擔兒沉。又惹得風聲大。梨園樂府中

難收救。怎結煞。小恩情播弄得天來大。頑涎兒按捺。私情兒拽塌。好話兒填扎。猶兀自保兒嗔。斷不了姨夫駡。梨園樂府中

彈初罷。酒乍醒。撚冰紈笑把雕闌憑。林梢雨晴。花前月明。席上風生。賀老鑑湖秋。庾亮南樓興。梨園樂府中

奇遇

參旗動。斗柄挪。爲多情攬下風流禍。眉攢翠蛾。裙拖絳羅。襪冷凌波。耽驚怕萬千般。得受用些兒箇。中原音韻

〔雙調〕春閨怨

絳蠟高燒。銀屏倦倚。沉香火暖翠簾低。樽前冷落藏鬮戲。人未回。何處尋梅。風雪畫橋西。太和正音譜下　北詞廣正譜　九宫大成五九　元明小令鈔

北詞廣正譜末句脱雪字。

〔雙調〕對玉環

歌舞嬋娟。風流勝玉仙。拆散姻緣。柳青忒愛錢。佳人驀上船。書生緣分淺。幾句新詩。金山古寺邊。一曲琵琶。長江秋月圓。太和正音譜下　北詞廣正譜　九宫大成六六

此曲太和正音譜注小令。北詞廣正譜注套數。

〔雙調〕殿前歡

鄭元和。鄭元和打瓦罐到鳴珂。保兒駡我做陪錢貨。我爲是未窮漢身上情多。可憐見他靈車前唱挽歌。打從我門前過。我也曾提破。知他是元和愛我。我愛元和。殘元本陽春白雪二

殘元本陽春白雪並次首俱誤屬普天樂。茲改正。○鑵原作⿰雚瓦。茲從任校。罵我原作爲我。

憶多情。憶多情直趕到豫章城。販茶船險逼煞馮魁命。兀的不見浪子蘇卿。他不由⿰耒瓦娘劣柳青。無媒證。直嫁與箇臨川令。知他是雙生愛我。我愛雙生。殘元本陽春白雪二

共他箇女妖嬈。早成就碧桃花下鳳鸞交。海棠花不奈東風惡。真乃是百媚千嬌。雨雲收汗未消。半霎兒同歡笑。又設下山盟約。若得他團圓到老。把他在手掌裏擎着。梨園樂府中

暗嗟咨。不茶不飯害相思。綉幃中冷落人獨自。獨自箇抹泪揉眵。則爲海棠花女艷姿。勾起黃花事。遂了題橋志。若能夠新婚燕爾。真乃是海上方兒。梨園樂府中

上字原空格。案陽春白雪呂止軒醉扶歸云。若得相思海上方。茲據以補之。

翠屏空。恰早月移花影上簾櫳。泪行兒亂撒似真珠迸。愁對着燭影揺紅。斷腸書灑泪封。鴛枕兒和誰共。錦被兒和誰擁。不見他桃花艷質。空想他今日門中。梨園樂府中

此門中。桃花依舊笑春風。去年艷質成前夢。不能夠倚翠偎紅。枕頭兒一半空。甚時得一對兒諧鸞鳳。空教我兩葉眉兒聳。寫下箇傳情簡帖。知他何日相逢。梨園樂府中

小寃家。一天月色滿庭花。不憁寬雲雨些兒罷。早歸去孩兒。其實來我共他。湖山下。説兩句知心話。今宵去後。明夜來麽。梨園樂府中

早歸去孩兒句有訛誤。待校。

不來也。空教人直等到月兒斜。冷清清怎生睚今夜。兀的不擔閣殺人也。把銀釭兒點上者。休吹滅。他須有一箇來時節。來時節把耳朵兒扯者。我根前從頭兒慢慢地分說。梨園樂府中

信音稀。愁只愁鳳凰幃。恨只恨冷落了鴛鴦被。愁恨千堆。近新來減了飲食。寬了衣袂。到賺得人憔悴。忘餐廢寢。都爲别離。梨園樂府中

馬嵬坡。想明皇當日泪痕多。海棠正好東風惡。無奈愁何。幸西蜀受坎坷。漁陽禍。一曲霓裳破。十年雨露。千丈風波。梨園樂府中

夜如何。正梨花枝上月明多。誰家見月明多誰家見月能閑坐。我正婆娑。對清光發浩歌。無人和。和影都三箇。姮娥共我。我共姮娥。梨園樂府中

三句明多誰家見月六字疑因上文衍。

〔雙調〕快活年

無名氏

裊裊婷婷似觀音。則少箇浄瓶。玉筍輕舒整烏雲。寶髻偏相美。臉兒多風韻。多風韻。梨園樂府下

四句美字疑應作弄。

款撒金蓮懶擡頭。直恁麽害羞。小小鞋兒四季花頭。纏得尖尖瘦。推把衫扣。把衫扣。梨園樂府下

五句按譜應五字。疑衫下脱兒字。

眼角眉尖送春情。直恁志誠。款步輕移暗傳情。不能够相侵近。兩下裏成孤令。成孤令。梨園樂府下

暗想多情不良才。風流般相態。病枕着牀幾時和諧。天若知其愛。敢也和天害。和天害。梨園樂府下

雁字長空點殘雲。絶無箇信音。到秋深不想早回程。合寄紙平安信。直恁心腸硬。心腸硬。梨園樂府下

獨宿孤眠幾時休。心中是有。眼趁上烟緣不能成就。害得厭厭瘦。永夜如何守。如何守。梨園樂府下

次句應脱一字。

寸禄沾身有賞罰。我其實怕他。損人安己要成家。一箇箇違王法。天理難容納。不是要。梨園樂府下

貪饕賄賂顯榮華。似鏡中看花。浮名浮利不貪他。萬事無牽掛。一筆都勾罷。散誕煞。梨園樂府下

利名兩字不堅牢。參透也棄了。紫袍不戀戀麻袍。其實心兒好。樂者爲之樂。愁較少。梨園樂府下

〔雙調〕新時令

鄭元和。當初有家緣。騎駿馬。來過粉牆邊。一段風流。佳人二八年。四目相窺。才郎三墜鞭。心堅石也穿。如魚似水效鶼鶼。郎君夢撒氈。鴇兒苦愛錢。瓦罐爻槌。凄涼受了萬千。夜宿卑田。則爲李亞仙。太和正音譜下　北詞廣正譜　九宮大成六六　元明小令鈔

太和正音譜北詞廣正譜卑田俱作悲田。

〔雙調〕十棒鼓

將家私棄了。向山間林下。竹籬茅舍。看紅葉黄花。待學那邵平。邵平多種瓜。閑採茶芽。閑看青松猿戲耍。麋鹿銜花。舟横在古渡。古渡整釣槎。夕陽西下。把黄庭道德都看罷。别是生涯。梨園樂府中

將茅庵蓋了。獨木爲橋。提一壺好酒。閑訪漁樵。洞門兒半掩。半掩無鎖鑰。白雲籠罩。香風不動松花落。平生歡笑。松林下飲酒。飲得沉醉倒。山聲野調。衲被蒙頭直到曉。有甚煩惱。梨園樂府中　太和正音譜下　北詞廣正譜　九宫大成六六　元明小令鈔

太和正音譜提作攜。洞門下無兒字。落作老。歡笑作吟笑。下兩句作。青松影裏。影裏沉醉倒。山聲上有唱字。北詞廣正譜歡笑作冷笑。餘同正音譜。九宫大成同廣正譜。惟八句末字仍作落。山聲作山歌。元明小令鈔同正音譜。惟山聲作山歌。

不貪名利。休爭閑氣。將襴袍脱下。宣敕收拾。金銀垛到。垛到北斗齊。都成何濟。過了一日無一日。誰落便宜。有錢不使。不使圖甚底。誰是呆癡。兒孫自有兒孫力。悔後應遲。梨園樂府中

將簪冠戴了。麻袍寬超。拖一條藜杖。自帶椰瓢。沿門兒花得。花得皮袋飽。傍人休笑。甘心守分學修道。樂樂陶陶。春花秋月。秋月何時了。心中歡樂。且自清閑直到老。散誕逍遥。梨園樂府中

〔雙調〕秋江送

財和氣。酒共色。四般兒狠利害。成與敗。興又衰。斷送得利名人兩鬢白。將名繮

自解。利鎖頓開。不索置田宅。何須攢金帛。則不如打稽首疾忙歸去來。人老了也。少不的北邙山下丘土裹埋。太和正音譜下　北詞廣正譜　九宮大成五九　元明小令鈔

九宮大成末句丘土作土丘。

〔雙調〕祅神急

珠簾閑玉鈎。寶篆冷金獸。銀箏錦瑟。生疎了絃上手。恩情如紙葉薄。人比花枝瘦。雕鞍去。眉黛愁。數歸期三月三。不覺的又過了中秋。太和正音譜下　北詞廣正譜　九宮大成五　元明小令鈔

九宮大成紙葉作紙樣。

〔雙調〕青玉案

插宮花飲御酒同歡樂。功勞簿上寫上也麽哥。萬載標名麒麟閣。封妻蔭子。進禄加官。想人生一世了。太和正音譜下　北詞廣正譜　九宮大成三九　元明小令鈔

九宮大成寫上作寫着。

〔雙調〕皂旗兒

炕暖窗明草舍低。誰及。周公枕上夢初回。呀。直睡到上三竿紅日。太和正音譜下　北詞廣正譜　九宮大成六六　元明小令鈔

北詞廣正譜呀字下疊周公枕上夢初回一句。直睡上有㗒字。九宮大成末句無上字。元明小令鈔同廣正譜。

〔雙調〕撥不斷

老書生。小書生。二書生壞了中樞省。不言不語張左丞。鋪眉搧眼董參政。也待學魏徵一般俸請。山居新語

〔雙調〕阿納忽

雙鳳頭金釵。一虎口羅鞋。天然海棠顏色。宜唱那阿納忽修來。太平樂府二

人立在廳階。馬控在瑤臺。嬌滴滴玉人扶策。宜唱那阿納忽修來。太平樂府二

瞿本廳階作亭階。

逢好花簪帶。遇美酒開懷。休問是非成敗。宜唱那阿納忽修來。太平樂府二

花正開風篩。月正圓雲埋。花開月圓人在。宜唱那阿納忽修來。太平樂府二　北詞廣正譜九宮大成六六　元明小令鈔

越范蠡功成名遂。駕一葉扁舟回歸。去弄五湖雲水。倒大來快活便宜。太和正音譜下　九宮大成六六　元明小令鈔

太和正音譜元明小令鈔名遂俱作名退。

〔雙調〕一錠銀

昨日東周今日秦。舊塚新墳。轉首三年一閏。抱官囚癡人。梨園樂府下

座上花枝袖裏金。朋盍簪。不醉青春圖甚。再難來也光陰。梨園樂府下

按譜第二句爲四字。此處應脱一字。

富貴常教造物瞞。達者休官。傀儡棚當時火伴。鼓兒笛兒休攛斷。梨園樂府下

嘆惜光陰落葉柯。會少離多。好景良辰虚過。富似石崇待如何。梨園樂府下

欲卜終焉力不加。囊篋俱乏。等賽了兒婚女嫁。却歸來林下。梨園樂府下

此爲馬致遠新水令四時湖水套之一支。梨園樂府既又列入小令。茲亦重出於此。參閲馬曲校記。

漢室張良有見識。早納了朝衣。深山埋名隱跡。無是非快活了便宜。梨園樂府下

范蠡歸湖識進退。見越主昏迷。一葉扁舟活計。無是非快活了便宜。梨園樂府下

淵明籬下飲菊杯。全不想彭澤。每日醺醺沉醉。無是非快活了便宜。梨園樂府下

常想貪花殢酒杯。怕老限相催。一生不貪名利。無是非快活了便宜。梨園樂府下

堆金積玉北斗齊。合眼後屬誰。富貴一場兒戲。無是非快活了便宜。梨園樂府下

金銀堆到北斗齊。家有箇賢妻。兒女成人長立。無是非快活了便宜。梨園樂府下

欲待歸去力不加。有玉鎖金枷。兒女成人長大。無是非早歸那林下。梨園樂府下

洞賓鍾離喜笑譁。嘆塵世王法。笞杖徒流不怕。更想着害衆人成家。梨園樂府下

〔雙調〕胡十八

吹簫的楚伍員。乞食的漢韓信。待客的孟嘗君。蘇秦原是舊蘇秦。買臣也曾負薪。

負薪的是買臣。你道我窮到老。我也有富時分。太和正音譜下　九宫大成六六　元明小令鈔

〔雙調〕山丹花

昨朝滿樹花正開。胡蝶來。胡蝶來。今朝花落委蒼苔。不見胡蝶來。胡蝶來。太和正音譜下　北詞廣正譜　九宫大成六六　元明小令鈔

九宫大成删去末句胡蝶來三字。謂此三字不應疊。

〔雙調〕魚遊春水

角門兒關。夜香殘。空着人直等到更闌。他今夜不來呵咱身上慢。閃的我孤單。孤單不曾慣。鮫綃泪不乾。太和正音譜下　詞林摘艷一　北詞廣正譜　九宫大成三九　元明小令鈔

詞林摘艷題作閨怨。○摘艷角門上有呀的把三字。着人作教人。等到作等的。五句作孤也波單。鮫綃上有透字。不乾作未乾。九宫大成俱同。惟等的作等到。末句疊。

〔雙調〕雁兒落過得勝令

燕㻽㻽鶯語喧。媚景致真堪羨。梨花開白玉蕊。楊柳吐黄金線。人醉杏花天。仕女戲秋千。四季春爲貴。風流除禁烟。思賢。幸遇重相見。姻緣。心堅石也穿。梨園樂府下

正炎天暑氣暄。近石枕藤牀簟。喜浮瓜沉李香。堪散髮摇紈扇。避暑賞荷蓮。時遇太平年。柳外蘭舟過。鴛鴦緑水邊。思賢。幸遇重相見。姻緣。心堅石也穿。梨園樂府下

景清幽圖畫妍。山翠色更經變。金風吹梧葉彫。促織兒聲相怨。時遇曉霜天。黄菊綻金錢。紅葉胭脂染。黄花山徑邊。思賢。幸遇重相見。姻緣。心堅石也穿。梨園樂府下

霧沉沉瑞靄偏。昏慘慘寒雲戰。滚團團柳絮飛。鬭紛紛梨花片。正是風雪酒家天。寶鼎内爇龍涎。暖閣紅爐坐。金杯捧玉船。思賢。幸遇重相見。姻緣。心堅石也穿。梨園樂府下

青旗繞畫竿。玉臂鳴牙板。花藏賣酒家。烟鎖垂楊岸。紫燕語聲喧。黄鸝韻綿蠻。唤覺東君夢。春光圖畫看。春殘。釀酒無何限。對狼山。乾坤一醉間。梨園樂府下

榴花紅照眼。楊柳青迷岸。荷舒翡翠盤。梅結黄金彈。避暑畫樓間。紈扇葛巾單。陌上鋤田漢。簪花背上乾。清閑。時復衣沾汗。對狼山。松風六月寒。梨園樂府下

西風落日寒。老樹昏鴉晚。白蘋古渡灣。衰草黄蘆岸。歸雁落沙灘。天邊斷雲殘。劍鋒齊排緑。楓林偏染丹。憑欄。莫向江橋看。對狼山。描來圖畫間。梨園樂府下

冬深草木乾。雲冷江天晚。一天玉樹殘。六出瓊花散。何處覓藍關。低壓暮城寒。玉琢峯高下。良工畫筆難。雲間。劍插銀光燦。對狼山。偏宜雪裏看。梨園樂府下

嘆光陰似水流。看日月如翻手。論顔回豈少年。算彭祖非長壽。恰才風雨替花愁。今日早霜降水痕收。撚指冬臨夏。須臾春又秋。凝眸。堯舜殷湯紂。回頭。梁唐晉漢周。梨園樂府下

指甲　摘

宜將鬬草尋。宜把花枝浸。宜將綉線尋。宜把金針紝。宜操七絃琴。宜結兩同心。宜託腮邊玉。宜圈鞋上金。難禁。得一掐通身沁。知音。治相思十箇針。中原音韻　堯山堂外紀六八

堯山堂外紀綉線尋作綉線勻。

想赴蟠桃玳瑁筵。休享御酒瓊林宴。息争名奪利心。發養性修真願。争如紙被裏雲眠。茶藥倚爐煎。看峻嶺銜花鹿。使巔峯獻果猿。朝元。在金闕寥陽殿。安然。蓬萊洞裏仙。鳴鶴餘音八

爲浮生兩鬢白。觀鏡裏朱顔邁。忙辭了白象簡。緊納了金魚帶。緑柳倚門栽。金

菊映籬開。愛的是流水清如玉。那裏想侯門深似海。幽哉。袖拂白雲外。彭澤。清閑歸去來。鳴鶴餘音八

光陰似流水。日月搬昏晝。塵俗一筆勾。世事都參透。睡來時高枕一無憂。悶來時拄杖半過頭。饑來時一鉢千家飯。閑來時孤身萬里遊。盈眸。閬苑風光秀。擡頭。蓬萊景物幽。鳴鶴餘音八

榮華似風内燈。富貴如槐安夢。恰六朝賀太平。十二國干戈動。人海混魚龍。浮世隱英雄。收楚韓元帥。興周的姜太公。功名。到底成何用。悉是。南柯一夢中。鳴鶴餘音八

〔雙調〕水仙子過折桂令

行樂

一春長費買花錢。每日花邊一醉眠。喜春來百花都開遍。任簪花壓帽偏。花間士女秋千。紅相映桃花面。人更比花少年。來尋陌上花鈿。來尋陌上花鈿。正是那玉樓人醉杏花天。常言道惜花早起。愛月夜眠。花底相逢少年。赴佳期梨花深院。約定

在花架傍邊。柳影花陰。兀的是月下星前。太平樂府二

瞿本來尋作更尋。瞿本舊校改紅相映作紅粧掩映。改夜眠作遲眠。

飲興

小糟新酒滴珍珠。醉倒黄公舊酒壚。酒旗兒飄颭在垂楊樹。常想着花間酒一壺。酒中多少名儒。漉酒的陶元亮。當酒的唐杜甫。更有箇滌酒器的司馬相如。滌酒器的是司馬相如。伴着箇俊俏文君。賣酒當壚。有的是當酒環絛。換酒金魚。酒館中有神仙伴侣。酒樓上紅粉嬌姝。常揣着買酒青蚨。不喫酒的愚夫。敢參不透這野花村務。太平樂府二

元刊本神仙伴侣作神伴侣。兹從瞿本及明大字本。

秋景

一川紅葉火龍鱗。滿地黄花錦獸睛。驀聽得山寺鐘聲動。騎驛馬的不暫停。連雲棧山路難行。頭直上淅零淅零雨。半空裏赤溜束刺風。風吹得敗葉兒飄零。風吹得敗葉飄零。則見老樹蒼烟。遠水寒汀。怎得箇妙手丹青。却與我畫作幃屏。正撞着客

侣中三秋暮景。天涯千里途程。衰草長亭。流水孤村。問甚麽枕剩衾餘。烟冷燈昏。

太平樂府二

老先生空戀錦堂嬌。滑彈子難粘鳳嘴膠。劣厥丁使不透鴉青鈔。把一片惜花心空費了。引的人夢斷魂勞。迷魂陣折了一陣。琉璃井擦了幾交。鶯花寨串到有千遭。鶯花寨串到有千遭。怎能够熱氣兒相呵。只落的冷眼兒偷瞧。他如今翠繞珠圍。别就了鶯儔燕侣。鳳友鸞交。你根前黑洞洞雲迷了楚山。白茫茫水渰了藍橋。恨滿歸橈。泪濕征袍。看了他有分相逢。無福難消。雍熙樂府二〇　彩筆情辭六

明大字本錦獸作金獸。淅零淅零作淅零零。敗葉飄零作敗葉兒飄零。

彩筆情辭注元人辭。〇情辭楚山作楚岫。

〔雙調〕沽美酒過太平令

花奴將羯鼓催。寧王把玉笛吹。御手親將桐樹擊。鄭觀音琵琶韻美。簇捧定箇太真妃。丹臉上胭脂匀膩。翠盤中綵袖低垂。寶髻上金釵斜墜。霞綬底珍珠珞臂。見娘行舞低。羽衣。整齊。歡喜煞唐朝皇帝。陽春白雪前集四　北詞廣正譜引太平令　元明小令鈔同

陽春白雪曲牌原作沽美酒。兹改正。

畫梁間乳燕飛。緑窗外曉鶯啼。紅杏枝頭春色稀。芳樹外子規啼。聲聲叫道不如歸。雨過處殘紅滿地。風來時落絮沾泥。醞釀出困人天氣。積攢下傷心情意。怕的是日遲。柳陰。影裏。沙暖處鴛鴦春睡。陽春白雪前集四

任校陽春白雪改柳陰作柳絲。

燈直下靠定壁衣。忙簌下素羅幃。拂掉牙牀鋪開綉被。綵雲。我這裏低聲兒問你。你一頭睡兩頭睡。情濃也如癡如醉。情濃也語顫聲低。情興也蛾眉緊繫。情急也星眸緊閉。撒些兒殢殢。則那會。況味。最美。不枉了顛狂一會。梨園樂府下

休休休說甚的。罷罷罷再休題。心坎上如同刀刃刺。尋思起就裏。泪珠兒似爬推。管是俺前緣前世。好看待一年一日。陪了鐵板兒般纏般費。壞了銅斗兒家緣家計。我怎知。那逆賊。剗地恁地下的。倒罵我柳陌花街娼妓。梨園樂府下　雍熙樂府一一

此曲於雍熙樂府中爲尚仲賢王魁負桂英雜劇之兩支。然既見梨園樂府。仍應録之。○梨園樂府甚的作甚底。兹從雍熙。雍熙心坎上有題起來三字。尋思上有我這裏三字。爬作扒。管是俺作也是我。好看待作看承你。陪了句以下作。使了我銅斗兒家緣家計。萬貫盤纏盤費。猛可裏想起。所爲。暢好是下的。他道罵我柳陌花街娼妓。

得笑處且笑咱。知好弱識高下。將意馬心猿自捉拿。住茅庵草廈。趓人事避喧譁。

持不語隨緣抄化。嘆塵世有似嚼蠟。利和名從今都罷。身外事咱無牽掛。閑來時睡咱。坐咱。得耍處且耍。無是非山間林下。太和正音譜下

〔雙調〕沽美酒過快活年

黄超廝戀纏。馮魁又倚着家緣。俺軟弱雙郎又無甚錢。蘇卿這裏頻頻的祝願。三件事告神天。只願的霹靂火燒了麗春園。天索告聖賢。聖賢。浪滾處沖翻了販茶船。休驚着雙知縣。稱了平生願。深謝天。梨園樂府下

沖翻原作充番。兹改。

馮魁又酒未醒。喚梅香點上銀燈。俺軟弱雙郎何處等。喚梢公解開纜繩。早行過豫章城。只聽得江水潺潺月兒明。聽恰才敲二更。二更。手按着銀箏盼多情。更闌人初静。趕不上臨川令。蘇小卿。梨園樂府下

趕不下原脱上字。

〔雙調〕一錠銀過大德樂

詠時貴

吉登登金鞍玉勒馬。寶鐙斜踏。急颩颩三簷傘下。擺列着兩行價頭踏。使婢驅奴坐罷衙。閑逐東風。紛飛看落花。明明的立賞罰。暗暗的體察。居民百姓誇。私心無半掐。策馬還家。銀燈射絳紗。象板琵琶。開懷飛玉斝。太平樂府三

雙姬

珍珠包髻翡翠花。一似現世的菩薩。綉襖兒齊腰撒跨。小名兒喚做茶茶。對月臨風想念着他。想着他淺畫蛾眉。烏雲蟬鬢鴉。仙肌香勝雪。嬌容美賽花。時時將簡帖。暗暗寄與咱。拘束得人怕。章臺曾繫馬。更敢胡踏。茶房酒肆家。太平樂府三

瞿本茶房作茶坊。

翠袖慇懃捧玉觴。淺斟低唱。便是箇惱亂殺蘇州小樣。小名兒喚做當當。弄粉調朱試罷曉粧。瀟灑似江梅。妖嬈勝海棠。風光滿畫堂。肌膚白雪香。穿針刺綉牀。時聞金釧響。春筍纖長。題詩寫樂章。真謹成行。是他功名紙半張。太平樂府三　太和正音譜下引大德樂　北詞廣正譜同　九宫大成六六同　元明小令鈔同

無名氏

太平樂府試作拭。太和正音譜北詞廣正譜九宮大成元明小令鈔末句俱無是他二字。明大字本太平真謹作珍錦。大成調朱作調脂。真謹作真草。

〔雙調〕殿前喜過播海令大喜人心

謫仙醉眼何曾開。春眠花市側。伯倫笑口尋常開。荷鍤埋。妨何礙。糟丘高壘葬殘骸。先生也快哉。烏帽歪。醉眼開。心快哉。想賢愚今何在。雲遮了庾亮樓。塵滿故國臺。幸有金樽解愁懷。高歌歸去來。詩書詩書潤几齋。任落魄任落魄無妨礙。脱利名浮雲外。俺窩中好避乖。太和正音譜下　北詞廣正譜　九宮大成六六　元明小令鈔收殿前喜

太和正音譜三首俱注無名氏小令。今案三首同用一韻。詞意亦復相屬。似爲一曲。正音譜既注小令。則或爲帶過之曲。惟小令中又未見有殿前喜過播海令大喜人心者。北詞廣正譜據正音譜徵引此三首。於殿前喜一首注小令。於他二首改注套數。九宮大成亦徵引此三首。於殿前喜一首後有附注。謂此曲無原套可查。則亦認爲係套數。茲姑據正音譜列於小令。〇九宮大成何曾作何時。

〔不知宮調〕甜水令

麻絛草履風袍袖。名利不剛求。蓑笠綸竿釣魚鈎。緑水東流。鳴鶴餘音八

爐中煉出靈丹藥。雷震採茶苗。明月清風杖頭挑。不掛椰瓢。鳴鶴餘音八

看看又早中年過。白髮鬢邊多。積玉堆金大如何。夢里存活。鳴鶴餘音八

把心猿意馬方拴定。爲甚不争名。便得象簡金魚做公卿。白馬紅纓。鳴鶴餘音八

以上四首應爲散曲小令。但與雙調甜水令牌名雖同。格律則異。不知屬何宮調。

失宮調牌名

月蝕

前年蝕了。去年蝕了。今年又蓋來了。姮娥傳語這妖蟆。逞臉則管不了。鑼篩破了。鼓擂破了。謝天地早是明了。若還到底不明時。黑洞洞幾時是了。靜齋至正直記三

大雨

城中黑潦。村中黄潦。人都道天瓢翻了。出門濺我一身泥。這污穢如何可掃。東家壁倒。西家壁倒。窺見室家之好。問天工還有幾時晴。天也道陰晴難保。靜齋至正直記三

靜齋至正直記謂是江西士人所作。忘某調。又云。非深於今樂府者。不能作也。案此二曲頗似詞中之鵲橋仙。

無名氏

套數

〔黄鍾〕醉花陰

怨恨

歲月匆匆易傷感。觸目處紅愁緑慘。楊柳嫩海棠酣。景物尷尬。離恨何時減。紫燕又呢喃。來往風前如訴俺。

〔喜遷鶯〕關河邊站。漾離懷野水柔藍。晴嵐。亂峯似玉龕。看一片白雲鎖翠巖。寫不够詩半緘。愁結成濛濛曉霧。泪滴就點點春潭。

〔出隊子〕則被這薄情啜賺。不明白事怎諳。懨懨的緑雲鬆彈墜瓊簪。瘦怯怯玉體香消褪緑衫。薄設設翠被生寒侵臥毯。

〔刮地風〕不覺的滚滚楊花簾外糝。却又早春老江南。問東君未語心先憾。信斷音緘。只見他願禱經函。鸞鏡缺何時聞勘。鳳釵折甚日重簪。連理分被刀砍。不由人夢斷春酣。恨薄倖陡恁的將名利貪。敢心如癡意似憨。

〔四門子〕約重陽回首無停暫。到如今三月三。偷香的膽誰人更敢。實丕丕已將風月擔。據着你動静又恬。才貌又堪。則將那鶯花占攬。

〔古水仙子〕他他他殢紅粧事已憨。是是是棄了千金覓笑談。呀呀呀翠紅鄉無倒斷歡娱。看看看琉璃井有一日坑陷。恁恁恁瘦身軀儘意貪。罷罷罷説來的話兒虚又讒。來來來瞞不過上蒼清湛湛。休休休虧心的自有神明鑒。我我我顛不剌情理是難甘。

〔賽兒令〕偏咯偏咯憔悴症候忒腌。滿懷愁端的爲誰躭。衒寃去投謝氏。無計去問巫咸。自嘆息。自包含。

〔神仗兒〕黑漫漫相思海。忽剌的更湻。翠巍巍離恨天。没揣的又險。最苦是黄昏月又斜燈兒慘。孤幃裏悄悄愁成暗。暗暗不能够歌聲啖。只落得枕上泪痕攙。

〔尾聲〕才郎直恁忒漁濫。設下誓神靈恁甘。哎。你箇再出世的狠王魁怎下的辜負俺。

題從雍熙樂府　南北詞廣韻選題作閨恨。注元無名氏作。○（醉花陰）廣韻選紅愁緑慘作緑愁紅慘。（刮地風）廣韻選閗勘作開勘。敢心如癡作心如醉。（四門子）廣韻選動静又恬作言語又詁。（古水仙子）廣韻選是難甘作忒難甘。（賽兒令）廣韻選症候忒腌作症忒恁腌。端的作滯的。謝氏作海廟。（神仗兒）廣韻選無暗暗不能够歌聲啖一句。（尾聲）廣韻選恁甘作怎甘。

雍熙樂府一　南北詞廣韻選一八

案：南北詞廣韻選所收注元人或元無名氏之散套。多有不足據者。本書（第二一三一頁）所舉該書以明人之作屬元人。以劇曲爲散套之套數十一套。可爲例證。右黄鐘醉花陰「歲月匆匆易傷感」套及以下正宮端正好翠紅鄉鶯花寨。南吕一枝花風塵素浄身。鶯眠柳嵌金。梨雲夢渺漫。難摘鏡裏花。黄金罷酒籌。公行天理明。中吕粉蝶兒花落春殘。越調鬬鵪鶉送玉傳香。本書編輯時僅根據廣韻選一書所注作者時代爲元而輯入之。實則未必皆屬元人。亦未必皆爲散曲。元明曲書散佚者多。今既無足以發覆之佐證。只可姑輯之矣。

思憶

雪月風花共裁剪。雲雨夢香嬌玉軟。花正發月初圓。雪壓風顛。正比人天涯遠。欲寄斷腸篇。争奈這無邊岸相思。好教我難運轉。

〔喜遷鶯〕指滄溟爲硯。管城毫健筆如椽。松烟。將太行山做墨研。把萬里青天爲錦箋。都做了草聖傳。我欲待要書。書不盡心事。一會家訴。訴不盡熬煎。

〔出隊子〕記當初相見。見俺那風流的小業寃。兩心中便結死生緣。一載間渾如膠漆堅。誰承望半路裏翻騰做離恨天。

〔么篇〕二三朝不見。渾如隔了十數年。無一頓茶飯不縈牽。無一刻光陰不悵念。無

一箇更兒裏將他不夢見。

〔刮地風〕無一箇來人行不問遍。害的我有似風顛。相識每見了重還勸。不由人不掛牽。思量的眼前活現。作念的口中粘涎。襟領前。袖口邊。泪痕湮遍。想從前語在先。那時節他嬌小我當年。論聰明貫世何曾見。他敢真誠處有萬千。

〔四門子〕於咱家爲他心無倦。氣相和情綣戀。俺也曾坐並膝。語並肩。俺也曾芰荷香效他交頸鴛。俺也曾把手兒行。共枕兒眠。哎天也是我緣薄分淺。

〔水仙子〕非干是我自專。直覓得鸞膠續斷絃。記枕上盟言。念神前心願。我心堅石也穿。暗暗的禱告青天。若咱家少他前世冤。俏冤家不稱今生願。俺俺俺俺那世裏再團圓。

〔尾聲〕囑付你衷腸莫更變。再相逢不知是動歲經年。則要你身去遠莫教心去遠。盛世新聲丑集　詞林摘艷九　雍熙樂府一　彩筆情辭一〇

此套盛世新聲及詞林摘艷兩書皆不注撰人。盛世新聲無題。詞林摘艷題作思情。曲文校勘從略。題從雍熙樂府。彩筆情辭題作題情。注元人辭。〇（醉花陰）情辭正比人作人比。難運轉作空輾轉。（出隊子）情辭當初相見作當時初見。（么篇）情辭二三作兩三。隔了作隔。末句無裏將他三字。（四門子）情辭綣作眷。無哎字。（水仙子）情辭青天作蒼天。少他前世冤作負他前世緣。少

一俺字。（尾聲）情辭不知是作只除是。

〔黄鍾〕願成雙

香共爇。誓共説。美姻緣永不離别。爲功名兩字赴長安。阻隔烟水雲山萬疊。

〔么〕辜恩一去成抛撇。他無情俺倒心呆。悔當時恨不鎖雕鞍。撲倒得人香肌褪雪。

〔出隊子〕柔腸千結。算今番愁又别。長吁短嘆不寧貼。泪眼愁眉怎打疊。若見他家親自説。

〔么〕玉簪折怎得鸞膠接。見無由成間别。你不來人道你心邪。我先死天教我業徹。欲寄平安怎地寫。

〔尾〕若把我雙郎見時節。向三婆行訴不盡喉舌。則道是思量得小卿成病也。陽春白雪後集五　雍熙樂府一　九宫大成七九引願成雙

雍熙樂府題作蘇卿。○（願成雙）雍熙共爇作共撚。九宫大成同。（么）雍熙撲倒作折倒。（出隊子）雍熙他家作伊家。（么）陽春白雪心邪作心斜。雍熙怎地作怎生。

鴛鴦對。鸞鳳鳴。恰尋着美滿前程。團香惜玉好恩情。忽變做了充飢畫餅。

〔么〕吉丁的分破菱花鏡。撲鼕的井墜銀瓶。指山賣磨愛錢精。送得我離鄉背井。

〔出隊子〕佳人薄倖。没福消雙縣令。老娘無賴。放過書生。秀士多魔。遇着柳青。妾守馮魁。似胲下瘿。

〔么〕到如今剗地無形影。教奴家愁越增。半江秋影月偏明。滿腹愁煩心自哽。一雁哀鳴水雲冷。

〔尾〕傳示你箇雙生莫傒倖。休埋怨這不得已蘇卿。先向豫章城下等。陽春白雪後集五　雍熙樂府一

雍熙樂府題作蘇卿。〇（願成雙）雍熙鳴作羣。團作摶。末句無了字。（么）元刊陽春白雪二句脱井字。兹從鈔本白雪及雍熙。（出隊子）元刊白雪瘿作瘦。兹從鈔本白雪及雍熙。雍熙守作守着。胲作頦。（么）雍熙煩作懷。（尾）元刊白雪首句傳作不。示字殘缺。兹從鈔本白雪。雍熙首句作不是你雙生多傒倖。不得已下有的字。

〔么〕恨東君不管人情淡。綻芳叢纈錦争攙。舊遊園圃見停驂。思往事離愁越感。如病弱。似醉酣。鬢髩鬆髻軃金簪。錦衣寬褪瘦巖巖。殘粉泪香消玉減。

〔出隊子〕慵臨鸞鑑。瘦容顔影自慘。鄰姬問我似癡憨。欲語無言心自慘。似恁熬煎可慣躭。

〔么〕看時節夢兒裏將人賺。閃得奴恨不甘。山盟海誓我心貪。負德辜恩他意敢。悔

恨當初我自攬。

〔尾〕留戀你箇三婆等時暫。則這幾行書和泪封緘。寫着道意不過呵肯來看探俺。陽春白雪後集五　雍熙樂府一　北詞廣正譜引顒成雙

〔顒成雙〕北詞廣正譜彈作躭。〔么〕鈔本陽春白雪攙作攬。茲從元刊白雪及雍熙等。白雪雍熙淡俱作似。茲從廣正譜。雍熙纈作奪。〔出隊子〕雍熙心自慘作自懶。末句恁作恁般。〔么〕元刊白雪恨不甘作哏不甘。茲從鈔本白雪及雍熙。白雪閃作悶。茲從雍熙。〔尾〕雍熙你箇作恁。無呵字。看探作相探。

〔正宮〕端正好

本是對美甘甘錦堂歡。生紐做愁切切陽關怨。恰離了鶯花寨。早來到野水平川。急煎煎千里把程途踐。景蕭蕭宜寫在幃屏面。

〔滾綉毬〕動羈懷的是淅零零暮雨晴。惱人腸的是日遲遲春晝暄。感離情的是嬌滴滴弄喉舌啼鶯語燕。舞飄飄亂紛紛柳絮飛綿。嘆浮生的是草萋萋際碧天。綠茸茸柳帶烟。流盡年光的是兀良響潺潺碧澄澄皺玻璃楚江如練。斷送行人的是忔登登鞭贏馬行色淒然。猛想起醉醺醺昨宵歡會知多少。陡恁的冷清清今日淒涼有萬千。情默默

無言。

〔倘秀才〕莫不是黄司理緣薄分淺。多管是雙通叔時乖運蹇。小卿你再不向秦樓動管絃。彩鸞回舞鏡。青鳥罷銜箋。兀良不遠。

〔脱布衫〕不行動則管裏熬煎。休停待莫得俄延。側着耳聽沉沉半晌。諕得我那膽寒心戰。

〔醉太平〕原來是昏鴉噪暮天。落雁叫沙邊。猛聽得隔江人喚渡頭船。啼紅的是杜鵑。我則見撲簌簌泪濕殘粧面。將風流秀士莫留戀。生忔察拆散了並頭蓮。則爲他多情的業冤。

〔尾〕三杯別酒肝腸斷。一曲陽關離恨添。我上車兒倦向前。他上雕鞍懶贈鞭。比各無言兩泪漣。各辦堅心石也穿。兩處相思情意牽。遥望見車兒漸漸的遠。陽春白雪後集

三 詞林摘艷六 雍熙樂府二 北詞廣正譜引尾

詞林摘艷題作送別。雍熙樂府題作趕蘇卿。○(端正好)摘艷雍熙愁切切俱作悲切切。千里下俱無把字。(滚綉毬)陽春白雪淅作昔。摘艷前三句及第五句内皆無的是二字。浮生作浮世。帶烟作吐烟。無響潺潺上八字。斷送作斷送了。無行色淒然上六字。無猛想起。陡恁的諸字。末句作空着我無語無言。雍熙雨晴作雨聲。飛綿下增嬉遊玩賞無窮盡。暢飲開懷樂自然。此景堪憐。

共三句。析以下爲么篇。與譜不合。又。浮生的是作浮世的。（倘秀才）摘艷小卿你作我可也。動管絃作列管絃。舞鏡作鏡舞。兀良下有他去的三字。雍熙動作列。舞鏡作舞袖。此調之後。脱布衫之前。摘艷雍熙皆另有叨叨令一支。摘艷云。不思量心上由作念。越思量越恁的添勞倦。意遲遲欲把他留戀。再幾時能夠成鶯燕。他原來去了也麽哥。他原來去了也麽哥。可着我減香肌腕鬆了黄金釧。雍熙末句無可着我腕四字。（脱布衫）陽春白雪熬煎作懊煎。摘艷雍熙沉沉俱作沉了。末句俱無那字。雍熙不行動作行不動。（醉太平）摘艷雍熙俱無我則見三字。莫留戀俱作難留戀。摘艷落雁叫作孤雁落。忔察拆散了作扢扎折下。末句他作俺。無的字。雍熙忔察作忔憧。末句他作我。（尾）元刊白雪兩泪作雨泪。摘艷作語泪。茲從鈔本白雪雍熙及廣正譜。摘艷雍熙比各俱作彼各。堅心俱作心堅。摘艷添作天。上車作懶載車。他上作他怕上。的遠作去的遠。雍熙贈鞭作增鞭。末句無的字。

豪放不羈

翠紅鄉鶯花寨。占春風歌舞樓臺。酒腸寬嫌殺金杯窄。會受用文章伯。

〔滚綉毬〕都將着玉與帛。換做酒共色。儘教咱百年歡愛。管甚麽萬貫資財。鬢髮白。容貌改。物和人知他誰在。青春去再不回來。一任教佳人宛轉歌金縷。醉客佯狂飲

綉鞋。便是英才。

〔倘秀才〕雖無那奪利争名手策。殢酒簪花的氣概。風月所施呈七步才。花營中將愁解。酒部内把頭擡。快哉。

〔醉太平〕會三千劍客。列十二金釵。綺羅叢裏玳筵開。俊嬌娥侍側。金蓮款步香塵陌。春葱慢折花枝帶。玉簪斜插鬢雲歪。是風流膩色。

〔尾聲〕香焚寶鼎沉烟靄。酒泛金杯浮琥珀。銀燭輝煌那光彩。翠袖慇懃捧玉臺。對舞春風翠盤窄。合唱笙簫音吕諧。一對佳人醉扶策。兩箇紗籠引下階。快活煞長安少年客。雍熙樂府二　南北詞廣韻選六　彩筆情辭五

題從雍熙樂府。南北詞廣韻選題作豪放。注元人作。彩筆情辭題作放懷。注明古辭。曲文校勘從略。〇（滚綉毬）廣韻選首句無着字。（倘秀才）廣韻選二句無的字。

相憶

無名氏

常想着狎粉席綺羅香。猶記得照醉眼紅粧艷。殢春嬌恣意相瞻。温柔典雅則着人頻作念。撇不下心常慊。

〔滚綉毬〕溜秋波情意忺。並香肩語話兒甜。你爲我鴛鴦債此生少欠。我爲你風月擔

儘力粘拈。我因你魚書兒修了又修。你爲我龜卦兒占了又占。想則想争想似更風流昔年雙漸。猜則猜休猜做没出活今日江淹。則爲這蠅頭蝸角頻勾引。非是這鳳友鸞交廝棄嫌。辜負了等等潛潛。

〔倘秀才〕一箇風流如高才子瞻。一箇聰明如能文蔡琰。似這等女貌郎才廝並兼。嬌羞甜膩膩。君子美謙謙。非是俺將言詞故諂。

〔滚綉毬〕翠裙寬腰更纖。緑雲鬆鬢亂鬑。這相思更危如五更燈焰。這憂愁争險似萬仞峯尖。怎肯將玉胡蝶花下摔。錦鴛鴦手内撏。我其實怕叩海神那一場靈驗。我其實怕賺蘇卿一命增添。也是你安分福花臺上註。以此上月老姻緣玉簿上僉。任違了父教師嚴。

〔倘秀才〕莫説道喚不醒呆莊周胡蝶夢甜。争知道醫不可癡倩女揶揄病染。休猜俺山海恩情似水底鹽。鴛幃閒鳳枕。鸞鏡暗雕奩。流不盡腮邊泪點。

〔叨叨令〕風月情待把青樓占。慷慨情不把黄金儉。錦綉腸堪把秋娘贍。花月貌争把檀郎驗。想殺人也麽哥。想殺人也麽哥。嬌滴滴美玉無瑕玷。

〔倘秀才〕寂寞了銀屏翠簾。憔悴了桃腮杏臉。都分付雁帖魚緘勞筆銛。你那裏歌臺

閑舞袖。我這裏書架亂牙籤。間别來光陰荏苒。

〔脱布衫〕常想着接談間爇龍香輕散雕簷。常想着遣興時品鸞簫暢對銀蟾。常想着撙蒱罷醉瓊姬喜設玳筵。常想着踏花歸並青驄款搧金鞊。

〔小梁州〕妙舞清歌近綉幨。不由人一笑掀髯。惜香憐玉那情忺。端的是心無厭。錦帳内效鶼鶼。

〔么篇〕一鈎羅襪金蓮塹。引的人心兒散不受拘鈐。纏頭錦懷内揣。買笑金囊中檢。也不索遮遮掩掩。一任教佳友話兒孅。

〔尾聲〕休猜做瓶沉簪折遭拋閃。一任教燕聒鶯煎閻搠醃。月户雲窗緊護苫。粤女吴男有恥廉。心蹙眉顰愁未斂。玉軟香嬌情廝粘。坐則思量立則念。生則同衾死同殮。雨澁雲慳夢中魘。月下星前意自恬。落雁沉魚誰不忺。擊玉敲金才不忝。臉暈桃花鋪笑靨。口唾丁香搵舌尖。心上頻憸。舌上頻呫。恨不得倩一箇毛延壽人兒將恁那俊龐兒點。　雍熙樂府三　彩筆情辭一〇　南北詞廣韻選一九引滾綉毬倘秀才

題從雍熙樂府。南北詞廣韻選引滾綉毬倘秀才謂元詞。彩筆情辭題作題情。亦注元人辭。

〇〔端正好〕雍熙恣意作姿意。情辭則着人作教人。慊作歉。〔滾綉毬〕廣韻選粘拈作拈黏。出活作出豁。是這作干是。情辭語話下無兒字。爲我龜卦作因我龜卦。出活作出豁。這鳳友作那鳳

友。（滚綉毬）情辭八句其實上無我字。安分福作安全分福。以此上作因此上。（叨叨令）情辭慷慨情作慷慨懷。（脱布衫）情辭二句四句俱無常想着三字。粘作黏。（么篇）情辭任教作任他。（尾聲）情辭任教作任他。吴男有恥廉作吴兒快遠嫌。誰不忺作誰不歡。口唾作口吐。

〔正宫〕月照庭

老足秋容。落日殘蟬暮霞。歸來雁落平沙。水迢迢。烟淡淡。露濕蒹葭。飄紅葉。噪晚鴉。

〔么〕古岸蒼蒼。寂寞漁村數家。茶船上那箇嬌娃。擁鴛衾。攲珊枕。情緒如麻。愁難盡。悶轉加。

〔六么序〕記當時。枕前話。各指望永同歡洽。事到如今兩離别。褪羅裳憔悴因他。休休自家緣分淺。上心來泪揾濕羅帕。想薄情鎮日迷歌酒。近新來頓阻鱗鴻。京師裏戀烟花。

〔么〕哭啼啼自呪駡。知他是憶念人麽。驀聞船上撫琴聲。遣蘇卿無語嗟呀。分明認得雙解元。出蘭舟綉鞋忙屧。乍相逢欲訴别離話。惡恨酒醒馮魁。驚夢杳無涯。

〔鴛鴦兒煞〕覺來時痛恨半霎。夢魂兒依舊在篷窗下。故人不見。滿江明月浸蘆花。陽

（月照庭）太和正音譜老足作老盡。三句作歸來時雁宿平沙。北詞廣正譜雁落作雁宿。九宮大成俱同正音譜。（么）陽春白雪古岸作右岸。正音譜大成那箇俱作年小的。（六么序）正音譜記作記得。首二句作一句。又與大成七句俱無揾字。八句俱無想字。

〔正宮〕貨郎兒

靜悄悄幽庭小院。近花圃相連着翠軒。仕女王孫戲秋千。板衡開紅杏火。裙拂散緑楊烟。

〔脱布衫〕見金蓮緊間金蓮。胸前緊貼胸前。香肩齊並玉肩。寶釧壓着金釧。

〔醉太平〕那兩箇雲遊在半天。恰便似平地上登仙。晚來無力攬紅綿。下秋千困倦。慢騰騰倚定花枝顫。汗漫漫濕透芙蓉面。金釵不整鬢雲偏。吁吁氣喘。

〔貨郎煞〕倒摺春衫做羅扇搧。梨園樂府下

梨園樂府列此四曲於小令醉太平諸曲之末。然自曲文觀之。實爲套數。惟今所見元人套數。又無以貨郎兒作起調者。疑有脱誤。末支僅一句。亦有闕文。

〔正宮〕汲沙尾南

無名氏

四景

金殿鎖鴛鴦。何時重會情娘。間阻佳期。咫尺霧迷雲障。思量。常想那樽前席上。多丰韻容貌非常。風流艷粧。自古道淑女堪配才郎。

〔脱布衫帶過小梁州北〕歌白雪餘韻悠揚。紅牙撒盡按宮商。品玉簫鸞鳴鳳叶。舞霓裳翠盤宮樣。解語知音所事强。端的是世上無雙。冰絃慢撥趁奇腔。聲嘹喨。口噴麝蘭香。輕清韻美低低唱。啓朱唇皓齒如霜。穿一套縞素衣。盡都是依宮樣。又不是悲秋宋玉。可着我想像賦高唐。

〔漁家傲南〕到春來和風蕩。噴火夭桃。正宜翫賞。閑遊戲拾翠尋芳。正春光艷陽。雕梁乳燕呢喃兩。遊蜂趁蝶舞飛揚。正清和氣爽。踏青載酒吟詩賦。鬭草藏鬮雲錦鄉。添情況。滿斟着玉觴。遇韶華休負了好時光。

〔醉太平北〕喜炎天晝長。避暑納新凉。浮瓜沉李飲瓊漿。聽蟬鳴緑楊。榴花噴火争開放。葵花向日玻璃漾。荷花雲錦滿池塘。直喫的樂醄醄入醉鄉。

〔普天樂南〕翫中秋明月朗。登高在樓臺上。東籬下菊蕊含金。正消磨暑氣秋光。捧玉

觴。葡萄釀。酒友詩朋齊歌唱。玉山頹沉醉何妨。朱扉緑窗。任風吹落帽龍山賞重陽。

〔伴讀書北〕布彤雲迷四方。朔風凜氈簾放。暖閣圍爐頻釃盞。正歌樓酒力添歡暢。我則見多嬌語笑樽席上。引的人腹熱腸狂。

〔笑和尚北〕我將慢徐徐語話講。成就了風流況。共寢在綃金帳。訴衷情到耳傍。盡今生永成雙。選良時配鸞凰。捧瑶觴賽神羊。將往時苦都撇漾。

〔餘音南〕姻緣事非計量。盡老團圓壽命長。辦炷明香拜上蒼。盛世新聲子集　詞林摘艷六

雍熙樂府二　新編南九宮詞　彩筆情辭九

盛世新聲無題。詞林摘艷題作四景。雍熙樂府題作四時歡暢。新編南九宮詞無題。俱不注撰人。彩筆情辭題作懷美。注元人辭。南九宮詞無北曲。○（汲沙尾南）雍熙重會作重配。古道作古來。才郎作情郎。南九宮詞俱同。情辭想作記。（脱布衫帶過小梁州北）盛世原刊本徽藩本摘艷解語俱作解似。玆從内府本摘艷。雍熙紅牙撒作撒紅牙。三句作吹玉簫鸞鳴翠竹。宮樣作新樣。解語作諧吕。盡都是作端的。賦作赴。情辭宮樣作摇蕩。解語作解吕。盡都是作裁。（漁家傲南）原刊本徽藩本摘艷及雍熙休負了俱作休負。雍熙噴火作爛熳。正春光作春光。呢喃兩作呢喃兩兩。清和作遇着清和。南九宮詞俱同雍熙。惟休負作休負了。情辭風蕩作風颺。遇韶華作

對韶華。餘俱同雍熙。惟仍作呢喃兩。（醉太平北）雍熙蟬鳴作蟬聲。荷花雲作緑荷綻。無直喫的三字。（普天樂南）情辭龍山賞作慶賞。（伴讀書北）雍熙圍爐作紅爐。笑樽作話臨。引作引惹。狂作荒。（笑和尚北）盛世摘艷情辭往時俱作往事。雍熙到耳作付耳。永成作願成。（餘音南）雍熙姻緣事作姻緣是。又與南九宮詞壽命俱作壽。辦炷俱作滿捧。情辭辦炷明作滿爇盟。

〔仙呂〕賞花時

卧枕着牀染病疾。夢斷魂勞怕飲食。不索請名醫。沉吟了半日。這證候兒敢蹺蹊。

〔么〕參的寒來恰禁起。忽的渾身如火氣逼。厭的皺了雙眉。豁的一會價精細。烘的半晌又昏迷。

〔煞尾〕減精神。添憔悴。把我這瘦損龐兒整理。對着那鏡兒裏容顏不認得。呆答孩轉轉猜疑。瘦腰圍。寬盡羅衣。一日有兩三次頻將帶繢兒移。覷了這淹尖病體。比東陽無異。不似俺害相思出落與外人知。　陽春白雪後集二　雍熙樂府五

（賞花時）元刊陽春白雪名作客。鈔本作召。玆從雍熙樂府。雍熙末句無兒字。（么）元刊白雪烘下衍一半字。晌作餉。鈔本白雪不誤。雍熙參作俺滲。火氣作火。（煞尾）鈔本白雪繢作績。玆從元刊本。雍熙那鏡兒裏作鏡裏。轉轉作展轉。瘦作瘦損。帶繢作紐扣。淹尖作淹煎。末句俺

作你。與作的。

只爲多情忒俊雅。月下星前迤逗煞。掩映着牡丹花。潛潛等等。不見劣寃家。

〔么〕今夜相逢打罵咱。忽見人來敢是他。只恐有爭差。咨咨認了。正是那嬌娃。

〔煞尾〕悄悄吁。低低話。廝抽抒粘粘掐掐。終是女兒家不慣耍。龐兒不甚掙達。透輕紗。雙乳似白牙。插入胸前緊緊拿。光油油膩滑。顫巍巍拿罷。至今猶自手兒麻。

陽春白雪後集二　雍熙樂府五

雍熙樂府題作捫乳。○（賞花時）雍熙煞作咱。（么）雍熙咨咨作孜孜。（煞尾）雍熙粘粘作拈拈。是女兒作是箇女孩兒。龐兒上有嫩字。掙作撐。輕紗作紗窗。插作持。滑作滑滑。

春夜深沉庭院幽。偷訪吹簫鸞鳳友。良月過南樓。昨宵許俺。今夜結綢繆。

〔么〕兩處相思一樣愁。及至相逢却害羞。則是性兒柔。百般哀告。腼腆不擡頭。

〔煞尾〕你温柔。咱清秀。本是一對兒風流配偶。咫尺相逢説上手。緊推辭不肯成頭。又不敢久遲留。只怕妳母追求。料想伊家不自由。空躭着悶憂。虚陪了消瘦。不承望剛做了箇口兒休。陽春白雪後集二　雍熙樂府五

（賞花時）鈔本陽春白雪結作話。雍熙樂府深沉作沉沉。（煞尾）鈔本白雪妳作你。元刊白雪消瘦作消息。兹從鈔本。雍熙成頭作承頭。妳母作老母親。悶憂作悶愁。消瘦作伺候。不承望作誰

承望。口作嘴。

〔仙吕〕點絳唇

問柳尋芳。惜花憐月。心狂蕩。名姓高揚。處處人瞻仰。

〔混江龍〕樽前席上。偶然相遇俏蕭娘。閑通局肆。善曉宫商。樊素口偏宜歌白雪。小蠻腰遍稱舞霓裳。妖嬈相。花無宿艷。玉無温香。

〔醉中天〕行院都皆賞。女伴每盡伏降。寶髻釵攢金鳳凰。萬種風流相。一見了教人斷腸。可憎模樣。宜梳宜畫宜粧。

〔金盞兒〕性温良。貌非常。曉詩書通合刺知棋象。蘭心蕙性世無雙。蛾眉頻掃黛。宫額淡塗黄。半彎羅襪窄。十指玉纖長。

〔後庭花煞〕有精神有伎倆。諸餘裏忒四行。出格心腸俏。過人手段强。細思量。風流模樣。少箇的親心愛畫眉郎。梨園樂府上

（混江龍）樊素原作繁素。兹改。

贈妓

淡掃蛾眉。粉容香膩。嬌無力。綠鬢雲垂。旖旎腰肢細。〔混江龍〕性資聰慧。對着這風花雪月有新題。金篦擊節。翠袖擎杯。妙舞幾番銀燭暗。清歌一曲彩雲低。朝朝宴樂。夜夜佳期。偎紅倚翠。綉幌羅幃。生在這錦營花陣繁華地。逞風流在銷金帳裏。叙幽情在燕子樓西。〔油葫蘆〕則這送舊迎新有盡期。少年時能有幾。我則怕鏡中白髮老來催。有一日花殘色改容顔退。到頭來怎是你終身計。牀頭又囊篋乏。門前又鞍馬稀。趁青春若得箇良人配。怎做得張郎婦李郎妻。〔天下樂〕引的些俊俏郎君着意迷。使了虛脾。小見識。陷人坑儘深難見底。惹得人父母嫌。搬得人妻子離。便趲得錢財多有甚奇。〔那吒令〕盈斟着酒杯。則不如桑麻紡織。輕羅細絲。則不如荆釵布衣。珍饈美味。則不如家常飯食。免得棄舊人迎新婿。到大來無是無非。〔鵲踏枝〕昨日箇叙別離。今日箇待相識。眼面前秋月春花。頭直上兔走烏飛。嘆光

陰白駒過隙。我則怕下場頭樂極生悲。

〔寄生草〕早尋箇歸秋日。急回頭也是遲。誰待要陪狂伴醉筵間立。誰待要迎妍賣俏門前倚。誰待要打牙訕口閑淘氣。少不得花濃酒釅有時休。那其間東君不管人憔悴。

〔金盞兒〕費追陪。笑相隨。東家會了西家會。每日家逢場作戲强支持。擎杯淹翠袖。翻酒污羅衣。抵多少惜花春起早。愛月夜眠遲。

〔後庭花〕唤官身無了期。做排場抵暮歸。則待學不下堂糟糠婦。怎做得出牆花臨路岐。使了些巧心機。那裏有真情實意。迷魂湯滋味美。紙湯瓶熱火煨。初相逢一面兒喜。纔别離便泪垂。

〔青歌兒〕攢下些家緣家計。做不着盤纏盤費。不問生熟辨酒食。他便要弄盞傳杯。説是談非。斜眼相窺。口角涎垂。喫得來東倒西歪醉淋漓。受不得腌臢氣。

〔尾聲〕跳不出引魂靈的綺羅叢。迷子弟鶯花隊。費精神花朝月夕。醉舞狂歌供宴集。樽席上做小伏低。斂愁眉强整容儀。你便是法酒肥羊不甚美。子不如績麻撚絮。隨緣活計。那其間方是得便宜。雍熙樂府四　彩筆情辭六

題從雍熙樂府。彩筆情辭題作勸妓。注元人辭。○（混江龍）雍熙錦營作錦林。情辭綉幌作綉。（油葫蘆）情辭色改作月缺。來怎是你作怎是。怎做得作怎做那。（寄生草）情辭也是作已是。

（青歌兒）情辭家緣盤纏俱疊二字。（尾聲）情辭子弟下有的字。

〔仙吕〕村裏迓鼓

四季樂情

正值着麗人天氣。可正是賞花賞花的這時候。你看那花紅和這柳緑。繞着這舍南舍北。莊前莊後。則見那柳飛綿。花似錦。江山清秀。他每都攜着美醖。穿紅杏。摇翠柳。我直喫的笑吟吟醺醺帶酒。

〔元和令〕錦模糊江景幽。翠崚嶒遠山秀。正值着稻分畦蠶入簇麥初熟。太平人閑袖手。趁着這古隄沙岸緑陰稠。纜船兒執着釣鈎。纜船兒執着釣鈎。

〔上馬嬌〕我將這錦鯉兜。網索來收。村務内酒初熟。恰歸來半醉黄昏後。暮雨收。牧童兒歸去倒騎牛。

〔遊四門〕正是楓林梧葉報新秋。呀呀的寒雁過南樓。正遇着雞肥蟹壯秋收候。霜降水痕收。朋友每留。乘興飲兩三甌。

〔勝葫蘆〕正值着淺碧的這粼粼露遠洲。賞紅葉一枝秋。我則見三徑黄花景物幽。正

值着豐年稔歲。太平簫鼓。酒醒時節再扶頭。

〔後庭花〕我則待尋梅訪故友。踏雪沽醽酒。寶篆焚金鼎。濁醪飲巨甌。只喫的醉了時休。酒杯中不够。村務内將琴劍留。倉廒中將米麥收。渾醱醅甕底篘。再邀住林下叟。

〔柳葉兒〕我直喫到二更的時候。正諠譁交錯觥籌。一任教月移梅影横窗瘦。心相愛。意相投。醉時節納被蒙頭。盛世新聲卯集　詞林摘艷四　雍熙樂府四　北曲拾遺　太和正音譜下引村裏迓鼓至勝葫蘆五支及柳葉兒　北詞廣正譜引村裏迓鼓後庭花　九宫大成五引後庭花柳葉兒

盛世新聲重增本内府本詞林摘艷雍熙樂府北曲拾遺俱無題。原刊本徽藩本詞林摘艷題作四季樂情。皆不注撰人。兹以太和正音譜及北詞廣正譜徵引之。而未注爲明人作。故以之屬元無名氏。正音譜廣正譜皆以此曲爲套數。惟無名氏海門張仲村樂堂雜劇第一折内亦有此套。後者校語從略。〇〔村裏迓鼓〕太和正音譜此支作。正值着麗人天氣。禁烟時候。花紅柳緑。舍南舍北。莊前莊後。更有拜掃男。歸寧女。遊春叟。攜美醞。步緑苔。穿紅杏。握翠柳。直喫得驢背上醺醺帶酒。盛世摘艷舍南舍北俱作社南社北。内府本摘艷二句時候上無的這二字。雍熙二句作卻正是賞花時候。無和這二字。則見那作我則見這。穿字摇字下並有着字。末句我直作呀只。北曲拾遺二句少賞花的這四字。三句無和這二字。則見那柳飛綿作只見這柳絮飛。穿作穿着。摇

作約着。我直作呀只。北詞廣正譜同正音譜。惟無更有二字。驢背作蹇驢。帶作殢。廣正譜注云。正音譜收此。舍南舍北變四字。多步緑苔一句。羣珠原無。（元和令）盛世摘艷嶒俱作層。入俱作齊。茲從正音譜。正音譜無正值着三字。初熟作初收。太平人作老人家。無趁着這三字。纜船兒作纜船人。無疊句。雍熙入簇作棄簇。執着作抛着。無疊句。北曲拾遺嶒作層。入作齊。趁着這作趁着。末句作着釣鈎三字。疑脱纜船兒執四字。（上馬嬌）正音譜我將這作將。來收作收。村務内作兀良村務。無恰字。半醉作醉飽。末句無兒字。雍熙兜作來兜。來收作收。無内字及恰字。半醉作醉也。又與北曲拾遺末句俱無兒字。（遊四門）盛世脱牌名。摘艷惟内府本未脱牌名。餘本亦脱。正音譜此支作。芰荷平野正窮秋。聽呀呀新雁過南樓。荷枯柳敗芙蓉瘦。鷗鷺立溪頭。幽。霜降水痕收。雍熙正是作卻又早。飲作飲了。北曲拾遺二句無的字。朋友每作朋友。飲作飲了。（勝葫蘆）盛世脱牌名。摘艷惟内府本未脱牌名。餘本亦脱。正音譜此支作。淺碧粼粼露遠洲。紅葉一林秋。明日黄花蝶也愁。孟嘉宅上。淵明籬畔。醒後再扶頭。内府本摘艷首句無的這二字。時節作時。雍熙首句作我則見那淺碧粼粼露遠洲。值着作遇着。北曲拾遺首句無着及的這三字。三句無我則見三字。四句正值着作趁着這。（後庭花）盛世摘艷酒杯俱作酒還。茲從雍熙北曲拾遺等。雍熙則待作這裏。梅作梅花。雪作凍雪。寶篆句作寶鼎内焚香串。醉了作醉。廒作庫。再作旋。北曲拾遺梅訪作梅花邀。醉了作醉。務内將作塢内。廣正譜無我則待三字。訪作邊。只喫至琴劍留作。意相投。酒還篘。不向村務裏將琴劍留。將米

作把米。邀住作迎住。九宮大成俱同雍熙。惟寶篆句同此。（柳葉兒）正音譜無我字。的時候作前後。正諠譁作鬧喧呼。末三句作。醒時醉。醉時休。黑嘍嘍衲被蒙頭。雍熙首句無的字。北曲拾遺同。雍熙一任教作直喫的。九宮大成喫到作喫得。餘同雍熙。

〔仙吕〕八聲甘州

杯中酒冷。鼎内香消。臺上燈昏。夜閒人静。書齋中半掩重門。愁靠芙蓉綉枕邊。悶擁鮫綃錦被。空思想意中人。年少芳温。

〔醉中天〕一點朱脣嫩。八字柳眉顰。寶髻高梳楚岫雲。蓮臉施朱粉。包彈處全無半分。可人意風韻。見他時忽的銷魂。

〔賺尾〕爲他嬌。因他俊。迤逗的俺行癡立盹。便得後寃家行頻覷付。偷工夫短命行温存。是費了些精神。一夜歡娛正了本。他於咱意親。俺於他心順。不由人終日脚兒勤。

陽春白雪後集二　雍熙樂府五

（八聲甘州）鈔本陽春白雪半掩作早掩。枕下無邊字。兹從元刊白雪及雍熙樂府。白雪年少作年小。雍熙夜閒作夜闌。枕邊作枕閑。芳温作芳卿。此曲錦被下應漏一字。如於空字斷句則失韻。（賺尾）鈔本白雪覷付作覷恃。疑應作覷侍。雍熙三句無的字。立作坐。便得作便約。覷付作囑

咐。費上無是字。他於二句作。他於咱親。咱於他順。

芳菲過眼。向玉砌雕闌。翠落紅翻。都來一段。新愁舊恨相煩。簾垂永日人乍別。門掩東風花又殘。無語問春歸。天上人間。

〔六么遍〕恨歸期晚。尋芳懶。倚遍闌干。盼煞雕鞍。佳音越慳。啼泪不乾。生睚厭厭相思恨。愁煩。悶來獨把綉牀攀。

〔元和令〕謾將龜卦揭。空把雁書盼。料他雲雨興闌珊。天涯何日還。重衾猶怯五更寒。悶愁心上攢。

〔後庭花〕瘦來金縷寬。空將寶鏡看。髻綰雙鬟亂。眉顰八字彎。最心煩。花開庭院。子規啼數番。

〔尾〕問長安。隔關山。别郎容易見郎難。清明過也。鷓鴣聲裏畫樓閑。陽春白雪後集二 雍熙樂府五

(六么遍)鈔本陽春白雪生睚作坐睡。雍熙樂府啼泪作啼痕。生睚作挣捱。相思恨恨字失韻。疑應作限。(元和令)雍熙揭作卜。興闌珊作阻關山。(後庭花)元刊白雪花開作花間。茲從鈔本及雍熙。雍熙三句作鬢綰雙鴉亂。花開庭院作閑庭院。

〔南吕〕一枝花

鬟鬟梳绿雲。肌瘦消紅玉。蛾眉顰翠黛。粉臉墮珍珠。遍灑東風。亂落梨花雨。低頭長嘆吁。長嘆罷羅帕頻淹。都揾盡千絲萬縷。

〔梁州〕愁怨恨還如堆積。舊精神不似當初。自從萬里人南去。塵濛錦瑟。帳漫流蘇。香焚寶鼎。酒冷金壺。對青鸞不待粧梳。到黄昏着甚支吾。怕的是照閑庭月色朦朧。倦的是透珠簾花香馥郁。愁的是印紗窗竹影扶疎。自心。黯忖。悔當時錯發送上陽關路。聽唱到第三句。總是離人斷腸曲。搔首踟躕。

〔梧桐樹〕剛道聲才郎身去心休去。他攬與俺回挽得千條柳難繫雕鞍住。到如今百草枯風吹得紅葉舞。正值着秋天暮。

〔感皇恩〕呀。骨剌剌風透紗幮。吉丁當漏滴銅壺。薄設設被兒單。昏昏慘慘燈兒暗。瘦厭厭影兒孤。思伊受苦。偏俺負你何辜。從春去。因應舉。戀皇都。

〔采茶歌〕他去了半年餘。閃得我受孤獨。羅幃寂寞故人無。寒雁來時音信杳。雁還歸去亦無書。

〔尾〕知他是誰家月館風亭宿。何處山村野店居。錦堂春翻做陽關路。多情弄玉。若見吹簫伴侶。慢慢的説俺從前受過的苦。鈔本陽春白雪後集三　羅本陽春白雪羅本陽春白雪署奥敦周卿作。○〔梧桐樹〕原作感皇恩。兹改正。〔感皇恩〕原作罵玉郎。兹改正。四句疑衍一昏字。

嘲黑妓

臉如百草霜。脣注松烟墨。眼横潭底水。牙染連金泥。烏玉如肌。眉不顯春山翠。似葡萄好乳垂。若不是薄荷煎每日充饑。瀆牙藥逐朝漱洗。

〔梁州〕我子道克剌張回回姊妹。却原來是大洪山三聖姨姨。猛回頭錯認做砂鍋底。只合去燒窑淘炭。漆碗熏杯。怎生去迎新送舊。賣笑求食。便是塊黑砂糖有甚希奇。便是塊試金石難辨高低。莫不寨兒中書下的靈符。莫不是房兒中描來的黑鬼。莫不是酒樓前貼下鍾馗。這妮子幼年間充着壬癸。生長在烏衣國。靠定門簾不動衣。百般的辨不得容儀。

〔尾〕不索你分星擘兩顯名兒喚。路上行人口勝碑。這娘子罵得他都易。泪滴下些黑汁。脚踢起些炭氣。吁得青銅鏡兒黑。鈔本陽春白雪後集三

無名氏

〔一枝花〕四句原脱一字。慈臆補連字。若不是疑應作莫不是。〔梁州〕莫不寨兒中不下疑脱是字。

惜春

春陰低畫閣。梅瓣瓊英落。曉光浮緑野。草色翠紗嬌。鶯語般挑。斷送得風光好。隔牆聲尤自巧。道遊人莫惜千金。春色漸三分過了。

〔梁州〕海棠睡嬌容似醉。柳風輕緑線如繅。輪蹄碾破青青草。酒家何處。沽旆招搖。畫船無數。舞袖翩躚。風流殺鳳管鸞簫。多情殺翠髻雲翹。梨花院愛月眠遲。杏花樓惜花起早。桃花莊覓句相嘲。鬢角。二毛。曉來鏡裏都知道。忽忽地又過了年少。苦雨酸風昨夜惡。恐一片花飄。

〔尾〕緑陰繁漸漸春風老。玉壺暖遲遲夜月高。九十日光陰能有幾日笑。朱簾下着。低垂綉幄。休放那攪春夢呢喃燕來了。　太平樂府八　雍熙樂府一〇　南北詞廣韻選一一

〔一枝花〕雍熙樂府首句作春雲畫閣低。翠紗嬌作翠盈郊。般挑作般調。斷送下無得字。南北詞廣韻選般作搬。尤自作兀自。餘俱同雍熙。〔梁州〕雍熙廣韻選苦雨酸風俱作苦風驟雨。廣韻選翩躚作飄飄。莊作塢。〔尾〕太平樂府能有作有能。明大字本太平樂府光陰作春光。雍熙春風作

春光。下着作放下着。低垂綉幄作綉幕垂低着。休放作休教。春夢下有的字。廣韻選俱同雍熙。

夏景

池塘睡錦鴛。樓閣飛雙燕。紅榴招戲蝶。緑柳噪新蟬。葵火階前。竹筍侵牆串。泉流草徑邊。緑茸茸蓑展青毡。密匝匝苔鋪翠蘚。〔梁州〕荼蘼架陰稀日轉。木香棚影密風搧。消磨暑氣把香醪勸。冰沉果木。香爇龍涎。風騷朋友。歌舞蟬娟。儘開懷語笑聲喧。任披襟散髮掀髯。引蜻蜓菡萏初開。隱游魚浮萍乍展。托青蛙荷葉纔圓。登臨。畫船。趁薰風撑近垂楊院。對此景果堪羨。慢酌金樽淺淺斟。盞盞垂蓮。〔隔尾〕一彎新月添詩卷。十里香風助酒筵。向晚歸來小庭院。簟紋鋪水淵。紗幮掛霧烟。一枕珊瑚夢魂遠。太平樂府八

(一枝花)瞿本舊校改蓑作莎。(梁州)元刊本等乍作怎。茲從何鈔本。(隔尾)庭原作亭。茲從瞿本舊校。

春雪

和風動草芽。暖日催花蕚。桃腮生紅臉。柳眼發青胞。捲地風號。撲面梨花落。抵多少彤雲埋樹梢。我則見千百片柳絮飛揚。恰便似萬萬隊蛾兒亂攪。

〔梁州第七〕擔閣了閨院女西園鬭草。誤了你也富貴郎南陌東郊。只見白茫茫迷却前村道。那裏也遊蜂採蕊。那裏也紫燕尋巢。那裏也鶯聲恰恰。那裏也蝶翅飄飄。灑歌樓酒力微消。望江天萬里瓊瑶。恰便似銀砌就枯木寒鴉。玉琢就冰枝凍雀。粉粧成野杏山桃。淺橋。填了。負薪樵子歸巖嶠。漁翁冷怎垂釣。古寺裏山僧煮茗瀹。對景寂寥。

〔尾〕寒凝冷透烏紗帽。料峭寒侵氈布袍。引着僕僮兒可堪笑。酒葫蘆杖挑。詩卷兒袖着。便有杜甫驢兒也凍倒。梨園樂府上

〔尾〕首句冷原作令。茲改正。

妓名張道姑

風塵素淨身。烟月清閑字。鶯花壇上友。歌舞洞中師。積善因慈。守一點全真志。

扣玄關仗力持。用偎紅倚翠工夫。受惜玉憐香籙旨。

〔梁州〕演步虛輕敲檀板。鍊華池浄洗胭脂。入山林遠閨閣和街市。不跨鶴超凡小小。不乘鸞得道師師。慣棄俗纏頭紅錦。慣出家買笑金貲。風流客普化相思。疎狂士稽首相辭。碧玉簪芙蓉冠新入箇名流。青霞帔逍遥服新裁箇樣子。黄金鍾蕊珠經另打箇腔兒。念兹。在兹。心中猿意内馬情無二。多財捨有緣施。誰種紅蓮火裏枝。朵朵靈芝。

〔尾〕參禮透朝雲暮雨情如紙。戒得斷酒病花愁氣似絲。修養出丰標更誰似。蓬萊山降賜。蟠桃會宴侍。再謫下箇神仙度脱你。雍熙樂府八　南北詞廣韻選三　彩筆情辭二

題從雍熙樂府。南北詞廣韻選題作妓女入道。注元無名氏作。彩筆情辭題作贈張姬名道姑。注明古辭。兹據廣韻選輯之。〇（梁州）雍熙三句作遠山林隱閨閣知街市。新裁作别生。情辭三句作遠山林隱閨閣如街市。新裁作别裁。

鶯眠柳嵌金。蝶宿梨藏玉。草泥迷燕嘴。花蕊上蜂鬚。春雨如酥。粧點繁華富。尋芳上苑初。花圃内蝶戲蜂遊。柳塘邊鶯啼燕語。

〔梁州〕花似錦滿枝開放。草如烟遍野均鋪。海棠嬌滴胭脂露。王孫寶馬。仕女香車。踏青南陌。載酒西湖。一弄兒景致非俗。三般兒巧筆堪圖。草如烟翠錦籠紗。梨花

月瓊林捧玉。楊柳露緑線穿珠。自想。老夫。儂家鸚鵡洲邊住。那的是快活處。釣得魚來臥看書。酒滿葫蘆。

〔尾〕緑楊影裏鳩啼婦。紅杏枝頭燕引雛。錦片也似園林無半答兒空閑處。似邵平杜甫。僕僮共蹇驢。遊遍春光看不足。雍熙樂府八　南北詞廣韻選五引句

南北詞廣韻選引梁州芳草烟翠錦籠紗三句。引尾緑楊影裏鳩鳴婦二句謂元人作。茲據此自雍熙樂府輯出全套。○（梁州）廣韻選草如烟作芳草烟。（尾）廣韻選啼婦作鳴婦。

香綿

梨雲夢渺漫。柳絮春零亂。輕盈憐魯縞。皎潔勝齊紈。霧靄雕盤。韓壽衣沾爨。風流引俊潘。蜘蛛絲曉掛雕簷。胡蝶粉時飄謝館。

〔梁州第七〕撚纖縷絡成紬段。擘輕絨織做絲鞶。温柔堪作飛瓊伴。枝牽連理。扣扭合歡。明如雪塊。静似酥團。納儒衣蔽盡寒酸。做道袍睡煞陳摶。逐歌塵微颭珠簾。題綵扇輕粘翠管。傍粧臺亂拂青鸞。頓覺。放短。絲來線去相縈絆。撏不開。挽不斷。若比蘆花一例觀。人眼難瞞。

〔尾〕揭鵝脂鋪錦被鴛鴦交頸三千段。分繭套辦粧奩翡翠籠歡一萬端。遮莫黑雪烏風

夜將半。將着這幾般。牀兒上垛滿。用意温存正睡得暖。雍熙樂府九　南北詞廣韻選九　南北詞廣韻選注元人作。○（梁州第七）廣韻選織做作織就。静似作滑似。珠簾作梁端。（尾）廣韻選遮莫作遮莫是。牀兒上有向字。

盼望

無名氏

難摘鏡裏花。怎撈江心月。空聞三足烏。不識兩頭蛇。四件情節。堪比虛疼熱。聽叮嚀仔細說。謊恩情如炭火上消冰。虛疼熱似滾湯中化雪。

〔梁州〕情濃時熱烘烘買笑追歡。興闌也冷冰冰意斷恩絶。不由我蘸霜毫搜巧句閑編捏。怎當他老虔婆撒褪。小猱兒粧呆。村姨夫强買。俏子弟干趄。運去也花神照左和右緑映紅遮。命通時福星臨前和後富貴驕奢。再休題眼角泪一哭一箇昏迷。舌尖話一說一箇軟怯。手梢情一撲一箇乜斜。今番。記者。我去那海神前告一紙殢雨尤雲赦。你想道再相會。再歡悦。折末你到貼鴉青全放賒。也索離別。

〔尾〕曉行藏知起倒翻身跳出鴛鴦社。能進退識高低大步衝開狼虎穴。暗想人兒性薄劣。再休寄陷郎君的緘帖。賺孤老的話啜。則今番辭了鶯花路兒也。雍熙樂府八　南北詞廣韻選一四

南北詞廣韻選注元無名氏作。〇（一枝花）雍熙樂府烏作烏。（梁州）雍熙買笑作買俏。驕奢作嬌奢。

棋

黄金罷酒籌。彩筆停詩興。青雲盈座榻。紅日滿簷楹。閑展楸枰。初布勢求全勝。後分途起戰争。保無虞端可藏機。觀有釁方堪入境。

〔梁州〕響錚錚交鋒遞子。密匝匝彼此排兵。王質斧爛腰間柄。機深脱骨。智淺逢征。堅牢正走。取敗斜行。勢將頹鋭意侵陵。局已勝專保求生。兩家持各指鴻溝。幾番詐宵奔馬陵。數重圍夜遁平城。猛聽。一聲。盤中子落將軍令。黑白滿勢才定。緊緊收拾未見贏。怎敢消停。

〔尾聲〕壯如霸王來扛鼎。險似韓侯出井陘。懸權豈敢輕相應。切勿食餌兵。更休圖小成。細看來孫武權謀其實的細相等。雍熙樂府八　南北詞廣韻選一五

題從雍熙樂府。南北詞廣韻選題作弈棋。注元人作。〇（梁州）廣韻選才定作難定。（尾聲）雍熙霸王作霸主。茲改。廣韻選霸王作楚羽。懸權作低昂。

道情

公行天理明。私意人心暗。古書讀未了。世事飽經諳。圖甚麼貪婪。名利境多坑陷。羨青門瓜正甘。園林茂堪置幽居。山水秀真爲勝覽。

〔梁州〕流水繞一村桑柘。亂山圍四壁烟嵐。顛峯倒影澄波蘸。遥岑疊翠。遠水挼藍。鳶飛鷺落。魚躍深潭。偃怡塲水府山巖。安樂窩土洞石龕。景不嫌物少人稀。食不厭茶渾酒淡。家不離水北山南。有何。不堪。籃輿到水輕舟泛。稼穡外得時暫。閑飲漁樵酒半酣。闊論高談。

〔三煞〕乾坤向漁父波中滰。日月在樵夫肩上擔。處羲皇已上有何慙。將萬物包函。至潦倒終身無憾。與時輩作龜鑑。晦跡韜光藏内蠶。再不開緘。

〔二煞〕崑崙隱玉石中嵌。蛤蚌含珠水底滰。樊籠得脱再誰監。一味清閑。雖楚漢難摇撼。懶子懶。不愚濫。把道潛心静裏參。樂及妻男。

〔尾〕巖穴中虎惡由人探。飽暖外身輕體自安。我將智養做愚。飢忍住餓。攜酒一壺。提果半籃。引的詩興濃。咏得酒德憨。教野叟扶。命稚子攙。倚松立絶頂巉巖。開

醉眼看人呆大膽。雍熙樂府一〇　南北詞廣韻選一八引梁州

南北詞廣韻選引梁州及三煞數句謂元人詠閒居。兹據此自雍熙樂府輯出全套。〇(梁州)廣韻選舟泛作舟濫。

〔中吕〕粉蝶兒

男子當途。受皇恩穩食天禄。憑着濟世才列郡分符。事君忠。於親孝。下安黎庶。駟馬高車。正清朝太平時世。

〔醉春風〕娶一箇鴛帳鳳幃人。一箇霧鬢雲鬟女。退□時開宴後堂中。此心是足。足。一箇吴越妖嬈。一箇幽燕佳麗。都有那可人情緒。

〔迎仙客〕一箇帶玉釵。一箇插犀梳。天然一雙美艷姝。一箇是曉鶯啼。一箇是雛鳳語。一箇生長在皇都。一箇妾本錢塘住。

〔紅綉鞋〕一箇看白草風吹北固。一箇賞紅蓮烟水西湖。眼落處逢場取歡娱。向南來乘著畫舸。投北去載着香車。同居深院宇。

〔石榴花〕停頭的和順做妻夫。則要你休争競廝賓伏。兩間羅幕碧紗幮。收拾着睡處。準備活路。樽前席上同完聚。醉時節左右相扶。宴闌時各自歸房去。同歡慶不偏辜。

〔鬬蝦蟆〕一箇到月白三更。一箇在清清如酒。爇金猊静燒畫燭。權夜起披衣廝應付。怎肯教有共無。都做了惜玉憐香。尤雲殢雨。

〔普天樂〕共衾裯。同裀褥。輕偎柳腰。款襯胸酥。皆嬝娜。情和睦。一箇夜静羅幃山盟處。一箇日三竿曉鏡粧梳。一箇引丫鬟使數。一箇將梅香小玉。都羅綺金珠。

〔耍孩兒〕桃腮杏臉嬌人物。五百年姻緣眷屬。一箇入時顔色動京師。一箇繁華南國嬌姝。一箇道杜鵑聲裏奴宅舍。一箇道朝馬塵中妾祖居。彼各誇鄉故。一箇道翫日華五雲樓觀。一箇道看潮鳴八月江湖。

〔四煞〕一箇啓櫻唇香點勻。一箇掃蛾眉翠黛舒。漢宫粧淡灑薔薇露。一箇紅弔襪綉履十分瘦。一箇錦鞦襪鈎四寸餘。同觀覷。一箇冠兒上剩鋪廣翠。一箇頭袖上多綴珍珠。

〔三煞〕仙衣觀剪裁綺羅。新製出一箇綉援藍衫子拖他緑。一箇白羅帕兜映遮塵笠。一箇烏雲髻斜簪壓鬟梳。一箇赴筵會嬌乘翠輦。一箇隨人情穩坐肩輿。

〔二煞〕一箇要白熟餅爛煮羊。一箇要炊香秔辣燌魚。同茶同飯同樽俎。醉來時枕遍黄金串。情極處親偎白玉膚。相憐處。到夏裏灑掃浄涼亭水閣。到冬來安排着暖閣

紅爐。

〔一煞〕一箇休尋常看侍妾。一箇莫等閑抛調奴。把凭似玉天仙手掌擎心肝般戲。一箇演習那漸間言語呼郎壻。一箇撇着些都下鄉音喚丈夫。休相妒。你莫琴書上意懶。你休針線上清疎。

〔尾〕一般兒難主張。兩下裏自暗忖。五花誥使不得人情與。看那一箇嬌羞做得主。鈔本陽春白雪後集四

閱世

自嘆浮生。怎生來恁般薄命。從幼年間踢透聰明。折末作文章。通經史。詩詞歌詠。今日長達刑名。頗諳知古今律令。

〔醉春風〕折末圍棋趕箇相知。打雙陸攀箇門庭。折末粧蹺小踢賽箇輸贏。不是我逞。逞。逞。折末共釋道清談。漁樵閑話。我可也略通蹊徑。

〔剔銀燈〕折末道謎續麻合笙。折末道字說書打令。諸般樂藝都曾領。向人前舉目回情。疎狂性。湖海情。更愛的是弟兄。

〔蔓青菜〕脚到處人相敬。都爲我忒惺惺。倒擔閣了半生。幾番待發志氣修身幹功名。

争奈一縷頑涎硬。

〔石榴花〕一片惜花心常是引了人魂靈。但沾着便留情。玉簫檀板紫鸞笙。向花陣錦營。燕燕鶯鶯。悲歡聚散常無定。落得去秦樓謝館貪濫風聲。好光陰過眼如翻餅。到擔閣了錦片也似好前程。

〔鬬鵪鶉〕常想着桃李春風。怎知有桑榆暮景。少年排場。都做了老來罪名。一件件從頭自三省。都便似夢乍驚。看別人去雲路裏飛騰。我到老剗地在湫窪中坐静。

〔滿庭芳〕屈指數班行後生。少甚麽無才無德。無義無能。一跳身平步登臺省。一箇頭角崢嶸。更做八字拙難和我命争。怎生二十年一事無成。我這裏羞臨鏡。我呆心兒自驚。又早白髮鬢邊生。

〔耍孩兒〕嘆榮枯得失皆前定。富貴由人生五行。花花草草煞曾經。不戀他薄利虚名。則不如蓋三間茅舍埋頭住。買數畝荒田親自耕。或臨溪崖。或是環山徑。受用些竹籬茅舍。拜辭了月館風亭。

〔二〕偎山邊建草堂。臨江濱買隻釣艇。我和樵夫漁父相隨趁。説今來古往非和是。講滄海桑田廢與興。耳畔常清净。無來無往。無送無迎。

〔三〕新茅柴沽滿瓶。活鮮魚旋煮鐺。粗衣淡飯無監禁。悶來時看四圍翠岫烟霞景。閑來時誦一卷黄庭道德經。倒大來身心静。非是無錢斷酒。臨老修行。

〔四〕嘆人生似水上萍。富貴如風裏燈。出門來一步一箇風光景。量着六斗米司吏何足數。便陞做千兩俸人員有甚榮。圖箇甚閑争競。想十大功韓信。到不如五斗酒劉伶。

〔尾〕説着做郎君臉上羞。幹功名腦袋疼。麗春園子弟埋名姓。邯鄲道先生這回省。太平樂府八　雍熙樂府六　太和正音譜下引剔銀燈蔓青菜　樂府羣珠一引剔銀燈蔓青菜　九宫大成一三引剔銀燈蔓青菜石榴花

〔粉蝶兒〕明大字本太平樂府幼年間作幼年。踢作剔。雍熙樂府長達作掌達。〔醉春風〕雍熙少疊一逞字。〔剔銀燈〕太平樂府續麻作績麻。向人作何人。太和正音譜道謎作商謎。諸般作諸般兒。樂府羣珠以此支及下支蔓青菜作小令。題目並作述懷。曲文同正音譜。九宫大成首二句俱無折末二字。道謎作猜謎。〔石榴花〕太平樂府常無定作長無定。貪濫作余濫。〔鬬鵪鶉〕乍驚原作个驚。兹從瞿本太平樂府舊校。〔耍孩兒〕明大字本太平樂府茅舍作茅屋。溪崖作溪岸。〔二〕太平樂府樵夫作漁夫。瞿本太平樂府買隻作置隻。〔三〕元刊太平樂府翠岫作翠袖。修行作修身行。兹從明大字本及雍熙。元刊八卷本瞿本太平樂府亦俱作翠岫。雍熙監禁作拘禁。

思情

花落春殘。舞東風亂紅飄散。黛眉顰寶鑑空閑。似這般苦相思。活地獄。幾曾經慣。隔天涯何處雕鞍。望關河杳無魚雁。

〔醉春風〕粉臉帶膲憔。香魂和夢返。一天風月冷陽關。暢好是懶。懶。看了這鎖徑蒼苔。撲簾柳絮。繞欄花瓣。

〔迎仙客〕淹泪眼。鎖愁顔。青絲半堆雲亂挽。我則道歇秋千。閑畫板。不能够遣興消煩。則落的一口兒長吁嘆。

〔紅綉鞋〕盼子盼佳期枉盼。難應難要見應難。信音慳端的是信音慳。罵子罵誰行罵。還子還幾時還。捱子捱捱不得㦨㦨紅日晚。

〔十二月〕鶯慵燕懶。鳳隻鸞單。似這般雲酸雨澀。端的是蝶亂蜂煩。霎時間香消篆冷。捱不過夜静更闌。

〔堯民歌〕呀。好着我月下聞箏綉衣寒。吹簫臺上綵雲殘。香羅猶帶泪痕斑。琵琶塵暗不曾彈。愁煩。愁煩。朱門緊閉關。風弄的銀釭燦。

〔耍孩兒〕金針綉作皆疎懶。方勝同心倦挽。迴紋織錦斷腸詩。無青鸞寄不到雲間。屏閑孔雀金翎斷。衾剩鴛鴦翠羽寒。倚枕春魂散。夢中喚覺。萬水千山。

〔尾聲〕離恨多。離恨多。相思罕。相思罕。乍相逢使不得嬌粧扮。只除是錦被裏朦朧再合眼。雍熙樂府六　南北詞廣韻選八

南北詞廣韻選注元人作。〇（十二月）廣韻選耍時間作耍時。（堯民歌）廣韻選愁煩不疊。（尾聲）廣韻選離恨多相思罕皆不疊。無乍字。嬌粧作嬌癡。末句無裏字。

〔般涉調〕耍孩兒

拘刷行院

昨朝有客來相訪。是幾箇知音故友。道我數載不疎狂。特地來邀請閑遊。自開寶匣擡烏帽。遂掇雕鞍轡紫騮。聯轡兒相馳驟。人人濟楚。箇箇風流。

〔十三煞〕穿長街驀短衢。上歌臺入酒樓。忙呼樂探差祗候。衆人暇日邀官舍。與你幾貫青蚨喚粉頭。休辭生受。請箇有聲名旦色。迭標垜嬌羞。

〔十二〕耍兒問羊宰翻。不移時雁煮熟。安排就。玉天仙般作念到三千句。救命水似

連吞了五六甌。盼得他來到。早涎涎澄澄。抹抹彫彫。

〔十二〕待呼小卿不姓蘇。待喚月仙不姓周。你桂英性子實村紂。施施所事皆無禮。似盼盼多應也姓劉。滿飲闌門酒。似線牽傀儡。粉做骷髏。

〔十〕黑鼻凹掃得下粉。歪髻子扭得出油。胭脂抹就鮮紅口。摸魚爪老龐如扒齒。擔水腰肢膀似碌軸。早難道躭消瘦。不會投壺打馬。則慣撥麥看牛。

〔九〕有玉簫不會品。有銀箏不會搊。查沙着一對生薑手。眼剉間準備鉗肴饌。酩子裏安排搠按酒。立不住腔腔嗽。新清來的板齒。恰刷起黃頭。

〔八〕青哥兒怎地彈。白鶴子怎地謳。燥軀老第四如何紐。恣胸懷休想我一縷兒頑涎退。白珠玉別得他渾身拙汗流。倒敢是十分醜。匾撲沙拐孤撇尺。光篤鹿瓠子髑髏。

〔七〕家中養着後生。船上伴着水手。一番唱幾般偷量酒。對郎君劃地無和氣。背板凳天生忒慣熟。把馬的都能够。子宮久冷。月水長流。

〔六〕行嘶作不轉睛。行交談不住手。顛倒酒淹了他衫袖。狐朋狗黨過如打擄。虎嘶狼飡勝似趁熟。嚾得十分透。鵝脯兒砌末包裹。羊腿子花簍裏忙收。

〔五〕張解元皺定眉。李秀才低了頭。不隄防這樣唵僝僽。他做女娘儘世兒誇着嘴。

俺做子弟今番出盡醜。則索甘心受。落得些短吁長嘆。怎能够交錯觥籌。

〔四〕忍不得腹内飢。揩不得臉上羞。休猜做飽諳世事慵開口。俺座間雖無百寶粧腰帶。您席上怎能够真珠絡臂韝。聞不得腥臊臭。半年兩番小産。一日九遍昏兜。

〔三〕江兒裏水唱得生。小姑兒聽記得熟。入席來把不到三巡酒。索怯薛側脚安排趄。要賞錢連聲不住口。没一盞茶時候。道有教坊散樂。拘刷烟月班頭。

〔二〕提控有小朱。權司是老劉。更有那些隨從村禽獸。謊得烟迷了蘇小小夜月鶯花市。驚得雲鎖了許盼盼春風燕子樓。慌煞俺曹娥秀。擡樂器眩了眼腦。覷幅子叫破咽喉。

〔一〕上瓦裏封了門。下瓦裏覓了舟。他道眼睜睜見死無人救。比怕閻羅王罪惡多些人氣。似征李志甫巡軍少箇犯由。恰便似遭遺漏。小王抗着氈縷。小李不放泥頭。

〔尾〕老卜兒藉不得板一味地趄。狠撅丁夾着鑼則顧得走。也不是沿村串疃鑽山獸。則是喑氣吞聲喪家狗。太平樂府九　雍熙樂府七

雍熙樂府題目拘刷作稍刷。〇（耍孩兒）雍熙知音作知心。（十三煞）雍熙驀作邁。休辭作你休要辭。（十二）雍熙霎兒作霎時。澄澄作僜僜。（十一）太平樂府村紂作材紂。雍熙施施上有似字。可從。盼盼上無似字。闌門作闌門。（十）雍熙黑鼻上有他字。髈似碌軸作莽如陸軸。撥作潑。

（九）何鈔太平樂府鉗作甜。雍熙眼剉作眼錯。（八）太平頑涎下無退字。（七）雍熙幾般作幾番。（六）元刊太平轉睛作轉暗。羊腿作手腿。忙收作地收。兹從瞿本太平及雍熙。雍熙行嘶作行艷。嚯作灌。砌末作竊摸。元刊太平及雍熙簍俱作蔞。兹從何鈔太平。（五）元刊太平短吁作短嘆。兹從瞿本太平及雍熙。雍熙唵作淹。落得作落的。（三）雍熙教坊下有司字。（二）何鈔太平小朱作小孫。（一）元刊太平抗着氈縷作亢着氈樓。瞿本同。惟樓作縷。兹從雍熙。瞿本巡軍作逃軍。（尾）雍熙卜兒作鴇兒。則顧得作則得。

〔商調〕集賢賓

彩雲收鳳臺秋露冷。人去遠隔蓬瀛。麝蘭香悠悠蕩蕩。環珮聲杳杳冥冥。想當初打哄兒説了箇別離。作耍兒真果行程。鬼敗口話兒只恁般靈。喫緊的唱陽關不肯消停。西風南北路。落日短長亭。

〔逍遥樂〕我從來眼硬。不由人對景傷情。一哭一箇放聲。想當初又不曾約定離情。常言道樂極悲生。伴吹簫玉人不見影。洞房中冷冷清清。空閑了羅幃錦帳。綉枕鴛衾。翠榻銀屏。

〔金菊香〕虚飄飄幽夢盼着難成。静悄悄孤眠睡着又醒。瘦怯怯身軀温着又冷。夜迢

迢捱不到天明。料應來司天臺上多打一二三更。

〔梧葉兒〕問明月渾無語。喚梅花不肯應。長嘆倚空庭。何處品青鸞管。誰家奏彩鳳笙。都吹出斷腸聲。不管離人怕聽。

〔醋葫蘆〕幾番上危樓將曲檻憑。不承望愁先在樓上等。望不見嬌滴滴天上董雙成。瀉長空蒼蒼烟樹暝。殘霞掩映。江上數峯青。

〔幺〕他生的玉容傾國又傾城。俊的嗻嘻俏的疼。一笑春風百媚生。等閑間不敢打園内行。羞的那花朵兒飄零。牡丹愁芍藥怕海棠驚。

〔幺〕論文學不甚麽明。論江湖不甚麽省。則我這粗賤才堪配玉娉婷。我將這女娘行恩情在等秤上稱。稱了時和咱比並。十分情重全無有半星兒輕。

〔後庭花〕麗春園曾慣經。教坊司也慣行。人都説金釵客無緣分。我只道玉天仙有眼睛。他將我好看承。我將他心窩裏相敬。扯膝兒不手生。蹌跪兒不腿疼。常將笑臉兒迎。勤把熱氣兒騰。活觀音額上頂。夜明珠掌上擎。夜明珠掌上擎。

〔青歌兒〕呀。他是我今生今生性命。那世那世魂靈。一去教人不快情。遮莫有錦陣花營。酒友詩朋。象板銀箏。歌舞吹笙。花朵人兒將玉杯擎。我只是無情興。

〔柳葉兒〕呀。我這裏擔着寂寞。不知你在那搭兒裏泪眼盈盈。離恨天高越顯的人孤另。則我這相思病。訴與天聽。連天也瘦的來伶仃。

〔尾聲〕他憂時爲我憂。我病時因他病。我爲了他害殺了有甚麽不相應。有一日再團圓畫堂春自生。緊緊的將他摟定。我將這滿懷愁盡向他耳朵兒裏傾。詞謔　北宫詞紀六　彩筆情辭一〇

詞謔謂王渼陂云。此曲爲元末明初臨清人作。北宫詞紀注元末人作。彩筆情辭題作憶美。注元人辭。○〔集賢賓〕情辭說了箇作說了。只恁般作只恁。〔逍遥樂〕詞紀綉枕作綉被。情辭同。〔金菊香〕詞紀情辭盼着俱作睡着。情辭料應來作料應是。〔醋葫蘆〕情辭江上有淡蒙蒙三字。〔么〕情辭嗻嗹作嗹嗻。〔么〕詞紀情辭粗賤才俱作風流才。情辭等秤作秤。全無有作全没。〔後庭花〕詞紀心窩作心窩兒。勤把作動把。騰作臘。情辭勤把作動把。末句不疊。〔青歌兒〕詞紀人兒作兒人。情辭同。〔柳葉兒〕詞紀牌名誤作梧葉兒。情辭首句無呀字。二句在那搭兒裏作那搭兒。〔尾聲〕詞紀爲了作爲。耳朵下無兒字。情辭俱同。

喜相逢並頭花下友。天配偶兩嬌羞。一對兒冤家合欠。還今生諧老鴛儔。意相投似漆如膠。契相合萬種綢繆。畫堂前滿斟香糯酒。喜孜孜共飲金甌。則喫的天邊明月轉。樓上換更籌。

〔字字錦南〕瑶階羡晚遊。閑行攜素手。金蓮款款移。細柳腰肢瘦。看花樓。撫景偏優。笑吟吟轉過。見新月一鈎。休辜負好景。香醪再酬。低低悄語私情授。向蘭房錦鸞早儔。慢鬆丁香細鈕。香散綉幃。嬌滴滴温柔玉體。非宿世怎生消受。

〔醋葫蘆北〕温柔誰並肩。風流爲世首。彈弦品竹最精熟。吟詩作賦時下有。一團兒玲瓏剔透。天生的秀氣。他兩箇總全周。

〔字字錦南〕山盟海誓留。休忘神前口。辜恩自有天。負德神不祐。倚粧樓。訴盡緣由。多情休得。相棄兩頭。優。同眠綉衾。鸞凰共儔。心中緊記休忘舊。好姻緣喜今早周。贈新詩數首。鮫綃半幅。上有那鴛鴦雙綉。

〔醋葫蘆北〕姊妹每一箇所事全。一箇件件周。好似那二喬鏡像影兒留。占梨園委實無對手。常想着歡娱時候。我和他契相合情相好意相投。

〔皂羅袍南〕美滿恩深情厚。願百年諧老。共守白頭。相逢誰似恁風流。終朝絃管笙歌奏。池亭東畔。湖山西首。金杯慢舉佳餚廣。有蓬萊仙境無如右。

〔浪裏來煞北〕他存心意最真。我留情非虚謬。休教那燕鶯參透兩心頭。鳳鸞交美甘甘共廝守。常禱告神天加祐。子願的襄王雲雨萬年稠。雍熙樂府一四　彩筆情辭三

雍熙樂府無題。彩筆情辭題作歡偶。注元人辭。○（集賢賓北）情辭還今生作遂今生。契作志。（字字錦南）情辭優作幽。笑吟吟轉過見作對着。休辜上有凝眸二字。下無負字。酬作浮。悄語作笑語。慢鬆作解。散綉幃作籠綉幄。（醋葫蘆北）情辭温柔作妖嬈。風流作娉婷。末句作天生的兩箇總堪褒。（字字錦南）情辭多情至共儔作。是必多情。耐久悠悠。春生翠衾。雲迷錦鞔。早周作早酬。末句作上綉着鴛鴦交頸常似恁並飛雙宿。（醋葫蘆北）情辭件件作百件。鏡像影兒作遺像鏡中。末句作我和他情懷相契話相投。（皂羅袍南）雍熙笙歌作笛歌。餚作飾。如作加。（浪裏來煞北）情辭意作果。

秋懷

戰芭蕉數聲秋夜雨。正珊枕夢回初。盼望殺多情宋玉。打熬成渴病相如。恰傷春媚杏繁桃。早悲秋敗柳彫梧。一燈兒强將花穗吐。似笑人形影孤獨。又被這露涼蛩韻巧。雲冷雁聲踈。

〔逍遥樂〕非是把盟言辜負。多應是身事牽縈。致令的佳期間阻。抛撇下紅粉嬌姝。自别來消息全無。怎能够蕭娘一紙書。多應是水底沉魚。好教我難捱白晝。最怕黄昏。幾遍嗟吁。

〔金菊香〕無奈這逼人富貴太拘束。撚指光陰忒迅速。一樹紅芳替他難做主。等閑間減翠消緑。却教我感時撫景怎支吾。
〔醋葫蘆〕腌臢氣怎地消。淹煎病何日愈。常記得牡丹亭畔共歡娛。對蒼天曾把心事許。便拚着百年完聚。今日箇千言萬語總成虚。
〔么〕我也曾絮叨叨講口舌。實丕丕傾肺腑。下了些調風弄月死工夫。想章臺是一條直路途。被誰攔住。莫不是姻緣簿上把我姓名除。
〔么〕我和他受孤悽有業緣。永團圓無分福。斷絃破鏡怎接續。枉自求神與問卜。莫逃天數。料孤辰寡宿單照我身軀。
〔么〕我似那鴛鴦怕自飛。我似那鸞鶴該並舞。由來天性怎生拂。我和他久交歡乍知離别苦。百無是處。眼睜睜伶俐變糊突。
〔梧葉兒〕相思病何時退。睡魔神鎮日侮。害的我忒荼毒。刁騷了雙蓬鬢。撲簌的兩泪珠。緱山嶺恁崎嶇。隔斷了吹簫伴侣。
〔後庭花〕這些時捻霜毫懶寫摸。理冰絃乖律吕。倦開眼親黄卷。怎舒情倒玉壺。天氣更蕭肅。你便是鐵石人也躭不去。妒黄花金色鋪。泣丹楓血泪枯。望空江練一幅。

對遥山青幾疊。別離懷容易觸。別離人生怕覩。
〔青哥兒〕呀。自別了風流風流人物。終須是有日有日歡娱。對付我心腸諒不殊。且看他俊俏規模。香軟肌膚。巧妙粧束。要笑喧呼。行行步步緊隨逐。謾把流年度。
〔浪來裏煞〕杜少陵秋興詩。歐陽子秋聲賦。都對不着我的題目。大都來一見他萬事足。別無甚憂慮。成就了碧桃花下鳳鸞雛。雍熙樂府一四　彩筆情辭九

彩筆情辭注元人辭。○（逍遥樂）情辭牽縈作縈牽。多應是作料應他。（么）情辭自飛作獨飛。

佳遇

記當年宴青樓初見影。兜的就飛去了俏魂靈。只疑是玉天仙空中謫降。又猜做美嫦娥月裏相迎。猛可裏翠屏幃密轉秋波。没揣的緑紗窗暗惱春情。感承他會佳期預先花下等。成就了片雲兒前程。也不讓人間秦弄玉。天上許飛瓊。
〔逍遥樂〕多管是三生有幸。便拚下紫錦千機。黄金數餅。難買真情。正相宜手掌兒奇擎。多管是標致雙郎正逢着蘇小卿。玉簿上婚姻已定。受用足樽前弄斝。花外聞韶。月底吹笙。
〔金菊香〕往常時追歡謝館可曾經。今日箇買笑章臺慣索行。幾番家静守幽居深自省。

天與娉婷。剛道喜又還驚。

〔醋葫蘆〕喜呵。好姻緣成的未深。驚呵。歹離別來的最靈。都只爲阻藍橋如間阻百重城。咫尺間地北天南分鳳頸。不能够相偎相並。把一場好恩情分付在短長亭。

〔么〕我爲他枕邊廂灑了泪痕。他爲我被窩中勞了些夢境。誰承望膠漆的恩愛半途坑。幾回家望斷孤鴻樓外影。都只是天高雲迥。閃的箇美幽歡生做了斷腸聲。

〔么〕想着我朋友上費了些搶白。想着他母親行受了些撞挺。我也曾霎時間不見便心驚。他爲我悶守香閨金釧冷。赤緊的衾餘枕剩。到如今恨如芳草剗還生。

〔么〕我將他並不曾冷氣呵。他見我常時把熱臉兒迎。他也曾畫堂春排宴請高朋。聽了些一曲新腔音調整。助了些詩人高興。俺也曾厭厭夜飲到更深。

〔么〕想着他和明月品着玉簫。唱陽春奏着錦箏。想着他纖纖素手進瑶觥。他也曾醉舞霓裳嬌態逞。出落的十分端正。他比那海棠花睡起更輕盈。

〔么〕曾和他坐幽閨將螺髻盤。傍粧臺將雅鬢整。你看他緑雲擾擾玉釵横。誰似他占斷排場風月景。若寫入丹青圖幀。縱尋得畫昭君妙筆畫難成。

〔么〕他也曾鬭嬌姿花外遊。他也曾叙幽情月底行。他和我唱新詞曾把字兒評。我與

他立盡花梢明月影。遂了這風流佳慶。曾説的樓頭北斗柄兒横。

〔梧葉兒〕今日箇盼仙苑人何在。恨巫山夢不成。情默默已吞聲。他枕冷宵聽漏。我屏寒夜掩燈。酒醒後月三更。何日把新愁再醒。雍熙樂府一四　彩筆情辭九

題從雍熙樂府。彩筆情辭題作懷美。注元人辭。〇（集賢賓）情辭猛可裏作猛可的。屏幃作幃屏。感承作恰承。（逍遥樂）情辭奇擎作欹擎。正逢作逢。（醋葫蘆）情辭成的作成。來的作來。無都只爲三字。分付在作分付。（么）情辭灑了作漬。勞了些作勞。都只是作却只是。（么）情辭我也曾霎時間作我爲他霎時。（么）情辭助了些作助。到更深作醉還醒。（么）情辭品着作品。奏着作奏。態逞作自逞。（么）情辭無你看他三字。（么）情辭曾把作細把。佳慶作嘉慶。（梧葉兒）情辭默默作脈脈。再醒作却併。〔浪來裏煞〕情辭最後多此支。曲云。只落得塵蒙玉軸編。香消金獸鼎。把一箇漢相如終日思瞢𥌒。染霜毫漫將離恨省。奈我的寸腸難罄。只將這一篇詞倩雁付卿卿。

憶佳人

無名氏

客窗寒夜長更漏永。聽何處起秋風。懸明鏡月華精彩。撒殘棋星斗斜横。緑階前促織悲鳴。雕簷外鐵馬玎璫。想情人滿眶情泪湧。知他是何日相逢。異鄉情耿耿。孤

館恨匆匆。

〔逍遥樂〕自從釵分金鳳。止不過數日程途。阻隔着雲山萬重。走紅塵萍梗飄蓬。嘆青春湖海西東。幾番家惱人愁越重。一聲聲風送簾櫳。猿啼峻嶺。雁過南樓。鶴唳高松。

〔金菊香〕瑶琴閑掛錦囊中。寶劍慵彈錦袋中。翠衾倦鋪錦帳空。硯匣塵蒙。都是一般瀟灑月明中。

〔醋葫蘆〕别離了雲雨鄉。生疎了風月功。悶懨懨終日鬢鬅鬆。往時節美甘甘席上誇愛寵。湘簾高控。閃的那半窗涼月困朦朧。

〔梧葉兒〕愁填滿東洋海。悶彌高太華峯。愁和悶鎖眉叢。這些時筆硯無心近。經史不待攻。我這裏怨天公。幾時得淒涼卷終。

〔後庭花〕想則想蹴金蓮三寸弓。啓櫻桃半點紅。想則想整酥體一團玉。露春纖十指葱。透酥胸。麝蘭香送。傍粧臺整玉容。列華筵捧玉鍾。按紅牙思轉濃。撥銀筝興不窮。望瑶池雲亂封。盼青鸞信不通。

〔柳葉兒〕呀。想着俺多嬌情重。更那堪剔透玲瓏。路迢迢霧鎖桃源洞。團圓夢總成

空。楚陽臺雲雨無踪。

〔尾〕越思量越慘悽。轉傷悲轉疼痛。幾宵魂夢與伊同。往常時醉歸來畫堂紅袖擁。到如今有誰人陪奉。都做了斷腸詞權寫付雲鴻。雍熙樂府一四　彩筆情辭一〇

題從雍熙樂府。彩筆情辭題作旅思。注元人辭。〇（集賢賓）。雍熙鄉作香。茲從情辭。情辭此句作異鄉心耿耿。（金菊香）雍熙此支曲文與下支易位。此支牌名誤作醋葫蘆。下支誤作金菊香。茲從情辭。情辭囊中作囊籠。袋中作袋封。翠衾倦鋪作翠被羞舒。（醋葫蘆）情辭往時節作往常時。（後庭花）情辭整酥體作袒春衫。玉容作艷容。（尾）情辭二句作轉躊躕轉悲痛。誰人作誰。

夜深沉畫堂門半掩。正明月轉雕簷。響珊珊竹聲幽院。顫巍巍花影重簷。酒纔醒幽思沉沉。漏初分涼夜厭厭。早秋天萬般愁悶添。更淒涼風景相兼。舊愁深肺腑。新恨上眉尖。

〔逍遥樂〕玉容嬌艷。記當時柳畫宮眉。花明笑靨。儘歡娛無甚拘鉗。似于飛燕燕鶼鶼。微利驅人成棄閃。走天涯旅邸頓淹。腸如線結。心如錐剜。肉似刀簽。

〔金菊香〕早鴉靈鵲不須占。蓍草金錢徒自檢。燈花喜蛛都是諂。無準信龜卦神籤。更那堪半衾幽夢睡初忺。

〔么〕鳳凰翅活不刺手中捋。鴛鴦彈圓滴溜石上掂。翡翠羽惡支沙泥内染。連理枝雪虐霜嚴。好花開處雨纖纖。

〔醋葫蘆〕彩雲深白雁稀。碧波寒錦鮮潛。素書銀字不曾瞻。隔雲山萬重天路險。舊恩情不堪追念。都做了鏡中花影水中鹽。

〔么〕擇兔毫斑管拈。灑鸞箋香墨染。寫平安端肅更謙謙。訴離懷半緘情越歉。從別後絶無瑕玷。封皮兒上兩行情泪帶愁粘。

〔尾〕則要你守香閨記舊盟。不要你揾香羅掩泪點。指歸期七夕免猜嫌。果實誠見時名自檢。憑着俺畫眉手慚。恁時節小紅樓上對粧奩。雍熙樂府一四　南北詞廣韻選一九　彩筆情辭一二

南北詞廣韻選題作有懷。注元無名氏。彩筆情辭題作寄情。注元人辭。〇（集賢賓）廣韻選重簷作重簾。涼夜作良夜。情辭重簷作重欄。深肺腑作鐫肺腑。（逍遥樂）廣韻選拘鉗作拘鈐。微利作名利。錐剜作錐刺。情辭心如作心若。末句作腹似針簽。（金菊香）廣韻選早鴉作神鴉。（么）情辭雪虐作雪壓。（醋葫蘆）雍熙萬重作萬種。廣韻選波寒作波冷。又與情辭錦鮮俱作錦鱗。（么）情辭半緘情越歉作半函情自歉。封皮兒作封皮。（尾）廣韻選四句作果誠實見時只荏苒。五句作憑着我畫眉筆剡。情辭掩泪作淹泪。名自作須自。慚作塹。

〔越調〕鬬鵪鶉

元宵

聖主寬仁。堯民盡喜。一統華夷。諸邦進禮。雨順風調。時豐歲麗。元夜值。風景奇。鬧穰穰的迓鼓喧天。明晃晃金蓮遍地。

〔紫花兒序〕香馥馥綺羅還往。密匝匝車馬喧闐。光灼灼燈月交輝。滿街上王孫公子。相攜着越女吴姬。偏宜。鳳燭高張照珠履。果然豪貴。只疑是洞府神仙。閑遊在閬苑瑶池。

〔小桃紅〕歸來梅影小窗移。蘭麝香風細。翠袖瓊簪兩行立。捧金杯。絳綃樓上笙歌沸。冰輪表裏。通宵不寐。是愛月夜眠遲。

〔金蕉葉〕拚沉醉頻斟緑蟻。恣賞翫朱簾掛起。歌舞動歡聲笑喜。一任銅壺漏滴。

〔尾〕須將酩酊酬佳致。樂意開懷慶喜。但願歲歲賞元宵。則這的是人生落得的。陽春

白雪後集四　盛世新聲未集　詞林摘艷一〇　雍熙樂府一三

鈔本陽春白雪目録以此套屬吴仁卿。但於正文未明注撰人。元刊白雪無目録。正文亦未注撰人。

盛世新聲詞林摘艷(原刊摘艷未收)雍熙樂府皆不注撰人。無題。○(鬬鵪鶉)盛世摘艷堯民盡喜俱作堯年舜日。諸邦俱作千邦。歲麗俱作歲庶。奇俱作希奇。内府本摘艷作奇不作希奇。雍熙樂府歲麗作歲稔。(紫花兒序)陽春白雪相攜着作相攜看。偏宜作倘宜。元刊白雪公子作貴子。兹從鈔本白雪。盛世還往作齊列。喧闐作喧天。公子作仕子。高張照珠履作高燒晃玉墀。豪貴作爲最。無閑遊在三字。摘艷俱同。雍熙喧闐作闌闐。公子作貴子。珠履作珠翠。(小桃紅)盛世梅影作月影。表裏作似水。不寐作無寐。末句是作可正是。摘艷俱同。雍熙末句同盛世摘艷。(金蕉葉)盛世朱作珠。一任作一任教。滴作催。摘艷俱同。雍熙一任作一任他。餘同盛世摘艷。(尾)盛世慶喜作宴席。但願下有得字。末句無則字。摘艷俱同。内府本摘艷但願作願。落得作落下。雍熙賞作慶。是人生作人生。餘同盛世摘艷。

緑柳彫殘。黄花放徹。塞雁聲悲。寒蛩韻切。舊恨千般。新愁萬疊。正美滿。忍間别。雨歇雲收。花殘月缺。

〔紫花兒序〕摘楞的瑶琴絃斷。不通的井墜銀瓶。吉丁的碧玉簪折。音書難寄。去路遥賒。傷嗟。目斷雲山千萬疊。最苦是離别。鴛被空舒。鳳枕虚設。

〔金蕉葉〕那的是情牽恨惹。那的是腸荒腹熱。怕的是紗窗外風飄敗葉。又聽的鐵馬兒丁當韻切。

〔調笑令〕把眉峯暗結。最苦是離別。不煩惱除非心似鐵。冷清清捱落西樓月。又聽得戍樓上畫角嗚噎。奏梅花數聲砧韻切。業心腸越不寧貼。

〔禿廝兒〕正歡悦誰知間別。才美滿又早離別。俺兩箇雲期雨約難棄捨。似團圓一輪月。被雲遮。

〔聖藥王〕好教我愁萬結。恨萬疊。滿懷愁悶對誰説。成間別。時運拙。氣長吁多似篆烟斜。和絳蠟也啼血。

〔鬼三臺〕也是我前生業。今世裏填還徹。一寸愁腸千萬結。想啼痕一點點盡成血。越教人哽噎。本待要寧寧帖帖剛睡些。怎禁那啾啾唧唧蛩韻切。覺來時寶鼎烟消。銅壺漏絶。

〔紫花兒序〕驚好夢幾聲兒寒雁。伴人愁的一點孤燈。照離情半窗殘月。臨歧執手。不忍分別。只待穩步蟾宫將仙桂折。到如今暮秋時節。他只待金榜名標。那裏問玉簫聲絶。

〔尾〕受悽惶甚識分明夜。把捱過的淒涼記者。來時節一句句向枕頭兒上言。一星星向被窩兒裏説。陽春白雪後集四　盛世新聲未集　詞林摘艷一〇　雍熙樂府一三　南北詞廣韻選一四　九宫

大成二七引禿廝兒

鈔本陽春白雪目録以此套至以下玉笛愁聞共六套俱屬王伯成。惟鈔本及元刊本陽春白雪正文皆不注撰人。盛世新聲無題。詞林摘艷題作怨別。雍熙樂府題作離思傷秋。三書俱不注撰人。南北詞廣韻選題作傷秋。注元人作。〇（鬬鵪鶉）盛世摘艷千般俱作千場。雍熙廣韻選千般俱作千端。間別俱作見別。廣韻選韻切作吟切。（紫花兒序）盛世摘楞作支楞。不通作撲鼕。音書二句作。臨行攜手。不忍分別。摘艷雍熙俱同。雍熙吉丁作擊玎。最苦下無是字。廣韻選不通作撲通。去路遥賒作不忍離別。餘同雍熙。（金蕉葉）鈔本白雪恨惹作意惹。鐵馬下無兒字。兹從元刊本。盛世摘艷雍熙廣韻選均闕此支。（調笑令）盛世三句句首有呀字。又與摘艷煩惱除非俱作思量除非是。冷清清上俱有我這裏三字。雍熙同盛世。惟除非下無是字。盛世摘艷落俱作落了。數聲砧韻俱作幾聲音韻。業心腸上俱有和我這三字。内府本摘艷和我這作我和這。雍熙眉峯作愁眉。落作下。奏梅花作秦樓。業心腸作我和這粗心腸。廣韻選同雍熙。惟無我這裏三字。（禿廝兒）盛世歡悦作歡娛。俺作喒。月作明月。被作又被。摘艷雍熙俱同。内府本摘艷及雍熙團圓俱作團圞。雍熙間別作間隔。廣韻選九宮大成俱同雍熙。（聖藥王）盛世摘艷首二句俱作。愁萬疊。恨萬結。愁悶俱作離恨。盛世重增本内府本摘艷絳蠟俱作銀釭。原刊摘艷絳蠟作銀燭。雍熙首句教作著。愁恨二字易位。愁悶作離恨。斜作趄。啼作流。廣韻選俱同雍熙。（鬼三臺）鈔本白雪愁腸作柔腸。兹從元刊本。此支及下支紫花兒序盛世摘艷雍熙廣韻選俱闕。（尾）盛世

摘艷雍熙捱過俱作受過。末二句俱無向字。盛世摘艷甚識分俱作怎生捱。雍熙悽惶作淒涼。甚識分作甚時捱。廣韻選俱同雍熙。

半世飄蓬。閑茶浪酒。十載追陪。狂朋怪友。倚翠偎紅。眠花臥柳。怪膽兒聰。耍性兒柔。成會了心廝愛夫妻。情廝當配偶。

〔紫花兒序〕受用春風謝館。曉日章臺。夜月秦樓。向紅裙中插手。錦被裏舒頭。風流。不許傍人下釣鈎。燕侶鶯儔。百疋酬歌。紅錦纏頭。

〔金蕉葉〕寨兒裏相知是有。一見咱望風舉手。若論着點砌排科慣熟。敢教那罷剪嘴姨夫閉口。

〔調笑令〕聲名兒歲久。急難收。則恐怕扶侍寃家不到頭。風月脚到處須成就。誓不曾落人機彀。搬的他燃香剪髮百事有。虚心冷氣。使盡剛柔。

〔禿廝兒〕愛楊柳樓心殢酒。喜芙蓉帳裏藏鬮。美孜孜翠鬟排左右。歌白雪。捧金甌。温柔。

〔聖藥王〕春事休。夏當遊。向芰荷香裏泛蘭舟。到中秋。月色幽。醉醺醺無日不登樓。兀剌抵多少風雨替花愁。

〔尾〕花陰柳影。霎時馳驟。急回首三句左右。罷却愛月惜花心。閑着題詩畫眉手。陽

彩筆情辭題作自省。○（鬬鵪鶉）鈔本陽春白雪聰作惺忪。成會作成合。茲從元刊本。雍熙樂府情辭聰俱作劣。成會了俱作成了些。（紫花兒序）元刊陽春白雪謝館作射館。茲從鈔本。雍熙作妓館。情辭作楚館。俱非。雍熙受用作受用了些。情辭作受用了。（金蕉葉）雍熙情辭論著俱作論咱。排科俱作挑科。末句俱作敢教能尖嘴姨夫閉口。（調笑令）白雪扶侍作伏侍。誓作試。彀作勾。燃作然。茲俱從雍熙及情辭。白雪搬原作般。茲改正。雍熙情辭聲名下俱無兒字。須俱作都。搬的他俱作弄得人。雍熙有作的有。虛心冷氣作冷氣虛心。情辭末二句作使虛心無限綢繆一句。（禿廝兒）雍熙情辭帳裏俱作帳底。（聖藥王）元刊本鈔本白雪無日俱作無月。茲從徐刻本。抵作底。茲從雍熙情辭。雍熙首二句事作纔。當作又。三句無向字。無日作無夜。情辭俱同。雍熙兀剌作兀良。情辭無此二字。（尾）雍熙首二句作花陰柳影閑馳驟一句。左右作又九。罷却下有了字。情辭俱同。雍熙閑著作閑袖了。情辭作緊袖了。

媚媚姿姿。淹淹潤潤。嬝嬝婷婷。風風韻韻。臉襯朝霞。指如嫩筍。一搦腰。六幅裙。萬種妖嬈。千般可人。

〔紫花兒序〕曲彎彎蛾眉掃黛。慢鬆鬆鳳髻高盤。高聳聳蟬鬢堆雲。一團兒旖旎。百倍兒精神。超羣。越女吴姬怎生襯。席上殷勤。百媚龐兒。端的一笑風生。

〔禿廝兒〕瘦怯怯金蓮窄穩。嬌滴滴皓齒朱唇。肌如美玉無玷損。但見了。總消魂。

絶倫。

〔聖藥王〕酒半醺。更漏分。畫堂銀燭照黄昏。枕上恩。被底親。丁香笑吐蘭麝噴。燈下看佳人。

〔尾〕好姻緣休到别離恨。只恐怕兩下裏魂牽夢引。我羅衫褙兒寬。你唐裙帶兒儘。陽春白雪後集四　盛世新聲未集　詞林摘艷一〇　雍熙樂府一三　北詞廣正譜引鬭鵪鶉

原刊本徽藩本詞林摘艷題作風情。雍熙樂府題作美眷。（鬭鵪鶉）盛世摘艷雍熙風風俱作丰丰。又與北詞廣正譜搊俱作撿。（紫花兒序）盛世摘艷怎生俱作怎相。末句俱作端的是一笑生春。雍熙百倍作百般。怎生襯作怎相趁。末句作一笑生春。（秃廝兒）盛世摘艷窄穩俱作步穩。但見了總俱作一見了便。雍熙玷損作瑕損。（聖藥王）盛世親作情。蘭麝作麝蘭。末句起襯自古道三字。摘艷俱同。雍熙被底作被裏。蘭麝作麝蘭。（尾）盛世休到作休道。魂牽作魂勞。我作試。末句作和你那綉裙帶兒來儘。摘艷俱同。雍熙休到作休要。我作則我這。你作則您那。唐作綉。

雪艷霜姿。香肌玉軟。杏臉紅嬌。桃腮粉淺。金鳳斜簪。雲鬟半偏。插玉梳。貼翠鈿。舞態輕盈。歌喉宛轉。

〔紫花兒序〕他有蘇卿般才貌。我學雙漸真誠。望博箇美滿姻緣。俳優體樣。樂府梨園。天然。不若如桃源洞裏仙。可愛堪憐。一搦腰肢。半折金蓮。

〔小桃紅〕初出蘭堂立樽前。似月裏嫦娥現。一撮精神勝飛燕。正當年。柳眉星眼芙蓉面。絳衣縹緲。麝蘭瓊樹。花裏遇神仙。

〔天净沙〕初相逢恨惹情牽。間深裏都受熬煎。各辦着心真意堅。有時得便。赴佳期月底星前。

〔尾〕狠毒娘間阻得難相見。統鏝的姨夫戀纏。我爲甚着探脚兒勤。只恐怕離別路兒遠。　陽春白雪後集四　雍熙樂府一三　九宮大成引天净沙

（鬭鵪鶉）雍熙樂府舞態作體態。（紫花兒序）雍熙蘇卿下無般字。博作得。不若作不弱。搊作捻。（小桃紅）雍熙嫦娥作姮娥。（天净沙）白雪心真作真心。有時作着時。茲從雍熙。惟雍熙有時下有節字。又雍熙間深裏都作間別來却。九宮大成俱同雍熙。（尾）着探疑應作看探。雍熙間阻作阻隔。着探脚作探望的脚步。怕離別作離別的。

雨意雲情。十朝五朝。霜艷天姿。千嬌萬嬌。鳳髻濃梳。蛾眉淡掃。櫻桃口。楊柳腰。玉筍纖纖。金蓮小小。

〔紫花兒序〕歌驪珠一串。舞瑞雪千迴。無福也難消。超羣旖旎。出格妖嬈。風流。一笑千金價不高。世間絶妙。特意厚情深。引得人夢斷魂勞。

〔禿廝兒〕閣兒中眉尖眼角。寨兒中口强心喬。謝瓊姬不嫌王子高。同跨鳳。宴蟠桃。

吹簫。

〔尾〕不隄防側脚裹姨夫每鬧。全在你箇有終始寃家不錯。我身上但留心。偷方便應付了。陽春白雪後集四　雍熙樂府一三

〔鬬鵪鶉〕雍熙樂府霜艷作雪艷。玉筍作玉蕊。〔紫花兒序〕雍熙出格作出衆。風流作風標。末二句無特字。無人字。〔禿廝兒〕鈔本陽春白雪王子高作王子喬。兹從元刊本白雪及雍熙。鈔本白雪闌兒作闌兒。兹從元刊本。雍熙闌兒中作席兒前。心喬作心矯。〔尾〕雍熙不錯作自保。

玉笛愁聞。粧奩倦開。鬢蟬烏雲。眉顰翠黛。慵轉歌喉。羞翻舞態。悶填胸。泪滿腮。常記得錦字偷傳。香囊暗解。

〔小桃紅〕倚闌無語憶多才。往事今何在。玉體厭厭爲誰害。瘦形骸。今春更比前春賽。雕闌玉砌。緑窗朱户。深院鎖蒼苔。

〔醉扶歸〕鬆却香羅帶。慵整短金釵。無語無言悶答孩。不厭倦衫兒窄。幾度將龜兒卦買。何日佳期再。

〔天净沙〕也是咱運拙時乖。致令得雨杳雲埋。側脚裏相知不該。胡喧亂講。紙糊鍬怎撅得倒陽臺。

〔尾〕把一片偷香竊玉心寧耐。喑氣吞聲慢捱。怕甚風月悶愁鄉。烟波是非海。陽春白

雪後集四　詞謔　雍熙樂府一三　北詞廣正譜引天浄沙　九宮大成二八引全套

詞謔云。此詞不知元何人作。或云王伯成。○(小桃紅)雍熙玉體作病體。砌上無玉字。九宮大成俱同。惟雕闌砌緑窗朱户作一句。(醉扶歸)陽春白雪等三書曲牌俱作醉中天。玆據九宮大成改正。詞謔衫作衫袖。雍熙大成悶答孩俱作呆打孩。(天浄沙)詞謔雨杳作霧鎖。雍熙撅得倒作撅得。大成二句作致令雨杳香埋。末句同雍熙。(尾)詞謔無竊玉二字。慢作慢慢。雍熙大成把俱作他。

妓好睡

莫不是陳摶的姨姨。莊周的妹妹。宰予的家屬。謝安的親戚。華胥夢裏姻緣。邯鄲道上配偶。兩件兒。試問你。可甚愛月遲眠。惜花早起。

〔紫花兒〕西廂底鶯鶯立睡。茶船上小卿着昏。東牆下秀英如癡。真乃是棄生就死。便休想廢寢忘食。休題。除睡人間總不知。正是困人天氣。啼殺流鶯。叫死晨雞。

〔么〕推着倒鸞交鳳友。倩人扶燕侶鶯儔。合着眼蝶使蜂媒。綉衾未展。玉山先頹。其實。倒枕着牀是你記得的。胡突了一世。恰便似楚陽臺半死的梅香。蘭昌宮殉葬的奴婢。

〔小桃紅〕莫不是離魂倩女醉楊妃。是箇有覺的平康妓。難道嫦娥不出氣。懵懂的最憐伊。顛鸞倒鳳先及第。直壓的珊瑚枕低。黄金釧碎。平地一聲雷。

〔禿廝兒〕袄廟火燒着不知。藍橋水渰死合宜。絶纓會上難侍立。纔燭滅。早魂魄。昏迷。

〔聖藥王〕子弟每。做伴的。安排着好夢做夫妻。你也休問誰。我也不答你。陷人坑上被兒裏。直挺着塊望夫石。

〔尾〕對蒼天曾説牙疼誓。直睡到紅日三竿未起。若要戰退睡魔王。差三千箇追魂大力鬼。太平樂府七　雍熙樂府一三　南北詞廣韻選四　彩筆情辭一一

南北詞廣韻選彩筆情辭題俱作嘲好睡妓。〇〔鬬鵪鶉〕太平樂府首句的作底。雍熙樂府廣韻選情辭配偶俱作配匹。瞿本太平樂府邯鄲道作邯鄲路。〔紫花兒〕廣韻選着昏作著迷。無休題二字。情辭便休想作怎能够。正是作好似。〔么〕何鈔太平樂府藺昌作連昌。情辭你記得作記得。〔禿廝兒〕明大字本太平樂府廣韻選絶俱作攙。情辭魄作迷。昏迷作堪嗤。〔尾〕瞿本太平大力作大刀。廣韻選末句差上有除非二字。情辭三千箇作三千。

離恨

送玉傳香。撩蜂撥蠍。病枕愁衾。尋毒覓螫。擲悶果的心勞。畫翿眉的手拙。恨嶽高。泪海竭。難憑信鵲驗龜靈。無定準魚封雁帖。

〔紫花兒序〕莫不是金華字減消了官誥。芙蓉翠低小了雲冠。鮫綃蓋乍窄了香車。悶弓兒常拽。愁窨兒頻掘。傷嗟。一納頭相思害不徹。赤緊的俏心兒先熱。無倒斷暮雨朝雲。無拘束粉祟胭邪。

〔小桃紅〕錦箋和泪寄離別。好事成抛撇。恨殺梅香性偏劣。閉喉舌。今番瘦損羅裙褶。他把那游蜂兒蜜劫。粉蝶兒香卸。生撅的風月擔兒折。

〔金蕉葉〕我則見春雨過殘花亂趄。芳塵静珠簾驟揭。綉幃悄銀釭半滅。冰絃斷瑶琴乍歇。

〔調笑令〕我恰待睡些。不寧貼。熏金爐引夢賒。破題兒告一紙相思赦。楚巫娥不順闘截。恰相逢陡恁般厮間别。望陽關水遠山疊。

〔秃厮兒〕啼杜宇枝頭泪血。驚莊周枕上殘蝶。追魂數聲簷外鐵。這淒凉幾時絶。

堪嗟。

〔聖藥王〕伴着這燈影昏。月影斜。隔紗窗花影亂重疊。鐘韻淒。鼓韻切。聽樓頭角韻尚悠噎。似這般離恨怎攔遮。

〔麻郎兒〕病沉也相思賭憋。愁深也沈約搬舌。薄設設青銅鏡缺。顫巍巍連理枝截。

〔么篇〕好着我想者。念者。怎捨。心兒裏似醉如癡。辜負了星前誓設。冷落了神前香爇。

〔絡絲娘〕心頭事十强九怯。眉尖恨千結萬結。盼的團圓向明月。空立遍露零花謝。

〔尾聲〕悶懨懨好似如年夜。常記的相思那些。題起那眉尖恨恰舒開。心兒疼又到也。

雍熙樂府一三　南北詞廣韻選一四

南北詞廣韻選云元人作。又謂酷似馬東籬口吻。○（紫花兒序）雍熙樂府窄了作窄窄。（調笑令）雍熙熏作重。

〔雙調〕新水令

無名氏

大明開放九重天。拜紫宸玉樓金殿。紅摇銀燭影。香裊御爐烟。奏鳳管冰絃。唱大曲梨園。列文武官員。降玉府神仙。齊賀太平年。

〔慶東原〕遺奉使傳丹詔。賑餓貧審滯寃。黜貪邪訪民瘼巡行遍。陛下恩極四邊。祥開萬年。和應三元。選人物治朝綱。取進士登科選。

〔雁兒落得勝令〕朝廷德化宣。臺察清風憲。都堂有政聲。樞府無征戰。四海永安然。諸邦盡朝獻。武將每黄閣麒麟上。宰相每青霄日月邊。仰洪福齊天。無東面征西夷怨。君賢臣賢。慶吾皇泰定年。

〔鴛鴦煞〕萬萬載户口增田疇闢民歸善。民歸善省刑罰薄税斂差徭免。差徭免日月同明。日月同明嵩岳齊肩。唱道唱道虎據中原。虎據中原龍飛九天。龍飛九天雨順風調合天意隨人願。隨人願照百二山川。照百二山川一點金星瑞雲裏現。陽春白雪後集五

雍熙樂府一二　北詞廣正譜引新水令

〔新水令〕北詞廣正譜御爐作玉爐。〔慶東原〕鈔本陽春白雪遺作遐。元刊本與雍熙樂府合。雍熙餓貧作餓莩。無祥字。〔雁兒落得勝令〕雍熙臺察作臺省。武將下無每字。宰相每作文官。君賢作君聖。泰定作萬萬。〔鴛鴦煞〕雍熙首句無載字。疇作野。以下民歸善等皆不作疊。齊肩作齊堅。虎據上有是字。龍飛上有齊拜賀三字。

閑争奪鼎沸了麗春園。欠排場不堪久戀。時間相敬愛。端的怎團圓。白没事教人笑惹人怨。

〔駐馬聽〕錦陣裏争先。緊捲旗旛不再展。花營中挑戰。勞拴意馬與心猿。降書執寫納君前。唇槍舌劍難施展。參破脱空禪。早抽頭索甚他人勸。

〔喬牌兒〕都將咱冷句咕。心兒裏豈不嫌。屯門塞户衠剛劍。紙糊鍬怎地展。

〔天仙子〕從今後。識破野狐涎。紅粉無情。災星不現。村酒釅野花濃。再不粘拈。當時話兒無應顯。好事天慳。

〔尾〕料應也不得爲姻眷。有了神前呪怨。爲甚脚兒稀。尺緊得陽臺路兒遠。陽春白雪後集五　北詞廣正譜引新水令　九宫大成六五同

鈔本陽春白雪目録以此套及下三套俱屬關漢卿。似可信。○〔喬牌兒〕元刊白雪冷句作吟句。兹從鈔本。鈔本衠字作行。〔天仙子〕元刊白雪釅作醲。

攪閑風吹散楚臺雲。天對付滿懷愁悶。您那裏歡娱嫌夜短。俺寂寞恨長更。恰似線斷風筝。絶魚雁杳音信。

〔駐馬聽〕多緒多情。病身軀憔悴損。閑愁閑悶。將柳帶結同心。瘦巖巖寬褪了絳綃裙。羞答答恐怕他鄰姬問。若道傷春。今年更比年時甚。

〔沉醉東風〕蓮臉上何曾傅粉。鬢鬅鬆不整烏雲。口兒咕心兒裏印。捱一宵勝似三春。怕的是黄昏點上燈。照見俺孤悽瘦影。

〔么〕早是我愁懷悶哽。更那堪四扇幃屏。遣人愁添人恨。無端怨煞丹青。畫得來雙雙廝配定。做得傷情對景。

〔天仙子〕一扇兒畫着雙通叔和蘇氏到豫章城。一扇兒是司馬文君。一扇兒是王魁桂英。畫的來廝顧盼廝温存。比各青春。這一扇兒比他每情更深。是君瑞鶯鶯。

〔隨煞〕您團圓偏俺成孤另。擁被和衣坐等。聽鼓打四更過。搭伏定鴛鴦枕頭兒等。陽春白雪後集五　北詞廣正譜引駐馬聽　九宮大成六五同

（駐馬聽）北詞廣正譜九宮大成若道俱作苦道。

寨兒中風月煞經諳。收心也合擲滄。再不纏頭戴蜀錦。沽酒典春衫。心如柳絮粘泥。狂風過怎搖撼。

〔喬牌兒〕這番天對勘。非是俺愚濫。相知每側脚裏來轟減。蓋因他酒半酣。

〔夜行船〕又引起往前風月膽。今番做得尷尬。且休説久遠當來。奈何時暫。這些時陡羞慘。

〔天仙子〕咱非參。壞怪闘來攙。怎肯祆廟火絶。藍橋水滄。難掩蓋潑風聲。被各俱躭。怎只恁兩下裏阻隔情分減。面北眉南。

〔離亭宴煞〕你休起風波剁斷漁舟纜。得團圓摔破青銅鑑。寃家行再三。再三囑付勤

相探。常將好事貪。却休教花星暗。萬一問休將人倒賺。眼𥅡了可憎才。心疼煞志誠俺。陽春白雪後集五

（新水令）元刊陽春白雪煞經諳作鈔經諳。徐刻本改鈔爲早。兹從鈔本。（離亭宴煞）元刊本囑付作祝付。萬一問作萬一間。兹從鈔本。

鳳凰臺上憶吹簫。似錢塘夢魂初覺。花月約。鳳鸞交。半世疎狂。總做了一場懊。

〔駐馬聽〕黄詔奢豪。桑木劍熬乏古定刀。雙郎窮薄。紙糊鍬撅了點鋼鍬。怕不待争鋒取債戀多嬌。又索書名畫字尋人保。枉徒勞。供錢買笑教人笑。

〔落梅風〕姨夫鬧。咱便燒。君子不奪人之好。他攬定磨杆兒誇俏。推不動磨杆上自吊。

〔步步嬌〕積儹下三十兩通行鴉青鈔。買取箇大笠子粗麻罩。粧甚腰。眼落處和他契丹交。雖是不風騷。不到得着圈套。

〔離亭宴帶歇指煞〕佳人有意郎君俏。郎君没鈔鴛花惱。如今等惜花人弄巧。止不過美話兒排。虛科兒套。實心兒少。想着月下情。星前約。是則是花木瓜兒看好。李亞仙負心疾。鄭元和下番早。陽春白雪後集五　雍熙樂府一一

（新水令）雍熙樂府約作友。（駐馬聽）元刊陽春白雪桑作葉。鈔本白雪與雍熙合。元刊本鈔本白

無名氏

雪鋼鍬俱作銅銀。兹據雍熙作剛鍬改正。（落梅風）雍熙燒作曉。俏作俊俏。末句杆作杆兒。（步步嬌）鈔本陽春白雪甚腰作甚麽。兹從元刊本。各本白雪不風騷俱作下風騷。雍熙粧甚腰作每日粧甚麽。落處作見的。無他字。（離亭宴帶歇指煞）牌名原作甜水令。兹改正。白雪少作老。兹從雍熙。白雪雍熙止不過俱作指不過。兹從任校。雍熙没鈔作無鈔。如今等作如今的。

末二句疾字早字上各襯的字。

暮春天氣正愁人。對東風亂紅成陣。愁白晝。恨黄昏。舊恨新愁。都在這時分。

〔夜行船〕望斷歸鴻共錦鱗。不傳織錦回文。多病身軀。怯春方寸。謾贏得沈腰潘鬢。

〔步步嬌〕劣性兒從前人難迸。何下手咱行順。謾着外人。忙裏偷閑廝温存。想着那些兒恩。教俺幾世兒填還盡。

〔撥不斷〕苦傷神。謾銷魂。瘦來生怕旁人問。司馬空憐多病身。文君不寄平安信。可知道一親一近。

〔離亭宴煞〕有百十年伴老眉尖恨。有一千般不記得心頭悶。腰圍自忖。近新來陡覺羅衣褪。可喜娘心頭印。眼見的東陽瘦損。嘆落美滿再團圓。受過的相思正不得本。

（新水令）三句原脱一字。兹補白字。

玉堂春色一更初。綉簾櫳緑窗朱户。銀臺燒畫燭。金鼎串烟浮。翠畫屏舒。一剗地綉裀褥。

〔駐馬聽〕佳麗歡娱。龜背簾前聽笑語。夜筵擺列。銀釭高點照嬌姝。玉瓶插紫珊瑚。金樽瀲灩葡萄緑。不尋俗。笙簫厭倦謳新曲。

〔步步嬌〕寶髻高盤堆雲霧。釵插荆山玉。離洛浦。天賜仙姿出塵俗。更通疎。無半點兒包彈處。

〔落梅風〕宜覷覷。堪畫圖。可人意更知音律。凌波半彎踐襯足。蕩湘裙款移蓮步。

〔撥不斷〕美妻夫。笑相呼。珠圍翠繞今年福。紅粉慇懃捧緑醑。桃花扇底歌金縷。不堪消喻。

〔離亭宴煞〕直喫到落花風散笙歌住。朦朧月轉西樓去。舒翡翠被兒中眠。鴛鴦帳兒裏宿。梨園樂府上

（駐馬聽）五句插上應脱一字。（離亭宴煞）眠原作眼。兹改正。此支似有脱句。

思情

無名氏

碧梧天静暮雲收。入羅衣晚風凉透。屏開閑孔雀。簾簌控金鈎。懶上危樓。書慵寄

雁來候。

〔駐馬聽〕鬼病淹留。白髮相如豈耐愁。淚痕依舊。青衫司馬不禁秋。錦橙香綻露金柔。丹楓葉落霜紅皺。俺倦凝眸。別離咫尺重陽又。

〔喬牌兒〕喜字兒不應口。肯字兒枉逅逗。相思眼底成消瘦。爲他時出盡醜。

〔雁兒落〕寬褪了聯詩宮錦裘。酒社天香袖。劍慵看玉兔秋。筆倦掃蒼龍溜。

〔得勝令〕呀。思量來端的没來由。和您娘無事做敵頭。不是這擲果的潘安俏。都則爲當壚的卓氏羞。休憂。有日還成就。嬌柔。忽的心上有。

〔甜水令〕猛想起那可意人兒。丰丰韻韻。忘昏失晝。情易捨業難酬。空着我見後思量。片時作念。獨自僝僽。悶字兒常在心頭。

〔折桂令〕將一朵並頭蓮翠捻紅揉。抵多少月下鸞簫。花底同遊。悶懨懨似黑海東流。没情没緒。無了無休。投至得簡帖兒央及成配偶。敢和這卦錢兒傒落做寃讎。琴斷絨籌。拆散綢繆。實丕丕似井底瓶沉。眼睜睜似石上簪投。

〔尾聲〕駕車的痛飲臨行酒。抵多少停眠整宿。怎肯辜負了有疼熱的惜花心。生踈了没褒彈畫眉手。盛世新聲午集　詞林摘艷五　雍熙樂府一二　彩筆情辭七

盛世新聲重增本内府本詞林摘艷及雍熙樂府俱無題。不注撰人。原刊本徽藩本詞林摘艷題作思情。注無名氏作。彩筆情辭題作别思。注元人辭。〇(新水令)四句據内府本摘艷。盛世及他本摘艷簌作籔。疑誤。雍熙静作浄。次句作怯羅衣紙窗隙透。閑孔作金瑞。四句作簾捲翠銀鈎。懶上作獨倚。慵寄作重寄。候作後。情辭俱同。惟紙窗隙作晚涼風。末句仍作慵寄。(駐馬聽)盛世及原刊本等摘艷淹留俱作淹流。耐愁俱作耐秋。兹從内府本摘艷。雍熙耐愁亦作耐秋。禁秋作禁愁。葉落作葉老。無俺字。情辭俱同雍熙。(喬牌兒)雍熙肯字作順字。又與情辭爲他時俱作病懨懨。(雁兒落)雍熙帶過次曲得勝令。又與情辭聯詩俱作占詩壇。酒社上俱有淹字。溜俱作驟。(得勝令)雍熙此支全異。曲作。香冷妒韓偷。粉淡解何羞。問月襟懷另。看花夢境熟。難休。玉鏡臺着瘦。空留。紫香囊擔愁。情辭同。(甜水令)雍熙首二句作。驀想起可意情懷。颩颩攧攧。忘昏作迷昏。情作魂。着我作贏得。片時作行時。字兒常在作鈎兒摘不下。情辭俱同。惟颩颩作彫彫。雍熙難酬作難修。(折桂令)盛世摘艷紅揉俱作紅柔。丕丕俱作坯坯。兹從内府本摘艷及雍熙等。雍熙將一作生將。捻作捏。花底同遊四字作花下漁舟。無緒無由八字。無没情没緒。無了無休八字。和這作只將。拆散綢繆作書刮牙籌。井上無似字。末句無眼睜睜似四字。情辭俱同。又雍熙投至作没至。籌作鈎。悶懨懨似作恨懨懨。情辭此四字作離恨綿綿。(尾聲)雍熙首二句作。若贏得駕車勒索飲臨邛酒。填還與愁眠怨宿。辜負作憔悴。熱的作熱。情辭同。惟首句勒作的。雍熙末句無没字。

〔雙調〕夜行船

院宇深沉人静悄。冷清清寶獸烟消。四壁秋蟲。一簾疎雨。兩般兒鬭來相惱。

〔么〕一夜先争十歲老。悶厭厭情緒無聊。都爲些子歡娱。霎時恩愛。惹一場夢魂顛倒。

〔掛玉鈎序〕意廝投。心相樂。瞞昧爺娘。準備下窩巢。月下期。星前約。兩遍三遭。人憔。女伴呫。閑家哨。柳青行冷句兒般調。不隄防烈火燒祆廟。阻斷佳期。拆散鸞交。

〔么〕難熬。目下别離。時間阻隔。心上思量。口内呫着。受慘切。懷憂抱。日日朝朝。娘嗔。覔毆尋争叫。把少年身分與才料。得箇婦名兒勝似閑花草。怕不待尋箇久遠前程。恐不堅牢。

〔尾聲〕兩三番箇嫁字兒看看道道。來到口角頭連忙嚥了。今世裏離散買休多。歡娱的到頭少。　梨園樂府上　雍熙樂府一二　北詞廣正譜引掛玉鈎序　九宫大成六五同

雍熙樂府題作間阻。○(夜行船)梨園樂府悄作俏。雍熙寶獸作寶鼎。兩般作幾般。(么)雍熙都爲些子作些小。(掛玉鈎序)梨園祆廟作妖廟。雍熙心相作心廝。昧爺作着爹。下句無準字。兩

遍三遭作兩次三回。閑家下有每字。柳青行作柳青娘。般調作搬調。阻斷作阻隔。北詞廣正譜人憔作人瞧。般調作撇調。九宮大成同雍熙。惟三回作三遭。閑家下無每字。（幺）梨園目下作日下。覓毆作覓嘔。玆從廣正譜。雍熙併前三句爲兩句。作。難熬月下。別離時少。咕着作咕道。覓毆作覓合炒。分與作分付。得箇作立一箇。下句無怕不二字。大成同雍熙。惟仍有怕不二字。（尾聲）雍熙箇嫁作把嫁。道道作道。無來到二字。連忙作重還。買作實。末句無的字。

縱有陽臺無故人。空閑了雨雨雲雲。彩鳳空閑。玉簫聲盡。風月數載絶倫。

〔幺〕多緒多情病身。今番又索着昏。眼角排情。眉尖傳信。誰當得恁般丰韻。

〔喬牌兒〕至如於俺親。怎敢對人問。慣曾經過鶯花陣。這番愁又新。

〔幺〕未得一夜恩。先信了滿懷悶。十分模樣十分俊。料應不會村。

〔尾聲〕求知人意相隨順。簡帖兒須當再本。口兒裏不搶白。心兒裏便是肯。梨園樂府上

北詞廣正譜引夜行船喬牌兒　九宮大成六六引夜行船

（夜行船幺）北詞廣正譜多緒作多情。九宮大成同。

〔雙調〕風入松

翠樓紅袖倒金壺。春色滿皇都。夜闌剗地燒銀燭。那其間多少歡娛。薄利虛名間阻。

無名氏

俏風格以此消疎。

〔喬牌兒〕這番本實虛。不合惹題目。俊禽着網惜翎羽。忍不住自暗咐。

〔天仙子〕棘裏兔。難配撲天鶻。饞眼癡心。看之不足。猛可裏見姨夫。敗壞風俗。好花怎教他做主。不辨賢愚。

〔離亭宴煞〕錦箋空寫多情句。枉可惜口談珠玉。假做蘇卿伴侶。被馮魁已早圖謀。使盡心。才得悟。則不如將取孛蘭便數。咱看上臉兒甜。止不過鈔兒苦。陽春白雪後集

五　雍熙樂府一二　北詞廣正譜引天仙子

陽春白雪此套在呂止軒風入松半生花柳套後。失注撰人。雍熙樂府同。白雪此套之後。即接夜行船顔色天然套。北詞廣正譜以夜行船套屬止軒。以此套屬無名氏。兹從之。惟鈔本陽春白雪目録以此套及夜行船套俱屬止軒。未知孰是。○（風入松）雍熙風格以此作風聲因此。（喬牌兒）鈔本白雪暗咐作暗忖。雍熙作暗付。兹從元刊白雪。（天仙子）白雪兔作泥。兹從雍熙及廣正譜。雍熙癡心作疾心。

楚陽臺遠暮雲遮。烟水恨連疊。沈郎多病腰肢怯。喜相逢可慣離別。悄悄鴛幃慚冷。薄怯怯綉衾空設。

〔喬牌兒〕雁聲不斷絶。砧韻無休歇。戍樓殘角聲淒切。品梅花三弄徹。

〔新水令〕獸爐香冷篆烟斜。對銀釭半明不滅。愁萬種。恨千疊。幾口兒長吁。怎支吾這一夜。

〔攪筝琶〕空摧攧。直恁信音絶。欲寄相思。憑誰人話説。除紙筆。帶喉舌。短嘆長嗟。不流泪料來心似鐵。寸腸千結。

〔離亭宴煞〕難睚漏永如年夜。正值着暮秋時節。坐不穩自敝自焦。睡不着不寧不帖。寒雁哀。寒蛩切。忽聚散階前落葉。却是那透户一簾風。穿窗半彎月。梨園樂府上

（風入松）悄悄上應脱一字。

夜闌深院暮寒加。愁聽漏聲多。銀臺畫燭燒殘蠟。伴離人心緒雜咱。有分紅愁緑慘。無心賞白酒黄花。

〔攪筝琶〕陽關罷。香臉褪殘霞。針線慵拈。匙杓倦把。和泪盼雕鞍。目斷天涯。幽雅。離添病人憔悴煞。瘦得來不似人家。

〔喬牌兒〕料應薄倖他。别却志誠話。俺看他歹處無纖恰。他於人情分寡。

〔沉醉東風〕全不想對月撚香剪髮。指神誓奠酒澆茶。信口開。連心耍。向娼門買行踏。但有半句兒真誠敬重咱。無樣般相思報答。

〔離亭宴煞〕早是可曾經心緒愁牽掛。又逢暮秋瀟灑。恰不聽寒蛩唧唧。又聽的寒雁

啞啞。傍枕衾。臨牀榻。暫合眼一時半霎。又聽的疎雨灑窗紗。西風弄簷馬。梨園樂府上　雍熙樂府一二　九宮大成六六引風入松

雍熙樂府題作觸景。○（風入松）雍熙雜咱作交雜。九宮大成同。（攪箏琶）梨園樂府褪作腿。幽雅作幽鴉。雍熙匙杓作匙筯。離添作雜添。（喬牌兒）雍熙料應下有是字。別却下有了字。歹處作萬處。（沉醉東風）雍熙買作買笑。（離亭宴煞）雍熙暫作纔。一時下有兒字。西風作秋風。

離情

萬金良夜霎時歡。猶恨不鬆寬。停延初試春風面。便安排病沈愁潘。從寄巧歌金縷。嬌羞半掩霜紈。

〔新水令〕樂昌粧鏡破雙鸞。今古恨短長亭畔。兩下裏幾多般。受過的淒涼被俏縈占。分明少箇鶯花伴。奈今生緣分淺。涼打疊起更休算。

〔攪箏琶〕夕陽外。山隱隱水漫漫。似恁的淒涼。如何倒顛。終有日相逢。心苦眉攢。憔悴了玉容誰是管。越不成烟鬟。

〔離亭宴煞〕後期遠約今秋判。那其間甚娘情款。受幾度枕冷衾寒。捱幾宵月苦風酸。酒滿斟。他親勸。先摘得都無少半。本待一飲不留殘。到被別離泪添滿。雍熙樂府一二

彩筆情辭注元人辭。○（風入松）雍熙良夜作凉夜。情辭從寄作從記。（新水令）情辭受過的作受。無分明少箇鶯花伴七字。奈今生句作奈分淺緣慳。（攪箏琶）雍熙有日作日有。情辭首句作夕陽畔。（離亭宴煞）雍熙枕冷作枕。

〔雙調〕珍珠馬南

情

簫聲喚起瑤臺月。獨倚闌干情慘切。此恨與誰説。又值那黄昏時節。花飛也。一點點似離人泪血。

〔步步嬌南〕暗想當年。羅帕上把新詩寫。偷綰同心結。心猿乖。意馬劣。都將軟玉温香。嫩枝柔葉。琴瑟正和協。不覺花影轉過梧桐月。

〔雁兒落北〕不覺的梧桐月轉過西銀臺上。昏慘慘燈將滅。怎禁他紗窗外鐵馬兒敲。這些時一團嬌香肌瘦怯。

〔沉醉東風南〕一團嬌香肌瘦怯。半含羞翠鈿輕貼。微笑對人悄説。休負了今宵月。等

閑間將海棠偷折。山盟共設。不許暫時少撇。若有箇負心的教他隨燈兒便滅。

〔得勝令北〕呀。若有一箇負心的教他隨燈滅。慘可可山盟海誓對誰説。海神廟現放着勾魂帖。那神靈仔細寫。你休要心斜。非是俺難割捨。你休要癡呆。殷勤將春心漏泄。

〔忒忒令南〕他殷勤將春心漏泄。我風流寸腸中熱。因此上楚雲深鎖黄金闕。休把佳期暫撇。燕山絶。湘江竭。斷魚封雁帖。

〔沽美酒北〕湘江斷魚雁帖。他一去了信音絶。想着他負德辜恩將謊話説。眼見的花殘月缺。自別來甚時節甚時節。

〔好姐姐南〕自別。逢時遇節。冷淡了風花雪月。奈愁腸萬結。怎禁窗外鐵無休歇。一似珮環摇明月。又被西風將錦帳揭。

〔川撥棹北〕又被西風將錦帳揭。倚幃屏情慘切。這些時信斷音絶。眼中流血。心内刀切。泪痕千疊。因此上渭城人肌膚瘦怯。

〔桃紅菊南〕渭城人肌膚瘦怯。楚天秋應難並疊。停勒了畫眉郎京尹。補填了河陽令滿缺。

〔七弟兄北〕補填了河陽令滿缺。一片似火也。心間事與誰説。好教我行眠立盹無明夜。今日箇吹簫無伴彩雲睽。聞箏的月下疎狂劣。畫眉郎手脚拙。竊玉的性情別。把好夢成吴越。

〔川撥棹南〕成吴越。怎禁他巧言搬鬭喋。平白地送暖偷寒。平白地送暖偷寒。猛可的搬唇遞舌。水晶丸不住撇。點鋼鍬一味撅。

〔梅花酒北〕他將那點鋼鍬一迷裏撅。劈賢刀手中撇。打撈起塊丹楓葉。鴛鴦被半牀歇。胡蝶夢冷些些。破香囊後成血。楚館着火焚者。

〔錦衣香南〕他將那楚館焚。秦樓來拽。洛浦填。涇河截。梅家莊水罐湯瓶打爲磁屑。賈充宅守定粉牆缺。武陵溪澗花兒釘了椿橛。楚襄王夢驚回者。漢相如趕翻車轍。深鎖芙蓉闕。紫簫吹裂。碧桃花下鳳凰將翎毛生扯。

〔收江南北〕呀。你敢在碧桃花下將鳳毛扯。人生最苦是離別。山長水遠路途睽。何年是徹。響噹噹菱花鏡碎玉簪折。

〔漿水令南〕響噹噹菱花鏡碎攧。支楞楞瑶琴絃斷絶。革支支同心綰帶扯。擊玎璫寶簪兒墜折。採蓮人偏把並頭折。比目魚就池中冷水燒熱。連枝樹生砍折。打撈起御水

流紅葉。藍橋下翻滾滾波浪捲雪。祆神廟祆神廟焰騰騰火走金蛇。

〔尾聲南〕饒君巧把機謀設。止不住負心薄劣。夢兒裏若見他俺與他分説。盛世新聲酉集　詞林摘艷二　雍熙樂府一二　新編南九宮詞　南北詞廣韻選一四　南宮詞紀一　吴歈萃雅元集　詞林逸響風卷　吴騷集三　吴騷合編四　樂府珊珊集　曲譜徵引從略

題從新編南九宮詞。盛世新聲重增本内府本詞林摘艷雍熙樂府及吴騷集俱無題。原刊本徽藩本詞林摘艷題作怨别。南北詞廣韻選題作離恨。南宮詞紀題作大揭帖。吴歈萃雅樂府珊珊集詞林逸響題作阻歡。吴騷合編題作閨怨。盛世摘艷雍熙新編南九宮詞舊編南九宮譜南曲譜及南詞新譜於此曲俱不注時代與作者。王世貞等謂此套元人作。廣韻選注元。吴騷合編注元詞。九宮正始徵引各支俱注元散套。萃雅珊珊集俱注高東嘉作。南宮詞紀詞林逸響俱注鄭虛舟作。吴騷集注王百穀作。茲姑屬元無名氏。新編南九宮詞雍熙萃雅珊珊集逸響俱爲南北合套。摘艷廣韻選詞紀吴騷集吴騷合編只有南曲而無北曲。曲數皆不同。廣韻選云。查北詞内語多重複。簫聲喚起閿亦疑是後人增入。故不録。九宮大成云。此套北曲體多有牽强推湊。因欲合下文作續麻體。以致結句皆與正體有乖。況與南曲迥然出乎二手。想後人因有南曲。而作此以雜之耳。案此套見於各選本者。以盛世新聲爲最早。惟盛世只南曲。茲改據南九宮詞。○（珍珠馬南）盛世摘艷廣韻選詞紀萃雅珊珊集吴騷集吴騷合編俱無此支。九宮正始謂此曲確南詞非北詞。雍熙值那作那堪。一點點似作好似。詞紀以此支爲北詞。謂雍熙樂府載北珍珠馬起。但北語重複不馴。諸

刻俱删之。逸響與誰作和誰。又值作正值。大成引逸響又值那作那更。一點點作點點。南曲譜俱同大成。正始與誰作憑誰。一點點似作點點是。〔新水令北〕逸響於上曲後有此支。他本無。曲云。離人點點泪流血。倚闌干悶懷淒切。多情難割捨。無語自傷嗟。暗想當年。暗想當年羅帕上曾把新詩寫。大成引逸響暗想當年四字不重。（步步嬌南）盛世寫作曾寫。同心作下鴛鴦。心猿上有他那二字。六句作都將他那軟玉嬌香。協作諧。不覺作不覺的。摘艷俱同。雍熙四五句作。他那裏心猿乖。我這裏意馬劣。都將作都將那。花影作花陰。餘同盛世摘艷。廣韻選俱同雍熙。惟花陰作花影。詞紀把作曾把。縮作縮着。嫩枝柔葉作翠擁紅遮。萃雅珊珊集逸響大成俱同詞紀。吴騷集温香作嬌香。花影作花陰。吴騷合編嫩枝柔葉作翠擁紅遮。花影作花陰。正始引此曲首句俱作暗想當時。（雁兒落北）雍熙西作些。一團上有教我二字。（沉醉東風南）南九宫詞貼作帖。盛世香肌瘦怯作冰肌困歇。翠鈿作粉容。負了今宵月作忘了今夜。海棠上無將字。暫時少撇作片時暫歇。有箇作有一箇。教他隨燈兒作着他隨燈。各本摘艷俱同盛世。盛世重增摘艷俱無共字。原刊本徽藩本摘艷共設俱作共誓。雍熙廣韻選香肌俱作冰肌。雍熙負了作忘了。等間上有則俺這三字。將海棠作海棠花。少撇作歇。燈兒作燈。詞紀翠鈿作粉容。負了今宵月作忘了今夜。偷折作開徹。山盟上有把字。暫時少作片時棄。萃雅珊珊集逸響大成俱同詞紀。惟萃雅珊珊集暫時少作暫時棄。大成開徹作偷折。吴騷集翠鈿作粉容。四句作休忘了今夜裏。偷折作花開徹。山盟上有把字。暫時少作你片時抛。吴騷合編暫時少作暫時棄。末句無

若字。餘同詞紀。（得勝令北）南九宮詞現放作閑放。茲從萃雅珊珊集逸響。雍熙燈作燈兒便。現放作見放。仔細上有他明明三字。俺作我。萃雅珊珊集逸響大成一箇俱作箇。殷勤上有他字。萃雅珊珊集你休要俱作休道俺。（忒忒令南）盛世漏作露。腸中熱作心終拙。黄金闕作巫山缺。下二句作。休得後期暫别。烟山截。竭作隔。魚封作魚音。摘艷俱同。雍熙作心終拙。巫山缺。休得後期暫别。與盛世摘艷同。因此上三字疊。絶作截。江竭作水歇。魚封作魚緘。廣韻選腸作心。撇作歇。絶作截。詞紀風流下有迷了二字。佳期暫作後期頓。下二句作。湘江竭。燕山截。萃雅珊珊集逸響大成俱同詞紀。惟萃雅珊珊集後期作佳期。珊珊集末句斷作目斷。大成黄金闕作巫山缺。魚封作魚沈。逸響首字他作也。疑係他字漫漶。吴騷集吴騷合編暫撇俱作頓撇。合編下二句同詞紀。吴騷集亦同詞紀。惟截作絶。（沽美酒北）雍熙湘下脱江字。魚作魚緘。去了下有便字。將謊話説作心似鐵。花殘下有來字。甚時節不疊。萃雅珊珊集湘江斷魚雁帖作湘江竭燕山截湘江竭燕山截。將作到將。逸響大成俱同萃雅等。惟仍作將。（好姐姐南）盛世愁腸作柔腸。一似作好一似。錦帳上無將字。摘艷俱同。雍熙自别作自别來。怎禁下有那字。一似作好一似。西風上有這字。詞紀萃雅珊珊集逸響大成吴騷集吴騷合編愁腸俱作柔腸。萃雅珊珊集吴騷珮環俱作環珮。（川撥棹北）雍熙西風上有這字。情慘切三字疊。萃雅珊珊集逸響牌名俱誤作七弟兄。西風上俱有那字。刀切俱作刀割。大成與廣正譜牌名不誤。曲文同萃雅逸響。（桃紅菊南）南九宮詞牌名誤作園林好。盛世摘艷勒俱作隔。河陽令俱作東陽嶺。盛世重增本摘

艷秋俱作愁。雍熙渭城上有因此上三字。秋作愁。勒作隔。京尹作京兆尹。河陽作東陽。廣韻選停勒句疊。詞紀應難並作難禁病。停勒句疊。萃雅珊珊集逸響大成吴騷合編俱同詞紀。吴騷集應難並作難禁病。停勒作勒定。滿缺作漏缺。逸響吴騷集牌名誤作嘉慶子。(七弟兄北)牌名從大成及廣正譜。南九宫詞雍熙俱作川撥棹。萃雅珊珊集逸響俱作梅花酒。廣正譜考訂牌名。云。謬增呀以下。是預支梅花酒。恐無此體。又云。作詞者非敢以梅花酒作兩截也。北教師類不知牌名。不分斷落。其誰知七弟兄於何句止。梅花酒於何句起。作者想爲别一詞所眩。故七弟兄則合二調爲一。梅花酒則分一調爲二耳。雍熙首句作東陽令滿缺。似火作事火。疎狂劣作一包血。郎手脚拙作的手吊者。性情别作下斜。下多偷香的你宅一句。末句把作將。萃雅珊珊集一片似火也作忍連枝帶葉。吹簫至月下作楚陽臺被却雲遮。尋思與您。畫眉上有呀字。逸響似火作心似火燒。賒作遮。畫眉上有呀字。末句作把歡娱成嘆嗟。大成俱同逸響。惟無燒字。廣正譜一片似作似一片。畫眉上有呀字。〔雙胡蝶南〕詞紀萃雅吴騷集珊珊集於桃紅菊後。逸響於上曲後。俱有此支。盛世摘艷雍熙南九宫詞廣韻選吴騷合編皆無。牌名原作豆葉黄。大成改正爲雙胡蝶。吴騷集作桃紅菊。南曲譜引此曲亦作豆葉黄。注云。雍熙樂府載暗想當年南北一套。原無此曲。今人單唱南曲者始有之。疑是後人增入。或誤其名耳。不然與前一曲豆葉黄何絶不同也。南詞新譜引此曲。牌名作别體豆葉黄。注語同南曲譜。廣韻選亦謂後人增入。故不録。但附於曲文之末。詞紀曲文作。嘆嗟。歡娱事能幾些。痛切。相思病無了絶。朋友們知疼

熱。負心的早回寧貼。待捨。想着你嬌模樣教我怎生樣捨。待撇。想着你至誠心教我怎生樣撇。萃雅珊珊集逸響嬌模樣與至誠心易位。吴騷集早回上有教他二字。此句以下作。待撇。想着他至誠心怎生樣撇。待捨。想着他嬌模樣教我怎生樣捨。大成南曲譜南詞新譜俱同詞紀。〔阿納忽北〕逸響於上曲後有此支。他本俱無。牌名原作脱布衫。大成改正爲阿納忽。曲文云。想着你至誠心教我怎生樣撇。空守着如年夜。枉擔了雪月風花。也傷我連枝帶葉。〔園林好南〕盛世摘艷雍熙廣韻選吴騷合編俱於桃紅菊後即接此曲。詞紀萃雅吴騷集珊珊集列於雙胡蝶後。逸響列於阿納忽後。惟南九宫詞無之。盛世摘艷曲文俱作。也傷我連枝帶葉。致令得狂蜂浪蝶。炒鬧起歌臺舞榭。回首處楚雲遮。堪嘆處彩雲賒。雍熙曲文同。惟脱去牌名。廣韻選炒鬧作鬧炒。詞紀致令作勾引。炒鬧作鬧炒。彩雲作水痕。萃雅珊珊集逸響大成俱同詞紀。吴騷集傷我作傷殘。致令得作勾引動。炒鬧作鬧炒。楚雲作暮雲。彩雲作路途。吴騷合編傷我作傷殘。餘同詞紀。〔夜行船北〕逸響於上曲後有此支。他本俱無。牌名原作倘秀才。大成改正爲夜行船。曲云。堪嘆處水痕賒。何日裏共歡悦。當初指望。美滿前程。到如今黐成吴越。〔川撥棹南〕盛世二句作怎禁被人鬪跌。平白地句不疊。猛可的作猛可裏。摘艷俱同。雍熙首二句作。將好夢成吴越。怎禁被人鬪喋。平白地句不疊。詞紀點作蘸。味作謎。萃雅遞舌作弄舌。點作蘸。逸響大成俱同萃雅。萃雅一味作一謎。珊珊集俱同萃雅。吴騷集搬閗喋作相鬪疊。遞舌作弄舌。點作蘸。吴騷合編搬鬪喋作開間諜。一味作一謎。餘同逸響。正始引此曲第二句作怎禁他人鬪迭。

（梅花酒北）雍熙將那作將這。劈賢上有呀字。萃雅牌名誤作川撥棹。首二句作。他將那點鋼鍬一謎掘。劈鉛刀在手中撇。後作覆。末句作楚館焚秦樓拽。珊珊集逸響俱同萃雅。唯逸響點作蘸。謎作味。大成改正牌名。曲文同逸響。（錦衣香南）盛世來拽作拽。無回者二字。車輸作車車。闕作缺。摘艷俱同。雍熙焚作來焚。闕作關。廣韻選詞紀首二句俱無那字來字。詞紀截作竭。守定作守。回者作胡蝶。深鎖作緊閉。吹作聲。將作把。萃雅珊珊集逸響大成吳騷合編俱作深鎖。吳騷集首二句無那字來字。截作絶。回者作胡蝶。吹作聲。將作把。正始起作將楚館同詞紀。惟五書花兒上俱有把字。萃雅珊珊集吳騷合編仍作守定。逸響大成仍作吹裂。大成仍焚秦樓拽。截作絶。無回者二字。深鎖作深閉。將翎毛作把翎兒。（收江南北）雍熙在作在那。菱花作菱。萃雅逸響大成何年俱作何年上。噹噹俱作叮噹將。萃雅玉簪折作粉跌。珊珊集俱同萃雅。（漿水令南）盛世鏡碎擲作碎跌。楞楞瑶琴作楞争餘。革作忔。同心綰作把同心。擊作咭。簪兒墜作簪斷。紅葉作葉。摘艷俱同。盛世摘艷雍熙廣韻選詞紀正始等祆神廟三字俱不疊。内府本摘艷同心上無把字。葉上有紅字。雍熙墜折作斷折。廣韻選擲作跌。詞紀首四句作響叮噹將菱花碎跌。側稜争冰絃斷絶。喜孜孜將同心帶扯。咭叮噹寶簪墜折。冷水燒熱作將水車竭。波浪作波濤。萃雅珊珊集逸響大成吳騷合編俱同詞紀。惟萃雅珊珊集四句作撲琴地寶簪墜折。逸響大成冰絃上有把字。寶簪上有將字。大成喜孜孜作意孜孜。吳騷合編四句同萃雅。砍折作砍截。吳騷集首三句同詞紀。四句作撲琴琴寶簪墜折。冷水燒熱作將水車竭。翻作浪。波浪作

波濤。祅神廟不疊。正始噹噹作叮噹。鏡碎擲作碎跌。支作則。瑤琴作絲。三句作咭孜孜同心扯裂。擊作咭。兒墜作斷。偏把作偏揀。連枝作連理。波浪作波濤。（尾聲南）盛世巧把作使盡。住負心作過負心的。末句作夢兒裏見他分説。摘艷俱同。雍熙巧把作使盡。詞紀巧把作總把。止不住作怎禁那。末句作一一向夢兒中對他分説。萃雅珊珊集逸響大成吴騷集吴騷合編俱同詞紀。惟吴騷集一字不疊。正始同盛世摘艷。惟二句無的字。末句見作對。

殘曲

〔雙調〕清江引

拍拍滿懷都是春。中原音韻作詞十法

失牌名

故國觀光君未歸。中原音韻作詞十法

康海刻太和正音譜君未歸作君倦歸。

〔中吕〕粉蝶兒

您爲衣食。北詞廣正譜

〔鬪鵪鶉〕我想這醋淡薄梨。你看承似龍肝鳳髓。儘意兒盛添。有半停來下水。抑而十分的取了利息。損人安己。喫酒的問甚麼九擔十瓶。似恁錢東物西。北詞廣正譜

〔般涉調〕

〔牆頭花〕官橋野渡。多少梅花樹。疎影横斜暗香浮。林間聽鶴唳猿啼。樹下看鸞飛鳳舞。太和正音譜下　九宫大成七三

〔么篇〕使玉環更採蓮。教小紅莫摇櫓。悠悠然放自流。趁浪逐波到幾處。三賢堂刻棟丹楹。四聖觀雕梁峻宇。太和正音譜下　九宫大成七三

太和正音譜以次闋作急曲子。九宫大成考訂爲么篇。兹從大成改正。

〔越調〕南鄉子

烏兔似飛梭。歲月催人東注波。浮世百年如過夢。消磨。渾是歡娱得幾何。太和正音譜

下　北詞廣正譜

〔天浄沙〕北詞廣正譜

〔古竹馬〕月娥。音容杳杳。别來似隔關河。怎知於此間。雲窗月牖。依然牢落。偶因相會東湖上。遣人無那。時得眉眼偷睃。莫怪沉吟。見人佯羞不忍呵。紅塵滿面。緑鬢雙皤。北詞廣正譜　九宫大成二七

〔天浄沙煞〕不避目下風波。使人教方便提掇。都將雨跡雲踪説似破。若還他不忘。日後多應記得我。北詞廣正譜　九宫大成二七

（天浄沙煞）北詞廣正譜若還他作還他若。

〔雙調〕夜行船

一片花飛春意减。休直到緑愁紅慘。夜擁鴛衾。曉臨鸞鑑。病懨懨粉憔胭淡。北詞廣正譜

〔阿納忽〕纔見了明暗。且做些搠滰。倘或問被他啜賺。那一場羞慘。北詞廣正譜

〔雙調〕

攧竹分茶 北詞廣正譜

〔天仙子〕添瀟灑。朝暮是甚生涯。女仗脣槍。娘憑嘴馬。尋縫兒覓撒花。早索與他異錦輕紗。動不動五奴閑坐衙。知他是理會甚麽官法。北詞廣正譜

案：南北詞廣韻選所收元無名氏散套。其中有十套。或非散曲。或爲明人作。兹説明之。一。廣韻選卷四之點絳脣花信風微套。據詞林摘艷卷四爲劉東生月下老雜劇。二。卷五之醉花陰窗外芭蕉戰秋雨套。見陳鐸之梨雲寄傲（汪廷訥訂）。詞林摘艷卷九北宫詞紀卷六亦收之。並注陳作。三。卷六之夜行船缺月風簾碎影篩套。見陳鐸之月香亭稿。北宫詞紀卷六亦收之。注陳作。四。卷七之一枝花不沾朝野名套。見月香亭稿。北宫詞紀卷三亦收之。注陳作。五。卷八之新水令枕痕一線粉香殘套。見梨雲寄傲。北宫詞紀卷六亦收之。注陳作。六。卷八之一枝花瑶池淡粉粧套。見朱有燉之誠齋樂府。七。卷十二之醉花陰楊柳横塘淡烟鎖套。見梨雲寄傲。詞林摘艷卷九北宫詞紀卷一亦收之。並注陳作。八。卷十三之粉蝶兒三弄梅花套。見梨雲寄傲及秋碧樂府。九。卷十四之一枝花草堂外嵐光映日妍套。見月香亭稿。北宫詞紀卷一亦收之。注陳作。十。卷十九之醉花陰羞對鶯花緑窗掩套。據詞林摘艷卷九爲無名氏鴛鴦塚雜劇。又。卷四之新

水令碧紗窗外曉鶯啼套。注元毛舜臣號雙峯作。案。舜臣名良。明人。

北宮詞紀外集卷五有普天樂問春梅何時放一首。注元人作。又有水仙子陷人坑土窖般暗開掘一首。注張雲莊作。案前曲見朱有燉誠齋樂府卷一。兹不收。後曲見湯舜民筆花集。兹列湯曲中。

彩筆情辭所收散曲之注元人辭者。有二十首皆見朱有燉誠齋樂府。本書未收。曲爲卷二之醉太平花衢中占場等小令二首。卷三之脱布衫過小梁州樂繁華倚翠偎紅小令一首。卷四之紅綉鞋性格兒玲瓏剔透等小令三首。卷五之寨兒令風月乾雨雲慳等小令四首。醉太平越羅衾熨貼等小令四首。滿庭芳風情熱沾等小令三首。卷十二之醉太平貞烈似王凝妻性格小令一首。卷一之點絳唇月令隨杓套數一套。卷六之一枝花温柔竊玉心套數一套。

無名氏南曲

小令

〔南吕〕七賢過關

四時思情

春風花草香。遲日江山麗。萬紫千紅。總是傷情處。懨懨爲伊。愁懷爲伊。只聽得管聲管聲喧天地。總有笙歌不入愁耳。見鶯花憔悴。杜鵑語聲悲。梅子心酸柳皺眉。一春魚雁無消息。悶得似雨打梨花珠泪垂。空房獨守。此情爲誰。冷落閑庭院。暮雨瀟瀟郎未歸。雍熙樂府一五　吴歈萃雅亨集　詞林逸響花卷　吴騷合編四　南曲九宫正始

雍熙樂府不注撰人。題作四時思情。共春夏秋冬四首。吴歈萃雅詞林逸響選第一首。俱注劉東生作。吴騷合編自雍熙選録第一首。注元詞。兹據吴騷輯之。並輯雍熙之後三首。南曲九宫正始引春夏二首又注明小令。

炎天夏日長。漸覺熏風細。避暑涼亭。悶把闌干倚。游魚順水。鴛鴦戲水。鴛鴦本是本是飛禽性。養殺終須不到奴根底。好難消遣。悶下幾盤棋。强飲消愁酒數杯。一時飲得醺醺醉。尤恐燈昏郎未歸。瑤琴再理。知音有幾。欲撫相思調。葉滿池塘夏至時。雍熙樂府一五　南曲九宫正始

金風暑漸消。不覺新秋至。掇起酒鍾兒。少箇人陪侍。君家命裏。奴家命裏。促織聒得聒得奴心碎。一迷埋怨到說奴不是。把情書來寫。寄與我郎知。休負橙黄橘緑時。一秋好景君須記。閃得似南來孤雁飛。閑愁閑悶。管他甚的。最苦傷情處。雨打梧桐葉落時。雍熙樂府一五

朔風早凜冽。欲把寒衣寄。寄與遠征郎。恐不到根底。君冷自知。奴冷自知。雪花下得下得紛紛細。凍損兒夫誰與奴爲美。畫堂人静。數盡更移。撥盡寒爐一夜灰。冷清清不見郎回日。忽聽得門外輕敲駿馬嘶。多情來至。心歡意喜。欲把銀釭照。尤恐相逢是夢裏。雍熙樂府一五

套數

〔仙呂〕小醋大

情

暗潮拍岸。斷江風掃蘆花。鷗鷺破烟飛落汀沙。見漁舍兩三家。在夕陽下。一簇晚景堪畫。悶無語時將珠泪灑。愁轉加。瘦損丰標只爲他。事縈心鬢添白髮。蹉跎負却年華。

〔不是路〕暗憶秦樓。暗憶秦樓。一別後蛾眉誰與畫。沉吟久。徘徊無語自嗟呀。恨無涯。强和哄時把芳樽飲。離緒共別情酒怎咽。霍索殺千般煩惱縈心下。好難⿰口危呐。好難⿰口危呐。

幾回按下身心。尤兀自喃喃念誦他。一夜加兩隻業眼恁睁着。恨無眠。酒乍醒攲枕衾衣冷。夢初斷篷窗月影斜。看看曉那堪迤逦蘭舟駕。事冗如麻。事冗如麻。

〔長拍〕疊疊離情。疊疊離情。重重憂恨。羈旅怎生禁加。家鄉遥遠。楚水洶湧。闊

迢迢去程無涯。斜日映紅霞。望水村深處。酒旗高掛。淺水灘頭有鷺立。枯樹上噪寒鴉。來往櫓聲咿啞。正野塘水漲。浪激汀沙。

〔短拍〕芳草渡口。芳草渡口。白蘋岸側。曲彎彎水繞人家。還自赴京華。説不盡許多瀟灑。異日圖將此景。俺只待歸去鳳城誇。

〔尾聲〕烟光淡。斜陽下。漸覺荒村暮也。借旅邸今宵一睡呵。新編南九宮詞　吴歈萃雅元集　詞林逸響風卷　吴騷合編四　南曲九宮正始引小醋大長拍短拍

新編南九宮詞題作情。注古詞。吴歈萃雅曲前題作途中憶別。目録題作江村風景。注羅欽順作。詞林逸響同萃雅。吴騷合編曲前題作旅思。注舊詞。目録注古調。九宮正始所引諸曲。俱注元散套。

〔正宮〕白練序

春愁

沉吟久。奈何事從來不自由。芙蓉帳未暖又還分手。別後萬種愁。嘆曉夢高唐一旦休。添僝僽。梨花細雨。燕子空樓。

〔太平令〕消瘦纖腰似柳。近日絳裙羅帶頻收。閑衾易冷。人在小小雲兜。堪羞。淒淒孤影伴燈篝。倚窗下倦聽銀漏。這般時候。三更酒醒。滿枕春愁。

〔搗白練〕綢繆。兩配偶。思量起故友。在花陰下同歡會。燕侶鸞儔。無由願再酬。恨飛絮飄香逐水流。成迤逗。釵分鳳折。線斷銀鈎。

〔太平令〕悠悠。青霄路有。綉鞍歸曉。山盟虛繆。分開美玉連環結。未能够兩情依舊。頻修銀箋錦字到皇州。每一字字泪痕湮透。甚時相守。金杯滿酌。艷曲低謳。

〔十二拍尾〕情思懨懨如病酒。房櫳靜悄憶鳳儔。十二珠簾懶上鈎。雍熙樂府一六　新編南九宫詞　南宫詞紀一　吴騷合編一　南曲九宫正始引白練序搗白練太平令

雍熙樂府不注撰人。新編南九宫詞録自雍熙。南宫詞紀題作别情。注無名氏。吴騷合編題作春閨。注關九思作。九宫正始所引諸曲皆注元散套。

〔南吕〕十様錦

〔破掛真〕引子　憶别嬌容情分淺。終朝廢寢忘餐。○離緒懨懨。情懷攘攘。别後又添悒怏。

〔綉帶宜春令〕十様錦　過白練序　轉調黄鍾　幽窗下沉吟半晌。追思俏的嬌娘。娉婷處不弱似

鶯鶯。妖嬈處可比雙雙。非奬。最堪誇他性格兒温柔。難描他身材兒生得停當。説不盡風流可喜。萬般模樣。

〔太平白練序〕醉太平頭　白練序尾　想當日月下星前。吐膽傾心。把誓盟深講。行思坐想。望盡老今生。同做鸞凰。○誰想。驀然平地浪波生。怎知道禍從天降。霧迷雲障。被鴇母苦死打開鴛鴦。

〔浣溪啄木兒〕浣溪沙頭　啄木兒尾　情慘悽。添悒怏。閣不住泪珠汪汪。勞神役志鎮端詳。尋思那人情怎忘。設計施方。要見他除非是夢兒裏來到我行。○憐香惜玉相偎傍。尤雲殢雨生悲愴。被數聲疎雨敲窗。散高唐春心蕩漾。

〔三段鮑老催〕三段子頭　鮑老催尾　此情怎當。羅衣尚存蘭麝香。鸞箋仗托紙半張。人何在。謾嘆息。空惆悵。○惱得潘郎兩鬢似霜。

〔出隊鶯亂啼〕出隊子頭　鶯亂啼尾　咱這裏因因他來狂蕩。他因咱痛感傷。幾番欲待不思量。不思量以後怎做得鐵打心腸。○江淹悶。韓生忿。怎比得咱家悶。千般恨纔離了心上。又早來蹙在眉尖。天還可憐。便霎時相見又且何妨。

〔餘音〕情人早得同鴛帳。免使我心勞意攘。爇炷名香答謝上蒼。舊編南九宮譜　盛世新聲

酉集　詞林摘艷二　雍熙樂府一六　吴歈萃雅元集　詞林逸響花卷　彩筆情辭八　吴騷合編二　樂府珊珊集

此曲舊編南九宫譜有全套。盛世新聲詞林摘艷皆無題。雍熙樂府題作有所思。俱不注撰人。吴歈萃雅樂府珊珊集題俱作青樓離恨。注高東嘉作。詞林逸響題同萃雅。注祝枝山作。未必可信。彩筆情辭題作懷舊。注元人辭。吴騷合編題作惜别。注元辭。兹據以屬元無名氏。牌名曲文全從舊編南九宫譜。

〔南吕〕香遍滿

閨情

鸞凰同聘。尋思那時忒志誠。誰信今番心不定。頓將人來薄倖。可憐無限情。也似紙樣輕。把往事空思省。

〔懶畫眉〕花開花謝悶如醒。日遠日疎冷似冰。眼前光景總凄清。漫水流花徑。庭院黄昏門半扃。

〔掛梧桐〕謾教人憶茂陵。調琴誰共聽。少箇知音。斗帳沉烟冷。孤眠最苦。怕良宵永。這樣凄涼如何教我捱到明。心腸縱然如鐵硬。苦也思量。撲撲簌簌泪傾。

〔浣溪沙〕誰慣經。害相思病。怨只怨枕閑衾剩。兩三杯酒全無興。空教我十二欄干獨自憑。心耿耿。想起虚脾情。耳邊言。那取真本蘭亭。

〔劉潑帽〕對景對景無心詠。倦時聞枝上流鶯。如何喚的春愁醒。羞對畫屏。花間翡翠雙雙並。萬慮生。獨守着房櫳静。

〔秋夜月〕思餞行。思餞行。親把香醪贈。一曲琵琶陽關令。春衫上泪濕君曾揾。番成做畫餅。似銀瓶墜井。

〔東甌令〕人何在。夢難成。水遠山遥不計程。雕鞍寶馬無踪影。他那裏胡行徑。朱顔緑鬢易凋零。無奈痛傷情。

〔金錢花〕想你掩耳偷鈴。爲你緘口如瓶。待君歸兮細評論。夫妻債雁同鳴。歡會事鳳和鳴。

〔尾〕金釵鈿盒重新整。翠被香温叙舊情。鮫綃帶綰重再整。詞林摘艷二　雍熙樂府一六　吴歈萃雅元集　南曲九宫正始引香遍滿掛梧桐浣溪沙劉潑帽

詞林摘艷注無名氏作。雍熙樂府不注撰人。吴歈萃雅注王渼陂作。九宫正始所引諸曲皆注元散套。

四時思慕

柳徑花溪。梅梢褪粉麗日遲。桃杏芬芳蜂媒蝶使。樹拖烟籠緑柳。柳花綿片片飛。爲咱思念伊。恐怕春又歸。

〔東甌令〕花容貌。柳顰眉。雲鬟堆鴉。温柔旖旎。方纔款步我這金蓮浸羅襪冷。騰騰困困嬌無力。雕欄曲檻。遊蜂粉蝶飛。婷婷嬝嬝欲緩遲。

〔四團花〕懶懶愁畫眉。看看身漸羸。情書欲寫無憑寄。不見才郎。何時歸至。把闌干遍倚。將花頭倦折。鶯聲嚦嚦。芳心自知。

〔東甌令〕薰風至。火雲飛。則見那萱草葵榴初綻蕊。炎天酷暑渾無寐。迷迷悶悶醒如醉。自憐月下月下影兒隨。悒悒怏怏懶入羅幃。

〔梧桐樹〕泪暗垂。添憔悴。漸漸的這腰肢掩過裙兒袵。一聲一聲塞雁塞雁傷泪滴。遠望雲山。信杳音稀。未知多情把奴山盟記。莫得要再求。再求新親配美。

〔東甌令〕梧桐葉。晚風吹。則這無限的離情我便分付與誰。驀聽的階下數聲寒蛩叫。撲撲簌簌紅葉兒墜。碧天寒雁聽了感傷悲。淒淒涼涼越添病疾。

〔浣溪沙〕雪片飛。寒風起。悶懨懨自守孤幃。薄衾寒浸透香肌。盼情人阻隔何日歸。戍樓悠悠三弄品。氣絲絲廢寢忘食。鸞箋錦字訴與別離。痛傷情泪痕湮透濕。

〔東甌令〕朔風緊。凍雲垂。靈鵲兒簷間喳喳的來報喜。不承望今夜畫堂裏剛剛的重完會。雙雙共入羅幃裏。歡娛無奈被這曉雞啼。咭咭聒聒好夢驚回。

〔尾聲〕想才郎難相會。關山遥遠幾時回。眼望天涯身化灰。　盛世新聲酉集　雍熙樂府一六

南曲九宮正始引東甌令四團花浣溪沙

盛世新聲雍熙樂府俱不注撰人。盛世無題。雍熙題作四時思慕。九宮正始引東甌令浣紗溪（即浣溪沙）注元散套。引滿園春（即四團花）又注明散套。兹姑輯之。

〔商調〕字字錦

羣芳綻錦鮮。香逐東風軟。鶯簧轉巧聲。題起傷春怨。覩名園。杏障桃屏。桃屏上映着柳眉翠鈿。天天。桃花窨約。恰似去年。因何去年去年人不見。空蹙破兩眉翠尖。奈奈山長水遠。他在那裏和誰兩箇歡歡喜喜。咱這思思想想。尋尋覓覓。欲待見他一面。

〔賺〕離緒懨懨。奈少箇人兒在眼前。空嗟怨。不知何日再團圓。泪漣漣。極目關山

隔霧前。寫下花箋誰與傳。心事無告托。寃家直恁誤人方便。怎生消遣。

〔滿園春〕南樓外雁翩翩。悄没箇音信傳。長空敗葉飄飄舞。金風動。鐵馬兒聲喧。紗窗外透銀蟾。想殺人也天。盼殺人也天。短命寃家。音稀信杳。莫不誤約盟言。

〔么篇〕彤雲布。朔風起。遍長空柳花飄棉。幾朵早梅開放蕊。銷金帳共誰兩箇歡宴。獨自箇守爐邊。想殺人也天。盼殺人也天。短命寃家。音稀信杳。莫不誤約盟言。

〔餘音〕終須有日重相見。相見後依然歡宴。辦炷明香謝天。盛世新聲酉集　詞林摘艷二　雍熙樂府一六　新編南九宮詞　吴歈萃雅元集　詞林逸響風卷　樂府珊珊集　吴騷集四　吴騷合編三　南曲九宮正始引字字錦賺

盛世新聲重增本内府本詞林摘艷俱無題。不注撰人。原刊本徽藩本詞林摘艷題作四季閨情。注無名氏散套。雍熙樂府題作誤約。新編南九宮詞題作情。俱不注撰人。吴歈萃雅詞林逸響樂府珊珊集題俱作四時閨怨。注高東嘉作。吴騷集注沈青門作。吴騷合編題作閨思。注楊彦華作。九宮正始引此曲首句注元散套。但引字字錦及賺又注明散套。兹姑輯之。

〔雙調〕一機錦

離思

寶釵分。鸞鏡缺。瓶墜簪斷折。三疊陽關争忍别。心兒裏痛哽咽。眼兒裏彈泪血。空教我撋耳揉腮。執手和伊相看。也没一句話兒説。

〔錦上花〕初相見。誓盟設。空教我暗傷嗟。恨千疊。難割難捨。他把奴全然不藉。直恁的信音絶。誰知你到今心性别。玷玎的玉簪折。支楞的絃斷絶。盼的癡呆。我則想盡老同歡。弄巧翻做了拙。

〔江兒水〕又早三秋至。寒雁飛。牛星女宿重相會。只聽的搗砧聲透入在羅幃内。景淒涼階下寒蛩唧。桂子飄香拂鼻。葉落丹楓。滿目黄花鋪地。

〔尾〕裁冰剪雪呈祥瑞。飲羊羔共同歡會。端的是翠繞紅圍。雍熙樂府一六　新編南九宮詞

南曲九宫正始引一機錦錦上花

雍熙樂府不注撰人。新編南九宫詞録自雍熙。九宫正始引一機錦錦上花注元散套。

九宫正始引仙吕八聲甘州如醉如癡套之八聲甘州二句及孤飛雁。告雁兒。醉雁兒三曲。俱注元散套。案此套見吴歈萃雅亨集及詞林逸響風卷。俱注沈青門作。萃雅逸響所注作者固不盡可信。惟此套曲文與九宫正始所引數曲已頗有差異。疑經後人大改。兹捨之。九宫正始又引中吕石榴

花教人對景無言終日減芳容一支。引同套之漁家燈幾番欲把金錢問一支。一注元散套。一注明散套。而此套于吴歈萃雅亨集及詞林逸響風卷又俱注鄭虚舟作。兹亦不收。